Scarlet
스칼렛

www.b-books.co.kr

낙 落
혼 婚

낙 落
혼 婚

1판 1쇄 찍음 2019년 2월 20일
1판 1쇄 펴냄 2019년 2월 27일

지은이 | 정유석
펴낸이 | 정　필
펴낸곳 | (주)뿔미디어

기획 · 편집 | 박경희, 권지영, 문지현
표지 디자인 | 김수진

출판등록 | 2002년 9월 11일 (제1081-1-132호)
주소 | 경기도 부천시 소향로 17, 303(두성프라자)
전화 | 032)651-6513 / 팩스 032)651-6094
E-mail | scarlets2012@hanmail.net
블로그 | http://blog.naver.com/dahyangs
비북스 | http://b-books.co.kr

값 10,000원

ISBN 979-11-315-9588-6 03810

※파본은 구입하신 서점에서 교환하여 드립니다.

정유석 장편 소설

SCARLET ROMANCE STORY

낙 落
혼 婚

목차

1

금평대군 이흔

들어가기에 앞서

본 소설은 조선을 배경으로 하고 있으나 상상에 의해 창작된 내용이며 역사적 사실이나 실존 인물과는 관련이 없음을 밝힙니다.

"그대로 계시오."

석강에 가기 전, 잠시 중궁전에 들른 주상은 일어서려는 중전을 말리며 하석에 자리하였다. 이립도 되지 않아 신경질적으로 주름진 눈매의 주상이 다시 좌정하는 중전의 꽤 부른 배를 훑었다.

"입덧 때문에 먹는 것이 영 신통치 않다니 근심이오."

나름 근심을 전했지만, 차가울 만치 단정히 눈을 내리깐 중전은 오늘도 가타부타 별말이 없었다. 부부지간이니 갈수록 정이 더 돈독해져야 마땅한데 점점 더 대하기 어려운 사람이라. 제 속을 훤히 다 드러내며 간드러지게 구는 후궁들에 비하면 참으로 불편한 사람이었다.

눈치를 보던 주상이, 끝내 못마땅한 한숨을 내쉬었다.

"아직도 서운한 겝니까?"

그 말에 중전의 시선이 들렸다. 그러나 고고히 솟은 광대 위로 단정한 눈매에는 역시나 별 감정의 동요가 일지 않았다.

"소첩이 그럴 것이 무에 있겠습니까?"

"중전의 표정이 이전 같지 않으니 하는 말이오."

주상이 성마르게 언급하는 '이전'이 지난 섣달그믐 이전을 말함인 줄 누구보다 더 잘 알고 있는 중전이었다. 태어난 지 다섯 달도 되지 않은 원자가 신열을 앓다 죽은 그때 말이다.

하지만 그녀는 보는 사람이 무색하리만치 빠르고 무심하게 시선을 거두어 버렸다.

"무슨 말씀이신지 모르겠습니다. 석강에 늦으실까 저어되니 이만 일어나시는 편이……."

"내 그 밤에 대해 여러 번 사과하지 않았습니까. 이렇게 다시 회임도 하였고 하니, 중전께서도 이제 그만 마음을 푸시는 것이 태교에도 좋을 것 같아서 하는 말이에요."

어수 끝이 온돌바닥을 두드리고 있었다. 못마땅하다는 듯이. 순간 중전의 내리뜬 시선에 서릿발 같은 분노가 스쳐 갔다.

정비가 소생 없이 죽고 계비로 들어온 자신이 이 나라에 다시없을 원자를 낳았다. 그것으로 자신이 이 생에서의 할 일은 모두 끝났다고 생각할 만큼 온 나라가 기뻐했고 그녀를 치하했다.

한데 언젠가부터 요사스런 소문이 돌기 시작했다. 중궁전에 사내가 드나든다고. 그것이 오래된 일이라면 원자 또한 주상 전하의 핏줄이 아닐지도 모른다고.

입에 담기조차 불경스러운 그 소문의 시작이 누구인지 근거는 없지만 심증은 있었다. 원자를 생산한 자신보다 한 해 먼저 군을 낳은 혜빈, 원자가 태어나기 전까지 꼬박 한 해 동안 그 군으로 하여금 세자로 삼으리라 들떠 있던 그이가 아니면 그 누구겠는가.

그즈음 전하께서 중궁전에 발길이 뜸해지셨다. 그리고 혜빈의 처소로 자주 걸음하시니, 그 어이없는 소문을 믿으시는 것까지는 아니더라도 의심쩍어하시는가 근심이 되었다.

참말 의심하실 만한 증좌가 있었다면 폐비 되는 것은 물론 사약까지 내릴 수 있는 중차대한 문제였다. 허나, 전하께서는 중전 자신에게 따져 묻거나 하문조차 하지 않으셨다. 그러니, 먼저 나서서 해명한다면 제 발이 저려 그렇다는 의심까지 살까 싶어, 그저 가만히 일의 추이를 지켜보았다. 뜬소문이야 시간이 가면 가라앉기 마련이고 전하께서도 여인네의 소갈머리가 다 그렇지, 하시길 바란 것이다.

하지만 결과적으로 중전 자신은 안이했다. 시간이 지나, 백일이 지난 원자를 보러 전하의 이복 아우인 금평대군이 들었을 적에야 아차 싶었던 것이다.

"원자께서 벌써부터 이리 늠름하시고 기골이 장대하시니, 주상전하와 중전마마의 홍복이옵니다."

홀로 중궁전에 드는 것은 예의가 아닌지라, 전하를 모시고 함께 든 대군이 그렇게 치하의 말을 건넬 적이었다. 아무리 입에 발린 말이라도 제 자식 칭찬에 웃음이 나오지 않는 부모 없듯, 중전 또한 마주 웃음을 짓는데, 전하께서는 퉁명스레 물으셨다.

"참말 그러하냐?"

"그렇다마다요."

"이상하구나."

"예?"

"짐은 생전 늠름하다거나, 기골이 장대하다는 말을 들어 본 적이 없는데, 원자는 대체 누구를 닮아 그러한고?"

대군의 만면에 띠었던 웃음이 그대로 굳어 들었고 중전 또한 차갑게 얼어붙었다.

전하께서 일부러 고까워하시는 것은 아니었다. 늠름하다거나 기골이 장대하다, 혹은 글솜씨가 뛰어나다 하는 말들은 늘 두 살 아래인 아우의 몫이던 것이 사실이니까. 그렇게 자신보다 늘 뛰어난 아우를 멀리하는 것은 당연지사이고.

그런 열등감이 원자에 대한 의심과 맞물렸으니 이대로라면 소문과 상관없이 원자가 전하의 눈 밖에 날지 모를 일이었다. 심지어그날 전하께서는 원자의 얼굴을 제대로 들여다보지도 않고 일어서시었다.

그래서 중전은 병조 참의로 있는 오라비와 머리를 맞대고 방도를 강구했고 마침내 방도를 내었다. 원자를 세자로 책봉하는 고명을 받으러 청으로 사신단을 보내 주십사 상소를 올리는 것이었다. 책봉 고명은 청으로 간 사신이 돌아올 때까지 조정과 온 백성이 한마음으로 바라는 것이었고 전하께서도 함께 소원하다 보면 원자에 대한 애틋한 마음을 갖게 되지 않으실까 하는 마음에서였다.

더불어 막중한 임무를 띠지만, 청에 갔다가 자칫 억류된 전례가적지 않아 다들 꺼리는 사신단의 수장에 전하께서 마뜩지 않아 하시는 금평대군을 천거하니 흔쾌히 허락하시었다. 늘 대군으로 인해 마음을 놓지 못하셨으니, 고명을 받으면 다행이고 혹시 일이 잘못되어 대군이 돌아오지 못한다면 그 또한 전하께서 은근히 기뻐하실 만한 일이었다. 역시나 그 뒤로 자주는 아니어도 가끔 원자를 보러 오시니, 혜빈의 야욕도 꺾고 전하의 의심도 불식시킬 수 있는일거양득의 혜안인 줄로만 알았다.

한데 그렇게 떠난 사신단이 청에 도착할 즈음인 섣달그믐의 초저녁, 원자가 갑자기 신열을 앓기 시작했다. 어른도 감당하기 힘들 만큼 온몸이 펄펄 끓으니 중궁전이 발칵 뒤집혔다. 어의도 원인을 알 수 없다며 일단 열을 내리기 위해 안간힘을 썼으나 차도는커녕 울다 못해 경기까지 하기를 수차례로, 중전은 잔뜩 겁에 질렸다.

그래서 전하께 기별을 넣었는데, 아무리 사람을 보내도 오시질 않았다. 혜빈의 처소에 계시다 하여 열 번 넘게 기별을 했지만, 번번이 이내 오신다는 연락만 돌아오는 것이었다.

그렇게 지옥 같은 밤이 샐 때쯤 밤새 계속되던 원자의 울음이 그쳤다. 더불어 작고 가는 숨도 멎고 말았다. 고작 하룻밤 새에 대체 이게 무슨 날벼락 같은 일인지. 상궁 나인들이 모두 다 엎드려 통곡을 하는데, 중전은 눈물도 나오지 않아 넋을 잃고 앉아만 있었다. 뒤늦게 달려온 전하께서 어린 몸을 흔들며 울부짖는 소리도 들리지 않았다.

그것이 고작 올 초의 일이었다.

그 밤에 대한 언급은 두 사람 사이에서 일종의 금기와 같은 것으로 결코 이렇게 함부로 마음을 풀어라 마라, 좋다 아니다 할 수 없는 종류의 것이었다. 한데 이제는 그 밤에 대해 잊지 못한 그녀를 도리어 탓하다니.

"고뿔에 걸린 인성군이 밤새 잠을 이루지 못하고 아비를 찾으며 칭얼대니, 쉬이 올 수가 없었소. 원자는 그보다 어려서 아비를 알아보지 못하니, 아비를 알아보고 찾는 자식 곁에 있는 것은 당연하지. 원자는 어의와 중전이 어련히 알아서 잘 돌보리라 생각하였고. 그 어린것이 그리 안타까이 갈 줄 알았다면 짐이 어찌 오지 않았겠소?"

지금껏 몇 번이나 들어 왔던 변명이 다시 이어졌다. 중전은 신물이 넘어오려는 것을 꾹 참았다.

"원자가 내의원에서 올린 탕제를 마시고 신열이 오른 것이라는 의심도 이젠 버리시오. 조사를 그렇게 해도 아무 증좌도 나오지 않았잖소."

혜빈의 소생인 군도 밤새 앓았다고는 하지만, 그 밤에 혜빈 처소로 심부름을 보냈던 상궁은 문밖으로 흘러나오는 아이의 웃음소리를 분명히 들었다고 했다. 혜빈이 군 핑계를 대며 일부러 전하를 붙들어 두었던 것이다. 그것이 증좌였다. 원자가 겨우 몇 시진 사이에 유명을 달리하는 것을 전하께서 지켜보셨다면 그대로 넘기지 않으실 걸 알고 그를 막으려 했던 것이리라.

이 나라의 원자가 하룻밤 사이 유명을 달리하였는데, 조사조차 제대로 이루어지지 않고 유야무야 지나갔다. 심지어 죽은 원자에게 피를 나눠 주신 전하조차 저를 믿어 주지 않았으니 무엇을 더 바랄까.

그래서 중전은 결심했다. 다시 원자를 낳는다면 혜빈은 물론 전하도 오래 두고 보지는 않을 것이라고. 그것이 원자가 죽은 이후로 이를 악물고 되새기는 각오였다.

그러니 그깟 대답이 무에 어려울까.

"서운한 것 없습니다. 그저 회임하여 신경이 무던해진 것뿐이겠지요."

"그럴 수도 있겠군. 아니면 짐이 무척 민망하여 그리 느끼는 것일 수도 있고. 하여간 중전도 다행히 다시 회임하였으니, 이번에도 원자를 낳으시오. 그러면 슬픔도 모두 걷힐 것이 아니오?"

"예."

"금평이 청에 고명을 받으러 간 것이 헛수고가 되었다 하나, 중전이 또 원자를 낳는다면 그깟 사신단을 열 번은 보내지 못하겠소. 그러니, 원자만 낳으시오."

한껏 희망적으로 말하는 주상과 달리 중전의 시선은 한층 아래로 내려앉았다.

자신이 한낱 개나 고양이 같은 짐승도 아니고 자식을 또 낳았다 하여 죽은 자식이 잊힐 리가. 전하께서는 군이 제가 아니라도 혜빈에게 얻은 군이 있으니 죽은 자식쯤이야 쉬이 잊으셨는지 모르지만, 자신은 달랐다.

내려앉은 중전의 눈에 서린 슬픔 위로 단단한 각오가 새겨졌다.

물론 원자를 낳을 것이다. 앞으로 딱 한 번만 더. 그리하여 그 원자가 보위에 오르는 날, 그날에야말로 죽은 원자를 위해 흘리지 못한 피눈물을 갚아 주고야 말 것이다.

"그럴 것입니다."

대답이 아니라 스스로에 대한 다짐임을 모르는 주상은 안도하는 낯꽃을 보였다.

"그래, 그래야지. 안으로는 국본을 제대로 세우고 밖으로는 전쟁으로 비워진 국고를 채우고 나면 무슨 근심거리가 있겠소."

"그러지 않아도 전하께서 국고 문제로 심려가 크시니, 제가 생각해 둔 바가 있습니다."

"그렇소? 무엇이오?"

원자를 잃은 이후로 대답 외에는 여간해서 먼저 말을 건네지 않던 중전이 화제를 꺼내니, 주상은 간이라도 빼 줄 기세였다.

"연이은 국상으로 전하의 하나뿐인 아우님이 혼기를 놓치지 않았습니까? 이제 가례를 올려야지요."

그 말에 주상의 낯빛이 흐려졌다.

모후께서 일찍 승하하신 뒤 입궐한 선왕의 계비께서 얼마 안 있어 생산하신 이가 금평대군이다. 주상과 연치 차이도 별로 나지 않아 어릴 적부터 누구나 비교하며 보게 되니, 대군이 월등히 빼어났다. 자연히 이복 아우를 시기하던 주상은 대군의 이야기만 나와도 낯빛이 변하곤 했고 지금도 다르지 않았다. 뜬금없이 화제를 건너뛰는 것으로 보일 텐데도 아무런 의아함도 내보이지 않을 정도로.

"그렇지……."

고개를 주억거리는 표정이 떨떠름한 연유는 대군이 세도가의 집안에 장가들어 뒷배를 불릴까 저어하는 속내 때문이다. 애초에 대군의 짝이었던 인경 자신을 계비로 삼은 의도도 그에 있었고.

선왕께서는 대군의 배필로 좌의정의 질녀이자, 이조 판서의 여식인 인경 자신을 꼽아 두셨다. 간택령까지는 아니어도 당시 중전 마마께서 여러 처자를 궁으로 불러 보신 뒤에 저를 낙점하셨던 것이다.

한데, 선왕께서 갑자기 자리보전을 하셨고 달포를 넘기지 못하고 승하하시었다. 가례는 꼼짝없이 삼년상 뒤로 미뤄졌다. 3년 뒤, 이제 드디어 부부인이 되는가 싶었지만 보위에 오르신 주상의 정비께서 산고 끝에 졸하시니, 대비께서 또다시 1년을 기다리자 하셨다. 금평대군의 모후께서 하신 말씀이기에 그 또한 따랐다.

한데 그 기간이 끝나기도 전에 중전 간택령이 내려졌고 어찌 된 일인지 아버님께서 제 사주단자를 궁으로 보내셨다.

정혼한 상대인 대군을 수릿날이나 격구 대회에서 여러 번 지켜보니 무엇 하나 빠지지 않는 잘난 사내라. 오랫동안 연심을 키워 오던 인경은 기가 막혔지만, 아버님께서는 그저 어쩔 수 없다고 따르라고만 하셨다.

이윽고 삼간택까지 올라간 자신을 보신 대비께서도 어찌할 바를 모르셨다. 저를 대군의 부인으로 낙점하실 적에 조선의 혼인 안 한 처자들 가운데 최고의 규수로 뽑았으니, 자신을 중전으로 낙점할 수도 아니 할 수도 없었던 것이다.

하지만 대군과 혼담이 있었음에도 이조 판서가 중전 간택령에 사주단자를 보낸 것은 주상과 모종의 합의가 있어서였다는 것을 간파한 대비는 인경을 중전으로 낙점할 수밖에 없었다. 자신 또한 계비였기에 승하하신 정비의 태생인 주상의 눈치를 보지 않을 수 없었던 것이다. 이미 삼간택에 오른 이상 중전이 아니면 후궁에 머물러야 하니, 대군의 부부인이 될 길은 어차피 요원하기도 했고 말이다.

인경은 그 모든 것이 더러운 정치의 음모인 줄을, 자신이 중전의 자리에 오르고 난 후 아버님의 반대파인 동인이 모두 사사되거나 유배를 간 뒤에야 눈치를 챘다. 왕은 대군에게서 든든한 처가를 빼앗아 왕권을 안정시킴과 동시에 아버님은 상대 파를 견제하는 이득을 취한 것이다. 그 와중에 희생된 것은 오직 자신뿐이었다.

그렇게 자신과 인연이 끊어진 대군의 가례를 챙겨야 할 대비께서도 그 직후 졸하셨으니, 약관이 훨씬 지난 대군의 혼처를 찾아주어야 할 이는 이제 대궐의 안주인인 중전 자신뿐이었다. 기구하다면 기구한 일이다.

종친이나 대신들에게서 종종 말이 나는 것을 알고 있었으나, 전하도 언급치 않으시고 중전 자신도 달갑지 않아 여태껏 미뤄 오던 일이지만, 이제는 해결해야 할 성싶었다. 물론 자신의 뜻을 이루기 위한 도구였지만.

"100만 냥이면 국고가 좀 채워지겠습니까?"

중전의 말에 그제야 다시 화제가 바뀌었음을 깨달은 주상은 그 금액에 먼저 놀랐다.

전쟁 전에는 조정의 한 해 수입이 700만 냥에 달하였으나 전쟁으로 황폐해진 지금은 조세가 잘 걷히지 않아 200만 냥에도 미치지 못하는 터로, 100만 냥이 더해지면 당장 급한 불은 끄게 된다.

"응? 그런 재물이 대체 어디서 난단 말이오?"

"대군의 지참금으로 받을 것입니다."

모두 연결되는 얘기였던가? 하지만……

"가례 시에 주고받는 지참금이 아주 없지는 않지만, 그리 큰 금액을 내놓을 양반이 누가 있지?"

사람이 없어서 근심이라는 말이 아니라 그만큼의 지참금을 내놓을 양반이라면 어마어마한 세도가이니 그것이 꺼려진다는 말이다. 금평에게 든든한 처가를 만들어 줄 생각은 꿈에도 해 본 적 없었다. 지금의 중전을 대군으로부터 빼앗은 이유가 뭐였던가. 중전의 아비가 이판이고 큰아비가 서인의 거두인 좌의정으로, 마음만 먹는다면 임금을 갈아치우고도 남을 작자들이었다. 그것을 간신히 무마하였는데, 또다시라고? 그럴 수야 없지.

주상은 못마땅하게 입술을 오므렸다. 생각해 둔 바가 있다 하더니 속 모르는 소리구먼. 석강에나 갈까?

"양반이 아닙니다."

엉덩이를 들썩이려던 주상이 그대로 멈추었다. 순식간에 얼빠진 표정이 된 그를 넘겨다보는 중전의 눈에 묘한 기운이 스쳐 갔다.

"조선의 내로라하는 상단의 자금이 200만 냥이 넘는다 들었습니다. 100만 냥이면 그 반절이지요."

상단을 운영하는 이라면 중인이나 상민이다. 주상의 눈이 커지더니 이내 말을 더듬거렸다.

"설마, 지금 대군에게 낙혼(落婚)을 시키자는 말이오?"

낙혼이라면 지체 높은 집이 지체 낮은 집안과 하는 혼인으로, 떨어질 낙(落)을 쓸 정도로 스스로의 위신을 떨어뜨리는 일이었다. 애초에 왕실에서 양반가의 규수를 맞아들이는 것도 낙혼이라 할 수 있지만, 양반도 아니고 천하다 싶은 중인과의 혼인은 만고에 없는 일이었다. 오죽하면 명칭도 가례보다 낮춰 혼인이라 칭할까.

"어차피 다음 보위에 오를 왕제가 아닌 바에야 낙혼이면 어떻습니까? 게다가 한 치 아래인 양반가의 규수나 두 치 아래인 중인 집안의 여식이나 다를 것이 무에라고요."

오라. 듣고 보니 그럴듯하였다. 주상이 늘 저어하는 것이 금평을 따르는 무리들이 어느 날 역모를 일으켜 자신을 몰아낼까 하는 것인데, 드러내기도 비루한 지경의 혼인을 한다면야 그들이 내세울 명분 자체가 없어진다.

얼떨떨하던 그의 표정에도 묘한 번득임이 스쳐 갔다.

"그리 추진한다 한들, 그 약삭빠른 상인 놈들이 그 많은 재산을 내놓는 것이 쉽겠소? 그 집안 신분을 올려 준다는 말은 아예 마시오."

더욱이 낙혼이 솔깃한 이유는 국고를 보충하는 문제보다 금평의 위신이 바닥에 떨어질 것이기 때문인데 처가를 양반으로 올려 세도를 갖추게 되면 세도가와 혼인한 것과 진배없으니 절대 아니 될 일이다. 그러느니 국고를 보충하는 것을 포기하고 한미한 양반 가문의 규수를 들이고 말지.

"그야 당연하지요."

그가 대군에게 갖는 위화감에 대해 중전에게 털어놓은 적은 없어도 조금 전의 짧은 눈 맞춤에서 지아비의 의중을 읽었노라는 느낌을 받았다. 주상은 이제야 중전과 진정한 부부가 된 느낌을 받았다.

"상인이야 재물이 최고인 족속입니다. 이후 조정에서 상단의 뒤를 봐주어 그보다 더한 재물을 모으게 해 주겠다는 말을 흘리면 선뜻 내놓을 인물이 반드시 있을 것입니다. 천한 제 집안에서 부부인이 나온다는데 혹하는 이도 있을 테고요."

맞는 말이다. 제깟 놈들이 왕실과 사돈을 맺는 것은 천금으로도 불가능한 일이니까. 내 어찌 지금껏 이 생각을 못 했을고!

"음. 그래도 대신들의 반대가 만만치 않을 것인데? 그리고 대군이 반발한다면 강제로 시킬 수도 없는 노릇이고. 혼인까지 가기는 커녕 간택 단계에서부터 말이 많을 것인데?"

대신들의 반대만 없다면 손뼉을 마주칠 만큼 묘안이라는 말이다. 양반 가문이 대군의 뒷배가 되어 그가 근심할 일도 없을뿐더러 부족한 국고를 채우기도 하는.

"비밀리에 진행하셔야지요. 가능하다면 혼삿날까지요."

"그것이 가능한가? 간택이며 일이 많을 터인데?"

"그리 만들어야지요. 그리고 간택은 없을 것입니다. 대신 각 상단들에 의사를 타진해 봐야지요."

"세상에 비밀은 없다고 중간이든 혼례 후든 알게 될 일인데, 그때 가서는 어쩌누?"

"염려 마십시오. 신료들이 반대할 리는 없을 겁니다. 국고가 바닥나 녹봉이 늦어지면 가장 먼저 곤란해지는 게 누구인데 그들이 반대를 한답니까? 혹여 한다면 그이들더러 가산을 털어 100만 냥을 만들어 내라 하십시오. 대군도 마찬가지입니다. 왕실의 안녕을 기해야 할 종친으로서 어명을 받들지 못하겠다면 역모죄로 다스려야 할 일이지요."

턱을 치켜든 중전이 단호히 말하자, 한때 대군과 정혼했던 일로 대군과의 사이를 의심하기까지 한 주상은 오래 묵은 체증이 내려가는 듯했다.

"상황이 상황이니만큼 왕실의 법도에 맞춰 가례를 치르는 것이 아니라, 부부인 측의 신분에 맞춰 혼례를 치름으로써 대군이 근검절약하는 모습을 보이는 것이 좋겠습니다."

"낙혼하는 것도 꺼릴 터인데, 가례까지?"

가례를 치르지 않는 것이 못내 미안하여 그러는 것이 아니라 대군의 근검절약하는 모습이 알려질까 그러는 것을 모르지 않는다.

"혼삿날까지 낙혼을 비밀로 유지하려면 그래야 합니다. 궐에서 가례를 준비하다 보면 비밀이 새어 나갈 수 있으니 말입니다. 그리되면 대군을 지지하는 대신들의 반대가 길어져 잠시나마 조정이 어지러워질 수도 있고, 상황에 따라 혼인이 파해질 수도 있을 성싶어 권해 드리는 것입니다."

옳거니.

대군의 혼사는 내명부의 일이지만, 각 상단들에 운을 띄워 보는 것은 주상 자신이 당장에 추진해야 할 일이었다.

그는 중전을 향해 눈매까지 휘어 가며 웃어 보였다. 기특한 생각을 해냈다는 칭찬의 의미였다.

하지만 이내 주상이 나가고 혼자 남아 제 배를 쓰다듬는 중전의 입가에 맴도는 것은 섬뜩한 차가움이었다.

"나리, 타국 음식이 입에 맞지 않으셔서 어쩝니까? 고기만두를 시켜 볼까요?"

"그건 물렸네."

"그럼 새콤한 음식은 어떻습니까요? 그것이 우리 나리의 입맛을 좀 돋워 줄 것 같은데요?"

"글쎄……."

청나라 식으로 의자와 탁자들이 즐비한 청루의 1층을 차지하고 있는 이들은 아침을 먹으러 내려온 사신단 일행들이 대부분이었다.

청에 다녀오는 다섯 달도 넘는 기간 동안 지쳐 있는 데다가, 강 하나만 건너면 조선 땅인데 풍랑으로 벌써 며칠째 배가 뜨지 못해 이 청루에서 지내고 있는 참이었다. 청에 다녀오는 기간보다 이 청루의 맛없는 음식만 주야장천 먹는 며칠이 더욱 고역이라.

다들 죽상으로 앉아 있는데, 저쪽 탁자에 앉은 압물관 방家 석동만 유난히 기운이 팔팔하니 나불대며, 역시나 입맛이 하나도 없다는 얼굴로 앉은 기록관에게 아부를 떨고 있는 것이다. 이어 작은 갓을 쓴 얼굴을 점원에게로 향하며 종알종알 쏟아 내는 청나라 말은 새콤한 음식이 무엇인가 하는 것일 터였다.

그런 그를 넘겨다보는 사신단의 대표인 금평대군 흔(欣)의 시선이 서늘한 것을 보았는지 옆에 섰던 내관 김기시가 고자질하듯 고한다.

"어제 그 소복 입은 기녀에게 가진 돈을 전부 다 내주어서 저런답니다."

경멸을 담은 그 말에 젓가락을 들던 흔의 손이 멈칫했다. 누구한테 무얼 해?

"어젯밤 제가 침소로 그 기녀를 들일까 여쭈었지요? 대군 대감께서 그만두라 하시었지만 혹시나 하여 제가 청루 주인에게 말을 넣어 보았는데, 아 글쎄, 저 압물관 방家가 선수를 쳤다지 뭡니까?"

기녀를 방으로 들였다고? 저 방家가?

"그래서?"

"그 기녀의 수단이 어찌나 좋은지 베갯머리송사에 홀라당 넘어간 방家가 가진 돈을 모두 내어 주었고 기녀는 새벽같이 제 부모관을 싣고 떠났답니다. 감히 선수 친 방자한 짓거리에 대한 인과응보이지요."

잠이 없는 대신에 남의 집 숟가락 개수까지 알아야 직성이 풀리는 기시의 세세한 설명에, 흔은 기록관에게 차를 따라 주는 방家를 다시 넘겨다보았다. 청나라까지 가서 무역한 돈을 모두 기녀에게 털린 주제에 남의 입맛을 걱정한다고? 속이 없는 겐가, 머리가 없는 겐가?

조선 내에서 규모로 치자면 세 손가락 안에 드는 상단의 부스러기라, 신문물깨나 접했는지 동그란 안경을 연신 추켜올리며 싹싹하게 구는 모습은 누구나 흐뭇하니 쳐다볼 법했지만, 흔은 달랐다. 예물 호송관이라며 허리를 숙여 오던 한양에서의 첫 대면부터, 청에 다녀와 이제 강 하나만 건너면 다시 조선 땅인 이곳에 오도록 저이가 이상스러울 만큼 거슬리는 것이다. 주는 것 없이 미운 사람이 있다더니 방家가 딱 그 짝으로, 웃어도 찡그려도 말을 해도 다 물어도 늘 흔의 미간을 일그러지게 했다.

평소 조정 일에 무심해야 하고 호불호도 명확하지 않아야 하는 대군의 삶에 익숙해져, 딱히 누군가에게 적대감을 가져 본 적이 없는 그로서는 무척이나 괴이쩍은 일이었다.

사신단 일행이 자그마치 5백여 명에 육박한다. 흔은 그중에서도 삼사(三使)와 역관 중에서도 우두머리인 세 명의 수역관 정도하고나 말을 섞을 뿐, 나머지 사람들은 그들이 운반하는 공물(貢物)이나 마필 정도와 다를 바 없을 만큼 말을 섞기는커녕 쳐다볼 일조차 없는 이들이다. 한데, 왜소한 체구의 저이가 전체 일행의 반이라도 되는 듯, 자꾸만 눈에 띄었고 자꾸만 거슬렸다.

그래서 연경에서 역관들이 인삼을 파는 것에 꽤나 도움도 주고 이윤도 많이 남게 했을 적에는, 고 계집처럼 조붓한 어깨를 이 사람 저 사람 두드려 가며 칭찬해 대는 꼴이 보기 싫어서 결국 나서서 한마디 했었다.

"인삼이 아편에 중독된 사람들에게 특효라며? 그래서 조선의 인삼상들이 아편 유통에도 열심이라는 소문이 있더구먼. 병 주고 약 주면서 양측으로 돈을 챙기는 것 아니냐는 말이지."

그의 말이 끝나자 주위 탁자에 둘러앉아 있던 역관들의 얼굴이 굳어졌다. 물론 흔도 제 나라 조선의 상인들을 비웃을 생각은 아니었다. 사신단 우두머리를 대접하는 자리에서 약아 빠진 청의 관리에게서 들었을 때 그 또한 기분이 상했던 내용이고 헛소문이라며 일축하기도 했으니 말이다. 조선의 상인들에게 알려 주어 대비를 시켜야겠다고 생각하긴 했지만, 마침 기고만장한 방家 때문에 말투가 삐딱하게 나오고 만 것이다.

"그저 소문만은 아닙니다만."

억울하고 분한 침묵이 감도는 가운데, 저 때문에 한 말임을 알았는지 역시나 나선 것은 방家였다. 함께 자리한 사내 중에서도 쑥 들어가 보일 정도로 작달막한 키나 왜소한 체구와 달리 부지런하고 이해관계에 밝으며 대인관계에도 능해 빠지지 않는 곳이 없던 주제이니, 이런 억울한 소리를 그냥 지나칠 리 없지.

한데, 소문을 인정하는 건가? 말을 꺼낸 흔도 그것이 사실이 아닌 소문일 뿐이라는 것을 알고 한 말인데도?

흔이 '이것 봐라?' 하는 시선을 보냈고 다른 역관들 또한 그 억울한 누명을 도리어 인정하는 발언에 눈이 휘둥그레져서 방家를 쳐다보았다. 하지만, 득의양양한 표정은 바뀌지 않는다.

"대군 대감께서 반은 맞고 반은 틀린 말씀을 들으셨다는 말씀입니다."

"설명해 보게."

게다가 씩 웃기까지?

이내 말을 시작하는데 무언가 크나큰 비밀을 누설하듯 속삭이는 투로 시작한다.

"예, 우선 조선의 상인들이 아편 유통에 열심인 것은 맞습니다. 틀린 부분은 중국 상인들이 무척 비싸게 파는 아편을 우리 조선의 상인들은 공짜로 내어 준다는 것이지요."

하지만 그 소리가 어찌나 큰지. 일부러 들어라 하는 듯 객잔 내의 모두에게 다 들릴 정도였다.

얼토당토않은 얘기에 흔이 눈살을 찌푸렸다.

"상인이 공짜로 물건을 내어 준다니 믿을 사람이 누가 있을까."

"들어 보십시오. 공짜라면 양잿물도 들이마신다는데, 아편은 더

더욱 많이 피우겠지요? 그렇게 더 깊이 중독되고 나면 그만큼 인삼이 간절해질 것은 당연지사이니 그런 이들에게 우리는 인삼을 곱절로 비싸게 파는 겁니다. 결국에 버는 돈은 마찬가지이긴 하지만, 양쪽에서 돈을 챙긴다는 말씀은 엄연히 틀리다 그 말씀이지요.”

허어, 이런. 자신이 뒤통수를 한 대 얻어맞은 격이었다. 함께 있던 역관들은 크게 웃지는 못하고 웃음을 간신히 삼키고들 있었다. 방家는 그에 멈추지 않고 다음 말까지 덧붙였다.

“대군 대감께서도 아편에 관심이 있으시면 제 방으로 찾아오십시오. 제가 공짜로 피우게 해 드리겠습니다. 나중에 인삼이 필요해지시면 조금 싸게 해 드립지요.”

청의 관리들에게 들었던 그 자리에서 우스갯소리로 해 주었으면 시원할 법한 얘기였지만, 지금의 자신은 그네들과 한통속으로 보일 입장이니 허허거리고 웃을 수 없었다. 물론 이 정도 농조차 웃어넘기지 못한다면 소인배와 다르지 않음을 알고 있었다. 감히 종친을 능멸한다 벌컥 성을 낸다면 애당초 말투가 틀려먹었던 자신의 과오를 인정하는 꼴만 될 뿐으로, 흔은 눈을 뒤룩거리는 상대를 그저 바라만 보았다.

애초에 그 말을 꺼낸 것은 조금이라도 얌전해져서 내 눈에 덜 띄라는 의도였는데 이후로는 더더욱 눈에 띄었다. 동그란 안경만큼이나 댕그란 눈을 똑바로 뜨고 있어도 잔뜩 휘어져 웃음을 지어도 그랬다. 열여덟이나 먹었다는데 아직까지 수염 한 올 나지 않아서는 짐 하나 제대로 들 기운은 없다더니만 나불나불 입으로나마 짐을 나를 때도 그랬다. 짐 나르는 일꾼들을 향해 영차영차 입으로 독려하여 기운 나게 하는 모양을 나란히 지켜보던 기시도 슬며시 웃음을 빼어 물었다가는 무표정하게 노려보는 흔의 시선에 허겁지겁 웃음을 지우지 않았던가.

지금도 저쪽서 재잘대는 목소리가 자꾸만 들리니, 가뜩이나 깔깔한 입맛에 젓가락이 영 움직이질 않았다. 저가 돈을 잃었다는 얘기에 내 입맛은 멀찌감치 달아나 버렸고만.

돈을 전부 내주다니. 예물 호송관이니 이번 수행에서 인삼 10근 정도는 유통했을 테고 그 금액이면 웬만한 기와집 한두 채가 왔다 갔다 하는 터였다.

"제 돈도 아니고 상단에서 내준 인삼이었을 텐데?"

"그러게 말입니다. 돌아가서 대행수의 결정에 맡겨야 할 테지만, 보나 마나지요. 아침에 그 상단의 대표인 역관 오연겸이 큰소리를 내기까지 하였다니 말입니다. 인삼값에 여비까지, 그 돈을 메꾸지 못하면 공금 횡령죄까지 뒤집어쓸 것인데 참으로 무모하지요. 오늘 아침 기녀가 떠날 때 내다보니 수레에 관이 두 개 실려 있긴 했습니다마는, 열어 보지 않은 다음에야 참말 부모 시신이 들어 있는지 아니면 돌덩이가 들어 있는지 알 게 무어랍니까. 그깟 계집 말에 속아서는 제 인생을 내던진 격이지요."

반은 비난이고, 반은 동정인 그 말에 흔은 기가 막혔다. 저런 대책 없는 인사를 봤나.

"그 돈을 기록관이 메꿔 준다는 게야? 대체 어떻게?"

"다음 달에 왜국 통신사가 떠날 예정인데, 거기에 낄 수 있도록 왜국 담당 기록관에게 말을 잘 해 달라는 것이랍니다. 목돈이 움직이는 사신단에 끼어야 제게 떨어지는 것도 많을 것이고 그래야 하루라도 빨리 빚을 갚을 수 있으니 말이지요. 어서 배가 떠야 저런 어리석은 짓거리를 하는 위인이 더 이상 나오지 않을 텐데 걱정입니다."

어리석은 짓거리라. 틀린 말은 아니었다. 자신이 직접 목격했으니까.

지난밤 다들 잘 시간에 흔은 잠이 오지 않아, 아래층에 내려가 비 구경을 하다 올라오는 중이었다. 복도를 지나 자신에게 배정된 방으로 향하는데, 죽 늘어선 방문 중 하나가 열리더니, 기시가 언급했던 여인이 나온 것이다. 그 여인은 기녀임에도 불구하고 소복을 입은 사연이 전해지면서 사신단의 주목을 끈 이였다. 나라의 녹을 먹던 아비가 억울하게 죽임을 당하고 재산을 빼앗기자 어미까지 원통해하며 세상을 등지니, 그 부모의 시신을 고향으로 모셔 갈 돈을 벌기 위해 청루에 들어왔고 상복을 벗는 대로 몸을 팔 예정이라던가.

그래서 역관 중 우두머리인 수역당상관이 얼마를 주면 당장 그 상복을 벗겠느냐고 물을 정도로 기녀의 미색은 빼어났고 다들 그 말이 우스갯소리인 줄 알면서도 대답을 진심으로 궁금해했다. 기녀는 묵묵부답이었다. 그래서 다들 추측하기를 한 재산 톡톡히 챙길 심산인가 보다 생각하고는 입맛을 다시고 말았다.

그러던 이가 사신단이 전체를 쓰는 2층 방에서 나왔다는 것은 그들 일행 누군가와 잠자리를 같이 하였다는 말이 되고 그 누군가는 엄청난 재물을 내놓았을 것이라는 말이 되는 터. 뭐, 흔도 거기까지는 그러려니 하였다. 바로 다음 순간, 그 뒤를 이어 방에서 나오는 이를 보기 전까지는.

바로 방家 그자였다. 흔은 저도 모르게 우뚝 멈춰 섰다.

나란히 서고 보니, 기녀보다도 작다 싶은 그자는 생글거리며 기녀를 배웅하였다. 기녀의 사연이 사내를 후리기 위해 꾸며 낸 이야기가 아닌가 하는 생각을 막연히 했던 흔이지만, 남녀상열지사야 각자 알아서 하는 일이니 모른 척 지나가면 될 일인데, 막상 방家를 보니 심하게 거슬렸다. 한심해야 마땅한데, 그게 아니라 거슬리는 것이 문제였다. 어째서인지 연유를 모르겠으니 그것이 또 거슬렸다. 그 여인을 흔의 방으로 들이겠다는 기시의 제안을 단칼에 거절했으니, 다른 이가 여인을 품어서 거슬리는 것은 아닐 터였다.

이유는 그 '다른 이' 가 방家여서일 것이다. 어쩐지 머뭇거리는 것 같은 여인을 억지로 배웅하고 돌아서던 방家는 뒤에 섰던 흔을 보고는 멈칫하는 것도 잠시, 곧 예의 그 생글거리는 미소를 지어 보였다.

"대군 대감, 늦은 시간에 어찌 주무시지 않고요."

웃다니. 혹시나 방家의 광대 언저리에서 후끈한 시간을 보낸 여운을 발견하게 될까 봐 저어되면서도 그 얼굴에서 시선을 떼지 못하는 자신이 되레 민망해질 지경인데.

계집질하는 것이 불법은 아니지만, 저리 수치를 모르다니 기가 찼다. 그 웃는 낯을 서늘히 바라보던 흔의 대답은 그래서 더욱 불퉁하다.

"자네처럼 불순한 행동거지를 하고 다닐까 봐 묻는 겐가?"

예의상 물은 말에 지나치게 까칠하게 답한 것을 모르지는 않으나, 상대 또한 중인 주제에 감히 종친의 말에 한 마디도 지지 않고 답을 한다.

"설마요. 제 방 앞에 서 계시기에 혹여 말씀드렸던 아편을 피우러 오셨나 여쭌 게지요."

한 번은 참고 넘어가 줬지만, 또 그 얘기다. 감히 종친에게 한 불경한 언사로 볼기를 쳐도 모자라지 않을 것인데 어쩐지 흔은 번

번이 그 생각까지 가지 않았다. 그저 탐방거리는 말대답을 즐기듯 그 또한 대꾸할 뿐.

"무엄하긴."

그런데 자신의 말투나 내용을 보면 자꾸만 그런 말대답을 들을 여지를 남겨 두는 것 같아 요상하기 이를 데 없었다.

"아니라는 말씀이신가 보군요. 그럼 저는 이만 들어가 보겠습니다."

끝까지 탐방거리는 말재간을 고수하면서도 몸뚱이는 지나치게 굽실대며 인사하고는 제 방으로 쏙 들어가 버렸다.

흔은 밤새 잠을 이루지 못했다. 그 기녀에게 딱히 아무런 생각이 없었지만 마치 제 계집을 빼앗긴 것처럼 상실감이 느껴져 알 수 없는 노릇이라며 밤새 되뇌었는데…….

그랬는데 가진 돈을 결국 그 기녀에게 다 내어 주었다는 것이다. 하룻밤 재미가 얼마나 쏠쏠하였는지 모를 일이지만 평생을 벌어도 못다 갚을 돈이었을 터인데.

흔이 상관할 일은 아니었지만 잠을 자지 못해 뒷골이 서늘하던 차에 가슴까지 답답해져 기어이 젓가락을 내려놓고야 말았다. 참으로 알 수 없는 노릇이었다.

다행히 그날 오전에 간신히 바람이 잦아들어 서둘러 강을 건너는 첫 번째 배에 타서도 그랬다.

방가(方家)는 흔이 난 탓인지 늘 찰싹 붙어 있던 덩치 큰 오연겸에게서 멀리 떨어져서는 배 말미, 즉 흔이 앉아 있는 근처를 어슬렁거리고 있었다. 한숨을 푹푹 내쉬며 말이다.

흔도 원체 조선으로 돌아가는 것이 그다지 달갑지 않은 처지였다. 돌아가 봤자 제 자리는 다시 가시방석일 테니 차라리 세상 유람이나 하러 다시 떠날까 하는 생각마저 들었다.

한데, 배가 강 가운데쯤 이르자 개었다던 하늘이 다시 어두컴컴해지더니 바람이 일고 비가 쏟아지기 시작했다. 말이 강이지, 거의 바다라 할 수 있는 강 하류인지라, 일렁이던 파도가 점차 높아지기 시작했고 순식간에 배가 뒤집힐 듯 기우뚱거리기 시작했다. 거센 바람 탓에 빗방울마저 몰려다니는지 우르르 쏟아졌다 말았다 했다.

"다들 꼭 잡으시오!"

누군가의 경고와 함께 저만치서 집채만 한 파도가 밀려오기 시작했다. 기시가 돛대에 묶인 밧줄로 서둘러 흔의 다리를 묶고는 단단히 잡고 있으라 주의를 주었다.

저도 모르게 배 말미로 향한 흔의 시선에 난간을 부여잡으며 엉거주춤 주저앉는 방家의 모습이 들어왔다. 저런.

흔이 저도 모르게 손을 내미는데, 방家가 갑자기 벌떡 일어나며 바락 소리를 질렀다.

"오라……, 혀, 형님!"

반대쪽을 넘겨다보니, 조금 전 흔들릴 때 넘어갔는지 커다란 짐짝 아래 오연겸이 깔려 있었다. 방家가 오연겸에게 달려가기 시작했다. 저 위험한 줄도 모르고!

제 몸 가누기 힘들 정도로 배가 흔들리는 와중이니, 나뭇잎처럼 작은 체구가 중간에 쓰러진 것은 당연했다. 한데 그게 하필 난간 쪽이라. 파도가 코앞까지 왔는데, 몸이 배 밖으로 반 이상 밀려 나간 급박한 상황으로 흔에게서 서너 발짝이나 떨어진 거리였다. 그가 잡고 있던 밧줄을 놓아야 간신히 손이 닿을 법한.

등줄기가 서늘해진 흔은 저도 모르게 움직였다. 파도가 배 위를 덮치기 직전, 저를 부르는 기시의 날카로운 외침이 들려왔다.

"어찌 밧줄을……! 위험합니다, 대군 대감!"

온몸을 내리누를 듯 무지막지하게 크고 차가운 물이 빠지고 나서 정신을 차리니, 배 바닥에 드러누운 흔의 한 손이 방家의 한쪽 팔뚝을 굳세게 잡고 있었다. 물이 들어간 눈을 깜박이며 가늠하니, 다행히 방家도 난간 안쪽으로 나동그라진 채였다.

"다시 밧줄을 잡으십시오! 어서요!"

뒤에서 기시가 악을 쓰며 나무랐지만, 그러거나 말거나 흔은 방家를 잡은 손에 더욱 힘을 실으며 고쳐 쥐었다.

이번에는 반대 방향으로 우르르 밀려나니, 다행히 방家의 몸이 그에게로 쏠렸고 흔은 두 팔로 방家를 힘껏 끌어안았다. 이후로도 배는 수없이 요동쳤고 바닥에 쓰러져 이리저리 휩쓸리는 그들을 지탱하고 있는 것은 흔의 다리에 묶인 밧줄이었다. 부디 그것이 끊어지지 않기만을 바랄 뿐이었다.

흔이 끌어안고 있는데도 몸부림을 치며 오연겸이 어쩌고 있는지 돌아보던 방家는, 다른 이들이 짐을 끌어 내리고 오연겸을 안전하게 붙드는 것을 확인하고서야 안심하며 흔에게 인사치레를 건넸다.

"가, 감사합니다, 대군 대감."

그사이 갓노 어디로 달아나서는, 드러난 상투의 꼭대기까지 덜덜 떨면서도 그리 인사를 차린다.

"꽉 잡아라."

"예, 옛!"

배 뒤쪽과 앞쪽이 번갈아 가며 지붕 높이만큼 쳐들리며 흔들리니, 아수라장이 따로 없었다. 3월이라지만 한겨울 냉기만큼이나 차디찬 파도가 숨 한번 고를 새도 없이 연신 들이쳤고 두 사람은 매번 거센 물세례를 뒤집어썼다.

방家의 어깨 너머로 다가오는 거대한 파도를 본 흔이 팔에 더욱 힘을 주며 그의 귓가에 중얼거렸다.

"준비하여라."

그 소리에 방家의 두 팔이 허겁지겁 흔의 목을 끌어안았다. 그 바람에 방家의 뺨이 그의 것에 맞대어졌고 다음 순간 차디찬 파도가 그들을 덮쳤다. 순간 흔은 그 바닷물이 조금 전의 것만큼 차갑지 않다고 느꼈다. 어째서지?

태어나던 순간부터 자신의 존재가 왕권을 위협한다 여기는 형님 전하의 의심에 시달리며 살아왔다 해도 풍랑이 이는 배며 거센 파도 앞에 선 이 순간이 두렵지 않을 리 없는데.

눈에 거슬리던 역관이, 그것도 사내가 자신을 끌어안았다고 해서 그 두려움이 무뎌졌다고? 설마 자신에게 남색 기질이 있었나?

죽느냐 사느냐 하는 판국이라 그런지, 어찌 그럴 수 있나 충격을 받기보다는 그렇게 형님 전하의 의심에서 벗어날 수도 있겠구먼 하는 생각까지 들었다.

그러는 동안에도 배는 끊임없이 흔들리고 파도는 연신 몰아치고 있어 품 안의 방家는 오들오들 떨면서도 흔의 몸에 두 팔과 다리를 칭칭 두른 채 매달려 있었다. 코로 들어간 물 때문에 흔의 어깨에 대고 연신 콜록거리기도 하였는데, 그때마다 끌어안은 흔의 팔에는 자꾸만 힘이 들어갔다. 누가 보면 그를 끌어안고 있어야 자신이 사는가 싶게 말이다.

얼마나 지났을까. 배를 부서뜨릴 듯 흔들리던 파도가 가라앉고 거센 비와 귀청을 때릴 듯한 바람도 잦아들기 시작했다. 이제 안전해졌다 싶은지 사람들이 한둘씩 움직이기 시작했다.

두 사람도 여전히 뱃전에 쓰러져 있었는데, 흔은 방가(方家)의 고개가 제 품에 툭 떨어지는 것으로 그가 까무룩 조는 것을 알았다. 지난밤 계집질로 늦게 잠자리에 든 데다가 풍랑에까지 시달렸으니 그럴 만도 했다.

하지만, 이제 일어나 마른 옷으로 갈아입어야 고뿔에 걸리지 않을 것이라. 그래서 이만 깨워야겠다 생각하며 방가의 등을 안고 있던 손을 움직이려는데 그 아래에 무언가 만져지는 것이 있었다. 젖어서 달라붙은 옷 아래로 등을 가로질러 천으로 여러 번 동여맨 것이었다.

무엇이지? 처음에는 허리에 차는 전대를 가슴에 찼는가 하였지만, 기녀에게 가진 돈을 다 내주었으니 전대를 찰 필요도 없었을 터인데? 좀 남은 돈이 있는가? 그렇다면 천만다행인데.

궁금증에 둘러진 천을 따라 더듬거리며 앞쪽으로 돌아 나오자니, 갑자기 도도록한 것이 만져졌다. 손안에 둥그렇게 들어차는 무언가. 그것도 가슴 양쪽에 하나씩.

그가 기대하던 것은 결코 아니었다. 그것보다는— 천도 아니고 따스한 기운이 느껴지는 몸의 일부였다. 자신에게는 없는 것이니, 역시나 사내라면 상대에게도 없어야 하는 그 무언가.

오감이 곤두섰다. 제 두 팔과 가슴에 꼭 끌어안긴 방가의 몸이 기녀들의 몸처럼 나긋나긋하다는 것이 그제야 깨달아졌다. 뻣뻣한 시선을 내리니, 아까부터 훑고 또 훑던, 어느새 벗겨져 나간 안경

아래의 이목구비는, 필시 사내의 그것일 수 없을 만치 오밀조밀하였다. 허어.

그대로 움직임을 멈춘 흔의 눈이 몇 번이나 깜박여졌다. 여간해서는 미소를 머금지 않던 흔의 입가가 어느 순간 길쭉이 끌려 올라갔다 내려왔다.

이어 그 입술이 지난밤, 후끈한 시간을 보낸 여운이 어린 적도 없는 방家의 광대 언저리를 슬쩍 스치는데, 우연인지 아닌지 당사자가 아닌 바에야 결코 알 수 없는 노릇이었다.

2
상단 부스러기 방석동

"그래서, 기와집 두 채 값을 날렸다는 말이냐?"

해주 상단의 대행수 오양우는 뻔뻔한 얼굴로 제 앞에 앉은 5촌 조카 방석동을, 아니, 조카 행세를 하는 막내 여식 오서리를 엄한 눈으로 노려보았다. 남들은 청에 다녀오면 거액을 움켜쥐고 돌아오는데 빈털터리로 온 낯짝이었다.

"에이, 아버지. 두 채 값까지는 아닙니다. 300칸이 넘는 이 집만큼은 아니더라도 웬만큼은 되는 기와집으로 따지셔야지, 초가에 그저 기와만 얹은 것도 기와집이랍니까?"

재물 간수는 허투루면서 너스레만은 제대로다.

"그래, 400냥이면 비싼 기와집으로는 한 채 값에 불과하지."

"그렇고말고요."

그가 선선히 동의하자, 그냥 넘어가려는가 싶은지 여식은 손뼉까지 치며 맞장구를 친다.

"그럼, 기와집 한 채는 싼 것이냐? 기루에서 만난 기생에게 홀랑 털어 주기에?"

"물론 싼 것은 아니지요. 하오나, 증자(曾子)가 말하기를 세상에 불효보다 더 큰 죄는 없다고, 남이 불효를 저지르지 않게 돕는 것도 제 스스로 효도하는 길이라 생각하여……."

전 같으면 잘했다고 등을 두드리며 화통하게 넘어갔겠지만, 상황이 달라졌다. 이제 여식을 상인으로 만들 생각이 없어졌으니 말이다.

헤헤거리며 눈치를 보는 여식도 전과 달리 어찌 이러시는가 의아해하는 기색이 역력했지만, 단단히 마음을 먹은 오양우는 얼굴을 풀지 않았다.

"시끄럽다. 넌 청에 내 자식으로 간 것이 아니라 내 상인으로 간 것이었으니, 효를 논하기 전에 내게 갚아야 할 재물을 온전히 보전하는 것이 먼저였다."

"아, 그렇습지요……."

눈치 빠른 놈이라 일단은 넙죽 엎드려야겠다 생각했는지 한껏 불쌍한 표정을 짓는다. 그래도 어림없다.

"하도 애원해서 사신단에 한번 끼워 줬더니, 기어이 사고를 쳐? 다신 청에든 왜국에든 못 갈 줄 알아라."

"앗, 아버지! 아니, 당숙 어른, 어찌 이러십니까? 또 그런 곳엘 가야 제가 손해를 충당하지 않겠습니까? 제가 이번에도 인삼 장사로 얼마나 많은 이윤을 남겼는데요!"

남장한 사실이 혹여 상단의 다른 이들에게 알려질까 저리 쉬쉬하는 안쓰러운 짓도 이제 보지 않을 터였다.

"그래, 많이 남겨서 또 많이 털어 주고 오겠지."

"제가 투전을 한 것도 아니고……."

"한양서는 가끔 투전을 한 것으로 알고 있는데?"

"아버님께서 장사 밑천을 주지 않으실 때 몇 번 해 보고는 소질이 있다 싶어 이후로는 재미로…… 물론 투전이 드러낼 만한 것은 아니지만, 잃은 것도 아니고 그저 푼돈이었어……."

여식이 잔뜩 눈치를 봐 가며 주절거리지만, 오양우는 꿈쩍도 하지 않았다.

"푼돈이라 그냥 두었던 것이니라. 한데, 이번에는 그냥 넘어가기에 지나치게 큰 액수였다."

"아니 되십니다! 또 보내 주셔야 해요! 기록관도 제가 유능하다며 왜국으로 가는 통신사에 천거하겠다 하였단 말입니다!"

"통신사에 든다 한들, 돈 한 푼 없이 갈 수 있을 성싶으냐?"

"그건 아버지가 융통해 주셔야지요!"

"이번에 내게 진 빚은 어쩌고? 횡령으로 옥에 갇히지 않은 것만도 다행으로 여겨라."

"그럼 그것만 갚으면 통신사에 보내 주실 것입니까?"

기실 서리가 기록관에게 매달렸던 이유는 돈을 갚을 길이 없어서가 아니었다. 청국에 다녀오는 것이 어찌나 재미있는지 왜국에도 가 보고 싶어 그리했던 것이지.

"갚을 길이라도 있는 것처럼 들리는구나?"

"대신 갚아 주겠다는 이가 있습니다!"

그 말에 오양우뿐만 아니라 둘러앉아 있던 오라비들도 모두 눈살을 찌푸렸다.

세상에 공짜는 없으니, 대신 돈을 갚아 주겠다는 놈은 분명 발칙한 꼼수를 숨기고 있을 것이라는 생각에서였다.

"제가 잘했다고, 그 400냥을 갚아 주겠다고 했다니까요. 말로 천 냥 빚을 갚는다는데, 전 그 반도 되지 않는 400냥 아닙니까? 그 정도 융통해 줄 이는 누구나 다 한 사람씩 있는 것 아닙니까?"

잘했다는 말은 거짓이었지만 서리는 잔뜩 허풍을 떨었다. 실제 돈을 빌리는 것이 문제가 아니라 저를 지지하는 이가 한 사람이라도 있다는 것이 중요하니 말이다. 게다가 돈을 빌려준다는 말은 거짓이 아니었다. 분명 곤란해지면 연락하라 했었다.

"누가?"

"그것이…… 정사(正使)입니다."

갑자기 머뭇거리는 여식의 모양새에 그러면 그렇지 하던 오양우의 눈이 부릅떠졌다.

"정사? 설마 금평대군 말이냐?"

정사라면 사신단을 이끄는 대표이니, 답을 듣지 않아도 당연히 그이일 터였다. 어째 일이 제대로 풀려 가는 기분이었다.

"예! 아버님께서 저를 옥에 가두신다고 하면 대신하여 갚아 준다고 했습니다."

금평대군의 이름자를 언급하는 것만으로도 대단한 제 편이 생긴 듯 서리가 우렁차게 답하자, 오양우는 함께 청에 다녀온 둘째 연겸을 바라보았다. 그도 금시초문이라는 얼굴이었다. 저 말을 믿어야 하는 게야, 말아야 하는 게야?

잠시 생각에 잠긴 듯한 아버지의 얼굴을 보던 서리는 아주 쪼오금 걱정이 되었다. 정말 그 돈을 받아 오라고 할까 봐서였다. 돈을 주고받는 것에 있어서는 부모 자식 간에도 철저해야 한다고 늘 말씀하셨으니까.

"대군과 그 정도로 친해졌느냐?"

"처음에는 무척 괴팍하고 얄망궂은 줄 알았는데, 알고 보니 그렇지 않은 인사였습니다."

어째 사사건건 저를 거슬려 하는가 싶어 저도 눈꼴이 시었는데, 배에서 제가 물에 빠질 뻔한 것을 구해 준 이후로는 눈빛이 달라졌다. 한양으로 오는 길에는 부러 말을 자신의 말 옆으로 붙이며 이런저런 말을 건네기도 하고 멀찌감치서라도 눈이 마주치면 온화한 미소를 전해 주니, 서리도 한양서 처음 만났을 때 그 걸출한 외모에 혹했던 순간으로 돌아간 듯 내내 설레기까지 했었다.

아버지께 이렇듯 왜국 통신사로 보내 달라 조르는 이유의 반도, 대군이 왜국 통신사의 대표로 또 갈까 싶어 그러는 것이었다. 청에 갈 적에는 대군이 내내 제게 야료를 부렸기에 한없이 멀게만 느껴졌는데, 돌아오는 길은 어찌나 짧던지. 다음에 왜국이든 어디든 갈 때에는 갈 적 올 적 내내 대군과 다정할 생각을 하니, 벌써부터 기다려지는 것이었다.

"그래? 마음에 들더냐?"

"아, 물론이지요. 인품이 아주 훌륭한 분이었습니다."

서리가 입술에 잔뜩 침칠을 해 가며 칭찬을 했다. 그 말씀에 아버지의 얼굴이 좀 펴지는 것 같아, 슬쩍 여쭈었다.

"저, 왜국에 보내 주실 거지요?"

"음, 생각해 보마. 내 너에 대한 처리는 차차 알려 줄 것이니, 가서 자중하고 있어라. 투전 놀이니 뭐니 하며 나돌아 다니지 말고."

"엥? 나가지도 말라는 말씀입니까? 어째서요?"

"옥에 갇히느니, 네 방에 갇히는 것이 낫지 않으냐? 자자, 물러

가거라, 오라비들과 할 말이 있다."

힝……. 아들딸을 가리지 않으며 자식들이 행복한 게 최고라고 늘 말씀하시며 화통하게 청에까지 보내 주신 아버지께서 갑자기 다른 사람이 된 양 그녀를 억누르려고 하니, 난감한 노릇이었다.

어깨를 늘어뜨린 서리가 나간 뒤, 오양우는 옆에 앉아 있던, 자신처럼 덩치가 큰 세 아들을 가까이 불러 앉혔다. 제가 아쉬울 때는 음전한 품행 따위는 내팽개치고 마는 서리가 혹여 문밖에서 귀를 대고 엿들을까 싶어서였다.

"그래, 연겸이 말해 보거라. 저게 무슨 소리냐? 대군과 저 정도로 친해졌다고?"

오양우와 나머지 두 아들의 시선을 받은 연겸은 기대와 달리 떨떠름한 표정을 지었다.

"글쎄요, 제가 보기엔 그다지……."

서리가 상황을 모면하기 위해 떠벌린 말인가? 순간 오양우의 얼굴이 일그러졌지만, 그래도 포기하지 않고 물었다.

"네가 본 대군의 됨됨이는 어떠하더냐?"

자꾸만 대군 이야기를 묻는 아비가 이상했지만, 연겸은 생각나는 대로 아뢰었다.

"점잖고 의젓하였습니다. 사신단의 그 많은 일행을 잘 거두었고, 당황하거나 모자란 모습을 보인 적도 없거니와 연경에 가서는 청나라 관리들에게도 당당하였습니다."

오양우의 얼굴이 조금 펴졌다.

"그래? 그럼 서리를 그리 시집보내도 되겠느냐?"

"……그게 대체 무슨 말씀이십니까?"

잠시 후 자초지종, 즉 자신과 서리가 청에 가 있는 동안 궁궐로부터 혼담이 들어왔다는 이야기를 들은 연겸은 기가 막혔다.

"참말입니까? 바로 거절하지 않으셨다고요?"

이전에 아버지께서 서리에게 들어오는 혼담들이 영 시답지 않다며 모두 물리치던 것을 이름이었다.

"당장에 거절하기에는 어려운 자리 아니냐. 마침 서리가 대군과 함께 청에 갔으니, 돌아오는 걸 보고 결정하려고 5월 안에 기별을 해 준다 했지."

"돌아오는 걸 보고 결정하다니요? 설마 서리가 대군과 정분이라도 나길 기대하셨다는 겁니까? 저러고 사내놈처럼 꾸미고 갔는데요?"

"그래서 네 의향을 묻는 것 아니냐."

연겸이 정색을 하였다.

"저는 마음에 들지 않았습니다."

"어째서?"

"사람이 좀 차고 야멸스럽더이다."

단정적인 그 말에 첫째인 연항이 혀를 찼다.

"그럼 우리 서리가 마음고생하니, 안 되지."

"그러게요. 우리 서리한테는 인자하고 성품이 좋은 사내가 알맞습니다."

셋째 연총까지 나서자, 아비인 오양우가 손을 내저었다.

"그야 쓸데없이 아무한테나 인자한 것보다는 낫다."

"아버님께서는 대군과 서리를 짝지어 주실 생각에 그저 좋게만 보시는 것 다 압니다. 하지만, 그자는 유독 우리 서리한테만 그러했다는 말입니다."

"서리한테만 차더라고? 언제 또 보거든 밤길 조심하라 전해라."

서리라면 무조건 싸고도는 첫째가 이를 갈자, 오양우가 달리 물었다.

"서리를 사내로 알고 있으니, 다감할 일도 없지. 그리고 서리는 그의 인품이 훌륭하다 하지 않느냐?"

"그거야 서리가 통신사로 가고 싶어 허언을 하는 것이지요."

틀린 말은 아니지만, 오양우는 그리만 믿고 싶지는 않았다.

"네가 보는 것과 서리가 느낀 것이 다를 수도 있지. 그저 차기만 하고 올바르지는 않더냐?"

"그건 아니지만……."

"제대로 된 지적이나 꾸짖음은 아무나 가질 수 있는 덕목이 아니다."

"하여간 거절하시지요. 비밀리에 들어온 혼담이고 다른 상단들도 있으니 우리가 거절한다 해도 큰 무리는 없을 겁니다."

둘째는 처음 궁궐서 기별이 왔을 때의 첫째와 셋째처럼 불퉁하게 굴고 있었다. 둘째가 저리 삐딱하니, 자신이 누차 타이르고 설득해서 간신히 덜해졌다 싶은 나머지 두 아들도 처음의 반발심이 새록새록 떠오르는지 둘째의 말에 연신 고개를 끄덕이며 거들고 있다.

"그러니, 성사시키고 싶은 혼담이란 말이다. 네 형, 아우와 여러 번 했던 얘기들이지만, 지난번에, 송파 상단의 김석관이 동인들 편을 들다가 왕이 바뀌면서 유배를 간 것을 모르느냐? 그 아들마저 도적 떼를 만나 살해당했다는데 나는 그것도 믿지 않는다. 필시 괘씸하다며 왕이 죽였을 것이고 차후 우리 집안에도 얼마든지 일어날 수 있는 일이다."

"그 말씀을 또 하십니까? 지나친 우려시라니까요."

셋째가 지루해했다.

"글쎄, 우려는 아무리 해도 지나침이 없대도. 지금 우리 상단에 북인과 서인 모두가 접촉을 해 오고 있다. 지금껏 양측 모두의 요구를 들어주어 우리 상단이 무사할 수 있었지만, 조만간에 그 어느 한쪽의 편을 들어야 할 게야. 그리되면 정치가 어찌 흘러가느냐에 따라 우리 상단의 운명도 뒤바뀌게 되니, 그 얼마나 위태로우냐. 한데 대군의 장인이 되면 그 어느 쪽에도 설 필요가 없어져 안전해질 수 있다는 게지."

"우리 집안 때문에 서리에게 싫다는 혼인을 시킨다는 말씀이십니까?"

"서리가 언제 싫다고 했느냐? 대군에 대해 긍정적으로 말하지 않던. 그리고 비단 집안을 위해서만은 아니다. 난 서리가 귀한 신분이 되는 걸 보고 싶다. 우리가 해주 오씨라 '해주 부부인'으로 불릴 것이니, 그 얼마나 광영이냐."

서리가 귀하게 살았으면 하는 것은 모두 동의하는 바였다. 어머님께서 서리를 낳고 젖 한번 물려 보지 못하고 돌아가셨으니, 얼마나 안쓰러운 동생인지.

"나 좋자고 하는 일 아니다. 재물을 더 모으자는 것도 아니고, 죽은 뒤에야 정일품으로 추증해 주는 부부인의 아비가 되고 싶어서도 아니라는 말이지."

왕의 장인이면 모를까 대군의 장인은 살아생전 아무 작호도 받지 못하니, 신분 상승의 의지 때문은 절대로 아니라는 아비의 말은 거짓이 아니었다. 고개를 끄덕이던 첫째가 여쭈었다.

"대군은 어릴 적부터 형님보다 잘난 이라, 주상이 보위에 오른 지금까지도 늘 경계한다는데, 어찌 안전해진다 하십니까? 도리어 더 위험해지는 것이 아닙니까?"

"지금이야 대군이 위험천만하지. 하지만, 중인인 우리 집안과 낙혼을 하고 나면 달라진다. 서리가 자식이라도 낳는다면 그 아이는 중인이 되는데, 중인을 장남으로 둔 대군을 누가 왕으로 옹립하려 하겠느냐."

"어차피 왕의 자식들은 그 어미가 하다못해 대궐 무수리라도 보위에 오르는 데 상관이 없지 않았습니까?"

"그야 이미 왕이 되고 나서 맞은 후궁에게서 본 자식은 그렇지. 하지만, 대군 시절 이미 중인을 정실부인으로 맞아 자식을 낳은 이는 다르다. 애초 보위에 올리는 것부터 명분이 없어지니, 대군을 견제하려 안달인 주상이 그런 혼담을 우리 집안에 넣어 온 걸 게야. 이 혼담으로 주상은 안심하고 우리 집안은 안전을 도모할 수 있으니 만사가 평탄해진다."

오양우의 말에 아들들은 섣불리 수긍하지 않았다.

"이런 만고에 없는 혼인을 과연 대군이 받아들이겠습니까?"

"거절하면 보위에 욕심이 있어서라고 오해하기 십상이니 받아들일 게다. 게다가 그는 임금이 되는 것에는 관심이 없어."

대군이 꿍꿍이를 품고 사저로 찾아드는 신료들을 모두 문전 박대 한다는 소문이 자자했다.

"형님은 지금 대군이 문제입니까? 우리 서리가 받아들일 것이 문제지요. 부부인이고 뭐고 분명 싫다 할 겁니다. 저 싫으면 평양 감사도 안 한다는데, 부부인이니 뭐니 그런 것 답답해서 서리가 어찌 삽니까. 그러니, 애초에 청에 보내실 때 마음처럼 저 하고 싶은 것 하고 저 살고 싶은 대로 살게 내버려 두시지요."

둘째 말도 틀리진 않지만 오양우는 그쪽으로는 눈을 꾹 감아 버렸다. 서리에게만 차다는 영 시원찮은 소리에는 입맛이 썼고 서리가 하는 말은 허풍처럼 들렸지만, 그는 자신의 뜻을 굽히지 않을 생각이었다.

"그야 이런 일이 있을 줄 모르고 허한 일이지. 부부인으로 살 수 있다면 그리 살지 뭐 하러 이리저리 떠돌게 두느냐. 하여간, 어찌 될지 아직 모르지만, 일단은 입조심들 하여라. 자칫 내자들에게 흘렸다가는 서리 귀에 들어가는 건 시간문제이니."

중신아비 노릇을 하는 동부승지가 말하기를, 주상께서 대군을 따르는 신하들의 반발을 우려하고 계시니 혼사가 성사되든 안 되든 반드시 비밀에 부쳐야 한다고 거듭 주의를 주었던 것이다. 혼삿날까지도 말이다.

그러지 말라 해도 그럴 판이다. 왕실과 혼사를 맺음에 있어 가장 우선시되는 것이 양친의 생존인데, 서리는 어미가 없지 않은가. 이 사실이 알려지면 신분에 상관없이 성사될 수 없는 혼사인데, 그 사실을 감안하고라도 재물과 아우의 견제에 눈이 먼 임금이 먼저 청해 온 혼담이니 입만 다물고 있으면 우리 서리가 이 나라에서 중전 다음으로 귀한 자리에 앉게 되는 것이다. 그러니 이 집 안에서 사실을 아는 사람은 지금 이 사랑에 모여 앉은 네 부자뿐이고 그것은 혼삿날까지도 다름없을 것이다.

"그리 비밀리에 혼사를 해치우면, 치른 뒤에는 문제가 되지 않는답니까? 괜히 우리 서리만 구박덩이 되는 것 아니냐고요."

첫째가 둘째를 쿡 찔렀다.

"나도 그 생각을 했다만, 마음만 먹으면 주변 사람 구워삶는 데 귀신인 서리가 어디서든 쫓겨날 짓을 할 리는 없지 않느냐. 게다가 시집살이 시킬 시부모도 없는 자리지 않느냐."

오양우도 고개를 끄덕였다. 부부란 정붙이고 살다 보면 살아지는 것이니. 일단 혼인만 하면 된다.

우려가 되지 않는 것은 아니지만, 이대로도 우리 집안은 내내 외줄 타기를 해야 할 것이니 저지르고 보자는 마음이 커졌다.

"가문뿐만 아니라 서리까지 모두를 위한 일이니 다들 시키는 대로 하여라."

"예."

"알겠습니다."

"……서리가 받아들이기 쉽지 않을 것인데요."

첫째, 셋째는 마지못해 대답했지만, 얼굴서부터 서리와 가장 닮은 둘째는 꼭 서리가 그러하듯 끝까지 불만스레 중얼거렸다.

그에 오양우는 단호한 얼굴을 했다. 누차 말했듯 재산을 불릴 욕심으로 혼사를 밀어붙이는 것이 아니었다. 오히려 궁에서 요구한 지참금을 마련하려면 허리가 휠 지경이니.

"받아들이지 않으면 어쩔 것이야? 중인한테 시집가서 우리처럼 양반네들한테 시달리며 사는 것보다 그 양반보다도 더 윗자리인 부부인으로 살면 얼마나 광영 될 것인데."

아들들은 자자손손 안전히 먹고살고 어미도 없이 큰 딸자식은 귀하게 되고. 아비로서 더 이상 바랄 것이 없을 것이다. 혼담이 들어온 뒤로 밤잠을 뒤척여 가며 생각에 생각을 거듭했지만, 날이 갈수록 이 혼사를 성사시켜야겠다는 생각이 굳어지기만 했다.

억지 혼인에 서리가 반발하겠지만, 그 아이도 언제고 이 아비에게 고마워할 날이 오게 되리라 믿어 의심치 않았다. 그리 마음을 다잡은 오양우는 다음 날 중신아비인 도승지에게 긍정의 답을 전했다.

"방家 석동이라는 이름을 찾고 있소만."

해주 상단의 한양 본부. 내관 김기시가 분주히 오가는 사람들 중 하나를 붙잡고 물었다. 벌써 세 번째였으나 이번에도 모르는 이라며 고개를 저었다. 저만치 뒤에서 지켜보고 있던 금평대군 흔은 속으로 혀를 찼다.

꽤 큰 상단인지라 이름자만 가지고는 찾을 수 없는가? 가만있자, 짐을 지고 오가는 사람이 아니라 관리직을 맡은 자라면 알 수도 있지 않을까?

그래서 중문을 지나 조금 더 안쪽으로 걸음을 옮기니, 여느 보부상의 차림과 달리 갓과 비단옷 차림으로 들고 나는 것들을 적는 이가 있었다. 저이마저 모른다 하면 행수의 아들이라 했던 오家를 불러 달라 하라고 김 내관을 종용했다.

한데 한창 바쁘게 일하다가 김 내관의 질문에 흘끗 시선을 드는 모양을 보니, 석동을 아는 듯하였다. 어찌나 반가운지 얼굴을 반쯤 가린 부채 너머 보이는 흔의 얼굴에 화색이 돌았다.

"아시오?"

상대의 시선이 연거푸 묻는 김 내관을 위아래로 훑었다. 오연겸처럼 덩치가 큰 걸 보면 오家의 피붙이인가 싶은데, 기꺼운 낯빛은 또 아니라. 역시나 그놈의 400냥 때문에 석동에게 단단히 미운털이 박힌 모양이었다. 더 일찍 찾아올 것을. 그사이 그이가 참혹한 지경에 이르지는 않았는가 근심이 되었다.

"그이를 어찌 찾으십니까?"

"좀 아는 사람이오. 지금 어디 있소?"

"뉘신지 말씀을 하셔야 그이에게 알릴 것이 아닙니까?"

딱딱거리는 투가 어째 쉽사리 말해 줄 기미가 아니었다. 마음이 급해진 흔이 부채를 접으며 앞으로 나섰다.

"나는 이흔이라 하오. 방家와 연행사로 다녀오던 길에 안면을 익힌 사이인데 볼일이 있어 그러오."

상대는 자신보다는 좀 작지만, 야리야리한 선비 축도 아닌 흔을 역시나 위아래로 훑더니, 이번에는 대놓고 미간을 구겼다. 아무리 대군의 신분을 밝히지 않았다지만, 초면에 경우가 좀 아니다 싶었다.

하지만 자신이 석동이 사내인 줄 알고 아니꼬워했던 것처럼 상대도 자신이 상단에 들어와 어정거리니, 저와 비슷한 계층이려니 생각하여 그런 것일 수도 있다 싶어 굳이 짚고 넘어갈 필요를 느끼지 못했다.

또한 자신이 대군임을 밝히고 이 사내를 꾸짖었다가는 가뜩이나 미운털이 박혔을지 모를 석동에게 해코지를 할까 저어되어 더더욱 참았고. 게다가 석동을 아는 이를 만난 것이 어딘가.

흔이 기대감 어린 얼굴로 짐짓 얌전히 상대를 마주 보자, 상대는 이내 씹어뱉듯 중얼거렸다.

"……잠시 기다리시오."

서둘러 사랑 쪽으로 걸음한 서리의 셋째 오라비 연총은 연겸이 일하는 작은 사랑으로 들어섰다.

"작은형님, 금평대군의 이름이 '이흔'입니까?"

도깨비처럼 뛰어들어 족치듯 물으니, 연겸은 엉겁결에 말을 더듬었다.

"어, 아마 그랬던 것 같은데? 그런데 아무리 우리끼리라지만 대군 이름을 그렇게 불러 젖히다가는 자칫 경을 칠 수도 있······."

연총이 성마르게 말을 끊고 든다.

"저리 기생오라비처럼 생겼다는 말씀은 없으셨잖습니까?"

"큼. 우리 형제 중 제일 기생오라비같이 생긴 네가 할 소리는 아닌 것 같다. 그리고 난 금평대군이 못났다고 한 적은 없······, 그런데 '저리'라니?"

사내 얼굴이 곱상하다고 싫어하는 여인은 별로 없다는 말을 덧붙이려다가 말속에 숨은 뜻을 깨달은 연겸의 눈이 커졌다. 어째 금평대군이 지금 여기 어디에 와 있다는 말같이 들리지 않나?!

"방석동이를 찾아왔답니다."

부루퉁히 내뱉는 것이, 마치 흔이 찾아온 연유가 연겸의 탓이라도 된다는 양이었다.

"뭐라? 그래서 지금 내어 줄 참이야?!"

연총이, 아버님 앞에서 형님과 더불어 예, 예 했다는 이유로 모두에게 삐쳐 있던 연겸이 펄쩍 뛰었다.

"내어 주다니요? 아직 신행 온 차림새는 아니었습니다만."

"그래서 만나게 해 주려고? 너도 서리 혼사가 반가운 것만은 아닐 텐데 막자는 못할망정 어찌 만나게 해 주려는 게야? 그러고도 오라비라 할 수 있느냐?"

대군 하나 때문에 형제끼리 싸움이라도 날 판이다.

"어허, 오서리가 아닌 방석동을 찾는데, 어찌 없다고 합니까?"

"서리가 석동이지 않느냐!"

"대군은 그것을 모르니, 석동이를 찾지요. 물론 형님이 계속 그리 소리를 지르시면 저 바깥마당에 선 대군에게까지 다 들리긴 하겠습니다만."

"하여간 아니 된다!"

합 하고 입을 다물었던 연겸이 그리 속삭임을 덧붙였지만, 승강이엔 끝이 없을 것이다.

연총은 제 불손한 태도를 여간 아니게 꾹 참아 넘기던 금평의 태도를 다시 떠올리고는 고개를 저었다.

"호락호락 물러날 기세는 아니었습니다. 서리, 아니 석동이더러 나가서 얼른 보내 버리라 하는 것이 빠를 성싶습니다."

앞으로 일이 어찌 될지 모르니, 대군이 해주 상단에서 어떤 식으로든 낯 붉힐 거리를 만들어 주어서는 아니 된다. 때문에 서둘러 별채로 걸음하였다.

"아씨, 금평대군께서 참말 소문대로 그리 잘나셨습니까?"

"뭘 또 물어. 눈 코 입 다 달렸다니까."

별채 제 방에 앉아 거문고를 손질하던 서리가 몸종 애춘의 질문에 건성으로 답하였다. 청에 다녀올 때와 달리 해주 상단의 귀한 고명딸답게 고운 치마저고리를 입고 머리도 땋아 내린 차림이었지만, 입술에서 나오는 대답은 석동이의 그것과 크게 다르지 않았다. 스스로도 자꾸 떠올라 어찌할 바를 모르겠는데 자꾸만 질문하니

54

그럴 수밖에.

서리의 그런 속도 모르고 애춘은 함께 청에 다녀온 일꾼들이 하는 말을 들었는지 내내 그 얘기다.

"아이, 그러지 마시고요. 자세히 기억을 해 보세요오오."

"안경 때문에 야릿해서 잘 보이지 않았다고. 너도 써 봐서 알잖아, 몇 걸음만 떨어져도 잘 구분이 가지 않는 거."

안경으로라도 가리면 여인임을 들키지 않을까 해서 썼던 것인데, 어찌나 답답하던지. 돈푼을 셀 때는 코끝에 걸치도록 내려 써야 제대로 셀 수 있을 정도였다.

애춘에게 고개를 저어 보이는데 등에 드리워진 댕기가 오락가락하였다. 청에 다녀오는 동안 상투를 틀고 다니다 다시 드리운 댕기의 감촉이 금평대군을 생각할 때마다 드는 생소한 느낌처럼 아직은 낯설었다.

"돌아오는 길에 풍랑을 만나 안경을 잃어버리셨다면서요. 그 이후로는 뵈었을 것 아니에요?"

"어, ……그랬지."

그 이후가 아니라 그 직후라는 것이 더 정확했지만. 풍랑이 끝나고 정신을 차렸을 때, 자신을 온통 감싸 안고 있던 금평대군의 얼굴을 처음으로 제대로 보았다. 거울로 보던 제 얼굴보다 더 가까이 본 그 얼굴은 참말로 수려했지만, 그것보다 더 중요한 건 그 눈과 마주친 순간 가슴이 덜컹한 것이다.

안경 때문에 보이는 게 없어, 대군이 까다롭게 굴 때마다 대거리를 한 것이 뒤늦게 오금 저려서는 아니었다. 숱 많은 속눈썹에 감싸인 눈이 크고 또렷해서도 아니었고.

그 속에 담긴 것, 즉 자신을 바라보는 그것에 담긴 신중함과 영

민함, 그리고 누구든 함부로 범접치 못할 고귀함 때문이었다. 아편 이야기를 하며 조선 상인들을 매도하는 말을 할 때에 상상했던 거만함 따위를 담을 만한 눈은 아니었다. 고귀한 선의 이마와 잘 다듬어진 듯한 광대뼈, 그리고 단정히 다물어진 입매 등의 잘난 외모는 그다음이었다.

한마디로 뭔가 더러운 일이나 추한 일 따위는 결코 하지 않을 부류의 인간이었다. 글에서 읽은 그대로 결코 한눈팔지 않고 군자의 길만 걸어갈 것 같은 인사. 이어 대군이 고개를 기울여 제게 입을 맞추는 순간, 그 생각도 모두 날아갔지만.

대체 왜 사내에게 입을 맞춘 게지? 남색을 즐기는가?

생각이 다시 그에 미치자, 서리는 뒤로 벌러덩 드러누웠다. 아이고, 답답해라. 대체 왜?

답답함을 이기지 못해 엎어졌다, 바로 누웠다를 반복하다 급기야 발길질까지 하니, 분홍 치맛자락이 마구 펄럭였다.

애춘이 숨넘어가게 물어 온다.

"어찌 그러셔요, 아씨?"

"그냥 그런 게 있다."

고된 풍랑이 지나간 뒤, 잠깐 졸다 깨어난 와중이라 경황이 없던 자신에게 그런 짓을 하고는 몸을 일으켜 버리니 낸들 알 수가 있나. 흡사 자신이 꿈을 꾼 것이 아닌가 하는 생각까지 들었다. 이후로 대군이 자신을 대하는 양이 좀 보드라워진 듯하니 꿈이 아니었던 것도 같고.

급기야 한양에 돌아오기 싫은 이유였던 400냥도 선뜻 빌려준다고도 하였잖나.

그러니까 대체 왜? 뭘 믿고 상단 일꾼인 내게 그 돈을 빌려준다는 게지? 입 맞춘 값인가? 내 입에 금테를 두른 것도 아니고.

음……. 한양으로 오는 길에 깨달은 것이 있다면 이전에는 안경을 쓴 탓에 자신을 가만히 눌러보는 대군의 눈이 보이지 않아 마냥 까다롭게만 생각했을 수도 있다는 것이었다. 언뜻언뜻 마주치는 대군의 시선은 다감했고 어느 때는 눈가를 접으며 미소를 지어주기까지 했으니까. 그러면 자신은 화들짝 놀라 앞만 바라보며 말을 몰곤 했다. 한양으로 돌아오는 길이 갈 때보다 훨씬 짧게 느껴졌다는 것은 자신도 좀…….

"어떠셨어요? 예? 예?"

얘가 하도 보채니 생각을 정리할 수가 없네.

"세상 물정은 정말 모르더라. 글이야 많이 읽었겠지만, 사람 사는 건 또 다르잖니? 아무것도 몰라. 영 맹탕이더라고."

그래, 그러니까 사내에게 입 맞추고 거금을 빌려준다 어쩐다 약조를 한 것일 게다.

"아씨가 지나치게 영악하신 거래요."

"누가 그래?"

"안 그러는 사람이 누구인지 물어보시는 게 빨라요."

"씨이, 너……."

"아이참, 하여간 생김새가 어떻더냐고요!"

"그냥 사내라고. 개똥이나 억수처럼."

"첫째 나리처럼 사내다운 것도 아니고 셋째 나리처럼 어여쁘신 것도 아니고 개똥이나 억수 정도라고요?"

개똥이나 억수는 한창 피어나는 애춘이를 사이에 두고 경쟁하고 있는 또래의 노비들이었다. 중인은 못 되어도 평민과 혼인하는 것이 꿈인 애춘이는 그들을 발가락의 때만큼도 여기지 않았지만 말이다. 그들이 금평대군의 외모에 비교될 정도는 아니었지만, 그래도 그리해 두면 다시는 묻지 않을 것 같아 그랬더니 전혀 믿지 않는 눈치다. 역시 내 몸종이다.

"너, 둘째 오라버니는 언급도 하지 않는구나? 못났다는 거냐?"

그렇지만, 난 너보다 한 수 위지.

"설마 작은 나리께 일러바치시려고요? 하이고, 하도 바쁘셔서 들어 주실 짬이나 나실까 모르겠습니다."

"내가 바보냐? 오라버니댁한테 이르지."

둘째 오라버니댁은 삼 형제 중에 자기 서방이 제일 평범하게 생겼다며 툭하면 타박을 하지만, 다른 사람이 그 말에 동조하거나 고개를 끄덕였다가는 난리가 났다. 그런 이에게 이르겠다니, 좀 피곤해지겠다 싶은지, 애춘이 헛기침을 하며 입을 다물었다. 그래, 그게 내가 원하는 바였지.

"아유, 거문고 좀 그만 만지셔요. 대행수께서 선비들이나 타는 거문고 말고 규수답게 가야금이나 타라고 하셨잖아요."

애춘의 눈이 뾰족해져서는 어디 트집 잡을 것 없나 하더니, 역시나 내 몸종이다.

"아버지 안 계시니 만지는 게지. 그리고 거문고가 모든 악기의 우두머리인데, 너까지 알지도 못하고 구박할 셈이야?"

"거문고 소리는 어쩐지 서글프니까 그렇죠. 그 나무 얘기를 아가씨가 해 주신 뒤로 더 그래요."

거문고는 오동나무로 만드는데, 비옥한 땅에서 편안하게 잘 자란 오동나무는 물러서 쓰지 못하고, 척박한 바위틈에 뿌리를 내리고 고된 역경을 이겨 내는 과정에서 촘촘하고 단단해진 나무가 강하고 깊은 소리를 낼 수 있다 했다. 그런 나무를 석상오동(石上梧桐)

이라 한다.

그래서 서리는 자신의 사내 이름을 석동으로 지었다. 비록 여인으로 났어도 온실 속의 화초처럼 규방에서만 지내다 적당히 시집가서 남들과 엇비슷하게 사는 것은 원하지 않았기 때문이다. 상단을 혼자 일궈 낸 아버지처럼, 청으로 왜국으로 무수히 돌아다니며 경험을 쌓는 오라버니들처럼 그리 자신을 키우고 단련시키고 싶었다.

"서글프다니. 높고 낮은 음 하나하나가 얼마나 주옥같은데."

서리가 술대로 가장 굵은 줄인 대현을 밀자, 낮고 굵은 음이 방 안을 울렸다.

으엉? 이 소리는?

뜻밖의 발견에 서리가 고개를 갸웃하는 동안 애춘이 타박하듯 말한다.

"그 소리가 제일 서글퍼요."

자신은 그 소리가 마치 대군 대감의 목소리처럼 점잖고 굵다 생각하던 참인데.

그때 밖에서 목소리가 들렸다.

"서리, 안에 있느냐?"

지금쯤이면 상단 일을 보느라 한창 바쁘실 셋째 오라버니가 어쩐 일이시지?

"예에? 누가 찾아왔다고요?"

놀란 서리가 잠시간 아무런 말도 못 하자, 어쩐지 뚱한가 싶던 셋째 오라버니가 갑자기 반색을 하셨다.

"왜, 만나기 싫으냐? 그렇다면 내 가서 석동이 놈은 청에서 돌아오자마자 내쫓아 버렸다 할까?"

엥? 그건 아니지.

서리가 서둘러 입을 열었다.

"세상에 400냥을 날린 일꾼을 내쫓아 버리는 곳이 어디 있답니까? 평생 세경 안 주는 노비로라도 부릴 일이지."

"그럼 400냥을 갚으려고 어디 먼 곳으로 자매(自賣. 자신이나 가족을 노비 등으로 파는 행위)하였다 할까?"

오라버니는 자신이 대군을 만나기 싫어한다고 오해하셨는가 보다. 저는 그저 놀라서 어찌할 갈피를 잡지 못하는 것뿐인데.

"아니요……. 그러면 제가 옥에 갇혔다 생각하실지도 몰라요."

자신을 바라보던 그 눈매를 다시 떠올리자, 서리의 등줄기로 떨림이 내달렸다.

"그럼 나가 보겠다는 게냐?"

"그래야 할 것 같습니다."

서리가 벌떡 일어서 방을 가로지르자, 애춘이 그 치맛자락을 덥석 잡고 늘어졌다.

"아가씨, 차림이……."

그제야 서리도 치마저고리 차림의 자신을 내려다보고는 허둥지둥 돌아섰다.

"석동이 옷 어디 있지? 어서 내다오! 오라버니는 어서 나가시고요!"

연총은 벌에 쏘인 듯 부루퉁한 얼굴로 별채를 나섰다. 서리까지 저리 나서니 형님 밀대로 동생을 징말로 그 기생오라비에게 내어 주는 기분이었던 것이다.

"무사했구나."

뒷짐을 지고 서 계시던 대군께서 돌아보며 천천히 미소 지으시니, 그 모습에 눈이 멀 듯했다. 그의 수려한 외모가 아니라 저의 무사함에 안도하는 그 표정이 가슴을 먹먹하게 치고 들었다는 말이다. 작은 갓과 무명옷으로 갈아입자마자 화급히 달려간 석동은 순간 다리가 꼬일 뻔했다. 그래서 바짝 마른 입에 침을 모아 간신히 대답을 했다.

"예, 대군 대감 덕분입니다."

그래, 솔직히 외모도 한몫했다. 얇은 도포 위로 남색 쾌자에 붉은 술띠를 두른 모습이 너무나 근사했으니까. 이왕이면 다홍치마라지 않나.

"너를 아는 이가 없기에, 혹여 옥에라도 갇혔는가 걱정했다."

걱정해 주는 마음 씀씀이가 감사해 헤 하고 입을 벌리고 웃던 서리는, 지그시 자신을 내려다보는 대군의 시선에 어색하니 시선을 내리깔았다.

"설마 그 일 때문에 일부러 찾아 주셨습니까?"

"어찌 되었나 당연히 염려가 되었다."

'당연히'라니. 가슴이 주책없이 쿵쾅거렸다.

"일은 잘 해결되었습니다! 그…… 버는 대로 갚기로 하였습지요."

근심을 풀어 주려 큰소리를 쳤다가는 그 많은 돈을 어찌 변제받았나 하여 더 이상스레 여길까 싶어 급히 그다음 말을 덧붙였다. 그랬더니 대군은 역시나 짠한 표정을 지으셨다. 이번에는 가슴이 간질거렸다.

"잠시 나갈 짬이 되는지 모르겠다. 여기는 너무 번잡스러워서."

"예, 그러시지요."

그러잖아도 저만치서 눈을 부릅뜨고 서 계신 둘째와 셋째 오라버니의 시선이 불편하던 차이니 잘되었다. 서둘러 길을 잡으며 슬쩍 돌아보니, 오라버니들이 더욱 눈을 부라리고 있었다. 자칫 뒤라도 쫓을 기세인지라, 서리는 등 뒤로 무작정 마다하는 손짓을 하며 서둘러 걸음을 떼었다. 혹여 뒤를 따를까 해서였다.

"점심은 자셨습니까? 제가 괜찮게 하는 국밥집을 압니다만. 아, 설마 대군 대감께 주막서 국밥을 드시라 권하는 것은 불경스러운 건가요?"

그 집이 하도 맛나서 드린 말씀이고 또 안경을 쓰고 사사건건 마주 내지르던 때와 달리 정말 염려되어 여쭌 것인데, 오해하시면 어쩌지?

八자 눈썹이 되어 올려다보니, 대군께서 다행히 웃으신다.

"대군은 사람 아니냐. 앞장서라."

주막이나 상단이나 사람이 들고 나는 통에 번잡스럽기는 마찬가지인데, 실긋 내려다보고 싱긋 올려다봄을 거듭하며 걸어가는 두 사람 모두 그 생각은 하지 못하고 있었다.

다른 자리에 앉아 있던 김 내관이 저도 모르게 하품을 하다 입을 가렸다. 점심 즈음에 만나 벌써 밤이 이슥해질 시간이니, 졸릴 법도 하였다. 하지만 주막의 평상에 대군과 마주 앉은 서리는 시간 가는 줄을 몰랐다. 그가 어찌나 재미난 이야기 상대이던지.

책이면 책, 거문고면 거문고, 청이며 왜국 할 것 없이 박학다식

한 대군은 서리가 무슨 이야기를 하든 척척 장단을 맞추고 더하는 데 부족함이 없었다. 하루가 아니라 백 일을 함께해도 재미가 줄지 않을 성싶었다.

제가 모르는 세상이며 책들에 대한 무한한 호기심을 가진 서리와 달리 대군께서는 서리의 사정이 궁금하신지 개인적인 것도 물으셨다.

"그래서 조실부모한 지는 얼마나 되었느냐?"

"아…… 사, 삼년상을 마치고 상단에 합류한 것이 지난해로 사신단이 출발할 즈음이었습니다."

거짓말이란 언제고 들통이 나기 마련이라지만, 혹여 나중에라도 대군이 제 거짓에 대해 알게 되어 서운해하지 않도록 서리는 신중하게 앞뒤를 맞춰 가며 말을 지어냈다.

그런데 '나중에' 라니? 서리는 자신이 대군을 또 볼 참이라는 것을 깨달았다. 제가 보겠다고 볼 수 있는 신분은 아니지만, 또 보고 싶은 것이다.

"형제도 없는데 5촌 당숙이라도 제대로 두어 다행이구먼."

청에서 오는 길에 이런저런 이야기를 나누면서 드렸던 말씀을 기억하신 것이다. 상단에 투입될 때 그리 말을 맞추었었다. 아버지는 5촌 당숙으로, 오라버니들은 6촌 형님으로.

자신에 대해 그렇게 알은척을 해 주시니 다시금 가슴이 간질거렸다. 하루 종일 몇 번이나 그랬는데, 그때마다 배시시 웃음이 났다. 오라버니들이 저를 챙겨 주는 것과 확연히 다른 느낌이었다.

"그러게나 말입니다. 물론 그 그늘에서 거저 먹고살 생각은 아니었지만, 제가 어리석어 일이 수월히 풀리질 않고 있습니다."

400냥 이야기였다. 낮에 저를 염려하던 그 시선을 다시 받고 싶은 마음에 슬쩍 끄집어낸 것이다.

"내가 오 행수에게 돈을 보내 주마."

아직 날이 저물지 않았다면 오늘 당장이라도 보내 줄 기세였다.

"아, 아닙니다! 대군 대감께 진 빚은 빚이 아니랍니까?"

아유, 괜히 말 꺼냈다가 일이 커질 분위기였다.

"내 돈은 갚지 않아도 된다."

"세상에 공짜가 어디 있겠습니까요. 제가 벌인 일이니 제가 마무리하는 것도 맞지요. 그래야 또 그런 짓을 벌이지 않습지요."

허겁지겁 주워섬기는데 다행히 틀린 말은 아니었는지, 대군의 표정에 기특함이 담겼다. 어라? 이 얼굴도 보기 좋은데? 가만? 대군이 보여 주는 것은 뭐든 다 좋은 건가? 청으로 갈 때는 그리 밉상이던 양반인데 어쩌다……? 설마 내가 변한 건가?

제 어이없는 생각에 자조적으로 허허거리니, 대군께서 정색을 하고 보셨다.

"그런 짓이라니? 넌 그 기녀의 말을 철석같이 믿었을 뿐이다. 사람이 사람을 믿은 것을 어찌 잘못이라 할 수 있겠느냐. 만약 기녀의 말이 사실이 아니라 해도 속인 이의 잘못이지, 그이를 도와준 네게 잘못이 있는 것은 아니다."

아…….

제 마음이 딱 그것이었다. 기녀의 사연을 다들 의심쩍어했지만, 만에 하나라도 그것이 모두 사실이라면?

부모님에 대한 마지막 효를 다하기 위해 그 부모님께서 물려주신 몸뚱이를 내놓은 이의 인생이 얼마나 가련해지는 것인지. 자신도 그이를 전적으로 믿지는 못했지만, 그 한 가닥 가능성 때문에 그 큰돈을 덥석 건넸던 것이다.

그런 제 마음을 알아주신 분은 처음이었다. 남들은 물론이요, 아버님이며 형님들 모두 제게 손가락질하고 쥐어박는 말씀만 하셨는데. 그이가 저를 속인 것이면 어쩌나 하던 불신의 마음조차 깨끗이 씻겨 내려가는 기분이었다.

"알아주시니 감사합니다."

진심 어린 말을 주고받았다 생각했는데, 탁주 잔을 집어 드는 대군의 얼굴이 어쩐지 씁쓸했다. 그래서 서리가 싹싹하게 호리병을 들어 얼른 빈 잔을 채워 드렸다.

4월도 얼추 기울어 가는 즈음, 화창하던 낮과는 달리 밤은 꽤 쌀쌀했다. 탁주로나마 몸을 덥혀야겠다는 생각에 제 빈 잔에도 술을 따르려 하니 대군께서 호리병을 받아 들었다. 쪼르륵 술 떨어지는 소리마저 황공했다. 술잔의 반만 채워 주시어 서운했지만.

고개를 돌리고 홀짝 마시니, 적어 그런지 아니면 대군께서 따라주시어 그런지 술이 다디달았다.

그때, 저만치 떨어진 투전판에서 큰 소리가 들려왔다.

"예끼, 이 사람! 내가 왜 가진 것이 없어? 이번에는 마누라를 걸겠네!"

보나 마나 가진 돈을 다 잃은 이의 허세일 테지만, 귀가 솔깃하여 고개가 돌아갔다.

"자네가 걸고 싶다고 거는 겐가? 내가 자네 마누라를 따고 싶어야 말이지."

"내 마누라가 얼마나 고운데!"

그리 고운 마누라를 고작 투전판에 건다고? 그 마누라도 딱하구먼.

"어허, 이 사람. 눈에 콩깍지가 씌었나."

왁자지껄 웃음이 터지는 것을 끝으로 고개를 바로 하던 서리는 마찬가지로 대군의 시선도 그쪽에서 돌아오는 것을 보았다. 제 일을 염려하던 아까와 달리 무심한 표정이었다.

"돈이 없으면 그만 일어나면 될 것이지, 어찌 마누라를 건답니까?"

"그러게."

역시나 무심히 동의하는 대군의 모습에 서리는 갑자기 호기심이 일었다.

"대군 대감께서는 혼인을 하셨습니까?"

지금까지 이런저런 것을 여쭈던 것과는 달랐다. 반드시 알고 싶었다. 약관은 넘기신 것으로 알고 있으니 벌써 하고도 남았을 테지만.

"아직."

그 답을 듣고 나서야, 서리는 자신이 그 말을 무척이나 고대하였다는 것을 깨달았다. 얼굴이 달아오르는 것 같아, 탁주 잔을 집어 들었다가, 빈 잔만 핥고 내려놓자, 대군께서 다시 술을 따라 주셨다. 역시나 반만.

"석동이, 너도 아직이겠지?"

"아, 그……."

서리는 상투를 틀고 있던 타라, 선뜻 답을 하지 못하고 더듬거렸다. 가상의 인물인 방석동을 지어낼 적에 혹여 누군가 중신을 서겠다고 나서면 자칫 남장을 한 것이 들통날까 싶어 이미 혼인한 것으로 하기로 정했었다.

그런 우려와 달리 여태 제 입으로 그 말을 할 일은 없었으나, 혹여 아버지나 오라버니들이 누군가에게 말을 했다면 돌고 돌아

대군의 귀에 들어갈지 모르는 일. 그러니, 아까 염려했던 대로 대군에게 거짓을 들키지 않으려면 혼인했다 해야 하는데, 말이 영 나오지 않는 것이다. 어차피 자신은 사내이니, 그리 말한들 별 달라질 것은 없는데도 어쩐지…….

"한 것이냐?"

낮게 묻는 어투에는 좀 전처럼 씁쓸한 기운이 묻어났다.

더더욱 입이 떨어지지 않았다. 차라리 대답을 아니 하면 모를까. 그래서 거꾸로 물었다.

"어찌 아직이냐 물으셨습니까?"

"삼년상을 치르기 전에는 혼인하기 어려울 것 같고. 이후에라도 혼인하였다면 지금 이러고 있지는 않았을 테니까."

묘한 여운을 남기는 말에 또다시 되묻지 않을 수 없었다.

"이러고, 라니요?"

"나와 마주 앉아 있는 것보다…… 여우 같은 아내와 마주 앉고 싶어 진즉에 일어서셨겠지."

"아, 그렇겠네요."

서리가 부러 사내처럼 껄껄거리자 대군도 마주 웃었다. 서리는 대군이 제 웃음을 추측이 맞았다는 뜻으로 받아들일 것을 알면서도 끝내 고쳐 주지 않았다. 적어도 거짓을 말하지 않으면서 혼인하지 않았다는 뜻을 전했으니 일단 됐다는 생각에서였다. 이후 대군의 소리 없이 눈가를 휘고 입꼬리만 들어 올리는 점잖은 웃음에서 시선을 떼지 못하면서 그리하길 잘했다는 생각이 들었다. 그 '나중'까지 대군을 보고 또 보기라도 하면 다행이겠거니, 라는 생각도 더불어 하였고.

돌아오는 길. 봄비가 내리기 시작했다.

"에고, 비를 맞으셔서 어쩝니까?"

대군방(대군의 사제)은 상단을 지나쳐 가야 한다기에 상단으로 먼저 가는 길이었다. 상단에 도착하여야 가마를 내어 드리든, 안에 들어 비를 긋든 할 터인데 서리가 꼬불꼬불 지름길로 안내하여도 당도하기 전에 비가 점점 거세지니 급한 대로 어느 집 처마 밑에서 잠시 비를 긋기로 하였다.

서리가 갓을 벗어 탁탁 털며 근심하자, 대군께서도 갓을 벗어 내며 말씀하셨다.

"곡우(이십사절기 중 하나로 양력 4월 20일경)에 내리는 비는 그냥 비가 아니라 씨앗을 키우는 생명의 비라 하니, 너무 저어치 말아라. 종친으로서 백성들의 농사일이 원활해진다면 응당 환영할 일이지."

그냥 빈 말씀이 아니라, 진심으로 백성들을 근심하시는 양이었다. 이번엔 가슴이 뭉클하였다. 비는 내리는데 달이 떠 있고 담벼락에 붙은 작은 창에서 새어 나온 호롱 불빛까지 더해져 운치가 있어서만은 아니었다. 아아, 정말 어쩐다지?

그 얼굴도 보아 두고 싶어 고개를 쳐들었는데, 마침 처마에서 빗방울이 서리의 눈썹으로 떨어져 내렸고 자잘하게 부서진 물방울이 속눈썹에까지 튀는 바람에 움찔하였다. 자꾸 불경스러운 마음을 먹으니 벌을 받는 것인지도 몰랐다.

"웃, 차거⋯⋯!"

놀란 서리가 손을 들기도 전에 다가온 손가락이 눈썹에 닿았다. 서리는 뻣뻣하게 굳어 들었다. 그때, 배에서와 같은 느낌이었다!

꼼짝도 못 하고 서 있는데, 속눈썹까지 문지르고 난 손은 멀어지지 않고 그 아래 뺨에 머물러 있었다. 뜨거운 듯도 하고 차가운

듯도 한데, 대군의 손이 그런 것인지 아니면 제 **뺨**이 그런 것인지
는 알 수 없었다. 천천히 눈을 뜨자 대군의 얼굴이 조금 더 가까이
다가와 있었는데, 가만히 자신을 내려다보는 시선이라니.

서리가 석상이라도 된 듯 여전히 얼어붙어 있는 동안 얼굴은 더
욱 다가왔고 대군의 입술이 그때처럼 자신의 입술을 스쳤다. 한
번. 두 번. 이번에는 그때처럼 바로 멀어지지 않고 연거푸 제 입술
을 스쳤다. 그러고는 조금 멀어져 다시 자신의 얼굴을 들여다보았
다.

서리가 멍청히 눈을 깜박이고 있으려니 대군께서 씩 웃으며 손
을 내렸다.

"수릿날 내 집에 놀러 오지 않겠느냐?"

뺨이 서늘하고 추우니, 대군의 손이 뜨거웠던 모양인데…… 방
금 뭐라고?

"……예?"

배에서의 일이 제 착각이 아니었구나 하는 확신을 주더니, 이제
는 사저에 놀러 오라고?

얼떨떨했지만, 서리는 그 어느 것 하나 대놓고 묻지 않았다. 저
만치 선 김 내관도 등을 돌리고 서서 본 척도 하지 않는 것으로 보
아 지금 이 상황은 호들갑을 떨 만한 것이 아님이 분명하다고 억
지로 생각했다. 아니어도 그런 것으로 할 작정이었다. 그래야 대군
을 또 볼 것이 아닌가.

"다른 예정이 있으면 하는 수 없고."

그래 놓고는 훌쩍 물러서다니, 고약하다 싶지만 강요가 아니라
는 뜻으로 볼 수도 있다. 일종의 배려인 것이다. 그 가만하던 시선
처럼.

"예, 예—"

대군은 서리가 말을 끝내기도 전에 눈을 반달같이 늘이며 호쾌하게 웃었다.

"계곡이고 어디고 사람 천지일 테니, 시원하게 제호탕이나 나눠 마시자꾸나. 내 집을 모를 것이니, 김 내관을 보내마."

일단 '예정'을 알아보겠다는 말을 하려던 차였는데 '예'라고 오해한 모양이었다. 아무래도 여인의 몸이고 아버지께 금족령을 받은 터라 어찌 될지 모르는데……. 음, 그래도, 어쨌거나, 가고 싶은데.

에라, 내가 언제부터 그리 아버지 말씀을 잘 듣는 효녀였다고.

다시 대답했다.

"예, 예—"

자신은 대답을 원래 이렇게 한다는 듯, 아까처럼 길게 늘이는 일관성을 보이면서 말이다.

"이제 그만 나가 보래도. 널 보고 있으려니 내가 참말 고뿔에 걸릴 것 같단 말이다."

"대체 어찌하려 그러십니까?"

기시가 나가라는 말은 안 듣고 걱정스럽게 물어 온다. 상전이 욕통에 들어가 앉기 전에는 젖은 옷을 갈아입으러 갈 수 없다고 고집을 부리더니만. 석동을 데려다주고 돌아오는 내내 유난스럽다 싶게 고뿔 타령을 하기에 어찌 저러나 싶었더니, 그 때문이었구먼. 얼른 내보내고 혼자 조용히 생각 좀 하려 했더니만 성가시게 되었다.

"뭘 말이냐?"

모른 척 되묻는 흔의 머릿속은 내일 일정을 세우느라 바빴다. 청으로 떠나던 날부터 무술 훈련을 쉬었으니, 간만에 몸을 좀 풀어야겠다는 생각이었다. 점잖은 선비 노릇도 좋지만, 비리비리해서는 석동에게 영 체면이 서지 않을 것이니 말이다.

"곧 가례를 치르신다지 않았습니까?"

"그런데?"

"생전 이런 일 없으시다, 거동을 조심하셔야 할 시기에 이러시니, 혹여⋯⋯."

"'이런 일' 이라니?"

즐거운 양 손으로 물을 휘저으며 묻는 자신과 달리 기시는 답답한지 제 가슴을 팡팡 쳐 댔다.

"알면서 그러십니다. 도통 여인네에 관심이라고는 없으시더니, 혹여,"

흔에게서 실소가 터졌다.

"이 나이 먹어 엇나가려는 것이냐고?"

기억이 청에서 돌아와 궐에 들었던 때로 돌아갔다. 그때 전하께서 말씀하셨다. 중전께서 제 가례를 추진하고 계시다고.

감읍하옵니다 하고 물러 나왔다. 그리고 어제 다시 기별이 와 입궐하였더니, 선왕 시절에 오랜 전쟁으로 인해 부실해진 국고를 채워 줄 거액의 지참금을 가지고 올 상단 집안의 여식과 가례를 치르라 하셨다. 상단 집안이라면 중인일 터인데, 그런 이와 가례라니. 비루해질 때까지 마냥 아래로 내려가라는 말씀이셨다.

대체 어쩌다 이 지경까지 되었을까. 돌아가신 어마마마께서 무덤에서 벌떡 일어나고도 남으실 명이었다.

물론 국고도 문제겠지만, 전반적으로는 저에 대한 경계의 발현이라는 것을 눈치채고도 남음이었다. 자신은 늘 성심을 다해 왔는데 그것이 형님께는 터럭만큼도 가닿지 않았던 것이다. 형님이 저를 거부하실 때마다 늘 그러했듯 이번에도 가슴이 무너져 내렸다.

그렇다고 거역할 생각은 없었다. 어차피 이번 생은 그리 살기로 마음먹은 지 오래지 않나. 어머님께서 형님을 편케 해 드리라는 유언을 남기지 않으셨어도 그랬을 것이다.

심지어 전하를 안심시켜 드리기 위해 대군에서 폐해져 군이나 서인으로 강등될 정도의 말썽을 부려 볼까 하는 생각도 해 보았지만, 그것은 제가 죽어서 어머님을 뵐 면목이 없을까 봐 차마 행하지 못하였을 뿐. 어명은 무엇이든 따라 드릴 작정이었다.

그래서 배필이 누구인지 정해지는 대로 기별해 주마 하시기에 그러시지 않아도 된다고 그저 친영 가는 날만 기별해 주십사 할 정도로 고분고분한 아우 노릇을 하고 물러 나왔더니, 그것이 시늉이었느냐 묻는 겐가?

"감히 그런 말씀은 아니옵고……. 여태껏 경거망동이 뭔지도 모르고 살아오셨는데, 이번 일로 혹여 웃전에 삿된 소문이 흘러 들어갈까 저어되는 마음에……."

기시의 마음을 모르는 것은 아니었지만, 흔은 문득 억울한 생각이 들었다. 내가 뭘 그리 엇나갔다고? 보고 싶은 이 한번 돌아본 것이 그렇게 잘못한 것이란 말이냐?

피어오르는 뜨거운 김 너머의 기시를 짐짓 무섭게 노려보았다.

"나는 한 번쯤 엇나가면 안 되는 것이냐?"

"대군 대감……!"

쥐라도 들을까 봐 한껏 소리 죽인 속삭임. 그리고 그에 담긴 애절함에 흔은 픽 웃어 버렸다. 진정으로 받으니 오래 골려 주지도 못하겠다.

"어찌 저어하신다는 게지? 중인 집안과 낙혼할 참이라, 마침 그 수준에 맞추어 어울리겠다는데 말이다. 아마 모르긴 몰라도 소실까지 중인이라 하면 제대로 무너지는구나 싶어 쌍수 들어 환영하실 것이다."

"소, 소실이라굽쇼? 농담이시지요?"

금세 새파랗게 질린 기시는 숨이 넘어갈 듯했다.

"사내를 두고 그 무슨 말씀이십니까! 농담이라도 그런 끔찍한 말씀 마십시오! 그러잖아도 어둑한 지경에 누가 잘못 보고 말을 낼까 봐 겁이 나 죽을 뻔했단 말입니다!"

그와 달리 흔의 미소는 한껏 짙어졌다.

"네 눈에는 사내로 보이더냐?"

가례 소식을 접한 뒤, 흔은 석동을 마음에서 비워 내려 애썼다. 하지만, 400냥 문제로 고초를 겪고 있는 것은 아닐까 하는 근심이 날로 늘어 가니, 참지 못하고 결국 오늘 상단으로 찾아가고야 말았던 것이다.

언제 갚을지 막연하긴 하지만, 그래도 옥에 갇힌 것은 아니라는 소식에 다행이다 하고도 바로 돌아서지 못했다. 좀 더 오래도록 얼굴을 볼 구실로 자리를 옮기자 하였고 밤이 이슥해질 때까지 주막에서 시간을 보내고도 헤어지고 싶지 않아 사저의 위치까지 허투루 말하며 귀갓길을 함께했고, 빗방울이 떨어지기에 하늘이 제 마음을 가납하였는가 하는 우스운 생각까지 하며 처마 아래 나란히 섰는데, 그때 그 생각이 들었다.

어차피 그리 살기로 한 생이지만, 가슴의 쓸쓸함은 달래 가며 살아도 괜찮지 않은가? 처음으로 가슴을 설레게 한 인연을 이어 가는 것이 보위를 탐내는 것으로 보이지는 않을 테니 말이다. 그래 서 수릿날의 약조를 건넸다. 자신답지 않았던 것은 누구보다 제가 잘 안다.

석동이 양반이라면 세도를 탐낸다 소리가 겁나 엄두를 내지 못 할 테지만, 중인이니 다행 아닌가. 그리고 보니, 우스운 일이다. 가례를 올릴 이는 중인이라 서글프더니, 석동더러는 다행이라니.

기시의 입이 놀라서 쩍 하니 벌어졌다.

"예? 사내가 아니었습니까?"

"못 알아보겠더냐? 그리 어여쁜데?"

"……그랬군요. 하지만 사내입네 하며 청까지 다녀온 것이 알려 지면 큰 벌을 면치 못할 텐데요?"

"그러니, 그것이 알려지면 네 입으로 발설한 것으로 알 테다."

으르는 말투에 기시가 정색하고 입을 닫았다가 이내 다시 근심 으로 허물어뜨렸다.

"하지만, 수릿날 만나신다니. 가뜩이나 지켜보는 눈이 많은데, 궐에 말이 잘못 들어가기라도 하면……."

"글쎄 걱정 말래도. 정치질이라면 몰라도 계집질은 예의상 한두 마디 꾸중은 내리실지언정 아무 탈도 없을 것이니. 음, 계집질이라 하니 좀 그렇구나. 지극히 흠모하여 안달하는 쪽은 이쪽인데."

"흐, 흠모라 하셨습니까?"

대군 대감의 너른 어깨를 문지르다 말고 다시 경악한 기시는, 그런 제 모습에 다시 웃음 지으시는 분을 한참이나 쳐다보았다. 어 릴 적부터 모셔 왔지만, 흠모니 안달이니 하는 것들은 대군 대감께 결코 어울리지 않는 말들이었다.

농이신가?

원체 도리에 어긋나는 행동은 물론 허언을 하는 분이 아닌데, 요즘은 도통 알 수가 없었다. 여인에 흥미를 가지시는 것을 처음 뵙는데, 양반댁 조신한 규수도 아니고 어디 그런…….

"물이 차다. 뜨거운 물을 좀 더 부어 주련?"

뜨거운 물통을 집어 들던 기시는 조금 전에 하신 말씀이 떠올라 기가 딱 막혔다.

어여쁘다니? 눈만 똥그래서는 쉴 새 없이 말을 쏟아 내던 방석동의 어디가 어떻게 어여뻤단 말인가? 뭐, 외모를 따지기에 앞서 사내가 아니라니 그것만으로도 다행이긴 하였지만.

알맞게 따뜻해진 물속에서 흐뭇하게 뒤로 기대시는 대군 대감의 잘난 얼굴 위로, 아까 투전판에서 제 마누라가 곱다 어쩌다 하던 팔불출이 겹쳐졌다.

며칠 뒤.

"이 집안에 저 말고 또 사주단자를 받을 여식이 있습니까?"

대청에 돗자리를 깔고 새 상에 청색 보자기로 싸인 무언가를 아버지께서 정갈히 받아 놓으시기에 무슨 일인가 하였더니, 신랑 집으로부터 사주단자가 온 것이라 했다.

양반집도 아니고, 제가 시집가는데 저도 모르게 정혼이 이루어졌다는 것이다. 기가 막혀 팔짝 뛸 심정인지라, 양반처럼 너른 갓을 쓰고 사주단자를 가져온 이가 푸짐한 대접을 받고 돌아간 뒤에야 사랑에 들어 아버지께 따졌다.

"어찌 저 모르게 혼사를 추진하신단 말씀이에요?"

한데 웬걸, 혹 떼려다 혹 붙인다고 혼삿날이 내달 스무닷새라는 더한 통보까지 받고 말았다.

"그리 결정되었다. 조신하게 그……, 부인으로서의 소양을 쌓는 것을 도와줄 이가 올 것이니 성심껏 배우고."

응? 마구 밀어붙이는 아버지에게서 좀 구린 구석을 발견하였다. 그래서 서리가 옳다구나 하고 따지고 들었다.

"어느 집안의 누구인지 알려 주시는 것이 먼저 아닙니까?"

"이번 혼사는 소문이 나면 아니 되니, 네게도 알려 주지 못한다. 알게 된다 해도 달라질 것은 없고 좀 궁금하다 해도 어차피 혼사를 치른 후에는 알게 될 것이니……. 그, 원래 첫날밤에 처음으로 신랑 얼굴 보고 그러는 것이다."

"그건 양반 집안에나 해당되는 얘기지요. 왜요, 미리 알려 주시면 제가 신랑 집에 찾아가 행패라도 부려 파혼당할까 걱정되십니까?"

"……네 평소 행실을 보면 아니라고는 못 하겠다."

그건 자신도 인정한다. 의도를 간파당했다고 그만두면 오서리가 아니지.

"기껏해야 중인이거나 몰락한 양반 나부랭이일 터인데, 뭐 그리 대단한 게 있다고 배우고 자시고 하랍니까? 우리 집안은 중인 집안에서 가르칠 것 안 가르쳤답니까? 저는 아버님께서 그런 무례한 요구를 받아들이셨다는 게 더 기가 막힙니다. 그렇게까지 해서 시집을 가야 하는 겁니까? 저는 그냥 꼭두각시같이 서 있기만 하면 서요?"

"부모가 그리 결정하였으니 자식 된 도리로 따르면 될 일이다."

"그리 무지막지하게 밀어붙이시면, 저도 같이 막 나갑니다!"

"어떻게 막 나간단 말이냐?"

"첫날밤에 과부가 될 겁니다!"

"신랑 목이라도 조를 셈이냐?"

"방도는 많지요. 술에 독을 탈 수도 있고 잠든 새에 멱을 따 버릴—"

"그래라."

흉악한 소리에도 아버지는 흔쾌히 고개를 끄덕이셨다. 놀란 것은 서리다.

"예?"

"과부가 되어 다시 석동이 노릇을 하든 말든 일단 혼인은 하란 말이다."

"아버지!"

제 말이 씨알도 먹히지 않을 정도로 아버지는 막무가내셨다. 원래 이런 분이 아닌데.

해 보겠다는 장사는 갑자기 못하게 하시면서 생각도 않았던 혼인 따위를 하라고 하시다니. 평소 여식임에도 오냐오냐하시던 것이 이날을 위해 그리하셨는가 싶을 정도로 매정히 대하시니, 이후로 몇 날 며칠을 울고불고했는지 모른다.

하지만 아버지는 여전히 꿈쩍도 않으셨고, 오라버니들조차 이미 정해진 일이라며 고개를 저었다. 입맛도 잃었다. 이틀이나 굶은 제게 잣죽을 쑤어 온 큰 오라버니댁은 저더러 자초한 일이라고까지 하였다.

며칠간의 마음고생에 눈이 퀭해진 서리가 벌떡 일어나 앉으며 물었다.

"대체 내가 뭘 자초하였단 말이에요?"

"그…… 청에 다녀오는 길에요."

서리의 기세에 오라버니댁이 궁색하게 대꾸했다.

"내가 인삼 판 돈 날린 것 말이랍니까? 아니, 천금을 굴린다는 해주 상단의 대행수가 고작 그 400냥이 아까워 딸을 팔아먹으려는 거라고요?"

"팔아먹긴요. 도리어…… 하여간 400냥이 문제가 아니던걸요."

오라버니댁은 뭘 아는 것 같았다.

"그건 또 무슨 말이랍니까?"

"저도 잘 모릅니다."

그러고는 말을 더듬을 때와 달리 쌩하니 자리를 피한다.

참으로 답답하네. 400냥이 문제가 아니라니, 지참금이라도 주시려나? 그렇다면 상대가 상단은 아니고. 어디 제대로 몰락한 양반가라도 찾아내셨나? 그래서 재물로 처발라서 그럴듯하게 만드시려고? 어릴 적부터 막내는 어지간한 혼인은 시키지 않으려다 하시더니, 찾아낸 혼처가 고작 그 정도라고? 대체 얼마나 못나 빠진 신랑감이면…….

나달나달 낡은 갓에 도포만 걸치고 양반입네 할 서방을 상상하던 서리는 분을 참지 못하고 다시 보료에 널브러졌다. 천장에 대군 대감의 얼굴이 떠올랐다.

아, 진짜…….

입을 맞추던 순간이 떠오를 때마다 가슴이 설레는 것을 보면 자신도 싫지 않았던 것이다. 싫지 않은 정도가 아니라 자고 나도 생각났고, 수저를 들다가도 생각났고, 주판알을 튕길 때도 생각이 났다. 그때부터 두근거리면서 수릿날만 기다렸더니, 뜬금없이 혼인이라니. 다른 사내한테 시집가면 대군 대감을 다시는 못 볼 것이 아니냔 말이다.

대체 이 일을 어쩌지? 내일모레가 수릿날인데…….

"아가씨, 그런데 수릿날은 어찌 그리 기다리셔요? 혹시 그날, 대군 대감과 다시 만나기로 약조라도 하셨어요?"

수릿날이 며칠이나 남았느냐고 딱 두 번 물었을 뿐인데, 눈치 빠른 애춘이 짐작을 하였나 보다. 서리가 대답은 않고 눈만 굴리니, 애춘이 비비적거리며 몸을 꼬았다.

"그때 저도 데려가시면 안 돼요? 첫째 나리보다 남자답고 셋째 나리보다 더 수려하시다니, 어찌 그럴 수가 있지요? 키도 훌쩍 크시고 얼굴은 흑립에서 늘어뜨린 옥으로 만든 주영보다도 더 귀티가 나는 데다가……."

"하도 들어서 지겹다. 우리 오라버니들도 그 정도는 생기셨으니 집에서 오라버니들이나 실컷 보렴."

애춘은 그날, 대군을 만나러 가던 자신을 뒤쫓아 나와서는 훔쳐보았다며 틈만 나면 칭찬에 칭찬을 거듭하고 있었다. 혼인 때문에 툭하면 끼니를 굶는 자신 앞에서 말이다.

그래서 같은 생각이면서도 부러 깎아내리는 말로 대꾸하는 중이었다.

"먼발치서 뵈었지만, 나리들이랑은 거리가 멀……. 행수 어른께서 혼삿날까지 꼼짝 말고 그분께 가르침을 받으라 하셨으니, 그날 나가시려면 제 도움이 필요하실 텐데요."

애춘이 언급하는 여인, 안 그래도 벌써 며칠째 오고 있는 그 깐깐하고 머리 희끗한 여인네 때문에 서리는 더 미칠 지경이었다.

절하는 법부터 밥 먹는 법, 차 마시는 법까지 다시 가르치려 드는 것이다. 처음에는 못하면 신랑 집에 가서 '신붓감이 못 되오'라는 말이라도 전해 줄까 싶어 엉망진창으로 하였다. 그랬더니 웬인내심이 그리 깊은지 잘할 때까지 가르치려 드니, 영 피곤하더라. 그래서 잘하면 어서 갈까 하여 제대로 해냈더니, 그때는 죽을 때까지 반복해서 시키는 것이 아닌가.

몸이 아프다고 하면 아픈 대로, 굶어서 기운이 없다 하면 기운이 없는 대로 마냥 시키니 진절머리가 날 지경이었다. 큰절을 배울 때는 절을 하도 하여 구역질이 다 났었다.

"너 지금 나 협박하는 거지?"

하다하다 몸종까지 저를 업신여기는 지경에 이르렀다.

"제가 감히 협박이라니요. 그런데 잘생기지 않았다 하시면서 어찌 대군 대감 만날 날을 기다리셔요?"

"그거랑 이거랑 무슨 상관이야? 잘생기지 않은 사람과는 만나지도 말란 말이니?"

"그건 아니지만……."

"그냥 약조니까, 혹시 날짜를 놓칠까 봐 확인하는 거지!"

"아닌 것 같은데요?"

어릴 적부터 하도 자주 제게 속아서는, 이젠 덮어놓고 의심이다.

"아, 몰라!"

이래저래 답답해진 서리는 휙 돌아누웠다. 그리고 요즘 자나 깨나 달고 사는 말을 입 밖에 냈다.

"혼인을 깰 방도가 뭐가 있을까?"

"혼인 깨고 뭐 하시게요?"

"방도를 물어봤잖니? 깨고 할 게 없을까 봐 그래? 장사든 뭐든……. 에잇, 사내로 태어났으면 좀 좋아!"

"혼인이야, 음, 뭔가 문제가 생기면 되잖아요?"

"그러니까 무슨 문제냐고. 신랑감한테 하자가 생기면 모를까. 다리나 확 부러졌음 좋겠지만 그건 내가 의도할 수 있는 게 아니잖아. 게다가 신랑감이 누구인지 듣지도 못했다고."

그래, 얼마나 못났으면 아버지가 밝히지도 못하실까.

"하자는, 아가씨께도 생길 수 있는 거잖아요?"

"나한테?"

"근데, 아가씨 다리가 부러지는 건 끔찍하네요. 하여간 이렇게 굶다가 죽어 버리면 아무것도 못 하니, 일단 한술 자시고 생각하세요."

서리의 머리가 마구 돌아가기 시작했다.

하자라? 티는 안 나지만, 아버지께서 혼인을 깨자고 나설 수밖에 없는 피치 못할 이유가 뭐가 있을까?

그 생각에 대한 답은 수릿날이 되어 석동의 무명옷을 단정히 차려입은 채 김 내관의 뒤를 따라 대군 댁에 갔을 적, 정자가 내다보이는 사랑에 앉아 시원한 제호탕을 들이켜다 대군 대감과 눈이 마주치는 순간에 떠올랐다.

제게는 참말 기통찬 생각이었지만 이리 다감하고 인자하신 분 앞에서는 불경하여 차마 입 밖으로 내지 못할 터였다.

3

쩨호탕

"더운데 갓을 벗지 그러느냐?"

정자관을 단정히 쓴 대군 대감께서 그리 권하니 참으로 마음 씀씀이가 넓은 양반이다. 아니, 양반이 아니라 더 높은 종친이지. 게다가 그 종친이 황송하게도 가까이 앉으라며 부채질까지 해 주다니.

"소인이 중인이라 안에 탕건을 갖추지 못하였습니다. 갓을 벗어 상투를 드러냄은 예의가 아닌지라⋯⋯."

"내가 괜찮다는데 무얼."

"그럼."

오는 길이 어찌나 더운지 제 얼굴에 땀이 송골송골 맺혀 있어 그러시는 듯했다. 치마가 불편하여 남장하고 다니기를 즐겨 하였더니, 더운 것은 여인 옷이나 사내 옷이나 마찬가지더라.

권유대로 갓을 벗어 옆에 놓고는 탕을 들었다.

"참으로 시원합니다."

새콤달콤한 것을 냉수에 탄 것이 갈증에 그만이라. 웃음이 절로 나니, 넘겨다보던 대군께서도 점잖은 입가에 웃음을 베어 무셨다.

조금 전 자신이 한 생각이 역시나 불경하다 여겨질 정도로 눈시울도 시원하고 콧날도 근사하니, 미남자였다.

"영의정 한음과 이 제호탕에 얽힌 이야기를 아느냐?"

"어떤 이야기입니까?"

"따지자면 여인이 너무 지혜로워 실연한 이야기인데."

"지혜로운 것이 어찌 부덕이 된단 말입니까?"

여인도 뜻을 펼친다면 사내 못지않을 수 있다는 신념을 가진 서리에게는 민감한 주제인지라 잔뜩 집중을 하였다.

"들어 보아라. 한음이 대궐 가까이에 조그만 집을 마련하고 소실을 하나 두었단다. 어느 여름날 더위에 허덕이며 그 집에 들어섰더니, 소실이 마침 이 제호탕을 내왔다는 게야. 그가 방금 전까지 간절히 생각하고 있던 것을 말이지."

아직 수릿날인데도 이리 더운데 한여름 더위에는 더욱 그만이었을 것이다. 한데 어찌 실연을 했다는 것이지?

서리는 고개를 갸웃하며 다음 이야기를 기다렸고, 대군께서는 제호탕을 향하여 내리뜨고 있던 눈매를 드셨다.

"한데 한음은 그길로 돌아 나왔단다. 소실의 하는 짓이 무척이나 영리하고 귀여웠지만, 당시 왜란으로 나라가 어지러운 차였기에 대신으로서 계집에 혹해 있을 수 없다는 게 이유였지. 이후로도 발을 딱 끊었다고 하고."

아……. 지금도 오랜 호란으로 인한 피폐함이 아직 가시지 않은 정국이긴 하다. 그런 말씀을 하시는 것을 보면 종친으로서 나랏일이 걱정되시는가 보다. 그래도 그 소실이 안쓰럽다. 잘하려고 한 행동일 텐데.

"일개 대신도 그럴진대 종친인 나 또한 나라를 위해 할 수 있는 일을 해야 할 테지?"

어디 눈여겨본 여인이라도 있으시다는 말씀인가? 지나치게 빠져 헤어날 수 없다는?

입에 감돌던 단맛이 갑자기 쓰디쓰게 느껴지는 찰나. 이어지는 말씀이—

"내게는 그게 도리어 제호탕을 나누어 마시는 일이 될 수도 있고 말이야."

뭔가 오묘하다.

흐려졌던 서리의 낯빛에 의아함이 감도는데 대군께서 그릇이 놓여 있던 소반을 옆으로 밀어 내셨다. 그러고는 제 앞으로 성큼 다가앉으셨다. 열린 문밖으로 어디선가 새소리가 들려오는 순간, 전처럼 대군의 얼굴이 가까이 다가왔다. 어, 어?

제 얼굴에 닿아 오는 두 손이 서늘했다. 조금 전까지 시원한 제호탕 그릇을 잡고 있던 탓이다. 이어 단정한 입술도 다가와 제 것을 스쳤다.

싫지 않았다. 아니, 오히려 다디달았다. 그 비 오던 날 처마 아래서 예, 예 하였던 연유도 그 앞서 있었던 이 비슷한 접촉을 기대하고 있던 마음에서였다는 걸 깨달았다. 하지만, 그것은 자신이 바지를 입고 있다는 것을 망각한 상태에서의 호기심이었다. 대군에게 자신은 그저 사내 방석동일 뿐인데?!

그래서 여쭙지 않을 수 없었다.

"자꾸만 제게…… 왜 이러십니까?"

조금 고개를 든 대군께서는 서리의 얼굴을 찬찬히 훑으셨다.

"네가 좋아 그런다."

"그, 그게 무슨……."

"내가 이상하냐?"

그 와중에도 대군의 손은 여전히 석동의 뺨을 쓰다듬고 있었다. 엄지가 광대뼈를 쓸었고, 새끼와 약지가 귓바퀴를 희롱하였다. 서리가 느끼는 혼란스러움은 찾아볼 수 없었고 도리어 여유까지 느껴지는 움직임이었다.

혹여 대군께서 매치신 건가 하였지만, 두 눈은 여전히 맑고 또렷하였다. 아님…….

"저, 저는 사내인데……."

"나도 남색에는 관심 없다."

그 말씀을 먼저 하시니, 서리가 민망하여 다시 말을 더듬었다.

"그러면 어찌……."

"네가 사내가 아닐 수도 있지 않으냐?"

"물론 그렇…… 예엣?"

얼떨결에 대답하던 서리는 깜짝 놀라 고개를 젖혔다.

"아니냐?"

그리 묻는 대군의 눈빛이 번득였다 싶은 순간. 허리를 일으켜 더욱 다가드는 바람에 서리는 엉겁결에 뒤로 넘어가고 말았다. 그 위를 덮듯이 몸을 겹친 대군은 이제 서리의 얼굴을 바로 코 위에서 내려다보게 되었다.

가슴이 요란스레 뛰놀고 온몸 구석구석에서 불똥이 탁탁 터지듯 정신이 없었다.

"내가 틀렸느냐?"

일단은 잡아떼고 봐야지 어쩌겠는가.

서리가 간신히 고개를 끄덕이자, 대군께서 빙긋 미소를 지으셨다.

"확인을 해 보자."

말씀과 동시에 손이 제 무명 두루마기의 고름으로 향하니, 서리는 허겁지겁 제가 먼저 잡아채었다. 그래도 멈추지 않는 대군은 제 손을 감싸 쥐었다. 대군의 손에서는 더 이상 찬 기운이 느껴지지 않았다. 오히려 뜨거워져 있었다.

"자, 잠시만요, 어, 어찌 제 말씀을 믿지 못하시고 이러십니까, 이러시길!"

"너도 내 말을 믿지 못하지 않느냐?"

아니, 그게 내가 믿고 안 믿고의 문제인가?

근데 왜 자꾸 빙글거리는……? 이런. 그 눈매는 이미 사실을 알고 있는 것이다.

그러니 더 이상 잡아뗄 수도 없었다. 그런데 인정하기도 싫었다. 인정하게 되면…… 이런 만남이나 입맞춤 따위, 다신 하지 못할 테니까. 계집이 어찌 대군과 주막에 마주 앉을 수 있단 말인가.

소리를 지를까? 밖에 김 내관이 있을 테지만, 그는 대군의 사람이니 자신이 소리를 지른다고 도와줄 리가 없었다.

제기랄, 대군이 제 양 손목을 쥐며 힘을 주었다. 사실을 알면서도 옷을 벗기려 드는 짓궂음을 보이는 것이다. 이대로라면 이미 발각된 일에 옷이 벗겨지느냐 아니냐가 달린 것이다!

서리가 간신히 혀를 달싹여 물었다.

"대체…… 어찌 아셨습니까?"

"그냥 알았다. 어찌 안 것이 중요하냐?"

넘겨짚은 것이 아니라 참말로 사실을 알고 있었는지, 그 서툰 인정에 대군은 놀란 기색도 없었다. 그저 몸을 옆으로 비키고는 팔에 머리를 괴어 서리를 본격적으로 들여다보는 자세를 취했을 뿐.

"안다는 것이 중요하지."

대군의 손가락이 서리의 콧날을 더듬고 내려가서는 아랫입술을 장난스럽게 톡톡 두드리기까지 했다.

어이가 없었다. 석동이 행세가 완벽하다 생각했는데, 대체 어찌 알았을까?

골치 아픈 혼인 문제를 해결한 뒤에는 상단에서 일하는 것이 목표이니, 이 사실이 새어 나가면 안 되는데. 물론 자신이 사내가 아니라는 것을 알았다고 해서 대군이 뭔가 해코지를 할 사람이 아니라는 근거 없는 믿음은 있었지만, 그것이 발설하지 않는다는 뜻은 아니었다. 그러니 어떻게 하든 대군의 입을 막아 두긴 해야겠는데.

이럴 땐 불쌍한 척이 최고다.

"설마 그 일을 밝혀 제가 그나마 입에 풀칠하는 것을 못 하게 하지는 않으시겠지요?"

여인인 것은 알아도 자신이 오씨 집안의 여식인 것까지야 어찌 알까 싶어 그쪽으로 유도했다.

"먹고사는 것이 그리 각박한 것이냐?"

빙글거리던 대군의 표정이 신중히 바뀌었다. 넘어오려나 보다. 더 불쌍해 보이도록 눈썹을 한껏 팔자(八字)로 휘었다.

"부모복도 없고 가진 것도 없는 무지렁이로 살다 보니 녹록지 않네요. 게다가 이제는 어마어마한 빚까지 생겼지 않습니까."

"내가 갚아 준대도."

"제가 갚겠다고 말씀드렸습니다."

일반 백성이 평생을 벌어도 못다 벌 만큼 큰 액수이니, 대군에게도 큰 재물이 될 터. 쓸데없는 부담을 지우긴 싫었다.

짧게 한숨을 쉰 대군의 입김이 여전히 불안스레 고름을 조물거리는 제 손을 스치자, 서리가 어깨를 움찔하며 놀랐다. 두 사람 사이에 묘한 분위기가 흘렀다.

그러니까 제가 여인인 걸 알면서, 음, 이러저러한 것들을 했단 말이지? 그 말인즉슨……?

대군의 눈이 일렁이기 시작했고 그를 보는 서리도 풍랑을 만나서 배 바닥에 널브러졌던 그때처럼 정신없이 출렁이는 기분이었다.

"그렇다면―"

대군의 한 손이 내려가 서리의 손을 쥐었다.

다시 흠칫했지만 이번에는 대군의 손이 참…… 따스했다. 더위와는 상관없는 것으로 계속 느끼고 싶은 종류의 온기였다. 배에서 자신을 잡아 주던 그때처럼 든든했고 계속 그렇게 닿아 있었으면 하는 묘한 것.

자신이 무슨 생각을 하는지 어렴풋이 깨닫기도 전에 대군이 말을 이었다.

"내 소실이 되는 건 어떠냐?"

생각이 천천히 멈추었다. 어지러이 흔들리던 감각도 가라앉았고. 분명 따스하던 기운이 순식간에 온데간데없이 사라져 버렸다. 갑자기 가슴이 텅 비어 버린 듯 허전해서 견딜 수가 없었다.

"마뜩치 않은 것이로구나."

굳어 든 석동의 얼굴을 살피던 흔이 참담히 중얼거렸다. 마음이 동하니 몸이 동하였고, 몸이 동하니 마음이 더욱 기울어 꺼낸 말이었는데.

먹고사는 것이 곤궁하다면서 주는 돈은 마다하고, 아녀자의 몸으로 남장까지 하고는 아등바등할 것이 안타깝다 보니 떠오른 생각이었다. 기시 때문에 두어 번 입 밖으로 내다 보니 그럴듯하기까지 하였는데.

수릿날이 오기까지 무수히 생각을 굴렸었다.

전하께서 염두에 둔 상단이 어디인지 모르겠지만, 혹시 해주 상단이고 또 오 행수가 석동을 양딸로 들여 내게 시집을 보낸다면 가장 좋을 터. 하지만 불행히도 오 행수에게는 이미 혼인 전인 여식이 있다니, 석동을 제 사람으로 만들 길은 소실밖에 없었다.

때론 마음이 급해지기도 했다. 상단에 가서 만났을 때 석동의 얼굴이 까칠하던 것이 걸려서는 당장 사저로 데려오고 싶었으나, 가례가 내달이었다. 고민을 하다 보니, 어차피 중인 집안에서 들이는 처이니 혼인 이후까지 기다렸다가 소실을 들이는 정도의 예우조차 필요치 않다고 여겨졌다. 게다가 연이은 국상으로 혼기를 한참이나 놓친 터이니 소실 하나쯤 들이는 것이야. 혹시 말이 난다 해도 대군이 제멋대로라는 소문은 오히려 형님 전하께 칭찬을 들을 것이니 걱정할 것도 없다 싶었는데.

무엇보다 석동을 그 먹고살기 힘든 곤궁함에서 하루라도 빨리 벗어나게 해 주고 싶어 이리저리 궁리한 것인데 이리 싫어라 하니 모두 객쩍은 일이었던가. 저도 마음이 있는 줄 알았는데 왜 이리 낯을 굳히는가? 설마?

"설마 그사이 혼인을 한 것이냐?"

백성들은 왕실의 가례처럼 그리 번잡한 과정 없이 혼사를 치른다고 들었다.

"'아직'이 맞습니다."

서리가 이번에는 썩 시원스레 대답하였다. 무에 걸릴 것이 있다고 어물쩍거렸는지.

"그건 다행이구나. 한데, 어찌 대답이 없느냐?"

"……드릴 말씀이 없어 그럽니다. 미천한 제게 무려 대감께서 그런 하해와 같은 제안을 하시니 감읍하여서요."

말이 계속될수록 단어 하나하나마다 청에 다녀오던 때의 까칠함이 살아나는 것을 두 사람 모두 알아채고 있었다. 하해니 감읍이니 하는 소리는 다 빈소리다.

눈시울을 안타까이 접은 흔이 잡은 손을 간절히 흔들었다.

"널 홀대하려던 것이 아니다. 난 그저 네가 딱하여……."

마음 풀라는 듯. 그리하지 말라는 듯.

"……예, 그러시겠지요. 말씀만 받겠습니다. 제가 그리 딱하시면 사내가 아님을 발설치만 말아 주시면 될 일입니다. 굳이 소실로 들어앉지 않아도 제 한 몸 건사하는 것은 해낼 수 있으니까요."

외면하며 고개를 돌렸다. 흔이 그 뺨을 잡고 고개를 돌려 마주하려 애썼으나, 서리는 눈까지 감고 완강히 버티었다.

머리뿐만 아니라 이제 가슴까지 문드러질 것 같았다. 아비는 웬 못난이에게 자신을 시집보내려 하고, 뜻이 통하고 마음이 설레던 사내는 소실을 말하니 얼마나 기가 막힌 노릇인가.

아비도 다 저를 위해 하시는 일이고, 대군의 입장에서도 그저 하룻밤 취하고 말아도 그만인 한낱 중인 계집에게 최대한의 것을 제안하고 있음을 모르지 않으니 그것이 더 서글펐다.

여인도 제힘으로 제 인생을 개척할 수 있다면 좀 좋을까. 과거도 보고 제 맘대로 청국이며 왜국을 다니며 포부를 펼치고. 한 500년쯤 후에는 이렇지 않다는 보장만 있다면 다시 태어나기를 기대하며 지금 당장 혀를 깨물고 죽을 수도 있을 것 같았다.

그러고 보니, 대군의 제안이 아까 제가 스스로 접었던 생각과 비슷했다. 바로 정조를 잃는 것. 여인에게 혼인을 하지 못할 그보 다 확실한 하자가 무엇이겠는가.

제 가슴을 설레게 하는 사내이니, 이 사내와 하룻밤 동침하여 그걸 빌미로 파혼당할 수 있다면 좋겠다는 생각은 거의 장난과도 같은 것이었다. 실현시키고 싶다는 생각조차 하지 않았고, 그 생각 을 하면서 혼자 또 조금 설레었는데.

대군의 제안은 언뜻 보면 비슷하지만 받아들이는 제 마음으로서 는 완연히 다른 것이었다. 설레임 따위는 씻은 듯 사라졌으니까.

"싫다면 강요할 일은 아니지만, 되는 쪽으로 생각해 보아라. 지 금은 마음이 상했어도 길게 보면—"

"일어나고 싶습니다."

지금껏 얼굴을 매만지고 입을 맞추는 정도의 희롱은 하였어도 제가 거부하는 한 더 이상의 행동을 강제로 할 인사는 아니라는 것을 어렴풋이 느낀 차라 단호히 말을 끊었다.

짐작대로 대군은 팔을 치우고 옆으로 물러난 데다가 어깨 아래 로 손을 넣어 일으켜 주려고까지 하였다.

하지만 그런 마음 상하는 제안을 할 것은 짐작치 못하고 제 가 슴 한구석을 연 스스로를 탓하던 서리는 그 손이 제 어깨에 닿자 마자 벌떡 자리에서 일어났다. 그러고는 당장 이 집을 나가리라는 생각에 벗어 둔 갓을 향해 손을 뻗었다.

한데…… 그것을 손에 쥐고 보니, 자신은 갓 안에 탕건도 쓰지 못하여 어디 가서 함부로 갓도 벗지 못하는 중인이라. 그런 중인에게 조금 전의 제안은 모욕적인 것이 아니었다. 양반의 소실만 되어도 꽤나 성공하는 것인데, 언감생심 대군 대감의 소실이라면 일생일대의 광영이다.

하면 자신이 이렇듯 마음이 상한 연유는 대체 무엇이지?

알 것도 같았고 모를 것도 같았다. 청에 다녀오던 때처럼 요목조목 따질 거리도 없는 데다가 있다 해도 어쩐지 그 끄트머리에 와 하고 울어 버릴 것 같았다.

"이만 가 보겠습니다."

서리는 그 자리를 도망치듯 빠져나왔다.

"어젯밤은 어땠느냐?"

첫 새벽. 연겸이 별채서 나오는 서리의 몸종 애춘을 붙잡고 물었다.

"뭐가 말씀이십니까요?"

"서리가 지난밤에도 울었느냐 그 말이다."

연겸이 목소리를 죽여 재빨리 속삭였다. 혹시 방 안에 들릴까 싶어서였다.

"아니요."

바로 지난밤 일을 묻는데도 대답이 굼떠 답답했지만, 그 답만은 반가운 것이었다.

"오, 다행이구나."

"초저녁에 한바탕 우셨고 새벽에도 잠결에 조금 우셨지만, 밤에는 안 우셨어요."

"무, 무어?"

이것이 상전을 놀리는가?

연겸은 울화보다 근심이 앞섰다. 그제 수릿날에 대군을 만나고
와서는 밤에 한참이나 울더라는 말을 전해 듣고는 설마 했더니, 아
직까지 울고 있다면 보통 일이 아니다 싶었다. 평소 서리는 주저앉
아 울 일이면 일어나서 따지고, 따져서 아니 되면 패대기치고 말
지, 나약하게 울고 앉아 있는 아이가 아니니 말이다.

애춘의 머리를 쥐어박는 시늉을 하고는 작은사랑으로 넘어갔다.
마당에 서서 소식을 기다리고 있던 형님과 아우에게 고개를 저어
보이자, 다들 혀를 찼다.

"대군이 대신 갚아 준다던 제안을 거두었는가? 그냥 해 본 말이
었는데 서리 저것이 진짜 갚아 달라고 달려들었던 모양이지."

뒷짐 지고 있던 첫째 연항이 별채의 광창을 넘겨다보며 중얼거
렸다. 방 주인이 울었다 소리를 들어 그런지, 그 풍경마저도 안쓰
러워 보였다.

"그렇다면 욕이나 한바탕 걸지게 하지, 울기는 왜 운답니까?"

"물론 욕도 했겠지. 서리가 욕을 몰라 아니 했겠느냐."

사내 복장을 하면 덩치가 작아 얕보이기 쉬우니 입심으로 부족
함을 채워야 한다면서 갖가지 욕을 섭렵하였고, 그래서 찰지게 구
사할 줄 아는데.

"우리도 살면서 욕으로 부족한 경우가 있지 않누. 말을 번복하
여 돈을 못 빌려주겠다니, 욕을 하다 못해 분해서 운 게지."

셋째의 이성적인 판단에 형님은 고개를 끄덕이며 덧붙이셨지만,
둘째는 고개를 갸웃했다. 대군이 청에 갈 때처럼 땍땍거리고 트집

을 잡을 양이었으면 부러 찾아오지도 않았을 터인데? 게다가 융통 이야기를 없던 것으로 돌릴 만큼 쩨쩨한 인사도 아니었고 말이다.

"음, 대군 때문이 아니라 혼사 때문이 아닐까요? 대군이 돈을 빌려주고 자시고가 그다지 절실한 상황이 아니잖습니까? 혼인하여 출가외인이 되면 상단이고 뭐고 이제 다 떠난 일이 될 텐데 저 같아도 답답하겠습니다."

그것도 셋째 말이 옳다.

"그럼 처음부터 울었어야지, 혼사 이야기를 들은 뒤로 대군이 찾아올 때까지 며칠이나 여유가 있었지 않느냐?"

"그야, 처음에는 얼떨떨하다가 혼삿날이 점점 다가오니, 절박해졌을 수도 있지 않습니까? 수릿날 나가서 제대로 바깥바람을 쐬었을 텐데, 그걸 포기할 생각을 하면 얼마나 서럽겠습니까?"

맞는 것도 같고 아닌 것도 같고. 아무리 저들끼리 주고받아 봐야 답이 나오지 않았다. 그저 서리가 오늘 밤도 울면 어쩌나 하고 답답할 뿐.

그 아리송함은 그날 낮, 대군댁에서 심부름꾼이 다녀간 뒤로 극에 달하였다.

연총이 말로는 며칠 전 대군이 찾아왔을 적에 함께 왔던 이라고 하는데, 그이가 들고 온 것이 문제였다.

석동이가 진 빚을 대신 갚는 것이라며 아버님 앞에 내놓은 것은 상질의 논 50두락의 문서였다. 대충 따져도 500냥이 넘었다. 석동이 우기던 말이 사실이었던 것이다. 게다가 석동이 진 빚은 400냥인데 어찌 이리 과하냐고 물었더니 하는 말이, 남는 논은 석동이 부쳐 먹고살 수 있게 내어 주라나?

가진 것 없는 팔자에 그 정도면 편히 먹고살기에 충분한 재산이었다. 아버님은 바로 그 대목에서 뭐라 할 말을 잃으시고 수염도 나지 않은 그자가 일어서는 것을 그냥 바라만 보셨단다.

뭐라 할 것인가. '내 여식이니 되었소' 할 것인가, 아니면 '신랑 각시 될 판이니 대신 갚을 수도 있겠구려, 이 혼사로 재산이 100만 냥이나 축나게 생겼는데 조금이나마 채워 주어 고맙소' 할 것인가. 석동이 이 집 딸인 것을 알았다면 400냥을 갚아야 할 의무가 없다는 것도 알았을 터인데, 그 돈을 갚으러 온 것을 보면 전혀 모르는 양이 분명했다.

대체 어찌 돌아가는 영문인지. 그런 거금을 내놓는 것으로 봐서는 대군이 석동을 참으로 잘 본 것 같긴 하지만, 청에 다녀올 적에는 별다른 기색이 보이질 않았으니 더 이상했다. 물론 다시 조선 땅에 들어와서는 껄끄럽지 않게 몇 마디씩 나누는 것 같긴 하였지만, 그것이 어찌 그런 큰 재물을 선뜻 내놓을 이유가 될 수 있단 말인가.

가만? 그렇다면 대군이 돈을 갚아 주지 않겠다 하여 서리가 운 것은 아니라는 말이 되는데? 그럼 왜 운 거지? 참말 그 정도로 혼인이 싫은 건가?

오후가 될 즈음, 고소한 잣죽을 들여간 부인이 별채를 나서며 담 너머의 연겸에게 고개를 흔들어 보였다. 인석이 또 굶었구나. 오늘은 아침부터 내내 굶은 것이다.

연겸은 끝내 참지 못하고 별채 중문을 넘어섰다. 대군이 돈을 갚았다는 말을 해 줄 참이었다.

만일 그 일을 서리가 알았다가는 나머지 재물을 내놓으라 하여서는 그 돈을 가지고 집이라도 나갈까 저어된 아버님께서 절대로 서리에게 알려서는 아니 된다 하셨지만, 이러다가는 생때같은 여동생이 굶어 죽게 생기지 않나.

집을 나가는 것은 사람을 시켜 잘 지키면 될 터이고, 혹여 울던 이유에 대군이 연관된 것이라면 저를 생각해 주는 씀씀이에 마음을 다스릴지 모르니 말을 하는 것이 옳았다. 그런 제 생각이 반은 맞고 반은 틀렸다는 것을 그날 밤에야 깨달았지만.

우선 그 말을 전해 들은 가뜩이나 핼쑥한 얼굴이 단박에 눈물을 뚝뚝 떨어뜨리는 것을 보면 제 생각이 반은 맞았다.

"꾸어 준다던 돈을 막상 만나니 안 꾸어 준다고 했던 게야? 그런데 이리 보내 주어 감복해 그러는 게고?"

끄덕이지도 젓지도 않은 고개를 세운 무릎에 무작정 파묻어 버리니, 답답하기가 이루 말할 수 없었다.

"그리 시집이 가기 싫으면 몰래 이 오라비가 빼내 주랴? 방물장수로 여기저기 떠돌아다니고 싶다고 노래 부른 대로 해 줄 수도 있고, 크게 상단을 꾸려 여기저기 실컷 돌아다니는 게 좋다면 그리 해 줄 테다."

전에는 오매불망 소원하던 것을 들어주겠다는데도 이놈이 어깨만 부르르 떨 뿐 대꾸가 없다. 몸종은 혹여 그 마음을 짐작하려나 싶어 윗목을 건너다보니, 그놈도 눈만 끔벅인다. 예끼, 이 속 터지는 것들 같으니. 연겸은 다시 눈을 부라리며 돌아 나왔다.

문제는 그 밤이었다.

저녁밥은 한 수저라도 떴는가 싶어 아내더러 들여다보라 했더니, 들어간 지 얼마 되지 않아 부랴부랴 나오는 품이 괴이쩍었다. 어찌 그러냐고 물을 사이도 없이 저희들 방까지 끌고 오더니 숨 돌릴 새도 없이 묻는다.

"대체 아가씨에게 무슨 소리를 하셨답니까?"

밖에 들릴까 잔뜩 낮춘 목소리지만, 어린애 혼내듯 하는 투였다. 등줄기로 불안감이 스멀거렸다.

"……왜, 서리가 뭐라 한 게요?"

"아가씨가 뭐라 하면 다행이게요!"

"그게 무슨 소리요?"

설마 벌써?

"방 안에 들어가니, 발칙하게도 몸종 아이가 아가씨인 척 이불을 쓰고 누워 있더이다. 아가씨는 아까 서방님께서 다녀가신 지 얼마 되지 않아 남장을 하고 나갔다고 하고요. 벌써 날이 저물었는데, 이 일을 어쩐답니까?"

아뿔싸……!

서리가 집을 나갈까 걱정이라 하셨지만, 그것은 아버지와 담판을 짓고 난 뒤의 얘기다. 아버님께서는 개성에 가고 아니 계시니, 서리가 아직 나갈 리가 없는데!

순식간에 얼굴이 퍼렇게 질리는 연겸의 팔뚝을 아내가 작은 주먹으로 쥐어박았다.

"무슨 일인지 제게도 쉬쉬하며 형제분들끼리만 소곤거리시더니, 아가씨한테는 말씀하셨나 봅니다!"

"그건 아니오!"

혼사 이야기는 진짜 안 했다!

"흥, 아주버님께 들으셨는지 형님은 뭘 좀 아시는 눈치던데, 저와 동서만 귀머거리더이다!"

"그런 게 아니오!"

"아니든 기든, 아버님께 혼날 분이 누구인지 전 훤히 보입니다! 그러니 얼른 아가씨나 찾아오십시오!"

아버님께서 아실 것도 문제지만, 사내도 아닌 것이 이 어두운 밤에 집 밖에 있다니 무슨 일이 나지나 않을지 눈앞이 깜깜해졌다.

하늘이 무너져도 솟아날 구멍은 있다고 했잖나. 서리가 아버님께 남은 제 몫의 돈을 받아 손에 쥔 것은 아니니 어딘가로 훨훨 내뺀 것은 아닐 것이고. 제 말을 듣고 나갔다 하니, 갔다면 분명 대군에게 간 것이 아니겠는가.

당장 가서 데려오면 될 일이지만, 수단 좋은 그놈이 대군 나부랭이로부터 돈푼을 더 받아 쥐어 벌써 멀리 떠나 버렸을지도 모른다! 게다가 벌써 날이 저문 지 한참으로 인정(오후 10시경의 통행금지)이 다가오고 있지 않은가.

"지 서방, 거기 있는가?!"

허겁지겁 마루로 달려 나가는 연겸의 콧잔등에 땀이 맺혔다. 하늘이 무너져서 사방이 새카만 탓에 솟아날 구멍이 대체 어디 있는지 도통 뵈질 않았다.

"대군 대감을 뵈러 왔소."

"우리 대감께서는 댁에 손을 들이지 않소이다."

문을 찔끔 연 문지기가 쌀쌀하게 해 붙이고는 문을 닫아 버리려

한다. 서리가 다급히 달려들어 문을 두드렸다.

"자, 잠깐만!"

"글쎄, 돌아가래도 그러시오! 거기 서서 밤새도록 기다려도 대감께서는 눈 하나 깜짝 안 하실 테니."

석동의 차림을 하고도 행여 들킬까 봐 애춘 편에 삿갓을 구해 쓰고 집을 빠져나왔지만 딱 한 번, 그것도 김 내관의 뒤를 따라갔던 대군의 사저를 단번에 찾아가는 것은 쉽지 않았다. 게다가 하루 종일 굶은 터라 후들거리는 다리로 간신히 대군댁 대문에 이르렀을 때는 이미 날이 저문 뒤였고. 한데 안에 들어가기도 힘들 줄이야.

"이름만 전해 주시오! 그러면 꼭 보신다 할 테니!"

"거, 보나 마나지만, 이름이나 대 보시오."

인정이 치기 전에 다시 돌아가지 못하면 내일 새벽에나 들어가게 될 테고, 그리되면 이리 나온 것이 들키고 말아 집에 온통 난리가 날 테지만, 지금 서리 머릿속에 그런 근심은 발도 붙이지 못했다.

제 물음에 대한 답을 얻는 것이 지금은 가장 중요했다. 그래서 목에 힘을 주고 문지기에게 일렀다.

"방家 석동이라 하네."

"잠시만 기다리십쇼."

안에 소식을 전하러 마당을 가로지르던 문지기는 마침 저만치서 초롱을 든 이가 나오니 방향을 바꿔 그이에게 다가간다. 서리가 어둠 속에서 눈을 가늘게 뜨고 보니 김 내관이다. 저를 알아보면 대군을 뵙게 해 줄 것 같아 얼른 달려갔다.

"내관 나리, 저 방家이옵니다."

"아니, 이 사람이 어딜 들어와!"

"되었다."

김 내관은 저더러 경을 칠 듯 달려드는 문지기를 물리긴 했지만, 이후 기단 위에 서서 내려다보는 그 시선이 어쩐지 찼다.

"자네가 어쩐 일인가?"

목소리도 떨떠름한 것이 냉대가 분명했다. 낮에 논문서까지 들고 왔다면서 어째서 저리⋯⋯.

"저, 대군 대감을 좀 뵈었으면 합니다만."

"늦은 시각에 찾아뵙는 것은 법도가 아니니 이만 돌아가게."

제 빚을 갚아 주시느라 대감의 한 재산이 축나서 그런다면 할 말이 없지만⋯⋯.

"그럼, 내일 밝은 날에 다시 오면 뵐 수 있습니까? 꼭 좀 뵈어야 합니다만."

김 내관이 한숨과 함께 무어라 중얼거렸다.

"예?"

'다 끝난 줄 알았건만.' 이라는 말을 분명히 들었는데, 그 말에 대꾸는 않고 그저 기다리라는 말을 남긴 채 몸을 돌린다.

혹여 더 달라고 온 것으로 오해하였나? 그게 아닌데. 저러다 대군을 뵙지 못하게 하면 어쩌지? 어렵게 나왔고 오늘 일을 들키면 내일 다시 오기는커녕 혼삿날까지 감금당할지도 모르는데.

그래서 사랑 모퉁이를 돌아가는 김 내관의 뒤를 따라갔다. 하지만 벌써 어둑해진 뒤이고 낯선 곳이라 눈에 익지 않아 머뭇거렸다. 그러다 저만치 김 내관이 들었던 초롱불을 찾아냈다. 이어 그 몇 걸음 앞 연못가에 앉은 흰 도포의 이도 눈에 들어왔고. 대군 대감이셨다.

서리의 발이 홀린 듯 다시 떼어졌다. 한 걸음, 두 걸음.

그러다 어둠 속에서 발을 잘못 디뎌 비틀하였는데, 순간 서리는 여기까지 오는 동안 자신이 스스로를 속였다는 것을 깨달았다. 물음의 답을 얻고 싶은 생각 때문에 아버지의 명을 거역해 가면서 이리 왔다지만, 실상은 대군을 한 번이라도 다시 뵙기를 염원하였던 것이다. 흐릿한 초롱불 빛에 비친 대군의 모습을 하염없이 더듬고 있는 자신을 보면 분명 그리하였다.

김 내관이 가까이 다가가 아뢰자, 대군께서 자리에서 벌떡 일어나셨다. 그러고는 돌아서서 어둠 속을 성큼성큼 걸어오시는데, 서둘러 달려온 김 내관이 초롱을 들이댄 탓에 곧 저를 알아보셨는지, 이내 그 걸음이 멈추었다.

나머지 걸음은 나름 은혜를 입은 서리의 도리였다. 하지만 불빛이 드리워진 곳까지 나서지는 못하였다. 방금 깨달은 제 감정의 크기가 어느 정도인지 알지 못하니 덜컥 겁이 난 것이다. 혹시 그것이 넘쳐서 대군께서 알게 되실까 봐.

아니, 미련한 생각이다. 미천한 제 생각 따위를 대군께서 어찌 아신단 말인가. 그래서 침착하게 삿갓을 벗어 들고 허리를 숙였다.

"이 시각에 어쩐 일이냐?"

제가 입을 열기도 전에 물으시는데 그 목소리에 김 내관 같은 냉기는 느껴지지 않았다. 그저 약간의 근심. 그리고 약간의……
반가움. 감정이 희미해서가 아니라 억지로 감추느라 그 끝자락만 보인 것 같았다. 머리가 어찔했다. 속이 비어서 착각을 멋대로 해대는 모양이다.

"……여쭙고 싶은 것이 있어 왔습니다."

"무엇이냐?"

제가 찾아와 놓고는 주변머리 없는 주제처럼 말을 더듬으니, 거듭 묻는 대군이 도리어 성급해 보일 지경이었다.

"논문서를 보내셨다 들었습니다."

"아……."

기대하던 말은 아니었는지, 조금 실망한 어투였다. 그럼 무엇을 기대한 것이지? 이미 거절한 제안에 대한 것인가……? 그래서 반가워한 것이고? 그렇다면 여쭙고 싶던 것에 대한 답을 이미 들은 것이 되는데.

서리의 입매가 기운을 잃고 처졌다.

"그런데?"

이렇게 된 마당에 그냥 갈 수도 없으니, 대강 묻고 가자 싶었다.

"그것을 보내신 연유를 여쭙고 싶어 왔습니다."

김 내관이 초롱을 대군 앞에 놓아두고는 종종걸음으로 사라지니, 그 초롱불에 비친 대군의 옥안에 씁쓸하다 싶은 미소가 감돌았다. 제 짐작이 맞았나 보다. 그 제안을 받아들이겠다며 온 줄 알았는데 딴소리를 하니 어이가 없는 것이겠지. 수릿날에 그리 휙 가 버린 것이 거절의 표현이라 생각지 못한 모양이었다.

그렇다면 한두 푼이 오간 것이 아니니 답을 확실히 해 주어야 할 일이다.

"저는 그…… 대군 대감의 제안을 받아들이지 않겠습니다. 그러니, 그에 대한 선금 조라면 논문서를 도로 가져—"

"그만!"

갑작스럽고도 사나운 일갈이 후원을 울리자, 서리는 가슴이 크게 들썩일 만큼 놀라 입을 다물었다.

청으로 갈 때의 이유 없던 냉대에 비할 수 없을 만큼 차고 매서운 호령이었다. 하다못해 저만치 연못에서 뛰놀던 잉어들조차 지느러미를 움츠렸는지 후원에는 한동안 죽음과도 같은 고요가 흘렀다.

다시 그 고요함을 깬 것도 그 고요함을 유발시킨 장본인이었다.

"……미안하구나. 많이 놀랐느냐?"

짧은 사이, 다시 정돈된 목소리로 물어 오시니, 도통 종잡을 수가 없었다. 썩 꺼지라며 호통을 칠 줄 알았는데 이게 뭔가. 이리 짐작한 게 아닌 것 같아 저리 짐작하면, 그것도 아니라는 식이다. 그럼 선금 조는 확실히 아니라는 건가?

다시 물을 기운이 났다. 쫄쫄 굶은 와중에도 물어물어 이곳을 찾아오는 길 내내 그러했던 것처럼.

"연유를 말씀해 주십시오."

기필코 듣고야 말 터였다. 다시 여쭐 수 있는 기회는 없을 테니까, 반드시 들어야 했다.

날이 완전히 저물어 서리 자신을 감싼 어둠은 더욱 짙어졌지만 상대적으로 대군 앞의 초롱불 빛은 더욱 환해졌다. 마치 서로의 높고 낮은 신분처럼. 그래도 서리는 버티고 서 있었다.

"대신 갚아 주겠다 하지 않았느냐. 그 약조는 네가 내 제안을 받아들이는 것과는 상관없는 것이었다. 그러니 도로 갚을 필요도 없고."

그 이야기를 하는 것조차 피로하다는 듯, 짧은 한숨 뒤에 나온 목소리는 원망도 실망도 섞이지 않은 채였다.

하지만 그건 남아 일언 중천금이라는 말로 대충 넘어가고 말 정도의 재물이 아니다. 대군의 대답에 감읍함은 물론 안도감도 찾아들지 않았다. 그저 더더욱 답답해졌을 뿐. 그래서 더 기승스럽게 여쭈었다.

"제안까지 거절한 괘씸한 제게 약조를 지키지 않으셔도 그만이었습니다. 저도 그만두시라 말씀을 드렸고요. 한데 논문서를 보내셨지요. 더더구나 남는 것은 또 무에랍니까? 그 정도 논이면 일평생 호의호식할 수 있는 재산인데, 어째서……. 방자하게 대군 대감의 제안을 거절한 제가 앞으로 어찌 살든 어째서 신경을 쓰신 것입니까?"

"네가 딱하다 했지 않누."

자신은 정곡을 찔러 물었는데, 대군의 답은 영 시원치 않았다.

"저자를 지나다 길가에 주저앉은 거지들은 딱하지 않습니까? 그들에게도 늘 한 재산 떼어 주십니까? 대군 대감의 재산이 얼마나 되는지 소인 따위가 알 리 없지만, 말씀대로라면 벌써 기둥뿌리가 뽑히고도 남았겠습니다."

"넌 그들이 아니다."

"예, 그들이 더 딱하지요!"

서리는 이제 숫제 따지고 들었다. 말과 행동이 맞지 않는 이 사내 때문에, 그리고 감당할 수 없는 제 감정 때문에 어지러워 죽을 지경이니 당연했다.

"그래, 그들이 더 딱하다. 하지만…… 그 살아가는 모습이 가슴이 저밀 만큼 안타까우면서도 돌아서면 또 있고 어제도 있고 내일도 있는, 그래서 언제든 다가갈 수 있는 그들과…… 넌 분명히 다르다."

분기가 서려 이글거리던 서리의 가슴이 와들 떨렸다. 그럼 나는 어떤 사람이라는 말씀이신가?

"네가 좋다고 하지 않았느냐. 청으로 갈 때, 네가 어쩐지 밉살스러웠던 것도 사내에게 자꾸만 시선을 주는 내 스스로가 마냥 혼란스러워 그랬던 것이고, 네가 여인임을 알았을 적에는 참으로 기쁘기 한량없었다."

대군을 둘러쌌던 빛이 점점 커지고 있었다.

"남들은 대군이 뭐 대단한 것인 양 하지만, 난 가질 수 있는 것이 많지 않은 사람이다. 태어나는 순간부터 욕심을 버려야 한다는 가르침을 끊임없이 받아 왔고 지금도 늘 스스로 경계를 하지. 하지만 그런 내게 넌…… 처음으로 욕심을 내고 싶은 이였다."

대군의 얼굴은 무척이나 쓸쓸해 보이는데도 빛은 기이하게 점점 커지고만 있었다.

"그래서 무리를 해 보려고 했다. 청에서 돌아오자마자 내게 곤란한 사정이 생기기 전까지는."

점점 밝고 커지는 그 빛 때문에 눈이 멀어 버릴 것만 같았다.

"역시나 아니 되는가 싶어, 얼마간 마음을 다스리려 애도 써 봤지만, 잘 안 되더구나. 말했다시피 처음인지라. 그래서 네가 옥에 갇혔는지 아닌지만 확인한다는 핑계를 앞세워 기어이 상단으로 널 찾아갔던 것이야. 당연한 일로, 한 번 보니 두 번 보고 싶었고, 두 번 보니 아주 갖고 싶었다. 하지만 널 곁에 둘 수 있는 길은 소실뿐인지라……. 성사되지도 못하고 네 마음을 상하게 한 꼴이 되었지만. 그래도 괘씸히 여기지는 않았다. 참말이야."

한숨 끝에 보이는 서글픈 미소에 서리의 가슴이 찡하고 울리기도 했다. 빛은 빠르게 커지고 있었다.

"인연으로 맺어지지 못하더라도 네가 그리 딱하게 타국을 떠돌며 이 사람 저 사람에게 아쉬운 소리 하며 사는 것은 싫었다. 심지어 잠을 이루지 못할 만큼 안타까웠지. 널 곁에 두지 못한다는 사실보다 그것이 더 견디기 힘들었다."

그 빛이 자신에게 닿을 만큼 커지자 서리는 덜컥 겁이 나서 한 발자국 물러났지만, 빛은 그보다 더욱 빨리 다가왔다.

"그저 내 마음 편하자고 그런 것이니 사양 말거라. 또 남을 도 와준답시고 애먼 곳에 흘리지도 말고 부디 네 한 몸을 챙기란 말 이다. 그러다…… 너만 아껴 줄 수 있는 사내를 만나거든 가시버 시 맺어서 오래도록 잘……."

대군은 여전히 쓸쓸한 얼굴로 빙긋 웃어 보이는데 정작 눈물이 난 것은 서리였다. 그 바람에 물러나던 걸음도 멈추었다.

"미안하구나. 부득이한 사정만 생기지 않았더라면 네게 더한 약 조를 해 줄 수도 있었을 터인데. 그랬더라면 일의 성사에 상관없이 네 마음이 조금이라도 덜 다쳤을 터인데, 이런 옹색한 변명 따위만 늘어놓아 참으로 미안하다."

서리는 그 빛이란 것이 제가 도망가는 것보다 더욱 빠르게 저를 뒤쫓을 것을 깨달았다. 그러니 언제고 결국 그것에 사로잡히고 말 테고, 그러고 나면 더한 암흑 속으로 굴러떨어질 것을 알았다. 그 렇다면 기회가 있을 때, 그 한가운데에 서 보자 마음먹었다. 신분 을 뛰어넘는다거나 혼인이라는 굴레에 갇힐 스스로를 구원해 낼 재간은 없었지만, 한 번이라도 그곳에 서 본다면 이후의 암흑이 두 렵지 않을 것 같았기 때문이다.

그리고 까마득히 남은 인생살이를 통틀어 지금만큼 확신이 드는 순간은 다시 오지 않을 것을 직감했다. 그래서 그녀는 대군의 쓸쓸 함이, 그리고 서글픈 미소가 진하게 녹아든 그 빛 속으로 발을 내 디뎠다.

흔은 별안간 제 품으로 뛰어든 석동을 힘껏 받아 안았다. 조붓한 어깨에 팔을 둘러 감고 팍팍한 삶 때문에 댕기도 드리지 못해 밋밋한 뒤통수도 손바닥으로 감싸서는 제 가슴에 꼭 품었다. 제가 먼저 나서서 희롱하던 것과, 가는 두 팔이 제 목과 어깨에 감긴 것은 천지 차이였다.

털어놓을까 말까 고민하던 고백에 다쳤던 마음이 조금이라도 치유되어 이러는 모양이었다. 가슴이 터질 것처럼 기뻤고 동시에 찢어질 듯이 아프기도 하였다.

"미안하다, 참말 미안해……."

그의 목에 감긴 팔에 더욱 힘이 들어갔고, 작고 동그란 뺨이 그의 목덜미에 격하게 기대어 왔다. 이리 어여쁜 너를 어찌 놓을까.

"부디 마음 풀고 전처럼 웃으면서 살아라."

작은 몸이 부르르 떨리더니, 그의 고개 숙인 뺨에 입술을 눌러 왔다. 제 이기적인 미련이 불거져 이 기적 같은 순간을 부숴 버리기 전에 흔은 다급히 다짐시켰다.

"내게 빚졌다 생각되거든 더 복되게 살아 주면 된다."

그 입술이 앞으로 돌아와 그의 서글픈 입매에 닿았다. 천천히 말을 멈춘 흔은 고개를 들어 석동을 내려다보았다. 뺨에 흘러내린 눈물이 등불 빛에 반짝이고 그 눈물을 흘려 낸 눈매가 그를 올려다보고 있었다. 순간 흔은 귀로 듣지 않았어도 그 속에 담긴 것이 무엇인지 알 수 있었다.

그가 천천히 고개를 저었다.

"아니, 네 처음 뜻을 거스르지 마라. 난 네게 무언가를 받을 자격이 없는 사람이니."

"하룻밤은…… 괜찮습니다. 누구도 알지 못할 테니까요."

혼인을 밀어붙이는 아버지도, 아버지로부터 받을 재물로 호의호식하게 될 얼굴 모르는 새신랑도, 그 누구도 모를 것이다. 안다 해도 재물을 쥐어 줘 가며 시집가는 것이니, 이 일로 소박맞을 일은 없을 것이다. 평생 지난한 생활을 견뎌 내야 할 자신만 알고 간직하면 될 일이었다.

대군은 그래도 고개를 저었다. 이를 악문 채.

"대군 대감을 위해서가 아니라, 저를 위해서입니다."

서리가 대군에게 얼굴을 가까이 했다. 야속하게도 고개를 조금도 숙여 주지 않아 까치발까지 들고는 숨결조차 멎은 입술에 간신히 닿으려는 찰나 대군이 가까스로 잇새를 풀어냈다. 가늘지만, 분명한 속삭임.

"이달 안으로 난 가례를 치르게 된다."

안타까운 거절에 더해진 애틋한 경고였다.

"청에 가기 전에 알았더라면 결코 너를 마음에 품지 않았을 것이야. 아니, 마음에 품었다 해도 결코 네게 드러내지 않았겠지. 계속 트집 잡고 연신 구박하며……."

닿을 듯 말 듯 움직이는 그 입술에서 따스함보다는 서글픔이 묻어났다. 또 다른 사과였고 그것이 청에서 돌아와 생긴 사정이었구나 싶었다.

하지만 사정은 제게도 생겼지 않나. 대군은 저를 밀어낼 사정이, 제게는 더더욱 다가서야 할 사정이 말이다. 그러니 피장파장이다.

"그런 주제에 욕심을 부려 널 아프게 하였다. 참으로 못난 사내가 아니냐. 하니, 못난 사내에게 그 무엇도 내주지 마라."

이제 서리가 고개를 저었다. 그리고 미세한 거리를 좁히며 가닿았다. 빛의 한가운데에 들어서 본 것을 결코 후회하지 않을 것이다.

멀리서 인정을 알리는 종소리가 들려왔다. 28번의 종소리가 끝날 때까지 몇 번이고 애달픈 입술이 맞닿았고, 이윽고 종소리가 멎은 고요함 속에서 서리가 속삭였다.

"인정이 되었으니 이제 돌아가고 싶어도 못 갑니다."

"대군의 위세로 순라군 정도는 지나칠 수 있다."

전 같으면 어설픈 장난을 대단한 자기 자랑으로 응수하는가 싶었을 테지만, 대군의 얼굴은 진담인 듯 담담하기만 하여 서리는 농을 그만두었다.

그가 더듬더듬 손을 들어 서리의 얼굴을 매만졌다. 그 더듬거림이 하도 간절하여, 서리도 제 얼굴을 그 손바닥에 꾹꾹 눌러 대었다.

"저녁밥은 먹고 이리 온 것이냐?"

꼬르륵.

기다렸다는 듯 서리의 배 속에서 크나큰 울림이 들려왔다. 아침부터 내내 끼니를 거른 위장이 그 한마디에 이때다 싶은지 요란스레 울부짖은 모양이다.

서리가 얼굴을 붉히기도 전에 혀를 찬 대군이 급히 손목을 잡아끌며 저만치를 향해 외쳤다.

"기시는 어디 있느냐?"

남의 댁에 와서 인정이 지나 밥상을 받는 염치없음을 보였음에도 하루 종일 굶어 그런가, 별로 먹지도 않았는데 명치가 꽉 찬 느낌이 들었다.

"찬이 입에 맞지 않는 게야?"

곁에 앉아 있던 대군이 근심되는 듯 가까이 다가앉았다. 가뜩이나 미안해하시니, 아침부터 굶었다는 말은 하지 않을 작정이었다.

"많이 먹었습니다."

"많이는. 그리 조금 먹으니 덩치가 고만하지."

둘째 오라버니댁을 제외하고 첫째와 셋째 오라버니댁보다는 자신이 키가 더 큰데. 애춘이도 저랑 비슷하고.

오래간만의 타박이었지만, 그 눈가가 안쓰럽게 접힌 것을 보고 나니 재치 있는 말대꾸가 떠오르지 않았다. 그래서 있는 그대로 대꾸했다.

"여인들 중에서 중간은 합니다만."

"사내 옷을 입어 그런가, 난 네가 마냥 작게만 보인다. 그래서 고생하는 것이 더 안타까운지도 모르고."

오늘 밤이 지나고 내일, 내년, 그 훗날을 생각하시는지 말끄트머리가 참으로 쓸쓸했다.

"저…… 몸을 좀 씻었으면 합니다."

여인네가 남정네 앞에서 함부로 그런 말을 입에 올리는 것이 외람되지만, 앞날에 대한 쓸쓸한 상상으로 이 밤을 망쳐 버리고 싶지 않았다. 그래서 내질렀다.

바야흐로 밥상보다 더 대단한 이 댁 주인의 잠자리까지 차지하겠다는 선언도 한 마당이니, 대군이 한 번 더 밀어내면 땀 냄새 나는 몸이라도 그냥 드러누울 생각이었다.

"……김 내관더러 준비시키마."

모르는 사람이 방금 대군이 제 시선을 피하며 어색히 중얼거리는 모습을 보았더라면, 소실 삼자고 달려들었던 사람이 서리 자신인 줄 알 것이다.

"자시(子時. 오후 11시부터 오전 1시까지)도 반은 지났겠습니다. 이러다 날 샙니다."

서리가 중얼거렸지만, 대군은 말이 없었다.

황촉 불이 타오르는 방 안에는 똑같은 크기의 바지저고리를 입은 두 사람이 아까부터 나란히 누워 있는 참이었다. 한 사람은 상투를 틀고 한 사람은 머리를 대충 땋아 내렸다는 것만 다를 뿐.

목간에 들어가는 서리에게 김 내관이 부루퉁한 얼굴로 흰 명주 옷을 내어 주었는데, 진솔로 보이는 사내의 바지저고리였다. 이 댁에 여인의 치마저고리가 없다는 이유에서였다. 구박 같은데, 기분이 좋았다.

혹시 대군의 것이냐 물으니, 감읍하라는 말이 돌아왔다. 천치가 됐는지 역시나 기분이 좋았다.

몸을 씻고 나서 입은 대군의 옷은 품도 길이도 무척 커서 몇 번이나 걷어 올리고서 다시 사랑에 들었다.

바닥에 깔린 이부자리 외에도 이만치에 개켜져 놓인 이불이 한 채 더 있었다. 여전히 선택의 여지를 주고 싶으셨는가. 하지만 서리는 그것을 본체만체하며 깔려 있는 이부자리에 가서 드러누웠다.

대군도 누우시라 서너 번 말을 건네고 나서야 자리에 누우셨고,

이후로 한참 시간이 지난 뒤에야 서리가 먼저 입을 연 것이다.

"음…… 할 줄 모르십니까?"

"……할 줄 안다."

"그러시군요."

"넌…… 할 줄 아느냐?"

"제가 모르니 재촉하였지요."

"그럴 줄 알았다."

"어찌 아셨습니까?"

"전에 아직 혼인 전이라 하지 않았느냐."

아. 그랬지, 참.

"아시면서 어찌 물으셨습니까?"

"궁금해서가 아니라, 그래서 머뭇거려진다는 말을 하고 싶었던 것이다."

거참. 고지식한 양반이네. 멍석을 깔아 줬는데도.

서리가 한참 접은 소매를 들어 올려 보여 주었다.

"대군 대감께서 내어 주라 하셨습니까?"

대군의 시선이 흘끗 날아왔다 얼른 제자리로 돌아갔다.

"그래. 이 집에 여인네 옷이라고는 노비들 옷밖에 없다 하니 어쩌냐. 사내 옷이지만 한 번도 입지 않은 것이고, 남들이 입던 것을 입히기는 싫었다."

자신과 관련해서는 참 싫은 것도 많다 싶었다.

"어째서요?"

"뭐든 좋은 것, 귀한 것만 해 주고 싶었으니까."

당연한 것을 성가시게 어찌 자꾸 묻느냐는 투다. 서리가 유도하던 대답이었다.

"그러면서 어찌 머뭇거려진다 하십니까? 잘해 주실 것 아닙니까?"

"넌…… 내게 한 번 속아 놓고는, 또 그러는구나."

마지막에야 고백했던 가례 말씀인가 보다.

"속다니요. 청에 가기 전에는 모르셨다면서요. 그렇다면 부러 속이신 것은 아니지요."

"청에 다녀와서도 참지 못하고 찾아갔다 하지 않았느냐."

"그랬습니까?"

모른 척 시치미를 떼곤 대놓고 몸을 돌려 쳐다보니, 움찔한 대군이 천장을 뚫어져라 노려본다. 촛불 빛을 받아 빛나는 그 고집스러움은 상투에 단정히 박아 넣은 옥제 동곳보다 더욱 영롱하고 아름다웠다.

서리가 속삭였다.

"제게도 시간이 얼마 없습니다."

그제야 그 시선에 동요가 일더니 천천히 돌아본다. 오늘 밤만 그렇다는 말이 아님을 알아들었는지 그 아름다운 눈시울에 안타까운 슬픔이 찾아들었다.

서리는 눈물이 날 것 같았다. 아버지가 고집하는 혼인을 결국하게 될 것을 깨달은 때문이었다.

대군을 만나기 전이라면 제 생각만 하여 훌쩍 떠나 버릴 수도 있었겠지만, 이제는 소중한 사람들에 대해 다시 돌아보게 되었다. 제가 아무리 발버둥 쳐도 어쩔 수 없는 경우라면 모를까, 제 꿈을 접기만 하면 모두가 편해지는데 어찌 자기 고집만 내세울 수 있을까.

그러고 보니 대군이 소실 이야기를 꺼냈을 적에 팩하니 화를 냈던 것이 참으로 우스운 일이었다. 그땐 이미 혼사 이야기가 진행된 이후였으니 제안이고 거절이고 다 소용없는 짓이었는데 말이다.

만약 혼사 얘기가 아예 없는 채로 오늘처럼 대군의 속마음을 듣게 되었다면 그 제안에 대해 다시 생각해 볼 여지가 생겼을 것도 같았다. 아니, 도리어 대군의 소실이 되겠다고 먼저 나서서 조르고 있었을지도. 이제 와 모두 부질없는 상상이지만 말이다.

"소실이 되어 달라 하신 말씀은 이제 미안해 마십시오. 그 소실이 되고 싶어도 될 수 없는 저이니까요."

"어디, 멀리 가느냐?"

그리 묻는 숨이 너무 짧아서 끄트머리는 마치 속삭임처럼 들렸다.

"예. 아주 멀리, 멀리 갑니다."

"금세 오는 것이 아니냐? 청에, 아니, 소원하던 왜국에 가는 것이라면 그리 멀 리가—"

"더 멀리…… 갑니다."

"언제…… 오느냐?"

"모릅니다. 너무 먼 길이라 언제 오는지 가늠조차 못합니다."

"오, 오긴…… 오는 게냐?"

숨이 점점 짧아졌다.

"그것도 모릅니다."

혼인하게 되면 다시는 대군을 뵙지 못할 터였다. 그러면 아예 돌아오지 못한다 고해야 마땅하나, 그리 고하면 또 제 처지를 근심하실 것 같아 모른다 답하였다.

고개를 옆으로 돌리고 있던 탓에, 한쪽 눈에 먼저 맺힌 눈물이 옆으로 흘러 다른 눈으로 들어갔고 배로 무거워진 눈물이 빠르게 떨어져 내렸다. 대군의 손이 다가와 그 눈물을 닦아 냈지만, 그 손이 멀어지기도 전에 다른 눈물이 더해졌다.

"나 때문에…… 그러려는 것이냐?"

서리가 고개를 저었다.

"설마요. 훨훨 날아서 하고픈 대로 맘껏 세상을 누비고 다닐 겝니다. 상단을 따라 청에 가서 물건을 팔고 더 진귀한 것을 사서는 더 먼 서쪽 나라로…… 마냥 떠돌면서 딴 세상 구경을 할 겁니다. 필요하다면 배도 탈 것이고 말도 타고……."

어릴 적부터 꾸어 오던 꿈을 생시인 듯 마지막으로 떠벌렸다. 이제는 대군으로 인해 열정조차 사그라진 꿈이니.

"고생스럽지 않겠느냐? 부족하면 내가 재물을 더 마련해 줄 테니, 그냥 여기 있으면……. 다시 보자는 말이 아니라…… 그래도 같은 한양 땅에 있으면 마음이라도 덜 허전할 것이니……."

마음이 허전할 때마다 그 말씀을 되새기겠습니다. 같은 한양 땅에 있음을 저는 알 테니까요.

"하고프던 일입니다. 누군가의 아내로, 어미로 얽매여 살아가는 것은 죽기보다 싫었거든요. 그러니 꼭 가고 말 겝니다."

"네가 원하는 바를 이루어 행복해졌으면 좋겠다. 그래…… 그래도 네가 그리울 게다. 아주 많이."

서리가 고개를 끄덕이자 눈물방울도 동조하듯 흘러내렸다. 대군의 다른 손이 서리의 목 아래로 들어왔고 다음 순간 그대로 끌려가 그 품에 안겼다.

저도 참으로 많이 보고플 것입니다. 그러니, 잘 새겨 두겠습니다. 아득해질 만큼 오랜 시간이 지난 뒤에도 기억이 날 만큼 말입니다.

"제대로 살펴본 겐가?"

연겸이 검은 옷을 입은 자를 향해 재차 물었다. 어두운 밤. 작은 사랑 뒤쪽으로 담을 넘어온 그들이 실망스런 소식을 전한 까닭이었다.

"예. 객이 묵을 만한 방을 모두 뒤져 보았는데 아무도 없었습니다."

지 서방을 시켜 불러온 자들에게 비밀리에 대군의 사저를 살펴보라 일렀다. 서리가 남장을 하고 갔고 인정이 지나 오지 못한다면 객으로 묵었을 것이 분명한데, 그곳에 없더라니. 순라군을 피해 기척도 없이 지붕이며 담을 넘나드는 자들이니 어설프게 살폈을 리는 없는데.

대군의 사저에 없다면 그 아이가 대체 어디로 갔단 말인가? 남장을 하고 나가면 곧잘 들르던 주막에도 사람을 보냈지만, 오늘은 오지 않았다 하는데!

"대군은? 그는 사저에 있던가?"

"사랑에 있었습니다."

"잠자리에 들었고?"

늦은 시간까지 서리와 이야기를 할 수도 있다 싶어 물었다.

"여인이 함께 있는 것 같았습니다."

"……여인?"

"방에 불이 밝혀져 있어 들여다보지는 못하였지만, 소리며 기척이 그러했습니다."

더 듣지 않아도 뻔한 일로 대군이 잠자리를 위해 여인을 들인 것이다.

연겸은 가뜩이나 초조하던 차에 부아까지 났다. 혼인을 코앞에 둔 작자가 계집을 사저로 불러들였다고? 아무리 한창인 사내라 해도 혼삿날까지는 예의를 지켜야 하거늘! 상대가 중인 집안이라 우습게 보는 겐가? 가뜩이나 못마땅하던 혼사였는데, 이게 무슨……. 가만?

설마. 대군과 함께 있다는 그 계집이 서리일 공산이 얼마나 될까?

연겸의 땀에 젖은 등줄기가 따끔거렸다.

대군과 서리는 청에 다녀온 이후로 겨우 한두 번 만났을 뿐이니 다소 무리다 싶은 생각이지만, 남녀 사이는 두 사람 외에는 모르는 법. 자신도 남들이 모두 괄괄하다며 고개 젓는 아내를 첫눈에 보자마자 혼인하겠노라 마음먹지 않았던가. 어찌어찌 사내가 아님을 알아서 어찌어찌……. 허어, 이런 변이 있나. 조금 전까지는 서리가 그 집에 없어서 근심이었는데, 이제는 그 집에 있다 해도 문제다! 서리, 그놈이 대체 무슨 심정으로 그런 짓을 한 것이지?

아니지! 연겸은 순식간에 생각을 뒤집었다. 차라리 대군과 한 방에 있다는 계집이 서리여도 좋을 터였다. 어차피 혼인할 사이 아닌가.

이 순간의 연겸은 자신이 서리의 혼사를 반대했다는 것조차 잊었다. 서리가 정 싫다면 제가 혼사 전에 어디로든 빼내겠다고 먹었던 마음도 싹 다 버렸고.

그 방 안에 있는 것이 서리라면 적어도 무사하긴 할 것 아닌가. 제 발로 찾아갔으니 서로 정분이 난 것일 테고, 꽃잠이야 며칠 일찍 치르면 어떤가 말이다.

이제 자신이 그놈을 조용히 데려오기만 하면 되는 것이다. 그리고 혼례가 끝난 후 대군방으로 아예 보내 버리면 되는 것이다!

서리는 파루가 되면 나올 터. 이들더러 그 집 대문 앞을 지키고 서 있다가 그놈이 나오는 즉시 비밀리에 데려오라 시키고 싶었지만, 이들에게도 서리의 신분이 탄로 나서는 안 된다. 아무리 이자들의 입단속을 한대도 흉한 소문이 돌 수도 있고.

만에 하나라도 서리의 평판을 잃는 위험을 감수할 수는 없었다. 그 같잖은 혼인을 성사시키고 싶어서가 아니었다. 혼인을 하든 안 하든 제 귀한 누이가 누군가에게 손가락질을 받는 꼴을 두고 볼 수는 없어서였다.

그러니 파루가 되자마자 자신이 최대한 빨리 대군댁으로 달려가는 수밖에 없었다. 다른 누구도 없이 저 혼자만. 여러 사람이 알아 좋을 것 없으니 형님이나 연총이도 모르게 해야 할 일로, 몸종은 그대로 이불을 들씌워 놓고 아내로 하여금 그 곁을 지키게 했다. 누가 오면 아파서 잔다 하라고 시키고.

"애들 썼네. 이만 가 보게. 수고비는 지 서방을 통해 받게나."

"감사합니다, 나리."

재물만 있으면 중인 나부랭이한테도 나리 소리가 쉬운 세상이었다. 하지만 오늘은 억만금의 재물로도 어찌할 수 없으리만큼 애가 타는 밤이 될 터였다.

새벽에 가서 서리를 만나지 못한다면 세상 어디에 가서 그 아이를 찾는단 말인가? 여인에게 대문 밖 세상은 너무도 험악하고 무서운 곳이다. 그러니 이왕 이리된 것, 대군과 함께 있다는 그 여인이 반드시 서리였으면 하고 간곡히 바랐다.

아직 날이 밝지 않은 시퍼런 새벽녘.

대군댁 사랑채 마당으로 은밀히 가마가 들여져 왔다. 대군의 수족인 김 내관이 가마꾼들을 다시 중문 밖으로 내몰고 문을 닫은 뒤에야 사랑의 분합문이 열렸다. 나온 이들은 대군과 다시 석동의 옷으로 갈아입은 서리였다.

섬돌에 이어 기단을 내려서는데, 앞섰던 대군이 손을 뒤로 하여 서리의 손을 찾아 쥐었다. 애틋하게 쥐고 또 쥐고 하는 그 손을 서리도 간절히 마주 잡았다.

몇 걸음 걷지도 않았는데, 벌써 가마 앞이다. 문이 들려진 가마 안쪽이 마치 시커먼 지옥 구덩이처럼 겁이 났다. 자신에게 남은 앞날이 꼭 저럴 터였다. 끔찍이도 싫었다.

절로 멈칫하니, 아직 제 손을 쥐고 있던 대군의 손에 단단히 힘이 들어갔다. 오히려 그것이 서리를 일깨웠다. 서리는 그것을 힘껏 맞잡고 싶은 것을 참으며 대신 아랫입술을 깨문 이에 힘을 주었다. 자신이 매달린다면 대군께서 힘드실 것이니 담담해야 했다. 파루를 칠 때까지 뜬눈으로 밤을 지새우며 거듭 마음먹은 것이니, 해낼 수 있을 것이다.

이윽고 잡힌 손을 비틀어 빼려 했더니, 한순간 더욱 무서운 기세로 손을 잡아 오신다. 삿갓을 들추고 마지막으로 한 번 더 옥안을 뵈려 했으나, 다가온 다른 손이 그 손을 막았다.

"그대로 가거라. 한 번 더 보면…… 차마 보내지 못할 것 같으니……, 그냥 가거라."

서리는 간신히 고개를 끄덕였다. 삿갓을 쓴지라 움직임이 더욱 커 보일 것이니, 고만큼 끄덕였어도 알아들으셨을 것이다. 역시나. 제 손을 쥐고 있던 손이 한순간에 떨어져 나갔다.

가마 안에 들어가 앉으니 문을 내려 주시는데, 야속하게도 허리 한 번 구부려 들여다봐 주시질 않았다. 새벽빛을 받은 도포 자락이 가마 문이 내려지기 전 마지막으로 본 모습이었다. 방 안에서는 흰빛이었는데, 새벽빛을 받아 서러울 정도로 시퍼렇게 물든 채였다.

애초에 김 내관과 말을 맞춘 대로 가마꾼들이 다시 들어왔는지 가마가 들렸다. 창을 열면 한 번이라도 더 뵐 수 있지 않을까?

창으로 서둘러 손을 가져가는 순간, 낮은 목소리가 들려왔다.

"한시도 지체 없이 당도해야 하네."

김 내관이었다. 채찍질처럼 단단한 말은 가마꾼들이 아닌 자신에게 하는 소리 같았다. 더 이상 대군 대감의 심경을 흐트러뜨리지도 말고 미련도 갖지 말라는.

서리의 손이 풀썩 무릎으로 떨어져 내렸다. 가마가 흔들리기 시작했다.

"이제 오십니까?"

새벽같이 말을 달려 대군의 사저로 달려갔던 연겸은 그 댁 앞에서 해가 한참 뜰 때까지도 고민에 고민을 거듭하고 있었다. 서리가 정말 이곳에 오지 않은 것인지, 아니면 아직 나오지 않은 것인지 말이다. 그렇다고 그냥 가 버릴 수도 없어 마냥 기다리고 있는데 집에서 심부름꾼이 왔다. 서리가 돌아오면 자신에게 기별을 달라고 아내에게 일러둔 것에 대한 답이었다. 서리가 돌아온 것이다!

허위단심 집으로 말을 달려와, 마침 마당을 가로지르던 아내를 만났다.

"언제, 어떻게 돌아왔소?"

"목소리를 낮추십시오. 아버님께서 조금 전에 돌아오셨단 말입니다."

그가 급히 목소리를 낮췄다.

"아버님께 들켰소?"

"아니요. 지난밤부터 병이 나 아직까지 잔다니까 이따 낮에나 들여다보마 하셨습니다."

"다행이군. 그래, 서리는 별일은 없소이까?"

"몸살이 난 듯합니다. 새벽에 뒷문 밖에서 기척이 나기에 몸종이 나가 보니, 거기 있더라 하더이다. 서둘러 방으로 들이자마자 풀썩 주저앉기에 살펴보니 땀이며 열이 어찌나 장한지. 그 바람에 의원을 부르고 어쩌고 하다 서방님께 기별이 좀 늦었지요."

그리고 보니, 아내가 든 쟁반에 탕약이 담겨 있다. 몸살이라면 다행이지만······.

"그, 우려하던 일은······."

어디서 몹쓸 짓을 당하지는 않았나 밤새 우려하던 것을 물으니, 아내가 목소리를 더 낮춰 이른다.

"그러지 않아도 몰래 살펴보았더니, 의복도 깨끗하고 몸도 그러하더이다. 의원도 그저 몸살기가 있어 열이 나는 것뿐이라 하였고요."

그렇다면 천만다행이고. 별채 언저리까지 갔던 연겸의 발이 멈추었다. 오라비가 들여다보면 불편할 테니 나중에 얼굴을 보면 될 일이다. 별일 없이 무사히 돌아왔으니 되었다. 집 떠나면 고생이라고 홧김에 나가서는 밤새 헤매고 다니며 애를 쓴 탓에 몸져누운 게지, 대군의 사저에 간 것이 아니다. 대군과 한방에 있었을 리도 없고.

그럼, 우리 서리가 그럴 리 없지. 이제 애초의 계획대로 혼사 전에 아버님 몰래 석동이 되어 저 가고 싶은 대로 가게 해 주면 될 일이다. 열이 좀 내리는 대로 계획을 전해 주면 짐작대로 뛸 듯이 기뻐하며 자리를 털고 일어나겠지. 내 귀한 누이.

"참."

탕약이 식을까 저어되어 어서 들어가 보라 손짓을 하였더니, 반쯤 돌아서던 아내가 다시 뒤돌아서더니, 귀엣말을 했다.

"몸종이, 담 끄트머리로 냅다 사라지는 가마 꽁무니를 보았다 합니다."

뒷문 밖은 막다른 길이다. 그러니 그 가마는 서리가 타고 온 것이라는 말이 되는데. 연겸은 그대로 얼어붙었다.

새벽에 그가 대군의 사저에 거의 도착하였을 즈음 가마 한 채가 마주 지나갔다. 웬 아녀자가 새벽 댓바람부터 길을 나서나, 하는 생각이 급한 마음에도 스쳐 갔기에 똑똑히 기억한다.

그것이 대군의 사저에서 나왔다는 확신은 없다. 하지만, 그렇지 않다는 확신 역시 없다.

그렇다면 혼인을 시켜야 하는가, 말아야 하는가?

돌아선 연겸은 담 너머 별채를 아득히 넘겨다보았다.

"누가 보면 삼간택 거치고 이제 중전마마 되실 분 교육이라도 시키는 줄 알겠네. 비녀를 꽂고서도 어찌 저리 시집 못 간 노처녀처럼 깐깐하누!"

마루서부터 자발없이 투덜대는 소리에 서리가 눈을 떴다. 베개를 벤 고개를 돌리니, 애춘이 팔각 쟁반을 들고 방으로 들어서고 있었다.

"무슨…… 소리야?"

"아, 깨셨어요? 여기 탕약 드세요. 알맞게 식었을 거예요."

싹싹하게 다가든 애춘이 부축해 일으켜서는 약사발을 들이댔다. 깔깔한 입 안은 둘째 치고 탕약이 흘러 들어갈 목구멍이 벌려지지 않을 것만 같아 고개를 저었다.

"어여, 한 모금이라도 드세요. 안 드시면 제가 경을 친다고요."

한숨을 쉬곤 사발을 입으로 가져가며 물었다.

"누구 말이라고?"

"아 참. 왜 그, 아가씨 예절 가르치러 오는 늙다리 말이어요. 아가씨가 오늘도 거동하시기 힘들다고 첫째 마님이 말씀하시니까, 입이 댓 발이 나와서는 시일이 촉박하다는 둥, 아직 가르칠 것이 한참 많다는 둥 투덜대잖아요."

아…… 꿈과 생시를 오가던 흐릿한 시간이 이틀이나 지났으니 혼삿날은 그만큼 다가오고 있는 것이다. 며칠이나 남았는지 가늠하기도 싫었다.

겨우 몇 모금을 넘기고 사발을 내려놓았다. 입가심으로 홍삼정과를 내미는 것을 마다하고 혹시나 물었다.

"누가…… 날 찾아온 이는 없었니?"

"누구요? 어릴 적 동무들도 만날 패물이니 사내 이야기만 한다고 질색하셔서 근자에는 왕래도 없잖아요. 그 밖에는 아가씨께 노름판에서 돈 잃거나 인삼을 지나치게 비싼 값에 산 상인 아니라면, 아, 그건 아가씨가 아니라 방家겠구나. 하여간 서리 아가씨도 방석동도 찾는 이는 없었는데요."

"그래……."

"또 무슨 사고 치셨어요? 그 밤에?"

애춘이 목소리가 잦아들며 다급히 속삭인다.

"아니야……."

"아닌 게 아닌 것 같은데요! 대체 어디 가셨었는지 말씀도 안 하시고! 아가씨인 척하고 있으면 다녀와서 말해 주마 하셨잖아요!"

"얘기해 줄 게 없어서 그래."

기운 없는 얼굴을 돌리며 다시 자리에 누웠다.

"아이, 왜 이렇게 기운을 못 차리세요. 저 심심하다고요."

내가 걱정돼서가 아니라 심심해서 얼른 기운 차리라니, 나도 너처럼 천진난만했으면 좋겠구나.

저녁때쯤, 아버지께서 들르셨다.

"이제야 눈 뜬 것을 보는구나. 그래, 아비가 겨우 며칠 집을 비운 새에 병이 났느냐? 대체 어쩌다가?"

머리맡에 앉아 들여다보며 하시는 말씀에 대답할 말이 없어 그냥 입가를 늘이자, 화살은 뒤에 앉았던 애춘에게로 향했다.

"상전을 잘 보필했어야지!"

아버지의 시선이 다시 서리에게로 향하자, 애춘이 억울함에 눈을 치뜨고는 서리를 향해 소리 없이 주둥이를 와그르르 끓여 댔다.

서리는 기운 없는 와중에도 간신히 민망한 표정을 지어 보였다.

"사흘이나 자리보전을 하다니, 젊은것이 아비 앞에서 어찌 그래."

"사흘이요……?"

이틀이 아니고? 아무리 정신이 없어도 이틀과 사흘을 헷갈릴 리 없는데? 바짝 마른 입술을 열어 바로잡아 드리려 하는데, 아버지 등 뒤에서 애춘이 손가락을 입에 가져다 대는 둥 난리를 쳤다. 응?

"그, 그러게요, 나리! 미처 말씀을 못 드렸는데요, 첫날은 둘째 마님이 밤새도록 저랑 이 방서 간병을 하였어요! 차, 참으로 잘하였지요?"

아버지께 드리는 말씀 같은데, 중간중간 저를 보며 눈짓을 하는 것으로 보아 자신이 돌아오지 않은 밤에 대한 핑계를 그리 댔다는 눈치를 주는 것 같았다. 알아들었다는 표시로 고개를 작게 끄덕였다.

"곧 털고 일어날게요."

"그래. 그래야 그…… 가르침도 어서 받지."

자꾸만 강요하는 것 같은지 어색하게 헛기침을 하셨다. 서리는 아무 말도 않았다. 더는 혼사를 거부하지 않겠다 마음먹었으니 말이다.

"살다 보면 괜찮아질 것이다. 네 어미도 내게 시집올 적에 너처럼 싫다고 뻗댔다고 했다. 네 큰 오라비 낳고 나서야 그 말을 하는데, 이후로 나를 대하는 바가 과연 달라지더구나."

살다 보면 아이를 낳을 테고 그 어린것을 책임지느라 그냥 살아진다는 말씀이었다.

"예."

고분고분까지는 아니어도 체념한 듯한 대답에 아버지가 좀 놀라는 기색이셨다. 아니면 또 다른 의뭉스러움을 감추고 있는가 의심스레 보시는 것일 수도 있고.

 서리는 눈을 감고 중얼거렸다.

 "저는 좀 더 쉴래요."

 "그, 그래, 그러려무나. 이만 나가 보마."

4

동뢰를 제대로 치르면

빙 둘러앉은 오가네 삼 형제가 탁자 한가운데를 뚫어져라 노려
보고 있었다.

청나라식으로 비단이 씌워진 그 탁자에는 조금 전 셋째 연항이
가져온 서찰이 놓여 있었다. 석동에게 전해 달라며 지난번의 그 내
관이 맡기고 간 것이란다.

아니, 처음부터 전해 달라는 것은 아니었다. 어제 또 상단에 와
석동을 찾기에, 연항이 따져 물었단다. 자신이 석동의 6촌 형인데
왜 자꾸 그이를 찾는 것이냐며 혹여 대군께서 지난번 빚을 탕감해
준 일을 빌미 삼아 뭔가 부담을 지우려는 것이냐고 말이다. 정말
그것이 궁금해서라기보다는 석동이 다시 대군을 만났다가는 또 며
칠을 울까 봐 그랬단다.

그 기세에 당황해 물러가기에 잘되었다 했더니, 오늘 다시 와서

는 이 서찰을 전해 달라 하고는 돌아갔단다.

서찰을 뜯어보니 내용인즉슨,

[네가 가고자 하는 곳에 나도 함께 가도 되겠느냐? 오늘부터 닷 새 동안 술시(戌時. 오후 7시부터 9시까지)에 그때 그 주막에서 기다리 겠다.]

였다. 누가 보냈는지는 쓰여 있지 않았다. 불상사가 생길 때를 대비해 대군이 몸을 사리는 것인지, 아니면 다른 누군가인지 연겸 은 한층 더 고민되었다.

"대군이 보낸 것일까요?"

"엥? 보낸 이야, 대군이 아니면 누구겠느냐? 지금 문제는 서찰 의 내용이란다, 둘째야."

"그래도 확실해 해 두어야……."

형님이 모르는 세계가 있다구요.

다행히 셋째가 나선다.

"둘째 형님 말씀대로 차근차근 따질 필요가 있습니다. '네가 가 고자 하는 곳'에 대한 언급은 석동이 보면 안다는 말이니, 누가 보 냈는지도 당사자인 석동이 봐야 확실해지겠지만요."

그렇다고 석동에게 보일 것 같았으면 오라비들이 이러고 먼저 뜯어보았을 리가 없다.

"참내, 대군 맞다니까. 설마 고자인 내관이 보낸 것이겠느냐?"

내관하고 밤을 지샌 것이라면 제가 지금 이렇게 속이 타지는 않 겠지요.

"그런데, 석동이 어딜 간다고 했을까요?"

가장 궁금한 것이 그것이었다. 그 밤의 일은 보름이 다 되어 가 는 오늘에 이르도록 연겸을 혼란스럽게 하고 있으니 말이다.

아버님께서는 혼삿날이 다가올수록 서리가 반항할까 저어되어 근심하며 사람들을 붙이셨지만, 정작 서리는 얌전했다. 몸살은 나은 것 같은데 영 기운을 차리지 못하니 지켜보는 연겸의 속이 탈 수밖에.

청에서 돌아올 적에 서리가 기녀에게 돈을 모두 털어 버렸다는 말에 부아가 나서는 돌아오는 동안 부러 외면하였던 탓에 대군과 어느 정도나 친근해졌는지 알 길이 없어 더욱 그러했다. 남녀 사이의 정분이 났는지 아닌지, 그 밤에 만리장성을 쌓았는지 아닌지 도통 알 길이 없는 것이다.

"혼인이 싫어 도망치겠다 하였겠지."

당연한 듯 형님이 중얼거렸지만, 그건 만리장성 귀퉁이도 보지 못한 말씀이다. 셋째가 팔짱을 끼며 어이가 없다는 듯 대꾸했다.

"그건 여인이라는 걸 털어놓았다는 말이 되는데, 석동이가 그랬을 리가요. 만일 했다 하더라도 대군이 왜 하필 석동이더러 같이 도망치자고 한답니까? 저는 발이 없나, 노자가 없나."

연겸도 자신만 아는 일련의 사건들이 없었다면야 그렇게 어이없다는 투로 반문했겠지만……

"제 정체를 밝히지 않고서도 댈 구실은 많다. 아내 될 이가 눈이 짝짝이라거나, 키가 육 척이라거나."

"어찌 됐든 제 부인 될 사람인 줄 모르는 것이 분명하죠? 비밀리에 추진한다 했다더니, 주상은 아우에게 어느 집안과 혼인하는지도 밝히지 않았나 봅니다. 알았다면 감히 석동이더러 이런 수작을 걸었겠습니까?"

"수작이야 석동이 먼저 걸었겠지. 그놈 수단이 좀 좋으냐? 수중에 노자가 없으니 대군을 구워삶으려고 별의별 이야기를 다 꾸며

댔겠지. 청에 가면 어쩌니 저쩌니 하며. 대군도 강제로 낙혼할 처지가 달가운 것만은 아니니, 서로 처지가 같아 생각이 맞아떨어졌을 수 있지 않겠느냐?"

수작. 음, 적어도 서리가 제 발로 대군 사저에 걸어갔을 가능성은 있다.

"그러게요. 노자는 대군이 대고, 이끄는 것은 석동이 하고. 거드름만 피울 줄 알지 종친이 세상 물정을 뭘 알겠습니까. 서리에게 홀랑 넘어갔을 수도 있겠네요."

홀랑? 만리장성도 서리가 먼저 쌓자고 했……을 리가 없다!

"그래도 우리 서리를 마다하고 도망치려 하니, 괘씸하긴 하구먼. 아니, 상대가 우리 집안이라는 것을 알기에 이런 일을 벌였을 수도 있지. 이 이야기가 우리 귀에 들어오도록 해서 우리가 먼저 혼인을 깨도록. 흐음, 그리 보면 서리보다 더한 수단을 부린다는 말인데."

혼인을 깨려 든다는 것은 석동이와 정분이 났다는 말이 될 수도 있을 터. 형님은 분개해 말씀하시지만, 연겸은 그게 그리 나쁜 상황인 것만은 아니라서 웃을 수도 울 수도 없었다. 그래서 넌지시 입을 열었다.

"혹시 그냥 기다릴 테니 와서 만나자는 소리 아닐까요? 지난번처럼 주막서 시시덕거리다가 돌아올지 모르니 서리를 내보내 보는 것도—"

연겸은 그 밤에 서리와 함께 있던 작자가 누구인지 알아보기 위해 필사적이었다.

"둘째 형님도 참. 함께 가도 되겠냐고 물어보지 않습니까! 오늘부터 닷새라면 스무나흘째까지이고, 그것은 바로 혼사 전날입니다.

대군이 혼사를 마다할 명분은 없으니 비겁하게 석동더러 함께 도망쳐 달라는 것이지요. 그게 아니라면 어째 계집도 아닌 사내를 닷새씩이나 기다린답니까?"

"기분이 찜찜하다, 어차피 둘 다 우리 서리이긴 하지만……."

연겸에게 퉁을 주었던 연총의 못마땅한 시선이 큰형님에게도 날아갔다.

"실제 인물인 서리를 마다하고 만들어 낸 석동이를 선택하겠다는데 둘 다는 아니지요! 이거 원, 못마땅해서. 이놈의 혼사, 오늘이라도 확 엎어 버리지요, 예?!"

혼사를, 그것도 왕실과의 혼사를 닷새 남기고 파했다가는 아버지의 의도, 즉 '우리 가문이 안전해진다'는 뜻에 반하는 일이 벌어질 것이다. 그러니 말하는 사람이나, 듣는 사람이나 그것을 실행하자는 소리가 아니라 그저 울분을 풀어 보자는 말인 것을 알았다. 날이나 많이 남아 있다면 뭐라도 해 보겠지만. 대체 왕실서는 왜 이리 혼사를 서둘러서는, 쯧.

"지난번에 만났을 적에는 대군이 거절하였다가 마음을 바꾼 모양이지요? 그러니, 그때 돌아와서 내내 운 것 아닙니까?"

그러고도 또 나갔으니 그건 아닌 것 같다, 아우야.

"사정은 몰라도 석동이에게 전하는 건 안 된다. 앓고 나서 그런지 몰라도 반항심이 조금 수그러들었으니. 이대로 혼사까지 가야 하는데."

연겸이 한숨을 참으며 다시 입을 열었다.

"일단 오늘 주막에 사람을 보내겠습니다. 정말 기다리는지 말이에요."

"정말 기다리면요? 아, 우리 집안과의 혼인을 저렇게나 질색하는구나, 확인하시게요?"

"어허. 석동이 나타나지 않아도 대군이 혼자 도망갈지 모를 일이니, 당연히 대군에게 사람을 붙여 놔야지. 우리 서리는 어렵게 체념하였는데 대군은 도망가 버려, 정작 혼삿날에 우리 서리만 낙동강 오리알 되는 꼴을 네가 볼 것이냐, 내가 볼 것이냐?"

"그건 그렇군요."

"그래, 둘째가 잘 알아서 하여라. 진행 상황을 알려 주고."

"예, 형님."

"혹시 대군이 혼자 도망갈 낌새가 보이면 다리를 확 부러뜨리소."

"알았다."

연겸은 사람을 보내지 않고 직접 주막을 찾았다.

술시 중반 즈음에 도착해 저만치 떨어진 담 모퉁이 뒤에 서서 살펴보자니, 평상에 앉은 대군이 술잔을 기울이고 있었다. 주막 처마 끝에 밝혀진 희미한 빛만큼이나 울적하게 말이다.

청에 다녀오던 때는 보지 못했던 모습이었다. 아니, 자신이 형제들과 나눈 이야기들로 그의 심경이 복잡하리라 넘겨짚어서일지도 모르는 일이지만.

대군이 나왔다고 해서 그가 서찰을 보낸 장본인이라는 확신을 가질 수는 없다. 대군이 나온 것은 우연이고 서찰을 보낸 것은 자신이 얼굴을 모르는 누군가일 수도 있으니까. 이래서 서리를 보내자고 했더니만.

술꾼이며 노름꾼들이 인경을 치기 전에 돌아가려고 하나둘 자리를 털고 일어나는 와중에도 대군은 끝까지 남아 자리를 지키고 있었다. 일단 평상에 앉아 있던 다른 이들까지 대략 얼굴을 외웠으니, 내일 모레로 가면서 두 번 세 번 겹쳐지는 인물들 중에서 좁혀가야 할 일이다.

곧 인정이다. 쓸데없이 순라군에게 돈을 쥐여 줘 가면서까지 지켜볼 필요가 없다 싶어진 연겸은 다시금 제 잔에 술을 따르는 대군을 마지막으로 몸을 돌렸다.

다음 날은 전날 나왔던 이들 중 대군을 비롯해 세 사람이 나왔다. 그다음 날은 대군만 나왔고. 이로써 서찰은 대군이 보낸 것이 확실해졌다.

그렇다고 해서 그 밤도 대군이었다는 확증은 없다. 그래서 데리고 갔던 지 서방더러 아예 그 주막에 묵으면서 지켜보라 하였더니, 다음 날 해가 뜨고서야 돌아가더란다. 혹여 늦게라도 올까 싶어 그리 오래도록 기다린 건지, 아니면 실망하여 자리를 뜨지 못한 건지.

물론 두 가지 모두 기가 막히는 상황이었다.

참말 혼인으로부터 도망치고 싶어 저리 밤새 기다리는 겐가? 석동이 계집임을 알고 있고 그 밤에 만리장성을 쌓았다 하더라도 정분이 두터워 도망치려는 것이 아니라, 그냥 혼인이 싫어 도망가는 것일 수도 있다. 아무리 생각해도 석동이와 정분이 깊어질 시간이 없었단 말이지! 청에 갔다 올 적에 그렇게나 석동을 못 잡아먹어 안달이었는데.

그렇다면 주막에 나오는 시각은 언제인지 지켜보라 하였더니, 신시(申時. 오후 3시부터 5시까지) 초입에 나오더라 하였다. 대체 어찌 되는 게지? 새벽녘에 돌아가 눈을 붙이고는 일어나는 대로 다시

나왔다는 말인가?

게다가 대군을 지켜보는 눈이 또 있다고도 들었다. 어떤 날은 보부상인 척, 어떤 날은 투전꾼인 척 지켜본다 했다. 필시 궁에서 보낸 이들일 것이다. 연겸처럼 왕실서도 신랑이 도망갈까 봐 지키고 있는 것일 터.

그렇게 하나둘씩 알아 가는 것이 그 밤에 대한 증좌가 될까 싶었지만, 연겸은 여전히 혼란스러웠다.

게다가 서리는 서리대로 나아질 기미가 보이질 않아, 저대로는 시집가서도 말라 죽고 말 것 같았다. 들여다본 아내 말에 가서 보니, 전처럼 고집부리느라 안 먹고 버티는 것이 아니라, 먹지를 못하는 것이었다. 입에 숟가락을 가져가면 벌리긴 하고 받아먹긴 하나 씹지를 않았다. 재촉하면 한두 번 씹을까, 이후로는 다시 저만의 상념 속으로 빠져들고 마니, 며칠이 지난 뒤에는 먹이는 사람도 지켜보는 사람도 모두 진이 빠져 버리고 말았다.

그러면서도 여전히 궁궐에서 나오는 상궁의 가르침은 고분고분 배우고 있다니. 서리가 하는 짓을 가만 보면 대낮에 나와 밤새도록 기다리다 새벽에야 돌아간다는 대군의 행태와 어쩐지 비슷한 것도 같아, 더욱 조홧속이었다.

오늘도 해가 뜰 즈음에야 대군이 사저로 돌아갔다는 말을 전해 들은 연겸은 이제 자신이 결단을 내려야 할 때라는 것을 깨달았다. 대군이 서찰에서 기다리겠노라 한 마지막이 바로 오늘이었고 내일은 혼삿날이기 때문이었다.

형님이나 연총은 반대하였으나, 그는 이제 서리에게 서찰을 보여 줄 참이었다. 상황이 달라지기를 기대하는 것은 아니었다. 혼사 전에 무언가 바로잡을 일이 있으면 바로잡고 아닌 것은 맞는 것으로 만들어야 할 성싶어서였다.

물론 사람 붙이는 것이 늦어 사달을 낸 지난번 같은 일은 없을 것이다. 대군에게도 서리에게도 단단히 사람을 붙여 놓았으니까. 혹여 아예 번지수가 틀려 서찰을 보고도 서리가 울적해하면, 전에 장담했던 대로 오늘 밤 안으로 어떻게든 빼내어 줄 요량이고.

"혼례 준비는 잘 되어 가고 있느냐?"

짐짓 모르는 척 물으니, 멍하니 마루에 앉아 있던 서리가 고개를 끄덕였다.

상단의 장부를 들여다보든지 곳간의 품목들을 점검한다든지 하며 한시도 가만 앉아 있질 않던 녀석이 요즘은 내내 저러고 앉아 있는 데다가 얼굴까지 수척하니, 이러다 애 잡겠다. 슬쩍 그 옆에 가 앉으며 말을 이었다.

"흠, 지난번에 이 오라비가 네게 일러 주었던 것 말이다."

눈을 내리까는 걸 보면 경계하는 모양새다. 그 밤에 대해 이미 두어 번 물어 그런가 보다.

"그리고 나가 무엇을 했는지 또 캐려는 것이 아니다. 그저—"

서리의 시선이 그제야 그를 향했다.

"그저 무어요?"

"음, 아버님께서는 논문서 이야기를 네게 하지 말라셨는데, 내가 그 말씀을 거역한 것을 알고 있지?"

"예, 그랬지요."

"그래서— 그게 싫지 않았느냐는 소리지."

"예⋯⋯?"

"그 소식이 네게 해가 되지는 않았느냐는 말이다."

서리가 고개를 살래살래 저었다.

"해는요. 도리어 기뻤습니다."

"아, 그러냐?!"

서리가 참말이라는 듯 희미하지만 미소 비슷한 것까지 지으니, 연겸은 덩달아 기뻤다. 며칠 만에 보는 모습인지. 저 모습을 유지하려면 이후로는 신중히 말을 건네야 할 것인데.

"근데 말이다."

"예."

"서찰이 왔다."

연겸이 챙겨 두었던 서찰을 건네주었다.

"김 내관이라는 자가 가져왔더구나."

서찰을 받아 드는 손이 머뭇대더니, 이내 천천히 펴 들었다.

생각보다 오랜 시간이 지난 후에야 서찰을 든 서리의 손이 떨리기 시작했다. 그리고는 서찰을 홱 덮었다가 다시 펴 보고, 곁에 연겸이 있는 것조차 잊은 사람처럼 몇 번을 그러더니, 괜찮으냐 묻는 말에 화들짝 놀라기까지 하였다.

"뭐, 뭐라 하셨습니까?"

"내용이 언짢은 것이냐 물었다."

"아, 아니…… 아닙니다!"

"대군이 보낸 것이지?"

이미 알고 묻는 데에야 부정할 필요가 없다. 그 밤 일을 숨기려는 생각이라면 더더욱 그래서는 아니 되고.

"아, 예에…… 하, 할 말이 있는 것 같……."

"할 말은 이미 서찰에 써 있지 않느냐, 같이 도망치자고."

이상한데? 얘가 이리 맹하게 더듬는 애가 아닌데.

"아……."

"그래서 같이 도망칠 것이냐?"

"아, 아니요……."

흠. 아니라는 말을 그리 길게 끌면 맞는 것이 된다는 사실을, 말하는 사람만 모르는 것이 신기하다.

"서찰이 온 지는 나흘이 되었다. 그로부터 닷새가 오늘까지인 것이 기묘하지 않으냐? 네 혼사가 바로 내일인데?"

"혼사에 대해 말씀드린 적 없습니다. 그냥 멀리 간다고 하였지요."

"넌 전에는 달아날 마음이 있었지만, 이젠 아닌 것 같은데. 오라비가 맞느냐?"

서리가 고개를 끄덕였다.

"그럼, 오라비가 걱정할 일은 다신 없는 것이지?"

"……그러믄요."

"그래. 되었다."

마지막 질문에 답을 하는 순간, 서리가 시선을 피하는 것을 보지 못했다 하더라도 지켜보라 한 이들을 거두지는 않았을 것이다. 그래서인지 그날 밤 술시 중반 즈음, 서리가 밖으로 나가려 하는 것을 잡아 두었다는 기별을 받고 별채로 걸음하는 연겸은 기대감마저 느끼고 있었다.

장정 셋이 지키는 방 안으로 들어서니, 괴나리봇짐을 끌어안은 석동의 복장을 한 서리는 안절부절못하고 서 있었고 서리의 치마저고리를 입은 몸종은 방구석에 쪼그리고 앉은 채였다. 지난번에 이불만 쓰고 있다 걸렸다더니, 좀 더 신경 쓴 모양이다.

"오라버니!"

그를 보자 서리가 와락 달려들었다. 그 차림새로 오라버니라 부르는 것을 보니, 이제 남자 행세는 집어치운 모양이었다.

"나, 지금 가야 하오!"

급박한 탓인지 무의식중에 어릴 적 쓰던 어투까지 튀어나왔다. 그가 장가든 뒤로 힘들게 높였던 말들도 급한 지경이니 생각이 나지 않는 모양이었다.

"어딜 말이냐?"

"술시가 다 지나갑니다! 오늘이 다 지나간다고요!"

하루 종일 얼마나 고민을 하였으면 낮보다 눈이 더 때꾼했지만, 기운은 기묘할 정도로 넘치는 모양새였다.

오호라. 연겸은 슬며시 여유가 생겼다. 애춘에게 나가라는 손짓을 하였더니 꽁지가 빠지게 내뺐다. 둘만 남자, 앉을 새도 없이 서리가 발을 구른다.

"어서 나 좀 내보내 주소, 오라버니!"

"내일 혼사를 치를 놈이, 가긴 어딜 간다는 게야?"

짐짓 꾸짖었다.

"어쨌든 가야 하오! 나 좀 살려 주소, 오라버니!"

"걱정할 일은 없다지 않았느냐?"

"그, 그게…… 미안하오. 오라버니…… 하지만, 나 갈라오! 오라버니도 지난번에 그랬잖소, 시집가기 싫으면 여기저기 떠돌아다니게 해 준다고! 가고 싶소! 보내 주소!"

절박하게 제 팔을 잡고 매달리는 서리의 눈에서 눈물도 비어졌다.

"대군이, 네게 사내더냐?"

연겸이 막무가내로 반대하는 기색이 아닌 것을 눈치챘는지, 눈물을 썩 닦아 낸 서리가 주저하며 고개를 끄덕였다.

"내가 연모하오. 그래서 다른 사내랑 혼인할 수 없을 것 같소."

"대군도 네게 마음이 있는 게고?"

"……그런 것 같소. 아니, 그렇소. 우, 우린 벌써…… 음, 하여간…… 가야 하오."

"벌써 뭐라고?"

"아니, 그, 저기……."

그 밤 이야기를 털어놓는 것이 제게 도움이 될지 아닐지를 재는 눈치였다.

연겸은 속으로 쾌재를 불렀다. 이쯤 해서 내일 제 낭군이 될 이가 누군지 이야기해 줘도 되련만, 조금 더 골려 주고 싶었다. 자신도 누구한테도 말 못 한 채로 얼마간 속 꽤나 썩었으니 말이다.

"네게 마음이 있다면서 그 작자는 무얼 하다 보름이나 지나서야 서찰을 보낸 것이냐? 뭔가 수상하지 않으냐? 그럴 리는 없겠지만, 설사 너희가 이미 동침을 한 사이라 해도 널 보내 주기 힘들 것 같구나. 나도 사내지만, 사내란 그리 믿음직한 동물이 아니거든."

서리의 낯이 허옇게 질렸다.

"이달 안으로 혼인을 한답디다. 같이 떠나자는 말은 없었는데, 궁리를 하다 그런 수를 낸 것 같소. 생각해 보니, 아주 좋은 수 같아서, 나도 참말 그러고 싶어서—"

여태 입도 떼지 않더니 이제 와 구구절절이다. 어형, 두 사람이 따로 똑같이 괜한 속앓이를 했다 그거지. 이런 맹추들을 봤나. 연겸은 속으로 고소를 머금었지만, 겉으로는 아닌 척을 했다.

"너처럼 혼인을 한단 말이냐? 그럼 스무나흗날까지만 기다린다는 것도 설마 내일이 혼사라서? 혼삿날도 같다는 게냐? 이런 우연이 다 있나."

그의 너스레에도 서리는 눈치를 채지 못하고 조급한 표정으로 울먹였다.

"그러니까 오라버니가 날 좀 봐주면……."

봐줘서 조금 전에 다 얘기했는데, 네가 못 알아들은 게다. 이 맹추야.

"그럼 그 깨진 혼사의 상대방 처녀는 어쩌고 야반도주를 한다는 게야?"

미처 그 생각까지는 못하였는지, 한순간 더욱 답답한 얼굴이 되었다가는 바락 소리를 지른다.

"나부터도 아버지고 오라버니들이고 다 팽개치고 외간 사내 따라나설 참인데, 지금 상대방 처녀가 문제요? 차라리 오라버니가 곤란해질 것이라는 얘길 하시오!"

"너야 워낙 막무가내이니 되었고. 대군은 혼사를 어찌 깬다는 것이냔 말이지."

"그야 가서 들어 보지 않았으니, 내가 어찌 아오? 시간이 없소! 이러다 내가 아니 오는 줄 알고 대군이 그냥 가 버리면 어쩌오! 참말 내가 죽는 꼴을 볼 참이오?!"

그 양반이 다음 날 새벽까지 기다린다는 말을 내가 안 한 이유는 깜박 잊어서는 아니었다, 누이야.

"네가 가면 대군이 죽을지도 모르니 하는 소리지."

"그게 무슨 말이오?"

146

"종친이 혼사를 깨고 야반도주를 할 참인데? 얼굴에 먹칠을 당한 주상이 관군을 보내어 도망친 노비 쫓듯 할 것이 뻔하고 잡힐 것도 뻔하지. 그러면 가뜩이나 주상 눈에 가시인 대군이 살아남겠느냐?"

그 말에 서리가 급기야 털썩 주저앉았다. 그러고는 닭똥 같은 눈물을 흘려 내기 시작했다. 다 틀렸다는 생각이겠지.

"쯧. 사내한테 눈이 뒤집혀 함께 달아날 생각만 하였지, 그런 생각은 못 한 게야?"

흐으……

아랫입술이 덜덜 떨리니 이제 곧 통곡을 쏟아 낼 참이라. 저러고 울었다간 내일 아침 못난 새색시가 될 터이니, 이제 고만 놀려야 할 터였다.

"그 처녀도 주상도 모두 이 오라비가 처리해 주랴? 아무 사달도 일어나지 않게?"

은근하면서도 뜻밖의 속삭임에 이미 눈물이 한가득인 서리의 시선이 그에게로 돌아왔다.

"오라버니가…… 어떻게 말이오?"

그깟 지푸라기 하는 표정이었지만, 아니 잡을 수도 없을 것이다.

"오라비가 누구냐, 다~ 방도가 있다."

"차, 참말이오……?"

흔하지 않은 누이의 얼빠진 얼굴에 연겸은 웃음이 나서 견딜 수 없었다. 이제 평생을 두고 떠올려도 웃음이 남 직한 표정을 목격할 참인데, 참으로 혼자 보기 아까운 탓이었다.

"그게 말이다~"

잠시 후, 해주 상단의 대행수 오양우의 금지옥엽 서리가 기거하는 별채로부터 사내의 커다란 비명이 흘러나왔다.

스무나흗날까지도, 그리고 그 밤도 기울어 다음 날 새벽이 올 때까지도 흔은 마냥 기다렸다. 하지만, 석동은 오지 않았다.

기시가 알아본 바로는, 해주 상단서 청국이든 어디로든 타국으로 가는 일행은 요 근래에 떠난 적이 없다 했으니 아직은 떠나지 않았을 것인데.

서찰도 제대로 전해졌다. 흔이 매일 밤 주막에서 기다리는 것을 안타까이 여긴 기시가 다시 해주 상단을 찾아가서는 지난번의 그 사내로부터 서찰을 석동에게 전해 주었다는 확답을 받아 왔으니까.

서찰을 보고도 나오지 않는 것은, 이미 나에 대한 마음을 완전히 접은 뒤이기 때문일 것이다. 자신이 너무 늦은 것이다.

하긴 소실이니 뭐니 하는 무정한 말을 지껄인 사내일랑 서둘러 잊어야지. 잘하였다, 잘하였어……. 한데 술맛은 어찌 마시면 마실수록 쓴지 모르겠다. 한 잔 더 마셔 보면 이유를 알까 하여 마시고 거듭 마셔도 도통 알 길이 없더라.

석동이를 힘겹게 보낸 그날처럼 시퍼런 새벽빛 속에서 평상에 앉아 다시금 술병을 기울이던 흔은, 갑자기 옆으로 성큼 다가서는 기척에 흐릿한 시선을 들었다. 도포를 입고 흑립을 쓴 자들이었다. 셋 중에 한 사람이 앞으로 나서며 흔을 향해 특유의 단정함으로 허리를 숙였다 들었다. 아는 자였다.

"이 시간에…… 자네가 어쩐 일인가?"

아무리 술기운이 지나치다 해도 형님 전하를 지척에서 모시는 상선 김영촌의 얼굴을 몰라볼 리 없었다. 기시의 양부이기도 하니까. 그런데, 이이가 어쩐 일로?

"친영 가시는 날이 아니오니까. 모시러 왔사옵니다."

아. 신붓집에 가서 대례를 올리고 신부로 맞아 오라는 말이로군.

비밀리에 진행한 혼인인지라 가례청조차 설치하지 않은 채로 신부 아버지가 주혼이 되어 혼례를 준비하되, 대군의 혼례 중 꼭 필요한 절차만 뽑아 속히 치르게 될 터이니 전날에 신붓집에 가는 전안례도 없이 혼사 당일에 가서 대례를 치르라는 명을 받았다.

기시는 대비께서 계셨으면 상상도 하지 못할 일이라며 게거품을 물었으나, 흔은 그저 담담하였다. 낙혼하는 입장에서 가례를 치르면 어떻고 양반가의 혼례를 치르면 어떤가. 어차피 석동과 하는 것이 아닌 것을.

"계속…… 지켜보고 있었던 겐가?"

"대군 대감의 안전을 위해서였습니다."

희끗한 머리칼의 상선이 머리를 조아렸다. 긍정이었다. 며칠 동안, 아니, 그 이전부터 지켜보고 있었다는 말이었고.

기시가 알렸는가? 그렇다면 내게 혼날 것이 두려워 다른 이를 보내라 청하였을 테니, 이는 기시와 상관없는 일일 것이다. 그렇다면 주상 전하의 명이었을 터.

허허. 그러고 보면 석동이 오지 않은 것이 천만다행이로구나. 멋모르고 함께 달아나다 잡혔다면 자신은 유야무야 넘어가도 석동이는 호되게 곤욕을 치러야 했을 테니. 참으로…… 잘하였다.

석동을 만나고 제집에 들였던 것 또한 지켜보았을 수는 있겠지만, 여인인 것까지는 알아내지 못했을 터. 이제부터라도 제가 고분고분 움직여만 주면 그이에게 해가 미치지는 않을 것이다. 그렇게 안도의 한숨을 내뱉다 보니, 한심스러워졌다. 종국에는 애당초 정해진 길로 다시 돌아온 꼴이니 말이다.

그래, 이번 생은 이리 살기로 하였으니, 아쉬워할 것도 마음 아파할 것도 없다. 그저 석동이 때문에 한바탕 즐거운 꿈을 꾸었던 것으로 여기면 되는 게지.

피식 웃으며 평상에서 내려서던 흔이 휘청하였다. 며칠 동안 과음을 하며 끼니와 잠을 제대로 챙기지 않은 탓이었다. 상선의 손이 얼른 다가와 팔을 잡아 부축하는데, 그 접촉의 느낌이 언뜻 석동을 떠올리게 했다. 역시나 혈혈단신인 석동과 함께한다면 이렇게 서로 의지할 수 있을 줄 알았건만. 하지만, 그는 여전히 혼자였고 홀로 서야 했다.

여전히 얼굴의 웃음을 지우지 않은 채로 흔은 그 팔을 잡아 빼고 바로 섰다. 애초에 정해진 것에서 달라진 것이 없다는 말은…… 석동 때문에 많이 웃고 즐거워하던 흔 또한 이제 가고 없다는 뜻이니. 시퍼런 새벽빛이 물든 그의 시선이 반쯤 내리감기며 웃음이 사라졌다.

"가세나."

"신랑이 대군이란다!"

"해주 상단이 왕과 사돈을 맺는단다!"

사모에 자색 단령을 입은 흔이 신붓집 앞에 당도하여 말에서 내렸다. 거상의 혼사를 구경 왔던 구름 떼 같은 사람들 중 대군의 상징인 기린을 수놓은 흉배를 알아본 이가 있었나 보다. 그 말이 입에서 입으로 순식간에 퍼져 갔다. 이러다간 오늘 해 안에 도성 전체에 퍼질 것이니, 과연 비밀로 하라 하신 주상 전하의 의중이 짐작되었다.

주상께서 지나가실 때처럼 꿇어앉기라도 해야 하는가 서로 눈치를 보던 이들은 대군을 호위해 온 이들에게서 별다른 제지가 없자, 너도나도 호기심 어린 눈길을 던졌다. 혼주가 거상이라 하나 중인이니, 모인 사람들도 그 밥에 그 나물로 평소 양반 얼굴도 똑바로 쳐다보기 쉽지 않은 이들인데, 하물며 이 나라에서 주상 바로 다음간다는 대군을 코앞에서 볼 수 있는 기회가 아닌가 말이다.

대담한 이들은 대단한 신분뿐만 아니라 훤칠하니 큰 키며, 바른 걸음걸이에 더해 대군이 앞에 든 청색 포선(얼굴 가리개) 뒤의 얼굴까지 잘났나 보고 싶어 앞다투어 기웃기웃 흘끗흘끗 난리들을 쳐 댔다. 이윽고 흔이 긴 다리로 성큼성큼 계단을 올라 대문으로 들어서니, 왕의 피를 받은 이는 앞을 보지 않고도 걸을 수 있나 보다며 저마다 신기해했다. 포선의 천이 워낙 얇아 안쪽에서 밖을 볼 수 있다는 걸 모르는 것이다.

대군의 가례 시 종친 어른께서 맡으셔야 할 주인(主人)을 철저한 비밀 유지 때문에 도승지가 맡아 납채와 납폐를 거쳤다더니, 오늘은 주상 전하 대신 혼주로도 참석하였다. 종친의 어른들께서 아셨다면 이 어이없는 낙혼이 성사될 리 없었을 테니 당연한가.

혼례 절차도 상선이 일러 준 바와 비슷한 내용을 도승지로부터도 들었지만, 두 번 들었다고 더 잘 기억하는 것은 아니었다. 흔이 없는 처지이니 도리어 먼저 들은 것마저 잊었다. 그저 아무 생각 없는 꼭두각시처럼 오라면 오고 가라면 가는 중이니.

대문 밖에 나와 읍하는 이가 있으니, 뒤에서 도승지가 부부인의 아버지라 일러 주었다. 고금천지에 처음 있는 낙혼이라 장인 자리를 길바닥에서 처음 대면하게 되었다. 하지만, 면구하지 않았다. 그저 무감하게, 형님 전하와 저이 모두 바라는 것을 충분히 주고받았을 터이니, 사위 자리의 착실한 예법까지 기대하진 않았으리라 흘려 생각했을 뿐.

그가 인도하는 대로 대문을 들어선 흔에게 누군가 나무로 만든 기러기를 들려 주었다. 제 짝이 죽으면 다른 상대를 찾지 않고 따라 죽거나, 평생을 혼자 사는 새로 여겨 혼례에 빠짐없이 등장한다는 그 물건을 받아 들고 나서 사당(祠堂)으로 이끌려 갔다.

중인 집안에 뭐 그리 대단한 신주가 모셔져 있겠는가마는, 몇백 칸이 넘는 기와집이니 구색은 갖추고 있었다. 사당의 이 방 저 방에는 이미 부부인 될 이와 장모 될 이 등이 자리를 잡고 있었으나, 흔의 시선은 화려한 녹원삼 차림을 한 이도 무심히 스쳤다.

다른 이들도 다시 볼 것 아니니 그저 흐릿한 시선으로 스치기를 계속하였다. 몸은 여기 있으되 넋은 어딘가 다른 곳을 헤매듯. 어차피 이번 생은 이리 살기로 하였음만 유념하면 되는 것 아닌가.

곁에서 시키는 대로 꿇어앉아 기러기를 내려놓자, 시자(侍者)가 다가와 그것을 집어 들었다. 한데, 상대가 허리를 펴기 전에 슬쩍 고개를 들어 흔을 쳐다보니 흔 또한 무의식중에 마주 눈길을 주었는데. 다음 순간 눈이 화등잔만 해졌다.

의미심장한 그 얼굴은 바로…….

도승지가 일러 주는 내용 중에 분명 장차 그의 처가며 장인 자리에 대한 것도 있긴 하였을 테지만, 체념하여 될 대로 되라 하는 마음으로 들은 터라 이름조차 제대로 듣지 않았는데, 설마 그게 해주 상단의 오양우였던가? 청에 같이 가서 안면이 있는 그 아들 오연겸이 지금 시자로 기러기를 챙겨 드니 말이다! 석동의 6촌 형인 오연겸이 여기서 어정대고 있다면 부부인이 될 자리는 보나 마나 그 누이일 터. 그렇다면 자신은 바야흐로 석동의 6촌 되는 여인과 혼인을 할 참인 것이다! 이런 우연이 있나! 오는 길 내내 포선으로 얼굴을 가리긴 하였지만, 지나치리만치 생각을 비워 낸 상태였던 지라 두어 번 와 본 길인 줄도 몰랐던 것이다.

얼떨떨함이 잦아들자, 행여 석동을 볼 수 있지 않을까 하는 기대감이 찾아들었다. 기다려도 오지 않았던 그이에게 치근덕대며 뭘 어쩌자는 것이 아니라, 그냥 얼굴 한 번만 보고 싶었다. 꼭 한 번만. 그러면 살 것 같았다.

그제야 흔의 시선에 힘이 들어가 주변을 훑기 시작했다. 대문 밖보다는 둘러선 사람이 적은 듯하니 가까운 친지 정도라는 말이고 그렇다면 석동 또한 자리하였을지 모르지 않나.

하지만 다들 비단이니 뭐니 잘 차려입은 이들 중에서 무명 도포를 입었을 석동은 찾아볼 수 없었다. 혹여 나와 친하다 하여 나오지 못하게 했는가? 그게 아니면 6촌씩이나 되면서 어찌 이런 자리에 끼질 못해? 아님 400냥 문제로 대접을 받지 못하는 겐가? 갚았음에도 한번 떨어진 신용을 회복하지 못한 게야? 별의별 근심이 다 되었다.

한 번 더 찬찬히 훑으려고 하는데, 일어서서 절을 하란다. 일단 고분고분 따라 줄 일이다.

저만치 섰던 도승지는 내내 마지못해 따르던 대군의 움직임이 갑자기 빠릿빠릿해진 것에 조금 놀랐다. 부부인 될 이의 얼굴을 본 겐가? 신부 될 이가 수줍음도 없이 고개를 빳빳이 들고 있는 바람에 그도 보긴 했는데— 박색은 아니지만, 신랑이 저렇게 눈에 띄게 돌변할 만한 미모까지는 아니던데?

절차가 끝나고 부모(傅姆)가 인도하여 화려한 녹원삼을 걸친 서리가 사당에 딸린 방에서 나오니, 대군께서는 벌써 사당 계단을 내려가고 계셨다. 어쩐지 서두르는 기색이었다.

뭐가 저리 급하신고?

그 뒤를 따라 서리가 새색시답지 않게 성큼성큼 걸어 계단 위에 서자, 아버지께서 앞을 가로막다시피 나서서 말씀하셨다.

"공경하고 경계하여 이른 아침부터 밤늦게까지 명령에 어김이 없게 하라."

아 참. 말씀을 듣고 내려가야 한댔지. 귀가 따갑도록 들은 가르침인데 허투루 해서는 대군께 누가 될 것이니 배운 대로 제대로 해내야 한다.

아버지께도 보일 듯 말 듯 고개를 끄덕이며 밝은 낯을 해 보였다. 아침부터 내내 의외라는 표정이시더니, 이제는 흐뭇한 얼굴로 물러나셨다.

이제 작은어머니께서 다가서셨다.

"힘쓰고 공경하여 이른 아침부터 밤늦게까지 명령에 어김이 없게 하라."

저 어릴 적에 어머니께서 돌아가신 탓에 어머님 역할을 대신하시는 것으로, 화관을 바로잡아 주고 치마를 여미어 주면서 명하셨다.

서리는 역시나 살짝 미소 지었다. 어미 없이 자라는 자신을 늘 안쓰럽게 여겨 주셨고 오늘 아침에도 이제 시집도 가는구나 하며 눈물을 보이셨던 분이니 말이다.

여러 친지 부인네들까지 너도나도 치마와 적삼을 바로잡아 주고 거듭 부탁하기를,

"삼가 너의 부모님의 말을 듣고서 이른 아침부터 밤늦게까지 허물이 없게 하라."

이윽고 부모(傳姆)가 서리를 받들어 계단을 내려가니, 드디어 대군께 가까이 가는가 싶었다. 한데 웬걸. 이끄는 이들이 잠시도 멈추지 않고 대군을 지나치려는 게 아닌가. 이러다간 먼저 중문을 나설 기세였다!

왕실의 가례는 양반가와 달라 혼례청에서 마주 절하는 절차가 없다 하니, 이래서야 어찌 저임을 알려 드린담? 아직 아무것도 모르시는 터라 마음이 지옥이실 텐데.

그래서 지나치는 순간 족두리며 비녀로 무거운 고개를 간신히 틀었더니 그 순간 대군께서는 반대쪽으로 고개를 돌리셨다. 이런.

어찌 부부인의 얼굴을 쳐다보질 않으시고는 저리 애먼 곳만 흘끗거리시는지. 저 좀 보시라 소매를 잡아끌고 싶은 심정이었지만, 지엄하고 엄숙한 자리인지라 하는 수 없이 참고 중문을 나섰다.

가르침에 의하면 바로 따라 나오신다 하였는데 안에서 무얼 하

시는지 영 중문을 나서지 않으신다. 아까 계단을 내려가실 때는 급히 서두르시더니만.

기다리던 이들이 안으로 들어가 재촉을 한 뒤에야 마침내 중문을 나서시는데, 자신은 부모(傅姆)의 마지막 말을 듣기 위해 이미 돌아선 채였다. 대체 뭐가 이리 엇갈리는지.

그래도 기회는 남아 있다. 대군께서 저를 위해 가마의 발을 들어 주신다니 말이다. 가마를 타기 직전이 대군께 가장 가까이 가는 순간이니, 늦지 않게 눈치를 드려야지 하며 잔뜩 설레었다. 얼마나 놀라실까. 한데,

"가르치지 못하여 예(禮)를 차릴 줄 모릅……."

부모(傅姆)의 말이 다 끝나기도 전에 뒤에서 소란이 일었다. 감히 내 혼례를 망치려 들다니! 누구인지 예를 차릴 줄 모르는 작자가 아닌가!

이를 갈며 돌아보던 서리는 곧 숨이 넘어갈 만큼 소스라쳤다. 저, 저……!

흔은 사당 주변을 두 번 세 번 훑었지만 영 석동을 찾을 수 없어 속이 탔다. 중문 밖에 있는가 하여 나오면서 봤더니 한눈에 훑어보기 힘들 정도로 사람이 많이 모여 있었고, 대문 밖은 더하였다. 하지만 자신이 석동의 마음이라면 어딘가 구석에서라도 지켜보고 있을 것 같다는 생각에 포기할 수가 없었다.

주변을 둘러보느라 주춤거렸더니 뒤며 옆에서 여러 손이 그를 재촉하기 시작했다. 눈으로는 여기저기 두리번거리고 몸은 이끄는

대로 가 보니, 가마의 발을 들고 있으라는 것이었다. 새벽부터 상선이 읊어 대던 절차대로라면 이 가마 안에 부부인이 타고 나면 제 사저인 대군방으로 출발하게 된다. 그러면 석동을 볼 기회도 사라지고 마는 것이다!

손이 내밀어지지 않았다. 덜컥 겁도 났다. 그 새벽에 석동의 마지막 얼굴을 보지 못하고 보낸 것이 천추의 한이 되었는데, 또다시 이대로 갈 수는 없다! 어떡하든 시간을 끌어야 한다는 생각에 머리를 쥐어짰다.

새벽에 어쩔했던 기억이 떠올랐다. 사저로 돌아가는 동안 상선이 괜찮으냐고 몇 번이나 염려하였지. 옳다구나!

두 번 생각할 겨를도 없이 '어이쿠' 하며 비틀거렸다. 허우대에 어울리지 않게 반쯤 주저앉으니, 놀란 외침과 함께 여러 손이 튀어나와 그를 부축하였다. 여기저기서 아우성이 일었고 그를 들여다보는 얼굴들이 다들 대경실색한 채였다. 통하였구나! 이런 사람더러 바로 말 타고 떠나라 하진 않겠지.

그래서 그 손들에 아예 몸을 내맡겨 버리며 고개도 떨구었다. 반쯤 감았던 눈을 아예 감는 시선 끝으로 남색에 홍색을 겹쳐 입은 스란치마가 언뜻 스쳤다. 꽃과 글씨를 금실로 수놓은 것으로 조금 전 부부인이 된 이의 것일 터였다. 중전께서 내리셨는가?

중전마마와 어머님께서는 용 무늬를 넣은 것을 두 단이나 수놓아 입으셨는데 저이는 외명부이니 그보다 소박한 무늬를 내리신 모양이다.

음, 치마 따위가 무어 대수인가. 이리 마음이 딴 데 가 있는 위인을 낭군이랍시고 맞이하였으니, 그것이 딱하기 그지없는 것이지.

"대군 대감."

눈을 감고 있던 흔은, 방문이 열리는 소리에 이은 조심스러운 부름에 퍼뜩 눈을 뜨고 일어나 앉았다. 기시였다.

"그래, 알아보았느냐?"

혹여 밖에 들릴까 싶어 흔도 한껏 소리를 낮춘 채였다. 방문에 귀를 대고 있지는 않겠지만, 지금 이 방을 주시하는 눈이 한둘이 아닐 것이기 때문이다.

혼삿날 신랑이 쓰러졌으니 당연한 일이다. 허겁지겁 방으로 업어 들여서는, 팔다리를 주무르고 입으로 찬물을 흘려 넣고 난리 법석이었다. 간신히 깨어난 척했다가 다들 안도하는 것 같아, 다시 눈을 게슴츠레 뜨고 자꾸만 바닥으로 드러눕는 시늉을 하였다.

도승지부터 장인 자리까지 다들 근심스러운 얼굴로 지켜보는 와중, 불러온 의원 또한 흔의 편인 양 쉬어야 한다 처방을 내렸다. 과로인 데다가 맥이 너무 빨리 뛴다나? 틀린 말은 아니다. 며칠간 먹지도 자지도 않으며 과음했으니 과로로 보였을 테고, 석동을 보지 못할까 싶어 안달복달하니 맥도 빨라졌겠지.

시기를 보아 곁에 앉은 기시의 다리를 툭 치며 눈치를 주었더니, 그가 기민하게 나서서는 대군께서 쉬실 수 있게 다들 나가라며 우르르 내보냈다. 그제야 눈을 뜬 흔의 명에 따라 기시가 석동에 대해 알아보러 나갔다 돌아온 참이었다.

"참말로, 어째 이 댁이랍니까? 주상 전하께서도 너무하시지, 하필이면—"

어째 말을 꺼내는 모양새가 시원스럽지 않은 기색이라, 흔의 속이 탔다.

"왜, 알아보지 못했느냐?"

"그게 말입니다, 여기 처음 왔을 때 만났고 또 제가 서찰을 전해 줬던 이가 이 댁 셋째 아들이라는 겁니다."

처음 석동에 관해 물을 때도 상단에서 꽤 요직을 차지하고 있다는 인상이긴 했다.

"그래서 석동이는?"

"그게, 누굴 잡고 방가(方家)에 대해 물어보려 해도 그 양반이 졸졸 따라다니니, 원⋯⋯."

그건 요상한 행동이다 싶었다. 어째서 그런 짓을?

"그래서, 알아낸 것이 있다는 게야, 없다는 게야?"

"없다는 말씀이지요. 한두 명 아는가 싶었지만, 요즘 잘 안 보이네 어쩌네 하며 얼버무리더라고요. 어디에 기거하는지, 언제 봤는지도 모르고요."

"따라다닌다는 셋째가 눈치를 준 것 아니냐?"

"그런 것 같기도 하고 아닌 것 같기도 하고 영 요상하더이다."

"차라리 그 셋째에게 물어보지 그랬느냐?"

"⋯⋯그랬지요."

"그런데?"

기시의 얼굴이 불쾌하게 일그러졌다.

"그게⋯⋯ 어차피 알게 될 거라고⋯⋯"

말이 계속 끊어지니 속이 탔다.

"어차피? 대체 그게 무슨 말이냐?"

"그러게 말입니다. 그래서 그게 언제쯤이냐 물었더니, 남우세스럽게 오늘 밤 동뢰를 제대로 치르고 나서라는 겁니다."

동뢰? 첫날밤을 치르는 것? 그것과 석동이 무슨 상관이라는 말이지?

"그리고 밖에서 여러 사람이 의논을 하였다는데, 대감의 용태가 심려되니, 오늘은 대군방으로 가지 않는답니다. 그러니 동뢰를 이 댁에서 치러야 한다는 게지요."

응? 더 오래도록 머무른다면 석동을 찾을 기회가 더 많아진다는 뜻이니 그것은 잘된 일이었다.

"그럼, 시간이 더 생긴 것이니, 좀 더 소상히 알아보아라. 그 셋째인지 넷째인지를 따돌리고 말이다."

"예."

기시가 나가고 다시금 생각을 되짚어 보았다. 어차피라니? 제 누이와 동뢰를 치러야 알려 준다는 말인가? 혹시 동뢰를 치를 동안 석동이를…… 어디에 가둬 두기라도?

그 생각에 흔은 자리에서 벌떡 일어났다.

5촌, 6촌 사이이니, 이 집 가솔들은 석동이 여인임을 벌써 알고 있겠지. 그리고 자신과 있었던 일을 알게 된 작자들이 제 누이와 제대로 혼인이 이뤄지기 전에는 내어놓지 않겠다는 소리인 것이다!

이런 변이 있나! 자신 때문에 석동이 어디에 갇혀 고초를 치르고 있을지 모를 일이니, 당장 찾아야 한다!

아픈 척이고 뭐고 흔은 당장에 방문을 열어젖히며 밖으로 나섰다. 급한 마음에 무작정 마루를 성큼성큼 가로지르는데, 대청 아래에서 그를 기다리듯 선 이가 있다. 그 셋째 아들이라는 이였다.

역시나 흔을 보는 시선이 아까 둘째처럼 의미심장하기로, 흔도 단단히 벼르고 물었다.

"어디 있는가?"

누구인지 언급하지 않았음에도 상대는 못 알아들은 척을 하지 않았다. 제대로 단속을 하였는지 눈 한번 꿈쩍하지 않고 말이다. 내 짐작이 맞았구나, 맞았어!

당장에 '네 이놈!' 하고 호통을 치려는데 상대가 먼저 아뢰었다.

"여긴 좀 번잡하니, 사랑으로 뫼시겠습니다."

애초부터 그럴 생각이었다는 듯, 즉 흔이 이렇게 뛰쳐나올 줄 알았다는 듯 놀라지도 않고 말이다. 그제야 흔의 눈과 귀에 그 아래 마당에 빼곡하게 들어찬 잔치 자리의 떠들썩함이 들어왔다. 남들 다 있는 데서 말하기에 어려운 짓들을 어째서 했는가 따져 묻고 싶었지만, 석동의 거취를 쥐고 있을 상대라 꾹 참고 그 뒤를 따랐다.

담 하나를 지나간 사랑 마당에는 사람들을 들여놓지 않아 꽤 조용했고, 사랑채 안으로 들어서니 더욱 그러했다. 하지만 사람이 아예 없는 것은 아니었다. 방 안에는 마치 매처럼 그를 돌아보는 두 사람이 있었으니까. 안면이 있는 오연겸 외에 흔에게 상석을 권하고 큰절을 한 이들 중 낯선 자는 스스로를 첫째 오연항이라 소개했다. 셋째는 연총이라 했고.

이윽고 흔은 석동의 6촌 오라비들이자 오늘로써 자신과 2촌, 즉 처남들이 된 오씨 가문의 세 형제와 마주 앉았다. 덩치들도 다들 산적만큼 큰 데다가 그 표정들 또한 어디 하나 위축된 구석이 없으니 기선을 잡아야겠다 싶었다. 그래서 흔은 편히 앉으라는 소리도 생략한 채, 거두절미 물었다.

"석동이는 어디 있나? 먼저 그이를 보겠네."

처음 석동이를 찾아왔을 적에는 자신의 신분을 밝히지 않아 하오체를 썼지만, 지금은 그보다 하대인 하게체를 써야 한다. 아무리 처남 자리라 하나 신분의 고하가 있는 탓이었다.

석동의 안위만 보장된다면 은밀한 자리이고 하니 계속 하오체를 써 줄 수도 있지만, 무조건 저자세로 나간다 해서 봐줄 위인들로 보이지 않았다. 제 누이의 혼사를 위해 석동에게 구속을 가하고 있는 것이 분명하다면 해라체로 다스려야 마땅할 불한당들이고.

"우선 옥체는 어떠신지요?"

오연항이 점잖은 얼굴로 물었다.

"괜찮네. 우선 석동이부터—"

"그러시다면 기쁜 날이니 저희가 약주를 한잔 올리고 싶습니다만."

묻는 말에 답은 아니 하고 뜬금없이 술타령이라니. 하지만, 거절하는 말을 꺼내기도 전에 밖에서 기척이 있더니 기다렸다는 듯 술상이 들어왔다.

허어. 이게 무슨 일이람?

호락호락한 자들이 아니었다. 그래도 어찌 됐든 석동이 이자들 손에 달려 있으니, 하는 양을 어느 정도는 참아 줘야 할 터. 하는 수 없이 술잔을 들었다. 며칠 동안 술로 속을 달랬더니 술 따르는 소리만 들어도 눈살이 찌푸려졌으나, 아니 마실 수 없었다.

삼 형제가 돌아가며 한 잔씩 따라 주니 빈속이 화하니 일어났다. 이만하면 되었겠지, 하며 세 번째 잔을 내려놓는데 다시 술 주전자가 다가왔다. 또? 이 작자들이 설마 나를 인사불성으로 만들어 석동에 대한 것을 잊게 만들 심산인가?

생각이 그에 미치자, 흔은 쥐었던 술잔을 탁 하니 엎었다. 첫째가 별다른 표정 없이 들었던 술 주전자를 내려놓았다.

필시 연장자인 첫째가 수괴일 터. 흔이 그를 노려보며 입을 떼었다.

"동뢰를 이곳서 치르기로 하였다 들었네만."

"대감께서 옥체 미령하시니, 도승지 영감과 저희 아비가 의원과 상의해 그리 정했다 들었사옵니다."

말하는 품새가 찬찬한 것이, 돈을 날린 석동에게 차게 대하던 둘째나 석동을 찾아왔던 날 뚱하게 굴던 셋째와 달리 말이 좀 통할 성싶었다. 다행이다.

"그런 내게 이리 술을 권하는 것은, 내가 친영을 부러 마무리 짓지 않았다는 사실을 눈치챈 까닭이겠지?"

그러시냐고, 예의로라도 반문하는 자도 놀라는 자도 없었다. 내수를 꿰고 있었구먼.

"그리 잘 안다면 내 궁금증을 풀어 주어야 한다는 것도 알겠구먼. 그래야 자네들의 괘씸한 짓거리에 대한 내 노여움을 피할 수 있을 터이니."

"부러 드러누우신 것은 눈치챘사오나, 술을 권한 것은 하나 있는 오누이를 여의는 오라비들의 서운함의 발로였을 뿐인데, 괘씸해하심은 당치 않사옵니다."

술 이야기는 극히 일부인데, 그것을 부풀려 핵심을 피하려는 심보다. 역시나 물건을 팔고 사는 장사치들이라 혀에 기름칠이라도 한 듯 유들거린다. 마치 석동이처럼. 아아, 보고프고 염려되는 생각이 간절해서 복장이 터질 지경이었다.

다른 형제들을 하나하나 살펴보다 셋째에게로 시선이 가닿았다. 퍼뜩 떠오른 생각이 있었다. 설마⋯⋯.

"자네, 내가 보낸 서찰을 석동이에게 제대로 전하긴 하였겠지?"

공손한 듯 숙이고 있던 시선이 올라오는데, 사뭇 반항적이었다. 그 눈빛은 무엇이야? 전하지 않았다는 게야?

허어, 이런! 전하지도 않았다면, 석동이는 제가 기다린 것을 전혀 모르고 있다는 말이 되지 않나! 주막에 나타나지는 않았어도 그이가 제 진심을 알아주기를 그토록 바랐건만 다 헛일이 되고 말았다니!

다 이 오씨 형제들 때문이다! 당장에 본때를 보여 주고 말겠다 생각하는 찰나. 반대쪽에서 답을 하는 이가 있었다.

"물론 전했습니다."

모두의 시선이 그리 쏠렸다.

둘째 오연겸이었다. 전과 달리 입 어딘가가 좀 불편한지 입가에 잔뜩 힘을 주고 가운데만 오물거려 말을 하는데. 불분명한 어조였지만, 분명히 그리 알아들었다. 하지만 시기가 중요하다. 시간이 다 지나서 전하였다면 그이가 오고 싶어도 오지 못했을 테니 무슨 소용이냔 말이지.

"그게 언제인가?"

"어제 아침입니다."

순간, 셋째 쪽에서 콧김 소리가 크게 들려왔지만, 생각에 잠긴 흔은 미처 알아채지 못했다. 어제 아침이라면 늦긴 했지만 지난밤이라는 한 번의 기회는 있었다. 석동은 그것을 그냥 흘려보낸 것이다. 역시 거절당한 것이다.

다시 가슴에 쓰디쓴 통증이 밀려오려는 찰나, 다른 생각이 들었다. 이 작자들에 의해 갇혀 있었다면 오고 싶어도 올 수 없었던 것이 아닌가.

"그렇다면—"

"어쩌려고 그러오?"

무엄하게도 흔의 말을 가로막으며 나선 셋째가 제 형더러 불퉁하니 내뱉었다. 감히 뉘 앞인데 뱁새눈을 해서 노려보는 게야? 그리고 서찰 전한 것을 타박하는 것 같은데, 말이 좀 이상하다. 내가 잘못 들었는가?

"그래, 자칫 사달이라도 일어나면 어쩌려고?"

어랍쇼? 점잔을 빼던 첫째까지 거들자, 둘째가 다시 입술을 오물거린다.

"혼사는 무사히 끝났지 않습니까. 친영이 제대로 끝나지 않은 건 제 탓이 아니라구요."

허어, 이 사람들 보게나. 참말 제 누이의 혼사를 위해 서찰을 전하지 않으려 했다는 것인가?!

다음 순간 흔의 주먹이 술상을 세차게 내리쳤다. 술잔이 엎어지고 갖가지 안주 그릇들이 달달거리며 떨리는데 그 소리가 가시기도 전에 호통을 쳤다.

"그래서 석동이는 지금 어디 있나? 어디 가두어 놓은 것은 아니겠지?!"

대답이 없는 것은 긍정 아닌가. 더 이상 견딜 수 없어진 흔은 자리에서 벌떡 일어났다.

"당장 안내하게!"

사나운 기세에도 세 사람은 미동조차 하지 않았다. 흔은 그게 더 분했다. 석동이를 잡아 두고 있는 이상 자신이 꼼짝 못하리라 여기고 여유를 부리는 것이니 말이다.

"아까 모시는 내관을 통해 제가 말씀 올렸습니다만."

숨결 하나 흐트러지지 않은 셋째의 목소리는 숫제 흔을 우롱하는 투였다.

"동뢰를 치르고 나면 어차피 알게 되리라던 그 해괴한 말장난 말인가? 허튼수작 그만하고 석동을 어서 내어놓게."

"이런, '그냥'이 아니라 '제대로'라고 말씀 올렸는데, 그 말씀은 전해 드리지 않았나 봅니다. 동뢰부터 제대로 치르시지요."

생각해 보니 그 말도 듣긴 하였다. 한데, 동뢰가 아니라 '제대로'가 중요한 것이었다고?

그건 혼인을 무를 수 없을 정도로 제대로 동뢰를 치러야 석동을 내어 주겠다는 말이 아닌가! 이런 불한당 같은 작자들을 보았나!

"아무리 제 누이가 우선이라 해도 그렇지, 6촌 누이는 누이가 아닌가!"

"그 아이가 여인인 것을 대군께서도 알고 계셨나 봅니다?"

셋째가 그 대목에 씩씩대며 분개해 하니 종잡을 수 없었다. 지금껏 침착하던 첫째도 그런 것 같고.

뭔가 또 좀 이상하다. 자신이 여인인 석동과 도망치려 해서 그런 조건을 건 것이 아닌가?

궁금하지만, 표정들을 보아하니, 그 이야기를 길게 해 좋을 것 없을 듯하다.

"혼인을 무를 생각은 없으니, 이만 그이를 놓아주게. 동뢰와 상관없이 더 이상의 고초를 겪지 않도록 말일세."

"그래서 그 아이와 무슨 일이 있으셨습니까? 여인임을 알면서도 사저로 데리고 가심은 대체 무슨 의도에서였습니까?"

셋째가 따지고 드는 것에 이어,

"그날 돌아온 아이가 다음 날까지 운 연유에 대해 지금 당장 알아야겠습니다."

마지막으로 첫째까지 몰아붙이니 흔은 말이 막혔다. 수릿날 일로 석동이 울기까지 했다니 마음이 짠해졌기 때문이다. 하지만 여기서 그런 심정을 드러내며 물러섰다가는 석동의 안위를 보장받지 못하니, 안 될 일이다.

그렇게 근심으로 머리가 꽉 찬 흔은 삼 형제의 질문의 방향이 완연히 틀어진 것을 알아채지 못했다. 그래서 더 강경히 호통을 쳤다.

"그것이 궁금하면 석동이 있는 곳을 대든지, 당장 내 앞에 데려오기나 하고 나서 따지게!"

"답답해 죽겠습니다. 그냥 다 밝히고 그날 일이나 족치죠."

셋째가 저자거리 왈짜패 같은 말을 내뱉었다. 흔이 아니라 제 형들에게 한 말 같지만, 족친다는 대상은 누구지? 그리고 무얼 족쳐?

흔이 눈을 깜박이기도 전에 첫째가 막아섰다.

"어허. 시키는 대로 해야 한다. 나중에 뒷감당을 네가 할 것이 아니라면 말이야."

그 말에 셋째가 뚱하게 기색을 갈무리하니, 흔은 어리둥절했다.

"누가 시켰다는 겐가? 자네들 말고 누가 또 있어?"

저 방자한 이들이 몸을 사리는 것을 보면 윗사람인 듯했다. 집안 식구들이 모두 작당을 한 게야?

"오 행수인가?"

"아버님은 모르십니다."

"그럼 대체 누구라는 게야?"

"동뢰만 제대로 치르시면 모두 알게 되실 거라는데도요."

몸을 사리더니, 다시 원래의 입장을 고수한다. 시켰다는 이가 선을 확실히 그어 놓았고, 이들은 반드시 그것을 지켜야 하는 모양이었다. 나 원 참.

이렇듯 음모와 배신이 난무하는 집안의 여식과 동뢰라니. 그놈의 동뢰 소리에 구역질이 날 지경이었다.

이 방자한 치들 모두 혼쩌검을 내 주고 싶지만, 궁에서 의정부며 육조의 관원들이 꽤 따라온지라 소동이 커질 수도 있었다. 자신이야 체모에 손상이 가는 것을 마다할 필요는 없지만, 문제는 석동이다.

소동이 커지면 그이가 억울한 죄를 뒤집어쓸 것이 뻔하니, 이일은 이 방 안에서 끝내야 했다. 내일이면 관원들이 돌아갈 테니 큰 소리가 나도 괜찮을 테지만, 그때까지 석동이 고초를 겪을 것이 아닌가. 그런 상태에서 자신이 동뢰를 제대로 치를 리는 만무하고. 그러면 이 작자들이 더 고약하게 굴며 말을 바꿀 것이 뻔하니 지금 당장 확실한 수를 강구해야 한다.

최고의 으름장은 역시 신분이다. 신분의 귀천을 따지고 싶지는 않지만, 이들이 그렇게 만들었다.

"지금 종친을 능멸하려—"

악문 잇새로 벼르는 말을 내뱉으려는 찰나 다시 오물거리는 소리가 들려왔다.

"저희는 그 아이를 어디에도 가두어 두지 않았습니다. 서찰을 보고도 나가지 않은 것은 순전히 석동이의 결정이었다는 말씀이지요."

석동이의 결정이란 소리에 다시 가슴이 찌릿하였지만 그게 중요한 상황은 아니기에 일단 묻어 두었다.

"그런데 어째서 보이질 않는가!"

"석동이와 무슨 일이 있으셨는지를 먼저 밝히시면—"

셋째가 또 따지고 들었다. 제 누이를 부부인으로 맞기 전에 석동을 소실로 들이려 했다는 것을 밝힐 수는 없다. 그랬다가는 누이를 위한답시고 영영 석동이를 내놓지 않을지도 모르는데. 가뜩이나 먼 곳으로 떠난다 하였는데, 훨씬 더 먼 곳으로 보내 버릴 수도 있다.

흔이 뭐라고 대응하기도 전에 첫째가 나무랐다.

"그 일은 그만 따지는 것이 좋겠다. 이미 지나간 일이고 아무리 상대가 대군이셨어도 여인인 석동이가 스스로 몸가짐을 단정히 했어야 하는 것이니."

"예, 형님."

이 작자들, 앞에 사람이 있든 말든 저희들 이야기를 거리낌 없이 나누고 고개를 주억거리는 모양새가 역시나 양반은 못 되는 치들이라. 그래서 말이 통하지 않는 모양이다.

그래서 흔도 제 물음을 고집했다.

"어째서 보이지 않느냐 물었네."

"말씀드릴 수 없습니다."

"어째서?"

"그 아이와 약조를 했습니다. 동뢰를 치르기 전까지는 결코 말씀드리지 않기로."

참말일 수 있었다. 함께했던 밤, 석동이 비슷한 말을 남겼으니까. 고운 분 맞으시라고.

다시 그때가 떠오르며 가슴이 찌릿거렸다. 마냥 착한 사람 같으니. 그래서 더더욱 서둘러 곤경에서 구해 주고 싶었다.

"자네들이 그이를 어디에 가두어 두고 말만 그리하는지 내가 어찌 믿는가?"

"그 아이가 어디 가둬지고 그럴 아이가 아니…… 어, 흠……."

셋째가 무의식중에 중얼거리니, 첫째가 그 옆구리를 쿡 찔렀고 셋째는 얼른 입을 다물었다. 또 몸을 사리는 모양새다. 그 시켰다는 이 때문인가 보다. 대책 없이 무도한 자들이 아니라 저들도 누군가의 강요에 하는 수 없이 이러는 것인가? 그러면 가둔 것이 아니라는 말도 사실일 수 있는데.

한숨이 나왔다. 말을 주고받을수록 보호하고 싶은 이가 있는 쪽이 철저한 약자라는 사실만 드러날 뿐. 무사한 모습을 꼭 한 번만 눈으로 확인하고 싶은데 이대로는 힘들고 저들의 요구대로 오늘 밤은 지나야 할 성싶었다.

기운이 쪽 빠졌다.

"참말로…… 힘든 지경에 둔 것은 아니길 바라네."

"물론입니다. 어쨌든 누이이니까요."

첫째의 말을 끝으로 침묵이 내려앉았다.

새벽녘의 참담하고 허전한 마음이 다시 찾아들었다. 그 마음을 술로라도 채워 보자는 생각에 술 주전자를 집어 들었다. 첫째인지 둘째인지의 손이 다가오는 것을 마다하고 술을 따라서는 단숨에 들이켰다.

술이 썼다. 차라리 입이 쓴 것이 나았다. 그 아래 가슴이 견딜 수 없이 저려서…… 뼛속까지 저리고 아파서 어찌할 바를 알 수 없으니……. 다시 술 주전자를 집어 들었다. 거듭 술을 따르며 기운 없이 중얼거렸다.

"……편히들 앉으시게. 그리고 석동이가 자네들 누이라는 마음

변치 말고."

별채에 앉아 있던 서리는 기다리다 지칠 지경이었다. 동뢰를 치를 곳으로 부랴부랴 꾸민 방에 들어와 앉은 지 한참으로 벌써 날이 저물어 가고 있으니 말이다.

대군께서 다행히 일어나 나오셨다는 말씀은 들었는데, 오라버니들과 작은 사랑채로 들어가셔서는 아직까지 두문불출하신다니. 뻔질나게 드나드는 것은 술 시중을 드는 하인뿐이란다. 오라버니들도 그렇지, 혼절까지 하셨던 분을 붙들고 술은 무슨 술인가.

휘청하며 넘어가시던 것을 보고 어찌나 놀랐던지. 다행히 깨나셨다고는 해도 어서 제 눈으로 확인하고 싶어 미칠 지경인데 이놈의 오라버니들이 대군을 잡고 놔주지 않는 것이 틀림없다. 제가 홧김에 입을 찢어 놓은 둘째 오라비가 너도 당해 봐라 하며 주도하는 것인가?

얼마간 저를 골탕 먹인 것이 어찌나 분하던지, 지난밤에 둘째 오라버니 입에 손가락을 넣어 찢어 놓았고 그 참에 받아 낸 약조가 있다. 제가 알리기 전에는 결코 대군께 자신이 석동이고 석동이 자신임을 발설치 말라는 것이었다. 다른 오라버니들께도 확실히 전하라 하였다.

물론 사실을 알고 분하긴 했지만, 기쁨은 그 천배 만배나 되는 것이었다. 그래서 대군께서 사실을 알게 되는 순간의 기쁨을 함께하고 싶어 자신이 알리겠다 한 것이고. 지난밤을 뜬눈으로 지새웠고 오늘도 하루 종일 그 순간만을 기대하고 있는데 쓸데없이 술자리에 붙잡혀 계시다니!

하다못해 제 앞에 들여온 지 오래인 동뢰상의 술 주전자마저 꼴 보기 싫었다. 술 주전자는 저만치 윗목을 향해 집어 던지고 작은 박 한 개를 둘로 쪼갠 운치 있는 술잔은 발로 쾅쾅 밟아 산산조각을 내고 싶었다. 보름달처럼 둥글게 채우며 잘 살라는 달떡은 갈기갈기 찢고 싶었고, 여러 가지 색물을 들여 절편으로 만든 암수 한 쌍의 닭은 모가지를 비틀어 버리고 싶다는 생각까지 하고 나서야 정신을 차렸다. 오늘이 어떤 날이고 대체 저것이 누구를 위한 동뢰상인데 그런 험한 마음을 먹는단 말인가.

그 또한 오라버니들의 탓이라 생각하며 가까스로 마음을 가라앉히려는데, 밖에서 중문 열리는 소리가 들렸다. 대군이신가? 가슴이 마구 두근거리기 시작했다.

한데, 여러 사람인 듯 소란스럽지는 않았지만 무어라 무어라 옹얼거리는 소리가 가까워졌다. 응? 의아해하던 찰나 분합문이 벌컥 열렸다. 문을 연 것은 첫째 오라비였다.

이게 무, 무슨……?

어이가 없어 서리의 입이 벌어지려는 찰나. 겸연쩍은 미소를 띤 오라비가 옆으로 물러났고 이어 모습을 드러낸 분은 바로 오매불망 기다리던 대군—이시긴 한데, 고개를 툭 떨어뜨린 그분을 나머지 오라비들이 양옆에서 부축을 한 채였다. 놀란 마음에 화급히 일어서던 서리는 치마를 밟고 비틀거렸다.

대군께서는 혼자서는 제대로 한 발자국도 떼어 놓지 못해, 오라버니들의 부축에 흡사 발이 끌리다시피 들어오셨고 이어 펼쳐져 있던 금침 위에 눕혀지시는데 눈도 제대로 뜨지 못하셨다. 기가 막혔다. 무어라 연신 중얼거리시긴 하지만, 알아들을 수도 없었다.

대체 이게 무어람?!

오라버니들은 제 눈도 마주치지 못하고 다시 우르르 나간다.

"잠깐 저 좀 보셔요."

서리가 순식간에 분기탱천한 것을 눈치챘는지, 오라버니들이 그녀의 코앞에서 분합문을 잽싸게 닫아 버렸다.

이러면 못 따라 나갈 줄 알고? 문을 다시 열려고 문고리를 잡았으나, 밖에서 잡고들 있는지 영 문이 열리지 않았다.

"이익, 여십시오! 내가 가만있을 줄 아십니까?!"

"우린 죄 없다, 대군께서 혼자 드신 것이다!"

문틈으로 전해지는 핑계가 가당찮았다.

"거짓말 마십시오!"

"참말이다! 깨나시면 여쭤봐라!"

이 문짝이고 저 문짝이고 어떤 것을 열려 해도 여섯 개의 손이 모두 방해하니, 열고 나갈 재간이 없었다.

하.

하는 수 없이 돌아선 서리의 눈에 여전히 눈을 감은 채 웅얼거리는 대군의 모습이 들어왔다. 인사불성이었다. 자신이 어젯밤부터 얼마나 고대해 온 동뢰연인데!

"석동아……."

웅얼거림에 섞인 그리운 부름에도 서리의 주먹이 있는 힘껏 쥐어졌다. 그러게 술을 좀 작작 드셨으면 눈을 뜨고 벌써 이 석동이를 보셨을 것 아닙니까!

씩씩대며 아랫목으로 걸어가는 참에 방 한쪽에 서 있는 나무 기러기가 눈에 들어왔다. 신랑이 가져온 이것을 신방에 든 신부 앞에 슬쩍 들이밀어, 그대로 서 있으면 아들을 낳고 넘어지면 딸을 낳는다는 소리가 있는데, 서리 앞에서는 용케 저러고 서 있었다. 보던 이들이 아들을 낳겠다며 손뼉을 치며 난리였는데.

흥, 신랑이 이리 인사불성인데 아들이고 딸이고를 어찌 낳는담. 그리고 아들 낳아서 저리 술 마시는 꼴을 보느니 차라리 나 같은 딸이 낫지.

심술이 난 서리가 기러기를 툭 하고 걷어차서 넘어뜨렸다. 그러고 나서 아랫목으로 향하다 말고 다시 돌아와서는, 아까처럼 세워 놓고는 다시 돌아갔다.

"물…… 기시야, 물 다오……."

맹렬하게 달려드는 갈증 때문에 흔은 지독한 혼몽함 속에서 끌려 나왔다. 간신히 입을 달싹였더니 기시가 재까닥 제 머리 밑으로 팔을 들이밀어 일으켜 주었다. 퉁퉁 부은 눈꺼풀을 떼기도 전에 입가에도 흰 자기도 대 주었다. 어찌나 달가운지 물 한 대접을 허겁지겁 다 들이켜고 나서야 숨이 쉬어졌다.

다시 저를 편히 눕히고 멀어지는 팔의 감촉이 어쩐지 아쉬웠다. 내가 그이가 많이 그리운가 보다, 기시야…….

그제야 희미하게 뜨여진 눈을 끔벅이며 생각을 더듬는데, 떠오르는 생각에 이어 낯선 병풍의 무늬가 눈에 들어왔다. 아, 혼인을 하였지……. 신방이겠구먼.

창호 문 너머가 어둡고 황촉 불이 켜진 것을 보면 아직 한밤중인 듯했다. 그럼 조금 전 그 손길은 기시가 아니라—

옆에서 옷깃이 사락거리는 소리가 들려서 무의식중에 그쪽을 향해 고개를 돌리는데, 찌릿하며 두통이 지나가는 바람에 그나마 떴던 눈을 질끈 감았다. 술을 제법 들이켠 탓이다. 석동이가 보고프고 또…… 원망스러워서.

오지 않은 것이 원망스러운 것이 아니라, 저를 이리 흔들어 놓은 처사가 야속했다. 차라리 만나지 않았더라면 그런대로 살아졌을 터인데. 몸뚱이는 그대로인데, 마음을 둘 곳이 없다 싶으니 한없이 처연해지는데—

"아, 가려워."

이번엔 중얼거림이 그 처연함을 파고드는 바람에 다시 흔의 눈이 뜨였다. 술을 눈으로 마셨는지 영 제대로 초점이 잡히지 않는 시야에 무언가 어른거린다. 몇 번 끔벅이니 조금 나아진 시야로, 돌아앉은 이가 잔뜩 세운 손가락 끝으로 머리 여기저기를 쑤시듯 긁적이는 것이 들어왔다. 족두리 밑이며 도투락댕기 근처이며 무척이나 가려운지 이쪽저쪽 이 손 저 손을 번갈아 가며 긁어 대다가는 급기야 족두리를 홱 벗어 내고 손톱을 세워 벅벅 긁는다. 어찌나 세차게 긁는지, 보는 흔의 머리 가죽이 다 시큰거릴 정도였다.

댕기 하나 늘이고 편히 살다가 어느 날 갑자기 이런저런 것을 주렁주렁 달았으니 어색하고 편치 않을 터. 미안했다. 그런 불편을 겪으며 제 부인이 되었는데 이후로도 제대로 돌아봐 주지 못할 것이 그랬다. 제 온 마음은 이미 다른 곳에 줘 버린 터이니 다른 이를 돌아볼 여유가 있을 리가.

따지고 보면 저이도 석동이처럼 주변 이들의 욕심에 휘둘리는 나약한 여인일 뿐인데. 그래서 흔이 깔깔한 입을 열었다.

"……미안하오. 하루 종일 힘들었을 것이니, 편히 차림 하고 누우시오.”

그 말을 끝내자마자 눈을 감으며 병풍 쪽으로 돌아누운 탓에, 그이의 어깨가 흠칫하더니 천천히 풀리는 것은 보지 못하였다.

그런데 어깨 너머로 날아오는 푸념은 들었다.

“족두리며 댕기는 대감께서 내려 주시는 것이라고 들었습니다만.”

그의 눈이 다시 뜨였다. 6촌 지간에 목소리도 닮을 수 있는 것인가? 코맹맹이 소리가 좀 과하다 싶을 정도로 섞였지만, 석동의 것과 흡사하니 말이다. 아아. 잊기는커녕 점점 더 그리워지니 큰일이다.

“……혼자 하시오. 앞으로도 많은 것을 혼자 해야 할 것이니, 그 연습이라 생각해도 좋고.”

“왜요, 어젯밤도 해시까지 그 석동이란 계집을 기다리느라 못 주무셨습니까?”

도로 감기려던 흔의 눈이 다시, 그것도 번쩍 뜨였다. 이런 황망할 데가!

이제 보니 이 누이라는 이도 제 오라비들과 작당하여 석동이를 괴롭혔음이 분명했다. 그 ‘시켰다’는 이가 이 사람일지도 모르고! 낭군 된 이가 정을 준 여인이기에 앞서 피를 나눈 6촌 지간인데 계집이라니, 그게 동뢰연에 든 신부가 할 소린가! 대체 이 집안의 남매들은 하나같이……!

미안함은 순식간에 자취를 감추었다.

“신분 때문인가, 입심이 천박하기가 이루 말할 수가 없군.”

부인을 깎아내리는 것은 제 얼굴에 침 뱉기임을 모르지 않았지만, 그 오라비들부터 시작해서 네 남매의 처사가 견딜 수가 없었다. 술기운 때문인지 잔뜩 탁해진 목소리에 차가운 기까지 더해진 그의 일갈에도 상대는 지지 않고 대거리를 했다.

"혼사가 코앞인데 소실을 들이려 하신 대감께오서는 과연 만백성이 우러를 만한 종친의 자격을 지니셨는지 궁금하군요."

삼 형제는 거기까지는 모르던데 저이는 대관절 그것을 어찌 알았지? 석동이에게 들었는가? 그이가 그런 은밀한 이야기를 순순히 했을 리는 없는데. 저 요망한 여인이 얼마나 괴롭혔으면 그런 말까지 실토하였을꼬. 참담함을 금할 수가 없다 보니 숨을 들이쉴 때마다 가슴에 커다란 구멍이 하나씩 뚫리는 듯했다.

"혼인했으니 이제 그만하시오. 소실로 들어오라는 제안을 거절한 것은 그이이니, 혹여 괴롭히는 짓거리도 그만두고."

"괴롭히다니요? 오늘 하루 종일 저를 괴롭힌 분은 대감이셨습니다. 어딜 그리 보시나 하였더니, 그 계집을 찾느라 그러셨나 봅니다."

아아…… 이 밤이 지나야 석동이에 대해 알려 준다 하였으니 꾹 참아야 하긴 하겠는데, 도통 저 요사스런 입이 멈추질 않는다. 더구나 석동을 떠올리게 하는 목소리로 그리 비루한 말을 쏟아 내니, 더더욱 참을 수가 없어 결국 몸을 일으키고 말았다.

술기운에 조금 휘청거리기는 하였지만, 마냥 저릿하던 가슴에 들어찬 분노가 머릿속을 다잡아 주었다. 방문을 향해 걸어가는데, 역시나 뒤꼭지에 말이 날아왔다.

"저는 아들을 낳을 거랍니다."

흔은 방 중간에 우뚝 멈춰 섰다.

"그 기러기가 선 채이니 그럴 것이라 하더이다."

시선을 떨어뜨리자, 제가 들고 왔던 나무 기러기가 들어왔다.

한순간 증오스레 내려다보던 흔은 그것을 발로 툭 밀어 넘어뜨렸다.

"넘어지면 딸을 낳는다고 하고요."

"두고 보시오. 그대는 아들이고 딸이고— 하다못해 강아지 새끼도 낳지 못할 것이니."

흔이 이를 갈며 말했다. 하지만, 다시 걸음을 떼기도 전에 들린 말 때문에 그는 걸음을 옮기지 못했다.

"석동의 거취는 대감께서 방금 저주를 퍼부으신 저만 알고 있습니다."

숨마저 잦아들었다.

"조건은 들으셨을 테지요?"

동뢰를 제대로 치러야 한다는 말이 이 뜻이었던 것이다!

흔의 주먹이 부르르 떨렸다.

"그대로 나가시면 영영 모르고 사실 겁니다."

기가 막힌 노릇이로군. 내 처지가 낙혼을 함으로써 내려갈 데까지 내려갔다 여겼건만, 그 중인들에게 농락당하는 지경에까지 이르다니.

"서방 알기를 우습게 여기면서 동뢰는 제대로 치르고 싶다? 그쪽으로는 내가 좀 많이 까다로운 편인데 어쩐다?"

"그 못난 계집을 품으신 것을 보면 제가 그 기준에 차지 않을 리 없습니다."

그 밤 이야기까지 알고 있다고?

"대체…… 그이를 고문이라도 한 것이오?"

이쯤 되니 석동의 목숨이 달아나고 없을지도 모른다는 생각마저 들었다. 이 악랄한 것들! 내 당장에 의금부 도사를 불러들여 저들

남매들을······!

"무릇 소실은 뒷방에 기거한다는 의미로 후실이라고도 하는데, 저는 그 뜻에 정실 다음에 얻는 첩이라는 뜻도 있다고 생각합니다."

표독스러운 말만 내뱉으니 코맹맹이 소리가 좀 덜어졌고 그러니 목소리가 더 비슷해진 데다가, 꼬박꼬박 대거리하는 것이며 엉뚱한 화제로 튀는 것도 어쩜 저리 청으로 가던 때의 석동과 똑같이 속을 뒤집어 놓는지, 진정 부아가 나서 견딜 수가 없을 지경이······.

잔뜩 일그러지다 못해 경멸스러움을 띠고 가늘어졌던 흔의 눈이 일순 커졌다. 설마······.

그가 대꾸를 하거나 말거나 종알대는 말은 계속 이어졌다.

"하니, 정실에 앞서 들이는 첩은 후실이라 할 수 없고. 따지자면 전실이 아니랍니까? 한데, 그 전실이라는 말은 원래 정실을 뜻하는 말인데, 그렇다면 오늘 대감과 혼례를 올린 저는 무엇이 되는 것입니까?"

흔이 천천히 돌아섰다. 혹시 아니면 어쩌나 싶어 아주아주 천천히지만, 그래도 혹시나 하여서 꾸역꾸역.

그리 심각한 말을 하면서도 검지를 갈고리처럼 만들어 아직 가려움이 남은 부위를 콕콕 찔러 대는 이의 옆태가 낯익었다. 이마에 망건도 없고 차림도 달랐지만, 분명······.

발을 뗐다. 천천히, 그러다 빠르게. 허영허영 다가가 간신히 그 옆에 이르자마자 다리에 힘이 빠져 바닥으로 무너져 내렸다. 그러면서도 그 얼굴에 못 박힌 시선은, 차마 깜박이지도 못한 채였다.

내미는 그의 손 그림자가 저만치 벽에까지 늘어지는데 그 큰 그림자가 덜덜 떨리고 있었다. 그 손이 조붓한 어깨에 가닿기도 전에 고개가 홱 움직이더니 그를 똑바로 향했다.

"전실입니까, 정실입니까?"

황촉 불이 얼비친 그 얼굴을 마주한 순간, 흔의 가슴에서 오들거리던 숨이 쑥 하고 빠져나갔다.

아아…….

뽀얗게 분을 바른 얼굴에 연지 곤지며 입술연지까지 찍은 얼굴은…… 꿈에 그리던 석동의 얼굴과 무척이나 흡사하였다. 지금 이 순간 그의 터무니없는 바람보다도 훨씬 더. 쌍둥이도 아니고 6촌 간에 이다지 닮을 수도 있는 것인가?

"예?"

"뭐, 뭐라 하였……?"

빽 하니 다그치는 말에 하염없이 그 얼굴을 훑고 또 훑던 흔은 멍청히 되물었다. 조금 전까지 노발대발하던 기운은 흔적도 없었다.

"제가 정실인지, 전실인지 여쭈었습니다."

무슨 말인지 그 내용에 앞서 석동이와 똑같은 목소리만 들리고 똑같은 눈매만 보였다. 보면 볼수록 더 닮아서, 자꾸만 그이 같아서……! 한데 나를 알아본 기색이 없다는 것은……?

당돌하리만큼 빤히 쳐다보던 얼굴이 이윽고 실룩거리더니 한 줄기 눈물을 흘려 내었다. 이, 이게…… 참말인가?

그 눈물을 보면서도 실감이 나지 않아서, 흔은 입을 열어 묻기는커녕 숨도 들이마실 수 없었다. 무어라 말이라도 잘못하였다가 순식간에 깨는 꿈일까 봐 겁이 났다. 술이 너무 과해서 헛것을 보는 것인지도 모르고. 그렇다면 술이 깨기 전에 계속 연달아 마셔야 겠다는 어리석은 생각도 하였다.

울음을 참으려 아랫입술을 힘껏 깨물면서 눈으로는 그를 흘기는 모습은 석동에게서 본 적이 없어, 다른 이인가 하여 겁이 났다. 저도 모르게 손을 가져가 그 눈물을 만져 보는데, 가슴이 저밀 듯한 그 느낌은 익숙한 것이라 다시 겁이 났다.

아아…… 믿어지지 않아 다른 손도 머뭇머뭇 내밀어 보는데, 그이가 제 무릎으로 풀썩 쓰러지며 울음을 터뜨린다. 가녀린 몸을 감싼 것은 낡은 무명 도포가 아닌 금실로 수놓은 화려한 비단옷이었지만, 석동이 맞다는 것이렷!

덜덜 떨리는 손을 내려 동그란 뒤통수를 쓰다듬으니 그제야 실감이 났다.

"어떻게 네가……? 참말, 참말 너인 게야……?"

"예. 저입니다, 석동이. 불경스레 굴어서 송구합니다. 하도 눈치가 없으시니 놀리는 재미가 나는 바람에……."

홱 하니 일어나 보여 주는 빨개진 코도, 울음 새로 띄엄띄엄 나오는 핑계조차 어여쁨도 정녕 너란 말이냐?!

"어쩜 그리 모르셔요?"

타박하는 것조차 고운 너라고?!

흔은, 그 얼굴을 홀린 듯 마주 보며 거듭 확인하였다.

"네가 오 행수의 여식이냐? 그 불한당들의 친누이라고?"

"예."

"나는 몰랐다, 정녕 몰랐어…… 늘 너를 생각하면서도…… 아주 까맣게 몰랐어……."

어찌 알았겠느냐? 이번 생은 그냥 그렇게 살 줄 알았는데.

"욕심을 내서는 아니 되었고 그러면 자연히 원하는 것을 가질 수 없었으니…… 이번에도 당연히 그런 줄 알았다. 지레 체념하고…… 그러면서도 네가 염려되어서 견딜 수가 없……."

가는 손가락이 다가와 그의 얼굴을 훔쳤다. 이쪽. 저쪽. 다른 손까지 보태어도 여의치 않은지 그냥 그의 목에 팔을 감고 가슴에 얼굴을 묻어 버린다. 그제야 그의 팔이 다가들어 작은 몸을 감았다. 칭칭 감겨든 그 팔에 다시는 풀리지 않을 듯 거세게 힘이 들어갔다.

"흐으……."

별채 너머 열린 중문 밖에 서 있던 삼 형제는 화들짝 놀라 귀를 기울였다. 귀신 소리 같기도 하고 우는 소리 같기도 하였다.

"서리가 참말 제 서방을 죽이려는 것일까?"

"첫날밤에 과부가 되겠다고 하던 말이 생떼가 아니었나 본데요?"

연항과 연총은 여전히 근심을 내려놓지 못하고 중문 안쪽에 귀를 기울이고 있었다.

뒤에 느긋하게 선 둘째 연겸은 아직도 입가가 너무 아파서 오물거리는 와중에도 최대한 거들먹거리며 말렸다.

"허어, 별일 없을 거래도요."

들려오는 괴성의 연유를 자신만 아는 재미도 쏠쏠했다. 입이 아파 겉으로는 웃지 못하고 속으로만 큭큭 웃으려니, 다시 괴성이 들려왔다.

"저것 봐라. 꼭 실성한 소리 아니냐? 아무리 들어도 둘째의 짐작처럼 기뻐하는 기색은 아닌 듯하다. 분명 수릿날에 울었던 복수를 하는 게야. 그때 보고 처음 대면하는 것이니 말이야."

"그러게요. 차라리 아까 우리가 캐물었을 때 답을 하였으면 우리 선에서 끝났을 것을요. 저러다 서리가 진짜 일을 치기 전에 이쯤에서 들어가 말리지요."

이번에 들려온 것은 연겸이 들어도 울음소리 같긴 했다. 하긴, 너무 좋으면 울음이 나올 수도 있긴 하지.

"아무래도 대군의 혼이 나간 것 같다."

"그런 것 같습니다."

그 소리 끝이 껄껄거리는 웃음소리로 바뀌었다. 분명 기쁨과 환호로 가득 찬 웃음소리였다. 두 형제의 고개가 기이하게 기울여지자, 연겸이 잽싸게 다짐을 시켰다.

"무르기 없기입니다. 저 혼자만 '내일 아침 대군이 웃으면서 별채를 나온다'에 건 겁니다. 다들 10냥씩 준비하십시오."

연항이 연총을 쳐다보며 의뭉스럽게 읊조렸다.

"닷 냥 아니었느냐?"

"저도 그런 줄 알았는데요?"

찰떡같이 알아들은 연총이 맞장구를 쳤다. 연겸이 눈을 부라렸다.

"어허, 왜들 이러십니까? 마음 같아서는 100냥씩 걸자고 하고 싶은 것을 꾹 참았는데요."

"둘째 너, 뭔가 믿는 구석이 있었던 게지?"

연항이 미심쩍은 얼굴로 돌아보자, 연총도 돌아보았다.

"형님 입가가 불편한 것도 어째 이상합니다. 어릴 적처럼 수 쓰다 서리한테 찢긴 것 아닙니까? 그래서 그 화풀이로 우리 돈을 따먹으려고 하는 거고요?"

"어허, 뭐라는 게야. 험. 이만들 가십시다."

별채에 외간 사내는 들이지 않는 법이라, 저만치 계단 아래에 섰던 김 내관은 아까부터 숙덕이던 삼 형제가 우르르 몰려가니 다행이다 싶어 반대쪽으로 발길을 옮겼다. 집 안을 밤새도록이라도 뒤져 방家를 찾아낼 생각이었다.

자신의 도움으로 거추장스러운 옷가지를 벗어 내고 머리까지 풀어 내리고 나서야 한숨 돌리는 석동을 흔이 다시 품에 안아 들었다. 얇은 모시 속적삼이 바스락거리며 안겨 드는 따뜻한 몸이 여전히 믿어지지 않았다. 저도 모르게 팔에 억세게 힘이 들어갔는지, 품 안의 이가 움찔하며 떨어져서는 속속곳 위로 드러난 배 언저리를 내려다본다. 흔이 허리에 두른 각대 장식에 눌린 부분이 아팠던 것이다. 혀를 차며 물러난 흔이 허겁지겁 제 옷을 벗어 냈다.

저를 도와줄 때에는 부서질 듯 가만가만하더니, 정작 자신의 옷은 찢어 내듯 하는 그 행동이 우스운지 석동이 깔깔대면서도 흔이 벗어 팽개치는 옷가지를 챙기려 들었다.

그러거나 말거나 흔은 석동처럼 속적삼에 속바지 차림이 되자마자 옷가지를 빼앗아 던져 버리고는 다시 석동의 허리를 안아 들었다. 한시도 떨어져 있고 싶지 않았다. 어찌 다시 곁에 왔는데.

"불은 끄지 않으십니까?"

제 팔에 눕히고 그 얼굴을 하염없이 들여다보노라니, 그리 묻는다. 차림이 부끄러운지, 발개진 뺨으로 배시시 웃으며 말이다. 어여뻐 죽겠다.

"잘 보아 두어야, 다음에는 제대로 알아볼 것이 아니냐."

아까 사당에서 석동을 알아보지 못한 것을 이름이다.

"다음이라니요? 혼인을 또 하실 생각입니까?"

"너하고라면 열 번은 못 하겠느냐?"

아까의 표독스러운 말투를 흉내 내며 입을 비죽 내밀었던 석동이 그 말에 다시 사르르 웃으니, 더 어여뻤다. 흔이 참지 못하고 입술을 가져갔다. 앵두 같은 입술에도, 보드라운 뺨에도, 제 얼굴을 매만지는 작은 손가락에도 수도 없이 입을 맞췄다. 한 손은 꼭 쥐어 제 가슴에 가져다 붙인 채였다. 꿈인지 생시인지 이보다 더 좋은 지경은 없으리라.

그러다 여전히 얼떨떨한 머릿속으로 의문이 들었다.

"그런데 넌 언제 사실을 안 것이냐?"

마지막으로 만났을 적에는 몰랐던 것이 틀림없는데. 그러니 그리 시린 이별을 하였지.

"어제야 알았습니다. 둘째 오라비가 서찰을 전해 주며 일러 주었지요."

삼 형제가 자신을 속이며 빙빙 돌리던 말들 중에 그 말만은 사실이었구먼.

"아! 그래서 어젯밤에 나오지 않은 것이야?"

"그래서는 아니고요. 나가려고 했습니다. 대감께서 내내 기다리셨다니, 하루라도 덜 노심초사하시라고 꼭 나가 뵙고 자초지종을 말씀드리고 싶었는데, 제 오라비가 시간을 질질 끄는 바람에 인정이 넘어 발이 묶였지 뭡니까. 어찌나 속이 상하던지."

"저런, 밤새 끌탕하였겠구나."

정겨운 얼굴을 마냥 쓸고 또 쓸었다.

"제가 나가지 않아 서운하셨지요?"

흔이 고개를 저으며 미소 지었다.

"'이놈, 나도 잊을란다' 하지 않으셨고요?"

그건 참말 아니었다. 그저…… 뼛속까지 저릿하여 견딜 수 없었을 뿐. 그래서 지금도 여전히 믿을 수 없어 잠시라도 눈을 뗄 수 없을 지경이어도 결코 밉지는 않았다.

말을 하지는 않아도 빙충이처럼 웃으며 고개를 젓는 것에서 짐작하였는지, 또 배시시 웃는다.

"좋으십니까?"

"여부가 있겠느냐?"

눈시울이 다시 뜨거워졌고 석동이 그 얼굴을 매만졌다. 그 손길을 다시 느끼다니, 참말 꿈만 같았다.

"그만 우십시오. 눈이 아주 짓무르겠습니다. 대군 대감께서 오서리랑 혼인한 것이 싫어서 밤새 울었다는 소문이 나면 어쩝니까."

"……서리? 그것이 본명이었더냐?"

"예. 아비가 제 바로 위 딸자식을 태어난 지 며칠 만에 잃었답니다. 그래서 다음에 얻은 저는 국수처럼 길게 살라고 국수 서리의 '서리'라 이름 지었지요."

"아, 난 첫 생각에 하늘에서 내리는 서리라 생각하였다."

"그러잖아도 어릴 적에 오라비들이 성이 오家가 아니라 국수家라며 놀릴 때마다 그 서리라고 했지요. 여인이 한을 품으면 오뉴월에도 서리가 내릴 테니 내게 잘하라고요."

"그랬구나. 서리라. 오서리. 참말 좋은 이름이다."

"이름마저 감추어 송구합니다."

"아니다. 네 이름이 서리든 석동이든 참말 너라는 것이 중요하지, 다른 것은 아무렇지 않다."

"서리라는 이름은 중요합니다."

"응?"

"88야(夜) 이별 서리라는 말을 아시지요?"

서리가 잰 척을 하며 내리깐 눈으로 그를 흘긋 보았다. 그 모습도 어여뻐 이마를 쓸어 넘겨 주었다.

"알다마다."

입춘으로부터 88일째, 즉 5월 2~3일에 마지막 서리가 내린다는 뜻으로 그 이후에 내렸다가는 농작물에 큰 피해를 입히는 것으로 알고 있다.

"그 이별 서리 즈음이 수릿날에 조금 못 미치지 않았습니까?"

아……

"그게 한이 되어 이렇게 오뉴월에 대감께 내린 것입니다."

그때 울었다 했지.

"어차피 이리될 것을 괜히 쓸데없는 제안을 하여 네 가슴만 아프게 하였구나. 참으로 미안타."

"이번은 용서해 드릴 것입니다."

너그러운 척도 어여뺐다.

"그래, 이제부터 내가 아주 잘할 것이야, 약조하마."

흔은 약조의 의미로 쥐고 있던 손에 무수히 입을 맞추었다.

아아, 어쩌다 이런 어여쁜 이가 제게 왔는지. 지금까지처럼 앞으로도 괴괴할 줄 알았던 남은 생이 서리로 인해 무한한 기쁨으로 가득 찰 것을 생각하면 벌써부터 가슴이 벅차올랐다.

"참. 더한 약조라는 것은 무엇이었습니까?"

그 밤에 했던 말이었다. 부득이한 사정만 생기지 않았더라면 더한 약조를 해 주고 싶었던 밤.

"음…… 네가 내게 온다면 정실을 들이지 않으려 했지."

"영영이요?"

"암."

주상께서 저를 끌어내리기 위해 명하신 낙혼이 결국 제게는 크나큰 성은을 입은 격이 되었지만, 힘없고 나약한 제가 의도한 것이 아니라는 사실은 참말로 석동이, 아니 서리에게 미안한 일이다. 잠시간 씁쓸한 마음이 스쳐 갔지만, 이 다시없는 순간을 바래게 할 정도는 아니었다.

"감히 중인과 혼인한다 나서지는 못해도 정실을 들이지 않겠다는 고집 정도는 부릴 수 있다 여겼지."

"헹, 참말이십니까?"

"네 말대로 정실보다 더한 전실이 있는데, 무에 아쉬울 게 있고."

"헤헤."

웃는 모습도 참으로 기특하였다.

"한데, 오늘만 해도 여러 사람이 지나친 낙혼이라며 수군댔다는데, 제가 앞으로 대감께 누를 끼칠까 걱정입니다."

장난스런 얼굴도 잠시, 신중한 얼굴로 고민하니 흔이 서둘러 무마하였다.

"내 근심은 말아라. 주상 전하께서 맺어 주신 인연이니 하등 문제가 없다."

"그래도 망신스럽지 않으시겠습니까?"

"어허. 그리 말고 웃어라."

그러고는 구겨진 미간을 손가락으로 꾹꾹 눌러 펴 주었다. 서리가 쿡 웃었다.

"예, 예."

"나는 네가 걱정이다. 혹여 마음이 상해도 시간이 지나면 다들 잊을 것이니 너무 마음 쓰지 말고."

"예. 마음이 쓰여도 어쩝니까. 제 주제에 언감생심 부부인 자리를 차지했으니, 그 정도 뒷말은 감수해야지요. 대감께는 낙혼이지만 제 입장에서는 그 반대인 상혼도 그냥 상혼이 아니라 상상혼 수준이니, 대대손손 가문의 경사가 따로 없습니다요."

천것들 말투를 흉내 내며 감지덕지하니, 흔이 빙그레 미소 지었다.

"그리 생각하면 다행이다만, 네가 지나치게 마음 상하는 것은 내가 보지 못할 것이야. 그러니 누가 방자히 굴면 내게 꼭 일러 다오."

"어찌해 주실 것인데요?"

"그 못된 주둥이를 짓이겨 주지."

"어떻게 말입니까? 보여 주십시오."

"요렇게?"

흔의 입술이 다가가 서리의 입술에 짓궂게 문대고 떨어졌다. 발 개진 입술에서 깔깔거리는 웃음이 터졌다.

"저 말고 다른 이에게 이리하시면 그것에 더 마음 상할 듯합니다만."

"그럼 이리하랴?"

다시 한 번 다가간 그가 서리의 아랫입술을 앙 물고 떨어졌다.

"이것도 아니 됩니다!"

"그럼—"

다시 다가간 입이 서리의 벌어진 입술을 함박 빨아들였다.

벅차오르는 마음을 주체할 수가 없었다. 눈이며 손이며 입이며 어디 한 군데에 닿고 싶지 않은 곳이 없었고. 그래서 그 몸을 품 안에 가득 안아 들이니, 꿈만 같았다. 벅찬 감정이 점차 진정되며 믿어도 된다 싶은 생각이 들자 몸이 동하였다. 벗은 등허리를 더듬던 손이 속적삼 안으로 들어가 단추매듭을 풀어내 벗겨 내니 고운 이의 목덜미며 가슴 언저리까지 발갛게 물이 들었다.

흔은 다시 한 번 그 얼굴을 들여다보았다. 온전히 제 것이었다. 영영 놓친 줄 알았던 제 것, 제 사람.

5

대군과 부부인

해를 넘겨 대설(大雪)을 며칠 앞둔 어느 날.

아직 먼동이 트기도 전인데, 교태전에 급작스런 분주함이 일었다. 당직하던 내의가 사환 의녀에게 다급히 내의원 제조에게 기별하라 일렀다. 일이 심각해진 것이다. 중전마마께서 지난해에 유산을 겪으시어, 이번에는 산실청이 세워지기 전부터 비상시를 대비하여 당직하던 참이지만, 쓸모가 있기를 바라지는 않았는데.

얼마 가지 않아 내의원 제조가 이마에 땀이 맺히도록 달려왔지만, 그도 요가 피로 질척하니 젖어 드는 것을 막을 방도는 없었다. 원자를 잃은 뒤, 벌써 두 번째로 용종을 잃는 변고가 일어난 것이다.

근심스런 마음에 동온돌로 들던 주상은 그 황망한 소식에 그대로 발길을 돌렸고, 중전은 헛헛해진 몸을 잔뜩 웅크리며 눈을 감았다.

"중전마마, 몸을 따뜻하게 하는 탕약이라며 사가에서 상질의 약
재로 골라 보낸 것이니, 가납하여 주시옵소서."

며칠 후, 혜빈이 문안을 위해 들었다. 중전은 화색이 도는 그 얼
굴을 가만 바라보았다.

얼굴색은 둘째 치고 그 말의 내용이 문제였다. 궁궐 안에 중전
의 몸이 냉하여 용종을 온전히 생산할 수 없다는 소문이 돌기 시
작했다 하던데, 저이가 그와 같은 맥락의 말을 하고 있는 것이다.
본인이 흘려 놓은 소문을 제 입으로 다시 말하는 맹함을 보이는
것인지, 아니면 단순히 그 소문을 듣고 근심하는 척을 하는 것인
지.

"인성군은 잘 있는가?"

"마마의 은혜로 잘 자라고 있습니다."

오늘 조정에서 대신들이 인성군을 세자로 책봉해야 한다는 상소
를 올렸고 주상께서도 생각해 보마 하셨다 들었다. 그래서 혜빈의
얼굴에 꽃이 핀 겐가? 난 또 내가 용종을 잃어 그런 줄 알았지. 맹
한 척이 아니라, 뻐기러 온 것이로구면.

혜빈이 나간 뒤, 중전은 내의녀 중 연륜이 있는 이를 불러 앉히
고 뒤를 물렸다.

"거두절미하고 묻겠네. 내가 다시 용종을 생산할 수 있겠는가?"

상대는 신중히 말을 고른다.

"옥체를 보하신다면 당연히—"

"작년에 이어 벌써 두 번째네. 그리고 그때마다 몸이 점점 안
좋아지는 것이 느껴져. 괜한 말로 둘러댈 생각 말고 사실대로 말하

게. 난 위로가 아닌 진실이 필요하니."

"동의보감에서는 유산이란 원래 익지도 않은 밤송이를 쪼아서 껍질을 부수고 밤알을 꺼내는 것과 같다고 쓰여 있습니다."

"껍질이 못 쓰게 되었다는 말이로군. 그래서 용종을 지켜 내지 못하는 게고."

"시간을 두고 제대로 기를 보충하신다면 분명 건강한 원자마마를 생산하실 수 있을 것이옵니다."

하지만 자신에게는 시간이 없다. 서둘러 다시 회임을 하여야 인성군의 세자 책봉 얘기가 쏙 들어갈 것 아닌가. 하지만 급히 회임하였다가 또다시 유산을 한다면 도리어 인성군이 세자로 책봉될 빌미를 주게 될지 모르는 일이고.

굳은 표정으로 내의녀를 물리고는 이번에는 사가의 오라버니에게 기별을 넣으라 일렀다.

오라버니는 달갑지 않은 소식을 가져왔다. 이조판서이던 혜빈의 아비가, 우의정에 제수되었다는 것이다. 전하께서 인성군의 세자 책봉에 대해 생각해 보마 하신 것은 적통인 원자로 하여금 세자로 세워야 한다 고집하는 고지식한 대신들을 잠시 구슬리기 위한 방편이었을 뿐, 뒤로는 인성군의 지지 기반을 마련해 두고 계신 것이다. 그것은 인성군의 세자 책봉이 얼마 남지 않았다는 뜻이고 동시에 주상께서는 원자를 기다려 주지 않으실 것이니, 자신도 이제 그만 어리석은 미련을 버려야 한다는 뜻이었다.

"저는 앞으로 용종을 생산하지 못할 것입니다."

중전의 오라비 윤인필은 망극함에 고개를 떨어뜨렸다.

"인성군이 세자가 될 테고, 장차 보위에 오르고 나면 우리 집안의 앞날은 기대하기 어렵겠지요."

지금이야 아슬아슬한 균형을 이루고 있지만, 다음 보위가 정해지고 나면 피바람이 불 것이다.

"그래서 말씀입니다만. 혜빈이 소갈(당뇨)에 좋다는 음식을 장만하여 전하를 모시는 일이 잦은 것을 아시지요?"

"알다마다요."

갑작스레 옮겨 간 화제에도 윤인필은 성의 있게 대답을 올렸다.

"혜빈의 처소에서 음식을 드시고 전하께 변고가 일어났다면 누구를 제일 먼저 의심하게 될까요?"

윤인필은 소스라치게 놀라 숨을 들이켰다.

"혜빈이 마마를 음해하는 짓거리를 한 것입니까?"

"아니요."

그렇다면 다행이지만. 그는 목소리만큼이나 가만한 표정으로 답을 기다리는 중전을 살피고는 침착히 대꾸하였다.

"혜빈의 정적이겠지요."

차마 중궁이라고는 하지 못하고 에둘러 표현하였다.

"제 처소에서 그랬다면요?"

"그야 당연히 혜……."

커지는 오라비의 눈을 바라보며 중전이 나직이 일렀다.

"제 처소의 소주방 나인을 하나 물색해 두십시오. 제 목숨을 내놓을 수 있을 만큼 절박한 아이였으면 좋겠군요. 그 아이는 혜빈처소의 나인에게 포섭되어야겠지요."

우리가 살아남기 위해 상대를 먼저 쳐야 한다는 말씀이다.

이대로 세자가 없는 상태에서 주상이 붕어하면 중전께서 다음보위를 정하시게 된다. 다음 임금 된 자는 대비가 되신 중전마마를 모후로 모시며 극진히 대접할 테고. 어영부영하다가 인성군에게 보위를 빼앗기는 것보다는 천배 만배 옳은 처사다.

"다음 보위로는 누구를 생각하시는지?"

지금 주상께서는 인성군을 제외하고는 모두 옹주만 두신 터라 왕제로 내세울 만한 이는 하다못해 쭉정이조차 없는데.

"대군이 있지 않습니까?"

설마 금평대군? 그는 그리 호락호락한 인물이 아닌데.

"그는 허수아비 왕을 할 인물은 아니지 않습니까?"

"좌지우지는 어렵다 해도 자신을 임금으로 세운 저와 우리 가문을 홀대하지는 못할 겝니다. 그것은 곧 스스로의 정통성을 부정하는 것과 진배없으니 말이에요."

"하나, 대군의 조강지처 자리가 비천하니, 신료들의 반발이 있지 않겠습니까?"

중전의 입술이 순간적으로 비틀렸다.

"반발이 일기 전에 버리면 될 일입니다."

"낙혼을 했을망정 금슬은 지나치게 좋다던데 그게 쉽겠습니까? 차라리 인성군을 양자로 들이고 수렴청정을 하시는 것이—"

"인성군이 평생 어린애에 머문답니까?"

나이가 들어 수렴청정을 거두게 되면 그땐 또 세상이 뒤집히겠지.

"그리고 임금에게 조강지처가 어디 있답니까? 저를 보면서도 모르십니까?"

중전께서는 평소 감정을 잘 드러내지 않으시는 분인데, 아주 미세하게나마 목소리가 높아졌다.

윤인필이 고개를 한껏 조아렸다.

"소신의 생각이 짧았습니다."

"지금은 전하까지 우리의 적이지만, 이후에는 적어도 적이 한 명은 줄어들게 되겠지요."

"알겠습니다."

오라버니가 물러간 뒤 홀로 남은 중전의 귀에 다시 그 웃음소리 가 들려왔다. 요즘 들어 가만히 앉아 있노라면 슬며시 귓가를 파고 드는, 점잖지 못하게 깔깔거리는 웃음소리다.

자꾸 들으니 자신을 비웃는 소리로 들렸다. 지아비에게 기댈 수 없고 귀염받지 못하는 자신을 말이다. 그래서 노화가 치밀었다.

웃음소리의 주인은 부부인이었다. 자신이 금평대군과 짝지어 준 천하디천한 중인 계집. 대군의 혼인 다음 날, 주상 전하와 자신을 조현(朝見)하러 그 계집이 궁궐에 들었었다. 미리 상궁을 보내어 궁 정 예법 등을 가르쳤기에 몸가짐도 봐줄 만했고 네 번이나 반복하 는 절도 무리 없이 해내긴 하였다.

대군께서 옥체 미령하여 동뢰연을 대군방이 아닌 처가에서 치렀 다 하니, 그 안부를 물을까 하여 만춘전에서 물러가던 이를 다시 중궁으로 들라 하였다. 예정에 없던 부름이라 떨 법도 하건만 그 런 기색 하나 없으니, 무지한 것인지 배짱이 두둑한 것인지 모르겠 다.

「지난밤 이야기를 전해 들었네. 대군의 옥체는 어떠하신가?」

상대를 바라보는 중전의 기분은 묘했다. 사사로이는 아랫동서가 되지만, 원래 자신의 것이 될 뻔했던 자리를 차지한 사람이니 말이 다.

「중전마마의 염려 덕분에 한결 나아졌나이다.」

「앞으로 대군을 성심껏 모시게나.」

「예, 명심하겠습니다, 중전마마.」

그렇게 불러 가면서까지 자세히 볼 것도 없는 초라한 계집이었다. 눈빛은 또랑또랑했지만, 계집이 영민하여 어디에 쓸 것인가. 얼굴도 중간치나 가려나? 특출하게 어여쁘다 해도 출신 때문에 집 안에서 부리는 노비나 궁녀 취급을 받을 터인데 저래서야, 쯧. 이름만 부부인이지 이래저래 대군께서 정을 주기는 글렀구나 싶었다. 그렇게 기묘한 희열과 함께 그 뒤로 관심을 접었더랬다. 하지만, 아니었다.

그 뒤 얼마 지나지 않아 중전은 용종을 잃었고 너무 처소에만 머물러서는 몸의 회복이 더디다는 말을 들었다. 그래서 산책을 나선 길에 연못에 드리워진 다리 위에서 그 웃음소리가 들려왔다.

「대감! 저것 좀 보십시오! 대군방 후원의 것보다 배의 배는 큰 것 같습니다!」

연못 건너 돌다리의 난간에 웬 계집이 아슬아슬하게 올라서 있었다.

「어허, 내려오래도. 위험하다!」

사내의 목소리도 물 건너 이쪽까지 들려올 정도로 격앙되어 있었다. 근심하는 기색이 역력했다.

「대감께서 잡아 주실 텐데 무슨 걱정입니까.」

혼자 균형을 잡을 수 있다며 다가드는 손을 한사코 마다하며 하는 말이 저렇다. 저게 대체 무슨 경망스런 행동이지?

「그리 경거망동하니, 내가 걱정이 되어서 못 살겠다. 이번에는 빠지면 그냥 버리고 갈 것이야.」

「어, 어, 빠집니닷, 대감! 대감!」

금세라도 물에 빠질 듯 호들갑을 떨어 대니, 짐짓 돌아서서 뒷짐을 지었던 사내가 화들짝 놀라 다가섰다. 허겁지겁 계집을 붙들어 안으니, 계집은 그것 보라는 듯 그 어깨를 짚으며 소리 높여 깔깔댄다. 저 사내는 설마?

긴가민가하니, 곁에서 상궁이 다가들어 고하였다.

「금평대군이옵니다. 조정에서 지나친 낙혼이라며 주상 전하를 탓하는 기세를 조금이라도 잠재울까 하여, 전하께서 입궐하라 명하셨다 하옵니다. 부부인과 함께 들어 다과라도 드는 모습을 보이면 좀 나아질까 해서요.」

이미 혼사는 치러진 마당에 제깟 것들이 떠들면 어쩔 것이야. 어차피 얼마 지나면 사그라질 테지.

전하께서 걱정하시던 한 가지는 그 아비로부터 지참금이 들어오기 전에 대군이 중인 출신 부부인을 견디지 못하여 소박을 놓으면 어쩌나 하는 것이었지만, 그럴 염려도 없을 듯하였다. 대군이 계집을 신줏단지 모시듯 안아 들고 바닥에 안전하게 내려놓은 뒤에는 남우세스럽게 입까지 맞추고 떨어지니, 그 뒤에 섰던 내관 놈이 주의를 줄 정도로 금슬이 좋아 뵈니 말이다.

간신히 체통을 찾아 옷매무새를 바로잡던 대군 내외는 저쪽서 내관 하나가 달려와 뭐라 아뢰니 서둘러 그리로 발걸음을 하는데, 당연하게 또 손을 잡고 걸어간다. 내관 놈이 또 무어라 주의를 주어 얼른 놓았지만, 몇 걸음 가다 또 손을 잡고 또 놓고 하며 멀어졌다.

「주상 전하를 뵌 연후에 중궁전에도 든다 기별하였사옵니다.」

「……내게는 되었다 전하여라.」

돌아서는 중전의 얼굴은 산보를 나서기 전보다 더욱 찼다.

그때 귀에 남은 웃음소리가 시시때때로 그녀를 찾아들고 있었다. 제 것이었어야 할 웃음소리였다. 하다못해 그런 천한 계집도 그리 귀염을 받고 사는데…….

귀를 틀어막고 인상을 쓰던 중전이 턱을 치켜들고 허리를 폈다. 주어진 것이 없다면 스스로 개척하는 수밖에 없다. 그것이 이 나라의 주상을 독살하는 일이라도.

"좋구나."

서리의 거문고 연주가 끝나자 모로 누워 손으로 머리를 받치고 있던 흔이 미소 지었다. 방문 밖에도 나가기 힘든 동짓달 추위인지라 내내 방 안에서만 지내야 하는 요즘, 하루에 한 번씩은 꼭 듣고자 하였다.

보위를 탐내지 않음을 보이기 위해 학문보다는 풍류에 치중해야 하는 대군의 처세에 맞게 흔 또한 거문고를 배워 본 적도 있으나, 소질도 없었고 흥미도 느끼지 못하였다. 차라리 마당에 나가 검을 휘두르면 모를까. 하지만 서리가 타는 거문고 소리는 자꾸만 듣고 싶었고, 거문고 뒤에 점잖게 앉은 서리를 지켜보는 것도 즐거웠다.

"무료하십니까?"

뭘 알고 묻는 눈치였다.

"먹고 노는 것이 무료하냐니, 사람들이 들으면 웃겠구나. 게다가 이렇게 어여쁜 부인과 함께 있는데 말이다."

서리는 평소답지 않게 그의 농에도 웃지 않았다.

"이런 대감을 뵐 때면 이전의 제가 생각납니다."

"언제의?"

"혼인 전에 말입니다. 누군가의 아내가 되어 다소곳이 그를 따르고 집 안에 갇혀 아이를 기르며 살아갈 것이 옥에 갇히는 듯 답답하고 싫었지요."

무명 도포 차림 따위 한 적도 없다는 듯, 쪽 진 머리에 치마저고리를 입고 다소곳하게 앉아 하는 말인지라 뜻밖이었다.

흔이 서둘러 일어나 앉았다.

"그래서 청이며 왜국으로 떠나고 싶었던 것이야?"

"그렇지요."

"저런. 그럼 지금도?"

"아니요, 대감 때문에 그럴 일은 없습니다. 도리어 대감께서 그러신 것 같다는 게지요."

흔은 어리둥절해졌다.

"내가?"

"제가 얼마 전 길가의 거지를 보고 했던 말이 있었지요? 불쌍하다고요."

"그랬지."

"저자에서 그런 이들을 볼 때마다 대군의 얼굴빛이 어떤지 모르시지요?"

기운 없이 길가에 쓰러져 있던 노인들과 한참 뛰어놀 시기에 지나가는 행인들을 따라가서 한 푼 달라 하기에 바쁜 아이들이 떠올랐다.

"그야…… 딱해서 그렇지."

서리가 엄숙하게 고개를 저었다.

"아니요. 저는 그리 보지 않았습니다. 대감께서는 그들을 위해 해 줄 수 없는 스스로를 미워하시는 것만 같았습니다. 그런 날이면 밤에 잠도 잘 이루지 못하시지요."

지어미의 눈치가 빠르다는 것을 간과했다. 헐벗고 굶주리는 백성들을 위해 자신이 아무것도 해 줄 수 없다는 것이, 그들을 외면하며 자신은 시나 짓고 난이나 치며 살아가야 한다는 것이 어찌나 힘겹고 괴로운지.

하지만, 민생을 구한답시고 나선다면 정치로 보일 테고, 그러면 전하께는 보위를 탐내어 민심을 얻으려는 것으로 비쳐질 테니 자신은 그 어느 것도 해서는 아니 되었다.

"그래서 생각해 보았는데요, 타국에 가서 그 나라의 좋은 점을 배워 오도록 유람을 떠나는 것은 어떠십니까? 백성들 살림살이가 우리보다 나으면 어째서인지 살펴보고, 그것을 우리에게 바꾸어 적용할 수 있다면 그 얼마나 바람직한 일입니까. 그것은 정치라 할 수도 없지 않습니까?"

흔의 얼굴에 미소가 떠올랐다. 저를 위해 그런 기특한 생각을 해내다니.

"흠. 설마 나 혼자 가라는 게냐?"

"아무리 애초의 말투를 못 고치셨다 하나 잊지 않으셨지요? 저는 부부인입니다. 정일품 부부인이 어찌 집 밖을 나선단 말입니까?"

부부인이 되었으니 이전의 해라 하던 말투를 고치려 하였는데, 어째 서먹한 기분이 들어 단둘이 있을 적에는 제 좋은 대로 말하겠다 하였다. 저도 그러라 해 놓고는, 툭하면 그 일로 저리 놀린다.

턱을 치켜든 흔이 큼 하고 팔짱을 끼었다.

"그렇다면 이대로가 낫다. 아무리 답답하고 무료해도 지어미를 두고 어딜 간단 말이냐?"

"대신 제가 석동이를 붙여 드립지요."

누가 들을까 고개를 기울여 소곤대는 말에 흔은 기어이 웃음을 터뜨리고 말았다.

"에끼! 내 생각을 해 주나 하였더니, 석동이가 답답하다 한 게로구먼!"

"그리 말씀하시면 서운합니다. 굳이 따지자면 도랑 치고 가재 잡는 것이지요."

그 능치는 말에, 흔 또한 고개를 기울여 은근히 물었다.

"그렇다면 언제 가고 싶은지 물어보아라."

"빠르면 빠를수록 좋다 합니다. 왜국에 못 가 본 것이 한이 된다며 내년 오뉴월까지 떠나지 못한다면 88야 이별 서리 맛을 보여 주겠다는데요."

서리의 고개가 더 다가왔고 급기야 두 이마를 맞대고 키득거리는 웃음을 주고받았다.

"저런. 그렇다면 안 되지. 봄이 오자마자 출발해야 한 해 농사를 망치지 않지."

"참말이십니까? 약조하신 것입니다!"

코앞에 다가온 얼굴이 기뻐 어쩔 줄 모르자, 흔도 웃음을 터뜨렸다.

"하하, 그렇게 좋으냐?"

"아이, 대감을 위해 좋아하는 것이지요. 저는 가지도 못하는데, 좋을 것이 뭐가 있겠습니까? 석동이 놈이야 좋겠지만요."

흔은 끝까지 아닌 척 잡아떼는 얼굴을 보다 못해 꼭 부여잡고 입술을 비볐다. 마주 닿은 입술이 한껏 벌어지며 웃음소리가 끝없이 흘러나왔다. 이렇게 너와 함께 있는 것만으로도 나는 족하다.

그것으로 되었어.

하지만 그날이 끝나기도 전에 궁으로부터 기별이 왔다. 금평대
군은 당장 입궐하라는 명이었다.

입시하라는 명을 들고 오는 이는 보통 내관이었는데 이번에는
주상 전하의 신변 보호를 맡은 겸사복장이 여섯 명의 겸사복까지
이끌고 나와 이상했다.

급히 채비하여 나섰어도 궁금하여 무슨 일인가 물었는데, 겸사
복장은 대답을 하지 않았다. 궐에 들어서자마자 곧장 편전으로 이
끌 뿐. 얼추 당도했다 싶은데, 차비문 안쪽에서 갑자기 곡성이 터
져 나왔다. 수많은 이들의 비통한 울음이었다. 대체 무슨 일인가?

놀라서 급히 안으로 들어서니, 여러 신료들이 궁궐 뜰에 가득한
데 모두들 엎드려 통곡하고 있었다. 이미 두 번, 선왕께서 승하하
실 적과 어마마마께서 뒤따르실 적에 본 광경이었다.

아. 흔의 다리가 굳어 들며 주춤거리자 곁에서 겸사복장이 재촉
하였다. 편전 안으로 들어서자 안에는 중전마마를 비롯한 비빈들
이 있었다. 다들 엎드려 통곡하는 중인데, 중전마마께서만 꼿꼿이
앉아 계시다 흔을 맞으셨다.

"오셨습니까?"

눈시울이 붉었지만 침착하게 그를 맞으시는데, 그 곁에 누우신
주상 전하께서는 주무시는 듯 고요하셨다.

"어찌…… 갑자기 이 무슨……."

흔은 목구멍이 틀어막힌 듯 말도 나오지 않았다.

"미시에 찹쌀밥을 진어하였는데 몇 수저 드시더니, 갑자기 숨을 쉬지 못하셨습니다. 목을 쥐어뜯으며 괴로워하시기에 기(氣)가 막히셨는가 하여 어의가 갖은 애를 써 보았으나 바로 혼절하시더니 급기야 이런 망극한 일을 당하였습니다."

아무리 저를 멀리하셨다 하나 피를 나눈 형제였다. 어마마마께서 돌아가시면서까지 강조하신 것도 그것이었고. 한데 제 진심을 보여 드릴 기회도 없이 이리 승하하시다니. 눈시울이 뜨거워졌다.

"중전께서 어찌 대군을 급히 입시케 하였을까요?"

"그러게 말입니다. 아까 보셨습니까? 겸사복장이 대군을 시위하던 것 말이에요."

"그렇다면 인성군이 아니라?"

대신들과 함께 빈청으로 물러 나와 기다리고 있었다. 다음 보위에 대한 명을 받잡기 위해서였다. 주상 전하의 유교가 있다면 내려질 것이지만, 워낙 급작스럽기도 하고 성상께서 살아생전 강건하시어 유교를 작성해 두셨을 리 없다는 추측이었다. 때문에 주상 전하께서 승하하신 지금 대궐의 어른이신 중전마마께서 전교를 하실 것인데, 누구로 하여금 다음 보위를 잇게 하실 것인지가 관건이었다.

슬하에 원자가 없으니 혜빈의 소생인 인성군으로 하여금 보위를 잇게 하심이 마땅하거늘, 주상께서 위급한 상황에 이른 것을 알자마자 중전이 겸사복장을 보내어 대군을 입궐케 한 것이 다른 뜻이 있어서가 아니냐며 저리들 수군대는 것이었다.

흔은 빈청 안을 떠도는 그런 소리들로부터는 아예 눈을 감고 있었다. 여전히 주상 전하의 갑작스런 붕어 소식에 참담함을 금할 수 없는 데다가, 저런 말들을 피하기 위해 그동안 없는 듯 숨죽이고 살아왔기 때문이다. 인성군이 다음 보위에 올라도 그리 사는 것은 마찬가지였다.

차라리 서리와 떠나기로 한 것이 잘됐는지도 모르겠다. 이제 국상을 치르고 나면 이 가시밭 같은 조선을 떠나 세상을 훨훨 돌아다니며 살 것이다.

도승지가 불려 들어가고, 드디어 중전마마의 전교가 내려졌다.

[계자를 금평대군에게 주어 급한 제반 일을 처리케 한다.]

(계자啓字. 임금의 승낙을 받는 도장. 옥새와 더불어 임금을 상징하는 증표.)

국사는 잠시도 폐할 수 없는 것으로 금평대군으로 하여금 임시로 돌보게 하신다는 말씀이셨으나, 보위에 관한 언급은 없으셨다.

신료들은 그 의미를 재빨리 알아들었다. 인성군이 아니라 금평대군으로 하여금 보위를 잇게 할 의중이니 세력이 없는 대군에게 재빨리 붙어서 대군에게 옥새를 내리라는 주청을 다시 중전께 올리라는 의미였다. 잘만 하면 상소 한 장으로 공신의 반열에 오를 수 있는 기회였다.

대행대왕의 유교가 없는 지금은 중전의 뜻이 곧 임금의 뜻이었고, 그런 중전이 금평대군을 보위에 올리겠다면 하늘도 막을 수 없는 것. 대세는 결정지어졌다.

인성군을 밀던 이들은 자칫 입 한번 잘못 놀렸다가는 그대로 목이 달아날 수 있으니, 아무리 억울하고 땅이 꺼지는 것 같아도 잠자코 엎드려 있어야 하는 판국이었다.

때문에 빈청에 모여 있던 이들 중, 중전의 뜻에 반대한 이는 당사자인 금평대군뿐이었다. 그는 망극한 중에 더욱 망극하다며 굳은 얼굴로 한사코 계자를 사양하였다. 국정에 아무 경험도 없거니와 그 또한 중전마마의 뜻을 미루어 짐작한 탓이었다. 자신이 보위를 잇다니, 가당치 않았다.

두 번째 사양한 뒤에는 신료들도 하나둘 꿇어 엎드려 가납하라 주청을 하였지만, 안 될 일이다. 이후로도 다섯 손가락으로 셀 수 없을 만큼 계자를 사양하여 중전께 돌려보냈지만, 중전께서도 거듭 사양하심이 반복되니, 무거운 몸집의 도승지가 중전마마가 계신 편전과 흔이 있는 빈청을 헐떡이며 끝없이 오갔다.

흔은 목을 조여 오는 불안감에 당장에라도 퇴궐하고 싶었지만, 중전마마께서 국사뿐만 아니라 국상 준비에 대해서까지 일임하신 터. 염습을 비롯한 복잡다단한 사항들에 대해 수도 없이 그에게 결정을 물으러 오니, 궐내에 머무를 수밖에 없었다.

빈청 밖을 나가 보지 못한 그는 알지 못하였지만, 드나들던 신료들은 겸사복들이 여전히 빈청 밖에서 그를 시위하듯 지키고 있음으로 중전의 확고한 뜻을 알아들었다.

더불어 중전께서는 대군으로 하여금 청에 알리는 부고문까지 지으라 명하셨다. 그것은 보통 다음 보위에 오를 이가 하는 일이었다. 인성군을 두고 어찌 제게 이러시는지 모를 일이다.

다음 날 새벽, 기시를 사저로 내보냈다. 저를 근심하고 있을 서리가 염려되어 파루가 치자마자 서두른 것이다. 밤새 아무 연락도 없이 돌아가지 못했으니 얼마나 근심일까. 멀어지는 기시의 뒷모습을 보고 돌아서는데, 도승지가 버티고 서 있었다. 이번에는 계자뿐만 아니라 옥새까지 가져왔다. 저더러 임금이 되라는 확고한 명이셨다. 맙소사!

흔이 역시나 사양하였더니, 편전으로 갔다가 다시 돌아온 옥새에 중전마마의 전교가 함께 따라왔다.

[아무것도 모르는 아녀자로서 많은 대신들에게 물어 합당하다 여겨 행하였는데, 금평대군이 계자와 옥새를 받지 않으니, 더욱 망극한 지경이다.]

이어 빈청 안의 모든 신료들이 그의 앞에 꿇어 엎드려 간청하였다.

"중전마마의 처리가 지극히 당연합니다."

"계자와 옥새를 받으시옵소서!"

"아랫사람의 뜻이 모두 같사옵니다!"

"통촉하여 주시옵소서!"

겁이 더럭 났다. 그들 모두가 흔 자신을 빠져나갈 수 없는 덫으로 모는 사냥꾼들 같았다. 임금이 되면 물론 좋은 점도 있을 것이다. 이제 가엾은 백성들의 눈에 어린 절망감을 외면하지 않아도 될 것이고 나아가 접어 두었던 뜻을 펼칠 수도 있을 터다. 하지만, 그런 벅찬 기분은 극히 일부였고 꺼림칙한 무언가를 떨쳐 낼 수 없었다.

그럼에도 불구하고 물러날 곳은 없었다. 흔의 아득한 시선이 저만치 편전의 가장 안쪽에 놓인 어좌 위, 두 마리의 용이 놀고 있는 운룡도로 향했다. 떠오르는 햇살에 비친 그것은 살아 있는 듯 꿈틀거리고 있었다.

즉위식은 닷새 후였다.

그날 오전에 있던 조례에서 처음으로 어좌에 올랐고 하루 종일
익숙지 않은 국사를 논하고 처리하느라 바빴다.

점심 즈음, 사가에서 돌아온 기시가 답신을 올리자마자 반가이
펴 들었다. 눈에 익은 동글한 글씨체로,

[저는 근심 마시고 대감의 옥체를 돌보소서.]

라는 짧은 내용이었지만, 그 종이에 쓰지 못한 말과 염려가 태
산 같을 터라 조바심이 났다. 그러잖아도 오늘 안으로 궁으로 데려
오리라 마음먹고 도승지에게 그 절차를 알아보라 이미 일러두었는
데 늦어지고 있었다.

법도대로라면 대행대왕의 신주를 종묘에 모시게 되는 5개월 후
에나 중전 책봉례를 거행할 테지만, 그리 오래도록 서리를 혼자 궁
밖에 두고 사는 것은 자신이 못 할 짓이라. 책봉례는 차후에 하더
라도 일단 부부인의 지위이니 궁으로 데려와도 무방하리라 여겼던
것이다.

한데 아직이라니. 그게 무에 어렵다고. 도승지를 재촉하고 국사
로 눈을 돌렸다. 이후로도 처리할 일이 산더미였다. 대행대왕의 휘
호며 묘효, 능호, 혼전 등을 정하는 일부터 상복 짓는 옷감을 들여
오는 일까지 정신이 없었다. 그러다 정신을 차리고 보니, 곁에서
황촉 불을 밝힌다.

벌써 시간이 이리되었나 놀라서는 여전히 답이 없는 도승지를 들라 했다. 무거운 몸을 미적이며 들어온 이에게 어찌 되어 가고 있느냐 물었더니 전례에 없는 일이라 신료들이 의논 중이라 한다. 어떠한 전례냐 물으니, 저어하면서도 답하는 것이 황당하기 이를 데 없었다.

"본시, 세자빈이나 중전을 간택할 적에는 양친이 모두 생존해 계셔야 하나, 부부인 오씨는 어릴 적에 어미를 잃었나이다. 또한 신분이 천하여—"

서둘러 데려올 방도를 알아내라 하였더니, 아예 못 데려온다는 말이다.

"대행대왕께서 이미 감안하고 맺어 주신 인연으로 이미 내 처가 된 이이니, 그런 문제는 다시 고려할 가치가 없을 정도로 사소하다."

"부부인과 국모의 자리는 다르옵니다. 만인의 어버이이신 주상전하께서 사사로운 연분을 고집하시면 인심이 불안해지고, 또 인심이 불안해지면 종사에 관계됨이 있으니, 부디 지나간 은정(恩情)을 끊으소서."

끊어? 게다가 무어라? 지나가?

흔의 입매가 무섭도록 굳어진 것을 수긍한 것으로 여겼는지 도승지의 잇는 말이 가관이다.

"즉위에 앞서 상서롭지 못한 소문의 빌미가 될 만한 것들을 모두 끊으시어, 복된 날로 만드심이 옳을 줄 압—"

부부인을 중전으로 삼으려 한다면 보위에 오르는 것이 어려울지 모른다는 협박 아닌 협박이다. 자신이 옥새를 사양했던 것이 그저 가식인 줄 알았는가? 보위에 오르기 위해서라면 당연히 부부인을

211

버릴 것이라고?

"도승지, 자네가 내게 좋은 것을 일깨워 주었구먼. 내가 아직 주상이 아니라는 것 말이지."

서리를 데려오지도 못하는 자리 따위, 누가 원할까 보냐? 아직 즉위 전이니 박차고 나가기도 쉽다. 밖을 향해 외쳤다.

"중전마마를 뵈러 갈 것이니, 상선은 마마께서 아직 빈전에 들어 계시는지 알아보라!"

그러고는 준열한 시선으로 도승지를 노려보는데, 그의 뭉툭한 코끝에 맺힌 땀이 떨어지기 전에 밖에서 답이 돌아왔다.

"조금 전 중궁전으로 드셨다 합니다."

벌떡 일어선 흔이 찬바람을 일으키며 도승지를 지나쳤다.

서둘러 중궁전으로 향했으나, 안타깝게도 중전께서는 이미 침수 드셨다 했다. 중궁전의 불 꺼진 어둑한 방문들을 바라보는 흔의 목울대가 불안하게 꿈틀거렸다. 다시 불길한 예감이 들었다. 당장이라도 서리를 보러 가고 싶었지만, 그런 경거망동은 오히려 서리를 낮게 대우하는 것으로 보일 수 있으니 참아야 했다. 사람을 보내어 한시바삐 서리를 궁으로 데려오고 싶었지만, 절차에 따르지 않은 입궁은 이후 서리가 국모의 자리에 오르는 것에 좋지 않은 영향을 끼칠 수 있고. 나중을 위해 일단 참아야 하는 것이다.

이럴 줄 알았으면 어둡기 전에 다시 서찰을 보내 둘 것을. 사정을 좀 더 소상히 적고 조금 기다려 달라는 말을 전했어야 하는데. 막연하게 오늘 안에 궁으로 데려올 수 있으려니 하였던 것이 불찰이었다.

지금 소식을 전하면 자다 깨서는 잠을 설칠 터인데. 분명 지난

밤에 자지 못했을 것이니 오늘 밤은 깨우기 싫었다. 그래, 차라리 내일 아침에 중전마마를 뵌 뒤에 좋은 소식을 함께 전하는 것이 더 낫겠다.

강녕전에 앉은 흔은 그 밤을 뜬눈으로 지새우고 아침을 맞았다. 당장에 중전마마를 뵈러 나서려는데 아침부터 무슨 일들이 그리 많은지.

중전마마를 뵙는 일이 지체되자 급한 마음에 일단 기시를 사가로 내보냈다. 한데 이번에는 답신도 없이 잘 계시다 전하라는 답만 가지고 들어왔다. 밤새 자신이 쓴 서신은 어제보다 길어졌는데, 도리어 아무것도 없다니. 이틀이나 서방이 없어 적적하였을 것이고, 자신처럼 그 시간에 몇 자 적어라도 두었을 텐데. 전할 소식이 없는 입장이라 그러했는가? 아니면 이런저런 심정을 전했다가는 내가 근심할까 싶어 그만두었는가?

후자가 분명했지만, 어쨌든 잘 있다 하니 그것이면 되었다 싶었다. 이제 궁으로 데려와 얼굴을 보고, 또 달래 줄 것은 달래면 될 일이니 너무 조바심 낼 것 없다 생각하기도 하였고.

낮것 들 시간에야 간신히 짬이 났다. 조반처럼 입맛이 다 무어냐 하며 뿌리치고는 중전마마를 찾아갔다. 사정을 아뢰니, 당연히 제 편을 들어주셨다.

"대행대왕께서 그리 인연을 맺어 주신 것을 신료들이 예법을 들어 반대하는 것은 마땅치 못한 일이지요."

"그러게나 말입니다. 이 일이 받아들여지지 않는다면 저는 계자와 옥새를 다시 내어놓는 수밖에 없습니다."

위협이 아니었다. 서리를 데려오지 못한다면 임금 아니라 옥황상제가 된들 아무 의미가 없으니까.

그를 가만히 보던 중전께서 타이르셨다.

"그는 대군께서 잘못 생각하고 계신 것입니다. 지금 신료들은 대군께서 아직 보위에 오르시기 전이라 곧이곧대로 깐깐하게 고하는 것이니, 이후에 뜻하는 바를 이루도록 하세요."

먼저 즉위식을 치르고 난 뒤, 서리를 궁으로 들이라는 말씀이었다. 물론 일리가 없진 않았으나 즉위식에서 서리와 나란히 서지 못한다는 것은 그에게 생각지도 못한 일이었다. 신분이나 모친을 여의었다는 사실 때문에 나중에야 들여야 하는 것이 그이에게 상처가 될 것도 안타까웠고.

"물론 조강지처이니 안타까운 마음이 있으시겠지만, 이 문제로 즉위 전에 신료들과 자꾸 부딪히다 보면 보위에 오르시고 나서도 입궁이 어려워질 수도 있습니다. 그러니 일단 즉위부터 하신 연후에 제가 힘을 실어 드리겠습니다. 대행대왕의 뜻을 받들어 혼사를 추진한 제 낯도 있으니, 신료들도 계속 반대하지는 못할 겝니다."

소실을 제안하여 가슴 아프게 한 일까지 있으니 제 정궁이 되는 문제로까지 상처를 주고 싶지 않았다. 그래서 지금이 아니라면 당장 보위를 사양하겠노라는 말이 목까지 치밀었지만, 그건 또 그것대로 서리가 달가워하지 않을 터였다.

저자의 거지들을 안타까워하던 제 마음을 알아주었으니, 그이들을 구휼하고 더 나은 세상을 만드는 일을 차 버렸다고 면박만 주면 다행이게. 평생 제게 미안해할 것이 뻔했다. 그러니, 중전의 말씀대로 일을 진행하는 것이 지금으로서는 최선일 듯싶었다. 안타깝고 미안했지만 이후로 자신이 더 잘하면 된다 싶었다.

"그럼 소신은 마마의 말씀만 믿고 물러가겠습니다."

편전으로 돌아와 기시에게 다시 서찰을 써 주었다. 즉위식을 함께 하지 못하는 데 대한 미안함과 서운함을 전하고, 끝으로 오늘 밤도 편히 자라는 내용이었다.

제 급한 마음과 달리 서신을 쥐고 물러나는 기시의 발걸음이 어찌나 느릿한지 문밖으로 나설 때까지 흘겨보았다. 제가 언제부터 대전 내관이었다고 저리 점잔을 빼는가.

그래도 저러고 나가서는 한달음에 사저로 향할 것이라 믿어 의심치 않았다.

하지만 물러난 기시는 사가로 향하기는커녕 소주방으로 넘어가서는 양부이자 전(前) 상선인 김양촌에게 서신을 넘겼다. 그것을 펼쳐 본 양부는 망설임도 없이 아궁이에 던져 넣었고.

양부의 수염 없이 매끈한 얼굴에 서신이 타오르는 빛이 어렸다 사라졌다.

"대군 대감을 위함이다. 부부인의 입궁은 보위를 평생 위태롭게 할 뿐이니."

대행대왕께서 승하하셨으니 출궁해야 하지만, 아직은 대궐이 낯선 기시의 훈육을 위해 얼마간 궁에 머무르는 그의 말에 기시도 동의하는 바였다. 그에게 소중한 분은 대군 대감이시니까. 대군 대감께도 당치 않던 중인 출신이 어찌 주상 전하께 어울릴까.

김 내관은 그곳서 시간을 때우다 사가에 다녀올 시간 즈음이 되어 다시 제 귀한 상전의 곁으로 향했다.

그 시각, 김양촌은 교태전에 들어 서신의 내용을 아뢰고 있었다.

하루 종일 안마당을 서성이고 있던 서리는 초저녁 무렵 대문이 열리는 소리에 반색을 하고 내다보았다가는 어깨를 축 늘어뜨렸다. 둘째 오라버니셨다.

"아직도 연락이 없느냐?"

친정에서 어제저녁에도 오늘 아침에도 사람을 보내어 물으시더니, 이번에는 직접 오신 것이다.

"국사가 바쁘신가 봅니다."

"쯧쯧. 이틀 새에 얼굴이 반쪽이 되어서는 서방이랍시고 핑계를 대는 게냐?"

제 얼굴을 훑은 오라버니가 잔뜩 입술을 비틀며 비아냥거리자, 서리가 목에 힘을 주었다.

"핑계 아닙니다!"

"핑계가 아니면 이 추운 날 마당에 나와 있는 이유는 대체 무엇이야?"

"방 안이 더워서요."

"그 더운 방 구경 좀 해 보자."

그러고는 성큼 안채로 향하시니 서리도 하는 수 없이 뒤따랐다.

"몇 자 끄적여 보내는 것이 무에 그리 힘들다고."

방에 들어와 앉은 오라버니가 서안 위에 놓인, 서리가 어제부터 써서 보태고 보탠 두툼한 서찰을 보고 하는 소리다. 어제는 대군께서 돌아오실 줄 알고 있다가 갑자기 서신이 당도하니, 경황이 없어 그저 짤막하게 써서 보내 드렸다. 제가 오래도록 시간을 들여 답신을 쓴다면 그만큼 김 내관이 대감께 돌아가는 시간이 늦어질 것이고, 그리되면 곁에서 시중 들 이가 없어 대감께서 불편하실 테니 서둘러 보내려고 말이다.

그런데 자꾸 시간이 지나다 보니 불안하고 그리워서 그 마음을 글로 쓰다 보니 여러 장이 되고 말았다. 다 보낼 것은 아니고 대감께서 보내신 내용을 보고 나서 투정이 담긴 것을 보낼지, 경고 혹은 분노를 보낼지 고를 참이었는데. 그래도 오라비가 감히 제 대감께 입을 비죽이는 것은 싫어, 서찰을 주섬주섬 서안 서랍에 밀어넣었다.

"저는 아녀자라 시간이 많아 이리 쓴 것이지요."

"말 잘하였다. 임금은 하루 온종일 국사를 돌본다 하더냐?"

"임금⋯⋯이라니요?"

금시초문이라는 누이의 얼굴에 연겸은 기가 막혔다. 궁에서 아무 연락이 없으니, 세상 돌아가는 것을 모르고 있는 것이다.

"사흘 후에 즉위식이 있을 거란다."

"누, 누가⋯⋯ 왜요?"

맹하니 반문을 하는 서리의 얼굴에서 핏기가 빠져나갔다.

"이제 대비가 될 중전이 선왕의 유일한 후계인 인성군의 모후인 혜빈과 앙숙이지 않느냐. 혜빈이 임금의 모후가 되면 대비의 집안은 풍비박산이 나니, 당연히 다른 이를 보위로 올리려는 게지. 그게 네 서방이라는 말이고."

부러 비난하듯 서방이라는 말을 쓰면서도 제 시선을 피하는 오라버니가 괴이쩍었다.

"그게 어제 아침에 결정된 바였다."

어제 아침나절에 대감께 받은 서찰에는 그런 내용이 없었다. 그저 잘 잤느냐, 아침은 먹었느냐만 물으셨지. 그 서찰 내용도 이미 어제 들어 알고 있는 오라버니이니, 즉위식 이야기를 전하지 않은 대감의 처사를 탓하고 있는 것이다. 그러게, 뭔가 이상하긴…….

"제게 서찰을 보내신 연후에 결정된 사항이겠지요."

그러면서도 습관적으로 대감을 두둔하는 말이 튀어나왔다.

"그렇다면 이후로는 왜 아무 연락이 없는 것이냐? 궁에서 여기가 천 리나 된다더냐?"

"너무 경황이 없으셔서, 음, 궁궐은 우리가 모르는 세상이니까—"

"널 입궁시키지 않을 심산인 것이지."

오라버니의 나직한 말이 송곳처럼 귓가를 쑤시고 들어왔다. 다음 순간 서리는 피식 웃음을 터뜨렸다.

"그럴 리가요. 대감께서 저를 떼 놓으실 리가…….."

하지만 그 웃음은 갑작스럽게 시작된 만큼이나 재빨리 사그라졌다. 웃음으로 벌어졌던 입가는 그대로 일그러졌고.

"대군에게도 어울리지 않는다고 천하가 손가락질하던 네가, 감히 임금에게? 후궁이면 모르겠으나, 잠저에 있을 적에 처로 맞았던 이를 후궁으로 들이는 것도 우스운 일이다."

"오라버니께서 뭘 잘 모르셔서 그런 말씀을…….."

"내가 아버님이나 형님과 이야기 없이 왔겠느냐? 지금 흘러가는 상황을 모르는 것은 너뿐이니 당장 일어서라. 밖에 가마를 가져왔다."

"어, 어디를 가자는 말씀이십니까?"

"당연히 집으로 돌아가야지!"

오라버니가 버럭 성을 내셨다. 눈이 이글거리고 턱이 불끈거리니 필시 농이 아니었다. 하지만, 따를 수는 없다!

"출가외인이 어찌 친정에 돌아간단 말입니까!"

서리가 대번에 고개를 저었다.

입궁에 대한 확신이 있어서가 아니라, 제가 먼저 대감을 떠나 친정으로 돌아간다는 생각은 해 본 적이 없어서였다. 입궁을 못 하면 그냥 여기 있으면 되지. 제가 못 가면 대감께서 오실 터인데, 어째서 친정으로 돌아가야 하는 게지?

"이제 대군이 보위에 오르고 나면, 넌 처치 곤란의 대상이 되는데 여기서 어쩔 셈이야! 쫓겨날 때까지 기다리기라도 할 참이야?"

처치 곤란은 무엇이고 대체 누가 날 쫓아낸다는 거지?

"누가…… 전 아직, 아무 기별도 받지 못하였습니다……!"

배짱을 부려 봤지만, 말은 두서없었고 턱은 덜덜 떨렸다.

"아무 기별이 없는 것이 그 뜻인 것을 어찌 몰라!"

"대감께서 제게 그러실 리가 없습니다!"

급기야 바락 소리를 지르는 서리가 겁에 질려 있음을 오라비도 알아챘을 것이다. 바들거리는 입술이며 손이 그 뜻이니까. 추위 때문이 아니었다.

자신도 어렴풋이 깨닫고는 있지만, 아직 받아들이기는 쉽지 않았다. 대감께서 저를 곁에 두고 싶다 하셔도 보위에 오르신다면 뜻대로 되지 않을 수 있으니까.

딱 두 번 가 봤지만, 궁궐이 얼마나 지엄하고 대단한 곳인지 대강은 눈치챘다. 더더구나 대감께서 그 가장 높은 곳에 오르시게 된다면 미천한 제게서 얼마나 멀리 가 버리실지도…….

그래도 이렇게 대감 곁을 떠날 수는 없었다. '어서 다녀오마', 라는 말씀만 남기고 입궁하시던 그 밤이 정녕 마지막이라고는 믿을 수 없었다.

불안하게 헤매던 시선 끝에 서랍 밖으로 비죽 튀어나온 서신 봉투가 들어왔다. 실상 저 중에 투정이니 경고니 하는 내용은 없었다. 혼인 전에 주고받지 못했던 연서 놀이를 해 보고 싶어 연심이나 그리움에 대해서 구구절절 몇 장이나 썼을 뿐. 대감께서 좋아하실 달착지근한 말들로 가득 채운 저것들을 단 하나도 전해 드리지 못했는데…… 마지막이라니.

그 봉투에서 시선을 떼지 못한 서리가 입술을 달싹였다.

"전 안 갈 테니 그냥 돌아가시어요. 사사로이 친정의 피붙이가 드나드는 것은 세인들에게 모양새가 좋지 않을 것이니 자꾸 오시지도 말고…… 어차피 아무도 제 고집 못 꺾을 테니까 어서요."

"어리석은 놈."

오라버니가 바람 소리를 내며 일어섰고, 서리는 그렇게 앉은 채로 밤을 지새웠다.

그런 밤이 이틀이 더 지난 뒤에 애춘이 저자에서 대감께서 보위에 오르셨다는 소식을 듣고 왔고, 열흘이 지나기도 전에 조선 팔도에 금혼령이 내려졌다. 서안 위의 연서는 하나도 줄지 않은 채였다.

"네 누이는 어쩌고 있느냐?"

짧은 해가 저물고 가뜩이나 을씨년스러운 마당을 가로지른 연겸이 사랑으로 들었다. 상단 일로 자리를 비운 형님을 대신해 아버님의 잠자리를 봐 드리러 간 길인데, 그리 물으시는 아버님의 안색이 며칠 사이 10년은 늙으신 듯했다.

"오늘은 별채 불이 일찍 꺼졌다 합니다. 한동안 잠을 못 이뤘으니, 오늘은 좀 제대로 자려는 모양이지요."

그래서 짐짓 밝은 기색으로 대답하였건만, 긴 한숨이 따라왔다. 어깨를 구부정하게 구부린 채 돌아앉으신 아버님에게서 나온 것인지, 참담함을 애써 감춘 제 가슴에서 나온 것인지는 모르겠다. 둘 다일지도 모르고.

금평대군이 보위에 오른 며칠 뒤 대궐에서 신료들이 석고대죄를 청하고 있다는 소식이 들려온 날, 서리는 이제 잠저가 된 대군방을 나와 제 발로 친정으로 돌아왔다.

그 아이는 어떤 설명도 하지 않았고 그 아이를 맞아들이던 가족들도 그 어떤 것도 묻지 않았다. 그저, 마당에서 눈사람을 만들던 제 다섯 살 난 아들 녀석이 가마에서 내리는 고모에게 달려가 덥석 안겨 들었을 뿐.

그러고는 혼인 전에 쓰던 별채로 들어가 두문불출했다. 대군, 아니, 주상으로부터 어떠한 기별이 있었든 없었든 기대하던 바가 아니었으니, 체념하고 마음을 접었겠지 싶었다.

가족들도 밖에서 들어오는 소식을 물어 나르지 않았다. 궐에서 선왕의 죽음을 혜빈이 주도하였음이 밝혀져 그이가 사사되고, 그 아들 인성군 또한 폐서인 되어 유배 떠났다는 것은 자신의 집안과 아무 상관이 없었으니까.

국상 중임에도 금혼령이 내려진 웃지 못할 일은 더더욱 전해서는 안 될 소식이었다. 아직 어떤 간택령을 위해서인지 알려지지는 않았으나 비어 있는 중전 자리를 두고 후궁을 뽑는 간택령을 내릴 리는 없을 테고. 누구를 간택하든 간에 조강지처인 서리를 제치고 다른 여인을 들이려는 것만은 확실하였다. 천한 것들도 챙기는 인륜을 임금 된 자가 거스르려는 꼴은 저희들끼리 이야기하기도 민망한데 서리에게까지 어찌 전할까.

때문에 서리의 시중을 드는 몸종에게도 입조심을 시키라고 처에게 일러두었다. 언제고 알게 될 일이기는 하나, 하루라도 늦게 알았으면 하는 것이 오라비의 마음이었으니까. 그래서 그의 처가 부부인께 절대로 그 소식을 알려서는 아니 된다 할 적에, 몸종이 속으로 뜨끔한 것을 알지 못하였다.

아무리 잠저에 있을 적에 둔 처이고 그 신분이 중인이라 하나, 아무런 기별도 변명도 없이 어찌 저럴 수가 있단 말인가. 하늘이 노할 일이고 천벌을 받을 짓이라며 침을 뱉고 싶었지만, 자신들은 목소리를 낼 처지가 아니었다. 양반님네들, 그리고 더 윗분들이 우리 같은 중인 나부랭이는 안 된다 하니 그걸로 끝 아니겠는가.

그래서 혼인을 적극적으로 추진하셨던 아버님께서 부쩍 기력을 잃으신 것이고 말리지 못한 오라비들도 참담함을 금치 못하고 있었다. 아니, 그중에서도 연겸 자신은 말리기는커녕 오히려 두 사람을 더 엮었으니 천하의 죄인이었다. 주먹으로 제 가슴을 아무리 두들겨도 답답함은 조금도 가시지 않았다.

그 시각. 별채에서는 애춘의 옷을 뺏어 입은 서리가 뒷문을 나서고 있었다.

이미 친정으로 돌아올 적에 마음을 비워 내긴 하였으나, 혹여나 전하께서 대군방으로 어떤 기별을 넣으셨을 것만 같아서 확인하지 않고는 배길 수 없었던 것이다. 하다못해 미안하다는 말씀이라도 아니 하실 리 없다고, 그런 말씀이라도 들어야…… 살 수 있을 것 같았다.

반대하셔도 우겨서 갈 수는 있겠지마는, 갔는데 아무 기별도 아니 하셨으면 재차 실망하실까 봐 아버지며 오라버니들에게 말씀을 드리지 않고 몰래 가는 길이었다.

잠자리에 드는 척 일찍 불을 껐고, 다시 친정으로 돌아온 뒤 큰오라버니댁이 밤에도 저를 지켜보라는 구실로 애춘을 별채 윗목에서 자게 했으니, 옳다구나 하며 그 애에게 제 옷을 입혀 이불을 쓰고 있으라 하고 빠져나온 것이다. 도리어 혼인 전보다 수월했다.

어둠 속에서 잠저로 찾아가는 길은 계절만 다르다 뿐이지, 혼인 전에 어찌 논문서를 보내셨는가를 따지러 가던 날과 닮아 있었다. 막연한 기대. 그 뒤에 깔린 절망.

목으로 치미는 무언가를 꾹꾹 눌러 삼키며 어둠을 밟아 마침내 잠저에 도착했다. 대문을 통해 들어갈 생각이 아니라 대문을 지나 담을 한참이나 돌아갔다. 애춘의 차림을 했어도 문지기가 제 얼굴을 알아볼 것 같았기 때문이다. 혹여 전하께서 기별을 하지 않으셨다면…… 나중에라도 제가 미련을 떨었다는 이야기를 전해 들으시고 불편해하실까 봐였다.

죽으란 법은 없는지 일전에 봐 두었던 개구멍은 그대로였다. 몸을 작게 말고 기어 들어갔다. 차갑게 언 흙을 손바닥으로 짚어 가며 기어들어야 했지만, 지나갈 만했다.

그렇게 막 담을 지나쳤는가 싶은 순간, 지척에서 인기척이 들려왔다. 헛. 그대로 숨을 죽이고 멈춰 섰다. 아니, 이 밤에 사람일 리 없지. 고양이든가…… 하는 사이 기이하게도 사람의 목소리가 들려왔다. 대체 누가…….

"노복 하나를 족쳤더니, 친정으로 돌아갔다 합니다."

듣고 보니 자신의 이야기였다. 전하께서 기별을 주신 것인가? 자신이 없는 줄 알고 그냥 돌아가면 아니 될 터인데!

기뻐서 얼른 고개를 더 내밀려는 순간, 또 다른 사내가 말을 받았다.

"오늘 여기서 죽어 줬어야 하는 것을 번거롭게 됐군. 날도 추운데."

서리의 얼굴에 떠올랐던 반가움이 그대로 굳어 들었다. 누가…… 죽어 줘야 한다는……?

"을지로 어디라고 하는데, 자세히 알아보겠습니다."

"하긴, 여기서 죽으나, 친정서 죽으나, 주상께는 어차피 같은 것이니까. 어서 알아보고 노복도 뒤탈 없이 처리하여라."

"예, 영감."

친정인 을지로를 언급하는 것으로 보아 내 얘기가 확실한데……. 주상께는 어차피 같다는 게 대체 무슨 말인지…….

차가운 바닥을 움켜쥔 서리의 손이 마냥 오그라들었고 반쯤 내밀었던 고개를 들여놓는 것조차 겁이 났다.

한 사람이 기척을 죽이고 급히 달려가는 소리가 났다. 적어도 두 사람은 되었기에 한 사람은 남아 있는 것이니, 숨소리도 낼 수 없었다.

영감이라면 정삼품에서 종이품 정도의 벼슬을 하는 자일 텐데, 어째서 이 밤에 여기에서 저런 대화를 하는 것이지? 나라의 녹을 먹는 자가 어째서 나를 죽인다 어쩐다 하면서?

충격으로 얼어붙은 와중에도 크게 뜨인 시선에 들어오는 것이 있었다.

어둑한 밤이더니, 갑자기 구름 사이로 달이 얼굴을 내밀어 담 옆에 서 있던 온통 검은 복장의 사내를 비추었던 것이다. 두 발자 국도 떨어지지 않은 곳에 선 사내에게서 보이는 것이라고는 허리 에 찬 칼의 손잡이뿐이었다. 그것은 사내마저 담 그림자 속으로 사 라지기 전에 달빛을 받았고 한순간 선명히도 빛났다. 구름 모양이 었다. 운⋯⋯검?

서리의 눈이 크게 뜨였다.

「천지 분간 못 하던 어릴 적에 우리 부부인은 커서 무엇이 되고 싶었는가?」

지난겨울 첫눈이 내리던 날 손을 잡고 후원을 거닐면서 대감께 서 물으셨다.

「전 사내가 되고 싶었습니다.」

「사내가 되어서 무엇 하게?」

계집아이가 커서 사내가 되고 싶었다는 엉뚱한 소리에 웃음이 터지기 일보 직전이지만, 간신히 참고 맞춰 주시는 것이다. 그래서 떡하니 대답을 드렸다.

「사내가 좋아서가 아니라, 치마 안에 속곳을 겹겹이 입어야 하 는 여인이 귀찮아서요.」

「정말 우리 석동이다운 꿈이었구나!」

대감께서는 한참을 웃으셨다.

「대감께서는요?」

「나는 운검이 되고 싶었다.」

「그것이 무엇입니까?」

「주상 전하를 지켜 주는 겸사복장의 별칭인데, 칼의 손잡이에 구름 모양이 새겨져 있어 그리 부르지. 운검이 되어서는 그때쯤 주상 전하가 되어 계실 형님 저하를 지켜 드리고 싶었거든. 늘 형님 저하를 받들어야 한다는 말씀을 어마마마로부터 하도 들어서 말이야.」

겸사복장은 주상 전하의 명을 받든다. 그런 그가 여기 있다. 하지만, 전하의 기별을 가져온 것은 아니었다. 아니, 기별은 도리어 내가 드려야 하는 것이었나 보다. 여기서든 어디서든 오늘 중으로……

사위가 조용해진 뒤에도 서리는 움직일 수 없었다. 그럴 리가 없다고…… 제가 잘못 듣고 잘못 해석한 것이라고 아무리 마음을 다잡으려 하여도 움직일 기운이 나지 않았다. 다시는 대감의 눈에 띄지 않도록 이 좁고 어두운 개구멍 속에서 빠져나가고 싶지 않은 건지도 몰랐다. 차라리 이 속에서……

6

새
임
금

　지난 며칠은 안타까움과 분노로 점철된 날들이었다.

　보위에 오른 직후 흔이 잠잘 새도 없이 국사가 밀려들었다. 대행대왕께서 승하하시던 당일까지 국사를 돌보신 것을 감안하면 기이하리만치 일이 밀린 듯하였다. 누가 부러 만들어 내기라도 한 양.

　게다가 망극하게도 대행대왕의 독살설까지 불거졌으니, 서리를 중전으로 책봉한다는 말을 꺼낼 상황이 아니었다. 다행인지 불행인지 혜빈이 연루됨이 조속히 밝혀졌고 대비마마께 논하여 그 처결을 마무리 짓고 나니, 기다리던 상소가 올라왔다. 서둘러 대혼(大婚)을 추진하여 후사를 보라는 내용이었다.

　사흘이면 늦은 것은 아니지만 이 순간이 오기만을 학수고대하였던 흔의 입장에서는 늦어도 한참 늦은 것이었다. 게다가, 그 내용

또한 마음에 드는 것이 아니었다. 대혼이라니. 이미 조강지처가 있는데 그 무슨 궤변인지. 왕을 저들 손아귀에 넣고자 하는 수작이었다.

때문에 흔도 보란 듯이 상소를 무시하고는, 승정원에 전교를 내렸다.

[임금이 이르노라. 부부인 오씨는 과인이 잠저에 있을 적부터 성품이 고귀하고 사치하는 것을 경계하여 그 아름다움이 중전의 그릇을 채우고도 남을 만큼 충만함을 보여 주었다. 한데, 미욱한 과인이 보위에 올라 황망한 지경에 취해 있다가 대혼을 언급하는 상소를 본 오늘에야 크나큰 실책을 깨달았다. 집안사를 제대로 판단하지 못하는 임금이 성군이 될 수 없음은 만고의 진리이니, 깊게 반성하며 존귀한 오씨를 중궁에 책봉한다. 하니, 신료들은 과인의 어리석음이 더 이상 커지지 않도록 해가 바뀌기 전에 속히 중전을 세우는 의례를 거행하라.]

그날이 섣달 열사흗날이니, 기일을 보름도 더 준 것이었다. 시일이 너무 촉박하면 서리를 맞아들이는 의례가 지나치게 초라할까 싶어 예조에 상의해 판단한 날짜였지만, 서리를 하루라도 빨리 보고 싶은 것을 생각하면 또 너무 길게만 느껴져 전교를 내리자마자 후회했다. 화려하고 사치하는 것을 즐기는 이도 아니니 대강 하고 데려올 것을.

들어와서도 그런 사연을 들으면 타박할 것이 분명하였다. 알면서도 그리하였다고 재차 통박을 주고도 남을 것이었다. 괜스레 저만 보름이나 애태우게 생겼다.

신료들의 반대는 생각보다 맹렬했다. 우선 잠저로 책봉 교서를 내가야 할 승정원의 도승지부터 꿇어 엎드려 간언하였고 사간원의 간쟁이 시작되었다.

"자고로 국모가 되실 분은 명문의 후예로서 재산과 권력은 없어야 한다 했습니다. 하지만, 부부인 오씨는 반대로 그 신분은 천하고 재물은 있으니, 이는 사치와 교만을 경계해야 하는 국모의 자질에 상충되옵니다. 그러니 이 나라의 만년지계를 위해 절혼(絕婚)하시옵소서, 전하."

"혼인하고 반 해가 지나도록 지켜본 바로 그 사람은 결코 사치하지도 교만하지도 않소."

못 한다는 도승지를 당장 파직시키고 좌승지에게 명하니, 그는 먼저 나서서 사직을 청하였다. 이후 상소가 줄을 잇기 시작했다.

하루가 지났다.

"그리 진실로 지혜롭다면 이미 스스로 물러났어야 마땅합니다. 그렇지 않다는 것은 국모 될 덕이 부족하다는 방증으로 보이니, 부디 주상 전하께서라도 사사로운 인륜을 지키기보다 이 나라의 만년지계를 위한 처분을 내리심이 마땅하다 사료되옵니다."

"그 사람은 이미 내게 인륜이 아닌 천륜이오."

우승지의 읍소에 그리 답하자, 이하의 승정원 관원 모두가 사직을 청하였다. 초조해졌다. 계자 내관으로 하여금 책명을 전하였지만, 편전 밖에는 임금의 명을 받들 이가 아무도 없었다. 호통을 쳐도 쇠귀에 경 읽기라.

"소신이 목숨을 아끼지 않고 진언드리건대, 하늘은 높으나 듣는 것은 낮아야 한다 하였사옵니다. 아무리 임금께서 옥처럼 빛나셔도 사대부 위에 자리하실 국모의 신분이 그보다 더 낮음은 이 나라의 근간을 흔드는 것이라 사료되오니, 부디 취하고 버림을 가리시기를 엎드려 바라옵나이다."

"대행대왕께오서 망극하게도 후계 없이 승하하셨으나, 천행에 더불어 대비마마의 어진 판단으로 이리 옥과 금 같은 주상 전하를 모셨사오니, 전철을 밟지 않기 위해 앞으로 있을 대혼(大婚)은 진실로 이 나라의 흥폐(興廢)에 관계되므로 부디 사족(士族)의 후예 중 보다 적합한 규수로 하여금—"

신료들은 저들끼리 약속이라도 한 듯 한목소리로 반대를 계속하였다.

이틀이 지났다. 임금의 명은 여전히 편전 안에서만 맴돌고 있는데, 신료들이 올리는 상소는 끊임없이 들어왔다. 번드르르한 글귀들은 하나같이 서리를 버리라는 말로 가득 차 있었다. 산처럼 쌓인 상소문들이 모두 그에 관련된 내용이라 하니, 결국 흔은 그것을 상째 집어 들어 편전 바닥에 내팽개쳤다.

"신료들이 과인으로 하여금 조강지처를 버려 사사로운 집안일에서조차 부덕을 쌓게 하니, 임금 노릇을 할 도리가 없다."

너희들이 하면 나는 못 할 줄 아느냐? 이깟 보위, 내버리고 말지!

내관에게 계자를 들려 편전 밖으로 내쫓았다. 임금의 재가를 뜻하는 도장을 내놓음은 신료들이 사직을 청하는 것과 다를 바 없는 것이니. 망극함을 이기지 못한 대소 신료들이 편전 밖에 엎드려 석고대죄를 청하였다.

"전하, 통촉하여 주시옵소서!"

"통촉하여 주시옵소서!"

편전 바깥뿐만 아니라, 돈화문 밖에는 유생들까지 꿇어 엎드려 있다 했다. 그 소리가 흐르고 흘러 서리 귀에 들어갈 생각을 하면 소름이 끼쳤지만, 이 방법밖에 없었다.

임금이 되면 나아지리라 여겼던 것은 성급하고 안이한 판단이었다. 왕이 되고 싶었던 모양이다. 자신도 모르는 욕심 때문에 판단력이 흐려졌던 것이고.

지금에 와, 그렇다고 보위에 오르지 않을 수도 없었다는 옹색한 변명거리를 내어놓기에는 서리가 너무도 보고팠다. 손에 땀이 배어지고, 머리가 저려 왔다. 이것이 통하지 않으면 어찌해야 하는지. 무책임하게 보위를 내버림은 백성들을 내버리는 것과 같음을 알고 있으니 말이다.

하지만, 일은 백성들까지 가기도 전 지척에서 벌어졌다. 대설이 막 지난 참이라 하늘에서는 다시 눈발이 날리고 바닥은 차디찬데 관을 벗어 머리는 시리고 단령을 벗어 몸에는 한기가 어렸을 터. 꿇어 엎드렸던 신료들 중 나이 지긋한 이들이 하나둘 기운을 잃고 쓰러진 것이다. 급작스럽게 당한 국상이라, 상복 또한 두툼히 누비지도 못하여 홑겹의 바지저고리 차림의 신료들이 대부분이라 했다.

지켜볼 수가 없었고 임금으로 할 짓이 아니었다.

결국 떠오른 것이 대비마마셨다. 당장 자리를 털고 일어섰다. 징징대는 어린아이처럼 보이겠지만, 어떻게든 해결을 봐 주시라 보채기라도 해 봐야 했다.

편전을 나온 흔이 걸음을 옮기니, 엎드려 있던 신료들 중 하나가 크게 죄를 청하며 바닥에 텅, 하고 이마를 찧었다. 흔이 멈칫하니 두 번 세 번 거듭하였고 이내 돌바닥에 핏자국이 선명히 남았다. 한 사람이 따라 하니 두 사람이, 그리고 우르르 따라 머리를 짓찧었다.

그들의 살이 터지고…… 흔의 가슴이 찢겨 나갔다. 그들도 그의 백성이었다. 어찌해 줄 수 없는 저자의 거지들보다도 그가 마음만 바꾸면 당장에라도 구휼할 수 있는 백성.

하지만…….

흔은 가까스로 시선을 돌리고 걸음을 옮겼다. 그의 걸음이 옮겨 갈 때마다 울부짖는 소리며 이마 찧는 소리가 점점 높아졌지만, 멈출 수 없었다. 악문 아랫입술에서 쇠맛이 느껴질 정도로 저들이 안타까웠지만 서리는…… 놓을 수 있는 존재가 아니었다. 아무것도 욕심내어서는 아니 되던 대군 시절에조차 간절히 욕심내었던 만큼 제게 그 무엇보다 우선하는 존재인데, 모든 것을 다 가진 군왕이 되었다 하여 헌신짝처럼 버리라고? 서리 없는 자신은 임금은커녕 아무것도 아닌 것이 되고 말 터인데?! 도리어 모셔 오라 성화를 해도 모자란데!

나야말로 참말로 아니 된단 말이다……!

"간택령을 내리겠습니다."

마주 앉은 대비께서 내놓은 대안이 고작 그러했다. 맥이 탁 풀렸다.

"과인을 농락하시는 것입니까?"

"중전이 아니라 후궁을 들이자는 말씀입니다."

다를 것이 무엔가. 자신에게 필요한 이는 서리뿐인데.

흔의 불신 어린 눈매는 쉽사리 바로 뜨이지 않았다.

자신보다 두 살 아래인 대비는, 이제 명실상부한 궐의 어른이 된 만큼 안정감 있는 기운을 내뿜고 있었다. 바로 지난밤 혜빈에게 사약을 내리라 제게 청하신 분답지 않게. 아주 오래전부터 이리될 줄 알았다는 듯. 자리를 잡지 못하고 당황하며 쩔쩔매는 것은 흔, 자신뿐이었다.

"신료들이 궁극적으로 염려하는 것이 무엇이겠습니까? 중전의 신분을 따지는 것은 그이가 생산할 원자로 하여금 이 나라 백년지계를 이어 나가야 하는 터이니 그렇지요. 명문가의 규수를 후궁으로 들여 먼저 후계를 보시면 수그러들 것입니다."

"먼저……라고 하셨습니까?"

그 뜻을 따르고자 여쭌 것이 아니었다. 그 어이없는 제안에 서리가 차지하고 있는 비중을 들어 보고자 하는 것이었지.

"후궁을 들여 후계를 보실 때까지 부부인은 저리 잠저에 두는 수밖에요."

그 뒤에는 중전에 들여 주겠다는 희망 비슷한 약조를 하는 터지만, 처음도 아니고 또 속을 리가.

비웃음을 띤 생각 끝을 다른 생각이 끼어들었다. 설마…… 애초부터 이럴 생각이셨는가? 흔의 목울대가 꿈틀거리며 눈이 이글거리기 시작했다.

"주상께서야 안타까우시겠지만, 어쩝니까. 저도 정승들을 비롯해 여러 신료들을 불러 설득해 보았으나, 여간 강경하지 않아요. 대행대왕께서 망극한 일을 당하시고 주상께서 보위에 오르시어 놀란 백성들의 마음이 잠시 다스려지나 했더니 며칠 되지 않아 이런 황망한 지경에 이르니, 신료들이며 백성들의 마음은 또 오죽하겠습니까. 신료들도 다독여 가며 몰아쳐야 하는 것입니다. 무작정 밀어붙여서는 될 일도 되지 않아요. 그러니, 시일을 너그럽게 두시고 그동안 국사에 정진하시어 안정된 기틀을 닦는다면, 후일 입궐할 부부인도 마음이 흡족하지 않겠습니까?"

말씀이 모두 가식처럼 들렸다.

"대행대왕의 후사를 튼튼히 두지 못한 제 불찰입니다. 그런 제 불찰이 다시 대물림 될까 신료들이 더욱 적극적이기도 하고요. 석고대죄를 청해야 할 사람은 도리어 이 사람입니다."

모든 것이 처음부터 계획되어 있었던 것처럼 사사건건 의심이 가기 시작했다. 대행대왕의 붕어. 계자와 옥새. 서리. 뭔가 잘못 돌아가고 있었다.

"……다른 방도를 찾을 것입니다."

그저 하시는 말씀인 줄 알았는데. 휘몰아친 여러 생각 때문에 건성으로 답을 올리고 물러 나온 지 한 식경도 지나지 않아, 대비께서 대비전 앞뜰에 나와 석고대죄를 청하신다는 망극한 소식이 전해졌다.

무엇이 미심쩍은 것인지 기억을 되짚어 보기도 전이었다. 조금 전 대비전에서 돌아오는 길에, 눈발이 날리기 시작했는데.

그날 밤늦게 머리에 하얗게 눈을 뒤집어쓴 대비께서 혼절하시었다는 소식이 전해졌고, 영혼이 끄집어내진 듯 텅 빈 눈을 한 흔은 자신이 내렸던 전교를 거둘 수밖에 없었다. 그렇다고 '다른 방도'에 대한 끈을 놓은 것은 아니었다.

다음 날 아침 다행히 정신을 차리셨다는 대비께서는 날이 밝자마자 금혼령을 내리셨고, 흔은 기시를 지금껏 하루도 빠짐없이 그러했듯 잠저로 보냈다. 오늘은 새벽같이가 아니라 낮것상이 들어올 때쯤에서였고 서신도 들리지 않은 채였다. 밤새 생각했으나 하도 못난 지아비라 무어라 쓸 말이 없어서였다. 입은 있으되 말이 없다더니, 바로 그 짝이었다.

서신은 쓰지 못하였으나 제가 궁금해서 보냈다. 가서 지난밤은 무탈하였는지, 고뿔 기운은 없는지, 끼니를 잘 먹고 있는지 돌아보고 오라고만 하였다. 울지는 않았는지가 가장 궁금한 것이었지만, 차마 묻지 못할 것이었다. 울었을 테니까…… 실컷 울었을 것이니까…….

그 생각에 가슴에서 치미는 것을 참고 있던 흔은 상을 밀어 내고 부랴부랴 서안으로 다가앉았다. 막연히 기다릴 서리에게 한 자라도 보내는 것이 나을 성싶어서였다.

길게 생각할 겨를이 없어, 慮(생각할 려)만 써서 화급히 봉하며 밖에 일렀다. 급히 달려 들어온 대전 내관에게 그것을 들고 기시를 뒤따라가 전하라 했다. 서리에게 자신이 저를 생각하고 근심한다는 뜻이나마 전하고 싶었다. 그 말은 진정이었으니.

찾아가 보고 싶었지만 면목이 없어 당장 발걸음은 떼어지지 않지만, 어찌 해야 좋을지 모를 이 마음만이라도 알아줬으면 싶었던 것이다. 내관의 꽁무니가 눈에서 사라지자, 겨우 달랑 한 자 전하면서 꿈도 야무지구나 싶었다. 참으로 무정한 것이 사내라더니, 그 짝이었다.

천벌을 받을 것이었다. 아니지, 내가 천벌을 받으면 우리 서리가 또 가슴 아파할 것이니 그것은 아니 되고…… 허어, 그리 서리 걱정을 하는 위인이 일을 이 모양으로 만들었는가.

무력했다. 대군 시절보다 더 암담하고 답답했다. 깊은 한숨이 지난 며칠 동안 내내 그러했듯 너른 방 안을 울렸다.

"기왕이면 중전을 간택하실 줄 알았습니다만."

같은 시각 대비전.

대비가 몸에 침범하였던 한기를 다스렸다는 소식을 듣고 오라버니가 문안차 들었다. 묻는 말을 보니, 이마의 생채기에 고약을 붙이고 온 오라버니도 신료들 사이에서 소문을 들은 모양이었다.

대비가 눈살을 찌푸리며 쥐고 있던 따뜻한 물 대접을 입에서 떼었다.

"아니면요?"

"예? 후궁을 간택하기로 하셨다면서요?"

"금혼령을 내리는 것은 제가 일궜으니, 후궁 간택령을 중전 간택령으로 바꾸는 것은 오라버니께서 하셔야지요."

주상과 적당한 선에서 합의를 보신 것이 아니냐, 책하는 말을 하였던 윤인필은 도리어 저를 향하는 화살에 깜짝 놀랐다.

"예? 제, 제가 어찌 그런 막중한 일을……?"

"답답하십니다."

대비가 혀를 차자, 윤인필은 그 뜻을 가늠하느라 진땀을 흘렸다.

주상이 승하하자마자 자신을 병조판서로 임명하여, 겨우 며칠 만에 혜빈과 인성군까지 모든 껄끄러운 이들을 처결한 것을 보면 대비께서는 일을 획책하고 실행하는 배포가 여간한 사내 수준을 넘어서는 것이다.

게다가 지금 이 순간 윤인필은 대비께서 대행대왕의 독살을 지시하던 때와 같은 기분을 느꼈다. 그래서 넙죽 엎드리며 고하였다.

"생각이 짧아 송구합니다. 하명하시면 받잡겠습니다."

"부부인 오씨가 갑자기 절명하는 일이 발생한다면 어차피 중전을 간택해야 하지 않겠습니까."

곁을 물리긴 했어도 옥음이 한층 낮아진다 싶더니, 역시나였다. 그 오씨가 갑자기 절명하는 일을 자신이 맡으라는 말씀이셨다.

고개를 드니, 슬며시 미소 짓는 입가가 대접에 가려지고 있었다. 그 위의 무감한 시선을 마주한 윤인필은 제 무릎이라도 치고 싶었다. 한배에서 나왔지만, 저와 달리 어찌 저리 탁월하실까.

한데 한 가지 궁금한 것은 있었다.

"오씨로 하여금 중전으로 삼는 것은 어찌 그리 막으셨습니까?"

정승들을 비롯해 여러 신료들을 불러다 대비께서 이르신 것이 그것이었다. 자신도 명을 받아 병조를 비롯해 여럿을 들쑤셨고.

대비의 눈매가 싸늘해졌다.

"인성군을 쳐 내고 내 손으로 올린 주상입니다. 흠잡을 만한 구석이 없는 성군이 되셔야 하는데, 어찌 그런 천한 계집을 곁에 둔답니까."

"그래도 주상이 무척이나 완강하던데, 자칫하다 주상과 척을 지지 않겠습니까? 어떤 신료들은 주상이 보위에 욕심이 없는 것 같다고까지 하였습니다. 즉위식을 치른 지 며칠 되지 않았고 제 사람이라고는 눈을 씻고 찾아봐도 없는 조정에서 저렇게까지 혼자 저항하니, 보위를 내어놓고 물러날까 걱정들도 합니다."

"욕심이 없으니, 더 물러나지 못할 겝니다."

"예?"

"처음부터 욕심이 없는 사람은 없습니다. 한데 주상께서 지금껏 욕심이 없었다는 것은 대군 시절부터의 가르침을 곧이곧대로 가슴에 새겨 왔다는 뜻이지요. '탐하지 마라, 네 처지에 머물러라.' 하지만, 이제 임금이 되셨어요. 만백성을 책임지는 막중한 자리에 오른 것을 스스로 모르지 않으실 겝니다. 더욱이 인성군까지 쳐 내어 대체할 인물이 없어요. 선왕께서 독살되신 것만으로도 온 나라가 술렁이며 불안한 판국에 새로 보위에 오르신 분이 무책임하게 계집 때문에 보위를 내던지신다? 제가 아는 대군은 그리 못 하십니다."

"아, 예."

그제야 알아들은 오라버니가 오늘 안에라도 일을 성사시켜 보겠다며 서둘러 나가고 나자, 혼자 남은 대비의 눈매는 더욱 가늘어졌다.

어째서 오씨의 입궁을 막았느냐고?

오라버니의 질문에 그럴듯한 이유를 댔지만, 진정한 이유는 따로 있었다. 이미 오래전 지나간 인연이니 주상을 사내로 볼 수는 없는 터였다. 하지만 그 웃음소리. 그것을 다시는 듣고 싶지 않았다. 딱 한 번 들은 것만으로도 이렇게 꿈이나 생시나 따라다니는데 그이가 궁에 들어온다면······.

어쨌거나 오늘 밤 이후로 다시는 들리지 않을 것이다.

서신만 전해 주고 돌아왔어야 할 대전 내관은 주강이 끝나는 신시(오후 3시부터 5시까지)가 시작될 무렵에야 보였다. 하도 돌아오지 않아, 잠저까지 따라갔든가 어디서 농땡이를 피우든가 하는 줄 알았다.

"그래, 서신은 전하였겠지?"

"저, 그것이······."

고개를 갸웃하면서 머뭇거리는 것이, 가뜩이나 심란하던 흔을 성마르게 만들었다.

"어서 고하라."

"김 상선을 만나지 못하였습니다."

"무어라?"

기시는 흔이 보위에 오르면서 종이품 상선(尚膳)에 봉해졌다.

"옷을 갈아입으러 처소로 갔겠거니 하여 쫓았는데 이미 처소에 없었습니다. 벌써 옷을 갈아입고 나갔는가 하여 궐문까지 헐레벌떡 뛰었는데도 따라잡지 못하였습니다. 좀 이상하다 싶어 궁성 수문장에게 확인을 하였더니, 상선은 아직 출궁하지 않았다고 하였습니다."

"길이 엇갈렸을 테지. 기다려 봤느냐?"

"예. 여태 기다려도 상선은 오지 않았나이다. 그래서 다른 문으로 나갔나 싶어서 갔다 오는 길인데……."

잠저와 궁궐 뒷문은 반대 방향이니 그리 나갔을 리는 없다. 지금쯤이면 잠저에 도착하고도 남았을 즈음인데 여태껏 궐을 나서지 않았다고?

괴이쩍다 못해, 어제 대비전에서 느꼈던 기운과 비슷한 의심마저 느껴졌다. 불쾌하기 짝이 없던 그것.

서안 가장자리를 움켜쥐는 흔의 손가락 마디가 하얗다.

전하께서 석강을 끝내실 즈음, 기시는 천추전 옆의 따뜻한 온돌방으로 들었다. 저녁 문안을 가시기 전에 의복을 정제해 드리기 위해서였는데, 문을 열고 들어서던 그는 흠칫 놀라 멈춰 섰다. 내관이며 나인들이 천추전 앞에 있기에 전하께서도 그곳에 계신 줄 알았건만, 겨우 황촉 불 하나 켜진 방 안에 홀로 앉아 계신 탓이었다.

어쩐 일이시지? 아직 술시(오후 7시부터 9시까지) 중반밖에 되지 않았는데, 오늘은 석강이 일찍 끝났는가?

서안 뒤에 가만히 앉으신 전하께서는 그를 뚫어져라 바라보고 계셨다.

잠시 머뭇거리던 기시는 허리를 숙였다.

"다녀왔사옵니다, 전하."

"가까이 오라."

한참이나 입을 열지 않으신 것처럼 옥음이 잔뜩 가라앉아 있었다. 조금 전까지 신하들과 주거니 받거니 하는 경연을 하셨다면 그럴 리 없을 터인데.

가까이 다가갔는데도 더 손짓을 하시어 바로 앞에 가 꿇어앉았다.

"부부인은 잘 있더냐?"

"예. 도리어 제게 전하의 옥체를 당부한다 하셨습니다."

고개를 조아리고 부부인이 답할 만한 말씀을 생각해 둔 대로 고했더니, 한참을 말이 없으시다. 그래서 조심조심 시선을 들었더니, 웬걸 저를 바라보시는 전하의 두 눈에 시뻘건 기운이 어려 있었다.

저런. 요즘 제대로 침수 들지 못하시어 그러시는가? 이러다 마음의 병이 옥체의 환후로 이어지면 어쩌는가 하고 덜컥 겁도 났다. 이제 보위에 오르셨으니 마음을 놓아도 되는가 싶었는데. 내의원에 일러 침수 드시기 편케 약을 지어 보내라 해야겠다.

"상선씩이나 되었는데도 서찰 심부름이나 시킨다고 골이 났느냐?"

염려를 거듭하던 기시의 등줄기로 서늘한 기운이 달렸다. 단조로운 어투에 평소처럼 농조였음에도 어쩐지…… 그래서 섣불리 입을 열지 못하였다.

"어디를 다녀왔느냐?"

잠저에 심부름을 보내 놓고는 다시 하문하시다니, 그가 잠저에 다녀오지 않은 것을 알게 되신 게 확실했다. 입이 바싹 말랐다.

그는 제 상전께 결코 신의를 깨뜨린 적이 없었다. 궁에 들어오기 전까지는. 그래서 차마 입이 떨어지지 않았다. 아무리 상전을 위한 일이었다고는 하나, 전하께서 그이를 어찌 생각하시는지 모르지 않으니……

머뭇거리는 사이 커다란 손이 다가와 그의 멱살을 덥석 잡아 쥐었다. 억지로 고개가 쳐들어졌다. 가까이서 뵈니 전하의 두 눈이 시퍼렇게 빛나고 있었다. 어릴 적부터 모셔 왔지만, 이런 노기는 처음이었다. 순간 기시는 그것이 자신이 감당할 수 없을 만한 크기임을 깨달았다.

"그 사람을 언제 마지막으로 보았느냐?"

그것은 답을 드릴 수 있는 하문이었다. 아니, 이제 입을 열어 말씀을 드려야 했다. 어디까지 아시는지는 몰라도, 자신이 감히 주상 전하를 기만했다는 사실을 이제 확실히 아신 듯하니.

"처, 첫날에……"

"설마, 궁에 들어온 첫날을 말하는 것이냐? 그게 벌써 언제인데……!"

배신감에 잦아드는 옥음의 끝이 사정없이 갈라지자, 기시는 망극하여 눈을 질끈 감았다.

"나는 임금이 되고 너도 상선이 되었는데 그 사람만 여전히 잠저에 그리 둔 것을 내가 그리 애달파하는 것을 알면서 어찌……! 서신은, 적어도 내가 보낸 서신은 전달하였겠지?! 누구를 통해서든…… 네가 골이 났든 뭘 했든 간에 내 서신만은 전했을 게야, 그렇지? 그이가 여태껏 아무 소식도 듣지 못한 채 염려하고 근심하게 내버려 뒀을 리가 없다! 그이가 내게 어떤 사람인 줄 기시, 너만은 알고 있으니…… 그렇지?!"

참담한 얼굴에 떨어지는 숨결은 기시 자신이 그대로 데어 죽었으면 하고 바랄 정도로 뜨거웠다.

"주, 죽을죄를 지었나이다……!"

울먹임이 끝나기도 전에 그는 바닥에 내팽개쳐졌다. 벌떡 일어나신 주상께서 성큼성큼 걸음을 옮기시니, 그가 화급히 몸을 일으켜 그 다리에 매달렸다.

"전하!"

무엄해도 하는 수 없었다. 어딜 가시려는 것인지 짐작하니, 놓을 수 없다!

"썩 놓지 못하겠느냐, 이놈!"

대노하신 주상께서 그를 떼어 놓으려 발길질을 하시는데도 악착같이 매달렸다. 발길질 한 번에 코가 뜨끈해지며 코피가 흘렀지만, 아랑곳 않았다.

"감히 말리는 것이 아닙니다! 이대로는 아니 되십니다!"

전하의 보위가 위태로워질 수 있는 일이라면 목숨을 걸고서라도 말려야 했다. 신료들이 석고대죄하던 일이 간신히 수습되었는데, 막무가내로 궁을 나가셨다가 일이 커지면 큰일이었다. 옆구리를 밟혀 숨이 막혔지만, 간신히 목소리를 쥐어짰다.

"곤룡포 차림이시옵니다! 미복을 준비하는 동안만 참으소서! 제가 겸사복장에게 기별을 넣겠나이다!"

무차별적으로 떨어지던 발길질이 그제야 멎었고 대신 걸치고 계시던 곤룡포의 앞자락을 사납게 잡아채시니, 명주 천이 찢어지며 소름 끼치는 소리가 울렸다.

그사이 기시가 허겁지겁 일어나 문으로 향했다. 허리를 접질렸는지 바로 펼 수 없어 구부정한 채였지만, 최대한 서둘러 나가서는 나인들에게 미복을 준비하라 이르고 겸사복장을 찾았다.

"부부인이 없어? 예 없으면 그 사람이 대체 어디로 갔다는 게야?!"

노성이 안마당을 울리니, 고요하던 잠저가 발칵 뒤집혔다.

일직이던 겸사복장에 겸사복까지 스무 명 넘는 장정의 시위 아래 흔이 천지를 뒤흔드는 말발굽 소리와 함께 들이닥친 것은 해시 (오후 9시부터 11시까지) 초반이었다. 대문이 열리자마자 곧장 안채로 걸음을 옮기던 흔은, 컴컴하고 괴괴한 그 모습에 우뚝 멈춰 서고 말았다.

섬뜩한 기분을 억누르며 어찌 불도 켜지 않았느냐 다그치니, 문지기가 나서서 부부인이 없다 고한 것이다. 그건 또 무슨 소린가!

"어서 고하지 못할까!"

흔의 역정에 문지기가 쩔쩔매며 더듬거렸다.

"친정으로 돌아가셨습니다요."

"무어라? 어째서? 대체 언제?!"

"며, 며칠 되었는데, 그······ 저, 정확히는······."

"기억도 못 할 만큼 오래되었단 말이냐?"

돌아서시는 전하의 시선이, 어둠 속에서도 기시를 죽일 듯 스쳐
갔다. 허리가 아파 죽을 것 같으면서도 열심히 보조를 맞춰 걸어왔
던 기시도 다시 몸을 돌려 죽어라 전하의 뒤를 따랐다.

제 가슴에도 천근만근의 추가 매달린 듯 무너져 내리는데 전하
께서는 오죽하실꼬. 이럴 줄은 정녕 몰랐다. 알았다면 서신은 전하
지 않더라도 한 번은 나와 봤을 것이다. 믿어 주시지 않아도 참말
이었다.

다시 말을 몰아 오 행수의 집으로 향했다.

급히 말을 달려가는 와중 이 냄새 저 냄새가 빠르게 코끝을 스
쳐 갔다. 두엄자리 냄새, 비릿한 개천 냄새, 썩는 개천 냄새, 어느
집 외양간 냄새.

말이 흔들릴 때마다 허리가 끊어질 것 같아 이것저것 신경 쓸
겨를이 없었지만, 순간순간 스쳐 가는 다른 냄새들과 달리 아까
부터 점차 진해지는 냄새가 있었다. 매캐한 연기 냄새, 불 냄새였
다.

이 밤에 누가 무엇을 이리 거하게 태우는지. 그 냄새는 오 행수
의 집에 가까이 갈수록 점차 심해졌다. 그 몇 백 칸 되는 집 가운
데 어디쯤이 훤하게 보이는 듯도 해서 불을 밝히고 무엇을 하나
보다 생각도 했다.

말을 멈추니, 그때까지 말발굽 소리에 묻혀 들리지 않던 사람들
의 아우성이 들려왔다. 몇 걸음 걷다 멈칫하셨던 전하의 발걸음이
다시 떼어졌다. 통증 때문에 진땀으로 흥건히 젖은 기시의 등에 한

기가 내달렸다.

시끄러운 안쪽에서는 아무리 대문을 두들겨도 열어 주는 이가 없어, 겸사복 한 명이 담을 넘었다. 이윽고 열린 대문 안으로 들어선 전하께서는 밖에서보다 훨씬 커진 아우성 소리가 들려오는 곳으로 이끌리듯 걸음을 옮기셨다.

겸사복이 앞장서 길을 트면서 안전이 확인되면 납시라 권하였지만, 전하께서는 홀린 듯 무작정 걸음을 옮기실 뿐이니 겸사복들이 당황하며 급하게 주변을 살폈다.

중문을 하나 넘으니 아우성은 더욱 커졌고 선명해졌다. 안타까운 울음소리도 섞여 있었다. 그 소리에 온몸에 불안한 소름이 돋았고 매캐한 내음은 불쾌할 정도로 심해졌다. 더욱 훤해진 불빛에 바닥 여기저기가 번쩍이니 물을 뿌려 놓은 것도 같았다.

얼어붙은 것이라면 전하께서 자칫 미끄러지시기라도 할까 봐 염려되어 사뭇 살폈지만, 멍하니 걸음을 옮기시는 전하의 걸음마다 철벅이는 것을 보면 아직 언 것은 아닌 듯하니 다행이다 싶었다. 저만치서 물동이를 들고 달려오던 이들이, 겸사복의 제지에 물러섰다. 이 밤에 물을 어디에 쓰려고?

다음 중문을 넘어서는 순간, 울음소리와 아우성은 극에 달했다. 어째서 대문을 열어 줄 이가 없었는지 알 수 있었다. 집 안의 모든 사람이 그곳 별채 마당에 모여 있는 것 같았다. 노비며 식솔들까지.

그들은 화마에 휩싸인 건물을 바라보며 발을 동동 구르고 있었다. 그 가운데에 오 행수가 마당에 주저앉아 땅을 치며 울부짖고 있었고, 그 주위로 부축하는 가족이며 하인들도 하나같이 모두 서글피 통곡하고 있었다.

훤하게 보이던 것은 별채에 난 불이었던 것이다. 건물을 모두 집어삼킨 불은 이만치 서 있는 사람들의 얼굴까지 후끈거리게 할 정도로 높고 크게 타오르고 있었다.

무슨 일인지 묻기도 전에, 한쪽 기둥이 무너지면서 지붕이 우르르 무너져 내렸다. 그 형국을 지켜보던 이들이 모두 한탄하며 악을 썼다.

이제 형체조차 남지 않은 별채는, 전하께서 대군 시절에 동뢰연을 치른 곳이었다. 이 댁의 금지옥엽이 쓰던 곳이며 다시 돌아오신 부부인께서 머무르고 계셨을 곳.

그 순간을 부정하고 싶은 것은 망연히 선 전하보다 자신이 더하면 더했지, 덜하지 않을 것이다. 그분이 전하께 어떤 의미인지 세상에 자신만은 알고 있었으니.

부부인이 곁에 선다면 전하께서 영영 제대로 된 임금 대접을 받으실 수 없다는 양부의 말에 현혹되었던 스스로야말로 저 불에 태워 죽이고 싶었다.

이제…… 끔찍하고도 무서운 일이 벌어지고 말 것이었다.

복더위에 지친 자신을 데리고 대감께서 계곡 나들이를 하셨다. 아녀자는 함부로 집 밖을 나설 수 없으니, 서리는 당연히 석동 차림을 하고 따라나섰다.

계곡에 도착해 김 내관이 시원한 나무 그늘에 자리를 폈고, 자신은 그 위에 앉으신 대감의 다리를 베고 벌러덩 누웠다.

대감께서 호사스럽게 연신 부채질까지 해 주셨으나, 그도 시원찮아 결국 벌떡 일어나 앉았다.

"어찌 그러느냐? 무엇을 좀 먹으려느냐? 찬물에 담가 놓은 수박을 쪼개랴?"

며칠째 이어지는 더위에 입맛도 없어 하던 참이라 그런지, 눈만 뜨면 무얼 먹이려 하셨다. 다 싫어 홰홰 고개를 젓다가는 벌떡 일어나서는 냅다 계곡물에 뛰어들었다.

"헛, 저, 저런……!"

물속에 머리꼭지까지 담갔다 일어서니, 그제야 살 것 같았다.

놀라서 자리 끄트머리까지 달려 나오셨던 대감은, 물이 겨우 일어선 석동의 허리까지밖에 차지 않는 것을 확인하고서야 아연실색한 얼굴을 풀어 내셨다.

석동은 얼굴을 찬물에 어푸어푸 씻어 낸 뒤에야 살 것 같아, 씩 웃었다.

"놀라셨습니까?"

"이놈, 하다 하다 실성한 줄 알았다!"

"어찌 차지한 부부인 자리인데, 실성을 해서 소박을 맞는답니까."

석동이 깔깔 웃으며 손으로 장난스럽게 물을 튀겼다. 대감은 얼굴에 물이 튀어 한쪽 눈을 질끈 감으신 채로도 꾸중을 하신다.

"예끼! 누가 소박을 놓는다고."

"절대 소박 안 놓으실 것입니까? 칠거지악에 해당돼도? 막 투기하고 막, 막 또 뭐 있더라?"

"그딴 것 몰라도 되니, 외소박이나 놓지 마라. 툭하면 고리타분하고 꽉 막혔다고 핀잔이면서."

"외소박당하지 않으시려면 이리 들어오십시오! 시원합니다!"

"허어, 어찌……."

"갈아입을 옷을 가져왔잖습니까. 그리고 김 내관이 저만치서 망을 보는데, 무슨 체모 걱정이십니까. 자자, 어서요!"

아무리 권해도 고리타분하신 대감께서는 영 발을 떼어 놓지 못하셨다.

에이, 참말 외소박을 놓을까 보다.

젖은 김에 뒤로 벌러덩 누운 석동은 차가운 물속을 둥둥 떠다녔다. 새파란 하늘에 떠가는 흰 구름이 하얀 눈송이처럼 보였다. 가물가물 눈이 감기려 했다. 한 번. 두 번.

"춥다, 그만 나오너라."

음…… 이젠 조금 추운 듯도 합니다. 한데, 몸이 말을 듣지…….

"어서. 고뿔 들라, 석동아……!"

초조함이 섞인 그 목소리에 그제야 퍼뜩 눈이 떠졌다. 새파란 하늘이며 흰 구름은 눈 깜짝할 새 사라지고 시커먼 암흑 속이었다.

응? 여긴…….

여전히 그 개구멍 속이었다. 한데 코앞에서 자신을 노려보고 있는 것이 있었다. 시퍼런 무언가. 그것은 자신을 노려보고 있는 한 쌍의 눈동자였다.

퍼런 눈이라니.

그것이 잔뜩 으르며 다가드니, 서리는 화들짝 놀라 뒤로 물러났다. 기어서야 간신히 통과할 수 있는 구멍을 뒤로 나온다는 것은 쉽지 않았지만, 그 시퍼런 눈동자의 기세에 조금씩 물러나던 서리는 간신히 개구멍 바깥으로 빠져나왔다.

이어 쑥 하고 구멍을 빠져나온 것은 시뻘겋고 집채만 한 불덩이였다. 시퍼런 두 개의 불꽃은 눈인 듯했고 떡 버티고 선 것을 보면 짐승인 것 같기도 하였다.

대체 이게 무엇이지?

온몸이 불타고 있는 그것은 여전히 겁을 먹고 주저앉은 서리에게 멈추지 않고 다가섰다. 한 걸음, 또 한 걸음. 급기야 그 뜨거운 불길은 서리를 태울 듯 달려들었고, 그 뜨거운 기운이 제 온몸을 스쳐 가는 생생한 느낌에 서리는 화들짝 놀라며 눈을 떴다.

정신을 차려 보니, 다시 시커먼 개구멍 속이었다. 조용하고 차디찬. 이번에는 참말로 생시였다. 아까 본 광경에 넋을 잃고 까라졌다가 설핏 잠이 들었던 모양이다. 추운 데서 자면 그대로 죽는다더니, 용케 얼어 죽지 않고 깨어났다 싶었다.

피식 웃음이 났다. 용케라니. 무엇이 용케라는 것인지. 뭐, 여기서 죽었다가는 언제고 누군가에게 발견될 것이고 그리되면 소박맞은 부부인이 이 집 귀신이라도 되려고 기어들었다 소리를 들을지 모르니, 깨어난 것이 용케라 할 수 있겠구나. 죽으려면 다른 자리를 찾아야 할 것이다.

서리는 추위로 굳은 몸을 움직여 다시 뒤로 기어 나가기 시작했다. 부채질해 주시던 바람기의 아득한 기억을 따라 눈물도 흘러내리기 시작했다.

흔은 이유를 알 수 없었다. 어째서 검사복들이며 기시가 제게 달려들어 꼼짝 못 하게 붙드는지. 자신은 그저…… 사람들에게 가려 서리가 제대로 보이지 않으니, 조금 더 다가가려 했을 뿐인데.

영 보이지 않으니, 어디 있는지 찾아봐야 하지 않겠는가. 다치지는 않았는지, 연기라도 마셨다가는 목이 아플 것이니…….

어디 있느냐, 서리야? 어째…… 보이질 않아?!

기시의 높은 울부짖음을 견딜 수 없어 뿌리치고 싶은데, 저를 붙든 손이 하도 많아 여의치 않았다. 꺼이꺼이 우는 장인의 울음소리가 시끄러워서, 그래서 서리가 제 부름을 듣지 못할까 봐 다들 그만하라 소리치고 싶었지만, 목소리마저 나오지 않았다. 소리 내어 부르기만 하면 어디서고 재깍 대답을 해 올 것인데…… 마치 제가 연기를 들이마신 것처럼 목구멍이 조여들어서…….

어이없는 생각이지만, 설마 저 불구덩이 속에 있을 리는 없지 않은가. 참, 아직 잠저에서 돌아오는 길인지도 모른다. 문지기는 서리가 언제 잠저를 나섰는지 모른다 하지 않았던가. 제가 너무 빨리 말을 달려와서 서리를 앞질러 왔나 보다. 그러니, 예서 보이지 않는 것이지!

"갑자기 별채를 뻥 돌아가며 붙은 불이 삽시간에 타올랐습니다요!"

"우물이 단단히 얼어서 그걸 깨느라 한참 걸렸고 그사이 손을 쓸 수 없을 지경으로 타올라서……."

"밖에서부터 불이 타들어 가니, 안에서 미처 빠져나올 수가……."

"담을 넘는 그림자에 이어 주변에서 기름 냄새를 맡았습니다요!"

화재를 목격한 종복들이 여기저기서 중구난방으로 떠들어 댔지만, 흔의 시선은 이제 머리 위에서 무너져 내릴 것이 없으니 서둘러 물을 뿌리면서 곡괭이며 가래로 불타는 나무들과 기왓장들을 헤치며 들어가는 종복들에 멈추었다. 그럴 리가 없지, 암……

"여, 여깁니다요!"

급해진 곡괭이질에, 여전히 불타는 솜이불이 풀썩 춤을 추며 불꽃이 일었다. 그리고 그 아래서 타다 만 시신 한 구를 수습해 나왔다. 별채에서 이불을 덮고 잘 이가 대체 누구이지? 아무리 우리 서리가 출가외인이라 하나, 장인이 서리가 쓰던 별채에 다른 이를 들여놓았을 리가 없는데……?

다들 기가 막히거나, 혹은 믿을 수 없거나 하여 선뜻 다가서지 못하고 있는데, 장인이 엉금엉금 기어갔다. 옷가지며 피부까지 여기저기 시커멓게 그을려 여전히 여기저기서 연기가 피어오르는 시신을 더듬거리니 타다 만 저고리 조각이 툭 하고 떨어졌다. 시집간 새색시가 첫아이를 낳을 때까지 입는 연두저고리와 붉은 치마가 불빛 속에서도 선명했다. 장인이 시신을 부둥켜안았다. 아니다, 아니야……

"아가, 서리야……."

누구인지 알아볼 수 없으리만치 타 버린 얼굴도 쓰다듬으며 울부짖는데, 감히 누구의 이름을 부르는가 싶었다. 그럴 리가 없잖은가……?!

"얼마나 뜨거웠느냐…… 얼마나……! 아가…… 불쌍한 내 새끼……!"

시신을 끌어안은 장인이 창자가 끊어지는 비통함으로 몸부림을 치자, 너도 나도 달려들어 부축하며 오열하였다.

그 모든 것을 지켜보고 있던 흔이 몸에서 힘을 뺐다. 그리고 조용히 뇌까렸다.

"네 뒤에 있는 것이, 누구더냐?"

답이 없자, 흔의 시선이 바로 옆으로 옮겨졌다. 자신을 부여잡고 있는 이 중 하나인 상선 김기시에게. 눈물로 범벅이 된 그 얼굴에, 기이하리만치 절제된 얼굴로 흔이 거듭 물었다.

"……누구냐?"

연겸은, 눈물은커녕 애절한 부름 한 번 없이 서 있던 주상이 그대로 돌아서 나가는 것을 보았다. 그저 서리의 죽음을 확인하러 온 사람처럼 어찌 저리 가는가.

그 매정한 뒷모습이 사라지고 나자, 아버지 곁에서 우는 아내를 잡아 일으켰다. 상황을 수습할 사람은 상단 일로 집을 비운 형님 대신인 자신이었다.

"형수님과 제수씨를 모시고 안채로 가시오."

남편의 생전 처음 보는 무서운 얼굴에 아내는 울음을 삼키면서도 그 말에 따랐다.

그는 지 서방에게도 일렀다.

"입이 무겁고 믿을 수 있는 이 몇만 남기고 노복들을 물리게."

난장판이던 별채 마당이 서둘러 정리되기 시작했다.

"아버님도 사랑채로 모시고."

하나, 아버님은 넋을 놓으셨는지 일어서시기는커녕 서리의 시신조차 건드리지 못하게 하시더니, 마당이 한산해질 때쯤에야 물으셨다.

"……방화인 게지?"

쉬어 터진 그 목소리는 질문이 아니라 확신이었다. 혼자 힘으로 이리 큰 상단을 일군 분이시니, 경황 중에도 돌아가는 상황을 제대로 인지하고 계신 터였다.

"알아보고 말씀드리겠습니다."

"아비를 벌써 뒷방 늙은이로 아느냐?"

연겸이 침묵했다.

"설마…… 불을 지른 놈을 잡은 것이냐?"

아버님 말씀에, 마찬가지로 주저앉아 마냥 눈물을 흘리던 연총이 눈이 화등잔만 해지며 물었다.

"그게 차, 참말이오?"

"아직 정확히는 알지 못합니다. 하인들이 낯선 자를 잡았다기에 일단 광에 가둬 놓으라 일렀습니다. 그러니 사랑채에 가 계시면—"

"아니. 내 눈으로 보고 들어야겠다. 당장 놈을 끌어오너라."

자시(오후 11시부터 새벽 1시까지) 즈음, 여전히 잔 불씨가 탁탁거리는 소리가 들리는 별채 마당에 멍석이 깔렸고, 별채 중문 앞뒤를 하인이 지키고 섰다.

따로 횃불을 피우지 않아도 여전히 타고 있는 별채 때문에 마당은 서러울 만큼 환했고 여전히 주저앉은 오 행수가 끌어안은 시신 때문에 참담함이 극에 달한 와중, 한 사내가 끌려와 연겸과 연총 앞에 꿇어앉혀졌다.

검은 옷을 입고 복면까지 쓴 자는 떨지도 않고 고개를 쳐든 채였다.

연겸이 물었다.

"불을 지른 이유가 무엇이냐?"

답이 없었다. 다가가 복면을 벗겼으나 안면은 없는 자였다. 시선도 주눅 든 기색 없이 대찼다.

"다시 물어 답이 없으면 눈 한쪽을 내놓아야 할 것이다."

나직이 경고한 연겸이 다시 물었다.

"누가 시킨 일이냐?"

"알면, 감당할 수 있겠소?"

감히 남의 집에 불을 지르다 잡힌 놈답지 않게 배짱 한번 두둑하였다. 하지만,

"그는 대답이 아니다."

다음 순간 예고도 없이 연겸이 주먹을 내질렀다.

"으헉!"

덩치가 큰 만큼이나 크고 무쇠 같은 주먹 한 방에 단번에 뒤로 나뒹군 놈을, 뒤에 서 있던 하인들이 잽싸게 일으켜 다시 연겸 앞에 무릎 꿇렸다.

"내, 내 눈……!"

"이를 부수고 싶으나, 주둥이를 놀려야 내 질문에 답할 것이라 눈을 친 것이야. 다른 눈까지 멀고 싶지 않다면 묻는 말에 순순히 답하는 것이 좋을 것이다."

악을 쓰는 놈과 달리, 연겸은 무서울 정도로 침착했다.

"천한 중인 놈들이 왕실과 사돈을 맺었다고 하늘 높은 줄 모르고 나댄다더니……!"

한번 입을 연 놈은 이제 입 간수를 할 생각도 없어 보였다.

그만큼 단단히 믿는 구석이 있다는 뜻이었다. 이런 짓을 도모하고도 살아남을 수 있을 정도로 대단한 구석이. 대체 어떤 놈이…….

"말하고 싶어 좀이 쑤시나 보구나."

"흐흐, 말해 줄 수는 있소. 하지만, 알게 되면 관아에 고발조차 하지 못할걸?"

연겸의 얼굴이 굳어졌다. 뒤에 앉아 있던 오 행수의 얼굴에서도 다시 눈물이 흘러내리기 시작했고.

눈치채지 못한 연총만이 달려들며 놈의 멱살을 잡았다.

"그래서 누가 시켰느냔 말이다!"

놈의 고통으로 일그러졌던 입가가 허물어지며 비웃음을 피워 물었다.

"하늘이다."

"……뭐라고?"

"못 알아들었느냐? 주상 전—"

말이 끝나기도 전에 연총을 밀어 낸 연겸이 다시 주먹을 내질렀다. 이번에는 입가를 맞은 놈이 소리도 지르지 못하고 나뒹굴었다. 그가 컥컥거리며 부러진 이를 몇 개나 뱉어 놓는 동안 성큼성큼 걸어간 연겸이 아까 하인들이 불을 끄던 곡괭이를 집어 들었다. 여전히 타고 있는 별채를 등지고 돌아서는 그의 얼굴은 흡사 야차처럼 일그러져 있었다.

퍽. 퍽.

넋을 잃고 주저앉은 연총은, 제 코앞에서 둘째 형님이 놈의 머리를 깨부수는 것을 지켜보면서도 믿을 수가 없었다. 자신이 잘못 들었는가 다시 묻고 싶었는데…… 믿어지지 않아 거듭 또 거듭 확인해야 할 것 같았는데…… 벌써 놈의 부서진 머리통에서 뇌수가 흘러나오고 있었다.

형님이 씨근거리는 숨소리도 없이 곡괭이를 집어 던지자, 지 서방의 지시에 하인들이 움직이기 시작했다. 문을 지키고 있던 이들까지 달려와 일사불란하게 멍석째로 놈의 시신을 말아서는 여전히 불타고 있는 별채에 던져 넣었다. 그리고 곡괭이로 불타고 있는 장작을 끌어모아 놈을 덮었다. 아까 서리를 꺼낼 때와 달리 훨훨 잘 타도록.

시신 타는 냄새가 역겹다더니…… 아무 냄새도 나지 않았다. 코와 입 할 것 없이 머릿속이 온통 임금 자리를 지키려고 제 조강지처를 죽였다는 작자에 대한 역겨움으로 가득 차 그런가?

지 서방이 다시 한 번 입막음을 하며 하인들을 데리고 물러갔다.

"그럴 리가 없잖소, 형님?"

애원하듯 물어도 장승처럼 우뚝 선 형님은 말이 없었다.

"주상이 우리 서리한테 어, 어떻게 했는데…… 내가 이 두 눈으로 분명히 봤단 말이오……!"

서리한테 함빡 빠져서는 고것이 무슨 짓을 해도 마냥 팔불출처럼 웃는 것을 보지 못했다면 모를까, 어떻게……. 심지어 입궐하기 며칠 전만 해도 주막에서 석동이 차림을 한 서리와 마주 앉아 국밥을 먹다가 저와 딱 마주치기까지 하였는데……. 어찌 혼인하고도 그 차림으로 나다니는가 싶어 눈을 부라렸더니, 자신이 갑자기 그게 먹고 싶어서 석동이를 끌고 온 길이라는 뻔한 핑계까지 댔는데……. 그 모든 일이 없다 해도, 어찌 인간의 탈을 쓰고 제 처를…….

새로 중전을 들이려다 보니 우리 서리가 목에 걸린 생선 가시 같았는가? 그렇게 어여뻐하던 이도 권력 앞에서는 어떻게든 없애고 싶은 걸림돌이 된다고?

토악질이 일었다. 눈알이 튀어나오고 제 오장육부를 모두 다 토해 낼 것만 같은 격렬함이었다.

그때 뒷문이 삐걱이며 열리는 소리가 났다. 마당에 남겨진 세 부자 중 연총의 멍한 시선만 그리로 향했다.

들어온 이는 노복이나 입는 치마저고리에 댕기를 들인……

연총의 눈이 점점 커졌다. 귀신을 본 듯 경악하여 입이 떨어지지 않는 가운데, 두어 걸음 걸어오는가 싶던 서리가 그대로 바닥으로 쓰러져 내렸다.

「누가 있는 것은 아닙니다! 제가 감히 전하께 해가 될 짓을 할 리가 있겠습니까?! 그저 전(前) 상선 김양촌이 전하를 위하는 길이라고 하여서……! 성군이 되시려면 부부인을 멀리하셔야 한다고……!」

기시의 눈빛은 진정이었다. 그는 결코 흔을 배신할 놈은 아니었다. 하지만, 같은 이유로 회유하기도 손쉬웠을 터였다. 상전을 위해서라면 못 할 짓이 없는 놈이니.

흔은 그길로 돌아서 궐로 돌아왔다.

시신을 외면하면 일어난 일이 없던 일이 될 것 같았다. 당장에 김양촌을 취조하고, 서리의 처소에 화재를 일으킨 배후를 알아내어 그놈들을 모두 쳐 죽이고 나면 서리가 다시 제 앞에 나타날 것만 같았다! 배시시 웃으면서…… 염려하셨느냐고…… 저 여기 있다고……. 그래서 조금이라도 빨리 돌아왔다.

얼마 안 있어 출궁할 늙은 상선에게 중전에 누가 책봉되는지가 중요할 리 없다. 분명 그 배후가 있는 것이다. 궐로 돌아오자마자 놈을 끌어오라 명했더니, 이미 목을 매고 자결한 후라 했다. 배후가 꼬리를 자른 것이다.

시간이 지날수록 증좌와 증인은 인멸될 것이니, 당장 내금위에 일러 상선 주위의 내관과 나인들을 모조리 조사케 했다.

주먹 쥔 손에서 자꾸만 피가 흐른다며 제발 손아귀의 힘을 풀라 매달리는 기시를 다시 발로 내질렀다. 그 말대로 손바닥 어딘가가 쓰린 것도 같았고 질척한 것도 같았지만, 개의치 않았다. 그깟 것이 무에 중한가.

날이 새기 전에 기이한 증언이 나왔다. 상선이 대비전의 상궁과 두어 번 말을 나누는 것을 보았다고.

그 소리에 서안 위 괸 팔에 이마를 받치고 있던 흔의 눈이 번득였다.

대비께서 권유하신 즉위식. 그가 서리를 중전으로 삼겠다는 전교를 거두자마자 그만두신 석고대죄. 그 뒤 떨어진 금혼령. 그리고…… 화재. 후궁을 뽑는다던 간택이 어찌 바뀔 것인지, 이제는 보였다. 이제야.

배후는 대비였다. 굳이 대비전의 상궁을 끌어다 문초를 할 것까지도 없었다. 김양촌이 죽고 없으니 이제 아무 연결 고리가 없다며 잡아떼면 그만이니.

자신이 한참이나 늦은 것이다. 대비전에서 기묘함을 느꼈던 때 바로 대처했어야 했던 것을. 참으로 어리석고도 어리석었다.

날이 밝고 해가 떠오를 때까지도 침전에 그렇게 앉아 있었다. 싸늘한 밤을 지나면서 어깨에 곤룡포를 덮어 주는 손길이 있었으나 흔은 추위를 느끼지 못했다. 구부정한 어깨에, 세운 한쪽 무릎 위로 올려 둔 팔에 반쯤 가려진 시퍼렇게 굳은 얼굴. 그 속에서 두 눈만이 형형하게 빛나고 있을 뿐.

종묘에 제례를 드리는 날인지라, 옆방에 대례복이 준비되어 있다며 최 상선이 두어 번 재촉하긴 하였으나 흔은 대답조차 않았다. 저만치서 엎드려 내내 눈물로 벌을 청하고 있는 기시도 본 척 않았고.

아침 문안을 거르고 수라까지 거르자, 대비가 들었다. 들어온 대비도 엎드린 기시를 못 본 척 지나쳤다. 흔은, 그대로 굳어 든 사람처럼 눈동자만 치뜬 채 대비가 걸어와 제 앞에 앉는 것을 지켜보았다.

"성후 미령하시다 들었습니다."

담담한 말투였다. 무슨 일이 있었는지 다 알면서도 아무것도 모른다는 양이다. 웃전이 들어오시는데 일어나지도 않는 제 오만불손한 행동거지를 부러 덮어 주려는 것인지, 아니면 그런 대접을 받아 깎인 체모를 스스로 높이려는 것인지 알 수 없었다. 관심도 없었다.

"종묘에 가실 수 있겠습니까?"

흔은 묵묵히 대비를 바라보았다. 답을 하지 않아도 대비는 눈 하나 깜짝하지 않았다.

"사가의 소식을 들었습니다. 애석한 일이에요. 조금 더 기다렸으면 좋은 날을 맞을 수 있었을 터인데."

무표정한 얼굴에서 애석한 빛이라고는 당연히 찾아볼 수 없었다.

이윽고 흔이 입을 열었다.

"그이가 출신이 천하여 그런지, 늘 성급한 구석이 있었지요."

내용뿐만 아니라 경멸스런 어조에 뜻밖이라는 듯 대비의 한쪽 눈가가 치켜 올라갔다 내려왔다. 옳다구나 하였는지 다음 말이 가관이다.

"주상께서 슬픔을 다스리시는 데 조금이나마 위로가 될까 하여 드리는 말씀인데, 부부인 오씨를 왕후로 추존하는 것이 어떻겠습니까?"

흔은 팔에 이마를 대고 얼굴을 감췄다.

"장례는 공주의 예에 준하여 치른다 해도, 추존하여 묘호도 올리고 하면 주상께서……."

큭.

치미는 웃음을 참지 못한 흔은, 어깨까지 들썩여 가며 큭큭거렸고 그제야 대비의 말이 서서히 잦아들었다.

"주상, 제 말씀이 어디가 잘못되기라도 했습니까?"

"그럼요, 잘못되어도 한참 잘못되었지요."

여전히 공손한 어투였지만, 고개를 드는 왕의 얼굴에는 비릿한 미소가 어려 있었다.

"존귀한 대비마마께서 잘 모르시나 봅니다만, 천것들에게도 넋이라는 것이 있습니다. 그러니, 저를 위로하기 위해서가 아니라, 부부인의 넋을 달래 주기 위해서라 하셨어야지요. 그래야 그 사람이 귀신이 되어 꿈에 나타날 걱정 없이 제가 잠이 들지 않겠습니까? 보세요, 지난밤도 어찌나 겁이 나는지 눈을 붙이기는커녕 잠자리에 들지도 못하였습니다."

"혼이야, 신주를 절에 모시고 때에 맞춰 제사를 지내면 달래질……."

"허어, 모르시는 말씀입니다, 그 사람은 고작 제삿밥에 풀어질 사람이 아니에요. 그 어떤 것으로 위로를 해도 88야 이별 서리를 막을 수는 없다, 그 말입니다."

"이별 서리요?"

하하하……

왕은 실성한 듯 오래도록 웃고는 동문서답을 했다.

"제가 당분간 무서워 잠을 제대로 못 이룰 듯하니, 문안 인사는 상선을 보내도 저어치 않으시겠지요?"

당분간은 주상의 심기를 건드려서는 아니 된다는 것을, 대비는 본능적으로 깨닫고 있었다. 대비 자신을 원망하는 말은 일절 없고 심지어는 부부인이 비명에 간 것을 애석해하는 것인지 시원해하는 것인지 도통 알 수 없는 발언까지 하고는 있지만, 그 눈에 어린 시퍼런 기운을 무시할 수 없는 탓이었다.

"성상의 안위가 먼저이니, 편할 대로 하세요."

"그럼 저는 이만 채비를 해야겠습니다. 죽어 고꾸라지기 전에는 기필코 종묘에 가야 한다니 별수 있습니까."

"주상."

그가 자리를 털고 일어나자, 대비가 부름 하였다. 순간 흔은 이제야 본론이 나올 것을 알았다.

"딱한 지경에 이른 것은 알고 있지마는, 만백성의 어버이로서 국모를 들여 후계를 세우는 일은 사사로운 슬픔보다 앞서는 것이라 생각합니다. 때문에 금혼령을 내린 김에 후궁이 아닌 중전을 간택할까 하는데 어떠십니까?"

그대로 앞을 보며 서 있던 흔의 아래턱이 이리저리 기묘하게 움직이다 제자리에 맞춰졌다. 그리고 시선이 내려가 여전히 앉아 있는 대비의 것과 마주쳤다. 그 시선 속에서 경악이나 저항을 기대했다면 대비는 착각한 것이다.

흔은 샐쭉 웃었다.

"이 나라의 근간이 충과 효인 것만큼이나 부부지간의 도리 또한 중요한 것이라 여겼습니다. 그래서 싫으나 좋으나 조강지처를 중전으로 맞이하려던 것이었고요. 한데 하늘이 저를 갸륵히 여겨 마침 중인 출신의 중전을 세우지 않아도 되는 좋은 핑계를 만들어 주긴 하였으나— 겨우 지난밤의 일입니다. 아직 장사도 치르지 않은 조강지처를 두고 새장가 운운하고 있음을 백성들이 안다면 저를 가리켜 개나 돼지와 다를 바 없다 손가락질하지 않겠습니까?"

틀린 말은 아니었다. 왕의 아우로서 보위에 오른 지 얼마 되지 않은 그가 민심을 잃을 것을 염려하지 않을 수 없는 것이다.

"차후에 다시 적당한 시기를 택해 대비께서 어질고 덕망 있는 중전을 골라 주시리라 믿어 의심치 않습니다."

금혼령마저 거두라는 말이었다. 어려운 일은 아니었다. 어차피 그 계집도 죽고 없으니. 오라버니가 빨리 일을 처리하신 것은 매우 만족스러웠다.

"알겠습니다, 주상."

"그럼, 먼저 나가 보겠습니다."

잠을 이루지 못했다며 죽는소리를 하던 주상은, 여미지도 않은 곤룡포 자락을 거세게 휘날리며 성큼성큼 걸어 나갔다.

김양촌이 회유했을 상선 놈도 그제야 일어나 구부정하니 따라 나갔다.

눈을 뜨니 낯선 방 안이었다.

"정신이 드느냐?"

아버지께서 옆에 앉아 저를 들여다보고 계셨다. 눈가가 붉었다.

말이 나오지 않아 서리가 그저 눈만 깜박이니, 비어지는 눈물을 쓱 문질러 닦으며 외면하셨다. 아버지의 눈물은 처음이었다.

"이제…… 석동이로 살아라."

서리가 다시 눈을 깜박였다.

"네 원이었지 않누. 그리 살아라."

무슨 말씀인지…….

누운 채로 그간의 얘기를 듣다 보니 청천벽력의 소식이었다.

별채에 불이 났다고? 갑자기 왜 불이? 설마 운검이……?

허겁지겁 일어나 앉았다.

"애…… 애춘이가…… 제 대신 애춘이를 두고 나왔……."

"시커멓게 그을린 시신이 나오니, 딱 너인 줄로만 알았다."

아…… 내가 이불을 단단히 쓰고 있으라 한 탓에 불길을 피하지 못한 것이다. 타박도 많이 했지만, 어릴 적부터 늘 함께였는데…….

"너무 가슴 아파 말아라. 목숨값에 비할 수는 없겠지만, 내가 해 줄 수 있는 것은 다할 것이야. 장례도 후히 치러 주고 그 부모 형제도 면천시켜 줄 것이다."

눈물을 뚝뚝 떨어뜨리는 서리를 보다, 아버지가 덧붙이셨다.

"주상도 그리 알고 갔다."

전하께서? 거길 오셨단 말인가? ……어째서? 날 죽이라 운검을 보내시고는 어찌 오셨지……? 운검을 보내신 것이 전하가 아니었나? 그런가? 그렇지! 내가 잘못 들었던 것이다! 우리 전하께서 그러실 리가 없지, 암!

가슴이 미친 듯이 뛰고 흥분이 일었다.

"가 보렵니다. 잠저로 돌아가야겠어요. 대감, 아니 전하께서 데리러 오실 테니……."

두서없이 서두르며 주섬주섬 일어나니, 아비가 손목을 붙들었다.

"내 말 못 들었느냐? 이제 석동이로 살아야 한다니까! 그래야 살 수 있단 말이다!"

어차피 대감과 저자에 놀러 나갈 땐 늘 석동이 차림을 하고 나갔으니 석동이를 영 포기할 생각은 없었고, 또 지금 누구로 사는 게 뭐 그리 중요한가. 저가 친정에 없었으니 잠저로 가셨을 터, 이번에도 길이 어긋나서 그냥 환궁하셨다가는 언제 또 오실지 알 수 없는 일인데.

제 생각에 빠진 서리는, 아버지의 말을 띄엄띄엄 알아듣고 있었다.

"예, 예."

대강 대답을 하며 일어서려 하니, 아비의 손에 무섭게 힘이 들어갔다.

"모르겠느냐? 주상이 널 죽이려 하였단 말이다! 별채에 불을 지르라 시킨 것이 그 대단한 나라님이었다고! 네가 살아 있다는 것이 알려지면 또다시 죽이려 들 테니, 이제 서리로는 살 수 없다 그 말이다!"

아버지가 화재에 아무리 놀랐다 해도 전하를 음해하는 건 아니 되는 일이다.

서리는 기다리던 전하께서 제 친정에 오셨다는 것만으로 제가 들은 모든 이야기와 가진 서러움을 씻어 내려 들었다. 무슨 변명을 만들어서라도 전하를 믿고 싶었고 믿으리라 다짐했다.

"저, 전하께서 절 데리러 오셨다면서요!"

덜덜 떨리는 목소리가 마음에 들지 않았다. 전하를 믿지 못해 이러는 것 같지 않은가. 크게 말해야지, 그래야 믿는 것이지! 그래서 끝내는 버르장머리 없이 아버지께 바락 소리를 질러 버렸다.

"그렇다면 어찌 네 시신이 나오자마자, 들여다보지도 않고 가 버렸단 말이냐?"

"제가 아니라 애춘이었잖아요. 제가 아닌 것을 딱 알아보시고…… 거기에 제가 없으니, 자, 잠저로 찾으러 가셨을 수도 있고……."

아비의 말에 목에 힘을 주고 대거리하려 했지만, 다시 말을 더듬고 있었다. 이가, 입술이 말을 듣지 않았다.

"잘 죽었는지 확인하러 온 것이 아니고?"

"전하께서 그러셨을 리가요. 참말 불을 지르라 시키셨다면…… 어차피 초상이 날 것을 미루어 아셨을 텐데 어찌 오셨다는 말입니까?"

"이 딱한 것. 어찌 그리 미련하게 구느냐……."

어떻게든 전하의 행동을 변명하면서, 제가 믿고 싶은 것을 제 입으로 만들어 내는 서리를 보며 아버지가 탄식했으나, 서리의 귀에는 들리지 않았다.

"물론 제가 죽은 줄 아셨을 수도 있어요. 그렇다면…… 너무 슬퍼서 가신 것이 틀림없습니다. 그러니, 제가 얼른 가서 알려 드려야지요."

"행여나. 오늘 종묘에 행차해야 하니, 초상집에 있으면 아니 되는 터라 가 버린 게지!"

종묘……?

"그 슬퍼 죽는다는 주상은 오늘 아침나절에 멀쩡히 행차에 나섰다. 점잖게 연에 올라앉은 신수가 훤했다더구나."

그럴 리 없었다.

"제 눈으로 봐야겠습니다."

아버지가 거짓을 말씀하시는 것이 분명했다. 전하께서는 여전히 자신을 찾아 헤매고 계실 테니, 그럴 리가 없는데.

"그래, 가서 네 눈으로 똑똑히 보거라!"

쓰러진 자신에게 그길로 사내의 옷을 입혀서는 집 밖으로 몰래 빼냈고, 상단에서 접대를 위해 마련해 둔 기방에 딸린 뒤채로 옮겨 왔다는 아버지의 말씀을 귓등으로 들으며 두루마기를 걸치고 갓끈을 맸다.

방문을 나서니 서 있던 장정 둘이 허리를 숙여 보이고는 뒤를 따랐다. 이래서 자신이 나서게 두셨구나 싶었지만 그러거나 말거나 서둘러 길을 나섰다. 마구 걷다 보니, 처음 와 본 곳이라 길이 헷갈렸다. 종묘가 어느 쪽이더라…….

그렇게 얼마를 허영허영 걸어가는데, 갑자기 사람들이 바닥에 꿇어 엎드리기 시작했다.

"쉬이~! 물렀거라, 임금님 행차시다!"

선도하는 군졸들이 크게 내지르는 소리에 이어 어가 행렬에 따라붙는 고취악 소리도 점점 커지기 시작했다.

아버지 말씀이 맞을 리가 없다. 절대로 그럴 리가…….

"에라, 게 들어 섰거라~!"

군졸이 들고 있던 육각 방망이를 위협하듯 흔들며 멀뚱히 선 서리를 가리키니, 뒤에서 다가온 손이 서리의 어깨를 내리눌렀다. 뒤따르던 사내인 모양이었다. 엉겁결에 주변 다른 이들처럼 무릎을 꿇고 엎드렸지만 고개까지 숙여지지는 않았다. 전하를 봐야 하니까.

화려한 연이 지나가고 있었다.

그 높은 가운데에 올라앉은 분.

상의에 용을 비롯한 5가지, 하의에 불을 비롯한 4가지로 총 9가지 무늬를 수놓은 구장복을 갖춰 입으시고 마찬가지로 9줄의 구슬로 장식된 면류관을 쓰신 임금님. 두 손으로 규를 받들어 반듯한 예를 갖추신…… 지금쯤 저를 찾아 헤매시든가, 슬픔으로 정신을 차리지 못하시든가 할 것이라며 호언장담을 하고 나온 제 지아비셨다.

꿇어 엎드린 백성들을 무심히 지나치던 시선이 넋을 잃은 서리 근처를 스쳐 가는 순간, 다시 다가온 손이 서리의 뒤통수를 내리눌렀다. 모든 기운을 잃은 서리는 그제야 고개에 힘이 빠졌다. 바닥을 향해 고개를 숙이니, 다시금 그 좁은 개구멍 속으로 돌아간 듯하였다. 여전히 춥고 마냥 어두운 그곳. 서리는 그렇게 자신의 남은 생을 직면하였다.

어찌하면 모두 쳐 죽일 수 있을까? 어찌하면…… 내 안타까운 이에게 위해를 가한 놈들에게 천 배, 만 배로 되돌려 줄 수 있을까?

문안이며 수라까지 마다해 가며 흔이 고민한 것이 그것이었다.

서리를 반대하며 석고대죄를 한 놈들, 그리고 간계를 꾸민 것이 분명한 대비까지. 당장에라도 검을 들고 가 목을 쳐 내고 싶은 심정이었지만, 참아야 했다. 제대로 증좌를 잡고 밝혀내어야 마땅한 벌을 줄 수 있는 법이니.

그 모든 것을 제대로 해내려면 먼저 힘을 키워야 했다. 마음처럼 하루 이틀에 해낼 일이 아니었다. 멋모르고 조급히 행하다가는 먼저 당할 수 있으니.

종묘에 참석하여 임금의 위용을 높이고 강연도 보란 듯이 할 것이며 정사도 제대로 돌볼 것이다. 그렇게 힘을 키워 나가다 보면 언제고 제대로 이별 서리를 내려 줄 날이 올 것이다. 그날까지는 제대로 해내야 했다. 그래야 했다.

연에 앉아서도 그렇게 수도 없이 곱씹으며 무심히 흐르던 시선 끝에, 동그란 얼굴이 스쳐 갔다. 설마 우리 석동이가…….

화급히 돌아간 시선이 다시 그 근처를 훑었지만, 꿇어 엎드린 이들의 등은 다들 비슷비슷했고 연은 계속해서 움직이고 있었다.

헛것이었나? 어제오늘 일이 믿어지지 않고 자신의 서리가 꼭 어딘가에 살아 있는 것 같았다. 장옷을 쓴 이는 부부인 같고, 좁은 갓을 쓴 사내는 석동이 같았으며, 삿갓을 눌러쓴 자는 당장 연에서 내려 달려가 그 삿갓을 벗겨 확인하고 싶었다. 혼인 때처럼, 지금도 누군가의 고약한 장난이었으면…….

아까 그 언저리로 다시 시선을 주었다. 헛것이라도 좋으니, 한 번만 더 보고 싶었다. 거듭 또 거듭 보였으면……. 이러다 실성해도 괜찮으니…….

속은 그렇게 문드러져도 흔의 시선에는 다시 차가운 무심함이 깃들었다. 실성하기 전에 모두 도륙을 내고 말 것이다. 반드시.

손바닥에 다시금 질척한 핏물이 느껴졌지만 그깟 것. 피눈물이 흘러내리는 두 눈에 비하면, 억장이 무너진 가슴에 비하면 참말로 그깟 것이었다.

행동거지가 단정하고 말소리는 점잖았지만, 향긋한 분내며 화려한 차림새, 그리고 얹은머리는 영락없는 기녀였다. 계화라 이름을 밝힌 그 나이깨나 먹은 기녀는 무척이나 사람을 성가시게 하는 이였다. 나무처럼 그저 가만히만 있고 싶어서 오늘도 세운 무릎에 얼굴을 묻고 있는 서리에게 자꾸만 말을 걸어왔다. 아버지가 집으로 가시면서 저를 잘 돌봐 달라 얼마나 당부를 하셨는지는 몰라도 말이다.

"행수께서 어렵게 구해 오신 전복으로 쑨 죽입니다. 한 수저 떠 보시지요."

숨 쉬는 것은 물론 눈을 깜박이는 것조차 귀찮으니, 대답도 나올 리 없는데. 손도 대지 않은 밥상을 두 번인지 세 번인지 내가더니, 급기야 방이 울릴 만치 크게 한숨을 쉬었다.

"낳아 주신 부모 앞에서 굶어 죽을 작정이십니까?"

왜 이리 귀찮게 하는지 모르겠다. 아무 생각도 행동도 없이, 그저 가만히만 있고 싶은 것을. 할 수만 있다면 어디론가 기어 들어가 다시는 나오고 싶지 않았다. 아무도 자신을 볼 수 없고 자신 또한 누군가를 보거나 기대하지 않아도 되는.

"소인은 함경도 어느 고을의 관비였습니다. 양반이던 조부가 죄를 지어 일가족이 관비로 떨어진 이후에 났습지요. 태어날 적부터 노비였던지라, 부모와 달리 설움 따위 모르고 컸습니다. 어느 날 고을에 원님이 새로 부임하셨는데, 저를 보는 눈빛이 심상치 않더니 그날 밤, 원님 방으로 끌려갔지요. 열세 살 나던 해였습니다."

서리에게서 여전히 반응은 없어도 늙은 기녀의 읊조림은 계속되었다.

"다음 날, 계집 구실을 할 수 없으리만치 만신창이가 된 저를 보고 눈이 뒤집힌 아비가 낫을 들고 동헌으로 달려갔답니다. 낫 한 번 휘둘러 보지 못하고 매만 실컷 맞아 장독이 오른 아비는 제가 몸을 추스르고 일어나 고약 한 번 발라 주기도 전에 죽었고 이후 어미가 목을 매었습니다."

서리의 고개가 조금 움직였다. 그 말을 하는 이의 얼굴을 보고 싶어서였다. 서리를 향해 있던 담담한 얼굴에 희미한 미소가 어리는데, 왜 서리가 울고 싶은지 모르겠다. 제 설움이 치받쳤는가.

"제 앞에서 부모가 죽은 꼴은 잊히지 않더이다. 대행수 어른의 은혜로 이 나이 먹도록 살아남았어도 여전히 가슴에 맺힌 것이 그것이었는데…… 하물며 자식 된 도리로 부모 앞에서 죽기를 자처하십니까?"

서리가 눈을 깜박였다.

"어떻게든 살아 있다 보면, 좋은 날까지는 아니어도 조금 더 살 만한 날은 오더이다. 소인처럼 힘없는 노비를 아비로 두신 것도 아니니, 오죽 더할까요."

서리가 무릎에서 고개를 들자, 늙은 기녀가 서둘러 상을 앞으로 밀어 주었다. 죽 그릇을 열자 고소한 냄새가 퍼졌다.

재게 손을 놀려 수저까지 들려 주는데, 갑자기 역한 토기가 일었다. 며칠간 제대로 먹은 것도 없고 마신 것도 없는데 무슨 조홧

속인지. 온몸이 격렬하게 뒤틀리는 마른 구역질은 한참이나 계속되었다.

진이 다 빠진 서리가 간신히 입을 닦을 무렵 늙은 기녀가 죽 그릇을 덮어 치우며 중얼거렸다.

"자식 앞에서는 더더욱 죽는 것이 아닙니다."

지금까지와 달리 무척이나 강경한 어투였다.

자식. 그 생경한 단어가 서리의 머릿속을 어지럽게 떠다녔다.

다음 날 기방에 들른 오 행수는 서리에게 태기가 있다는 계화의 말에 억장이 무너졌지만, 뭐라도 먹으려 한다는 말에 불행 중 다행이로구나 하였다. 그래서 지난밤 주상이 다시 찾아왔던 일은 함구키로 하였다. 하나 마나 한 소리를 알려 봤자, 간신히 안정되어 가는 여식을 흔들기만 할 것 같아서였다.

오라비들이 그날 밤으로 시신을 지고 나가 파묻었다는 소리에 주상은 제게 피를 토하듯 외쳤었다.

"어찌…… 다들 어찌 그럴 수가 있소! 중전까지 올리지는 못했더라도 부부인이었던 사람이오! 공주의 예로 장례를 치러야 하는 것도 애석하기 짝이 없거늘 곡을 할 빈소도 마련치 아니하고 어찌……!"

"이 집 귀신이 아닌 이의 빈소를 어찌 이 집에 마련한단 말입니까? 아니면 상주도 없는 잠저에 빈소를 차려야 했습니까?"

겉으로는 냉철히 짚는 시늉이었지만, 속으로는 저 또한 달려들어 따지고 싶었다. 어찌 그랬느냐고. 우리 서리가 언제 중전 되고

프다 하였느냐고. 그리고 중전 못 삼으면 그만두지 어찌 애먼 아이를 죽이려 들었느냐고.

그러자면 불을 지른 놈이 실토한 것을 밝혀야 하니 그럴 수 없었다. 그것이 사실이라면 입을 막기 위해 주상이 자신의 집안을 풍비박산 낼 것이오, 사실이 아니라 하면 진짜 배후가 자신들을 노릴 것이니 말이다. 재물은 많아도 세도 없는 중인의 처지이니 조용히 묻는 수밖에 없었다. 딸자식의 가슴에 피 울음이 켜켜이 쌓인다 해도.

"묘는…… 어디에 썼소?"

그런 속을 모르는 주상은 제 딸자식과 똑같이 세상 전부를 잃은 듯 허망한 목소리로 그리 물었고,

"모릅니다."

"장인!"

"제 목을 치신다 해도 가르쳐 드릴 수 없습니다."

"장인까지 이러지 마시오! 대체 왜…… 내게 왜 이러는 것이오, 다들!"

딸자식처럼 울부짖었다.

"가십시오. 그리고 이제는 오지 마십시오. 물론 그럴 일도 없으시겠지만."

오 행수는 꿇어 엎드림으로써 주상의 얼굴을 외면했다.

주상은 자신이 그를 경계하고 있음을 생각도 못 하는 것으로 보였으나, 그것이 그가 방화의 배후가 아니라는 뜻은 아니었다. 서리를 잃은 비통함이 진심처럼 보여서 참말 아닌가도 했지만, 이내 고개를 저었다. 보위를 탐해 조강지처를 죽였어도 한때의 정을 생각하면 잠시간 서글플 수는 있는 것이니.

게다가 욕심에 눈멀어 딸자식의 인생을 망친 오 행수 자신은 더 이상 주상의 진정을 가늠하거나 재어 볼 여유가 없었다. 그에게는 지켜야 할 자식들과 손자들이 열이 넘었고, 더 이상 헛된 시도를 할 여유가 없었다. 이 일그러진 인연은 여기서 끊어 내는 것이 옳았다.

7

3년 후

　수시로 가슴을 치고 눈이 짓무르는 세월이 흘러갔다.

　주상의 고명을 받으러 청에 갔던 병판 윤인필이 소득 없이 돌아왔다. 선왕의 독살로 인해 가장 득을 본 것이 현재의 주상인데, 어찌하여 겨우 며칠 만에 혜빈에게 사약을 내렸느냐는 의문만 듣고 왔단다. 청의 고명을 떠나, 자칫 이 나라 주상의 정통성이 흠집 나려는 판이니, 신료들이 벌 떼처럼 일어나 사건을 재조사할 것을 주청하였고 주상은 윤허하였다.

　처음 사건을 조사하였던 이는 공교롭게도 병판 윤인필, 대비의 오라비였다. 당시의 조사 결과는 혜빈 처소의 나인이 중전 처소의 수라간 나인을 포섭하여 수라에 독을 타도록 했다는 것이었지만, 혜빈이 그 나인에게 독을 내렸다는 증거는 나오지 않았었다. 그럼 어찌 혜빈의 짓으로 몰아갔는가?

바로 병판의 일반적인 수계에 의해 일이 마무리 지어졌다는 결과가 나왔다. 따라서 의심의 화살은 고스란히 병판에게 향했다.

추국청이 열려 문초가 시작되고 고신까지 더해지자, 육신의 고통으로 반쯤 정신을 잃은 병판은 그저 대비마마를 불러 달라는 말만 반복하였다. 그 대목에서 신료들은 혀를 차며 돌아섰다. 왕실의 어른인 대비에게 죄를 물을 수는 없는 노릇 아닌가. 대비의 죄를 가려내면 그 대비가 세운 현 주상의 정통성은 아예 물 건너가 버린 것이 되니, 이 나라의 기강이 무너져 버린다.

때문에 서둘러 사건을 무마하려는 신료들의 주청대로 주상은 병판에게 사약을 내리고 그 처와 자식들을 관비로 격하시키는 것으로 사건을 마무리하였다. 이후 대비전은 아침저녁으로 대전의 꼽추 상선만 문안 인사차 드나들 뿐, 이전과 달리 개미 새끼 한 마리 얼씬거리지 않는 곳으로 변해 갔다.

다시 겨울이 지나가고 있었다.

쌀쌀한 삭풍이 어둑해진 창호 문들을 거세게 흔들어, 강녕전에서 상소문을 읽던 흔을 기억 속으로 훌쩍 데려갔다. 이미 수없이 더듬은 기억이었다.

세 해 전, 이맘때쯤 석동이와 연을 날리러 갔었다. 자신은 생전 처음 날려 보는 것인지라, 석동이에게 몇 번이나 가르침을 받고서야 연을 먼 창공에 매달 수 있었다.

신기하게도 제 손끝에서 하늘에 뜬 그 방패연을 바라보고 있노라니 문득 부러운 생각이 들었다.

「무슨 생각을 하십니까?」

찬바람에 귓가며 볼이 발그레해져서는 그리 물어 오는 얼굴을 돌아보는데, 순간 자신이 왜 그리 허망한 생각을 했는가 자책하였다.

이젠 혼자가 아니라 네가 있는데, 어째서 문득문득 여전히 서글픈 생각을 하는지 모르겠다. 버릇인가 보다고. 이리 슬픈 생각을 하다가, 정말로 끔찍한 일이 일어나 버릴까 와락 겁이 났다. 그러니 그 못된 버릇을 버려야겠다고 다짐했다.

「네가 있어 좋다는 생각을 하였다.」

「오늘은 연 날리는 것에 더해 허풍 떠는 것까지 배우셨습니다~!」

깔깔거리는 석동에게 마주 웃음 지어 주는 사이에 어찌 된 일인지 팽팽히 당겨지던 연실이 뚝 끊어지고 말았다. 저런!

허영허영 날아가는 제 연을 안타까이 보고 섰노라니, 석동이 제 연실을 뚝 끊어 내었다. 가오리연도 기운을 잃고 방패연의 뒤를 따르기 시작했다.

어찌 그리했느냐 물으니, 도리어 타박이었다.

「그럼 그리 쓸쓸한 눈을 하지 마시던가요. 이 석동이가 곁에 있는데, 대체 뭐가 걱정이랍니까?!」

타박이 아니라, 저 연처럼 언제까지나 저와 함께할 것이라는 약조였다. 그랬는데.

마냥 어여쁘던 그이를 어쩌다 잃어버리고 이 너른 궁에 홀로 앉아 있는지. 녹의홍상을 입은 서리도 없고, 무명 두루마기를 입은 석동이도 없는데 왕 노릇을 하면 무엇 하나. 어느 것도 욕심낼 수 없던 그때는 내 품 안에 있던 것이…… 세상 모든 것이 다 내 것인 지금 유일하게 그것만 없는 심정이란. 왕이 아니던 시절의 허전함에 비할 바가 못 되나니.

뻑뻑한 눈을 상소문으로 내려 마저 읽고는 붓을 들었다.

백성들을 위해 하고프던 일도 원 없이 하였고 대군에게 금지되었던 책도 원 없이 읽었다. 조금 전에도 석강을 일사천리로 끝내고 강녕전으로 돌아온 참이었고. 원래 경연관이 글을 읽고 설명하는 것을 찬찬히 듣고 앉아 있으면 되는 것인데, 책을 펴자마자 임금이 나서서 읽고 모든 설명을 해내니, 경연관이 입을 벙긋할 짬도 없었다. 신하보다 학문에 정진하는 임금 앞에서 무어라 할 말이 있으랴.

이후로 조정에 관련된 문제를 협의하고 나니, 대비전에 저녁 문안을 갔던 상선이 돌아올 때쯤에는 강녕전에 들어앉게 된 것이다.

그래도 뿌듯함은 느껴지지 않았다. 곁에서 칭찬해 줄 서리가 없는 탓이었다. 삭풍이 마냥 흔드는 것이 문뿐만이 아닌가 보다.

그렇게 고즈넉한 시간이 얼마나 흘렀을까. 조용히 문이 열렸다. 백성에게 내릴 글을 쓰던 흔은, 반도 더 굽은 허리로 걸어 들어오는 기시를 살이 내려 더욱 두드러진 눈을 고약하게 치뜨고 바라보았다. 꼽추 주제에 뭐가 저리 신나 고꾸라질 듯 서둘러 들어오는가.

그 밤에 제게 발길질을 당한 이후로 무엇이 잘못되었는지 허리를 펴지 못하였다. 몸이 불구가 되었으니 출궁시켜야 한다는 조언이 있었지만, 흔은 윤허하지 않았다.

궁 밖에 나가 편하게 사는 호사 따위 누리게 해 줄까 보냐. 코 앞에서 내가 그 대단한 왕 노릇을 어찌 하는지, 지켜보라지. 과연 이것이 내가 원하는 것이었는지, 제가 말하던 성군이 된 내가 과연 그리 좋아 보이는지 똑똑히 지켜보란 말이다.

"다녀왔사옵니다, 전하."

"대비께서는 강녕하시더냐?"

"예."

흔의 과로로 꺼칠한 입술이 비틀렸다.

"아직도?"

기시가 그저 고개를 조아렸다.

"참으로 질기니…… 감사한 일이다. 풍비박산 난 친정집을 생각하며 하루라도 더 모진 생을 이어 가셔야, 그 모습을 지켜보며 내가 또 하루를 살 것이니."

대비의 오라비가 모든 죄를 뒤집어쓰고 비명에 갔지만, 정작 대행대왕을 독살한 주모자가 대비라는 것은 모두가 짐작하는 바였다. 하지만, 흔은 더 이상 깊이 캐지 않았다.

주위에 돌아볼 이가 아무도 없는 적막함이 서서히 대비를 죽이길 바랐던 것이다. 자신이 그러하고 있는 것처럼.

기시를 대비전에 여전히 보내는 연유도 문안이 아니었다. 아직 살아 있는가에 대한 확인일 뿐.

다시 몇 자 적어 내려가자니, 기시가 입을 열었다.

"청에 간 사신이 이번에는 고명을 받았다는 소식을 들었습니다. 감축, 또 감축드리옵니다, 전하."

오후 무렵 도착한 장계의 내용이었다. 들어올 적부터 흥분한 기색이더니, 그 소리를 하고 싶었던 모양이다.

"그깟 것."

흔은 고개도 들지 않고 음울하게 읊조렸다.

대비의 오라비가 고명을 받지 못하고 돌아온 이후 두 해가 지나도록 사신을 보내지 않은 터라 청에서도 눈치를 주고 신료들도 주청을 드리기를 수차례였으나, 흔은 늘 시큰둥하였다. 마치 언제든 임금 자리를 홀홀 버리고 떠날 듯 미련도 애착도 갖지 않은 탓이다.

때문에 이번에 사신을 보낼 적에도 다들 근심이 많았는데, 다행히 고명을 받아 돌아오고 있다는 소식이었다. 온 나라가, 당사자인 임금을 제외한 만백성이 안도하고 있었다.

"과인에게는 그런 것이 전혀 중하지 않다는 것을 모르느냐?"

자조하는 중얼거림에, 기시의 얼굴이 흐려졌다.

"속이 시원하냐?"

"어인 말씀이신지……?"

"너는 몸이 불구가 되고, 나는 마음이 불구가 되어, 여전히 이렇게 단둘이라는 것이 흐뭇하냐 그 말이다."

"……망극하옵니다."

기시는 고개를 조아리다 못해 이마를 온돌바닥에 박기 직전이었지만, 이어지는 주상 전하의 목소리는 마냥 쓸쓸했다.

"그렇다는 말로 들리는구나."

기시라고 주상께서 외로우신 것이 어찌 즐거울까.

곧 아름다운 중전을 들이시어 부부인은 잊으실 줄 알았다. 영영 잊지는 못하셔도 곁을 함께하는 분이 계시다면 조금이라도 위안이 되지 않을까 한 것이다. 하지만, 세 해가 되도록 아무도 들이지 않으실 줄은 몰랐다.

신료들이 후계를 세우셔야 한다고 아무리 주청을 드려도 요지부동이셨다. 이번에 청으로 고명 사신을 다시 보낸 것도, 중전을 들이시든 사신을 보내시든 두 가지 중 하나는 반드시 선택하시라는 신료들의 최후통첩이 있었기에 가능했다.

고명은 받았으니 되었고 이제 후계를 세워야 할 터인데. 이대로라면 종친 중에 양자를 들이셔야 할 판이었다. 심지어 아들이 없는 종친들은 늦둥이를 보려고 난리라는 소문까지 돌고 있었다.

주상께서 새로 놓은 종이를 한참이나 물끄러미 내려다보셨다. 어쩐 일이신가?

정사와 관련된 일에는 늘 막힘없이 판단하고 행하시거늘. 심지어 도승지에게 명하시어 조서를 지어 올리는 일도 없이, 직접 쓰시는 일도 다반사인데.

이윽고 붓을 들어 써 내려가시는 내용을 흘끗 본 기시는 이번에는 기어이 이마를 땅에 박고야 말았다.

"전하……!"

저도 모르게 울음이 새어 나왔다.

"불구여도 너도, 나도 아직 살아 있지 않느냐. 살아 있을 적에…… 처결을 해 두어야지."

말씀에 가시가 돋지 않고 보드라운 것은 저를 향한 말씀이 아니기 때문이었다. 이제 내일이면 폐서인이 될 부부인 마님, 그분을 향한 말씀이었다.

뱃전에 앉은 석동은 큰물을 바라보며 다시 한 번 다짐을 했다. 다음에는 저 먼 곳으로 배를 타고 끝까지 가겠노라고, 이번에 한양에 돌아가서 꼭 한 번만 보고는, 그리고는 아주 가 버려야지 하고.

몇 해 전처럼 청으로 가는 사신단의 행렬에 끼어 인삼 무역을 하러 갔다 오는 길. 세상에 대한 궁금증과 호기심이 아닌, 창연한 자괴심으로 도망치듯 떠날 결심을 굳히는 터였다. 좁은 갓을 쓰고 무명 두루마기 차림인 것은 그때와 같은데, 그 안에 자리한 마음은 어찌 이리 달라졌는지.

얼굴에 스산한 기운이 깃드는 것을 용케 알아채셨는지, 어느새 뒤에 다가온 큰 오라버니가 말을 걸었다.

"그럴 것까지는 없었다."

타박이라 하는 것이 더 옳을 성싶었지만.

"무엇을 말씀이오?"

일행들에게 들킬까 싶어 꼬박꼬박 존대를 하였지만, 지금은 파도 소리에 묻히겠지 싶어, 서리도 편하게 말을 받았다.

"병부 시랑 말이다. 제 부인 일로 네게 고맙다 하면 그것으로 끝낼 것이지, 뭐 하러 주상의 고명은 받아 달라며 청은 넣었느냐 그 말이야. 저것 봐라. 네 공은 간곳없고, 정사만 흥에 겹지 않았느냐."

저만치에 앉아서는 수염을 이리저리 문지르며 흐뭇한 얼굴을 하고 있는 정사는 제가 한 일이 얼마나 대단한 일인지, 그리고 고국에 돌아가면 제 위상이 얼마나 높아질 것인지를 대략 짐작하고 있는 모양새였다.

"제가 공을 세우려고 그랬나요."

"말 한번 잘했구나. 생색내려던 것도 아닌데, 어찌 그랬느냐는 말이야."

깜짝 놀랄 일이 있었다.

몇 달 전, 청에 도착해 객주에 짐을 풀자마자, 역관 중 방가(方家)를 찾는다는 이가 있었다.

방가(方家)는 저 하나인데? 청에 아는 이가 있다면야 당장에 '나요' 라고 나섰겠지만, 겨우 두 번째 와 보는 곳에 아는 이가 있을 리가. 혹여 계집인 것이 탄로 났나 싶었지만, 아니 나가 볼 수도 없는 노릇이라 쭈뼛거리며 나가 보았는데.

웬 호화로운 마차에서 내려선 귀부인이 제게 크게 허리를 굽혀 절을 하는 것이 아닌가. 황망하여 살펴보니, 그 귀부인은 몇 해 전 서리가 400냥을 털어 주었던 그 기녀였다.

어찌 된 일인고 하니, 고향으로 돌아가 부모의 장례를 치른 뒤 운이 닿아 병부 시랑의 둘째 부인이 되었고, 이전의 은혜를 갚고자 사신단이 올 적마다 이리 찾아와 보았다는 것이다. 여인의 사연은 거짓이 아니었다. 믿어 주길 참말 잘하였다 싶어서, 서리는 참으로 오랜만에 얼굴에 웃음을 띠었다.

함께 온 병부 시랑 또한 부인을 끔찍이 아끼는지 400냥에 이자까지 얹어 주며 따로 원하는 것이 있으면 무엇이든 말하라 하였다. 그 돈을 극구 마다한 서리는 대신 부탁을 하였다. 청 황제에게 주상의 고명을 받아 달라고 말이다.

사신단이 오는 내내 걱정한 것이 그것이었다.

청은 대개 첫 번째 사신에게 고명을 내리곤 했는데, 현 주상에게는 선왕의 독살설을 거론하며 이미 한 번 거절한 전적이 있다. 물론 그사이 대비의 오라비를 처결하고 여러 문제들을 바로잡긴 하였지만, 그 반대로 청으로 보내는 공물이 무척이나 초라하니 가능성이 거의 없다는 것이다. 주상이 한도 끝도 없을 정도로 쩨쩨하게 굴었다나? 원래도 바리바리 싸 보내도 부족한 것을. 그대로는 안 된다는 신하들의 주청에도 주상은 그렇다면 사신단을 보내지 않으면 될 것 아니냐 했단다.

사신단을 보내지 않는다면 상인들은 무역을 할 수 없다. 고명을 받아 가지 못하면 사신단 대표인 정사는 귀양을 갈 것이고.

그렇게 모두의 근심이었던 것을, 서리의 부탁에 병부 시랑이 이리 뛰고 저리 뛰고 없는 연줄까지 모두 다 끌어다 대서는 황제의 고명을 받아 준 것이다. 청의 역관에게 은밀히 들은 소리인데, 황제는 이번에도 고명을 내리지 않을 작정이었단다. 병부 시랑이 애써 주지 않았다면 불가능했다는 말이다.

하지만 그리 애쓴 일도 정사 외에 사신단 대부분은 알지 못하였다. 서리와 연겸이 상의하여 정사에게 모르는 일로 해 주십사 부탁한 때문이었다. 결과적으로 모두의 우려름은 정사의 몫이 되었고 고국에 돌아가서 후한 상도 받을 터였다.

"왜긴요. 고명을 받아야…… 사신단도 자주 왕래하고 이렇게 우리네도 더불어 먹고살 것 아니오."

"왜국에 오가는 것으로도 충분하다. 지난번에 셋째와 왜국에 갔을 적에도 그럴듯하게 해냈다며 아버지께서 칭찬하지 않으셨느냐."

그동안 서리는 왜국을 두어 번 다녀왔고, 그 외에도 쉬지 않고 전국을 떠돌아다녔다. 봄에 떠나 가을에 돌아와 한 번 들러 보고. 두 번은 볼 염치가 없어 또 곧바로 떠나 다음 봄에 들르고. 아이가 자신을 알아볼수록 점차 면목이 없어져서…… 이제는 영영 떠날 결심을 굳히고 있는 터였다.

오라버니는 정사에게 돌아간 공이 아까워서 하는 말이 아니었다. 자신이 주상을 위해 무언가를 했다는 것이 못마땅한 것이지. 그걸 어찌 모를까.

"다른 뜻은 없었소. 이미 지나간 인연이고…… 이제 아주 뜨고 말 것 아니오."

"참말로 가려는 것이냐?"

"참말이지, 그럼."

"그럴 것까지는 없대도. 그냥 이대로도……"

"내가 싫소. 내가 못 견디겠단 말이오. 그 아이가 날 볼 때마다 어떤 기분인지……. 보고 싶어 눈이 짓무를 것 같아 참다 참다 찾아가도 그 아이가 날 바라보면 또 그것을 견딜 수가 없소."

"네 탓이 아니다. 올바른 정신으로 그런 것이 아니질 않으냐."

"아니, 내가 한 일이오. 내가…… 그 아일 죽이려 했소."

연항은 동생의 좁은 어깨가 다시 한 번 시커먼 죄책감으로 물드는 것을 안타까이 지켜보았다.

서리가 몸을 풀던 날이었다. 귀하디귀한 누이동생이 고작 기방 뒤채에서 몸을 푸는 것도 서러운데 그놈의 진통은 밤새 어찌나 길던지. 궁에서 의녀 노릇을 하였다는 산파까지 급히 수소문해 데려왔더니 오후 무렵에야 간신히 사내아이를 낳았다.

계화와 더불어 의녀를 치하하며 대문까지 배웅하고 방으로 돌아오던 연항은 우뚝 멈춰 섰다. 진이 빠져 잠든 줄 알았던 서리가 방 구석에 쪼그리고 앉아서는 어딘가를 뚫어져라 지켜보고 있었기 때문이다.

시선을 옮겨 보니, 강보에 싸여 있어야 할 어린것이 보이지 않았다! 놀라 살펴보니 이불이 불룩했다. 허겁지겁 이불을 들추니, 어린것이 숨이 막혀 얼굴이 새파랗게 질려 있는 것이 아닌가.

서리가 제가 덮고 있던 이불 속에 어린것을 죽으라고 밀어 넣은 모양이었다.

놀란 연항이 어린것의 등을 허겁지겁 두드리자, 간신히 숨통이 트이더니 숨이 넘어가도록 울어 젖히기 시작했다. 그 울음소리가 못난 어른들을 꾸짖는 것 같아 가슴이 찢어졌다.

"어찌 이런 짓을 했느냐……!"

그의 꾸짖음에, 여전히 시선을 방구석에 못 박고 있는 채로 서리가 홀린 듯 중얼거렸다.

"죽는 것이 낫소. 주상의 어여쁨을 받아 본 나도 이리 힘든 데…… 제게 피를 나눠 준 아비 얼굴 한 번 보지 못하고 크는 꼴은 보지 못하겠소. 어찌 낳았느냐 나를 원망할 것 아니오? 그러니, 그 전에……."

이후로도 서리는 아이에게 젖을 먹이기는커녕 안아 보지도 않으려 했다. 의원은 산후에 장조증(우울증)이 온 것 같다 하였다. 화증이 깊이 든 것이다.

서방이란 작자에게 그런 기막힌 꼴을 당했으니 그 자식이 어찌 어여쁠까. 어린것을 볼 때마다 서리도 힘들어하고, 어린것도 위험하여 둘을 떼어 놓고 치료를 할 수밖에 없었다. 그러다 아예 셋째의 호적에 올렸고. 그 세월이 한 달 두 달이 지나 세 해가 되었다.

서리의 마음이 좀 가라앉으면 같이 살려니 했고 상단을 따라 여기저기 떠돌기도 하면서 좀 나아졌다 하였더니, 이번에는 점점 커가는 어린것을 볼 때마다 힘들어한다. 제가 무슨 짓을 하려 했는지, 자꾸만 떠올라서 견딜 수가 없다는 것이다.

홀로 앉은 누이의 어깨가 어찌나 시려 보이는지. 연항은 점차 가까워지는 조선 땅을 바라보며 땅이 꺼질 듯한 한숨을 삼켰다.

제게는 어서 돌아가고 싶은 곳이나, 누이에게는 들어서면 가슴 아프고 돌아서도 마음 시린 곳이니 어찌하면 좋을까. 그나마도 아주 떠난다니 붙잡을 수도 보낼 수도 없는 노릇이었다.

하지만 그 조선 땅에 닿자마자, 부부인이 폐서인 되었다는 소식을 들을 줄은 몰랐다. 나루부터 온통 그 얘기 천지였다.

"쯧, 어정쩡한 시기에 비명횡사했으니, 상감께서도 그대로 두기도 폐서인하기도 난감하셨을 텐데 결정을 하셨구먼."

"청의 고명도 받으셨겠다, 이제 제대로 된 중전마마를 맞으시려나 보이."

고명을 받은 것은 조선 전체가 기뻐할 일이라. 소식을 지닌 이가 먼저 출발한 터라, 이미 부두에까지 짜한 모양이었다.

"그러게, 지금껏 중전 책봉을 미루신 이유가 있었던 게야. 서둘러 중전을 들여 후계부터 떡하니 세워 놓았으면 청에 아주 밉보여 이번에도 고명을 받기 힘들었을 테니, 보위에 관심 없는 척 내내 홀로 지내신 게지."

"에고, 여편네 죽으면 뒷간 가서 웃는다고, 죽은 사람만 불쌍허지."

"암, 귀신이 있다면 통곡할 일이긴 하지."

"그럼, 중인 출신을 왕후로 추존이라도 하란 말인가? 그랬다간 다음 보위에 오르실 분이 모후로 모셔야 하는데, 그럼 족보가 단단히 꼬이지, 이 사람아!"

"꼬일 건 뭐여? 노비의 자식도 임금이 된 적이 있질 않나!"

"그건 생모라 어쩔 수 없는 노릇이었지! 이 경우엔 벌써 죽은 양반이니 그냥 폐해 버리면 끝나는 일인데, 구태여 추존할 일이 뭐

냔 말이지."

"그런가? 그래도 딱해서 그러지. 우리네랑 신분이 같아 그런가 몰라도."

"딱하기 뭐가 딱해? 중인 주제에 부부인까지 올라갔음 호강한 게지!"

나루를 지나던 길에 오라버니가 그 말들에 우뚝 멈춰 섰다. 뒤따르던 서리가 그 등을 밀었지만 덩치도 큰 데다 고집도 있어 한 치도 밀리지 않았다. 어깨까지 들이댔지만 허사였다. 오라버니들 중 가장 유한 편이지만, 제 일에 물불을 가리지 않는 건 마찬가지다.

하는 수 없었다. 돌아간 서리가 그들 틈에 끼었다. 그리고 거하게 목소리를 돋웠다.

"거, 이미 죽고 없는 사람이 뭘 알겠소? 폐서인 된다 해서 거듭 죽는 것도 아니고, 왕후로 추존된다 해서 다시 살아올 것도 아닌데. 아니 그렇소?!"

"그건 그렇구먼."

"그럼, 그럼. 산 사람은 살아야지."

서리의 말에 다들 고개를 주억거렸다. 그제야 오라버니의 커다란 손이 다가와, 서리의 어깨를 잡아끌었다. 워낙 힘 차이가 나니 버틸 재간은 없지만 끌려가면서도 뒤를 돌아보며 마저 외쳤다.

"그리고 통곡은 무슨. 자그마치 세월이 몇 년인데! 아, 내가 부부인이라 해도 벌~써 백골 돼서 새~까맣게 다 잊었겠구먼!"

남은 사람들이 왁자지껄 웃어 젖혔고 서리도 이를 드러내고 웃었다. 그런 것이었다. 죽고 없는 이가 뭘 알겠는가. 죽고 나면 다 끝인 것이다. 그러니, 아무 미련 없이 떠나야 할 일이다.

사신단이 돌아온 날 밤, 드디어 주상께서 고명을 받으신 것을 경하하기 위해 대궐의 외전(外殿)에서 잔치가 열렸다.

　주상께서 보위에 오르신 후 처음 갖는 잔치이니 모두들 신명 날 법도 하였다. 이제야 이 나라가 제대로 된 길로 들어서는가 싶어서였다.

　외전을 빙 둘러 놓인 상에 앉은 신료들 앞에 갖가지 음식들이 차려졌고, 장악원 악공들은 신명나게 연주를 했으며, 화려하게 치장한 관기들은 날아갈 듯 정재를 벌였다.

　이어 신료들 각자가 하례차 준비한 물건들을 전하께 올리는 순서가 있었다.

　"감축드리옵니다, 주상 전하."

　"모든 것이 전하의 홍복이시옵니다."

　명실상부 이 나라의 임금이 되신 분께 잘 보이기 위해 온갖 말로 아양을 떠는 와중 일이 벌어지고야 말았다. 귀한 호랑이 가죽을 바치던 형판이 경하하는 것에서 그치지 않고 쓸데없는 덕담까지 늘어놓은 것이다.

　"전하, 이제 자애롭고 덕망 높으신 중전마마를 맞으시어 후사를 튼튼히 하시옵소서."

　신료들이 아무리 좋고 귀한 물건을 올려도 무심히 '그러냐, 알았다' 하시던 주상 전하의 용안이 삽시간에 굳어 들었다.

　항간에 떠도는, 즉 주상께서 고명 때문에 중전마마를 맞는 일을 뒤로 미루셨다는 소문에 다들 혹시나 했지만, 제 입으로 먼저 꺼낼 엄두를 내는 자는 없었다. 세상에 털어서 먼지 안 나는 사람 없다고, 비어 있는 중궁 이야기를 꺼낸 자는 전하께서 무슨 꼬투리라도 잡아서 좌천이든 유배든 시키시니 언젠가부터 그 이야기는 금기가 된 터였다. 물론 그 소문이 사실이라면 전하께서도 이제 누가 그 말을 꺼내 주기를 은근히 기다리셨을 것이고 말을 꺼낸 자에게 후한 상을 내리실 수도 있겠지만, 지금까지의 전적으로 볼 때 거의 공산이 없는 일이었기 때문에 서로 눈치만 보던 중인 것이다.

아나나 다를까. 전하께서 늠름하게 놓여 있던 호랑이 가죽을 냅다 팽개치시고는 자리를 박차고 나가 버리시니, 잔치 자리는 엉망이 되었고 형판의 얼굴은 죽상이 되었다.

연도 타지 않고 어두운 길을 걸어 강녕전으로 돌아오는 길. 조금 전 잔치 자리에서 여러 악기들 사이로 들렸던 거문고 소리가 내내 흔의 뒤를 따라왔다. 궁에 들어가 처음으로 열리게 내버려 둔 잔치인지라 거문고 소리도 처음이었다. 연회라곤 일절 금하다가, 궐에서 물자도 들고 해야 시전이 제대로 돌아간다는 상소가 올라오는 바람에 이번에는 허하였더니.

우리 서리가 거문고를 썩 잘 탔었는데. 그 소리를 어찌 잊고 살았을까. 먹물 같은 밤이라 그런지 아니면 며칠 전 내렸던 전교 탓인지 그리움이 뼈에까지 사무쳤다.

서리가 없는 침전의 문지방을 넘기 전에 멈춰 서서는 기어이 물었다.

"장악원 금객(琴客. 거문고 연주자)의 솜씨가 어떠하더냐? 아까는 이것저것 뒤섞여 제대로 알아듣지 못했다."

뒤따르던 최 상선이 얼른 고하였다.

"거문고 연주를 듣자 하시옵니까?"

"너무 늦었으려나?"

"아니옵니다, 당장 대령시키겠습니다."

흔이 의대를 편히 갈아입고 좌정한 지 얼마 되지 않아 거문고와 금객이 들었다. 장침에 비스듬히 기대앉은 흔은 오래간만에 설레는 기분이었다.

"무엇을 연주해 올릴까요?"

연주자는 당연히 사내였다. 급히 불려 왔을 터인데도 짐짓 자신 있는 목소리로 그리 묻기에 흔도 당연하다는 듯 중얼거렸다.

"여민락이다."

이제 새해가 된 지도 얼마 되지 않았으니, 한 해의 안녕을 기원하고 새해 첫 마음을 다짐하기에 더할 나위 없는 음악이었다. 그 장엄하고 그윽한 곡조를 서리는……

"그만해라."

두어 곡조가 지나기도 전에 흔의 마음에 균열이 갔다.

"어찌 그러시옵니까?"

안절부절못하는 상선에게 흔이 성마르게 물었다.

"다른 이는 없느냐?"

서리와 비슷하게라도 연주하는 소리를 듣고파 미칠 것 같았다. 참말 여태 어찌 잊고 살았는가 싶게 말이다.

급히 다른 악공을 불렀지만 그도 아니었고, 다른 곡조를 시켜보아도 역시나 아니었다. 네다섯이 더 불려 왔지만, 모두 헛걸음이었다.

"무언가 실수를 하였는가 싶어 부랴부랴 다른 이를 대령시켰지만, 얼마 듣지 않으시고 자꾸만 다른 이는 없느냐 하시니 진땀이 났네. 그 일을 몇 번을 거듭한 뒤에 더 이상은 들일 악공이 없다고 하니, 진노하지도 않으시고 '되었다' 하시는데, 그 실망하시는 기색이라니……. 그렇게 앉은 채 또 밤을 지새우시니, 참담하여 뵐 수가 없었다네."

아침이 되어 번을 서러 온 기시는 최 상선에게서 밤새 있었던 일을 전해 듣고 혀를 찼다. 그는 전하께서 찾으시는 거문고 소리가 무엇인지 알지 못하니 그런 것이다.

잠저에 있으실 적에 수시로 들려오던 거문고 소리에 섞인 감탄사가 떠올랐다. 음악은 귀로 듣는 것이지만, 정이란 가슴으로 듣는 것. 그리 어여쁜 이가 타는 소리이니 귀에 천상의 음률로 들렸던 것인데, 그이가 가고 없는 지금 어디 가서 같은 소리를 기대할 수 있겠는가. 게다가 부부인의 연주는 특이하였다.

혹여 여인이라면 조금 비슷할 법도 한데. 장악원의 악공들이야 모두 사내들이라 연주하는 기법이 여인과는 다를 수도 있을 터이니 기녀를 알아봐야겠다는 생각을 하였다. 궁에 드나들 수 있는 일패 기녀가 솜씨는 낫겠지마는, 강녕전으로 기녀를 들였다가는 전하께서 대노하실 것이 뻔하고.

그러니, 궁 밖에서 찾아야겠는데. 전하를 잠시만이라도 기쁘게 해 드릴 수 있다면야 조선 팔도를 뒤져서라도 찾아낼 것이다. 그곳까지 전하를 모시려면 신묘한 수를 써야 할 테지만, 그 또한 머리를 쥐어짤 것이고.

아직 쌀쌀할 터인데.

누각에 올라 글을 배우는 올망졸망한 아이들을 멀찍이서 지켜보던 서리는 근심이 앞섰다.

"설이 지나고 며칠 안 되어서 시작하였는데, 벌써 아는 글자가 꽤 된다더구나. 제 이름도 쓸 줄 알고."

옆에 서서 함께 지켜보던 아버지가 하시는 말씀을 귀담아들으면서도, 눈으로는 한껏 굶주렸던 그리움을 채웠다. 어린것이 무릎 꿇고 앉아 있는 것이 쉽지 않을 터인데도 복건을 두른 고개가 서안과 글 선생의 얼굴을 오가며 제법 의젓하게 끄덕이니, 그 뒷모습을 하염없이 더듬고 또 더듬었다. 우리 벽이.

"같이 놀던 형들이 글공부할 시간이 되어 우르르 몰려가니 멋도 모르고 따라갔다가 끼어 앉았다지. 처음엔 글 선생도 방해나 되면 어쩌나 하였다는데, 곧잘 따라 한다고 칭찬이 자자하다."

아니나 다를까, 글 선생이 읽으면 따라 읽는 차례가 되자 아직 제대로 발음도 되지 않는 앳된 목소리가 여덟 살, 열 살이 되는 형들을 제치고 누각을 우렁차게 울렸다. 서리의 입가에 머뭇머뭇 웃음기가 피어올랐다.

"저 봐라, 창희는 아직 흙장난하며 놀지 않니."

벽이보다 한 달 앞서 난 창희는, 글 읽는 누각 아래서 흙투성이가 되어 놀고 있었다. 보는 사람마다 한배에서 난 것 같지 않다 한다는 말은 부러 덧붙이지 않았는데도, 서리는 마치 듣고 하는 양 힘겹게 중얼거렸다.

"셋째 오라버니댁에 고맙다 전해 주세요. ……면목 없어 그냥 가렵니다."

마침 서리와 비슷한 시기에 태기가 있던 셋째 며느리를 처가에 가 몸을 풀고 온다는 핑계를 대어 밖에 마련한 집으로 옮기게 했다. 그때 낳은 아이가 창희이고 돌아올 적에는 쌍생아라 하여 벽이를 함께 데리고 들어왔다.

제대로 젖 한 번 물리지도 안아 주지도 않은 자식이건만, 왜국에 다녀오면서 조금 정신을 차리더니 '푸를 벽(碧)'이라는 이름을 주고 싶다 하였다.

돌림자가 '희' 자인지라 호적에는 '벽희'로 올라갔지만 오 행수부터 아이를 '벽'이라 부르니 사정을 아는 오라비들도 그리 부르게 되고, 오래되다 보니 식구들도 다들 그러려니 하게 되었다.

"벌써 가려고? 얼굴 한번 보고 가지 그러느냐?"

"가뭄에 콩 나듯 한 번씩 들르는 7촌 아재 얼굴은 봐 뭐 합니까?"

아이가 여전히 저를 기억하는지 기승스럽게 확인하고픈 제 마음도 한심스러웠고, 낯을 가리는 아이가 제게는 방긋 웃어 줄 때마다 빠질 듯 아파 오는 눈 간수를 하는 것도 힘들었다. 한 번은 눈물을 걷잡을 수 없어 냅다 뛰어나가 버린 적도 있었으니까.

"떠나기 전에 한 번 더 들를 테냐?"

아주 가기 전을 물으시는 것이다.

"모르겠습니다. 아마…… 아니 오지 싶습니다."

"아비 보러도 아니 온다는 말이냐?"

"아버지는 기방으로 오시면 되잖습니까."

아비에게는 그리 서운한 말을 건성으로 하면서도 어린것에게는 돌아설 때까지도 눈을 떼지 못하니, 자식이 애달픈 것은 오 행수도 마찬가지였다.

「자금성은 어떠하였습니까?」

처음으로 함께 궐에 들어가는 길에 여기저기 구경을 시켜 주니, 감탄의 말을 연발하던 서리가 청의 황성에 대해 물었다. 청에 갔을 적에 하급 역관인 서리는 들어가 보지 못했던 터다. 평소에도 그랬지만, 신분에 따른 차별에 개의치 않는 안해의 생동감과 활기로 가득 찬 얼굴이 어찌나 어여쁘던지.

잠시 생각하던 흔은 짐짓 못마땅하게 입술을 내밀었다.

「사치스러웠다. 2층으로 지었으니 당연히 웅장하였고 백옥 난간의 조각 하나하나까지 정교한 것이, 석공들을 쥐 잡듯 했겠더구나.」

「구름이 소용돌이치고 향기가 코를 찔러 속세가 아닌 것 같다 하던걸요?」

「겨우 2층짜리 전각이 어찌 구름까지 닿겠느냐. 향기는 이른 봄꽃 때문이었겠지.」

「보지 못한 제 눈을 딱히 여기셔서 부러 깎아내리시는 것은 아니고요?」

저들 백성도 소수의 행운아만 들어갈 수 있는 곳인지라, 사신단 중에서도 들어가 본 이는 다섯 손가락으로 꼽아야 했다.

「오직 군주만을 위하여 그리 호화롭고 사치스럽게 만든다는 것은 사리에 맞지 않다. 군주 스스로 개방적이고 포용적인 자세로 백성을 대한다면 백성들 또한 군주를 더욱 믿고 따를 터인데.」

그의 말에 서리가 두 손을 척 모으더니 한껏 우러러보는 얼굴을 하였다.

「제 서방님께서 그런 말씀을 하시다니, 새, 새삼 바, 반하였습니다!」

과장하다 못해 말을 더듬는 시늉을 하던 입술이 급기야 개구지게 벌어지니, 흔 또한 입가가 절로 실룩였다.

「어허. 소실로 들어왔으면 정실 눈치 보느라 서방 얼굴 한 번 보기도 힘들었을 터이고, 이렇게 놀릴 새는 더더군다나 없었을 터인데, 하마터면 서운해 어쩔 뻔했누.」

「그러게나 말입니다~!」

그와 함께 숨넘어가게 웃던 서리가 문득 떠오른 듯 말하였다.

「한데, 여기 이곳도 아무나 들어와 볼 수 없는 것은 마찬가지네요. 저도 대군 대감의 전실이 되지 않았다면 평생 들어와 볼 꿈도 꾸지 못했을 테고요.」

그것이 마치 흔의 잘못이라도 되는 양 들렸다. 농처럼 말하는 전실 소리를 섞은 것을 보면 그런 것은 아니겠지마는, 적어도 그에게는 그리 들렸다. 그러니 그가 바로잡아야 한다고. 그래 달라고.

서리의 입장에서야 대군이란 자리가 무척이나 대단한 것인 줄 생각하지마는, 그럴 힘은커녕 읽고 싶은 책조차 마음대로 읽을 수 없는 신세인 것을.

그래서 손가락으로 조그만 코끝을 튕기며 면박을 주었다.

「내가 임금이더냐?」

제가 임금이라면 말했듯 개방적이고 포용적인 자세를 취할 수 있을지 모른다는 말이었다. 임금이 아니니 얼핏 중얼거린 말이었을 뿐이고.

하지만 정작 왕이 되고 나서는 지금처럼 잠행을 나와 궁 밖을 돌아다니긴 해도 백성들이 궁 안에 들어와 둘러볼 수 있는 일을 마련하는 것에는 관심을 둔 적이 없었다. 서리가 곁에 있었다면 또 타박을 했을 테고, 그러면 관심을 두었겠지만…… 서리가 없으니 상관 않았다.

나중에 저승서 만나면 필시 타박할 것이지만, 거문고 소리를 듣고파 귀에서 피가 나올 지경이라 그런 것까지 상관할 계제가 못 되더라 둘러대면 그만이었다. 네게도 두 번 다시 보여 주지 못한 곳인데, 너를 폐하여 네 혼조차 머물지 못하게 된 궁을 대체 누구 눈에 봬 주랴 할 것이다.

따지고 보면 그 궁이 뭐 그리 대단한 것도 아니다. 그곳의 주인인 저에게 처가는 더욱 들어가기 어려운 곳이니. 장인은 제집에 다시는 오지 말라 하였지 않나. 그래서 혹여 문전 박대라도 당할까 싶어 상단이라 늘 열려 있는 대문을 지나쳐 사랑채까지 쑥 들어서던 흔은, 건물 모퉁이를 돌아 나오던 장인을 맞닥뜨렸다.

"장인, 나 왔소."

알은척을 하긴 하였으나, 계면쩍어 장인 얼굴을 제대로 쳐다보지는 못하였다. 몇 해 만인 것은 둘째 치고 얼마 전에 내린 전교 때문에 지은 죄가 있지 않은가.

그래서 그를 본 장인이 흠칫 놀라 뒤를 돌아보는 이유까지는 미처 가늠하지 못하였다. 그저 세 해 만에 온 주제에 툭하면 드나들던 사람인 양 넉살 좋게 웃어 보이는 것이 기막혀 그런 줄로만 생각하였지, 죽은 부부인을 왕후로 추존은 못할망정 폐서인시킨 주제에 사위랍시고 찾아간 면목이 없어서였지…… 초라한 무명 도포에 작은 갓을 쓰고 그 건물 모퉁이를 돌아서 허영허영 걸음을 옮기던 이 때문이라고는 꿈에도 생각지 못하였다.

"······안으로 드시지요."

그대로 내쫓을 줄 알았던 장인이 그리 서둘러 권하니, 조금 얼떨떨하였다.

"그럽시다."

반가이 섬돌로 오르려는데, 옆의 누각에서 낭랑히 글 읽는 소리가 들려와 저도 모르게 멈춰 섰다.

"추우신데, 어서······."

봄이 오고 있고 한낮인데 뭐 그리 추운가 하려던 대꾸가, 귀에 들어온 유난히 어린 목소리에 희미해졌다.

돌아보니 글 선생 앞에 세 도령이 나란히 마주하고 있는데 그중 한 아이가 유독 어려 보였다. 게다가 그 옆모습이 어찌나 진지한지 흔의 시선을 끌었다.

"내 조카님들이오?"

장인의 손자들일 테니 서리의 조카가 될 터다.

천자문을 따라 읽는 낭랑한 목소리가 다시금 들려오자, 흔의 입가에 간만에 미소가 떠올랐다.

"존대라니, 가당치도 않으십니다. 더욱이 조카······라니요."

"내 처의 조카면 내 조카도 되는 게지."

"······이미 폐서인 된 이를 그리 칭하심은 옳지 않습니다."

흔이 장인을 돌아보았다.

"서운했던 게요?"

"천부당만부당하신 말씀입니다."

강하게 부정을 하면서도 표정은 불편해 보이니, 흔의 미소가 바랬다. 당연히 서운했겠지. 물은 이가 어리석다.

그때 마당에서 흙 놀이를 하고 있던 창희가 달려와 흙 묻은 손으로 두루마기 자락을 붙들자, 오 행수는 당황했다.

"하부지~!"

다른 한 손으로는 조물조물 주무른 흙떡을 내밀며 배시시 웃는다. 평소 같으면 옷이 더러워지든 말든 머리 위로 안아 올렸을 테지만, 지금은 어서 주상을 안으로 들여야 하는 상황인지라 아이를 보던 하인을 급히 손짓했다. 놈이 잽싸게 손자 놈을 끌어안고 물러간 뒤, 오 행수는 거듭 권했다.

"안으로 드시어 좌정하시지요."

"어느 처남의 아이요?"

하지만, 주상은 여전히 버티고 서서 누각 쪽만 바라보니, 조바심이 나 죽을 지경이었다. 누구를 묻는지 알 수 없었다. 글 읽던 벽이인지, 흙칠을 한 창희인지. 그저 부디 벽이는 아니었으면 하였다.

"셋째가 간신히 본 아들놈인데, 이제 갓 네 살인 터라 아직 천지 분간을 못 하여……."

그래서 하인이 사라진 쪽을 쳐다보며 아뢰었더니, 주상은 누각 쪽을 손짓한다.

"아니, 저 글 읽는 중에 제일 작은 조카님 말이오."

순간 오 행수는 급하게 숨을 들이마시는 바람에 사레가 들 뻔했다. 진정하자, 진정해.

"마찬가지입니다. 조금 전 그 녀석과 쌍생아입지요."

"응? 그 아이는 말도 제대로 못 하는 것 같던데. 한날 낳았어도 그럴 수도 있구먼. 이름이……?"

별스럽지 않은 주상의 반응에, 오 행수도 조금 마음을 놓았다. 쓸데없이 긴장할 필요 없이 그저 있는 그대로 고하는 것이 나을 성싶었다.

"벽희라 합니다."

"벽? 뜻이 무엇이오?"

"큰 녀석은 푸를 창, 작은 녀석은 푸를 벽을 씁니다. 어미가 태몽으로 큰놈은 푸른 물을 보았고, 작은놈은…… 눈에서 푸른 불꽃이 이글거리는 짐승을 보았다 하기에요."

주상의 시야에서 서둘러 벽이를 떼어 내고 싶어 조바심을 치는 와중임에도 태몽 이야기까지 한 자신의 마음은 본인도 모를 것이었다.

억지를 쓰고 싶었는가?

'내 여식의 신세를 저리 처량히 만든 이가 주상 당신인가 하는 의심으로 나는 지금도 밤잠을 이루지 못하오. 진실은 당신만 알 테지. 반대로 당신 자식이 저렇듯 번듯하게 큰 것을 주상 당신만 모른다오.' 라고.

"쌍생아라며 누가 누구인 줄 알고 태몽을 구분하여 꾸었단 말이오?"

주상이 고개를 갸웃하였지만, 오 행수는 속으로 코웃음을 쳤다.

"애어미가 그렇다 하니, 그냥 그런 줄 알고 있습니다."

"흠, 어찌 되었든 푸른 불꽃이라니, 상서롭군. 크게 될 녀석인가 보오. 장인의 복이구먼."

다시 한 번 벽의 낭랑한 목소리가 들려오자, 주상의 시선이 홀린 듯 날아갔다. 순간 오 행수는 주상의 아련한 옆모습이 글 읽는 손자 놈과 언뜻 닮은 듯도 해 깜짝 놀랐다. 앞에서 보면 영락없는 제 어미인 것이, 옆에서 보니 아비를 닮았구나 싶어 누가 또 알아볼까 안으로 드실 것을 재차 권하였다.

"아들이 둘이면 하나를 누이에게 줄 수 있으려나."

사랑에 들어 찻상이 날라져 온 뒤에도 한참이나 침묵하던 주상이 그리 입을 열었다. 안으로 들어오면서 잊은 줄 알았더니, 다시 그 이야기다.

"어인 말씀이신지……?"

"장인에게는 미안한 노릇이지만, 부부인이 폐서인 되지 않았더라면 양자를 들일 수 없었소."

아까는 제 입으로 말하기도 하였지만 주상이 제 입으로 그 불편한 화제를 꺼낼 줄은 미처 알지 못했다. 시선도 담담했다. 변명도 핑계도 섞이지 않은, 무심하다고까지 볼 수 있는 시선이었다.

"부부인으로 둘 수도 있고 왕후로 추존할 수도 있었소. 그리되면 종실에서 양자를 들여야 할 텐데 원래의 신분이 중인이니 아들을 내어놓을 위인은 없을 거요. 내가 강제로 들일 수는 있지만, 결국 내 자식도 되는 셈인데 그것이 문제였소. 보위에 오를 수는 없을 테지만, 무도한 무리에 휩쓸려 인성군처럼 자칫 천수를 누리지 못할까 봐……. 그리되면 제삿밥도 얼마나 얻어먹을지 모르지 않나. 그래서 장인을 서운케 했소."

오 행수는 그저 듣기만 했다.

"이제 나와 아무 상관 없는 이이니…… 장인이 나서서, 조카 중 하나를 양자로 들여 제삿밥이라도 오래도록 얻어먹게 해 주시오."

묏자리도 알지 못하는 죽은 처의 제삿밥을 챙기는 겐가?

폐서인 되었음이 딸자식의 가슴에 다시 못을 박을 거라는 생각에 밤새 가슴을 치며 울었다. 그 전에 어디 멀리 보낼 것을 잘못하였다 싶기도 했고. 하지만 이제 보니 서리가 진정 불귀의 객이 되었다면 도리어 옳다구나 할 일이었다.

오 행수는 절로 주상이 쳐다봐졌다. 이리 생게망게한 말을 하다니, 이 사람은 대체 무슨 마음인 게지? 감읍한 것이 아니라 화가 났다.

올바르다 하였다. 혼인하고 서리랑 오순도순 잘 사는 것 같다는 이야기는 말로만 들었지, 혼인 전에 둘째가 했던 그 평가가 그가 기억하는 전부였다.

그 말을 믿고 여식을 내주었으나 여식이 죽은 사람이 되었다. 그런 여식이 이젠 아주 떠난다 해서 억장이 무너지는데, 몇 해 만에 찾아와 이런 말을 하다니!

가슴이 미어질 것 같아서, 멱살이라도 쥐고 묻고 싶었다. 정겹게 살았다더니 그놈의 보위 때문에 귀히 하던 이를 그리 불태워 죽인 것이 참말이냐고.

세월이 지났으니 물으면 진정을 답해 줄 것도 같았다. 찻잔으로 내리는 시선이 하도 먹먹한지라, 지금이라면 진정을 보여 줄 것도 같았지만…… 지나간 일을 돌이켜 봤자 득 될 것 하나 없는 일이라는 것을 다시금 되새겼다.

"셋째 처남의 아들이고 또 쌍생아 중 둘째라니 들어맞을 듯한데. 물론 그 부모 입장에서야 쉬운 일은 아니겠지마는, 아이가 영리하여 욕심이 나는구먼."

멍하니, 시선을 떨구고 있는 주상의 말은 한숨이 반이었다. 벽이 하는 짓을 볼 때마다 제 어미 하는 짓과 똑같다 하였는데, 잠시 본 주상도 그 비슷한 생각을 하는 겐가?

"이미 죽고 없는 양모의 차례와 기일만 챙기면 되는 일이니 어렵지 않을 듯한데. 물론 장인이 알아서 할 일이지만, 누구로 정하든 내 따로 서운치 않게 전답을 마련해 주겠소. 내수사에서 내리는 것은 쉽지 않으나, 대군 시절에 지녔던 것이라면 내 모두 내어 줄 것이니⋯⋯."

"재물이라면 제게도 부족하지 않게 있습니다."

무 자르듯 썩둑 하는 말에, 자기만의 생각에 빠져 한참을 주워섬기던 주상이 그제야 정신을 차렸다.

"그걸 몰라서가 아니라⋯⋯. 미안하오, 내가 주제넘었소."

그리고 희미하게 웃는데 그 얼굴이 마치 조금 전 서리의 마지막 얼굴과 같아서 오 행수는 억지로 시선을 비꼈다.

마주 앉아 이런저런 살가운 얘기를 나눌 사이도 아닌지라, 금세 자리를 털고 일어났다. 대청으로 나서는데, 마침 섬돌 아래에 아까 그 벽희라는 아이가 서 있었다. 글공부가 끝난 모양이었다.

가까이서 얼굴을 볼 것이 반가워 걸음을 내딛는데, 아 글쎄, 아까 그 하인이 흙투성이가 되었던 형을 씻기고 옷을 갈아입혀 왔는지 그 옆에 내려놓으며 뭐라 지껄이자, 점잖게 섰던 아이가 갑자기 울음을 터뜨리는 것이 아닌가.

으앙— 하는 울음이 어찌나 길고 서러운지, 흔의 뒤에 따라 나오던 장인이 버선발로 허겁지겁 달려 내려가 안아 들었다.

"어찌 이러느냐, 아가! 어딜 다친 게야? 응?"

"대행수 어르신, 그것이 아니오라……."

하인이 뭐라 답을 하는데, 아이의 울음이 하도 높아 들리지 않으니 하인이 더 큰 소리로 아뢰었다.

"되련님이 글 읽는 동안, 방 행수가 다녀갔다고 했더니 이럽니다요!"

흔은 장인의 품에 안긴 아이의 새빨개진 얼굴을 쳐다보느라 여념이 없어, 하인의 말을 귀담아듣지 못했다. 듣는다 해도 아는 사정이 아닐 터라 주의를 기울이지 않은 것도 있었고. 그래서 다음 순간 장인이 제 눈치를 본 것을 알아채지 못했다. 그저, 어른스럽던 아이가 울음을 터뜨린 것이 무척이나 안타까워 그 일그러진 옆모습을 훑고 또 훑었을 뿐.

"어, 그, 어험!"

급히 아이를 내려놓은 장인이 하인에게 눈을 부라리며 저만치 끌고 가는 것도 무언가 볼일이 있어 그런가 하고는, 흔은 섬돌 아래로 내려서서 신을 신었다. 이제 정면에서 보게 된 아이는 붉어진 눈시울에 닭똥 같은 눈물을 뚝뚝 흘리고 있었다.

딱한 마음에 그 앞에 무릎을 굽혀 쪼그리고 앉았다. 눈높이가 비슷해지자, 낯선 이라 그런지 아이가 울음을 그쳤다. 울음 뒤끝이라 아직도 일그러진 입을 해서는 눈물을 제 손으로 문질러 닦고 까만 눈망울로 그를 보는데, 흔은 가슴이 덜컹하였다. 아아, 서리가…… 어릴 적에 꼭 이러했겠구나.

"둘째아버지를 닮았구나."

둘째 처남이 서리와 가장 닮은 터라, 그리 말하는 목소리가 떨렸다. 고모를 닮았다 소리는 차마 할 수 없었던 것이다. 그의 중얼거림에 아이가 두 손을 앞으로 모으고 허리를 숙였다.

"처음 뵙겠습니다. 소인은 오家 벽희라 하옵니다."

발음도 간신히 알아들을 정도로 어린 아이가 어찌 이리 어른스러울꼬. 어느새 옆에 주저앉아, 다시 장난을 치는 제 형과 비교하면 하늘과 땅 차이였다.

"오냐. 한데, 어찌 그리 서럽게 울었느냐? 어디가 아픈 게야?"

또다시 서러움이 몰려오는지 입을 실룩이면서도 고개를 젓는다. 서리와 꼭 닮은 얼굴이 우니, 마치 서리가 우는 양 안타까워서…… 보는 흔의 가슴이 저렸다. 안타깝다 못해 고개를 돌리고 싶을 지경이면서도 다시 또 들여다보고 싶으니 무슨 조화일꼬. 그래서 거듭 말을 붙였다.

"그럼 어찌 그러는 게야? 사내대장부는 일생에 세 번만 운다는 소리도 있는데."

"서……또…… 아재가……."

말하는 새로 울음이 북받치니 제대로 알아들을 수 없었다. 게다가 앞서 예의를 차리는 말은 긴 탓에 발음이 정교하진 않아도 대강 알아들었지만, 이처럼 짧은 말은 더더욱 종잡을 수 없었다.

"누구?"

아이가 말하는 이가 누구인지 들어도 자신이 알 리 없지만, 대화를 이어 가고 싶은 마음에 귀를 가까이 가져다 댔다. 아이의 입이 가까이 다가왔다.

"서또……."

귓가에 작고 뜨거운 입김이 와 닿는 순간, 귀로 스며든 찌릿한 느낌이 흔의 가슴이며 머리를 온통 뒤흔들었다. 생각지도 못한 그 기이한 느낌은 화급히 다가선 장인이 아이를 잡아채는 바람에 사라지고 말았다.

"저, 전하! 어린것이 전하께 우를 범할까 저어되니 가까이 마소서."

"아니, 전혀 그렇지……."

허겁지겁 주워섬긴 장인은 아이를 하인에게 떠넘기다시피 안겼고, 하인은 아까처럼 잰걸음으로 멀어졌다. 무언가 지극히 소중한 것을 빼앗긴 듯한 서운함이 밀려들었다. 짧은 순간이었지만, 서리와 함께 있을 적과 비슷한 느낌이었다.

아이가 서리와 하도 닮아 그랬나 보다. 거문고 소리도 이만치만 닮은 이가 있었으면 참말로 좋겠다고, 무거운 발걸음으로 처가를 나오면서 생각하였다.

같은 시각. 상선 김 기시가 월계관으로 들어섰다.

행수 기녀를 만나러 왔다 하였더니 어느 방으로 안내되었고, 얼마 가지 않아 늙수그레한 기녀가 들어와 절을 하였다. 재빠르게 저를 훑고 올라오는 시선이 꽤나 영리해 보이는 데다 늙었어도 꽤 고운 얼굴이니, 젊었을 때 사내 여럿 후렸겠다.

"내관 나리께서 기방에는 어쩐 일로 오셨습니까?"

다짜고짜 그리 물어 오니, 제법이다 싶었다.

"수염 없는 사내는 죄다 내관인가?"

"그럼 아니라는 말씀이십니까?"

내관임을 한눈에 알아봤으니 눈썰미도 있는 것이고, 비웃는 게 아니라 이쪽까지 유쾌하게 만드니 재치도 있는 것이다. 기방서 닳고 닳아 그런지 수단이 여간 아니었다. 그 정도면 됐다 싶어 바로 본론으로 들어갔다.

"거문고를 켜는 기녀가 있는가?"

"물론이지요. 선비의 풍류를 돋우는 데 거문고만 한 것이 없으니까요."

"몇이나 있는가?"

"떼거리로 필요하신 것입니까? 상감마마께서 거문고를 즐기신다는 이야기는 들어 본 적 없습니다만."

상감마마를 언급하다니. 경솔한 것인가 자신을 떠보려는 것인가?

"해주 상단에서 뒤를 봐주는 곳이라기에 입단속에 좀 더 신경 쓸까 싶어 찾아온 것이네."

어조에 경고를 섞어 상황의 엄중함을 드러내었다. 수를 쓴다고 써서 예까지 왔는데, 이마저도 수틀리면 큰일이니 말이다.

"예. 알겠습니다. 한데, 그저 예인이 필요하신 것입니까?"

노래는 팔지언정 몸은 팔지 않는다는 것이 예기의 기본 신조였으나, 이를 어기고 예기를 창기 취급하는 일부 몰지각한 양반들로 인해 폐단이 많았다. 그래서 단순히 예인으로서의 기량만 보여 주면 되는 것인지, 아니면 거문고 연주는 좀 떨어져도 이후 잠자리 시중까지 들 수 있는 이로 준비를 시켜야 할지를 묻는 것이었다.

그러나 전하께서는 결코 그럴 일은 없으실 것이다.

"그렇네."

혹여 운이 좋아 그런 일이 생겼으면 하고 잠시 바라도 봤지만,

하다못해 거문고로라도 위안이 되어 드리면 원이 없겠다.

"내관 나부랭이가 당당히 요구하는 말본새를 보니, 상감께서 나오시나 보더이다."

서리의 등 뒤로 계화의 잔소리가 쏟아부어졌다. 한양에 있을 때면 머무는 월계관 뒤채의 제 방에서 병풍을 향해 돌아누워 있는 참인데, 벽이를 보고 오면 늘 그렇듯 허전한 가슴을 싸안은 채였다.

어릴 적부터 가져 본 적 없는 어미처럼 이거 먹어라, 저거 먹어라, 이제 잠자라 하던 잔소리는 아이를 낳고 몇 년 뒤인 지금까지도 이어지고 있었다. 좀 전에도 들어오는 낯짝을 가만 보더니 냉큼 밥상을 차려 들인 참이고. 보나 마나 점심도 거르고 돌아다녔겠지 싶었던 모양이다. 하지만, 입맛이 있으면 걸렀으랴. 두어 번 권해도 꿈쩍 않으니, 이런저런 이야기를 하나 보다 싶었는데.

감고 있던 서리의 눈이 저도 모르게 뜨여졌다.

"누, 누구를 청했다고?"

"거문고 켜는 기생이요."

거문고……? 거문고를 좋아하시기는 했다. 하지만, 궁에도 금객들이 있을 터인데 어찌 궁 밖에서……?

"한데, 기생의 모습은 보이지 않게, 병풍이나 문 뒤에서 연주를 하랍디다."

계화 본인도 기녀이면서 간혹 천하게 보이는 기생이라는 말을 쓸 때가 있는데, 오늘이 그날인가 보다. 양반님네의 비위를 맞추기 위해 웃는 꽃이 되어야 할 때 말이다.

"……귀인이 아니라 기녀를 가려라?"

"또 기도 안 차는 것이, '아니다' 하시면 바로 다음 이를 들여 보내라는 겝니다. 찾는 소리라도 있는 것인지, 원. 금기들 자존심이 얼마나 대단한데, 함부로 들고 나게 하겠다는 건지. 물론 내관들도 기방 출입을 아니 하는 것은 아니지만, 보는 눈이 없게 하라 당부하는 걸 보면 필시 나라님께서 오시는 것 아니겠습니까?"

서리가 품으려던 의심을 계화가 먼저 풀어 준 것이다. 하긴. 내관이 들을 양이었으면 아까 낮에 왔을 때 금객을 불러들였을 터. 전하께서 나오시는 것이 맞을 것이다.

"어, 언제 오신다고 하였소?"

"오늘 밤 인정이 치고 나서라 하더이다."

오늘 밤 여기에……? 그렇게나 가까이에? 같은 조선 땅에 있는 것도 힘들어 떠나려는 판인데…….

가슴이 마구 뛰기 시작했지만, 두렵고 원망스러워서이지 여타의 아둔한 감정 때문은 아닐 것이다. 자신이 아직도 그렇게 미련할 리 없다. 이제는 그래서는 안 되니…….

"그나저나 어서 나가서 누구를 들여보낼지 선을 봐야 하는데, 작은 행수께서 이렇게 한 술도 뜨지 않으시니 쇤네가 일어나질 못하지 않습니까! 이제 곧 먼 길 가시면 입맛에 맞는 먹거리 찾기도 고역이실 테니, 있을 때 드시라니까요! 어여 일어나셔서 한술 뜨십시오! 드시고 나서 목욕도 하시고요. 땀 냄새가 코를 찌르니 아주 고역입니다!"

"땀 아니 흘렸소. 냄새도 모르겠는데……."

"원래 자기 흉은 모르는 법입니다. 어서요!"

마음이 급해 그런지 그악스러워진 계화가 정신없이 몰아치는 통에 서리는 어지러운 마음도 잠시 접어 두고 먹고 씻기까지 했다. 방으로 돌아와 속저고리와 바지 차림으로 머리를 말리고 있으려니 바쁘다던 이가 못마땅한 기색으로 다시 들어왔다.

"제가 빗겨 드립지요."

"바쁘다 하지 않았소?"

대답도 없이 빗을 뺏어 들고 뒤에 자리를 잡더니 빗질을 시작한다. 그러고는 서리가 궁금해 미칠 지경이 된 뒤에야 한숨을 내쉰다.

"누구를 들여야 할지 도통 모르겠습니다. 일패 기생들을 몇 불러 솜씨를 한번 보았는데, 상감마마께서 오신다니 어째 다들 그저 그런 것 같지 뭡니까."

일패라면 최고의 예인들인데, 그럴 리가. 아까 목욕간까지 들려오던 가락들은 흠잡을 데가 없었다.

"……그다지 까다롭지 않으실 것이니 지나치게 걱정 마오."

"어찌 아십니까?"

눈치 빠른 이가 얼른 덤벼들었고 서리는 아차 싶어 입을 다물었다. 하지만, 계화는 이미 뼈다귀 맛을 본 개처럼 캐기 시작한다.

"행수께서도 거문고를 켤 줄 아십니까? 그것을 전하께도 들려드린 적이 있고요?"

"그만 되었소. 상투만 틀면 되니 내가 마저……."

괜히 말했다 싶은 서리가 빗을 넘겨받으려 하였으나, 계화에게는 어림도 없었다.

"오호라! 어쩐지, '아니다' 하시면 지체 없이 다른 이를 들이라는 말이 이상하더라니! 혹시 전하께서 행수와 비슷하게 연주하는 이를 찾으시는 것 아닙니까?!"

염려를 덜어 줄까 하였더니, 도리어 제가 뒤집어쓴 꼴이라 한숨이 났다.

"근심을 덜어 주려 그런 것뿐인데 어찌 그리 넘겨짚어 이러오? 관두시오, 되었소."

"되긴 뭐가 되었다 그러십니까?"

계화가 그길로 거문고를 방으로 들이니, 서리가 이마를 짚었다.

"한번 연주해 보십시오."

병풍을 향해 다시 돌아누우려는 서리를 억지로 일으켜 앉히기까지 한다. 나이 먹은 이가 기운도 장사다.

"난 솜씨 없소."

"아이, 빼지 마시고요. 기왕이면 비슷한 이로 들여 볼까 해서 그럽니다."

"그저 잘한다 싶은 이로 들여보내시오."

서리가 거문고를 쳐다보지도 않으려 하자, 털썩 주저앉아서는 장하게 한탄을 한다.

"기방이 망하는 꼴을 보려 이러십니까? 이년은 어쩌라고요?"

"언제는 주상께서 술 팔아 주어 기방을 돌렸소? 그리고 사정이 어려워지면 대행수께 부탁을 드리면 될 것을 웬 앓는 소리요."

아무리 졸라도 절대 아니 할 생각이었다. 어찌 금객을 찾으시는지 그 의도를 짐작은커녕 생각조차 하고 싶지 않은데, 거문고를 켜라니. 안 한다. 아니 못 한다.

"그리 비싸게 구시니 이년이 퍽이나 서운합니다. 유세 떠는 것

같아 여태 말씀 아니 드렸지만, 저 아니었으면 우리 벽이 도령은
세상 빛도 못 보셨을 것인데."

서리는 저도 모르게 한숨이 나왔다. 사실이었다. 계화가 아니었
다면 저리 어여쁘고 의젓한 벽이를 보지 못했을 것이니. 입 열어
감사 인사를 건넨 적은 없지만, 그렇다고 그런 마음까지 없는 것은
아니었다.

하는 수 없이 돌아앉으니 계화가 의기양양하게 술대를 건넸다.
하지만, 오래간만이었고 정겹던 분께 들려드리던 때가 자꾸만 생
각나 몇 소절도 연주하지 못하고 그만두고 말았다.

"그저 그런 것을 뭘 그리⋯⋯."

"예, 그저 그렇네요. 말씀대로 솜씨 좋은 이를 들여보겠습니다.
셋이면 되려나. 그래도 아니라 하시면 행수께서 연주하셔야 합니
다."

솜씨를 보면 포기하겠지 싶었는데 한술 더 뜬다. 서리는 그 말
을 들은 것만으로도 숨이 턱 하고 막혀, 거문고를 냅다 밀쳐 냈다.

"말도 안 되오! ⋯⋯싫소! 세월이 흘러 전하께서도 안목이 높아
지셨을 것이니, 이제는 이 정도로 택도 없을 것이란 말이오!"

"기방 운운하며 죽는시늉을 한 것은 농입니다. 여쭤나 보십시
오. 궁금치도 않으십니까?"

벌써부터 새파랗게 질린 서리를 보면서 계화가 침착히 다그쳤
다.

"대체 뭘 말이오?"

"어찌 그러셨는지 말입니다. 꼭 죽이셨어야 하는 것이냐고, 진
정 다른 방도는 없었냐고 말입니다."

"⋯⋯전혀 궁금하지 않소!"

대답이 아니라 신음이었고 세 해를 참아 온 울부짖음이었다.

"저를 바보 천치로 아십니까? 지금도 궁금해서 한숨으로 밤을 지새우시는 것을 아는데도요?"

서리가 더듬더듬 고개를 저었다.

"아니…… 아니오."

"아, 궁금하신 것이 아닙니까? 어째서요? 주상께서 배후가 아니라고 생각하시는 것입니까? 그럼 어찌 이러고 계십니까? 행수께서는 이렇게 소심한 분 아니셨다면서요! 제가 들은 것의 반의반만 맞다 해도, 당장 궐문 앞에 나아가서 '내가 여기 멀쩡히 살아 있다고, 살아 있는 데다가 원자까지 떡하니 낳았다'고 외치고도 남을 분이시던데요!"

부부인은 그러하였다. 하지만, 이제 그이는 죽고 없다.

"그만하시오……."

서리가 고개를 돌렸지만, 계화는 멈추지 않았다.

"행수를 뵌 지 몇 해지만, 여태껏 한 번도 전하를 탓하거나 원망하는 것을 보지 못했습니다. 주상께서 그러지 않으셨다 여기시는 것이겠지요. 그렇다면 어찌 나서지 못하시는 것입니까? 믿으시면서 어찌요?! 아니니까요! 아니라는 것을 알면서도, 그렇지 않다 믿고 싶으신 것이지요! 그러니 툭하면 청승맞게 밤을 지새우는 것도 모자라 아예 이 나라를 뜨시려는 것이겠지요!"

할 말이 없었다. 스스로도 지금껏 단 한 번도 건드리지 못했던 것을 계화가 정확히 짚어 내고 있었으니까.

"먼 길 가시려는 이유도 벽이 도령 때문인 것, 제가 모를 줄 압니까? 다 속여도 저는 못 속이십니다."

서리가 지끈거리는 이마를 짚었다.

"혹시라도 언제고 사실이 밝혀질까 봐, 그래서 벽이 도령도 위험해질까 봐 그러시는 것, 저는 다 안다는 말씀입니다. 세상 구경이니 뭐니 하는 것도 다 핑계지요. 그런데 그렇게 먼 길 가셔서 벽이 도령도 못 보고 사시면…… 행수께서는 대체 어찌 사시려고 그럽니까? 집도 절도 없이 떠돌다 그리 홀로 죽어지면 그 서글픈 꼴을 어찌하려 그러시느냐고요!"

다그치던 계화도 목이 메는지, 한참을 침을 삼키다가는 다소 가라앉은 목소리로 마저 덧붙인다.

"그러니 여쭤보십시오. 세월이 지날 만큼 지났으니, 지나가는 기생에게는 넌지시 일러 주실지 모르지요. 잔뜩 만취한 연후에는 생시에 못 할 말도 나오는 법이니, 후회한다는 말이라도 하실지 누가 압니까? 그런 말이라도 아니 들은 것보다 낫겠지요. 그렇게라도 마무리를 하십시오. 그래야 사십니다."

늘 궁금하긴 하였다. 참말인지, 그 입으로 확인하고 싶었다. 아닐 것이라고, 믿을 수 없노라고. 제게 어찌 그러실 수가 있었느냐고. 참말 오라버니나 아버지가 생각하시듯 보위를 지키려고 저를 죽이셨느냐고…….

그래서 세월이 지나도 늘 처음처럼 가슴 치받치는 것이다.

목에 돋은 수많은 가시 사이로 간신히 음성을 흘려 냈다.

"……다섯째, 여섯째를 찾으실지도 모르오."

"까짓거, 행수도 아니라 하시면 다른 기생을 더 들이면 될 일이지요. 더 들일 기생이 없으면 다른 기방을 찾아가시면 될 일이고요. 뭐 그리 앞뒤 생각하십니까? 구중궁궐에 계시는 임금님을 다시 만나 뵐 기회가 또 어디 있다고요. 다 물어보십시오. 그리 매정히 보내 놓고는, 여태 중전마마고 후궁이고 하나도 들이지 않으신 연유도 물어보시고요. 참말 고명 때문인지 쇤네는 그것이 이상합니다요. 궁 안의 궁녀들이 몇인데, 그 여인들이 다 임금님 계집인데, 어찌 소리 소문도 없는지. 설마— 임금님이 고자랍니까?"

서리가 넘어왔다 싶은지, 너스레를 떨다 못해 농까지 한다. 서리도 어이가 없어 실소를 머금었다.

"아니지, 벽이 도령이 생겨난 것을 보면 그건 아닐 테고. 참내, 제가 다 궁금해 죽을 지경입니다."

"알면 뭐가 달라지오?"

"안 달라지니, 물어나 보시라는 게지요! 바라는 것도 없는데, 물어보지도 못하고 쉬쉬 몸 사릴 것은 또 무에랍니까? 이제 곧 떠나실 것이면서."

그 말대로 따른다 해도 문제가 하나 있다.

"목소리를 내면 금세 눈치채실 터인데, 정체를 밝히지 않고 어찌 여쭌단 말이오?"

"제가 누굽니까! 다 생각해 둔 방도가 있지요."

이윽고 계화가 눈을 반짝이며 그 방도라는 것을 풀어놓았지만, 서리는 여전히 비관적이었다.

"그러다 들키기라도 하면?"

"어차피 며칠 후 배가 떠나니, 그때까지 숨어 계시다 바로 배를 타시면 되지요. 이제껏 몇 년을 그리 사셔 놓고 뭐 어려운 일이라고요."

그래도 서리가 망설이자, 계화가 다시 빗을 뺏어 들었다. 그러고는 서리의 삼단 같은 머리채를 썩썩 빗어 내리며 중얼거렸다.

"까짓거, 죽기 아니면 까무러치기지요."

그러고는 상투가 아니라 쪽을 지어 주었다.

"뭐라 했누?"

해시(오후 9시부터 11시까지) 되어 야참이라고 들여온 타락죽을 두어 술 뜨던 흔이 눈을 부릅뜨고 상선을 쳐다보았다.

"누굴 보았다고?!"

"부부인의 몸종이었던 이를 기방에서 본 것 같다 하더이다."

"기방이라니?!"

"월계관이라고 해주 상단에서 뒤를 봐주는 곳입니다."

아까 처가에 갔을 적에 동행하였던 최 상선에게는 저를 따르지 말고 서리의 묏자리가 어딘지 알아보라 하였었다. 차마 장인이나 처남들에게는 면목이 없어 묻지 못하고 부리는 이들에게 은밀히 알아보라 한 것이다. 그래서 일부러 김 상선 말고 최 상선을 데려 갔더니, 오 행수가 알려 주지 말라 한 것인지, 다들 모른다 하더란 다. 한데 한 하인이 묏자리는 몰라도 심부름 갔던 기방에서 그 밤 에 없어진 부부인의 몸종을 본 것 같다 하더라는 것이다!

"그 말을 어찌 이제 하는 게야!"

"예?"

어리둥절해하는 최 상선을 노려보다 생각해 보니, 저이는 그 밤 의 일에 대해 모르지 싶었다.

당시에 사람을 시켜 은밀히 알아본 바로는 화재로 소실된 별채 에서 시신 두 구가 나왔다 했다. 한 사람은 애춘이라는 이름의 몸 종인가 하였는데, 그 아이가 살아 있다는 말인가? 그렇다면 혹시 서리도 살아 있지 않을까?! 더구나 심부름 갔던 기방이 처가에서 뒤를 봐주는 곳이라니 전혀 신빙성 없는 얘기는 아니다.

마음이 급해졌다. 최 상선은 잠저에서 함께한 이가 아니라 그 몸종의 얼굴을 모르니 그와 길게 할 이야기는 아니다.

"기시를 들라 해라!"

비번이라 자고 있었을지 모를 기시가 단박에 불려 왔다.

"부부인의 몸종을 기억하느냐?"

"예, 전하."

"얼굴을 보면 알아볼 수도 있겠지?"

대군 시절에도 흔 앞에서야 다들 고개를 잔뜩 숙이고 있는 것이 일상이었으니, 흔이 그 얼굴을 제대로 본 적이 있을 리 없다. 하지만, 기시라면 제대로 보았을 것 같았다.

"세월이 지났지만, 알아볼 수 있을 것입니다."

"최 상선이 화재로 죽은 줄 알았던 그 아이를 봤다는 소리를 들었다는데, 너도 들었느냐?"

"예, 방금 들어오면서 들었나이다."

"지금 나가 보자꾸나."

"소신이 가 보겠습니다. 전하께서는 낮에도 잠행을 나가셨으니 피로하시······."

"당장 차비해라!"

예상대로 급히 일어서시는 전하의 모습에 기시는 최 상선과 은밀히 시선을 나누며 고개를 끄덕였다. 기방으로 모실 구실이 필요해 서로 입을 맞추었던 것이다. 전하께서 거문고 연주 따위를 들으러 기방 출입을 하실 리 없으니 다른 방도를 짜내야 했고, 전하를 움직일 수 있는 방법은 부부인과 관련된 일뿐이니.

이미 돌아가신 그분께는 미안한 일이었지만, 전하께서 잠시나마 즐거움을 누리실지 모를 일이니 어쩌랴. 이제 행수 기녀가 준비를 잘 해 두었기만 바랄 뿐이다.

"어서 나가 알아보아라."

기방까지 단숨에 말을 달린 전하께서는 방까지 들어가시면서 내내 두리번거리셨지만, 개미 새끼 한 마리 눈에 띌 리 없었다. 낮에 기시 자신이 감히 용안을 뵙는 자가 있어서는 아니 된다고 미리 단단히 일러둔 탓이다.

자리에 좌정하신 전하께서 조급히 명하시니, 기시가 제가 꾸민 계책대로 권해 드렸다.

"그럼 전하께서는 거문고 가락을 듣고 계시면 어떠십니까?"

"거문고?"

몸종에게 어떤 사정이 있을지 모르니, 그저 술을 마시러 온 행세를 하기로 했다. 전하께서 방에서 술상을 받으시는 동안 자신이 나가서 몸종에 대해 알아보는 것으로 말이다. 기시가 꾸민 계책 안에서 전하와 또다시 계책을 꾸미는 척한 것이다.

"전하께서 홀로 계시면 아무래도 의심을 살 성싶습니다. 그리되면 제게까지 시선이 집중되어 일이 수월치 않을 것 같고요. 그러니 지난번 궁에서처럼 가락을 들으시면 어떠실는지요?"

흔쾌히 그러마 하신다. 신경을 온통 바깥에 빼앗기시어 건성으로 그러신 것이지만.

저를 보시는 시선에 날이 서 있지 않은 전하를 뵙는 것은 참으로 오랜만인지라 기시는 감격하면서도, 그 감격이 제가 거짓으로 만들어 낸 것이니 또 마음이 무거워졌다. 부디 부부인과 비슷하게라도 연주하는 이가 있어야 할 터인데.

그가 굽은 허리로 물러 나옴과 동시에 술상이 들여졌고, 방문 밖에는 행수 기녀가 그를 기다리고 있었다. 이윽고 창호 문으로 연결되어 있던 옆방으로 거문고가 들여지고 아리따운 기녀가 그 뒤를 따랐다.

기시가 잘 이행하라는 의미로 고개를 끄덕여 보이니 행수 기녀도 고개를 까딱해 보이는데, 그 표정이 자못 의미심장해 보였다. 마치 자신이 아까 최 상선과 주고받은 눈빛과 비슷해 보이는 것이, 주상 전하께서 오실 것이라는 제 짐작이 맞은 것이 의기양양한가 보다. 그렇다고 해서 소문을 낼 정도로 어리석은 이는 아닐 것이고, 말해 둔 대로 사람들을 넉넉히 준비해 두었다 하니, 그럼 되었다.

궐 밖이기도 하고 주상 전하를 제일 잘 아는 이는 저이니 곁에서 살뜰히 보필하고 싶지만, 지어낸 말 때문에 기방 내를 부지런히 돌아다녀야 하는 입장이라. 방 안에 들어 있는 운검과 행수 기녀에게 일임하고 자리를 떴다.

"되었다."

체념한 흔이 나직이 읊조렸다.

벌써 세 번째다. 기시가 늦어짐에 따라 별생각이 다 들고 있었다. 혹여 몸종이 살아 있다 하여 서리까지 살아 있으리라는 기대를 품었던 것이 무리였는가 싶기도 하고. 시신은 두 구였으니, 그중 몸종이 살아 있다면 서리는 도리어 생존했을 가능성이 적어지는 것이 아닌가 하는 무참한 생각까지 들었다.

그래서 가락에라도 기대를 걸었더랬다. 서리처럼 연주하는 이라도 찾으면 그나마 소득이 있는 것이니 말이다. 한데 이어지는 연주들은 그런 기대가 무색할 정도라. 게다가 그 가락들은 도리어 서리에 대한 그리움만 불러일으킬 뿐이었다.

"다른 이를 들일까요?"

맞은편에 자리한 네 짝 장지문 너머에서 문 한 짝을 열고 앉아 있던 행수 기녀가 권하였지만, 고개를 저었다. 술을 한 잔 따라 들이켰다. 마음이 써 그런가, 술맛이 여간 쓴 것이 아니라 여기는데 장지문 너머에서 분주히 옷감 스치는 소리가 들려왔다. 기척이 길게 이어지는 것을 보면 조금 전 거문고를 타던 이가 나가고 또다시 누가 들어오는 모양이었다. 되었다는데도 연주를 또 시킬 모양이었다.

티 나게 한숨을 쉰 흔이 짜증이 담긴 시선을 드니 행수 기녀가 비위 맞추는 미소를 지었다.

"이 사람 연주만 더 들어 보십시오."

"되었다는데도 그러는군."

불퉁하니 대꾸한 흔은 다시 술 주전자를 집어 들었다. 진탕 술이나 마시고 뻗을까도 하였다. 마지막으로 술에 취한 것이 혼인하던 날이었는데…… 그날 서리는 참말 꽃같이 어여뻤더랬지.

회한 섞인 그리움이 가슴을 마냥 쥐어짜니 숨이 들고 나는 것도 힘겨웠다.

"후회하지 않으실 것입니다."

오그라들 대로 오그라든 가슴에서는 여유 한 줌 남아 있지 않아, 주전자를 내려놓는 손길이 마냥 거칠었다. 놋쇠 주전자의 뚜껑이 덜컹거릴 정도로 쾅 하는 소리가 났고 흔의 입술이 비틀렸다.

"내가 기대하던 가락이 아니라면 자네의 목을 칠 것이야."

제 쓰라린 속에 대한 화풀이로 말만 그리한 것임을 눈치챘는가? 조정의 신료들 같으면 넙죽 엎드리고도 남을 흔의 무시무시한 기세에도 나이 든 기녀는 여유 있게 고개를 조아렸다.

흔이 다시 잔을 입에 대는 순간 가락이 시작되었다. 첫잔처럼 한입에 비워지긴 마찬가지였으나, 그 잔은 술상에 내려지지 못하였다. 잔을 든 채로 굳어진 흔의 부릅뜬 시선이 거문고 연주자 앞을 가린 장지문으로 향한 탓이었다. 설마.

「제가 가야금을 먼저 배우고 거문고를 배워서 그런가, 가야금에 비해 느려 터진 거문고 가락이 마치 '비가 와도 뛰지 않는 선비' 같더이다. 대감은 아니 그러십니까?」

「참으로 딱 들어맞는 말이로구나, 나도 가끔 졸렸다.」

재치 있는 비유에 흔이 껄껄 웃으니, 서리가 나무 술대를 흔들며 키득거렸다.

「제 비위를 맞추려 그냥 하시는 말씀 같은데요? 비를 맞아 생쥐처럼 쫄딱 젖는 선비를 생각하면 애석하지는 못할망정 어찌 졸릴 수 있단 말입니까?」

「우리 전실께서는 눈치도 빠르시구먼.」

또다시 서로 마주 보며 짓궂게 웃던 끝에 서리가 정색을 하고 술대를 바로 들었다.

「마음가짐이 그리 철저하시니 제 연주를 들어보나 마나 감탄해 마지않으시겠군요. 그래도 들려드리긴 해야겠지요? 조선 어딜 가도 들을 수 없는, 일명 '비가 오면 뛰는 선비 소리' 입니다.」

재미와 웃음이 넘쳐 나는 익살 뒤에 이어진 곡조는 여민락이었다. 한데 네다섯 배는 빠르게 연주하니 지루함도 없고 특히나 술대를 움직이는 빠른 손놀림이 어찌나 신기하던지, 듣고 나서는 무릎을 치며 감탄하였다.

그래서 장악원의 악공들에게 빠르게 연주해 보라고 해 볼까도 생각하였지만 또 정작 그들이 서리 흉내를 내는 것은 싫어서 말도 꺼내 보지 않았건만, 생각지도 않게 기방에서 서리처럼 빠르게 연주하는 이를 볼 줄은 몰랐다.

연주가 이어질수록 대책 없는 생각도 커져만 갔다. 선비들은 이리 빠른 연주를 필경 경망스럽다 할 것이니, 그들의 비위를 맞춰야 할 기녀가 이렇게 연주할 리는 없다, ……서리 말고는!

곡이 끝나기도 전에 흔은 자리에서 벌떡 일어났다. 오그라들었던 가슴이 마구 쿵쾅대기 시작했고 머리도 어찔할 지경이었지만, 주저앉을 때가 아니었다.

눈치가 없다고 그리 놀려 댔었지. 어찌 그리 저를 알아보지 못하느냐고. 이번은 못 알아볼 리 없다! 서리였다. 내 어여쁜 전실…… 우리 석동이……! 그래, 시신을 제대로 쳐다볼 수 없었던 이유가 이것이었다! 우리 서리가 아니었으니까. 이렇게 멀쩡히 살아 있으니까!

북받치는 감정 때문에 허청대면서도 그리운 이를 향한 집념 때문에 고꾸라질 듯 성큼성큼 다가가니 장지문 이쪽에 앉아 있던 운검이 일어나 경계를 하였다. 그러거나 말거나 그를 밀어 낸 흔이 나머지 문 한 짝을 벌컥 열어젖혔다.

문이 문틀에 가 부딪히는 요란한 소리가 방 안을 울리자, 그 문 뒤에 앉아 거문고를 연주하던 이는 당연히 놀라 움직임을 멈추었다. 이미 그가 다가가는 것을 보고 주춤주춤 뒤로 물러나다 급기야 병풍에 부딪힌 행수 기녀는 무척이나 놀랐는지 손바닥으로 병풍을 여러 번 두들기기까지 했고.

그 둔탁한 소리가 흔의 귓가에 남은 거문고 가락과 뒤섞여 희미하게 방 안을 떠도는 동안, 흔의 격앙된 시선이 거문고를 켜던 기녀에게 향했다. 얇은 천으로 눈 아래부터 가리고 있었고 시선도 내리깐 채라 서리인지 한눈에 알아볼 수가 없었다.

하지만, 서리가 맞을 것이다. 또다시 저를 깜짝 놀라게 하려는 것이다! 또다시 장난을 치려고…… 그러고는 깔깔대며 웃으려고…… 이렇게 살아 있으면서!

떨리는 그의 손이 다가갔다.

오래전에도 이런 적이 있었다. 설마, 설마 했지만, 참이었던 적이. 제 어여쁜 석동이였던 그때처럼 부디 이번도……

그가 손으로 가리개를 잡아도 더 물러나거나 고개를 돌리지 않으니 서리가, 석동이가 틀림없는 것이다!

그가 얼굴 가리개를 잡아당기는데도 상대는 가만히 있었다. 마치 얼굴을 보여 주려는 것처럼. 가슴이 터질 듯이 부풀었고 귓가에서 제 맥 뛰는 소리가 쿵쿵거리며 요란했다.

이윽고 한쪽 뺨부터 천천히 얼굴이 드러나는데, 턱 아래쪽에 붉은 흉터 같은 것이 있었다. 그 밤 화재에서 화상을 입었는가? 얼마나 아팠을꼬……! 뛰던 가슴에 쩡하니 고통이 스쳐 갔다.

한데 얼굴이 흉해졌다 하여 내 앞에 나타나지 못했는가? 어찌 그런 미련한 생각을 했누, 하며 마저 천을 잡아당기던 흔은 저도 모르게 뒤로 털썩 주저앉았다.

마저 드러난 얼굴은 서리가 아니었던 것이다. 붉다 못해 피부가 일그러져 붙은 참혹한 흉터는 입술까지 손바닥만 하게 얼굴을 덮고 있었지만, 누구인지 알아보지 못할 정도는 아니었다. 그이는 서리가 아니었다. 아아…….

"전하……!"

운검이 놀라 부축하였지만, 흔은 이미 넋이 나갔다. 아니었다니. 흉터 때문도 장난도 아니었다니!

하긴, 장난을 그리 오래도록 몇 해씩이나 칠 리가 없지. 우리 서리가…… 저를 놀리는 것이 아무리 재미지다 해도 제가 보고 싶어서라도 그렇게나 오래 숨어 있을 리가…… 어리석은 저는 대체 무슨 기대를 했던 것인가. 아아…….

한껏 부풀었던 가슴이 울렁거리기 시작했다. 이제껏 꽁꽁 가둬 놓았던 생각들이 순식간에 막무가내로 덮쳐 오니 직면하기 싫어도 아니할 수 없었다. 저 정도의 상처에도 살아 있는 이가 있는데, 빠져나오지 못한 서리는 얼마나 고통스럽고 얼마나 괴로웠을꼬.

아아. 이제야 참말로 그이가 가 버린 것을 인정해야 하는가 싶으니 가슴이 무너져 내렸다. 이제껏 뒤로 밀어 놓았던 인정이었다. 죽었다, 아니다를 갈라놓지 못했던 것은 우유부단함이 아니었다. 제삿밥을 챙긴 것도 혹시 몰라 그러한 것이지 속으로는 서리가 이승에 아주 없노라고 새겨 본 적은 없었다. 오죽하면 시신조차 외면했을까.

어찌 보낼 수 있겠는가, 꽃같이 어여쁜 내 안해를!

흔은 앉은 채로 주춤주춤 뒤로 물러나며 마냥 고개를 저었다. 목구멍으로 울음이 들어차고 있었다. 미뤄 두었던 울음이 밀려오는 것이다. 꾸역꾸역 참았던 감정이 제멋대로 부풀려졌다 허망하게 터지니 주체할 수 없는 모양이다. 통곡을 하면 참말로 서리가 영영 떠나 버릴 것만 같아서, 서리를 잃고 단 한 번도 눈물을 흘리지 않았는데……!

아니, 아니다! 아직 그이를 보낼 준비가 되지 않았다! 그러니 안 된다, 울어서는 아니 돼!

피가 나도록 아랫입술을 깨물며 숨을 참았다. 숨이 막혀 당장 고꾸라져 죽는다 해도 참아 낼 것이다. 기시가 무슨 소식을 가져올지 모르니, 방정맞게 부정적인 생각 말고 참아야 한다!

목구멍에서 짐승의 울부짖음이 새어 나오자, 간신히 몸을 뒤집은 흔은 이제 네 발로 엉금엉금 기었다. 체통이고 뭐고 없었다. 서리를 보내면 어차피 죽고 말 것이니.

가까스로 입을 열었다.

"기…… 기시야……! 기시야……!!"

어찌 이리 안 오누! 자신이 통곡을 터뜨리기 전에 그놈이 오지 않을까 봐 혼신의 힘을 다해 악을 썼다. 악을 쓰면 쓸수록 어질함이 극심해졌다. 운검과 사방의 문이 열리며 뛰어든 겸사복들이 그를 향해 달려드는 희미한 모습이 그가 본 마지막이었다.

전하께 변고가 생겼다는 말에 헐레벌떡 뛰어온 기시는 황망함을 감출 수 없었다. 술상 앞에서 거문고 가락을 즐기고 계셔야 할 지존께서 혼절이라니.

허겁지겁 팔다리를 주무르고 차게 적신 천으로 얼굴을 닦아 드렸다. 숨결은 조금 편안해지셨지만 영 정신을 차리지 못하신다. 궁으로 모셔 가는 것보다 어의가 오는 것이 빠를 터. 어의에게 연통을 넣고 기다리자니 어찌나 부아가 치미는지, 대체 무슨 일이 있었는지 당장 알아보러 나섰다.

복도며 마당에는 이미 기방 밖에서 대기하고 있던 겸사복 수십이 들어서서는 경비를 삼엄히 하고 있었다. 기방은 무덤처럼 고요하게 납작 엎드려 있는 모양새였다. 그 가운데를 걸어 겸사복장이 그 방에 있던 기녀들을 구금해 두었다는 방으로 썩 들어서는 기시의 얼굴은 매섭게 굳어 있었다.

기녀는 셋이었다. 행수 기녀와 얼굴을 가린 기녀 둘. 그가 들어서자 행수 기녀와 기녀 하나는 얼른 일어섰지만, 더 안쪽에 앉아 있던 이는 다른 이들이 일어서니 그제야 따라 일어섰다. 언질을 주고 갔으니 그나마 일류라는 일패 기녀들을 불러 모았을 것인데 어디서 예의범절도 못 배워 먹은 것을 데려왔는가 싶었지만, 지금은 그런 것을 가릴 계제가 아닌지라 바로 행수 기녀를 다그쳤다.

"무슨 일이 있었는지 소상히 고하여라."

처벌을 피해 볼 요량인지, 행수 기녀가 대뜸 잡아떼는 얼굴을 했다.

"상선 영감께서 몸을 가리고 연주하라 하시어 장지문 뒤에서 가락을 시켰습지요. 셋이나 아니라 하시기에 요번만 더 들어 보시라고 이 사람을 들였더니만……."

"그랬더니만?"

기시도 순간 가슴이 뛰었다.

"전하께서 갑자기 다가오시더니, 장지문을 열어젖히시지 뭡니까."

참말 부부인과 비슷하게 연주하는 이가 있었던 것인가?!

"그러곤 이이의 얼굴 가리개를 대뜸 뜯어내고 얼굴을 보시더니⋯⋯."

행수 기녀가 먼저 일어섰던 이를 가리킨다. 기시의 시선이 얼른 계화가 가리킨 이에게 향했다.

"참담하신 용안으로 물러나시더이다. 그리고 저이들이 뛰어들었고요."

연주를 얼마나 비슷하게 하였으면 부부인으로 착각까지 하신 겐가.

"가리개를 걷어 보아라."

연주를 비슷하게 한다면 앞으로도 찾으실 테고, 그러다 보면 한번 품으실 수도 있지 않은가. 전화위복이 될지 모른다 생각하니 사뭇 기대가 컸다.

하지만, 웬걸. 주춤하던 여인이 행수 기녀의 재촉에 가리개를 걷는데, 채 다 걷기도 전에 기시는 손을 내젓고 말았다. 이런⋯⋯ 외모가 좀 떨어지는 것도 아니고 하필 화상이라니.

부부인이 아닌 것에 화상까지 더해졌으니, 부부인지 확인코자 하시던 전하께서 어떠셨을지 짐작도 가지 않았다. 몇 해가 지나도록 아슬아슬하게 이어 오던 끈이 끊어진 양 혼절하실 만하였다. 위로를 해 드리려다 도리어 낭패를 보고 말았구나.

게다가 얼굴이 저러하니, 계집으로 볼 수도 없으실 터. 참으로 아쉬운 노릇이다.

"저이는 누구인가?"

속으로 거듭 혀를 차던 그가 뒤에서 역시나 얼굴을 가리고 있는 이를 가리켰다. 저이도 화상을 입은 것인가? 웬 이런 이들만 모아다 놨는가.

그때 겸사복장이 뒤에서 일러 주는데, 병풍 뒤에 앉아 있더라 하였다. 응? 밖에서 기다리다 순차대로 들이라 하였는데 이미 들어 있었다고? 그것도 병풍 뒤에? 영락없는 자객의 행태가 아닌가! 낮에 각별히 당부를 하였더니 그사이 무슨 작당을 꾸민 것인가? 전하를 해하려고?

"몸수색은 해 보았는가?"

기시가 심상치 않은 기색으로 묻자, 행수 기녀가 서둘러 나섰다.

"무엄한 것은 지니고 있지 않았습니다."

"하면 어찌 그러고 병풍 뒤에 있었지?"

"전하께서 셋의 연주를 들으신 이후로 더는 들이지 말라 하셨지만, 이 두 이의 연주를 꼭 들려드리고 싶었습니다. 그래서 함께 방으로 들여, 한 사람은 병풍 뒤에 앉아 있게 한 것입니다. 앞에 앉은 이의 연주가 아니라 하시면 얼른 저이의 연주를 들려드리려고요. 어떻게든 어심을 만족시켜 드리려 애썼을 뿐인데 그리 매도하시니 그저 억울할 따름입니다."

행수 기녀의 호소에 기시가 겸사복장에게 확인차 물었다.

"병풍 뒤에도 거문고가 있긴 하였소?"

"그렇습니다."

기녀들이야 각자 제 악기를 가지고 다니니 거문고가 없었다면 혹시나 할까, 있었다면야.

그래서 기시는 얼굴만 확인해야겠다 싶었다.

"얼굴을 보여라."

아까 들어올 적부터 예의가 없더니 그의 말에도 서둘러 이행하는 모습이 보이지 않았다. 다시 의심이 갔다. 얹은머리가 아니라 그저 쪽 진 머리도 수상했고. 웬만한 기녀들이라면 이미 화초머리를 하고도 남았을 것 아닌가.

전하를 해하려고 기녀가 아닌 이를 들였을 가능성이 여전히 남아 있다는 생각을 하는데, 행수 기녀가 앞으로 나섰다.

"그게, 언청이라······."

"무어?"

기시는 더욱 부아가 치솟았다. 화상도 모자라 이번엔 언청이라?

"감히 이런 흉한 얼굴을 전하 앞에 들인 것으로도 극형에 처해 마땅한데, 하나도 아니고 둘씩이나? 낮의 언질로 내가 누구이고 어느 분께서 오시는 줄 충분히 알아들은 네가 정녕 죽기를 각오하지 않고서 어찌 이런 짓을 벌였단 말이냐!"

이 정도면 주상 전하를 해하는 것과 진배없는 짓거리였다.

"송구하옵니다만, 영감께서도 그러시지 않았습니까. 그저 예인만 필요하다고요. 말씀드렸듯이 성심을 만족시켜 드리기 위해 솜씨 있는 이들로 고르다 보니······."

그때, 겸사복 하나가 급히 들어서서 고하였다.

"전하께서 정신을 차리셨습니다."

기시는 서둘러 기녀들을 뒤로하고 방을 나섰다.

"전하."

기시가 급히 들어가니, 전하께서는 아직 누워 계셨다.

"정신이 드시옵니까? 어의가 곧 당도할 것입니다."

이대로 궐 밖서 환후라도 얻으실까 염려되어 급히 아뢰자, 멍하니 천정을 올려다보시던 전하께서는 다른 말씀을 하셨다.

"……알아보러 간 것은 어찌 되었느냐?"

예상대로 옥음이 퍽이나 허망하니 정해진 답을 올려야 하는 이의 가슴까지 찢어졌다.

"그것이……."

괜히 애춘의 이야기를 지어냈는가 보다. 좀 더 무난한 이야기를 지어낼 것을. 어차피 성상께 거짓을 고하는 죄는 같으나, 조금이라도 그 괴로움을 덜어 드리지는 못할망정. 잠시라도 즐거움을 누리게 해 드리려다 일이 크게 덧나게 되었다.

"망극하옵니다."

입이 있어도 차마 길게 고하지 못함을 짐작하셨는지 잠시 침묵하신다. 그러고는 명하셨다.

"처가에…… 다녀오너라."

"예?"

거긴 어쩐 일로……?

"가서…… 어명이라고…… 부부인의 묘가 어디인지…… 알아오너라. 오늘 밤으로 가 볼 것이야."

그 처연한 목소리에 깃든 슬픔이 어찌나 애달픈지, 명을 받잡기 망극하였다.

"전하, 성후 미령하신데 오늘은 그냥 환궁하시옵고 밝은 날……."

어성(御聲)이 터져 나왔다.

"당장 가란 말이다! 어서 가지 않으면 네 목을 칠 것이야! 가서, 또 아니 알려 주고 뻗대거든 오씨들의 목도 치겠다 하여라!"

추상처럼 떨어지는 명에 기시는 서둘러 밖으로 나섰다. 조금이라도 성심을 달래 드릴 수 있다면 무엇을 못 하랴. 다만 옥체가 상하실까 그것이 근심이지.

"어찌 저리 노하셨을꼬."

고요한 복도를 울리며 들려온 갑작스런 호통에, 계화가 입을 비죽였다.

"성님은 무섭지도 않으시오? 좀 전에도 말대답을 그리 탐방탐방 하시고."

옆에 앉았던 춘월이 화상 때문에 어눌한 목소리로 타박을 하였지만, 계화는 코웃음을 쳤다.

"내가 잘못한 게 무엇인데 말을 못 하느냐? 잘못한 분도 저리 큰소리신데."

"누구, 지금 상감마마께서 무슨 잘못을 하셨다는 말이오?"

"조금 전의 노성이 상감마마의 것이었느냐?"

"그럼 저리 호랑이처럼 쩌렁거리는 음성이 설마 그 쨍알대던 내관의 목소리겠소? 아까 방에서 옥음을 같이 들어 놓고는 웬 딴청이오?"

능구렁이처럼 모르는 척하는 양에, 춘월이 눈까지 흘겼다.

"흠, 내가 벌써 가는귀를 먹었나 보구나. 사내들이란 제가 잘못해 놓고 도리어 성을 내는 짐승인지라 조금 전에도 그런 한심한

사내인가 하였지. 네 얼굴을 화로에 처박은 그 급살 맞을 양반 놈
도 그러지 않았느."

계화가 말끝에 흘끗 뒤를 돌아보았지만, 서리는 반쯤 돌아앉은
채로 아무 반응도 보이지 않았다.

서리는 아무 생각도 하기 싫었다. 가슴이 자꾸 두방망이질 쳤다.
춘월이라는 이는 그저 앉아만 있었고 연주는 병풍 뒤의 자신이 한
탓인지, 아니면 잠시간이나마 대군 대감의, 아니 전하의 옥음을 들
어서인지도 모르겠다.

여쭌 것이 없으니 알게 된 것도 없다. 전하께서 제 연주를 알아
들으셨고 자신임을 확인하려 하신 것으로는 아무것도 짐작할 수
없는 노릇이니까. 그저 전하께서 찾으시던 가락이 제 것이라는 사
실만 알게 되었다. 그럼 어찌 제 가락을 찾으신 게지? 자신이 아직
살아 있는 것을 아셨는가? 그래서 여전히 살아 있느냐, 다시 죽여
주마 하시려던 것이었나?

아, 다 부질없는 짓이었다. 애초에 무슨 궁금증을 풀겠다고 이
미친 짓에 동참한 것인지.

정말 저를 죽이려 하셨는가? 그 의문은 해가 갈수록 희미해지기
보다 더더욱 두렵고 상처가 되었다. 그래서 어영부영 그 방 안에
들어가 앉은 것이지만 생각해 보니, 그 답을 몰라서가 아니었다.
단지 그 사실을 인정하기 싫었던 것이다. 자신이 이미 알고 있는
사실을 말이다.

게다가 방금 전에는 대놓고 '오씨들의 목을 치겠다'는 끔찍한
호통도 치시지 않았나. 이러다 가문에 누를 끼칠까 싶어, 떠나기
로 한 배가 준비만 되었다면 당장에라도 올라타고 싶은 심정이었
다.

그렇게 두려움에 떠는 와중에 비밀스런 소원도 있었다. 옥안을 꼭 한 번만 뵈었으면 하는 것이다. 저를 죽이셨다는 의심으로 괴로웠던 지난 세월 동안에도 차마 버리지 못한 연모였다. 이 무모한 짓을 벌인 연유는 이런저런 것을 여쭙기 위해서라기보다 그 소원 때문이 클 것이다. 여전하신지, 아니면 변하셨는지, 그립고 보고팠다. 역시나 못 믿을 것은 자신이었다.

"왜 또 그 양반 얘기는 꺼내시오? 심란하게. 그런데 그 양반이 주상 전하의 반만큼만이라도 잘났더라면 내가 그이를 거절하여 이 꼴을 당하지는 않았을 텐데. 어찌 그리 잘나셨는지, 내 10년 넘게 기생 노릇을 했지만 그런 옥골선풍은 처음이오."

"사내가 얼굴 뜯어먹고 산다더냐? 기생오라비같이 생기면 생긴 값을 하는 게야."

"성님, 지금 나라님더러 기생오라비라는 게요?"

"왜, 나라님 욕은 없는 데서 하는 것 아니었느냐?"

"쉿, 밖에서 누가 듣소."

"이 정도는 안 들린다."

"아휴, 좌우간 이게 다 무슨 일인지 몰라도, 코앞에서 용안이 시퍼렇게 질리는 것은 어찌나 참담하던지…… 자칫 우리가 한 일이 알려졌다가는……."

춘월은 계화가 다급히 입조심하라는 시늉을 하자, 쑥 하고 자라목 들어가듯 말을 삼켰다. 그러더니 얼마 못 가 또다시 중얼거렸다.

"한데, 저이는 어디 출신이오, 성님? 나더러 급히 오라 하더니, 이이도 어디 다른 곳서 급히 왔나, 처음 보는 이니 말이오."

계화가 다시 눈짓을 하자, 머쓱한 춘월은 서리를 돌아보던 시선을 거두고 다시 처분만 기다리는 근심스러운 얼굴이 되었다.

흔 일행은 처가에서 하는 수 없이 보냈을 청지기를 따라 컴컴한 밤을 뚫고 어느 야트막한 산의 허리를 올랐다.

어디쯤에선가 앞선 이가 멈춰 서니 겸사복들이 든 횃불 빛에 작은 봉분 하나가 드러났다. 관리는 잘 되어 있지만, 비석 하나 없는 그 초라함에 순식간에 가슴이 무너져 내렸다. 비틀거리며 옆에 가 주저앉았다. 봉분을 더듬더듬 쓰다듬으니, 아직 차디찬 밤기운보다 훨씬 더 차디차서 참았던 울음이 기어코 터져 나왔다.

"서리야…… 내가 왔다…… 석동아……!"

서둘러 겸사복들에게 손짓을 하여 멀찍이 물러서 등을 돌리라는 지시를 하던 기시도 참담하여 차마 눈을 뜨고 보지 못하였다.

"흐으…… 임금이 스스로를 칭하는 과인이라는 말이 덕이 적은 사람이라는 뜻이라더니, 참으로 내게 딱 맞는 말이로구나…… 이 어둡고 추운 곳에 너를 홀로 두다니…… 너를 이리 만들어서는 아니 되는 것이었는데, 지켜 주었어야 했는데……. 내가 너를 죽인 것이다, 내가 그런 것이야! 그러고도 이제야 왔으니, 내가 무정하였다…… 내가 잘못하였어……. 서리야, 서리야……!"

봉분을 어루만지다 못해 흔이 그 차디찬 것을 끌어안으며 무너지니, 기시가 부축하며 다가들어도 소용이 없었다.

서글픔이 까만 밤을 더욱 짙게 물들이며 온 세상을 덮어 내렸다.

"이제야?"

대비전 엄 상궁이 대전에 심어 두었던 나인에게서 소식을 듣고 온 바에 의하면 지난밤 잠행을 나간 주상이 묘시(새벽 5시부터 7시까지) 초입인 지금에야 환궁했다는 것이다. 대비는 소식을 기다리느라 뜬눈으로 밤을 지새운 탓에 뻑뻑한 눈가를 문질렀다.

"예, 대비마마."

"그래, 어디를 갔다더냐?"

"막 교대한 겸사복에게 들은 바로는 기방에 들렀다가 부부인의 묘에 갔다 합니다."

"누가 부부인이라는 말이냐?"

뾰족한 대비의 대꾸에 엄 상궁이 혀를 깨물었다.

"송구하옵니다, 대비마마. 폐서인 된 오씨의 묘입니다."

기방과 오씨라니. 그 둘 사이에 어떠한 연결점이 있는 게지? 게다가 세 해가 넘도록 발걸음 한 번 하지 않던, 이제는 서인으로 돌아간 그 오씨의 묘에? 한 번도 갔다는 말이 없어, 대비조차 주상이 중전을 들이지 않는 이유가 소문대로 청조로부터 고명을 받아 내기 위해서인가 하던 참이었는데 아니었던가?

아니지. 그렇다면 고명도 받았겠다, 폐서인이 아니라 도리어 왕후로 추존하였겠지.

그럼 뜬금없이 기방에 간 것은 뭔가 다른 이유에서일 터인데? 보위에 올라서도 나인의 손목 한번 잡아 보지 않은 이가 계집 때문에 기방에 간 것은 아닐 테고.

"그 기방에 대해 오라버니께 알려 드리고 은밀히 알아보시라 해라."

"예, 대비마마."

사가로 돌아가지도 못하고 몰래 마련해 드린 안가에 계신 오라버니를 이름이다. 목숨만 부지하였고 모든 것을 다 잃은 오라버니.

사약을 받을 죄인을 빼돌리는 것은 어렵지 않았다. 대비는 주상에 의해 거의 모든 세력을 잃은 와중에도 할 수 있는 모든 힘과 재물을 동원해 오라버니에게 사약을 가지고 갈 의금부 도사를 오라버니의 천거로 관직에 오른 이로 바꾸었다. 그 의금부 도사가 손을써, 따로 마련한 시신을 오라버니로 위장하여 땅에 묻었다 했고.

이후 처와 자식이 관노로 떨어진 지방을 거쳐 한양으로 돌아온 오라버니를 만나고 온 엄 상궁은, 두 눈에서 피눈물을 흘린다는 말이 무엇인지 알겠다 하였다. 그사이 지방 수령에게 몸을 더럽힌 오라버니댁은 배가 남산만 해져 있었고, 독자였던 조카는 사또의 아들 대신 매를 맞고 죽었다니.

오라버니의 눈에서만 피눈물이 흐르는 것이 아니었다. 자신은 그런 소식을 듣기 이전에도 주상과 같은 하늘을 이고 살 수 없다는 생각이었으니까. 선왕은 그렇다 해도 현 주상은 저와 제 친정을 그리 핍박해서는 아니 된다. 저를 보위에 올린 이가 대체 누구이관데!

아직 끝나지 않았음을 보여 줄 것이다. 대비의 손톱 끝이 장침의 보드라운 명주에 깊이 박히며 흉한 자국을 남겼다.

거듭된 재촉에 하는 수 없이 환궁하신 전하께서는 하루 종일 끼니도 거르셨다.

강연 때도 그저 가만히 앉아만 계시더니, 장계들을 처리하거나 신료들과의 접견 중간중간에 수시로 멍한 표정을 지으시니 기시는 속이 탔다. 점심 즈음에 번이 바뀌어 저도 눈을 붙이러 들어갔다가 대비전에 저녁 문안을 다녀오니, 석수라까지 거르셨다 한다.

따지자면 지난밤 야참으로 타락죽 몇 술 뜨신 것 외에는 만 하루가 되도록 도통 요기될 만한 것을 잡숫지 아니하신 것이 되니, 대전 내관들이며 나인들까지 모두 초죽음이 되어 기시를 기다리고 있는 참이었다. 전하께서 영 차게 대하시지만, 잠저에서부터 모시어 전하에 대해 가장 잘 알고 있는 사람이 기시 자신이기 때문이었다.

"전하, 식혜라도 올리리까?"

서안 앞에 앉아 상소문을 내려다보시던 전하께서는 역시나 탁한 시선을 들어 그를 보았다. 차라리 전처럼 한껏 경멸을 담아 보셨으면.

"그 소리가…… 거문고 가락이 자꾸만 귀에서 맴돈다."

잠저에 계실 적처럼 조곤조곤 말씀하시니, 반갑기보다는 묘에 가셨던 일로 크게 기운을 잃으신 것 같아 염려가 되었다.

"지난밤 들으신 것 말씀이십니까?"

"너는 일 보느라 듣지 못하였지? 그이가…… 부부인과 아주 흡사하게 연주하더구나. 가끔 술대로 현을 문질러 특이한 소리가 나게 하는 것도 그렇고……."

용안에 어린 것은 안타까움보다는 무표정에 가까웠다. 그렇게 나쁜 징조는 아니었다.

"묘에 다녀온 이후로 가슴이 아프면서도 자꾸만 그 가락이 생각

나서…… 무엇에도 집중을 할 수가 없다."

기시는 가슴마저 두근 뛰었다.

"그러면 다시 가서 들으시겠습니까?"

"응?"

"기별을 넣겠습니다."

꿈에도 그런 생각을 하지 못하신 양이지만, 그렇다고 싫다는 말씀도 아니 하셨다. 가셔서 그리운 가락을 들으며 술상을 앞에 놓고 계시다 보면 안주라도 하나 집어 드시지 않겠는가. 그게 기시의 목적이었다.

서리는 지난밤, 전하께서 오씨를 언급하셨던 일이 혹여 해를 끼치지는 않았는지 집에 들렀었다.

자세히 말을 하자면 전하께서 월계관에 오셨다는 얘기까지 나올 것이고 그리되면 아버지며 오라버니들이 심려할까 싶어, 아무 소리 없이 그냥 이래저래 별일 없었는지 묻기만 하다 아무 일 없음을 확인하고는 안도하였다. 벽이를 한 번 더 보고 싶었지만, 관두었다. 한 번 더 보고 그만큼 제 욕심을 채우면 그것이 아이한테 해로 돌아갈까 봐 겁이 났던 것이다. 자신만 참으면 되는 것이다.

그래서 길 떠나는 일이 어찌 되어 가고 있는지 돌아본 뒤에 인정이 되기 전에 서둘러 월계관으로 돌아왔다. 막 문간을 들어서는데, 기다리고 있었다는 듯 달려든 계화가,

"궁에서 기별이 왔습니다!"

라고 서둘러 속삭이더니 서리를 잡아끌듯 뒤채로 든다. 대체

무슨 기별이기에? 궁에서 내게 기별을 할 리는 없을 테고.

한데 방에 들어서자마자 하는 말이 가관이다.

"주상께서 다시 나오신다고 준비하랍니다."

서리의 머릿속이 하얘졌다.

"무슨 준비를?"

하도 놀라 둔하게 반문하니, 계화가 답답하다는 듯 대꾸하며 서리의 갓을 단숨에 벗겨 냈다.

"눈치 없이 구실 것입니까? 지난밤 거문고를 탔던 춘월이 말이지요."

그 일은 그것으로 끝난 줄 알았건만!

계화의 서두르는 기색을 보니, 다시 불안감이 치밀었다.

"그럼 춘월이더러 준비를 시킬 일이지, 어찌 나더러……."

"거문고 연주를 시키실 텐데 춘월이가 어찌 한답니까?"

계화가, 한 재산 짊어지고 들어온 시골뜨기 껍데기를 벗겨 내듯 서리의 두루마기의 끈도 단숨에 풀고 고름도 홱 하니 잡아당겼다.

어허, 어찌…… 집에 아무 일이 없다니, 지난밤 목을 치겠다며 무섭게 을러대신 말씀은 그저 위협이었는가 하는 생각으로 스스로를 다잡으며 오긴 했지만, 지난밤 같은 일을 반복할 생각은 꿈에도 없었다.

"나, 난 이제 못 하오."

정신 나간 짓은 한 번도 많은 것이니.

"하셔야 합니다. 춘월이고 누구고 그리 빠르게 연주할 수 있는 이는 이 한양 전체를 뒤져도 없단 말입니다."

"지, 집에 갔다고 하던가……."

"집에 갔어도 데려오라며 미리 연통을 하였겠지요!"

"집이 멀다 하면 되지. 아주 멀……."

"지난밤, 전하를 모시고 떠나기 전에 상선이 추후 조사가 있을지 모르니, 셋 모두 꼼짝 말고 있으라 일렀는데, 이제 와 간 크게도 그 기생이 평양으로 갔다고 할까요, 아니면 안동으로 갔다고 할까요? 오늘 밤 제 목이 잘리는 것을 보고 싶으십니까?"

"그리…… 잔인무도한 분은 아니시네."

"아유, 그러십니까? 그래서 이리 숨어 사셔요?!"

이이는 날이 갈수록 기승스러워지는 것 같았다.

"그리 무섭다면서, 내 등을 떠미는 것은 또 무언가?"

"잔인무도한 분 아니라면서 뒤로 빼시는 것은 그럼 무엇입니까? 그리고 어제 말씀드렸지 않습니까! 이것저것 다 물어보시라고요!"

"……이젠 궁금하지 않네. 참말이야."

"안 궁금하셔도 들어가셔야 합니다. 어제 전하께서 춘월이 얼굴을 보셨으니, 혼자 들어가셔도 가리개를 벗으라는 말씀은 아니 하실 겝니다. 늦어도 자시(오후 11시부터 새벽 1시까지) 초반에는 당도하신답니다."

게다가 혼자 들어가라고? 서리는 진땀이 나서 말을 더듬었다.

"여, 엿은?"

"준비해 뒀으니, 목욕부터 하셔요!"

계화가 그녀의 두루마기를 홱 벗겼다. 얼떨떨해진 서리는 거문고 연주를 하는데 목욕은 왜 해야 하는지 얼핏 궁금했지만 급히 몰아치는 계화의 성화에 다시 한 번 속수무책으로 휩쓸리고 말았다.

"흠. 어제는…… 본의 아니게 실수를 했다. 게다가 내가 추태까지 부리는 바람에, 부리는 이들이 거칠게 대했다지?"

부랴부랴 치장을 마치고 방으로 들었다. 병풍 앞, 어제 춘월이 앉았던 자리였다. 겨우 문짝 하나 너머에 전하께서 계시다니.

민망한 기색이 섞인 옥음이 어제 병풍 뒤에서보다 더욱 또렷하게 들려왔지만 가슴이 먹먹해서인지, 아니면 계화가 한쪽 어금니에 물고 있으라고 준 엿 때문인지, 입이 쉬이 떨어지지 않았다.

한쪽만 열린 문 너머로 저만치 광창에 전하의 그림자가 비쳐 보였다. 갓을 쓰고 바르게 앉으신 모습이었다. 그 그림자에서 시선을 뗄 수 없었다.

"어찌 답이 없느냐? 어제 내 행동이 너무 서운하여 그렇다면 내 사과하마."

춘월의 얼굴 가리개를 걷어 내신 것을 이르심이다.

"그저 네 가락이…… 내가 아는…… 알던 이와 비슷하여 혹여 그이인가 하고 그랬던 것이니 마음 풀어라. 사과를 바로 했어야 하는 것인데, 어제는 너도 보았다시피 내가 경황이 없……."

간신히 입이 떨어졌다.

"사과는 제게 하실 것이 아니라, 행수 기녀에게 하셔야 할 줄로 압니다."

"……응? 어찌 그이에게?"

엿을 물었어도 제가 듣기로는 꼭 제 목소리 같지마는, 전하께서는 알아듣지 못하셨다. 거문고 가락은 기억해도 제 목소리는 잊으셨는가.

"기대하던 가락이 아니라면 목을 치리라 하셨지 않습니까. 아무리 나라님이라도, 그리고 듣는 이가 아무리 천하다 해도 전하를 위해 권해 드리는 이에게 하실 말씀은 아니었다 사료되옵니다."

"무엄하다!"

기척을 감추고 있던 검은 옷의 사내가 갑자기 열린 문 사이로 위협적으로 다가들며 꾸짖자, 소스라치게 놀랐다. 장지문 바로 너머에 다른 누군가가 있으리라고는 꿈에도 생각지 못했던 탓이다.

하긴, 전하께서 혼자 계시리라는 생각을 한 제가 잘못이다. 얼굴을 가린 이를 무얼 믿고 전하만 계시는 방 안으로 들이겠는가.

"되었다. 물러서라."

전하의 말씀에 사내가 다시 보이지 않게 물러섰다. 들었던 검도 다시 바닥에 내려놓는데, 아까와 달리 칼자루가 장지문 너머로 비죽이 넘겨다보였다. 저더러 알아서 경계하라는 의미인 듯싶어 시선을 거두려는데. 황촉 불을 받아 빛나는 그 칼자루는 본 적이 있는 것이었다. 바로 구름 모양.

겸사복장…… 운검……?

어제 김 상선이 오기 전까지 춘월과 행수 기녀를 다그치던 이도 그렇고 목소리는 기억이 나지 않아 잘 구분이 가지 않았지만…… 그 밤의 그 사내일지도 모를 일이다. 자신을 죽이겠다고 말하던, 그래서 별채에 불을 놓았을 그 사내.

서리는 순식간에 그 무정하던 밤의 개구멍 속으로 다시 돌아간 양 차갑게 굳어 들었다.

"놀랐느냐?"

전하께서 물으셨다. 서리는 저도 모르게 고개를 끄덕였다가, 보이지 않으실 것이니 다시 입을 열었다.

"예, 놀랐습니다."

"그…… 대꾸하는 것도 비슷하구나."

황망 중에 저도 솔직히 답하긴 하였다. 다른 이들은 감히 주상 전하께서 저리 물으신다면 절대 아니라고 손사래를 쳤을 일이니.

한데 옥음에 조금 웃음기가 묻어나는 듯해, 새파랗게 질렸던 서리의 입매가 도리어 단단해졌다. 서리와 비슷하다는 말씀일 터였다. 전하께서는 웃으며 떠올리시는데, 저만 떨고 저만 여전히 이렇게 겁을 먹으니, 분한 마음이 들었다. 계화 말이 맞다. 소심하게 굴 일이 아니었다. 그래서 여쭈었다.

"누구와 비슷한지 여쭈어도 될는지요."

"……가락을 들려주련?"

부부인이라 하실지 아니면 폐서인 된 오씨라 하실지 들어 보려 했더니만, 그리 말씀을 돌리신다. 서리는 하는 수 없이 술대를 들었다.

한차례 곡조가 끝나자, 순간 고요가 감도는 방 안에 쪼르륵하고 술 따르는 소리가 들려왔다. 잠시 후 꿀꺽하며 술이 넘어가는 소리도 희미하게 들려왔고.

"이름이 무엇이냐?"

춘월이라 이름 올려야 혹시라도 나중에 문제가 덜 생기련만. 순간적인 치기에 그만 딴소리를 하고 말았다.

"서리입니다."

"뭐, 뭐라 하였느냐, 서, 서리……?!"

"눈 설에 기쁠 희를 써서 설희입니다."

어차피 독음은 같으니, 어찌 반응하는지 지켜보고자 한 것이다. 이전에 대감을 놀리던 것과는 격이 달랐다. 괴롭히고 싶었다.

가슴이 덜컹 떨어져 내리게 하고 싶었고, 운검을 시켜 죽인 처가 멀쩡히 살아 있는가 싶어서 잠시만이라도 섬뜩한 마음이 들게 하고 싶었다.

"……그렇구나."

다시 술을 따르는 소리가 들려왔다. 안주를 드신 것 같지 않은데?

"설마 이름까지 비슷하옵니까?"

그 질문에 다시 꿀꺽하고 술 넘어가는 소리에 이어 술 주전자를 드는 소리가 나니, 안주도 없이 술을 드시는 것을 애달아하는 아둔한 서리에게 설희가 싸대기를 날린 양이었다.

쪼르륵 술 따르는 소리 끝에 답이 나왔다.

"내 안해다. 아니, 내 안해였지. 내 손으로 죽인 것도 모자라 내 손으로 폐한……."

뒤늦은 답에 진한 한숨 소리가 뒤섞여 나왔다.

죽였다고……?

이를 악물자, 잇새에 문 엿에서 쓴맛이 느껴졌다. 이렇게 쉽게, 그것도 한낱 기생 따위에게 터놓을 만한 사실은 아니니, 그 말씀을 곧이곧대로 들을 수는 없다. 그저 부덕함을 칭하시는 것일 테니.

그 말씀을 듣는 순간 온몸에 소름이 끼치긴 했다. 그러고 보니, 사실을 알게 되면 어떤 기분일지 상상해 본 적은 없었다. 그저 궁금해만 하였지. 참말이리라 믿지 않아서였나 보다. 어리석게도 여태 그랬나 보다. 미리 마음을 다져 놓았어야 했는데. 지금이라도…….

"무명지에 골무를 끼었느냐?"

갑작스런 하문에 어리둥절하여 골무를 끼지 않은 제 손을 내려다보았다. 한 번 연주한 것으로도 얼얼하였다. 굳은살이 낀 기생도 여러 번 연주하려면 골무를 끼어야 덜 아프고 물집을 예방할 수 있다.

"끼지 않았습니다."

"그것마저 비슷하구나. 오늘 밤 가락은 그것으로 되었다."

설마 제가 했던 얘기를 기억하시는가? 연거푸 연주를 해 달라 하셨을 적에 무명지가 아파서 아니 된다고 마다하였었는데. 골무를 끼면 답답하다고.

서리의 시선이 다시 술을 들이켜는 광창의 그림자를 바라보았다. 혼란스러웠다.

고요 속에서 그림자의 어깨가 들썩일 만큼 깊은 한숨이 이어졌다. 뭔가 더 말씀을 나누고 싶었다. 골무 이야기처럼 뭔가를.

그래서 입을 열었다.

"지나간 인연을 입에 담을 적에는 늘 한숨이 동무가 되곤 하더이다."

"사연이 있는 게로구나."

"사연 없는 이가 어디 있겠습니까."

"연주도 못 하는데, 네 사연이나 들어 보자꾸나."

서리는 술대를 쥔 손에 힘을 꽉 쥐고 마음을 먹었다.

"서방이…… 있었습니다."

"기녀도 혼인을 하는가 보구나."

"예. 밤마다 기다려 가며 조르기에…… 백년해로할 줄 알았습니다."

주막에서 날이 밝을 때까지 기다리셔 놓고는…….

"헌데?"

"소박을 놓더이다."

"어허. 밤마다 기다릴 정도였다면 정이 퍽이나 깊었을 텐데, 어찌?"

저도 그런 줄 알았습니다. 한데, 어찌 그러셨습니까?

"이유는 듣지 못하였습니다. 그것이 가장 원통합니다."

"그런 비열한 사내가 있나. 혹여 칠거지악 중 뭔가 해당된 것은 아니고?"

"화상은 후에 입은 것입니다."

"그런 것을 이름이 아니다. 다쳤다 하여 소박을 놓는 것은 오히려 도리에 어긋나지. 그리고 칠거지악이라는 것이 따지자면 사내에게 핑계거리를 만들어 주는 것이지만, 피치 못할 이유도 있지 않느냐. 시부모에게 불순하거나, 음행하거나……."

보위에 오르셨어도 눈치는 여전히 없으시다. 그렇다면 내가 원통하다 하였겠는가.

"그런 것은 없었습니다. 게다가…… 아들도 낳았습니다."

서리가 고개를 치켜들었다. 이 이야기를 말씀드리는 날이 올 줄은 몰랐다. 이다음에 죽어 저승에 가 만나서라면 모를까.

"어허, 자식이 있다면 사내가 무조건 크게 잘못하였다. 그것은 삼불거에 묶어 사불거로 해야 한다는 것이 내 생각이니."

칠거의 악이 있는 아내라도 버리지 못하는 세 가지 경우, 삼불거에 넣으시다니. 그럴 일은 없어야 하지만, 벽이에 대해 알게 되신다면 뭐라 하실지.

"그는 모릅니다. 소박맞은 이후에…… 회임한 사실을 알았고 혼자 낳았습니다."

"저런…… 애썼겠구나."

화제에 집중하느라 잠시 들리지 않던 술 따르는 소리가 다시 들려왔다. 그리고 보니, 전하의 옥음도 약간 어눌해진 것이 취기가 도는 모양이셨다.

"얼굴은 이제 아프지 않은 것이냐?"

"예."

"어쩌다 그리 크게 다쳤누?"

"서방이 집에 불을 질렀습니다."

"무어라?!"

비명과도 같은 속삭임에 서리는 다음 말씀을 드릴까 말까 잠시 고민하였다.

"나가라 하여도 나가지 않았더니…… 죽으라고 집에 불을 놓더이다."

"……죽일 놈이로고."

한참 후에야 나온 말씀에 담긴 혐오는 진정이었다.

"살인죄로 처벌은 하였겠지?"

"소인이 살아 있는데도 처벌을…… 할 수 있습니까?"

"물론이다. 네가 죽든 살든, 놈은 이미 살인의 죄를 저지른 것이니까. 그런 놈은 목을 잘라 효수하여야 마땅하다."

"신분이 높아도 말입니까?"

"신분이 제아무리 높다 한들 누군가의 생명보다 존중받아서는 아니 된다. 심지어 임금이라 해도. 하물며 저를 믿고 은애하던 처를 그리한 것은 어떤 이유에서라도 용납할 수 없지."

"참말이십니까……?"

"아무리 고귀해도 양반일 테니, 어디 사는 누구인지 말하라. 내가 끌어다 죽여 주마! 누구든 내가 죽일 수 있다. 암!"

같은 말을 거듭하시는 것을 보니, 확실히 취기가 도는 듯했다. 취중이시고 또 누굴 끌어오시려는지 몰라도 말씀이라도 그리 해 주시니 참담함이 더해지지는 않았다.

"많이 뜨거웠느냐?"

서리는 순간 흠칫하였다.

"불길 속에서를 이름이십니까?"

"많이 무서웠느냐……? 많이…… 기다렸겠지…….."

설희한테 물으시는가 싶었는데 마지막에 덧붙이신 말씀은 아니었다! 탄로가 났는가? 알고 계셨던 건가?!

퍼뜩 시선을 주었더니, 광창에 드리워진 그림자의 고개가 반쯤 떨구어져 있었다. 술기운에 하신 말씀이었는가?

안도감에 가슴을 쓸어내려야 하는데, 기분이 이상하고 마냥 먹먹하였다.

"하필 불을 지르다니…… 죽일 놈…… 고얀 놈…….."

이번엔 설희에게 하시는 말씀이 분명하지만, 방금 전에는 그렇지 않았던 것 같은데. 여쭈어볼까? 취중이시니 혹여 대답해 주실지도 모르지 않나.

미친 듯이 두근거리는 가슴을 누르며 막 입을 열려는 찰나, 복도로 난 문이 열렸다. 어쩌다 다쳤는지 허리가 구부정해진 김 상선이 그녀에게 명했다.

"나오너라."

전하께서 취하셨으니, 물러가라는 말이었다. 여쭐 것이 있는데. 몇 해 동안 궁금증이 산더미처럼 쌓였는데…….

하지만 부부인도 감히 전하 곁에 들지 못하였는데, 기녀 설희는 더더욱 그러할 터. 서리의 미련을 버린 설희가 자리에서 일어났다.

다음 날, 술시(오후 7시부터 8시까지) 중반. 어제보다 더 이른 시각에 월계관에 든 기시는, 기녀 설희를 불러 앉혔다. 잠시 후 전하가 계신 방으로 들 참이었다.

"전하께 안주를 권해 드려라."

얼굴을 가린 채이니 혹여 전하를 해할 이로 바꾸었는지 확인을 거쳐 들여보내야 할 일이지만, 어차피 거문고 연주에서 들통이 날 것이 뻔한 데다가 안에 운검까지 있으니 어리석은 수작들을 할 리는 없고. 자신도 흉한 얼굴을 거듭 보는 것이 달갑지 않아 그저 그 말만 전하고 들여보낼 생각이었다.

어제 약주가 과하시어 간신히 말에 올라 환궁하시었는데 오늘도 하루 종일 물만 드시고 입맛이 없다 하시니, 모시는 이들이 어제보다 더욱 안절부절못하였다. 옥체를 그리 돌보지 않으시면서도 정사를 보는 것은 그대로시니, 다들 걱정에 땅이 꺼졌다.

어차피 석수라도 아니 드실 것이니 석강이 끝나자마자 다시 뫼시고 월계관으로 향하였다. 내리 이틀을 드신 것이 거의 없어 기운도 없으실 터인데 마다 않고 나서시니, 거문고 연주만큼이나 입도 맹랑한 이 기녀가 나름 위안이 되시었는가 생각할 뿐이었다.

기시의 눈이 기녀의 얼굴을 가린 천을 다시 한 번 못마땅하게 훑었다. 아까웠다. 흉터만 없었어도…….

"그저 거문고 연주만 하면 된다 들었습니다만."

다소곳한 대답을 기대했던 기시는 기가 막혔다.

"어제 보니 말대답은 무엄하게 하던데, 그 말씀은 못 드리겠다는 말이냐?"

"전하께서 안주를 들어도 되겠느냐 물어보시면 그러시라 답할 수는 있습니다."

허어. 이런 맹랑한 년을 보았나.

어제도 그는 전에 거짓으로 둘러대었던 몸종 일을 알아보는 시늉을 하느라 방 안에 있지도 못하고 문밖에 서 있다가 그 입심을 들었다. 참으로 끝 간 데를 모르는 계집이다 싶었는데, 오늘도 역시였다. 이러니 서방이 죽으라 불을 놓았지, 소리가 목구멍까지 치밀었지만 간신히 참았다. 아무리 천하다 하나, 전하께 도움이 될 계집이니 큰소리 내 봤자 좋을 것 없으니 말이다.

그래서 이를 악물고 다독였다.

"첫날 일로 서운한 게 있다 해도 감히 어느 안전이라고 뻗대느냐. 기녀란 자고로 손들이 자주 찾기를 바라 마지않을 터인데, 전하께서 잘 젓수시고 강녕하셔야 너를 자주 찾으실 것이 아니냐."

"전하께서 오시면 다른 손들을 일절 받지 못하게 하시니, 도리어 기방의 손해가 막심하다 하옵니다."

오냐오냐했더니―

"그만큼 값도 후하게 치르고 있다."

"전하께서 천년만년 오실 것입니까? 전하께서 시들해지실 적에는 이미 단골손님들도 다 떨어져 나가고 난 뒤일 텐데요."

점점?

"그래서 값을 얼마나 더 치르면 되겠느냐?"

"값은 필요 없고. 굳이 물으신다면 그자, 운검을 방으로 들이지 마십시오."

역시 위험한 이인가? 기시가 바짝 경계했다.

"전하의 안전을 위해 꼭 필요한 자를 들이지 말라는 것은 네게 성상을 해치려는 의도가 있다고밖에 볼 수 없다."

"그런 의도가 있다면 그런 부탁을 드리겠습니까? 그리고 그 오해는 첫날 풀린 것으로 알고 있습니다만."

"그렇든 아니 그렇든 그것 말고 다른 것을 말해라. 여태 손해 운운하지 않았느냐."

"이곳은 제가 속한 기방이 아닌지라, 손해를 보든 말든 상관없습니다. 전 곧 떠나야 할 몸이니까요."

실컷 손해 운운하여 한 수 접어주려 하였더니, 또 다른 곳으로 튄다. 괘씸하기 짝이 없는 노릇이었다. 기시가 이를 갈았다.

"감히 천기 주제에 전하께서 한두 번 찾으셨다고 기고만장하는 게냐?"

"사흘이나 그 천기를 찾으셔 놓고 하실 말씀은 아닌 줄 압니다만."

"네가 무슨 후궁의 첩지라도 받은 양 유세로구나."

"후궁이라도 어차피 소실, 그 소리라면 지겹습니다. 그럴 리도 없겠지만, 그런 첩지를 내리신다 해도 제가 싫습니다."

소실이 싫으면 정실을 원하는 게야? 흥, 어느 미친놈이 기생을 정실로 들일까.

전하께서 기다리실 것이니, 억지로라도 대화를 끝내야 했다. 기시는 분기를 억누르며 간신히 다짐시켰다.

"그래, 전하 앞에서는 차라리 아무 말 말거라. 그러다 그 흉한 얼굴마저 목에서 떨어질라."

한데 그 말을 어전(御前)에 가서 그대로 옳을 줄은 몰랐다.

"상선이 성상께 안주를 권해 드리라 하더이다."

한차례 거문고 연주가 끝나고 술 따르는 소리가 두어 번 난 후에 그리 말하니, 문밖에 서 있던 기시는 기가 찼다.

전하께 저를 고자질할 작정은 아닐 터였다. 신하로서 주군을 위하는 일은 흉이 될 일이 아니니 말이다. 그렇다면 그 말을 꺼낸 저의가 무엇인가 궁금해졌다. 그래서 이후로도 가만히 귀를 기울였다.

"응? 네 말이 이상하구나. 살갑게 권하는 것도 아니고 그 말을 그대로 전하다니."

빈속에 술을 연거푸 들이켠 탓에 속이 홧홧해지는 참이다. 그 말에 집어 들었던 술 주전자를 그냥 내려놓은 흔이 장지문 너머를 넘겨다보았다. 보이는 것은 거문고 끄트머리와 붉은 치맛자락뿐.

자나 깨나 제 걱정인 기시야 그렇다 치지만, 저이, 설희의 말이 영 우습지 않은가.

"만백성을 굽어살피셔야 하는 주상 전하께서 정작 옥체를 돌보지 아니하심은 크나큰 과실이라 생각됩니다."

"아, 제 몸뚱이 하나도 챙기지 못하는 자가 어찌 임금 노릇을 하겠느냐, 그 말이렷다?"

침묵이 곧 대답이라. 흔의 입가가 희미하게 치켜 올라갔다. 저를 생각하지만, 그렇다고 허투루 하는 꼴은 보아주지 않겠다는 심보를 훤히 드러내는 이와의 대화는 참으로 오랜만이었다.

"넌 정말 그이와 닮았다."

"그래서 자꾸 오시는 것입니까?"

"그래."

"그분은 어찌 되셨기에요?"

"내가…… 죽였다."

아직 취기가 돌기 전이니, 오늘도 답을 그냥 넘기시려나 했던 서리는 가슴이 덜컹하였다.

"내가 죽인 게지."

다시 술 주전자를 들어 술을 따르는 소리가 들려왔다. 역시나 직접 죽였다는 말씀은 아니었다. 손발이 와들거리자, 서리로서의 그 한심한 모습에 설희가 혀를 찼다.

이어 빈 술잔을 내려놓는 소리가 거칠었다.

"어제처럼 오늘도 가락은 더 들려드리지 않아도 되는 것입니까?"

설희가 냉정히 여쭈었다.

"그래. 손가락이 아플 것이니, 더는 권하지 않을……."

"그렇다면 소인은 이만 나가 봐도 되겠습니까?"

"무어?"

"어차피 어제처럼 내리 약주를 드시다, 취하실 것 아닙니까."

"허어. 설마 안주 들라는 말을 그리 못되게 하는 것이냐?"

"제 목을 치실 것이 아니라면 그런 말씀은 작게 하소서. 입심 때문에 목에서 머리가 떨어질 것이라 하였습니다."

"누가? 기시가 그랬다는 말이냐?"

밖에서 들을 이는 그밖에 없다는 것을, 없는 눈치에 용케 알아들으셨다.

"그냥 하는 소리지. 제 놈이 임금도 아니고 무슨."

"상선 영감이 그러겠다는 것이 아니었습니다만."

"그럼, 내가 그러리라는 것이냐? 허어, 그놈은 나를 잘 모른다."

"전하께서도 첫날, 이 사람 저 사람의 목을 치겠다 하시지 않았습니까."

"이 사람 저 사람? 행수 기녀 말고 또 누구더러……."

"오씨들, 이라 하셨습니다."

설희의 말에 기함한 서리가 잔뜩 옹송그리고 앉았다.

"……내가 고함치는 것을 들은 게로구나."

불편한 이야기인지 습관적으로 술 주전자를 들다가 다시 내려놓고는, 젓가락을 들어 상에 대고 끝을 가다듬는 소리가 들려왔다. 밖에서는 퍽 반가워하겠구면.

서리로서도 마찬가지인지 그 와중에도 잠시 잠깐 가슴을 쓸어내린 설희는 여전히 냉정한 시선으로 광창의 그림자조차 외면하였다.

"무얼 먹어야 하느냐?"

저 봐라, 또 피하시는 양이지. 화제를 바꾸려는 기색이 역력하게 드러나는 어린애 같은 하문에 설희는 기가 찼지만, 서리가 하도 속 타 하니 적당히 대꾸하였다.

"기름지지 않고 무른 것으로 드시옵소서."

"그런 것이 무어냐?"

문 너머의 상에 무엇이 올랐는지, 제가 알 도리가 있나. 참으로 귀찮게 하는 분이시다. 전하께서 저 너머에 계시거나 말거나 문 쪽에 대고 '예인만 필요하다 하지 않았소?!' 라고 또다시 쏘아붙이고 싶었다.

"여기 이 뻘건 것이냐?"

붉은 저육초(제육볶음)인가?

"자극적이라 아니 되옵니다."

"이건, 질긴 듯하다."

젓가락으로 꾹꾹 눌러 보시는 양이, 전복일지 몰랐다.

"소화하기 힘드실 것입니다."

"이건 물고기 같다."

안주로 짭짤히 조리했을 것이다. 자칫하다가는 속병이 나 얼마간 고생하실 것인데. 마음속에서 서리가 안달복달을 하니 한껏 눈을 치뜨고 있던 설희가 들리지 않게 한숨을 쉬었다.

"제가 권해 드리면 드실 것입니까?"

"그러면 게 있을 것이냐?"

"……예."

"나도 그러마."

다시 나오려는 한숨을 삼킨 설희가 문밖을 향해 물었다.

"밖에 누가 계시오?"

문이 열리고 김 상선이 그녀를 바라보았다. 서 있어도 꼽추처럼 허리가 굽었으니 앉아 있는 그녀와 별반 눈높이가 다르지 않았다.

"조리간에 일러 흰죽을 쑤어 달라 하십시오."

설희의 말에 고개를 끄덕이는 눈가에 아까 방으로 들어올 때 어려 있던 못마땅한 기색이 조금 가신 듯했다.

"죽? 여기 있는 것 중에 골라 주는 것 아니냐?"

광창의 그림자가 고개를 갸웃하였다.

"월계관에 다니시다 옥체 미령해지시기라도 하면 저희 모두의 목이 달아날까 싶어 그럽니다."

"하하하……."

전하의 웃음소리가 크게 터져 나왔다.

"목을 친다는 소리는 그냥 해 본 소리라는 말을 기어이 내 입으로 듣고 싶은 게로구나. 넌 참말로 우리 석동이와 닮……."

웃음 끝의 말씀이 순식간에 갈라지다 그대로 흩어지고 말았다. 서리는 아득하고 주옥같던 기억 속의 웃음소리에 속도 없이 둥실 떠올랐지만, 설희는 굳어진 광창 그림자만을 지켜보고 있었다.

한참 만에야 다시 옥음이 들려왔다.

"참말…… 웃어지기도 하는구나. 멀쩡히 먹기도 하고 즐거운 양 웃기도 하면서…… 참말로…… 나는 짐승이 되어 가고 있구나."

어찌나 애잔하고 처연한지 서리는 벌써 울음 울며 돌아앉았지만, 설희는 여전히 눈을 다부지게 뜨고는 광창의 그림자가 얼굴을 거칠게 문지르는 것을 노려보았다. 그리고 속으로 여쭈었다.

어찌 얻으신 보위인데, 그리 비참하십니까? 이 석동이를 버려 가면서까지 지키고자 하신 자리 아니랍니까? 보위에 계신 것으로 위안이 되지 않으신다면 그냥 감내하십시오! 그런 모습 보이지 마시란 말입니다!

"이만 가 봐야겠다."

"저기……."

갑자기 벌떡 일어서시니, 저도 모르게 다급히 목소리를 내었다.

"죽은 드시고 가십시오."

붙든 것이 서리인지 설희인지 알 수 없었다.

"내…… 전실이 기다리고 있어 가 봐야 한다."

그러곤 훌쩍 나가시니, 서리도 설희도 모두 아연해져 텅 빈 방에 홀로 남았다. 전실이라니. 누구도 알아듣지 못할 말씀이라 여겨 저리 남기고 가시는 터였다. 석동 말고는 세상천지 누구도 알아듣지 못할 말씀이니.

설마, 이 밤에 제 묘에라도 가신다는 말인가? 어째서? 죽인 것을 이실직고하러 가시는 것인가, 아니면 참말 애석하기만 하여? 대체 저분의 진정은 무엇이지?

여쭙지 못할 질문들이 가슴속에서만 온통 메아리치며 울부짖었다.

그 방에서 나와서야 주상께서 계화를 불러 지난번에 목을 치겠다 하셨던 것을 사과하시더라는 말을 들었다. 아까 자신이 김 상선과 말을 나누고 있는 동안의 일이었단다. 설희는 눈을 흘겼다. 제가 탓을 해도 그런 말씀 아니 하시더니.

계화는 지존의 사과를 받았다는 것만으로도 감격해서는, 서리가 애먼 분께 처를 죽인 누명을 씌운 것이 아닌가 하는 시선을 보냈다.

"주상께서 그 설희라는 기생에게 흥미가 많으신 듯하다?"

주막 평상에 마주 앉은 중전의 오라비 윤인필이 삿갓을 더욱 눌러쓰며 묻자, 겸사복장 임성천이 고개를 끄덕였다.

"예. 주로 가락을 들으시긴 하지만, 거듭하여 그곳에 가시고 방자한 태도를 번번이 참아 넘기시니 말입니다."

"미모가 뛰어난 것도 아니고 승은을 내린 것도 아닌데?"

"주상께서 실신하셨을 적에는 번이 아니라 그 얼굴을 직접 보지는 못했는데, 가리개를 치운 모습을 본 겸사복장 말로는 화상 흉터가 심하다 하였습니다. 그런데도 찾으시니 괴이한 일이지요."

"그래?"

부부인의 죽음 이후 여인에 대한 흥미라고는 한 자락도 내비치지 않던 주상의 행보치고는 수상쩍긴 하다. 마침 대비전에서도 월계관에 대해 알아보라는 명을 받았던 윤인필은 뭔가 얄궂다는 생각을 했다. 내 신세가 이리되었다고 기생 년까지 조사를 해야 하다니.

한숨을 쉬며 시선을 돌리는데, 삿갓 아래로 비운 탁주 그릇을 내려놓는 임성천의 손이 눈에 들어왔다. 평생을 검을 잡아 못이 단단히 박인 채다.

판서의 서자로 태어난 그는 과거 시험을 볼 수 없다는 울분에 검이나 휘두르며 초년을 보냈다. 그러던 중 병조 참의직에 있던 윤인필을 만나 사람 구실을 하게 되었고 겸사복장에까지 이르렀다. 하지만, 검술 실력이 부족하다면 택도 없었을 터. 그가 스스로의 인생을 개척하기 위해 얼마나 뼈를 깎는 노력을 하였는지 안다. 저 손에 박인 못이 그 방증이다.

그렇게 힘들게 차지한 자리를 선왕의 갑작스런 붕어로 내어놓을 위기에 처했을 적에는 대비마마의 은덕으로 자리를 보전하였으니, 그는 철저히 대비마마와 윤인필의 사람이었다. 그러니 도망친 죄인의 처지가 된 윤인필에게 현 주상의 근황을 알리는 짓도 삼가지 않는 것이다.

그렇다고 주상을 충심으로 섬기지 않는 것도 아니었다. 그들이 시키는 대로 부부인의 거처에 불을 지른 것은 사실이나, 그것은 주상이 안정된 보위를 잇는 데 부부인이 걸림돌이 되리라는 말 때문에 그리한 것이니까. 물론 더불어 자신의 지위 또한 보장받으려는 이기심도 있었지만 말이다. 하여간 세 명의 겸사복장 중 하나라도 제대로 된 이쪽 편이라 다행이었다.

"주고받는 대화로 보아, 계집의 하는 꼴이 폐서인 된 오씨를 닮았다 하더이다."

"뭐라? 그렇다면 설마 화상도?"

무슨 말인지 알아들은 임성천이 흠칫하자, 윤인필이 재차 물었다.

"그때 부부인을 처리한 것이 확실하냐?"

"이불 안에 있던 계집을 몇 번이나 찌른 뒤에 불을 질렀으니 빠져나왔을 리 없습니다."

얼굴까지 확인하지는 않았다는 말이다. 본다 해도 임성천은 부부인의 얼굴을 알지 못하니 소용없었겠지만.

두 사람 모두 같은 생각을 떠올리며 아차 했지만, 임성천이 한 부분을 짚었다.

"어쨌든 그 기생은 부부인이 아닙니다. 주상이 보고 아니라 하였으니까요."

그도 그렇군. 그래도 기생은 지켜봐야 할 듯하다. 두 번의 기회란 없을 것이니 매사에 철두철미해야 했다.

"전하. 죽이옵니다."

돌아누우신 전하께서는 일언반구도 없으시다. 한숨을 거듭 내쉬는 것으로 미루어 깨어 계신 것이 분명하거늘.

지난밤 그 요망한 기생의 수단으로나마 좀 드시는가 했더니, 결국 그길로 오씨의 묘에 가셔서 새벽까지 앉아 계셨다. 날이 밝기 전에 간신히 재촉하여 환궁하셨는데, 망극하게도 침전에 드시자마자 휘청하시니, 대전이 발칵 뒤집혔다.

조강이고 뭐고 만사를 제치고 옥체를 보전하려 애쓰는데, 문제는 곡기를 마다하시는 것이었다. 내관이며 상궁들이 엎드려 빌어도 한사코 싫다 하시니 다들 근심을 헤아릴 수가 없었다.

고민에 고민을 거듭하던 기시는 궐 밖으로 나섰다. 한시라도 전하 곁을 떠나기 싫어 누구 다른 이를 보내고 싶었지만, 방자하기 이루 말할 수 없는 그 계집이 말을 듣지 않고 시간을 끌까 싶어 직접 나가는 터였다.

아니나 다를까. 월계관에 도착하여 그이를 불러오라 하였더니, 행수 기녀가 난감한 기색을 띤다. 곧 떠난다 하더니, 설마 벌써 떠난 것은 아니겠지? 목숨이 두 개가 아니고서야!

"잠시 출타 중입니다."

한시가 급하거늘 그건 또 무슨!

"감히, 주상 전하께서 찾으시는 이가 다른 잔치 자리에라도 갔다는 겐가?"

"몸을 파는 창기도 아니고 예기가 어디인들 못 가겠습니까? 게다가 전하께서는 밤에만 오셨지 않습니까?"

늙은것이나 젊은것이나 모두 제 잇속만 따지고 말대답만 하려드는 천한 것들 같으니라고! 부아가 났지만, 목마른 사람이 우물 판다고 가타부타 따질 시간이 없다.

"어디로 갔는가?"

당장 달려갈 참으로 물었지만, 그것은 모른단다. 목마른 사람이 재차 물었다.

"언제 오는가? 오늘 안에는 오겠지?"

"인정이 치기 전에는 돌아오겠지요."

아직 해거름이 깔리기도 전인데, 꼼짝없이 기다려야 하게 생겼다. 기시는 우물을 파서 시원하게 목을 축인 뒤에 이것들을 모두 끌어다 그 우물 속에 거꾸로 처박으리라 다짐했다.

월계관 근처를 지켜보던 윤인필은 막연함에 짜증 섞인 한숨을 삼켰다. 마음 같아서는 당장에 궐로 뛰어들어 주상의 가슴에 비수를 꽂아 넣고 싶은 심정이지만 경비가 삼엄한 궐에 들어갈 수는 없으니, 이렇게 기생집이나 지키고 있는 신세가 답답해서였다.

그나마 수확이 있어 점심나절에 대전의 상선이 들어가는 것을 보았다. 그래서 오늘도 주상이 들를 성싶어 뒷간 가는 것도 참아 가며 하염없이 기다리고 있는 참인데.

그러다 보니 별일이 다 있었다. 오후 느지막하게던가, 심지어 사내구실도 못 할 정도로 비리비리하게 생긴 놈팽이 하나가 뒤에 장정을 둘이나 떡하니 매달고 기생집으로 들어갔다. 늙수그레한 기생이 달려들어 이끄는 것으로 보아 큰손님인 듯했다.

기가 찼다. 예전 같으면 발가락의 때만큼도 여기지 않던 놈도 대낮부터 저 호화로운 기생집을 들락날락하는 판에 참으로 제 신세가 처량해졌구나 싶은 것이다.

가만? 그러고 보니 이상하다. 주상이 나올 적에는 상선이 다른 손은 받지 못하게 한다고 하였는데, 어찌 손을 받는 게지? 사정 설명을 들은 뒤에 다시 나오려나? 일단 그 비리비리한 놈은 똑똑히 봐 두었으니 다시 나오는 것을 보면 알 일이고.

그러던 와중 김 상선이 기방을 나섰다.

주상이 오지도 않았는데 가려는 것인가? 아니면 궐에 가서 주상과 함께 다시 나오려는 것이거나? 가만. 들어갈 땐 혼자였는데, 나올 때는 둘이라?

뒤에서 갓을 쓰고 도포를 걸친 이는 얼굴에 가리개를 한 채였다. 윤인필의 눈이 빛났다. 옳거니! 주상이 기생을 궐까지 불러들이는 게로구나!

털어 먼지 나지 않는 인간 없다더니, 중전도 없이 여태 홀로 지냈다던 주상의 감춰 둔 모양새가 요 모양이었구나 싶었다. 이 음험한 비밀을 어떻게 이용해야 할지 윤인필의 머리가 바쁘게 돌아가기 시작했다.

떠날 채비가 거의 다 되어 가는 상단을 돌아보고 온 서리는, 김상선이 자신을 기다린다는 소리에 결국 얼굴을 붉히며 노여워했다.

"다시 찾거든, 쥐도 새도 모르게 떠났다고 전하라지 않았소! 내가 그 말을 한 지가 하루가 되었소, 이틀이 되었소!"

바로 오늘 아침에, 똑똑히 일렀거늘.

"그러지 않아도 그리 말하려는데, 지난번에 꼼짝없이 있으라고 하였는데 대체 어딜 갔느냐고, 남은 둘이라도 모두 의금부로 압송하겠다는데 어쩝니까?"

요령 있게 둘러댈 수완이 있음을 뻔히 아는데 앓는 소리다.

"차라리 끌려가지 그랬소."

"서운하게 이러시깁니까?"

한숨이 났다. 게다가 설희의 옷을 차려입고 마주한 김 상선은 한술 더 떴다. 어딜 가자고?

"나와 같이 궁에 들어가 전하를 뵈어야겠다."

부부인으로도 들어가지 못한 곳을, 감히 천한 기생 신분으로 오라 하시는가? 이런 기생 년도 들어갈 수 있는 곳을 저는 데리고 들어갈 수 없어 가슴에 못을 박으셨다고?

언젠가부터 자신도 계화처럼 스스로를 낮춰 기생이라 한탄하고 있었다. 더욱이 배가 준비되어 가는 모양새에 한껏 마음을 다잡고 들어온 터라 흘러나오는 음성은 차디찼다.

"저는 바쁩니다. 내일 길 떠날 몸으로……."

"못 간다."

꼭 내일은 아니었지만 다시 찾아올까 싶어 둘러댄 말이었다. 사람을 시켜 지킨다 해도 설희가 아니라 석동 차림으로 나갈 것이니 문제 될 것은 없지만, 그 말이 끝나기도 전에 가니 못 가니 하는 소리를 들으니 역심이 일었다.

"아무리 나라님이라 하셔도 기생 년 오고 가는 것까지 강제로 금하실 명분이 대체 무어랍니까?"

"강제한다는 것이 아니다. ……부탁하는 것이지. 전하께서는 모르신다."

그 대단한 궐에는 한 발자국도 들지 않겠다 굳게 마음을 먹으려는 찰나, 김 상선이 넙죽 숙이고 들어오니 도리어 당황스러웠다.

"무슨 말씀이십니까?"

물어도 대답이 없어, 설희가 팔짱을 끼며 턱을 치켜들었다. 김 상선이 하는 수 없이 입을 연다.

"전하께서 벌써 사흘째 곡기를 입에 대지 않으시는 데다가 침수도 들지 못하시어 오늘은 아예 자리보전을 하셨단 말이다."

사흘이라면 설마……?

오늘 아버지께 가 들은 바로는 사흘 전 밤에 갑자기 들이닥친 김 상선이 어명이라며 제 묏자리를 알려 달라 하였다는 것이다. 애춘이가 대신 묻힌 제 무덤 말이다. 이번에도 알려 주지 않는다면 엄벌을 면치 못하리라 하였다나. 오씨 모두의 목을 치겠다던 말씀이 그것이었나 보다. 제가 근심할까 싶어 아무 일 없다고 하셨다가 오늘에야 말씀해 주신 것이다.

서리는 지금껏 아버지께서 전하께 그 위치를 알려 주지 않으셨다는 것조차 알지 못했다. 아니, 그게 중요한 줄도 몰랐다.

세 해나 모르고 계시던 제 묏자리가 갑자기 궁금해지신 이유가 무엇이지? 춘월이를 자신으로 착각하셨던 것이 문제가 된 건가? 그게 그 밤에 무에 그리 절실하다고, 목을 친다며 으르기까지 하면서 알아내어 가 보셔야 할 일이 무엇이관데? 지난밤도 전실이 기다린다 하셨는데, 도통 이유를 알 수 없었다. 게다가 그 밤부터 수라도 못 젓수시고 주무시지도 못한다고? 도대체 왜?

계화는 떠나기에 앞서 궁금증을 풀라 하였지만, 전하를 뵈면 뵐수록 점점 더 궁금해지는 것투성이였다. 훌훌 떠나야 할 텐데 점점 발목을 붙들리는 기분이라.

설희가 부루퉁하니 물었다.

"그래서요?"

"지난밤에 네가 권해 드렸을 적에는 뭐라도 드시려 하지 않았더냐."

"그럼, 지금 저더러 궐에까지 들어가 나라님께 수라를 권해 드리라는 말씀입니까?

"궐 밖의 이를 궐로 들이는 것이 쉬운 일은 아니다. 까다로운 것은 둘째 치고 네가 누구인지 소상히 밝혀야 하는데, 자칫 네 신분이 드러났다가는 전하께서 구설에 오르실 수 있으니 차림새를 좀 바꾸고 들어가야겠지."

설희가 승낙하지도 않았는데, 김 상선은 벌써 궐에 반은 가 있었다.

"내가 옷을 좀 챙겨 와 봤는데."

라면서 내어놓는 것이 비단 도포와 갓이다. 미심쩍었다.

"설마, 저더러 내관 행세를 하라는 것입니까?"

"내가 데리고 들어가기에는 그것이 낫다."

허어. 이젠 하다 하다 별. 기생도 내 팔자가 아닌데, 그것을 감추기 위해 내관 행세까지 해야 한단 말인가? 조금 전에 석동의 옷을 허겁지겁 벗고 기생 차림을 한 것이 헛수고였다는 말이다. 수고한 것이 아깝다는 말이 아니라, 이 모든 것이 다 무용한 짓거리라는 게다.

기가 막힌 한숨에 얼굴 가리개가 펄럭거릴 지경이었다.

"제가 못 들어가겠다 하면 어찌 됩니까?"

"주상 전하 성후에 문제가 생길 테니, 내가…… 널 찾아와 죽이겠지."

"저는 내일 떠난다니까요."

"농이 아니다."

"저도 농 아닙니다."

"전하께서 옥체 평안해지실 때까지는 아니 된다. 백성의 한 사람으로서 어버이를 섬기는 일에 너 또한 마땅히 동참해야 할 일이니."

"전하께옵서는 모르신다니, 상선 영감 말에 따라 입궐하였다가 전하께서 경을 치시면 어쩝니까?"

서리는 조마조마하였고 설희는 마냥 안 되는 쪽으로만 생각을 넓혔다.

"전하께서 그 정도로 사리 분별 못 하시는 분은 아니시다."

서리가 계화더러 잔인무도한 분은 아니라 하였던 말과 비슷한 투다. 설희가 입을 비죽였다.

"게다가 지금 너무 경황이 없어 무슨 일이라도 해 보려는 것이다. 오죽하면 내가 네게 왔겠느냐?"

실은 아까 마음을 정하긴 했다. 서리가 밸도 없이 안달복달을 해 대니 설희는 그냥 뻗대 본 것이다.

흥. 준비한 것이 비단옷에 너른 갓이니 혹여 알아보시면 석동이가 출세했다 하시겠네. 서리며 석동, 게다가 설희도 아니니, 이 내관 놈은 뭐라 불러야 하려나? 서시? 오나라를 망하게 했다는 그 미녀? 아니지. 그이는 연인과 도망쳐 행복한 여생을 보냈다니, 그 이름은 아니 될 말이지.

하여간에 결국 서리는 다시 상투를 틀고 김 상선을 따라나섰다.

설희처럼 얼굴을 가렸으니 아버지께서 호위로 붙여 주신 장정 둘은 서리가 지나가는 것도 모르고 툇마루에 앉아서 거하게 한 상을 받고 있었다. 밖으로 나오니 다른 내관 둘이 더 기다리고 있었고 매어져 있는 말은 세 마리였다.

"나귀는 타 보았겠지?"

나귀 타고 전모 쓰고 단풍놀이에 불려 다녔을 것 아니냐는 소리다.

"아무리 보아도 저 짐승이 나귀로 보이지는 않습니다만."

"나귀와 똑같다 생각하라는 말이다. 시간이 없으니 서둘러라."

내관 둘이 말 하나를 타고 서리가 하나를 차지하였어도 기분은 나아지지 않았다. 전하께서 어찌 왔느냐, 당장 꺼져라 하시면 어쩌느냔 말이다. 그렇게 부부인도 들여놓지 못한 궐에 기생을 들이지는 않으시리라 기대하는 마음도 있었고. 또…… 어제 못 드신 흰죽 생각이 자꾸만 나기도 하였다. 말 등에 설희와 서리, 둘이 함께 탄 격이었다.

세 해가 넘도록 가 보지 못한 궐은, 말을 타니 지척인 곳이었다.

"얼굴을 보이시오."

강녕전 밖에 이르자 겸사복장, 즉 운검이 검을 들어 앞을 가로막았다. 이런 상황은 예상치 못했기에 서리의 얼굴이 창백해졌다.

지금 저이가 개구멍에서 스쳐 갔던 그 운검인지 아닌지는 알 수 없었다. 설사 그이라 하더라도 그가 제 얼굴을 알고 있을 가능성도 없고.

하지만, 김 상선이 있지 않은가. 얼굴을 드러냈다가는 그가 단박에 알아볼 것이다. 얼굴에 상처처럼 보이는 뭔가를 덕지덕지 붙이기라도 할 것을. 그가 하도 재촉하는 바람에 그런 생각을 할 겨를도 없이 가리개만 하고 왔는데! 그리 당황하는 와중 다행히 아니, 당연히 김 상선이 나섰다.

"잠저에서 전하를 모시던 내관인데 얼굴을 다쳐서 그동안 입궁하지 못했네. 반가움에 전하께서 뭐라도 드실지 모르니, 물러서게."

고작 말 한마디에 운검이 물러나니 어이가 없었다. 그 정도로 전하의 용태가 중하시다는 소리인가?

이제 끝났나 했더니, 이번에는 몸수색을 한다고 다가선다. 서리가 쭈뼛하기도 전에 김 상선이 상궁에게 대신 시켰다. 뭐 걸릴 것이 없으려니 했더니, 깐깐하게 생긴 상궁은 너른 소매에서 나온 엿을 트집 잡았다. 잇새에 문 것이 녹아 없어질까 싶어 여유분으로 계화가 챙겨 넣어 준 것인데.

"이걸 가져온 이유가 뭐요?"

질문하는 꼬락서니하고는. 왜, 속곳도 무슨 연유로 입었느냐 물어보지?!

"엿을 왜 가지고 다니겠습니까?"

"다 자란 어른이 아직도 엿을 먹으려고 챙겨 다닌단 말이오?"

"챙겨 다니면 안 된다는 법도 들어 본 적 없습니다만."

석동이 차림일 적처럼 잔뜩 목에 힘을 주어 굵은 목소리로 따졌지만, 지엄한 궐내에서는 어림도 없었다.

"그래도 기미를 거치지 않은 음식을 들일 수는 없소. 여기 두었다가 이따 나갈 적에 받아 가시오."

허어. 엿을 빼앗겼으니, 전하께 말씀은 어찌 드릴 것인가! 잇새에 물고 있던 것도 소매 속의 것을 믿고 아끼지 않아 거의 다 녹았구먼. 서리로서도 설희로서도 모두 당황스러웠지만, 그래도 냉정한 설희를 내세운다면 잘 넘어가리라 마음을 다잡았다.

그 설희도 제 코앞에서 침전 문이 열리자, 오금이 저려 저도 모르게 허리를 숙였지만.

안으로 들어가니 김 상선이 상궁과 나인들을 물렸다. 제 목소리 때문에 여인임이 들통 날까 봐 그러는 모양이었다. 다행히 겸사복 장까지 물러간다. 그제야 조금 시선을 드니, 너른 침전 저 안쪽에 배설된 기수 안으로 돌아누운 전하의 뒷모습이 보였다. 곁에서 상선이 나직이 일러 준다.

"절은 아니 하는 것이다."

편찮아 누우신 분께 절하는 법이 아니라는 것쯤은 배워 안다.

그녀가 참말 기생이라면 그래도 주상 전하시니 해야 하나 말아야 하나 고민하며 눈치를 봤을 수도 있지만, 서리야 혼인 전에 궁에서 나온 상궁에게 배워 궁중 법도를 웬만큼은 알고 있는 터였다. 당시에 혼인 상대가 비밀이라, 상궁이 용어를 그저 사가에서처럼 바꿔 가르쳐 그렇지.

하여간 그런저런 사정을 모르는 김 상선이 저를 위해 짚어 준 것은 알지만, 그 바람에 전하께서 언뜻 움직이셨다.

"최 상선이냐?"

과연 피죽도 못 얻어먹은 거지처럼 기운이 한 가닥도 없는 음성이었다.

"찾아 계시옵니까, 전하."

"넌 어딜 싸돌아다니다 왔느냐? 심부름을 보내려 찾았더니. 그래서 최 상선을 보냈는데, 묘를 찾지 못하였는가, 어찌 이리 늦어지누."

그래도 퉁퉁거리시는 데에는 문제가 없어 보였다.

"묘에 보내셨나이까?"

"……생각해 보니 이제 와 자꾸 보러 갈 면목이 없더라. 과인을 보고 싶어 하지도 않을 것 같고."

흰 야장의(夜長衣) 차림의 등이 크게 부풀었다 꺼졌다. 한숨이 크기도 하시지. 서리는 세 해 만에 뵙게 되는 그리운 모습을 마냥 훑어보느라 정신이 없어 설희의 냉정한 판단에 전혀 영향을 끼치지 못했다.

"그래서 대신 둘러보고 오라 했더니, 여태껏…… 쯧."

듣다 보니, 서리의 묘 이야기 같았다. 보고 싶어 하지 않을 것 같다는 말씀은 맞는 말씀인지라 가리개 속의 입가가 실룩였다.

"전하, 제가 또 시키지 않으신 짓을 하였사옵니다. 누구를 데려왔는지 좀 보옵소서."

"귀찮으니 다 물러가라. 최 상선이나 오면 바로 들여보내고."

돌아보지도 않으시니, 김 상선이 설희에게 눈짓을 하였다. 막상 입을 열려니 참으로 어이가 없었다. 대체 무슨 배짱으로 달랑 가리개 한 장을 믿고 예까지 왔을꼬.

"전하, 소인 설희이옵니다."

엿을 문 듯 이는 최대한 움직이지 않고 입술만 오물거린 그 말씀에 돌아누운 등이 움찔하였다. 그리고 머뭇머뭇 돌아보시는데, 이만치에 장지문도 없이 꿇어앉은 모습을 흘끗 보시자마자 다시 고개를 홱 돌리신다.

김 상선이 당황하여 설희에게 알아서 하라는 눈짓을 할 즈음 주섬주섬 일어나 앉으시며,

"기시, 네 이놈. 이젠 내게 오입질까지 시킬 참이냐?"

라고 나직이 호통까지 치시니, 김 상선이 가뜩이나 굽은 허리를 더욱 굽혔다. 그래서 설희가 먼저 선수를 쳤다.

"오입질은 처를 두고 다른 여인을 보는 것이니 전하께는 해당되지 않는 줄로 아옵니다."

다시 조심스럽게 돌아보던 시선이 설희에게 와 닿기도 전에 다시 돌아갔다.

"유명을 달리하였어도 내게 여인이자, 조강지처는 그 사람뿐이다."

그 손으로 죽인 처라 하시고는 무슨 말씀이신지. 그런 되지도 않는 핑계라도 대 내치고 싶을 만큼 이 얼굴의 흉터가 끔찍하셨던 겐가? 어여쁜 것이 여인의 미덕만은 아니라며 서리를 달랜 적도

있으시면서.

설희는 오기마저 생겼다. 그래서 서리의 등짝을 후려 패 저만치 쫓아 보낸 뒤에 입을 열었다.

"그리고 상선이 전하께서 통 드시질 않으니 어제처럼 드실 것을 권해 드리라 하여 들어온 저 또한 듣잡기 민망한 말씀이십니다. 몸을 파는 창기가 아니라 풍류를 돋우는 예기를 앞에 두고 오입질 운운하시다니요? 전하께서 월계관에 오셨던 것은 제 거문고 가락을 들으러 오셨던 것이 아닙니까? 제가 잘못 알고 있었던 것입니까?"

"아니, 제대로 알고 있었다."

"한데, 어찌 다짜고짜 저를 업신여기는 말씀을 하십니까?"

"……네가 아니라 나를 업신여김이다. 아니, 업신여김이 아니라 사실이지. 사내란 원래 다 그런 것이다. 너를 죽이고자 불을 놓았다던 네 서방처럼, 조강지처 운운하는 과인도 지금껏 멀쩡히 먹고 자며 살아왔으니 말이다. 게다가……."

그렇게 끊어진 음성이 영 이어지질 않았지만, 대강 짐작이 갔다. 짐승이 되어 가고 있다 하셨지.

그래서 화제를 돌려야겠다 생각했다. 지난밤도 이 이야기를 하시다 훌쩍 가 버리지 않으셨는가. 자신은 진지한 말씀을 드리러 온 것이 아니다. 그저 죽 한술 뜨게 해 드리면 될 일이다. 그리고 부리나케 내빼면 그뿐.

"누가 들으면 전하께서 이처럼 흉측한 얼굴을 한 소인에게 음심이라도 가지셨다 하겠습니다."

이 정도 농이면 화제를 돌리시겠지 하였는데…….

"……화상은 네 탓이 아니다."

정작 전하께서 반박하신 내용은 요점을 한참이나 벗어났다. 제가 의도한 것은 이게 아닌데?

"제 탓, 서방 탓보다 뒤의 말씀을 부인하셔야지요. 아니 그러시니, 그게 맞다는 말씀 같지 않습니까."

서리가 어이없어 반쯤 웃어 가며 말하였지만, 전하께서는 여전히 그녀를 외면한 채로 다른 말씀이 없으시다. 어허, 이런.

"설마요……."

얼떨떨하여 저도 모르게 중얼거렸다. 생각도 못 한 일이니 말이다. 설희로 나서서 제가 한 것이 무엇이 있는가. 거문고 두어 번 연주하고 여전한 입심 좀 보여 드린 것? 그러니 이 상황은 말도 안 된다.

게다가 저를 죽이셨는가 아닌가를 궁금해하느라, 중전이든 후궁이든 다른 여인을 들이실 것에 대해 시기하는 생각을 가져 볼 짬도 없었는데, 정작 말씀을 들으니 분한 마음이 일었다. 서리로 들어오지 못한 곳을 설희로는 들어온 것도 기가 찬데, 듣지 말아야 할 이야기까지 듣고 있으니 말이다.

그것도 명문 양반가의 규수도 아니고 중인이었던 자신보다도 한참이나 천한 기생에, 얼굴이 어여쁜 것도 아니고 흉터까지 있길 않나. 게다가 혼인도 한 적 있고. 대체 이 설희라는 년이 뭐 볼 것 있는 계집이라고!

분해 하고 있는 것은 서리뿐만 아니라 설희도 마찬가지였다. 물론 그 둘이 한 사람인 것은 분명하지만, 지금은 둘을 구분 지을 상황이 아니라는 것이 더 맞았다. 섣불리 입을 열었다가는 무슨 말이 나올지 몰라 서리와 설희 모두 잠시 입을 닫았다.

어느새 문가까지 물러났던 김 상선이 조용히 문을 열고 나가는 기척이 들려왔고 너른 침전에는 오롯이 두 사람만 남았다.

고즈넉하다 싶은 거리를 넘어 다시금 옥음이 들려왔다.

"말했지 않느냐. 넌…… 그 사람을 닮았다고. 거문고 연주도 그렇고 말본새도 그렇고. 게다가 오늘은 목소리까지 닮은 것 같다."

설희는 이를 최대한 다물고 입술만 움직여 말씀을 드려야겠던 애초의 다짐이 경황 중에 잊힌 것을 그제야 깨달았다.

"내가 네 얼굴을 보지 못했다면 지금도 다시 달려들어 그 가리개를 잡아떼고 확인하려 들었을 것이다. ……첫날밤처럼."

춘월의 얼굴을 확인하신 뒤이니, 아무리 비슷하여도 의심까지 가지는 못하시는 모양이었다. 그건 그렇고, 첫날밤이라니?

"어여쁘던 이를 꼭 잃은 줄만 알고 죽을 듯 상심하였던 그 밤이, 설마설마하며 돌아보던 그 밤이 자꾸만 떠오르니…… 이상도 하지."

서리와의 첫날밤을 이르시는가.

세운 한쪽 무릎에 팔꿈치를 괴고 이마까지 짚으시니, 심란한 기색에 설희까지 불안해졌다.

"난 그저 네 가락이 그 사람과 비슷하여 너를 자꾸 찾는다 여겼는데…… 그게 아닌 것 같더구나. 어찌 그리 즐거이 웃을 수가 있는지……. 그래서 허겁지겁 너를 떠났다. 그리고 그 사람 묘에 가 밤새 생각을 되짚었지. 결국 답을 찾았다."

설희는 묘한 기분이 들어 물러나고 싶었다.

"내 번민은 그이가 겪었을 고통과 끔찍한 지경으로 인한 줄 알았는데…… 그게 아니라, 그저 내 스스로의 처지가 불행하여 그랬던 것이더라. 그 밤처럼 기쁜 양 다시 살고 싶어서, 그이와 비슷한 너와 더불어 짐승처럼이라도 다시 살아 보고 싶은 것 같더라는 말이다."

설희의 입술이 힘껏 앙다물어졌다. 가슴은 온통 울렁이기 시작했고 서리가 어쩌고 있는지 돌아보기도 무서웠다. 어찌 이런 말씀을 제게 하시는지, 그러지 마시라 소리치고 싶었다.

"……그 사람이면 참말 좋겠다고, 돌아보는 순간, 비록 가진 것은 없어도 모든 것을 내어놓겠다며 천지신명께 빌었는데…… 그 어여쁜 모습에 기뻐 울며 웃었는데…… 그런 안해를 잃어버리고도 나는 혼자만이라도 살고 싶은 모양이더라. 결국 네 서방과 다를 바 없이 목을 잘라 효수하여야 할 죄인이더라 그 말이지."

제가 속이고 놀리기를 수시로 하였더니, 전하께서도 벌써 눈치채시고는 반대로 저를 놀리시는 겐가? 이러면 어찌 나올 것이냐, 하시면서? 아님 저를 죽이라 시킨 것은 사실이나 지금은 후회되니, 이런들 저런들 그냥 넘어가자 하시는 겐가?

별의별 생각이 다 들었지만, 제 깜냥으로 가늠할 수 없는 말씀이라 듣기 싫었다. 서둘러 정리하고 훌쩍 뜨고 싶은 마음뿐이었다. 그래서 능쳤다.

"……장지문이 앞에 있는 것도 아닌데, 제 얼굴 한 번 제대로 쳐다보지 않으시면서 그런 낯간지러운 말씀을 잘도 하십니다."

잔뜩 꼬고 엉키게 만들어서는 그것은 결코 아니게 만들어야 했다.

"겉모습이 중요한 것은 아니래도 그러는구나."

황촉 불을 등지신 터라 손 아래로 숙여진 어두운 얼굴에서, 그녀에게 얼핏 왔다 가는 검은 눈동자는 담담했다. 서리가 이 정도만 말씀드려도 웃어넘기곤 하셨는데, 심각함이 풀어지지 않으니 꽤나 이상타……. 설희라 그런가? 아니, 그런 생각은 지금 도움이 되지 않는다.

다른 수를 써야겠다.

"이리 굶다 승하하시면 그 조강지처 되는 분께서 달가워하시겠습니까?"

"그러게. 이미 씻을 수 없는 죄를 지었으니 무슨 짓을 한다 한들 어여쁘겠느냐. 너는 그 사람 마음을 훤히 알 테지?"

조금은 순순하시다.

"저 같으면 쳐다보지도 않을 것입니다."

"……아무래도 그렇겠지. 그 사람 보라고 이러는 것은 아니지만."

그러다가 시무룩하게 고개를 끄덕이시고.

"아뢰옵기 송구하오나, 이미 짐승이라 하셨지 않습니까? 사람으로 그분 앞에 서시기는 글렀으니, 그냥 사시던 대로 사시면 어떻습니까? 그렇게 사시다 조강지처보다 더 아리따운 분을 만나실 수도 있지 않습니까? 그러니, 그분과 더불어……."

"너와 더불어, 라고 분명히 말했는데, 웬 딴청이냐?"

핀잔도 주실 줄 안다. 서리더러는 꿈도 못 꿀 일이었다. 설희더러는 서리에게처럼 어화둥둥 하지는 않으실 것이니, 투기는 아니해도 되려나. 아니지, 지금 그런 한가한 생각을 할 때가 아니었다.

"딴청이 아니라, 못 믿을 말씀을 하시니 그렇지요. 이렇게 흉측한 얼굴에 그런 말씀을 하시다니요. 다시 보여 드려야 합니까?"

당장이라도 벗어 낼 듯 가리개를 잡으며 배짱도 튕겨 보았다.

"그건 네 잘못이 아니라니까. ……내 처도 화재로 잃었다. 그래서 네가 더 신경 쓰인다."

이런. 흉한 얼굴을 강조하면 마음을 돌리실 줄 알았더니, 그것이 도리어 더 신경 쓰이신다니. 잘못 짚어도 한참 잘못 짚었다.

"저는 얼굴이 흉하여 조강지처 되시는 분이 투기하지 않을 것이라는 말씀은 아니시지요?"

여전히 어두운 얼굴에서 피식하고 바람 빠지는 소리가 흘러나왔다.

"깨달음이 그렇다는 것이지 그리 살겠다는 것은 아니다. 처의 묘 앞에 앉아 있다가 그런 내 속을 깨닫고는 쓴물이 넘어왔다는 말이지."

스스로를 비웃으며 일그러지는 입매가 옆에서 봐도 마냥 시렸다.

"몰랐으면 모르되, 알면서도 짐승처럼 살 수는 없지. 그래서 더는 너를 찾지 않은 것이니 염려 마라. 내 그런 장한 결심도 모르고 이런 짓을 벌인 상선을 탓하든가."

그래서 대뜸 오입질이라 하신 것이로구나 싶었다. 설희는 냉큼 기회를 잡아챘다.

"그럼 소인은 이만 퇴궐해도 되겠습니까?"

"……너는 툭하면 물러간다 소리를 일삼는구나."

잠시 침묵하시던 전하께서 그리 중얼거리시더니, 기수를 걷어 내며 그녀를 향해 돌아앉으셨다.

"과인이 수라를 들게 하러 들어왔다며 그냥 가느냐?"

몇 해 만에 제대로 뵙는 용안인지. 서리의 눈이 방자함도 모르고 용안을 하염없이 훑어 내렸지만, 설희의 눈은 세모꼴이 되었다.

"아니 드신다 하셨잖습니까?"

눈이 움푹해졌고 입술도 꺼칠한 것이 축나긴 하셨다. 못 드셨다는 요 며칠 새인지, 세 해 사이인지는 알 수 없지만.

"굶어 죽어도 처한테 좋은 소리는 못 듣는다면서?"

"그래도 짐승처럼 살지는 않겠다 하셨잖습니까?"

"그런데 그렇게 살고 싶도록 네가 모습을 보였지 않느냐?"

어쩐지 어투가 바뀌셨다. 조금 전의 처연하던 다짐과 달리 강경한 뭔가가 섞인 것이……. 설희는 이제 겁이 났다.

"그래서 물러간다는 것입니다."

"그냥 퇴궐하였다가는 상선이 월계관을 그냥 두겠느냐?"

"전 월계관 사람이 아닙니다. 떠나면 그뿐이지요."

"모두의 목이 떨어지면 죄책감이 느껴질 터인데?"

"그냥 해 본 소리라 하셨잖습니까?"

"내 처라면 그리 말했을 것이란 말이지. 넌 내 처가 아니다."

음, 서리는 마냥 봐주시더니 설희한테는 강경하시다. 생각해 보니 석동에게도 좀 부루퉁하셨던 것 같고. 그렇다면 벌써 다 짐작하신 것은 아니라는 말이 되는데.

여전히 눈치 없으신 것은 맞는데, 봐주시지도 않는다면 대응하기가 쉽지는 않으리라는 말이다. 마음이 급해졌다.

"그럼 어서 드십시오. 여기……."

설희가 옆의 수라상 위의 유기 뚜껑을 열어 보니, 죽이었다.

"죽이 아직 따뜻합니다."

"싫다."

권하는 이가 무성의하니, 거절하는 이도 시큰둥한 것은 당연했다.

"이러다 날 새겠습니다."

"날이 새면 넌 영영 궐을 못 나간다."

"그건 또 무슨 말씀이십니까?"

"임금과 하룻밤을 보냈으니 승은을 입은 것으로 인정된다는 말이다. 첩지가 내려지겠지."

설희의 손에서 유기 뚜껑이 떨어지면서 요란한 소리가 울렸다.

"전하! 무슨 일이시옵……."

밖에서 김 상선이 성마르게 여쭈자,

"별일 아니다."

그 말이 끝나기도 전에 전하께서 대꾸하셨다. 진정으로 '별일' 아니라는 양. 입도 떼지 못하는 설희를 뚫어져라 건너다보기까지 하셨다.

"그, 그래서 밤새도록 아니 드실 생각은 아니시지요?"

뭔가 강경한 것 같다던 이상한 기분이 괜히 그런 것이 아니라는 생각에 말까지 더듬어졌다.

"글쎄다."

"이런 흉한 얼굴의 후궁을 두시다니, 전하께 누가 됩니다."

"아까는 짐승처럼이라도 살라고 하지 않았더냐?"

깨달음만으로 이미 짐승이 되었다 하시니 드린 말씀이지요!

마음 같아서는 뒤도 돌아보지 않고 부랴부랴 도망치고 싶었지만, 무엄하게 임금께 허락도 받지 않고 물러갈 수는 없는 일이다. 그랬다가 의금부에 갇히게 되면 승은을 입고 발목을 잡히는 것과 다를 바 없다.

그래서 한껏 허리를 숙여 엎드렸다.

"소인이 방약무인하게도 음심이라는 말을 입에 담아 성심을 어지럽혀 드렸다면 부디 어진 마음으로 헤아려 주시옵소서. 죽을죄를 지었나이다."

"별의별 말을 다 해 놓고 고작 그 말이 걸리는 게냐?"

"그럼 또 어떤 말씀에 사죄를 드릴까요? 소인이 어리석어 다 새기질 못하였으니, 전하께서 집어 주시면……."

"좋다. 그럼─"

그저 자신이 말대답을 하도 하여 노하셨을 뿐. 덮어놓고 모두 잘못하였습니다, 하였으니, 이제 용서해 주시겠지 하였다. 천한 기생 따위와 무에 그리 오래도록 말을 섞으시겠는가 하는 생각도 간절했고.

한데 어쩐 일인지 전하께서 수라상 앞으로 좀 더 다가앉으셨다. 그러곤 수저를 드시더니, 맞은편에 앉은 그녀를 바라보셨다. 검은 눈동자에 새겨진 황촉 불빛이 위험스럽게 흔들리는가 싶더니 무서울 정도로 낮은 어조로 말씀하셨다.

"짐승처럼 살게 해 다오."

덜컹.

설희의 심장은 저만치 떨어져 내렸는데, 전하께서는 그 눈을 내리까시고는 대수롭지 않게 수저로 죽을 저으신다.

서리가 간신히 속삭임을 입 밖에 내었다.

"오입질은…… 아니 하신다면서요?"

"마음이 바뀌었다. 임금은 무치(無恥)라 하지 않누."

무치? 그런 말로는 서리도 설희도 납득시킬 수 없다.

전하의 시선이 흘끗하고 다시 올라왔다.

"강녕전 굴뚝에 새겨진 글씨가 무엇인지 아느냐?"

제가 알 리가 있나.

"만수무강이다. 누구의 만수무강을 비는지는 알겠지?"

당연히 주상 전하겠지요.

"돌조각에조차 새겨 비는 그것을 네가 하룻밤 만에 이룬다면 광영이 아니겠느냐?"

광영? 게다가……

"하룻밤……이라니요?"

"오늘 하룻밤만 그리 살겠다는 말이다. 짐승처럼."

농이 아니셨다.

……싫었다. 지금 자신은 서리가 아니니까. 그래서 더더욱 가릴 처지가 아니라 해도 싫었다!

그래서 미친 듯이 머리를 굴렸고 전하께서 간과하신 부분을 간신히 찾아냈다.

"사내 차림으로 들어왔으니, 승은을 입었다 여길 이는 없을 것입니다."

그리 보면 궁에 발목을 잡힐 염려도 없는 것이니 밤새도록이라도 버티기만 하면 된다는 말이다.

죽 한 수저를 넘기신 전하께서 설희를 도통 알 수 없는 눈으로 바라보셨다.

"청이 받아들여진다면 강압까지 가지는 않을 것이다."

가납하지 않겠다는 말씀이다. 설희는 발을 구르고 싶었다. 서리일 적이라면 방바닥을 굴러가며 떼를 쓸 수도 있겠지마는 지금 전하께 자신은 서리가 아니고 설희는 봐주지 않겠다는 뜻을 분명히 하셨다.

감히 기생 주제에 승은을 입는다면 얼씨구나 해야 마땅한 것은 안다. 그래도 저는 싫었다.

"그것이 청이셨습니까? 저는 임금님께옵서 고작 기생 년 하나를 취하기 위해 협박을 하시는 것으로 들었습니다만."

"이유가 무엇이든 과인은 뜻을 이룰 것이다."

설희가 괄괄하니 대꾸하면 비슷한 농조로 받아치던 재치는 자취를 감춘 지 오래였다.

"전하께서 통 드시질 못한다기에 측은지심을 갖고 입궐한 저를 그리 대하심은 온당치 않습니다. 아무리 기생이라 하나, 저는 예기로……"

"그것은 상선을 탓해라. 나도 나중에 정신을 차리고 나면 그놈을 탓할 테니까."

"명료한 정신이 아니심을 인정하시는 것입니까?"

물끄러미 죽 그릇을 들여다보시더니 문득,

"이대로 죽을 생각을 하니, 좀 무책임하다 싶더구나."

라고 하시는데, 스스로도 어찌할 수 없다는 뜻으로 들렸다.

"내 후계가 없으니 아무리 가까운 방계를 훑어도 영흥군의 증손자가 보위에 오를 텐데, 이제 고작 다섯 살이다. 대비께오서 오랫동안 수렴청정을 하실 테고 국정에 혼란이 일겠지."

영흥군이라면 쉽게 기억하기로 네 번째 선대왕이신 인종 대왕의 아드님이셨던가 그랬다. 까마득히 올라가서는 또 증손자까지 내려와야 한다니, 참으로 먼 가지이긴 하다 싶어 설희도 눈을 깜박였다.

"설마 제게서 후계를 보시겠다는 뜻은 아니시겠지요?"

전하께서 쿡 웃음 지으셨다.

"운이 좋으면 하룻밤 만에 네 팔자가 필 수도 있겠지만, 그런 말은 아니다. 말이 어려웠나 보구나. 쉽게 말하면, 이대로 무책임하게 세상을 뜬다면 열심히 살아가고 있는 백성들이 그만큼 좋은 세상을 누리지 못하게 될까 저어된다는 뜻이다. 내가 아는 세 살짜리 꼬마 선비도 이다음에 커서 제 뜻을 제대로 펼치지 못하게 될지도 모른다는 말이고."

"괜한 백성들이 고생할까 싶어 조금 더 사셔야겠다 그 말씀입니까? 영흥군의 증손자가 조금 더 클 때까지요?"

"같잖은 핑계 같으냐? 짐승처럼이라도 오래도록 왕 노릇 하고 싶어 그런 것 같고?"

웃음이 잦아드는 눈가에 스산함이 찾아들었다. 보기 싫었다.

"그렇다면 후계를 두셨겠지요."

냉정한 설희가 그리까지 오해는 하지 않는다 말씀드렸어도 스산함은 여전하다. 참다못한 서리가 옆구리를 쿡 찌르니, 하는 수 없이 설희가 다시 입을 열었다.

"더 드십시오."

간신히 들어간 수저가 전하의 입에서 나오기도 전에 설희가 여쭈었다.

"기왕지사 조금 더 사실 것이라면 모두 다 하시지 그럽니까? 중전도 들이시고 후계도 보시고요."

"네게 하룻밤을 말하는 것도 큰 결심이 필요했는데?"

과장되게 부러 눈을 크게 뜨시니, 그렇게 빠져나가려는 속셈을 알아채신 모양이다.

"아, 그러셨습니까? 전하께서는 공으로 계시고, 상선이 일을 다 한 줄 알았는데요."

여전히 거칠한 입술에 희미한 미소가 스쳐 갔다.

"네 말을 더 듣다가는 참말 그리 욕심을 낼 수도 있겠구나."

자꾸만 마르는 입술을 축인 설희가 드릴까 말까 하던 말씀을 꺼냈다.

"소인은…… 혼인도 했던 몸입니다. 궁궐에는 전하만을 바라보는 순결지신의 나인들이 수백인데 어찌 제게……."

사실이다. 그것 말고도 전하께서 명을 거두셔야 할 이유는 널리고 널렸다. 밤새도록이라도 댈 수 있었다.

"혼인은 나도 했었고 나인들은 수백 아니라 수천이다."

하지만 그러면 무엇 하나. 정작 전하께서 저리 요지부동이신 것을.

"전혀 재미있지 않은 농입니다."

"그 전까지 한 말은 농이 아니었다."

전하의 시선이 가리개 위의 눈을 누르듯 주시해 오자, 설희가 시선을 피하였다.

"그렇다면 오늘은 말고 다른 좋은 날을 잡아……."

"기녀의 약속은 믿을 것이 못 된다 하던데. 좀 전에도 월계관 출신도 아니면 떠나면 그뿐이라 하지 않았느냐?"

어디서 못된 것만 배우셨다. '기방 5불'이라고 기방에서 하지 말아야 할 것들 중 하나가 기생의 말을 믿지 말아야 한다는 것인데.

"시정잡배나 떠드는 이야기를 어찌 지존께서 하십니까?"

"내가 태어날 때부터 지존이었다더냐?"

"그렇다면 기생에게는 처첩을 자랑 말라는 말씀은 못 들으셨습니까?"

"자랑하진 않았다. 그저…… 너와 하는 양이 비슷하다 하였지. 그것이 내 처를 자랑한 것이라면 너를 칭찬한 것도 되질 않느냐?"

자랑보다는 그냥 언급하신 것이긴 하다. '너와 하는 짓이 비슷하다', '내가 죽였다', '내가 폐했다'…….

"천한 소인 말고 다른 이와 더불어 짐승처럼 사십시오. 그러다 보면 사람답게 사실 날도 올지 모릅니다."

설희의 목소리가 씁쓸했다. 전하의 눈매를 자꾸 바라보았더니 스산함이 옮았나 보다.

"사람답게 살고자 하는 마음은 없다. 그저 그 사람이 너무 그리울 뿐이지."

서리는 순식간에 얼굴을 싸쥐며 눈물을 감췄지만, 설희는 꼿꼿이 허리를 세우고 있었다.

"너는 그 얼굴 가리개가 무척이나 답답하겠지만 과인은 오히려 네 얼굴이 보이지 않으니 꼭 그 사람인 것만 같아서…… 당장 죽고 싶기도 하고 계속 살고 싶기도 하다."

그 말씀에는 설희도 대꾸할 말을 잊었다. 전하께서는 다시금 단호한 얼굴을 하셨다.

"너와 나를 제외하면 아무도 모를 것이다. 문밖에 있는 이들도 모르진 않겠지만, 네가 궐을 나가면 없던 일이 되겠지."

'제가 아는 것이 싫습니다.'

차마 그 말씀을 입 밖에 내지 못한 것은 설희가 그런 말씀을 드릴 이유가 없을 것이기 때문이었다. 아무리 일패 기생이니 예인이니 하면서 도도한 척해 봐야 기생 년 팔자 아닌가. 주상 전하를 모신 것이 광영이라면 광영이지 이리 뻗댈 것이 아니니 자꾸 싫다하면 의심을 살 것이다.

"그래서 주변머리 없는 과인이 용기를 낸 것이다. 억지로 더 살아야 하는 핑계를 댄 김에 짐승의 욕심이나 한번 채워 보자고. 네 의사도 군주의 위엄으로 묵살해 가면서 말이다. 네가 아무리 싫다 해도 취할 것이다. 네 간악한 서방만큼이나 음험한 처사라 손가락질하겠지만……. 말했다시피 사내는 다 그런 것이다."

말씀의 내용은 사납고 악한 폭군 같으신데, 눈빛은 어째 의사를 묵살당하는 기생 년처럼 처연하신지 모를 일이다.

　"어떤 사내도 품길 거부할 흉한 낯짝을 가진 처지이니, 잔말 말고 따르라 하시는 것입니까?"

　"네 신분을 업신여겨 이러는 것은 아니다. 그 사람은, 내 조강지처도 중인 출신이었다. 신분이 높고 낮은 것이 중요한 것이 아니라, 마음가짐이 중요한 것이더라……."

　또 처 이야기를 하신다. 왜 자꾸만 서리를 울리시는지, 설희는 알다가도 모를 일이었다.

　"기녀들이 소원하는 것이 시들기 전에 편안한 양반의 소실로 들어앉는 것이라면서? 늙어도 먹고살 걱정 없이 든든한 곳에 기대고 싶다면서? 기댈 어깨는 못 내어 준다만, 한 재산은 만들어 주마. 서방 모르게 낳은 자식이랑 먹고살 걱정 없도록……."

　모르고 하시는 벽이 이야기에는 설희도 아랫입술을 깨물었다.

　"그…… 아들도 하는 짓이 너를 닮았느냐?"

　그렇다면 전하의 처도 닮았을까 물으십니까?

　"……모르겠습니다."

　"모른다니, 설마 보지도 않고 사는 게냐?"

　"……낳자마자 오라비에게 주었습니다."

　"그래도 보고는 살아야지. 어미가 죽은 것도 아니고……."

　"……한 번 말을 붙여 본 이후로 아이가 너무 따르는 것 같아서…… 가끔 먼발치서 한 번씩 보고 맙니다. 그래서 누굴 닮았는지 재어 볼 정도로 오래 본 적이 없습니다. 그냥…… 마음 아픈 자식이더이다."

　딱한 시선을 견디지 못하고 설희가 시선을 비꼈다. 세상에서 자신과 벽이를 그리 보실 수 없는 유일한 한 분이시니.

"너도 나만큼이나 외로운 인생살이로구나."

"기생 년의 팔자를 어디 나라님에 비하십니까?"

"그래, 내가 배부른 소리를 하였다."

"세 살짜리 꼬마 선비는 누굽니까?"

그 말씀에 기억이 떠오르는지, 전하의 입가에 조금 진한 미소가 어렸다. 우리 벽이도 세 살인데⋯⋯.

"어여뻐서 자꾸만 눈이 가더라. 그 사람이 살았다면 저런 자식을 낳아 주었을 텐데, 하는 안타까움이 뼛속에까지 스며들 만큼. 그런 그이가 없는데 나는 어찌 이러고 살아 있는가 싶어서⋯⋯ 당장이라도 혀를 깨물고 죽고 싶을 만큼 서러웠다."

벽이의 존재를 모르시고 어디 애먼 아이를 보고 저리하시는 가⋯⋯.

"그 아이한테도 좋은 세상을 만들어 주고 싶은데⋯⋯."

그래서 살고 싶으신지 이후로는 말씀을 거두시고 죽만 드셨다. 반 그릇이나 드셨을까. 수저를 놓고 한숨을 쉬시더니, 다시 기수 위로 털썩 드러누우신다. 설희를 향하여 고개를 돌리시더니, 자조하신다. 그 모습을 뵙는 서리는 자꾸만 울었고 설희는—

"죽는 것이 고역이더니, 사는 것도 고역이구나."

짜증이 났다.

"또 잠이 오는 것 같다. 이럴 때면 어떤 생각을 하는지 아느냐?"

"어떤 생각을 하십니까?"

"영영 깨어나지 않았으면 한다. 나라고 임금이고 다 필요 없으니, 그저 영원 속으로 잠겨 들었으면. 저승에 가서 그이를 만나 볼 기약은 없지만, 그래도 이승에서는 힘들 것이니……. 마냥 보고파서…… 네가 아들 보듯 먼발치서라도 좋으니 꼭 한 번만이라도……."

가물거리던 전하의 눈이 감기자 김 상선이 조용히 들어와 여기저기 놓인 등을 껐다. 그러다 마지막으로 전하의 머리맡에 남은 한 개의 등 옆에 가서 설희를 돌아보았다.

그의 시선이 얼굴 가리개에 머물더니 그것마저 끄고 다시 뒷걸음쳤다. 금방 불을 끈 터라 칠흑 같은 어둠 속을 소리도 내지 않고 그렇게 사라졌다. 월계관에서는 겸사복장을 내보내 달라 하였더니 위험 때문에 아니 된다 하더니, 지금은 제 무엇을 믿고 불을 모조리 끄고 나가는지. 성심을 눈치챈 것인가?

이제 너른 침전 안에 눈을 뜨고 있는 것은 설희뿐이었다. 그녀가 무엇을 해도 아무도 볼 수 없고 제지하지 않는다는 뜻이었다. 그래도 그녀는 그대로 가만히 앉아 있고 싶었지만 서리가 문제였다.

주무시는 얼굴이라도 조금 더 가까이 뵙고 싶어 무릎걸음으로 다가드는 서리가 못마땅했지만, 그 의지가 하도 강경하니 설희도 못 이기는 척 따라갔다.

눈이 조금 어둠에 익숙해졌고 달도 밝은 밤이라 하나, 어둠 속에서 어찌 눈, 코, 입까지 구분할 수 있으랴.

그게 힘들면 말지, 눈물이 떨어져 가리개까지 젖는데도 애가 탄다 하여 이불 위에 늘어진 어수로 대담하게 손까지 내미는 서리의 행동에 설희는 경악을 금치 못할 지경이었다.

간신히 손끝으로만 더듬는 꼬락서니도 보기 싫었다. 구차하고 옹색한 짓거리 아닌가. 설희가 서리를 대차게 혼내며 잡아떼는 순간. 그 손을 맞잡아 오는 손이 있었다.

짐승의 손이었다.

크게 놀라 손을 잡아 빼려 하였지만, 놓치지 않고 더욱 다가와 단숨에 잡아챈다. 숨을 크게 들이켜는 소리가 어둠을 날카롭게 갈랐다.

침수 드신 줄 알았는데!

전하께서 그 손을 세차게 당기며 상체를 일으키시니, 그 누웠던 자리로 설희가 쓰러졌다. 그리고 단숨에 그녀의 몸을 누르듯 반이나 덮으시니, 설희는 황망하여 그대로 얼어붙어 버렸다.

손목은 여전히 잡힌 채 이불 위에 놓였고 그 팔꿈치로 엎드린 전하의 용안이 성큼 가까워졌다. 얼굴 가리개가 가까이서 느껴지는 숨결에 흔들리자 설희는 눈을 꼭 감아 버렸다.

더듬더듬. 아까 서리처럼 더듬거리는 손이 올라와 눈가를 더듬었다. 서리의 젖은 눈가를 감추려 화급히 고개를 돌렸지만,

"그렇게나 싫은 게냐?"

설희가 머뭇거리는 사이 서리가 먼저 고개를 저었다. 짐승의 따뜻한 손가락이 다시 다가와 눈물을 닦아 주었다. 새로이 돋은 눈물도, 벌써부터 흐르던 눈물도.

그 손가락이 광대 근처에서 시작되는 가리개에 닿았다. 서리가 잡히지 않은 손을 올려 가리개를 꼭 부여잡았다.

"답답하지 않으냐? 어차피 지금은 보이지 않으니 나는 상관없다."

"답답하지 않습니다."

그 손은 더 이상 머무르거나 강요하지 않고 아래로 내려갔다. 닿을 듯 말 듯 어깨에 닿고 이어 저고리 고름에 닿았다. 이윽고 옷

이 한 겹 한 겹 벌어질 때마다 가슴 속에서 숨이 한 움큼씩 없어지는 듯했다.

이윽고 속저고리까지 벌어져 드러난 가슴에 파르란 소름이 돋는 순간, 머뭇머뭇 다가와 맨살에 닿는 것은 이마였다. 그리고 뺨, 코, 입이 문질러졌다. 그 길이 지나가는 자리마다 서늘한 물기가 남은 듯도 했다.

"석동아……!"

신음 한번 입 밖에 내놓지 않던 설희는, 뜨겁고 커다란 사내의 몸이 제 몸 위로 무너져 내리기 직전, 한숨처럼 내뱉은 부름에 기어이 눈시울이 뜨거워졌다. 제 가슴과 맞대어진 가슴이 한참 더 들썩이는 동안, 제 얼굴에서도 눈물이 한두 줄기쯤 더 흐른 것도 같았고. 눈물은 소리가 나지 않아 들킬 염려가 없으니 다행이었다. 먹같이 까만 어둠도 거듭 달가웠고.

커다란 사내가 내리누르는 것이 오래되자 한순간 숨이 크게 쉬어졌고, 그를 눈치챈 전하께서 몸을 옆으로 물리셨다.

설희는 몸 보시를 하고 널브러져 있다시피 했던 제 몸을 추슬러 간신히 돌아누웠다. 아무리 예기라 하여도 기생이다. 사내의 몸에 이골이 날 정도는 아니어도 팔자를 고칠 수 있는 마당이라면 더 엉겨들어야 마땅하다는 것을 모르지 않았지만, 가슴이 허전해 견딜 수 없는데 어쩌랴.

이런 처지로 전하 앞에 나서게 된 것은, 물론 계화의 부추김이 있긴 했지만 마지막 결정은 자신의 몫이었고, 그런 선택을 했으니 지금의 결과도 받아들여야 할 테지만…… 심정을 가다듬기는 쉽지 않았다. 그래서 대신 몸뚱이를 꽁꽁 여몄다.

어둠에 익숙해진 흔의 눈에, 반쯤 고개를 돌린 채인 이의 목과 어깨선이 보였다. 그 선조차 낯설지 않아, 가슴이 다시금 저려 왔다. 닮지 않은 구석을 찾아보려고 한 번 보고 두 번 볼 때마다 이렇듯 비슷한 구석만 보이니 죽어 저승에 가 만났을 때, 서리가 용서해 주지 않는다 해도…….

며칠 동안 곡기를 끊다시피 했지만 정신은 어느 때보다 명료했다. 조금 전 자신이 무슨 짓을 했는지 모르지 않고 있다는 뜻이다.

그 사람이 어찌 갔는데 이런 마음을 먹을 수 있나 싶어 마음을 다잡으려 했지만, 어쩔 수 없었다. 기방에 다시는 가지 않으리라 해 놓고도 기시 말에 돌아보던 순간 가슴이 마냥 쿵쿵거리기까지 하였다. 그 사람이 간 지 세 해가 지나고 나니 제가 살고 싶은 이기심이 스멀거리고 커졌는지도 모른다. 그래서 그저 별로 닮지도 않은 이에게서 자꾸만 닮은 구석을 찾아내려는 것이고.

이이를 그 사람인 척 한세상 다시 살아 보고 싶은 욕심이 생긴 것이다. 그리되면 우리 석동이가 딱해서 아니 된다는 것을 알면서도 자꾸만…….

다시 얼굴을 확인해서 마음을 다잡을까? 다잡아야 할까?

손을 내밀었다.

이것 봐라. 귓가며 목덜미의 감촉도 그이만 같으니…….

제 허리에 감겨 있던 팔이 올라와 귓가에 닿자, 설희는 다시 몸을 긴장시켰다. 함께 자리한 뒤, 어깨 위쪽을 건드리시는 것은 처음이었다.

귓바퀴를 더듬던 손이 턱으로 내려갔다. 이어 가리개 끝이 들리고 턱 가장자리가 드러났다.

"몇 번이나 확인하셔야 제가 그분이 아닌 것을 의심치 않으시겠습니까?"

싸늘한 목소리를 듣고서야 손을 멈추었다. 그 지적이 틀리지 않았다. 흔은 참담해졌다. 또다시 확인해도 그이일 리 없다는 것을 알면서도 왜 이러는지 모를 일이다. 알면서도……

"전하 스스로를 용서할 핑계가 필요하십니까? 어째서요? 전하 손으로 죽였다 하신 것이 말만은 아니었던 겝니까?"

말만이었나. 말만 그리해 놓고는 저는 저 스스로를 용서할 핑계를 찾은 겐가? 이이로 하여금?

노여움이 일었다. 어째서 이리되었나 싶어 분노했고 내 어여쁜 이를 어쩌다가 잃어버리고 이 지경이 되었는지, 자신이며 세상 모두에게 분통이 터져 견딜 수가 없었다.

항변하지 못한 사내의 비뚤어진 마음은 몸의 욕구로 나타났다. 손을 내려 말캉한 가슴을 우악스럽게 쥐었다. 뒤에 있던 제 몸을 밀어붙이면서 그 몸을 엎드리게 함과 동시에, 다른 손을 아래로 내려 한쪽 다리를 옆으로 들어 올리고는 그 다리 사이로 파고들었다. 석동이였으면 이런 상황에서 몸을 열어 주기는커녕 제 다리를 차버렸을지도 모르는데, 인형처럼 흔들릴 뿐 저항이 없다.

이이가 어째서 석동이 아닌지도 화가 일었다. 그래서 더 거세게 그 몸을 밀어붙였다. 석동이처럼 저항해 달라고, 서리처럼 거부해 달라고. 하지만 기녀는 저항 한 번 없이 그의 거친 몸을 거듭 받아들였다. 분이 풀리지 않았다. 이 분기를 조금이라도 풀 수 있다면 아예 짐승으로 살아도 상관없을 성싶었다.

계집은 몸이 동하기는커녕 아파하는 것 같았지만, 그러든 말든 제 미칠 것 같은 욕심만 채웠다. 다시금 한차례의 숨 가쁨이 지나간 뒤, 무정히 몸을 떼어 낸 흔이 명했다.

"월계관에 있어라."

어차피 그 사람 없이 살아야 하는 세상이라면 그이와 비슷한 이와 뒹굴면서 짐승처럼 살아 볼 테다.

"……하룻밤이라 하셨습니다."

"마음이 달라졌다."

간신히 쥐어짠 것만 같은 목소리가 신경 쓰여 무어라 대꾸할 시간을 충분히 주었지만, 아무 말도 돌아오지 않았다. 그래서 제 하고 싶은 말을 마저 하였다.

"내가 찾을 때, 그곳에 있어야 할 것이다."

목을 치겠다는 말 따위는 덧붙일 필요도 없을 만큼 정떨어지게 굴고 있는 것은 안다. 하지만 내가 먼저 살고 봐야지 않은가. 나도 이기적으로 살아 볼 테다.

잔뜩 옹그린 어깨를 외면하며 몸을 돌린 그는 며칠 만에 간신히 잠 속으로 숨어들 수 있었다.

등을 돌린 전하의 숨결이 점점 가라앉고 있었다.

설희는 생각했다. 대체 자신은 무슨 마음이었던 것일까? 그대로는 거절할 수 있는 상황은 아니었으나, 정체를 밝히면 가능했다.

허면 그러지 못한 이유는 무엇이지? 혹시라도 전하께서 저를 두 번 죽이실까 겁이 나서?

겁이 나긴 했지만, 제 목숨이 아까워서는 아니었다. 저를 죽이셨다는 인정을, 그리고 이번에야말로 참말로 죽이겠다 마음먹는 얼굴을 차마 눈앞에서 맞닥뜨리고 싶지 않아서였다. 저를 죽이셨을지 모른다는 생각을 몇 해나 가슴에 품고 살아왔지만 아직도 이분을 사모하는 마음을 버리지 못했으니, 그 사실 자체를 알고 싶지 않은 것이다. 그것을 이제야 깨닫게 된 것이다.

떠나려면 진즉에 떠날 수도 있었다. 벽이를 낳았던 때, 왜국서 서양으로 떠나는 배를 목도했을 때, 청에서 비단길을 가로질러 갈 거라던 상단을 만났을 때.

하지만 번번이 조선으로 돌아온 이유는 벽이 때문만은 아니었던 것이다. 벽이 핑계를 대고 전하께서 계신 곳으로 돌아온 것이다. 이번에도 벽이를 위해 떠날 결심을 굳혔다면 계화가 뭐라 하든 그 수에 넘어가지 않았어야 하는 터였다.

그리 어영부영하는 사이 어명이 떨어졌다. 그것은 계화의 부추김이나 조사 때문에 머물라던 상선의 으름장처럼 무시하거나 가벼이 치부할 수 없는 것이었다. 일이 이 지경에 이른 것은 모두 자신의 어리석은 미련 때문이었다.

자책감으로 제 속은 말할 수 없이 시끄러워도 사위는 점차 고요해졌다. 아까처럼 섣불리 전하를 깨우지 않도록 충분한 시간이 지난 뒤에야 조용히 몸을 일으켰다. 옷가지를 챙겨 입고 물러나는 동안에도 등을 돌린 전하께서는 움직이지 않으셨다.

문을 나서니 김 상선이 기다리고 있었다. 그는 조용히 앞장을 섰고, 월계관에 돌아와서도 말없이 그녀를 들여보냈다.

"지체되어 죄송합니다, 형님."

"홍삼은 보관 시일이 길어도 괜찮긴 하다만. 어찌 자꾸 시일을 지체하는 게야? 어서 떠나라는 소리는 아니다. 그저 무슨 일이 있는가 해서지."

해주 상단에 들른 석동이 둘째 형님과 이야기를 나누던 참이다. 벌써 달포 전에는 떠났어야 하는 길을 차일피일 미루는 이유에 대해 드디어 물으시려는가 보다.

한번 가면 다시는 아니 오겠다 했던 길이다. 그래서 처음에는 막상 떠나려니 망설여지는가 했을지 몰라도 들를 적마다 난감한 얼굴로 그저 죄송하다는 말만 드리고 가는 터라, 기이했던 모양이다. 배에 실을 물건뿐만 아니라 함께 갈 상인들의 일정 또한 조율하기 쉽지 않을 터인데, 그런 말은 일절 없으니 더욱 죄송하다.

"다른 이유는 없습니다. 그저…… 시간이 조금 더 필요할 뿐. 그다지 오래 걸리지 않을 겝니다."

이후로 전하께서 다시 월계관으로 걸음하셨다. 보통 이삼일에 한 번. 간혹 이틀 연달아 오실 적도 있었지만, 그 끝이 얼마 남지 않았다는 것을 서리는 직감하고 있었다. 빠르면 장마 전이 될지도 모른다.

"별일은 없는 게지?"

"그럼요."

함께 상단 대문을 걸어 나오니, 저만치 섰던 장정들이 형님께 허리를 숙여 보였다.

"그럼 가 보겠습니다."

석동도 갓을 더욱 깊이 눌러쓰며 인사를 드리는데, 형님이 조금 머뭇거리다 말을 꺼내셨다.

"벽이가 아직도 너를 찾는다더구나."

"……어린아이니, 금세 잊을 겝니다."

"떠나기 전까지는 봐도 되질 않느냐?"

아이가 문제가 아니라 자신이 문제였다. 자꾸 보다 보면 떠나지 못할까 봐.

"……그냥 가겠습니다."

대문 앞 계단을 내려오는데 그리움에 코끝이 찡해지며 입가가 실룩이니, 한 손을 들어 제 입과 코를 틀어막았다. 저를 그리 딱하게 만들고도 모자라, 이렇게 떠나지도 못하고 미적거리는 어미를 어찌 찾누. 자신의 그리움은 자신의 몫이지만, 어린것의 서러움은 어찌해야 좋을지 모르겠다.

'오호라!'

상단에서 나오는 사내를 저만치서 지켜보고 있던 윤인필은 제 무릎을 탁 쳤다. 갓을 쓰고 하관을 가린 모습이, 김 상선과 함께 궐로 들어가던 기생의 모습과 흡사한 것을 알아본 것이다. 이제야 뭔가 풀릴 기미가 보이는구먼!

얼마간 월계관에 부지런히 드나들며 기생들을 수소문했지만, 얼굴을 가린 기생도 흉터가 있는 기생도 없었다. 이상하지 않은가, 주상은 계속 그곳에 드나드는데 계집은 없다니?

어디에 숨겼다거나 정체를 감춘 것이 분명하다며, 그곳을 드나드는 계집은 물론 사내까지 꼼꼼히 주시하였더니 저이가 눈에 띄었다. 아침에 나가 저녁때 들어오는 것이 아예 월계관에 머무는 이 같아서 혹시나 하는 생각에 뒤를 밟아 보았더니, 역시나 해주 상단에 들렀고 대행수의 차남과도 안면이 있더라. 그래서 납치라도 해서 그 기생에 대해 알아볼까 하는 생각을 하던 중, 방금 같은 모습을 보게 된 것이다.

어두운 밤이었지만, 월계관 대문 양측에 달려 있던 청사초롱 아래서 상선과 말에 오르던 기생이 분명했다. 뒤에 따라다니는 장정 둘의 덩치가 워낙 큰 터라 비교되어 작아 보이는 줄 알았더니, 계집의 몸이라 작고 야리야리했던 것이다.

한데 얼굴이 흉터 없이 멀쩡한 것이 이상타. 그럼 뭐가 어찌 되는 게지? 거문고 가락으로 주상을 홀려 드나들게 한 이후로는 얼굴이 반반한 계집으로 바꾼 겐가?

어쨌거나 배후는 월계관 따위의 기방일 리 없으니 해주 상단일 터. 중전이 될 뻔했던 여식이 죽고 나니, 아까웠던 겐가? 그래서 다른 계집을 주상의 눈에 들게 해서 입궁시키려고?

흐응, 그럴 만도 하지.

부부인이 머물던 별채에 불을 지르러 간 겸사복 중 하나가 담을 넘다가 돌을 밟아 다리를 다치는 바람에 함께 빠져나오지 못했다. 이후 잿더미에서 나온 시신은 두 구였다나. 부부인 말고 나머지 한 사람은 부부인의 몸종이라는 말이 있는데, 여인이라고 볼 수 없을 만큼 키가 크더라는 소문도 돌았다.

윤인필은 그이가 잡혔던 겸사복이 아닌가 추정하고 있었다. 잡힌 겸사복을 추궁해 알게 된 화재의 배후를 감당할 수 없었던 오家가 흔적을 없애기 위해 불에 태운 것이라고 말이다. 일이 잘못될 경우를 대비해 미리 임성천이 겸사복들에게 일러둔 대로 주상께서 시키신 일이라고 전해 들은 것이 틀림없다. 그렇지 않다면 진즉에 주상에게 고변하여 진상을 낱낱이 밝혔을 테니까.

주상이 시켰다는데, 세상천지 어딜 가서 따지겠는가. 따지기는 커녕 마냥 엎드린 채 살아야지. 그래도 여식을 잃은 원한까지 잊지는 못했을 것이다. 그래서 호시탐탐 기회를 노려 왔을 테고.

그런 오가(吳家)가 들이민 계집이 주상의 눈에 들었으니, 한시가 급하다. 아들만 낳으면 원자로 책봉될 것이고 그리되면 계집이며 그 집안까지 중전에 버금가는 권세를 누리게 될 것이니.

가장 먼저 여식의 원한을 갚으려 들 것이 틀림없다. 그리되면 결국엔 대비마마의 입지는 더욱 좁아지고 자신 또한 복수든 복권이든 힘들어질 것이니 결코 그리되도록 내버려 둬서는 안 될 일이다.

"어찌 그리 느리게 연주를 하는 게냐?"

전하의 말씀에, 거문고 연주를 하던 설희의 손이 멈칫하였다. 그리고 시선을 드니, 전하께서 저를 보시는 시선이 삐딱했다.

전하께서 다시 월계관을 찾게 되신 이후로 겸사복장은 방 안에 들지 않았다. 서리도 장지문 안쪽으로 들어와 상 너머에서 거문고를 탔고. 그러다 오늘은 평소처럼 빠르지 않고 일반적인 가락으로 거문고를 타니 저러시는 것이다. 답을 드리기도 전에 전하께서 말씀을 이으셨다.

"그 사람과 달라 보일까 해서냐?"

근래 들어 같은 말씀이어도 가시가 돋아 있곤 하였는데, 오늘은 특히나 더 그러하시다. 설희가 혀를 깨물어 한숨을 삼켰다.

"수라 드시는데, 가락이 빠르면 급히 잡수시다 체하실까 그럽니다."

설희는 전하께서 오시면 술상 대신 수라상을 들이도록 하였다. 짐승처럼 살기로 마음먹었다 해서 끼니까지 제대로 챙겨 드신다는 보장은 없으니까. 대궐서도 제대로 아니 드시는 분께, 기방이랍시고 매번 술상을 내놓는다면 참말 망극한 꼴을 볼 것 아닌가.

"제가 곡을 끝내고 나면 동시에 수저도 내려놓으시는 것이 안타깝기도 하고요."

"안타까워? 끔찍한 시간이 너무 빨리 도래할 것이 말이냐?"

잔인한 시선과 비틀어진 입매는 설희 자신을 향한 것이 아니었다. 전하 스스로를 향한 것이었지.

그녀가 전하를 끔찍해한다고 여기셨다. 그 밤 억지로 예 있으라 하셔서 그럴 거라 여기는 것이리라. 그것이 이유도 아니고 전하를 끔찍해하지도 않았지만, 오해를 바로잡아 드리지는 못했다. 그러자면 전하를 반겨 맞지 못하는 이유를 설명해 드려야 할 테니까. 그것은 차마 못 할 것이었다.

가만히 설희를 쳐다보던 흔은 그대로 수저를 내려놓고 물로 입가심을 했다. 그러면서도 밖에 일러 상을 치우라 하는 설희가 한숨을 숨기는 것을 놓치지 않았다.

이불이 깔리고 불이 꺼졌다. 곧 찾아온 캄캄한 어둠 속에서 그이는 서리가 되었다. 저를 냉랭히 외면하는 서리. 제가 한 짓이 미워 신음 한 번 제대로 토하지 않는 서리.

그것이 안타깝고 미안해, 잔뜩 어르고 달래어 옅은 신음 한 자락 뽑아내고 나면…… 서리는 어디 두고 애먼 계집에게 공을 들이는가 싶은 자괴심이 들었다. 그리고 그 어여쁜 이를 어디 두고 나만 살아 이러고 있는가 하여서, 그 미칠 것 같은 심정 때문에 거친 짐승이 되고 만다. 배려도 양보도 없이 그저 제 욕심만 채우는 사내. 그것이 저였다.

정신을 차리고 나면 환멸이 밀려왔다. 그래서 바로 자리를 털고 일어서곤 하였다. 그렇게 환궁하여서도 하루 이틀이 지나기도 전에 견딜 수 없어져서 다시 걸음을 하니…… 참으로 어리석기 짝이 없었다.

8

기생 설희

전하께서 저를 품으실 때마다 괴로워하는 것을 안다. 점차 가라앉는 숨결 사이로 섞여 드는 화증에 바로 몸을 일으키시는 것도.

전하 앞에 나타났던 것이 저이니, 그 끝을 내는 것도 응당 자신이어야 했다. 그래서 옆자리가 서늘해지고 얼마 지나지 않아 몸을 일으켰다. 아직 어두운 밤임에도 부엌에 가, 낮에 준비해 두었던 재료들을 꺼냈다. 밤은 길었고 자신의 미련 또한 그만큼 길었다.

"수릿날인데, 윤기 나게 창포물에 머리라도 감으시지 않고 무얼 하고 계십니까?"

아침나절이 되어 계화가 부엌을 들여다보았을 적까지 설희는 부뚜막에 앉아, 가마솥 안에 중탕으로 올려 둔 것을 젓고 있었다.

"아유, 이 땀 좀 봐! 대체 언제부터 하신 겝니까? 아랫것들을 시키시지 않고요!"

"내가 하고 싶어 그러오. 딱히 할 일도 없고."

다가와 가마솥 안을 들여다본 계화의 목소리가 커졌다.

"설마 제호탕을 만드시는 겁니까? 아무리 할 일이 없기로서니, 그 손이 많이 가는 것을요?"

설희는 대답 없이 다시금 주걱을 저었다. 새벽부터 시작해 반쯤 되었으니, 날이 저물 무렵이면 고가 될 것이었다. 그런 뒤에는 찬물에 타기만 하면 된다.

"아니, 궐에서 온갖 진귀한 것을 다 드실 분이신데, 왜 이리 고생을 하십니까? 새콤하게 입맛 돋우는 앵두화채나 얼른 준비하고 외모를 가꾸셔야지요!"

"앵두는 실한 것으로 따 놓아도 아니 오시면 내일은 무를 테니까."

오늘은 수릿날이니, 이런저런 행사 때문에 아니 오실 공산이 컸다.

"그것을 핑계라고 대십니까? 오늘 아니 오시면 내일 또 따면 될 일이지요!"

"내일 또 실한 것들이 있으리라는 보장이 없으니……."

계화가 눈을 흘길 정도로 핑계가 서투르긴 하였다. 하지만, 반드시 이 제호탕이어야 끝을 낼 수 있을 터였다. 이것을 보시면 윤기 나는 제 머리칼 따위는 눈에 들지 않으실 것이니, 창포물에 머리를 감는 것은 부질없는 짓이 될 것이다.

그날 늦은 시각, 전하께서 오셨다.

언제 오실지 모르는 터라 매일 단장을 하고 기다리긴 하였고 오늘도 늦게까지 고를 만들어 항아리에 담아 두고 나서 정성을 들여 목욕을 하긴 했지만, 오실 줄은 몰랐다.

하루 종일 준비를 하긴 했으나, 솔직히 아니 오셨으면 하는 마음도 있었다. 오래전 그날이 전하께도 의미 있는 날이었으면 해서. 서리와 닮아 설희를 찾으시는 것을 모르지 않지만, 그래도 오늘만은 찾지 않으시기를 바랐는데.

아무리 늦어도 수라상을 들이던 다른 날과 달리, 오늘은 설희가 직접 유기그릇 하나가 담긴 소반을 받쳐 들고 들어갔다. 전하께서는 다른 날처럼 그저 무심히 방 한편을 응시하고 계셨다. 전보다 더 마른 볼은 홀쭉했고 눈매는 더욱 두드러져 손을 대면 베일 듯 날카로웠다. 수라는 좀 드셔도 영 침수에 들지 못하시니 그럴 수밖에.

"드십시오."

밤이라 우물물이 조금 시원해져 다행이라고, 유기그릇을 집어 드시는 전하를 보며 생각하였다.

하지만 전하께서는 두 모금도 드시지 않았다. 한 모금을 삼키시고 두 모금째를 머금으시는 찰나. 모든 움직임이 멈추었다. 한 모금은 모르고 드셨다 해도 두 모금째에는 무슨 맛인지 아셨을 테니.

심지어 입에 머금으셨던 것을 도로 그릇에 뱉으셨다. 그 앞에 한쪽 무릎을 세우고 앉은 설희는 그 모습을 담담히 바라보았지만, 서리가 무엇을 하고 있는지까지 돌아볼 겨를은 없었다.

지난밤부터 시작하여 온종일 정성 들여 만든 것을 그리 대하신다고 투정 부릴 일이 아니었다. 그리되길 바랐으니까. 기억해 주시기를 간절히 바랐으니까.

텅 하고 그릇이 소반에 놓이는 소리가 거칠게 침묵을 깼다.

"……제호탕이로구나. 내가 이것을 들지 않는 것을 몰랐으니 올렸겠지."

아예 드시지 않는가? 언제부터? 맛나게 드시라 준비한 것은 아니었지만…….

"수릿날에 먹는 음식인지라, 성심껏 준비했사온데 송구합니다."

속마음과는 달리 겉으로는 모른 척하며 고개를 조아렸다. 전하께서 가리개 위의 제 눈을 바라보시는 걸 알았지만 이미 눈을 내리깐 뒤였다. 자신이 무슨 말이라도 하길 기다리시는 것도 알았지만 설희는 침묵했다. 말하는 것도 닮았다 하시니, 꼭 필요한 말이 아니면 입을 열지 않곤 했던 것이다. 그러면 엿을 물 필요도 없다.

"알고 했든 모르고 했든 네가 나를 호되게 꾸짖은 셈이다."

제 뜻을 알아들으신 게다. 영의정 한음은 첩에게 정신이 팔렸다가는 나랏일에 소홀할까 봐 첩을 등졌는데, 전하께서는 조강지처와 닮은 이를 놓지 못한 채로 점점 메말라 가시니 아니 될 일이었다.

"나도 할 수 있는 일을 하겠다 하였는데……."

이 제호탕을 나누어 마심으로써, 서리에게 품었던 마음을 드러내려 하셨다고 나중에야 들었다. 형편이 어려운 백성들이 장독대에 정화수를 떠놓고 혼례를 올리는 것처럼 제호탕을 나누어 마심으로써 인연을 짓자는 뜻이었다고.

설희가 마련한 이 제호탕은 그 반대의 의미였다. 전하께서 그때의 그 마음을 떠올리시기를, 그래서 영의정 한음처럼 자신을 등지시기를 바랐던 것이다.

"지금은 퍽 엉뚱한 짓을 하고 있구나."

겨우 제호탕 한 그릇에 스스로 깨달으셨다니 다행이었다. 그러고는 자리를 털고 일어나시니, 설희는 움직이지 않았다. 움직일 기운이 없었다. 이것이 마지막이었으니까.

"다시는 찾지 않을 것이니 이제 너 좋을 곳으로 가도 된다."

이 생에서는 참말 마지막이었으니까.

"상선에게 두둑이 챙겨 주라 이르마."

그 말씀을 끝으로 훌쩍 나가시니, 그제야 설희의 고개가 떨구어졌다. 울고 싶은 이가 서리인지 설희인지 알 수 없었다.

"최대한 서둘러 주십시오."

"갑자기 왜 그리 서두르는 게야?"

"지금껏 기다리게 해 드린 것이 죄송해서 그러지요."

오늘은 아버지께서 계시어 얼굴을 뵙고 말씀을 올렸다. 지난밤 전하께서 그러고 가신 뒤 뜬눈으로 밤을 지새웠던 터라 뻑뻑한 눈에서 붉은 기운을 감추려 내내 바닥만 보면서 말이다.

"얼마나 걸리겠습니까?"

"음, 한 사흘 안으로 준비될 것이다."

"그럼 아흐레에 출발하는 것으로 알겠습니다."

"전날은…… 예 와서 자고 가면 어떻겠느냐?"

간곡한 말씀에 서리가 고개를 들었다.

"벽이 한 번 데리고 자거라. 널 생각해서가 아니라, 제 어미 아비 품에서 한 번도 잠들어 본 적 없는 그 딱한 것을 생각해서."

잠시 생각하던 서리가 간신히 고개를 끄덕였다.

"그래, 기다리마."

이제 사흘 후면 영영 이별이라는 생각에 상단을 나서는 발걸음이 허영허영하였지만 괜찮다. 벽이는 안전할 것이니 그거면 된 것이지.

무명 도포를 입은 계집이 해주 상단을 나서자, 윤인필은 주변에 대기케 하였던 심복들에게 준비하라 눈짓을 주었다.

주상이 꽤나 계집에게 빠져 있는지 월계관을 자주 찾는다. 조만간 입궁이 성사될 듯한데 그리되면 말짱 도루묵이니, 그 전에 해결해야 할 터.

머리를 짜내다 일석이조의 방법을 떠올렸다. 계집을 이용해 주상을 꾀어내는 것이다. 계집을 납치하여, 계집을 구하고 싶으면 주상이 직접 오라는 언질을 줄 생각이었다.

달포가 지나도록 월계관 밖으로 나오지 않던 계집이 그제 나왔는데, 잠시 준비가 미비하던 때인지라 기회를 놓쳤다. 이후에는 밤낮으로 만반의 준비를 갖추고 기다렸더니, 이렇게 곧 나와 준 것이다. 장정 열을 준비하였으니 계집의 뒤를 지키는 사내 둘은 식은 죽 먹기일 터. 계집은 오늘 월계관으로 돌아가지 못할 것이다.

흔은 월계관 앞에서 말을 세우고 나는 듯 안으로 들어섰다. 가지 않는다 했지만 서리와 흡사한 그이를 아니 보고는 못 살 것이라, 하루가 지나기도 전에 다시 찾은 것이다.

서둘러 안마당으로 들어서던 그는 흠칫 놀라 걸음을 멈추었다.

안마당에 버티고 선 웬 커다란 짐승과 딱 맞닥뜨린 탓이다.

비켜 가기도 힘들 만큼 커다란 그 짐승은 온몸이 시뻘겋게 타오르는 불꽃인 양 하였고 시퍼런 불이 뚝뚝 떨어지는 눈으로 흔을 노려보고 있었다. 저리 무서운 것이 어찌 여기에 있는 게지?

사람들을 시켜 쫓든가 해야겠다 하는 순간, 그것이 확 하니 돌아서더니 안으로 달려 들어간다. 어엇, 저런!

허겁지겁 따라가다 정신을 차리니, 월계관이 아니라 잠저의 바깥마당이다. 짐승은 안채로 쑥 들어갔고, 안채에는 서리가 있을 것인데! 내가 애먼 계집에 정신이 팔려 있으니 하늘님이 노하여, '네 부인을 잡아갈 테니, 없이 한번 살아 봐라' 하는 겐가? 그건 아니 될 말이지!

"이놈, 어디를 들어가느냐! 아니 된다! 서리야! 석동아!"

겁이 나서 고래고래 악을 쓰며 허겁지겁 그 뒤를 따르는데, 안채 문턱을 넘어서기도 전에 서리의 비명이 울려왔다. 그 소리에 찬물을 뒤집어쓴 듯 소스라치게 놀라는데 그 순간 잠에서 깨었다. 꿈이었구나……!

어찌나 놀랐는지, 온몸에 돋은 소름이 쉬이 가라앉지 않았다. 어찌 그런 꿈을 꾼 게지? 서리를 화재로 잃어서인가? 아니면 처가에서 벽희라는 아이의 태몽 이야기를 들어서? 그 아이가 내내 눈에 밟히더니, 보고프기까지 했던 것인가? 하여간 꿈이라 다행이다.

그러다 의아함이 들었다.

무엇이 다행이라는 게지? 어차피 부인은 저세상 사람이니 다시 죽을 걱정도 없는데? 설마…… 월계관 그이를 마음에 담아 두고 있는가? 부인과는 별개로? 그럴 리가. 아닐 것이다. 결코. 그리고 이미 그만두었지 않은가. 다 끝난 일이니 이런 꿈도 더는 꾸지 말아야 할 것이다.

하지만 그런 생각은 조강을 끝내고 낮것을 들러 강녕전으로 돌아왔다가 서안 위에 놓인 서신을 펴 보자마자 산산이 깨져 버렸다.

[월계관 계집을 구하고 싶다면 주상 홀로 오라.]

"번을 서던 상궁이며 나인들을 모두 조사하였사온데, 의심스러운 자는 나오지 않았습니다."

상선 김기시가 들어와 그리 고하고 나서야, 흔이 서신을 향해 있던 시선을 들었다. 기시의 심란한 낯을 훑은 그는 생각했다. 심란할 것이 무에 있누. 그리 쉽게 밝혀질 것 같았으면 이런 대범한 짓을 했을까.

기시는 누가 이런 짓을 했는지 무척이나 밝혀내고픈 모양이었지만 흔에게는 서신의 내용이 더 중했다. 기시가 이미 월계관에 가 듣고 온 바에 의하면 어제 출타를 하였던 설희가 돌아오지 않았다니 말이다. 어디 따로 머물 만한 곳이 있느냐 물었더니, 그럴 리 없다 하였고.

그렇다면 납치된 것은 사실인 모양이었다. 그래도 의문은 남아 있다. 얼마간 즐겨 찾았다 하여 자신이 그이를 위해 나서리라는 추측을 하다니. 대체 어떤 자이기에 제 마음을 감히 짐작하고 나선 게지? 꿈에 나타나 서리를 앗아 가려던 하늘님이면 모를까, 스스로도 제대로 알지 못하는 마음을 말이다.

흔의 시선이 다시 수없이 읽었던 서신 말미로 향했다.

오늘 밤 용문사로, 라고 덧붙여 있었다.

그곳은 불심이 깊은 대비가 즐겨 찾는 절이다. 우연이라기에는 기분 나쁘다. 불쾌함에 가늘어진 흔의 눈이 벌써 해가 저물어 어둑해지는 창호 문을 스쳤다.

"그들을 조사한 겸사복장이 누구냐?"

"임家 성천이옵니다."

하문에 답하는 기시도 언뜻 의심스러운 생각이 들었다.

감히 지존의 공간을 침범당한 마당에야 모든 가능성을 염두에 두어야 하는 것이지 않나. 그 말은 전하의 근접 경호를 맡은 겸사복에도 해당되는 사항이었다. 그리고 임 겸사복장은 유일하게 선왕을 모시던 이였다. 설마⋯⋯.

흔이 붓을 들어 종이에 무언가를 급히 써 내려갔다. 그리고 봉투에 넣어 봉한 그것을 기시에게 건네주기 전에 잠시 눈을 맞추었다.

"지금은 과인이 너를 믿어도 되겠느냐?"

그 말씀에 기시의 손이 떨렸다. 한때의 잘못된 판단으로 인해 주군의 신뢰를 영영 잃어버렸다 생각했다. 그런데 지금은 믿어 주신다는 것이다. 믿을 이가 자신밖에 없어서라도 괜찮았다. 가슴이 벅차올랐지만, 경거망동하지 않고 조신하게 고개를 조아렸다.

"나를 위하는 것은, 내 안위를 위하는 것이 아니라 내가 바라는 대로 행하는 것이다. 알겠느냐?"

이제는 아옵니다, 알고말고요.

"예, 전하."

"이것을 비밀리에 내금위장에게 전해라."

밤이 이슥해지자 흔이 평복을 명했다.

"매복을 하고 있을 것이니, 위험합니다. 일단 겸사복들을 보내시어……."

기시가 깜짝 놀라 만류하였지만, 흔의 결정은 단호했다.

"그 대담한 작자가 누구인지 궁금해서라도 반드시 가 볼 것이다."

여전히 제 마음을 제대로 알지 못한다. 그이와의 인연이 지난밤까지라는 것도 알고. 하지만 가야 한다는 것은 안다.

"전하. 내일은 청의 사신이 도착할 예정이기도 하니……."

옷을 다 갈아입을 즈음 기시가 넌지시 말린다. 그래서 흔이 구부정한 기시의 허리를 흘끗 보며 퉁명스레 내뱉었다.

"시끄럽다. 너나 거치적거리지 말고 궐에 있어라."

"그것은 더더욱 아니 되옵니다!"

"제 놈도 말 안 듣는 매한가지면서."

흔이 갓끈을 동여매며 중얼거렸다.

자시(오후 11시부터 새벽 1시까지)가 가까워 올 무렵, 전하께서 강녕전을 나서자, 밖에서 대기하고 있던 임성천은 속으로 혀를 내둘렀다. 월계관의 계집에게 자주 가신다 싶긴 했지만 참말로 직접 나서실 줄은 꿈에도 몰랐던 탓이다. 부부인을 잃은 뒤로 처음 품은 계집이니 그러고도 남을 것이라고 윤 대감이 호언장담하더니.

내부를 둘러본다는 핑계로 강녕전에 들어가서 서신을 놓고 나온 것은 저인데, 그런 자신이 서신의 출처를 알아낸답시고 상궁이며 나인들을 조사했으니 용의자를 색출할 수 있을 리 만무하다. 시간이 좀 더 있었다면 자신을 의심했을 것이나, 이미 날이 어둡고 난

416

뒤라 미처 생각지 못한 모양이었다.

지금 번을 서는 겸사복들은 모두 제 사람들이다. 번이 아닌 겸사복들까지 준비시키겠다는 상선의 말씀에 임성천을 비롯한 겸사복들을 둘러본 주상께서는 이 정도면 되었다 하시니, 더더욱 잘된 일이었다. 제 사람이 아닌 겸사복들이 섞여 든다면 그 승패를 장담할 수 없는 노릇이니 말이다. 이대로만 나간다면 일이 잘 마무리될 것 같았다.

그동안 평탄하니 잘 지내 온 터라 주상께 원한은 없지만, 윤 대감이 복권되고 새 주상을 세워 대비께서 수렴청정을 하시면 자신은 등에 날개를 달게 되는 것이니 하는 수 없다. 병판 자리를 달라 해야지. 그래서 저를 핍박하던 적자 놈의 위에 서고 말 것이다.

그래도 오늘 밤까지는 제 상전이다. 맨 앞에 서서 어둠을 가르는 임성천의 가슴이 설레었다.

횃불 빛에 의지해 어둠을 질주하던 말들이 용문사 일주문 바깥에 섰다. 사뭇 긴장된 발걸음으로 세속의 번뇌를 씻고 진리의 세계로 향하라는 일주문을 지나 절의 경계에 들어서자 기분 나쁜 정적이 맴돌고 있었다. 심지어 산을 올라오던 길에 간혹 울던 소쩍새마저도 숨을 죽이고 있는 것 같은 음산함이었다.

사찰로 들어오는 악귀를 물리친다는 금강문까지 지나고 나니, 돌담과 건물들로 둘러싸인 널찍한 마당이 나왔다. 달이 밝았지만 그만큼 그림자는 짙으니, 건물 그림자 속에서 언제 튀어나올지 모를 자객들을 경계하느라 앞섰던 겸사복들의 걸음이 자연히 느려졌다.

흔을 둘러싼 대형으로 천천히 전진하던 이들이 어느 순간 일제히 검을 뽑아 들었다. 맞은편에서 발자국 소리를 숨길 생각이 없는 이가 나타난 때문이었다.

검이 뽑히는 날카로운 소리가 너른 마당을 울림과 동시에 상대가 모습을 드러냈다. 삿갓을 쓴 그는 손에 장검을 들고 있었다.

"웬 놈이냐?"

겸사복장의 날 선 물음에도 걸음을 멈추지 않고 달빛 아래까지 걸어 나온 그가 이윽고 삿갓을 벗었다. 흔이 눈을 가늘게 떠 봤지만, 달빛과 횃불 아래서 얼굴까지 선명히 구분하기는 어려웠다.

드디어 사내가 입을 열었다.

"오랜만이오, 주상."

저렇게 키가 크고 기골이 장대한 자가 누구였더라, 하는 고민은 길게 가지 않았다. 흔은 대번에 그 목소리를 알아들었던 것이다. 꿈에서도 잊지 못할 목소리. 바로 윤인필, 대비의 오라비였다.

유배지로 떠나기 전날. 흔은 의금부에 하옥되어 있던 그를 찾아가 물었다.

「부부인의 마지막을 알고 있느냐?」

놈은 처음에는 말이 없었다.

「화재가 날 때…… 부부인의 숨이 붙어 있었느냐?」

그이가 그 뜨겁고 고통스러운 순간을 겪지 않고 편하게 갔는지를 알고 싶었다. 아니, 알아야 했다. 대비가 일을 도모하였다면 필시 그 오라비를 통해 실행하였을 것이니 놈이 모를 리 없었다.

이윽고 입을 연 놈은 지금과 똑같은 목소리로 말하였다.

「부부인의 일을 어찌 제게 물으십니까?」

뉘우치는 기색 하나 없이 오리발을 내미는 수작에 흔의 붉은 눈에서 살기가 일었다.

「너와 대비가 일을 도모한 것을 안다. 물증 없이 심증만 있는 것이 안타까울 뿐. 이제라도 사실대로 말한다면 목숨만은 살려 주겠다.」

「허참. 어쩌다 제가 이런 꼴이 되었는지 이제야 알았나이다. 전하께서 집안사조차 소상히 파악하지 못하는 분이시니 소신을 이리 억울한 지경으로 내모셨지요. 아니면 천한 중인과 소통이 제대로 되지 않으셨던가요.」

목에 칼을 차고 앉아서도 자신을 향해 비아냥거리고 있는 것이다.

「감히 부부인더러 천하다니. 그리 무엄하게 말하는 것을 보니, 네 처자식이 걱정되지 않는가 보구나?」

능글거리던 놈의 입매가 그제야 굳어 들었다. 이제 흔의 입술이 비틀렸다.

「그들은 벌써 관노로 끌려갔다. 네가 비웃은 내 처의 신분보다 한참이나 더 아래지. 애초에 노비로 태어난 것보다 양반에서 노비로 떨어진 처지가 더 고달프다더구나. 그래도 살아 있는 것이 어디냐. 유배지에서 사약을 마시고 뒹구는 마지막 순간까지도 너는 네 처자식이 어디에서 뭘 하고 있는지는 알 것이니 말이다. 이 정도면 과인이 네놈보다 아량이 넓다 할 수 있지.」

윤인필의 얼굴이 일그러질 대로 일그러졌다.

「주상을 보위에 올린 것이 누구이관데, 이런 짓을……. 기필코 천벌을 받을 것이외다!」

이를 악물고 포악을 떠는 윤인필과 반대로 흔은 서글프게 웃었다.

「천벌은 이미 받았다. 그리고 내 약조하건데, 대비가 무슨 수를 쓰더라도 네 처자식은 결코 면천되지 못할 것이다. 귀신이 되거든 평생을 노비의 굴레에서 벗어나지 못하는 그들을 안타까워해 보거라. 그리고 이다음에 지옥에서 나와 만나, 누구의 벌이 더 지독했는지 따져 보자꾸나.」

그렇게 윤인필은 유배지로 끌려갔고 이후 사약을 내렸는데, 이리 살아 있는 것을 보면 수단 좋은 대비가 빼돌린 모양이었다. 하긴 당시만 해도 대비의 사람들이 꽤나 자리를 차지하고 있었으니 어려운 일은 아니었겠지. 대비까지 완벽히 처결하지 못한 안타까움을 삭이려 애쓰느라, 끝까지 확인하지 못한 자신의 잘못일 뿐.

"윤家, 네놈이로구나."

"예. 소신이옵니다, 전하."

묻는 이도, 대답하는 이도 태연자약한 태도였지만, 양쪽 모두 이를 악문 채였다. 당연했다. 서로가 서로의 불구대천의 원수이니.

"소신은 무슨. 난 너 같은 신하 따위 둔 적 없다."

"그리 말씀하시면 섭섭합니다. 전하를 보위에 올린 것이 누구인데 말입니다."

윤인필의 비아냥거림에 겸사복장이,

"그 입 닥치지 못할까!"

라며 나서니, 흔이 그를 뒤로 물렀다. 이제 그의 시야에 상대가 오롯이 보였다.

"제가 사지에서 살아오는 사이 주상의 본질이 드러났는가 봅니다. 천한 처를 맞음으로써 발현되었던 천한 기질로 기생과 놀음하다 못해, 그 계집을 구하러 오기까지 하시다니요?"

상대가 껄껄 웃으며 조롱하였으나, 흔은 동요하지 않고 물었다.

"누군가에게 거지처럼 목숨을 구걸하여 살아남았을 네놈이 할 말은 아닌 것 같다만. 그나저나 살아났으니 네 처자식은 찾아보았겠지?"

옥사에 갇혀 있던 그에게 서리에 대해 묻던 것처럼 나직이 묻자, 흔의 의도대로 기분 나쁜 웃음소리가 음산한 고요 속으로 씻은 듯 자취를 감추었다. 여유와 미소는 이제 흔의 입가로 옮겨 갔다. 더욱 잔인하게 일그러진 채로.

"어떻더냐, 네 자식의 무덤 자리를 돌아본 심정이? 네 처도 지금쯤 몸을 풀었겠지? 아, 그 수령이 여색을 밝힌다니, 곧 또 배가 부르려나?"

흔은 그들에 대해 주기적으로 보고를 받고 있었다. 도망치지는 않는지, 혹여 대비가 빼돌리지는 않는지 감시도 심어 두었고. 흔은 윤인필의 어린 자식이 상전 대신 매를 맞다 죽었다 했을 때 눈 하나 깜박하지 않았고 그의 처가 정조를 잃었다 해도 마찬가지였다. 그들 또한 흔의 백성이니 다른 이라면 그도 가슴 아파하는 것이 마땅하지만, 제 눈과 가슴에서는 여전히 피눈물이 흐르는데 어찌 연민이 생길까.

그런데 윤인필이 살아왔다니. 이제 와 처자식을 몰래 빼돌리고 싶어도 이미 그럴 처지가 아니게 돼 버린 뒤에? 죽은 자식과도 살아 있는 처와도 모든 인연이 끝나 버린 심정은 더욱 처참할 터. 잘 되었다. 너무 쉽게 죽인 것 같아 아쉬웠는데.

"이놈……!"

윤인필이 검을 빼 들자 그것이 신호였는지, 건물 그림자 속에서 수십의 인영이 달려 나와 흔의 일행을 둘러쌌다. 달빛과 횃불 빛에 번쩍이는 검들이 서로를 일제히 겨누는데, 스물 남짓한 왕의 일행에 비해 배가 넘는 숫자였다.

"쳐라!"

윤인필의 신호로 사방에서 싸움이 시작되고 검이 부딪히는 소리가 들려오기 시작했다. 상대는 수적으로 우세할 뿐 아니라 실력 또한 겸사복에 뒤지지 않을 만큼 출중해, 그들 한 명이 쓰러지면 겸사복도 짝을 맞춘 듯 한 명이 쓰러졌다. 이대로라면 수가 적은 이쪽이 불리했다.

무리의 가운데에 서 있던 흔은, 윤인필이 기를 쓰고 자신에게 다가오는 모습을 보았다. 겸사복들이 막아섰지만 병과 출신인 그자를 당해 낼 순 없어, 점차 흔에게 가까워지고 있었다.

흔도 기다리던 바였다. 그에게서 아직까지 듣지 못한 답이 있었으니까. 자신의 바로 앞에서 경계하던 겸사복장의 검을 뺏어 들고 앞으로 나섰다. 드디어 원수의 검과 마주했다. 윤인필이 이를 갈며 외쳤다.

"내가 네놈을 보위에 올렸으니, 끌어내리는 것도 내가 될 것이다!"

드디어 그들의 검이 소름 끼치는 소리와 함께 부딪쳤다.

이후 몇 합이 오갔을까. 윤인필의 체구가 더 큼에도 불구하고 흔의 검 솜씨며 힘은 한 치도 밀리지 않았다. 오히려 윤인필이 밀리는가 싶은 중에 흔은 갑자기 오른쪽 어깨에 불에 덴 듯 화끈거리는 통증이 이는 것을 느꼈다. 윤인필의 수하 중 한 놈이 뒤에서 그에게 검을 휘두른 것이다.

남은 겸사복들이 별로 없어 그를 막지 못한 건가? 아니면…….

흔이 휘청하는 순간, 윤인필이 그 수하에게 다가가 단숨에 목을 그어 버렸다. 놈이 비명도 없이 바닥으로 쓰러져 내리자, 윤인필이 모두에게 외쳤다.

"다들 물러서라! 주상은 내가 끝장낼 것이니!"

윤인필의 수하들이 몇 남지 않은 겸사복들에게 검을 겨누어 뒤로 물러서게 했다. 이제 마당 가운데에는 흔과 윤인필만이 남았다.

어깨를 움켜쥔 흔의 주위를, 놈이 뱅뱅 돌며 검을 겨누었다.

"내 아들이 죽었다. 주상 네놈 때문에!"

"나 때문이 아니라 애비인 너 때문이지. 감히 이 나라의 임금을 독살하고도 무사할 줄 알았느냐?"

흔의 목소리가 거칠게 떨렸다. 검상은 처음이었지만 그가 지금 부들거리는 이유는 신체적인 통증 때문이 아니었다. 서리의 원수 놈을 이렇듯 검 앞에서 마주할 수 있기를 손꼽았기 때문이다. 사약 따위로 편히 가게 한 일로 얼마나 가슴을 쳤던지.

"그로써 최대의 수혜를 입은 것은 너였지 않느냐! 그저 대군으로 살다 죽을 너를 내가 임금으로 만들어 주었단 말이다!"

놈이 달려들어 연거푸 검을 휘둘렀고, 모두 막아 내자 다시 몇 걸음 물러섰다. 흔이 비웃음을 날렸다.

"원한 적 없으니, 생색내지 마라."

나야말로 누가 만들어 달라 하였냐 말이다.

"설마 대비마마의 말씀이 참이었더냐? 그 천한 처 없이는 부귀 영화도 다 필요 없다던?"

흔의 미소가 잦아들었다.

"내 가문을 멸족시킨 이유가 선왕 때문이 아니라 고작 그 천한 중인 계집 하나 때문이었다고? 믿을 수가 없구나. 울며 겨자 먹기로 들인 비천한 것을 대신 치워 줬으면 고맙다고는 못할망정, 그따위 배은망덕한 짓을 저지르다니!"

흥분한 놈이 저절로 털어놓고 있었다. 오늘 자신이 결코 패배할 리 없다는 자만심에서 나오는 말일 터.

"화마 속에 휩싸일 때, 이미 숨이 끊어진 뒤였느냐고 물었던 가?"

순간 흔은 숨을 죽였다. 드디어…… 들을 수 있는 것인가?

놈이 비릿하게 웃었다.

"내가 보았다. 불길 사이로, 밖에서 잠긴 문을 열기 위해 안간 힘을 쓰던 그년의 모습을."

아…… 그 뜨거움 속에서 얼마나 몸부림쳤을까……!

수없이 빌었다. 차마 그것만은 아니었으면 하여서, 그 전에 절 명하였으면 하고 무수히 빌고 또 빌었건만!

참담함에 흔의 가슴은 무너져 내렸지만, 반대로 몸에는 초인적 인 힘이 들어갔다. 어깨의 화끈거림도 등줄기로 흘러내리는 질척 함도 느껴지지 않았다. 검을 고쳐 쥐는 손마디가 하얘졌다.

"천한 것이라 그런지 죽기 싫어 발악을 해 대는데 그 소리가 어 찌나 고약하던지, 눈살이 찌푸려질 지경이었다. 하긴 왜 아니 그렇 겠느냐, 이 나라의 중전 자리를 꿈꾸고 있던 와중에 그리 개죽음을 당하려니 미치고 환장할 지경이었겠……."

다친 어깨를 쥐고 있던 왼손까지 내려와 두 손으로 검을 쥐었고 팔이, 그리고 발이 움직였다. 바람보다 빨리 달려든 흔이 휘두른 검이 어찌나 거세었는지 윤인필이 제 얼굴 앞으로 들어 막았던 검 이 부러져 나갔다. 살기를 머금은 검은 그대로 윤인필의 한쪽 눈을 비롯해 얼굴을 베어 내렸다.

흔은 제 얼굴을 감싸 쥐는 놈을 향해 재차 휘두르는 검에 사정을 두지 않았다. 두 번 세 번. 놈이 무릎을 꿇으며 허물어져 내리는데도 그는 멈추지 않았다. 몇 번째인가 검이 목뼈 사이에 끼어 빠지지 않았다. 발을 들어 놈의 얼굴을 걷어차자 몸이 바닥으로 널브러졌다. 그제야 살인귀처럼 휘둘러지던 검이 멈추었다.

주상이 어깨에 칼을 맞는 순간 대세가 기울었다고 생각했던 임성천은 윤 대감이 쓰러지자, 아연실색했다. 윤 대감이 주상과의 대결을 자신하긴 했으나 불리해지면 임성천이 나서서 주상을 해치우기로 공모해 두었다. 하나 이후의 일이 너무도 순식간에 진행된 때문에 끼어들 시기를 놓치고 말았다.

윤 대감이 지나치게 흥분하였고 주상을 너무 자극한 것이 걸리긴 했지만 주상이 제 검을 가져간 것은 문제가 되지 않았다. 단도가 남아 있으니, 윤 대감이 얼굴에 주상의 검을 맞는 순간까지도 그것을 재빨리 던지면 상황을 뒤집을 수 있다고 생각한 때문이었다. 하지만, 임성천이 허리춤의 단도를 움켜쥐는 순간, '꼼짝 마라!' 외치는 소리가 들려왔다. 설마.

주변 건물들의 지붕 위로 모습을 드러낸 수십의 궁수들이 일제히 그들에게 활을 겨누었다. 그뿐 아니라 그들이 들어온 금강문을 비롯해 사방의 담을 넘어 몰려드는 검잡이들이 무수히 많아, 임성천은 단도를 빼지도 못한 채 얼어붙었다.

훑어보니, 내금위인 듯했다. 겸사복에 뒤지지 않는 실력을 갖춘 200여 명에 달하는 내금위가 비밀리에 그들 뒤를 따른 것이다. 아뿔싸, 주상이 또 다른 수를 준비해 뒀던 게로구나.

수괴를 잃고 어쩔 줄 몰라 우왕좌왕하던 윤 대감의 수하들을 겹겹이 포위한 내금위는 주상이 윤 대감을 베고 또 베는 동안 그들에게 조용히 활과 검을 겨누고만 있었다.

허망해진 임성천이 돌아보니, 얼굴이며 도포 자락에 온통 피를 뒤집어쓴 주상이 윤 대감에게서 몸을 돌리고 있었다. 불그스름한 횃불 빛에 드러난 그 얼굴은 임금도 사람도 아닌 숫제 야차였다. 어찌나 무시무시한지, 죽은 자식을 들먹이며 피를 토하던 윤 대감의 원한은 댈 것도 아니었다.

임성천은 자신이 윤 대감과 한패인 것을 들키지 않고 상황이 끝나 다행이라 여겼지만, 등줄기를 타고 내리는 오싹한 기운은 여간해서 가시지 않았다. 정작 부부인이 자던 건물에 불을 지른 것은 자신이니 말이었다. 윤 대감이 부부인에 관해 떠든 말은 주상을 괴롭히기 위해 꾸며 낸 말에 불과했다.

기시는 금강문 앞에 서 있다가 바깥의 내금위에게 신호를 주는 역할을 맡았다. 윤인필이 죽고 나면 신호를 주라 하셨지만, 그의 수하 놈이 전하께 검을 휘두르자, 앞뒤 재지도 않고 내금위에 신호를 주었다. 우르르 뛰어 들어간 내금위들 때문에 시야가 가리자 전하의 안위가 걱정되었지만, 말씀대로 거치적거릴까 싶어 발만 동동 구르다가는 상황이 진정된 듯하자 허겁지겁 달려 들어갔다.

불구가 된 몸 탓에 마음만 앞서서 여러 번 고꾸라질 위험을 무릅쓰고 서둘러 들어가니, 마침 전하께서 겸사복장에게 다가가고 계셨다. 구름이 새겨진 검을 그에게 내미시니, 그가 고개를 조아려 검을 받아 들었다.

"전하!"

아까 어깨에 검을 맞으시는 것을 본 터라 어떤 지경이신지 걱정이 되어 죽을 것 같았다. 윤인필과 검으로 대적하게 되는 일이 벌어진다면 절대로 끼어들지 말라 하신 명 때문에 시기를 놓치는 것이 아닌가 전전긍긍하였기 때문이다.

얼른 다가들어 부축하려는데, 돌아보시는 전하의 표정이 무섭게 굳어 있었다. 떨어져 있었어도 역적 윤인필이 떠드는 말의 대부분을 들었던 기시는 전하께서 감당하실 몫이 늘어났다는 생각에 근심이 앞섰다. 지금까지도 버거울 대로 버거웠던 것을.

그래도 절 내부를 샅샅이 뒤져 윤인필에 협조한 이들과 그 잔당들을 모두 의금부로 압송하라 내금위장에게 명하시는 옥음은 침착하고 위엄 있었다. 그러고는 기시에게 은밀히 이르셨다.

"윤인필은 이 자리에서 과인을 끝장낼 생각이었으니, 설희, 그이를 다른 곳에 두지는 않고 절 내부에 두었을 것이다. 혹여 윤인필 일당이라 오해를 살까 저어되니, 얼굴을 아는 네가 찾아서 데려다주어라."

그러고는 돌아서시는데 순간적으로 휘청하시었다. 기시는 물론 주변에 섰던 내금위 일부가 당장 달려들어 부축하는데, 그 손에 질척하니 묻어나는 것이 있었다. 피?

그제야 전하의 등이 어깨에서 쏟아져 내린 피로 허리께까지 흥건히 물들어 있는 것을 알게 되었다. 검은 도포를 걸치시어 여태 몰랐던 것이다.

"전하!"

기시가 놀라 외치니, 손을 내저어 마다하신다.

"환궁할 것이니 요란 떨지 말고 상선은 명을…… 지체 없이 시행하라."

그러고는 다시 걸음을 떼어 놓으셨다. 강건한 척하시지만, 기시는 마음이 놓이지 않았다. 상처도 상처지만, 며칠이나 수라를 제대로 드시지 않으시어 무척이나 기력이 쇠해지시지 않았나.

기시는 자신도 전하를 뫼시고 싶었지만 저 말고도 뫼실 이가 지천이니, 어서 명을 따르고 뒤따르자는 생각에 절의 내부로 급히 발걸음을 옮겼다.

한데, 일이 수월하지 않았다. 내금위가 윤인필의 수하와 절 내에 거하는 주지승부터 동자승까지 모두 끌어다 마당에 앉혀 놓았는데 그중 계집이라고는 눈을 씻고 찾아봐도 없는 것이다.

전하의 짐작이 틀리셨는가? 그렇다면 기생 설희는 대체 어디 가서 찾아야 하지? 전하께서 이 소식을 들으신다면 어찌 쉬실 수 있단 말인가!

이걸 어쩌나 싶은 그때, 내금위병 하나가 달려와 기시 옆에 섰던 내금위장의 귓가에 무언가를 속삭였다. 초조하게 기다렸더니, 그가 고개를 갸웃한다.

"광에 웬 사내가 묶여 있다 하오. 한패는 아닌 듯하다지만, 일단 끌고 오라 하겠소."

"아니오, 내가 가 보겠소!"

혹시 모르는 일이다 싶어 기시가 얼른 나섰다. 이윽고 횃불을 든 이들의 뒤를 따라 어둑한 광으로 들어섰다.

문지방을 넘던 기시는 횃불을 들고 앞선 이들 사이로 갓을 쓰지 않은 어떤 이와 순간적으로 눈이 마주쳤다. 기둥에 묶여 있던 무명 도포 차림의 그 사내는 급히 고개를 돌려 외면하였지만, 기시는 비틀거리며 옆에 쌓인 곡식 섬을 짚었다. 자신의 눈을 믿을 수 없었다. 그럴…… 리가…….

이내 허우적거리며 내금위를 젖히고 앞으로 나서는 그의 눈과 입은 더 이상 벌어질 수 없으리만큼 벌어져 있었다.

428

"어, 어찌……."

다리가 후들거려 그대로 주저앉았다. 몸이 묶여 있는 터라 아무리 고개를 돌려도 옆모습이 훤히 드러나니, 그 모습은 영락없는 부부인이셨다!

불타는 별채와 시신을 제 눈으로 똑똑히 보았는데!

그 앞을 기어가 거듭 얼굴을 확인하였다. 귀신에 홀린 기분이지만, 순식간에 반가움이 벅차올랐다.

"사, 살아 계셨던 것입니까! 부부……."

"부디!"

간신히 입술을 달싹이는데, 그 부름을 서둘러 막으셨다.

"……모른 척하게."

그러고는 입술을 깨물며 눈을 질끈 감으시니, 기시가 망연자실하고 말았다. 이런, 기막힐 노릇이 있나!

"그, 그게…… 도대체, 그게 무슨 말씀이시랍니까? 전하께서 그동안 어찌 지내셨는지 필설로는 형용키 어려울 지경인데……."

"그냥 보내 달라니까."

막무가내셨지만, 일단 포박을 풀어 드려야겠는데 기시는 목소리처럼 손도 마냥 떨려, 내금위에게 요구하였다. 포박을 풀고 나서 부부인께서 나지막이 중얼거리셨다.

"주위를 물려 주시게."

그제야 깨달았다. 부부인의 목소리가 설희의 목소리와 똑같다는 것을.

설희가…… 부부인이셨단 말인가? 그리움에 지친 전하께서 착각하셨는가 하였더니, 역시 반려이신지라 제대로 알아보셨던 것이다. 하지만 제가 분명히 화상 입은 얼굴을 확인하였는데! 전하께서도 보셨으니 실망하여 혼절까지 하신 게고! 대체 어찌 된 일이지?

기시의 손짓에 횃불까지 우르르 몰려 나가 문밖에 서 있으니, 사위가 어둑해졌다.

"얼굴은 어찌 되신 것입니까? 게다가 그 흉터는……."

"그런 것은 중요치 않네. 이미 끝난 인연이니 다시 이어 붙일 수 없다는 것이 중요하지. 전하께서 모르셨으면 하네."

그 어둠 속에서 또렷이 들려오는 목소리는 기억 속의 부부인의 것이었고 또한 가리개 너머에서 들려오던 설희의 것이었다. 그 설희에게 제가 주워섬겼던 방자한 말들을 떠올리기 전에, 거듭 반복되는 말씀에 서운함부터 밀려들었다.

"어찌…… 전하께서는 부부인을 그리시어 지금껏 중전의 자리를 비워 두셨는데, 어찌 그런 무정한 말씀을 하십니까? 게다가 조금 전에도 전하께서는 부부인을 구하려고 이곳까지 오셨단 말씀입니다!"

게다가 다치기까지 하셨는데! 그 말은 자칫 제 말이 씨가 되어 성후 미령하게 될까 싶어 입 밖에 내지 않았지만, 부부인의 매정한 처사는 그게 아니라도 억울하기 짝이 없었다.

그의 외침에 부부인께서는 잠시 멈칫하시는가 싶더니, 조용히 물으신다.

"부부인을 구하기 위해서인가, 기생 설희를 위해서인가?"

기시는 얼른 답하지는 못했다. 하지만…….

"같은 분이시잖습니까!"

"내가 모르는 것만큼이나, 자네도 모르는 사연이 많네. 그러니 조용히 보내 주게."

어찌 이리 막무가내신가. 어떤 사연이 얼마나 쌓였는지 모르지만 분명 이건 아니었다. 전하께옵서 얼마나…….

하지만 너무도 경황이 없어 당장 어찌해야 할지 알 수 없었다. 게다가 세 해 전 일로 윤인필을 귀양 보내면서 대비도 폐하실 것을 간신히 참으신 걸로 아는데, 이 일이 다시 불거졌다가는 천륜을 거스르는 일이 벌어질지 몰랐다. 그러면 전하께도 위해가 가니 경솔히 행동할 일이 아니었다. 좀 더 따지고 재어 봐야 했다.

"이, 일단은…… 전하께서는 환궁하셨으니…… 워, 월계관으로 가 계시면 전하께 말씀을 드려 모시러 가겠습니다."

여전히 떨림이 가시지 않아 말을 더듬는데, 그제야 고개를 바로 하여 저를 쳐다보신다.

"모셔? 어디로 말인가?"

어둠 속에서도 눈동자가 그를 똑바로 바라보고 있었다.

"어디긴요, 그야 당연히 궁……."

그 기세가 자못 매서워, 기시의 목소리는 기어들어 갔다.

"말이란 것은 쉬운 법이네. 입에서 나오는 순간 사라져 버리니."

부부인의 목소리에서 여실히 묻어나는 것은 조소였다. 그 조소는 자신을 향한 것이 아니었다. 한사코 전하를 피하고자 하는 것으로 보아 그 대상은 분명 전하셨다. 어째서……? 대체 그동안 무슨 일이 있으셨기에……? 전하께서 즉위 전에 입궐시키지 않으시어 그러신가?

"뭔지 몰라도 오해이실 것입니다."

어깨에 입으신 상처가 당장 치료가 시급한 일일지 몰라 그러지 않는 것뿐이지, 지금 심정 같아서는 당장이라도 겸사복이든 내금위든 달려가 전하께 고하라 이르고 싶은 심정이었다. 이대로 나중에 아시게 되면 혼쭐이 날 것이 자명한데!

"나도 그리 믿었지. 한때는 전하를 안다고 생각했고. 하나 지금은 아무것도 모르겠네."

"그렇지 않사옵니다, 전하께서는……."

"그렇지 않으시다 해도 지금은 하는 수 없네. 부부인으로서도 전하의 옆자리에 가당치 않은 사람이었는데, 하물며 지금은 더욱 천한 신분이니."

부부인께서 어쩌다 기녀로……. 기시는 참담하여 눈을 바로 뜰 수 없었다. 자신의 심경이 이러한데 전하께서는 또 어떠하올지. 그래도 살아 계시니, 그것만으로도 감읍 또 감읍해하실 터인데, 부부인께서는 어찌 이리 고집을 부리시는지 모를 일이다.

"여러 말 하고 싶지 않네. 내일인가 청의 사신이 도착하는 것으로 아니, 성심을 어지럽혀 드리지 말게나."

청 황제의 고명을 받은 이후 첫 사신인지라, 무척이나 중요하여 조정 안팎으로 잔뜩 신경을 쓰고 있는 접대임을 알고 계시는 것이다.

맞는 말씀이시다. 오늘 밤 전하께서 이 사실을 알게 되시면 피바람이 불 것이니 내일 일정에 당연히 지장이 갈 것이다. 게다가 전하의 용태가 근심되어 시간을 더 지체할 수도 없고.

제가 아무리 아니라 여쭈어도 오해의 골이 깊어 여간해서 돌아서실 상황이 아닌 것으로 보였다. 일단 사신들의 일정이 마무리되고 전하께서도 완쾌되시고 나면, 그때 말씀 올려서 오해를 푸시면 될 듯하였다.

"일단 모시겠습니다."

들어갈 때처럼 후들거리는 다리로 광을 나온 기시는 광문 옆에 선 겸사복장을 발견했다. 전하를 호위해 가지 않고 어찌 남아 있는가 잠시 의문이었지만, 부부인을 호위하기에는 내금위보다 훨씬 나을 성싶어 그에게 부탁해야겠다 생각했다. 궁에서는 겸사복장이 누구의 편인지 확신이 가지 않는 바람에 전하께서 내금위가 뒤따르는 것을 귀띔해 주지 않으리라 하셨지만, 조금 전 윤인필과의 대결에서 아무런 일이 없었으니, 이제 의심할 필요가 없을 터였다.

제 마음대로 당장 궁으로 모실 수는 없는 것이니 말씀대로 일단 월계관으로 모시는 것이 최선이었다. 차라리 기녀라면 모를까, 부부인을 입궐시키는 데에는 절차와 예법이라는 것이 있으니 말이다.

순간 기시는 그 절차와 예법을 따지다 부부인께서 돌아가셨다는 사실을 미처 떠올리지 못하였다. 전하의 상처와 내일 행사로 온 신경이 곤두서 있었고, 또 부부인을 위협하던 윤인필의 세력이 완전히 뿌리 뽑혔으니 이제 언제든 모든 것을 되돌릴 수 있다는 기쁨 때문이었다.

그래서 겸사복 일행이 산 아래에서 비밀리에 마련해 온 가마에 부부인을 태워서는 일주문 너머로 멀어지는 것을 지켜보며, 그저 전하께서 며칠만 참으시면 된다고 그리 여겼다.

9

너로구나

"어찌 눈물 바람인 게야?"

하문하시는 옥음이 눈매만큼이나 날카로웠다.

상처의 지혈을 위해 엎드려 계시던 전하께서, 그제야 돌아와 침
전으로 들던 기시의 얼굴을 보고 타박하시는 터였다. 눈물을 그치
고 들려 했으나, 제 의지대로 그쳐지지 않을뿐더러 전하의 용태를
한시바삐 눈으로 확인하고는 싶어, 무리해 들어온 것이 잘못이었
다.

"혹시 그이가 다치기라도 한 게야?"

상선이 뭐라 여쭈기도 전에 상체를 번쩍 들어 일어나려 하시니,

"아, 아닙니다! 아, 아주 무사합니다. 무사하고말고요."

하고 허겁지겁 고하였다. 편한 자세를 취하시게 도와드리니, 눈
을 흘기신다.

"그런데, 어찌 그러느냐는 말이지."

"그저 기뻐서…… 그저……."

피가 배어 나온 붕대를 살피는 척 몸을 뒤로 물려서는 뚝뚝 떨어져 내리는 눈물을 급히 소매로 훔쳐 냈다.

"뭐가 말이냐? 짐이 죽지 않고 질기게 살아서?"

"예, 전하."

기시는 평소 같으면 펄쩍 뛸 고약한 농에도 그저 고개를 조아렸다.

"내일 일을 염려하는 것이라면 청의 사신에게 낯짝을 내보이는 일에는 문제가 없을 것이니 썩 그쳐라."

"예, 전하. 예, 예……."

이제 전하의 외로움과 괴로움도 모두 끝이라 생각하면 웃음이 나야 할 터인데, 전하만큼이나 쓸쓸하고 메말라 보이던 부부인의 얼굴이 자꾸만 떠올라서 기시는 오래도록 눈물을 멈추지 못했다.

가마가 아직 기울어져 있는 것이 산을 다 내려가기 전인 듯한데 가마꾼들이 멈춰 섰다. 어쩐 일인가?

전하께서 어찌 기생 따위를 구하러 오셨는지도 모를 일이고 게다가 가리개 없이 김 상선과 마주친 일로 심란해 있던 서리가 의아해하는 사이, 가마가 바닥에 내려졌다. 이어 가마의 문이 들리니, 순간 불길한 기운이 느껴졌다.

희미한 달빛 아래, 가마 안을 들여다보는 이는 무복 차림이었다. 설마 김 상선이……?

전하를 의심하였으니 당연히 김 상선도 그 하수인이라 여겼고, 그래서 아까의 대화도 길게 끌고 싶지 않았다. 한데, 극구 전하를 변명하니 혹여 세 해 전 일에 관해 그는 전혀 모르는 것인지, 아니면 전하마저도 참말 아무 연관이 없으신 것인가를 생각하던 참이었는데…….

"나오시오."

이 목소리……!

월계관에서 전하께 방자히 군다고 저를 위협하였던 겸사복장을 이이와 헷갈려 했던 것이 우스울 지경이었다. 넋에 새겨진 양 이렇게 또렷이 기억하는 목소리인데!

그때는 번이 아니었던 게지. 운이 나빴던 건지 좋았던 건지 모르겠다. 그때 알았더라면 벌써 배를 타고 떠났을 터인데.

한데 제가 알아보았다 해서 상대도 자신을 알아봤을 리는 없을 터인데 저를 누구로 알고 하오체를 쓰는 것이지? 기생 설희로 알고 있다면 하대를 했어야 마땅한데.

아까 상선이 존대를 하던 것을 들어서인가? 상선이 자신을 부부인으로 끝까지 불렀든가? 겁먹은 머릿속이 도통 기억을 더듬지 못했다. 그가 입 밖으로 내뱉었고, 광 밖에서라도 그것을 들었다면…… 상대는 세 해 전에 했어야 할 일을 지금 마무리 지으려는 것일 터였다. 아아……. 뻣뻣하게 굳어 든 서리는 순식간에 그 겨울, 그 개구멍 속으로 되돌아간 듯했다.

"아니 나오면 하는 수 없지."

나가지 않으려고 버티는 것이 아니라, 두려움에 그대로 얼어붙어서 움직일 수 없어서인데. 다음 순간, 검 하나가 가마의 창을 뚫고 들어오더니 코앞을 스쳐 갔다. 그제야 서리의 입이 떨어졌다.

"지, 지금 나가오……!"

다리가 후들거려 기다시피 가마를 빠져나가는 동안, 겁으로 새

까맣게 물든 머릿속에 그런 생각이 들었다. 왜 이리 겁을 먹는 겐가 하고.

이 한목숨 죽어 없어지는 것이 두려워서는 아니었다. 가문과 벽이에게 위해가 갈 것도 아니고 벌써 세 해 전에 죽었어야 할 목숨이 이제야 가는 것이 무에 두려울까.

다만, 전하께서 저를 죽이라 시키셨는지를 확인하는 것이 두려워서였다. 그 무서운 말을 듣기 전에 은장도로 제 가슴팍을 찔러 자결이라도 하고 싶었지만, 어제 납치될 때 이미 빼앗긴 터라 지니지 못한 터였다.

아니, 자신은 지금 스스로를 속이고 있었다. 정 그 사실을 맞닥뜨리는 것이 두려웠다면 진즉에 자결했어야 옳았다. 괴로움으로 번민하며 잠 못 들던 수많은 밤이 있었는데도 그러지 못했고, 청국이나 왜국을 다녀오던 뱃전에서 뛰어내릴 수도 있었거늘. 미련이 많아 지금껏 살아 놓고는, 무에 겁이 난다고 엄살을 부리는지. 무슨 말을 들어도 의연하자고 마음먹자 허리가 펴졌고, 다리에 힘이 들어갔다. 그리고 가마 앞에 우뚝 선 이와 마주하였다.

횃불 빛 속에서 음영 진 사내, 운검의 얼굴은 무척이나 음울해 보였다.

"나를 아는군."

상대의 단정에 서리는 침을 삼켰다.

"상선의 반응으로 보아, 그대는 그냥 기생은 아닌 듯하던데?"

석동 차림을 하고 있는데 기생 설희를 넘어 그 뒤의 정체까지 의심하는 것을 보면 생각대로 상대는 아까 상선과의 대화를 엿들은 것이 확실했다.

횃불을 그녀의 얼굴 가까이 가져다 대고 한동안 들여다보던 그가 다시 물었다.

"몇 해 전에 죽은 부부인인가?"

서리는 대답은커녕 꼼짝도 하지 않으려고 애썼지만, 상대는 이미 짐작하고 있었다.

"맞군. 한데 그 밤, 내가 찔러 죽였던 그이는 분명 아니야. 그렇게 여러 차례 검을 맞고도 그 불길 속을 나올 수는 없었을 테니. 그렇다면 그이는 몸종이겠군."

애춘이가 그리 딱하게 갔다니, 거듭 미안하였다.

그제야 운검은 믿을 수 없다는 듯 고개를 저었다.

"살아 있는데, 여태껏 주상에게 알리지 않은 연유는 무엇이오?"

왜냐니? 그것을 저에게 묻는다는 것은……? 서리의 눈에 순간 힘이 들어갔다.

"설마, 진짜로 주상이 시킨 일이라 생각해서?"

아니라는 말이었다……! 전하께서 그러신 것이 아니라고!

아아…… 손끝 발끝까지 찌릿한 깨달음이 내달렸다. 제게 그런 끔찍한 일을 하도록 명하지 않으셨던 것이다……!

서리는 기뻐서 날아갈 것 같은데, 상대는 헛웃음을 짓더니 중얼거렸다.

"부부인의 무지가 내게는 큰 광영이오. 한 번 더 내가 살아날 기회를 준 것이니."

주상은 처음부터 겸사복을 의심했을 것이다. 그러니, 겸사복들 모르게 내금위를 뒤따르게 하였겠지. 당연히 그 장(將)인 자신을 우두머리라 여기고 있을 것이고.

문제는 주상이 어느 정도까지 의심하고 있느냐였다. 자신을 그다지 신뢰하지는 않았어도 윤인필의 사람이라는 것에 대한 확신은 없는 것 같다. 그랬더라면 오늘이 오기 전에 처결하였을 테니. 윤인필을 베던 주상의 기세로 보면 열 번이 아니라 백 번도 처분하고 남았을 것이다.

잔당의 처분을 내금위장에게만 명한 것으로 보아 좀 위험하긴 하지만. 아까는 자신들이 나서지 않았으니 당장 위협이 되지 않으리라 여겼든지, 출혈이 장해 처결을 미뤘든지 둘 중 하나일 텐데 확증은 없다. 그렇다면 아무 일도 없었던 척 임금에게 가 붙어서는 조용히 엎드려 살 수 있는 것이다. 그러자면 부부인을 이대로 살려 보내서는 아니 된다. 어찌 알았는지는 몰라도 자신이 저지른 짓을 알고 있는 계집이 임금에게 가 고하기라도 하는 날에는 윤 대감의 피가 묻은 제 검이 다음번에는 자신을 향할 것이기 때문이다.

우는 것인지 웃는 것인지 알 수 없는 얼굴의 부부인에게 재갈을 물려 다시 가마에 태워 든 그들은 까만 어둠 속을 찾아들었다.

서리는 기가 막혔다.

전하께서 저를 죽이려 하신 것이 아니라는 깨달음에 대한 기쁨은 찰나였고 그것은 순식간에 스스로에 대한 깊은 자괴심으로 바뀌었기 때문이다. 그렇다면 세 해 동안 자신은 무슨 짓을 한 것이지?

개구멍에서 들은 짧은 몇 마디 말과 별채에 불을 지르다 잡혔다는 이의 말만 믿고 모두를 불행하게 만든 것이다. 자신의 오해를 뒷받침할 만한 증좌들이 산처럼 쌓였다 해도 진즉에 전하께 확인을 해야 했는데. 그만큼 전하를 믿어야 했다. 그러지 못한 어리석음이 벽이를, 그리고 전하를 외롭게 했고, 오늘은 자신을 진정한 죽음의 위기에 처하게 만든 것이다.

재갈이 물리고 손이 뒤로 묶여지는 순간 거세게 반항하던 서리는 목뒤 어딘가를 얻어맞고 그대로 쓰러져 내렸다. 지아비를 믿지 못한 천벌을 받는 것이니 자신은 죽어 마땅하지만, 벽이와 전하를 생각하니…… 정신을 잃어 가는 얼굴로 한 줄기 뜨거운 눈물이 흘러내렸다.

부부인을 외진 곳간에 가둬 두고, 겸사복 두 명으로 하여금 번갈아 지키도록 하였다. 처음에는 당장 죽여 후환을 없앨까 하였는데, 생각을 거듭하다 보니 그럴 것이 아니라는 생각이 들었다. 윤 대감은 겨우 기생 따위로 임금을 유인해 냈는데, 하물며 부부인이라면 그 일이 더 수월하지 않을까 해서였다.

기생을 월계관으로 데려다주지 않는다면 추궁을 받게 된다. 딱 잡아떼어 어찌어찌 넘어간다 해도 임금이 저를 신뢰하지 않고 있는 바에야 오래지 않아 좌천되거나 파직될 것이 틀림없었다. 그리 구차한 삶을 사느니, 차라리 윤 대감의 천지를 개벽시키겠다는 계획을 이어 갈까 하는 생각이 든 것이다. 임금을 죽이지 못하고 좌절되었으니 거기서부터 이으면 되지 않나. 부부인이 제 손에 있으니 다시 임금을 불러내는 것은 식은 죽 먹기일 것이고.

일단 저 혼자서 일을 도모하기는 힘드니, 윤 대감처럼 대비마마와 머리를 맞대는 것이 좋을 성싶었다. 오라비인 윤 대감이 확실히 처결된 지금, 대비께서도 필시 자신의 뜻에 응답을 해 주실 것이니 말이다. 윤 대감과 대비전 사이의 연통을 주고받는 데 자신이 중간에 있었으니 어려울 것은 없었다.

음울하던 임성천의 얼굴에 조금씩 희망의 기운이 차올랐다.

다음 날 저녁 무렵. 궁중에서는 사신들을 위한 연향이 한창이었다.

맛있는 음식들이 지천이었으며 여기저기서 화려한 정재로 눈길을 끄는 아리따운 예기들과 장내를 가득 메운 흥겨운 음악까지, 그 모습들을 즐기며 둘러앉은 사신들은 물론이거니와 신료들도 만면에 웃음이 가득하였다. 신료들 측에서야 힘들게 고명을 받은 지 얼마 되지 않아 그러할 테고, 사신들도 호사스런 대접에 흐뭇한 것일 터였다.

제일 높은 자리에 앉아 그 모든 일을 내려다보던 흔만이 시큰둥한 얼굴이었다.

"전하, 통증이 심하시옵니까?"

여기저기서 터지는 껄껄대는 웃음에 흔이 눈살을 찌푸리자, 곁에 섰던 기시가 물었다.

"아니다. 몇 번을 물어보누?"

"아직 지혈이 제대로 되지 않은 상처가 벌어질까 자못 근심이 되는 터라……."

"글쎄 괜찮대도. 또다시 물으면 경을 칠 것이다."

몸을 다친 것은 자신인데 기시 놈은 근심병에라도 걸렸는지 지난밤부터 끊임없이 물어 대니, 불이 붙은 듯 화끈거리는 어깨의 상처보다 귀가 더 아플 지경이었다. 좀 꿰매긴 했지만, 피도 그만하면 멋었고 나이가 젊으니 쉬이 죽을 리 없다. 죽어 주면 나야 고맙지만.

그저 이런저런 생각을 곱씹느라 표정이 이랬다저랬다 하는 것을, 매번 기민하게 물어 오니 짜증이 나서 일부러 장내를 둘러보는 척까지 하였다.

물론 그의 생각을 잠식한 것은 기녀 설희였다. 제호탕을 맞닥뜨리는 순간, 그이는 제 처가 아니라는 것을 인정해야 한다는 깨달음을 얻었다. 지옥 같기만 한 속내에 잠시간의 위안이 되어 찾곤 했지만, 그럴 때마다 스스로가 너무도 한심하고 부부인에 대한 미안함이 켜켜이 쌓이니 이제 그만 끝내야 할 때라는 생각이 퍼뜩 들었던 것이다. 설희, 그이에게도 못할 짓이었고.

제가 그리 강제하고 구속한 것도 모자라, 자신 때문에 납치되었다니 가 보는 것이 마땅했다. 뜻밖의 인물을 마주하긴 했지만.

제 손으로 응징하고 나니 묵은 원한을 좀 씻어 냈다는 생각은 드는데, 어딘가 미진한 기분은 뭘까. 여전히 대비전에 버티고 있는 대비 때문인지, 아니면…… 그이가 참말 무사한지 제 눈으로 확인하지 못한 때문인지 모르겠다.

하지만 제 꼴이 말이 아니니 어쩌겠는가. 고작 그런 역적 놈 따위와 칼부림을 하다가 피를 보고 휘청거리는 꼴을 보았다면 월계관이며 자신에게 해가 미친다고 질색하고도 남았을 것이다. 그나마도 그이의 말수가 적어지기 이전의 일이긴 하지만.

그이를 찾는 날이 거듭될수록 울적해하는 것이 눈에 띌 정도였다. 이기적으로 살아 보겠다는 울분을 풀어낸 상대가 애먼 사람이기 때문이다. 그렇기에 진즉 그만두어야 했던 것이다.

상처가 낫고 시간이 좀 흘러서 자신이 심경을 제대로 다스릴 수 있다 여겨지면, 그때에는 한 번쯤 찾아가 거문고 연주를 청할 수도 있을 것이다. 정······ 못 견딜 즈음에 한 번씩.

그렇게 생각을 다잡는 와중, 그의 진연상 앞으로 다가드는 이들이 있어 흔의 주의가 돌려졌다. 청에서 온 역관과 사신단 대표인 병부 시랑인데, 그는 자못 불쾌한 기색이다. 조금 흥미가 일었다. 무슨 일이지?

이윽고 입을 연 청 역관의 조선말은 발음이나 억양 등이 조금 서툴러 그렇지, 알아듣기에는 무리가 없었다.

"저희 병부 시랑께서 궁금한 것이 있으시답니다."

뭔가 더 조공을 바치라는 소리인가? 그러지 않아도 신료들의 성화에 도가 넘치게 준비했는데, 대체 무엇을 더? 흔의 눈이 가늘어졌다.

"이 자리는 저희 사신단을 맞이하는 자리이기도 하지만, 지난번 고명에 대해 청 황제께 감읍하는 자리이기도 한데, 어찌 그이는 이 자리에 참석하지 않았는가 궁금하시답니다."

병부 시랑이 꾹꾹 누르듯 머리를 주억거리자, 흔은 고개를 갸웃하였다. 조공 이야기는 아닌 듯하니 다행이지만, 무슨 소리인지?

"누구를 이름인가?"

"지난번 청에 왔던 사신단 일행 중의 한 압물관이온데, 실은 그이의 부탁으로 우리 병부 시랑께서 동분서주하시어 황제께 고명을 받아 내신 것이옵니다."

고명을 아니 해 줄 참이던 것을 해 주었다는 말인가? 그것도 고작 압물관이 정삼품 병부 시랑을 움직여서? 압물관이라면 상단에서 사무역을 위해 곁다리로 끼워 넣은 자로 고명을 받는 일과는 거리가 멀 터인데?

보고를 받기는커녕 금시초문의 이야기다.

"사정상 이 자리에 참석지 못했을 수는 있겠으나, 당시의 공로는 충분히 인정받았는지 궁금하다 하십니다."

흔의 시선이 당시 사신단 대표인 정사로서 고명을 받아 온 공로로 예조 판서에 오른 김문후에게로 날아갔다. 역시나 그이는 고개를 잔뜩 숙인 데다가 외로 꼬기까지 하는 것이 난감한 기색이 역력했다.

흠. 하급 역관의 공로를 자기들 것으로 돌리고 보고조차 하지 않았던 것이로군. 그것을 청의 사신이 와서 밝히는 바람에 들통이 났고. 그래서 좌불안석인 것이겠지.

이맛살을 찌푸린 흔의 부름에 예판이 당장 앞에 와 대령하였다. 저지른 죄만큼 숙였는지, 허리를 기시보다 더욱 굽힌 채다. 그를 내려다보며 흔이 차갑게 물었다.

"청 역관의 말이 사실인가?"

"그, 그것이……."

"사실인가 아닌가만 말하라."

기어들어 가는 목소리도 칼처럼 잘랐다.

"마, 맞사옵니다, 전하."

"그렇다면 지금껏 사실대로 아뢰지도 않은 이유가 무엇인가?"

"그때 그 압물관이 병부 시랑과의 일을 제대로 털어놓지도 않고 그저 쉬쉬하며 덮으니, 딱히 보고드릴 것이 없어서……."

"공을 가로챈 것은 아니고 그저 대신 챙겼을 뿐이라는 소리인가? 그걸 변명이라고 하는 게야!"

"그것이…… 해주 상단의 오 행수도 나서서 꼭 덮어 달라 하기에…… 마, 망극하옵니다, 전하! 죽을죄를 지었사옵니다, 전하!"

해주 상단 이야기에 주상의 미간에 금이 가는 것을 본 예판이 대뜸 바닥에 엎드려 죄를 청하였다. 오 행수라면 이번에 청에 갔다 온 둘째 처남을 이름이었다. 사신단 출발 전 명단을 보고받았을 적에 보아 두었다. 한데 그가 어찌 그런 청을?

역관 우두머리 중 한 사람이라 오늘 연향에 참석해야 마땅했지만, 처남은 오지 않았다. 왔으면 서리 닮은 그 얼굴이나 한번 볼까 하였지만, 이 매부가 미워 궁에 올 리 없다. 더구나 얼마 전에는 장인이 집 안에까지 들여놓아 줬음에도 불구하고 며칠 가지 않아 서리의 묘 자리를 밝히라며 기시를 대신 보내는 행패를 부렸으니 천하의 잡놈 취급을 할 터. 그런 일을 물어 달라 청한 것이 죄도 아니니 불러다 물을 수도 없고. 어쩐다?

"혹시 그 압물관이 해주 상단에 속한 이인가?"

"예. 그렇사옵니다, 전하."

그래? 잘되었구나! 이것을 빌미 삼아 처가에 다시 발길을 할 수도 있을 터였다. 공로를 치하하니 어쩌니 핑계를 대어, 그 의젓한 조카님을 한 번 더 볼 수도 있을 테고. 그렇게 서리와 비슷한 얼굴을 가끔 들여다보고 설희도 찾아가 거문고 연주를 듣다 보면 세월을 견디는 것이 아주 조금쯤은 수월해질지 몰랐다. 흥겨운 음악과 아리따운 이들의 춤에도 전혀 동요하지 않던 흔의 마음에 실오라기만큼의 설렘이 스쳐 갔다.

그래서 흔쾌히 병부 시랑을 향했다.

"이제라도 알게 되었으니 다행이오. 늦었지만 내 그를 찾아 반드시 공로를 치하하고 그에 맞는 상을 내리리라."

한데 병부 시랑은, 예판과 나누는 말에 이어 흔의 그런 굳은 다짐까지 전해 들은 뒤에도 여전히 눈살을 찌푸리고 있다가 무어라 입을 열었고, 곧 역관이 그의 말을 통역하였다.

"저희 병부 시랑께서는 아무래도 조선 관료들을 믿을 수 없다 하시면서 청으로 돌아가기 전에 그를 꼭 만나고 싶다고 하십니다."

지금 당장 불러들이라는 말이다. 차후에 직접 해주 상단에 찾아갈 요량이던 흔은 대뜸 부아가 났다. 속아서만 살았는가? 임금이 제대로 처결하겠다는데, 뭘 자꾸 보채는지.

흔도 눈살을 찌푸려 봤지만, 병부 시랑은 물러설 기세가 아니었다. 사사로운 일이라 들이댈 명분이 약한 흔이 물러설 수밖에.

하는 수 없이 예관에게 묻는 목소리가 시큰둥했다.

"그래, 그 압물관 이름이 무엇인가?"

예관은 대답을 못 하고 우물쭈물하였다. 하급 역관이라 기억을 하지 못하는 것이겠지. 저 뒤의 역관들에게 물으면 알까 싶어 저들을 불러오라 시키려고 뒤에 섰던 기시를 돌아보는데…… 청의 역관이 기다렸다는 듯이 큰 소리로 아뢰었다.

"방家 석동입니다."

……누구?

귀로 스며든 말이 머릿속에서 잠시간 맴돌았다. 말투고 억양이 어눌하여 자신이 잘못 들었는가……?

끔벅이는 눈에 기시 놈의 눈이 다시 젖어드는 것이 들어왔다. 저놈은 또 왜 우는가, 라는 생각이 들기도 전에 다시 몸을 천천히, 그러다 빠르게 몸을 돌렸다. 움직임으로 인해 다친 어깨에 끔찍한 통증이 스쳐 갔지만, 흔의 형형히 떠진 눈은 한시도 지체 않고 역관에게 가 박혔다.

"누, 누구라……?"

"성은 방이요, 이름은 석동입니다."

이번에는 결코 그이가 무시되는 것을 용납하지 않겠다는 듯 그 이름을 또박또박 말하는데, 흔의 귀가 그예 먹먹해졌다. 저렇게 부러 나서서 하는 말이 틀렸을 리는 없다. 해주 상단에서 무참히 죽은 여식이 쓰던 이름을 다른 이가 또 쓰게 두었을 리도 없고. 혼인하고 들은 바로는 실존하는 이도 아니고 서리가 만들어 낸 이라고 하였는데. 그 이름을 쓸 사람은 세상에 단 한 사람뿐인데.

서리가…… 우리 석동이가…… 살아 있는가……?!

흔의 눈앞이 천천히 일렁이기 시작했다. 이어 거세게 일어난 검붉은 불길 같은 것들이 눈앞에서 미친 듯이 춤을 추었다.

간신히…… 인정하였는데, 간신히…… 마음을 접었는데…… 또다시…….

미칠 것처럼 설레면서도 혹여 아니라면 지옥 같은 과정을 처음부터 다시 반복해야 한다는 생각에 당장 고꾸라져 죽고 싶은 심정이었다.

"전하……!"

휘청한 흔이 앞의 상을 짚은 탓에 술잔이며 그릇들이 부딪히는 요란한 소리가 났고, 기시를 비롯한 겸사복들이 달려들어 그를 부축하였다.

한순간에 음악 소리가 그치고 춤추던 예기들이며 신하들의 웃음마저도 뚝 끊겼지만, 순식간에 저를 먹어 치운 충격에 허우적대는 흔에게는 아무것도 들리지 않았다. 가물가물 어지러운 눈에 기시의 젖은 얼굴이 스쳐 갔다.

"너…… 너……."

말은커녕 숨도 쉬어지지 않았다. 몸도 말을 듣지 않아서, 간신히 손을 뻗어 놈의 멱살을 움켜쥐었다.

"전하……! 부디 옥체를 보존하소서!"

코앞에 마주한 놈이 눈물을 펑펑 쏟았다. 기이한 일이다. 간신히 눈에 힘을 주고 그 얼굴을 노려보는데, 놈이 그 시선을 마주하지 못했다. 설마…….

흔은 으르는 말을, 사정없이 조여드는 목구멍 새로 간신히 뱉어내었다.

"이놈……! 네, 네가……!"

이제 보니 눈물 흘리는 꼬락서니가, 세 해 전 그이를 잃고 상심한 제 앞에서 몇 날 며칠을 울며 속죄하던 그때와도 같지 않은가. 하지만, 지금 시작된 것이 아니라 지난밤부터 그러했는데……? 지난밤이라면 그이……?!

"설……."

늘 자신이 품고 있던 의문인지 바람인지 모를 것을 물으려 했다. '설희가 그이더냐' 고. 하나 그리 말하면 듣기로는 서리로 들리니 아니 될 말이다. 금방이라도 숨이 넘어갈 것처럼 말이 나오지 않는 상황이니 한마디라도 허튼소리를 지껄여서는 아니 될 것이다! 그래서 간신히 마지막 숨을 모아 속삭였다.

"워, 월계관……. 그렇지? 그런 게지?!"

얼굴이 눈물 콧물로 범벅이 된 놈이 이윽고 고개를 끄덕이는 순간, 흔의 쭈그러들었던 가슴으로 숨이 세차게 밀려들었다. 가슴이 뻐개질 듯 밀려든 것은 숨이 아니라 자각이고 충격이었다. 자신만의 바람이나 헛된 희망이 아닌 또 다른 누군가의 인정. 맞다고, 서리가, 우리 서리가 살아 있다고!

노도처럼 밀려든 그것은 흔의 피폐해져 있던 마음뿐만 아니라 몸뚱이까지 산산이 찢어발기려 들었다. 그 충격으로 가슴이 들썩이고 발작을 일으킨 양 온몸이 푸들거리며 떨리니, 그를 잡고 있던 기시며 겸사복들도 나가떨어졌고 옥좌며 상이 엎어지고 난장판이 되었다. 그네들이 허겁지겁 다시 몸을 추슬러 다가들기도 전에 흔이 벌떡 일어섰다.

곧이어 왕이 괴성을 지르며 달려 나가니, 연향 자리는 순식간에 아수라장이 되었다..

대관절 무슨 정신으로 옷을 갈아입고 무슨 정신으로 말에 올랐는지 몰랐다. 정신을 차렸을 적에는 이미 말에서 내려 월계관 대문으로 성큼 다가서고 있었으니까.

청사초롱을 양편에 밝히고 대문을 활짝 열어 두어야 할 기방이 컴컴할뿐더러 문도 굳게 닫힌 채였다. 그 문을 주먹으로 미친 듯이 두드리자, 문지기가 문을 빼꼼히 열었다. 흔이 단번에 그 대문을 밀어젖히고 안으로 들어서니, 이놈이 앞을 가로막는다.

"오늘은 손님을 받지 않습니다요!"

오늘처럼 급하게 오기 이전에는 미리 기별을 하여 잡인들이 임금의 용안을 볼 수 없도록 단속을 하였던 터라, 문지기는 흔이 임금인 줄 모르는 것이다.

겸사복이 감히 임금께 손을 댄 이를 응징하려 달려드는 것을 만류한 흔이, 헐떡이는 숨결을 간신히 다잡고는 물었다.

"설희는 어디에 있느냐?"

이전에야 안내받은 방에 앉아 있으면 저들이 알아서 설희를 대령하였지만, 지금이야 기별 없이 온 참이니 그런 것을 기대할 수 없는 데다가 지금은 가만 앉아 기다릴 만한 심적인 여유 따위가 있을 리 없었다.

"누구라굽쇼?"

고개를 갸웃하다 못해 얼뜨게 반문하니, 흔이 거듭 말했다.

"기녀 설희 말이다!"

"그런 이는 없는뎁쇼?"

서리가 다른 곳 소속이라 하였으니, 아랫것들은 잘 모를 수도 있겠구나 싶었다. 그 나이 든 기녀는 제대로 알겠지.

"행수 기녀는 있겠지?"

미친 사람처럼 성마르게 다그치니, 문지기가 마뜩잖은 표정까지 지었다.

"글쎄, 오늘은 손님을 받지 않는다는데, 왜 자꾸 이러시는 지……."

문지기는 흔을 천둥벌거숭이처럼 뛰어든 주정꾼으로 오해하였는지, 그대로 내쫓을 기색이었다.

"당장 안내하지 못할까!"

흔이 서릿발 같은 위엄을 보이고 나서야 어깨를 움츠리고 물러났다. 서둘러 그 뒤를 따르는데, 기녀도 내외를 구분하는지 문 두 개를 거치고 나서야 뒤채로 들어섰다. 문지기가 그중 큰 방에 가서 고하니, 문이 열리고 비척이는 걸음으로 마루로 나오는 이가 있었다. 행수 기녀였다.

얼굴을 알아본 흔이 썩 다가서자 상대는 도리어 움찔하며 물러섰다. 이상하다 싶었지만, 따질 계제가 아닌지라 급히 물었다.

"설희는 어디 있느냐? 저 안에 있느냐?"

그래도 말없이 섰으니, 답답하여 흔이 성큼 마루로 올라설 참이었다. 그 뒤의 방과 옆방을 제 손으로 열어 보고 제 눈으로 찾을 작정이었다. 그래서 이 두 손으로 잡아서는 절대로 놓…….

"그것을 어찌 제게 물으십니까? 도리어 제가 묻고 싶습니다만."

다짐에 다짐을 거듭하며 시선을 흘리던 흔은 뒤늦게 나온, 괴이 쩍기까지 한 상대의 대답에 그제야 제대로 그이를 쳐다보았다.

분칠도 아니 하여 그런가 아니면 무슨 일이 있었는가. 며칠 못 본 새에 무척이나 쭈그렁해졌구나 싶은 이는 무엄하게도 이로 입 술을 악문 채였다. 게다가 되묻는 내용인즉슨 서리가 이곳에 없다 는 뜻이었다.

"무슨 말이냐? 여기 없다면……."

"설마설마하였습니다!"

터져 나온 행수 기녀의 목소리에 담긴 것은 분명한 원망이었다. 어째서?

"방 행수를 죽이라 명하셨다고 알고는 있었어도…… 춘월의 얼 굴 가리개를 잡아채시던 순간, 전하의 용안에 드리웠던 비통함을 보았기에…… 아닐지도 모른다는 생각을 했습니다. 그래서 싫다는 그이를 억지로 전하 앞에 내보였다는 말씀입니다."

내가…… 그이를 죽이려 했다고? 그래서…… 내게 살아 있음을 알리지 않았던 것인가? 나를 원망하고 나를…… 두려워해서?

무언가 깊은 오해가 있었고, 그것은 서리가 아니라 자신의 탓이 리라는 직감도 들었다. 눈앞의 아지랑이가 더욱 짙어지더니 이내 기괴하게 뒤틀리고는, 머릿속의 기억을 억지로 끌어내었다.

「서방이 집에 불을 질렀습니다.」

그 말이 연신 귀를 때렸다. 서방이라면…… 나를 이름이다!

기억이, 그리고 지금의 조급함이 뒤섞어 뒤죽박죽이었다. 간신히 입을 축여 물었다.

"어디…… 그이가 어디 있는지를 어찌 내게 묻는다는 게야?"

「나가라 하여도 나가지 않았더니, 죽으라고 집에 불을 놓더이다.」

"전하께서 그분의 정체를 알아채신 것이 아닙니까? 그래서……."

「소박을 놓더이다…….」

"그래서, 과인이…… 또 그이를 죽이려 하였다는 말이냐?"

악문 잇새로 흔이 내뱉은 말에, 행수 기녀가 울 듯한 표정을 지었다.

"어찌 그러십니까! 이러셨다 아니셨다……!"

서리를 마주하기 전에 이 이상을 떠올렸다가는 제 스스로가 감당하기 힘들 것 같아, 기억이 더 스멀거리기 전에 간신히 멈추었다. 먼저 그이를 찾고 그다음에 따질 일이다.

"그이가 여기 없다면 어찌 된 일인지 어서 고하라."

매서운 하명에서 뭔가 눈치챈 것이 있는지 늙은 기녀가 입을 열었다.

"그제 해주 상단에서 나간 길로 감감무소식입니다. 그분을 호위하던 장정 둘이 모두 죽은 채 발견되었고요."

그제라면, 윤인필이 납치했던 날이다. 하지만, 어젯밤에 분명 기시가 돌려보냈을 터인데?

설마…… 기시가? 아니, 그럴 리가. 그놈이 미치지 않고서야 또다시 간교한 수를 부려 모든 것을 망쳐 버릴 리 없다!

여전히 믿고 싶지 않은 현실에 말을 쥐어짰다.

"해주 상단에서 마지막 연락은 언제 왔느냐?"

「밤마다 기다려 가며 조르기에…… 백년해로할 줄 알았습니다.」

자꾸만 비어지는 기억에, 목으로 울컥 치미는 것을 간신히 삼키며 작금의 상황에 집중하려 애썼다.

"오늘 낮에 심부름꾼이 다녀갔습니다. 아직 연락이 없……."

그의 말이 끝나기도 전에 흔이 돌아섰다.

날이 어둔 지 한참이니, 그사이 무사히 돌아왔을 수도 있다. 일단 처가에 들렀다가…… 여전히 아직이라면 서둘러 궁으로 가서 기시 놈을…… 그놈을…….

바닥에 헛발을 디딘 듯 휘청했지만 그는 걸음을 멈추지 않았다. 오히려 점점 더 빨라졌다.

처가는 대문 밖에서부터 훤했다. 불을 피운 커다란 화로들이 마당에서부터 사랑채까지 이어져 있는데, 크고 높게 타오르는 불길들은 마치 누군가 애타게 기다리는 사람이 있다고 절규하는 것만 같아서 그것을 지나치는 흔의 불안감을 마냥 부추겼다.

앞서 달려간 문지기가 고하니, 분합문이 열리고 대청으로 나서는 이들이 있었다. 하나같이 굳은 얼굴을 한 장인과 처남들이었다. 물론 기대도 않았지만, 하다못해 형식적으로나마 허리를 굽히는 이조차 없었다. 당장 찢어 죽여도 시원치 않을 원수 놈을 보듯 할 뿐.

당연하다. 행수 기녀가 알고 있는 바를 이들이라고 모를 턱이 없으니, 처가에서 어찌 그리 자신을 대했는지 이제야 알겠다.

장인이나 하는 수 없이 대거리를 하였지 심지어 처남들은 그 밤 이후로 자신에게 단 한 마디도 건넨 적이 없었다. 그 사람의 묏자리를 가르쳐 주지 않은 이유도 그것이었고. 이들이 아는 대로라면 죽여 놓고는 묏자리를 가르쳐 달라 한 격이니, 얼마나 뻔뻔하고 흉악무도한 놈으로 보였을까. 임금이니 억지로 참았을 터였다. 지금도 다르지 않을 테지만, 오해를 풀거나 변명을 할 시간도 여유도 없다 싶어 그냥 물었다.

"그 사람은 돌아왔소?"

침묵 뒤에 자리한 것은 근심과 적개심이었다. 돌아오지 않았다는 뜻이었다.

이제 계획대로 궁으로 가야 하는데 발길이 떨어지지 않았다. 처가가 아닌가. 그토록 그립고 애틋하였던 처의 핏줄들이고. 애가 타미칠 지경인지라 뭐라도 말하여 동조를 얻고 싶었다.

"나, 나는…… 몰랐소. 내가…….."

몰랐다니? 겨우 그게 할 소린가? 그이를 죽이라 명한 것만 아니라면 모두 괜찮다고? 그런 일이 일어나는 것조차 용납해서는 안 되는 것이었는데! 이때껏 아무것도 모른 것으로 이미 죄인인 것을!

말을 해 놓고 나서야 입이 열 개라도 할 말이 없는 것을 깨달았다.

둘째 처남이 앞으로 나섰다.

"무엇을 모르셨다는 말씀입니까?"

목에 잔뜩 힘을 주어 외치는 그 말을 장인이 만류하며 나섰다.

"둘째는 가만있어라."

하지만, 그 어조까지 얼토당토않다는 의미를 담은 것은 아니었다. 그저 참으라는 것이었지.

둘째 처남이 아비를 거역하고 황망히 서 있는 흔을 향해 다시 소리쳤다.

"정녕 궁금해 여쭙는 것입니다!"

흔의 시선이 그들 하나하나를 훑었다. 그 얼굴들에는 자신과 같은 감정도 담겨 있어, 가슴이 미어졌다. 상심(傷心)이었다.

"그이가…… 물론 장인이나 처남들도 그렇겠지만, 내가 그이를 죽였다고 알고 있었던 것 말이오……. 그리고 그이가 살아 있었다는 것도……."

몇 해 동안이나 뼈에 사무친 원한이 몰랐다는, 아니라는 제 말 한마디에 거둬질 리 만무했다.

"그래서, 이제 아셔서 다시 납치하셨습니까?"

셋째 처남까지 나서자, 장인은 그예 입을 다물어 버렸다. 이제 무엇을 믿어야 할지 모르겠다는 얼굴이다.

흔은 그저 고개를 가로저었다.

"어제…… 아니, 그제 윤인필이, 사약을 내려 죽은 줄 알았던 이가, 내가 기녀로 알고 있던 부부인을 납치했소."

장인의 탄식이 새어 나왔다. 어둠, 그리고 환한 불빛이 제 눈에 일렁이는 아지랑이를 조금 몰아내며 흔의 기억을 명료하게 했다.

"어제 용문사에 가서 그놈을 죽였으나, 그때까지는 그 기녀가 부부인인 줄 미처 알지 못했던 터라 그저 월계관으로 데려다주라 하였고……."

분명 상선에게 그리 시켰다…….

흔의 생각이 빠르게 흘러갔다. 혹시 절 내에서 그이를 찾지 못한 것인가? 기시 놈이 서둘러 환궁하고 싶어 그이를 찾지 못하고는 데려다주었다고 허투루 고한 것이고?

설희, 그이가 서리와 너무 닮아, 생각만 해도 안타까워서 자세히 캐묻지 않은 것이 이다지 후회되다니.

"그럼 우리 서리가 대체 어디로 갔단 말입니까?"

"죽이라 직접 명한 건 아니라 해도 방임하신 것은 아닙니까?!"

"전하께 그 무슨 불손한 언사냐!"

작은처남들이 앞다퉈 그를 성토하자 큰처남이 나섰지만, 틀린 말은 아니었다. 자신이 한 일을 따져 보면 무능한 왕이 맞았다. 애초에 대비를 처결하지 않아, 그 대비가 몰래 빼돌린 윤인필이 지난밤 같은 일을 벌였고 결국 서리의 행방을 알지 못하게 되는 상황을 야기하지 않았는가. 고작 그래 놓고는, 그 정도면 충분히 갚아 주었네 하고는, 계집질이나 하면서 제 슬픔을 달래려 하였지.

그러니 지금이라도 해결을 해야 한다. 절에서 찾지 못했다면, 다른 무리가 있는 것이 분명하다. 그러니 어서 궁에 가서 기시 놈을 족쳐서…….

순간 흔의 머릿속이 정지했다. 설마…… 겸사복장 임성천?

흔의 눈이 순식간에 먹색으로 물들었다.

서신을 가져다 놓은 것은 그가 분명했다. 그럼에도 불구하고 지난밤 절을 떠나오기 전에 내금위장에게 그를 처결하라는 명을 따로 내리지 않은 것은 의심을 풀어서가 아니었다. 그가 윤인필과 연결되어 있다면 대비까지 선이 닿아 있을 것이고, 경솔히 처결했다가는 대비가 꼬리를 자르고 빠져나갈까 봐 결정을 미룬 것뿐.

차후 천천히 두고 볼 작정이었는데, 환궁하여 정신을 차리고 보니 그를 따라 궐로 들어오지 않았다는 것이다. 아차 싶어 왕실 근위 부대인 장용영을 서둘러 용문사로 보냈더니, 이미 겸사복들까지 모두 사라진 뒤라 하였다. 그들의 집도 급습하였지만 역시나 비어 있었다 하고.

내금위가 뒤따르는 것을 알리지 않은 것으로 자신들이 의심받고 있다는 것을 눈치챘을 수는 있다. 하지만 윤인필이 죽었으니 정체를 들킬 염려도 없는데, 제 식구들까지 챙겨 사라진 것은 그보다 더 큰 것을 숨기고 있다는 뜻이었다. 혹은 더 큰 죄를 지었다거나. 감히 부부인을 해하려 한 죄 같은.

설희, 그이가 부부인이라는 것을 알아챘을지도 모른다. 그래서 그이를 데리고……. 아아…….

숨이 턱 막히고 눈앞이 아찔했다.

궁에 가 봐야겠다. 기시에게 확인을 하고…… 대비전을 좀 더 신경 써 주시도록 일러둔 장용영의 보고를 받고…….

서둘러 돌아서다 서리와 닮은 둘째 처남과 시선이 마주쳤다. 조금 전 깨달음에 휘청한 정신을, 간신히 붙들어 두었던 기억이 거대한 파도처럼 일어나 순식간에 그를 덮쳤다.

「아들도 낳았습니다.」

아아……!

흔이 제 가슴을 움켜쥐었다.

「소박맞은 이후에 회임한 사실을 알았고 혼자 낳았습니다.」

아이라니. 가슴이 터질 것 같았다. 뭔가 응어리진 그것이, 가슴 속에 점점 차올라 환장할 지경이었다.

「낳자마자 오라비에게 주었습니다.」

벽희, 그 아이……?! 꿈에 푸른 불꽃 눈의 짐승을 보고 낳았다던……. 자신이 꿈에서 보았던 것과 같은 짐승을…….

가슴을 주먹으로 쳤지만, 나아질 리가 없다.

어서 궁으로 가야 했지만 자꾸만 생각나던, 이 집 어딘가에 있을 그 아이를 생각하니 돌아서지지도 발이 떼어지지도 않았다. 지금이 아닌 것은 알고 있었다. 한시가 급하고, 적이 누구인지 제대로 알지 못하는 상황에서 섣부르게 아비입네 하고 나섰다가는 아이마저 위험해질지 모르는 일이니까. 그러니 어서 궁에 가서…….

그래도 기억은 그를 마지막까지 후려쳤다.

「한 번 말을 붙여 본 이후로 아이가 너무 따르는 것 같아서…… 가끔 먼발치서 한 번씩 보고 맙니다.」

피를 토하는 심정으로 제게 말하였을 터인데, 저는 '그래도 보고는 살아야지' 따위의 말을 지껄였다. 아이도 말했다. '서또…… 아재가……'라고. 그리도 안타깝게 운 것은 핏줄이 당겨서 그랬던 것인데. 자신은 그 어느 것도 알지 못하고 알아보지도 못하고 허송세월을 보낸 것이다.

그가 또 휘청였는지, 검사복장이 달려들어 부축하였으나 곧 뿌리쳤다. 부축받을 자격도 없는 못난 사내였다. 제 사람을 두 번이나 어이없이 놓친 주제에 감히 엄살을 피우게 내버려 둘 줄 알고!

다리에 힘을 주었다. 그리고 여전히 신뢰하지 않는 눈빛의 장인과 처남들을 다시 한 번 일별하고는 몸을 돌렸다.

이윽고 말에 올라 고삐를 쥐는 흔의 앙다문 아랫입술에서 피 한 줄기가 턱으로 흘러내렸다.

"엄 상궁은 아직이냐?"

초조한 기색으로 장침을 두드리던 대비가 다시 묻자, 밖에서는 같은 대답이었다.

"예, 대비마마."

일이 어찌 되어 가는 노릇인지 알아보러 나간 엄 상궁이 늦어지고 있었다.

오라버니께서 어제 엄 상궁을 통해 전하시기를, 일의 추이를 봐 가며 진행시킬 것이지만, 하늘이 돕는다면 그 밤으로 주상을 잡을 수도 있으리라 장담하였다. 손아귀에 넣었다는 계집이 고작 천한 기생이라기에, 주상이 움직일지 확신이 서지 않았던 대비도 지난 밤 주상이 잠행을 나갔다는 말에 일이 좀 되어 가는구나 싶었고. 설레어서 밤새 잠을 이루지 못했다. 제 손으로 올린 주상이 제 집 안과 저를 핍박하는 바람에 아련한 옛정 따위는 시뻘건 복수심으로 변질된 지 오래이니 말이다.

주상이 혼절한 채로 실려 와 어의가 급히 불려 들어갔다기에 잔뜩 기대도 하였다. 한데, 오늘 멀쩡히 일어나 정사를 돌보고 청의 사신들 알현까지 하였다니 그 실망감을 이루 말할 수 없었다. 게다가 무슨 일이 있었는지 아무런 뒷말이 없는 것도 해괴했다.

주상이 다쳤다는 것은 오라버니와 대면하였다는 것이고, 저리 일어났다면 자신까지 연관되어 있다는 것을 알 터인데 이리 조용하다니. 일이 어찌 된 건지 궁금해 미칠 지경이었다.

그래서 새벽같이 엄 상궁을 그이의 사가로 내보냈다. 그곳에 서신이나 말 등을 남겨 연락을 주고받던 참이니, 오라버니께 무슨 소식이 있는지 받아 오라고 말이다. 한데, 한낮이 되도록 감감무소식이니 더욱 답답한 지경이었다.

이번에 일이 잘못되면 주상이 가만있지 않을 터인데. 주상은 지난번에 오라버니와 함께 자신까지 처결하고 싶은 마음이 굴뚝같았을 터이지만, 웃전인 대비인 터라 하는 수 없이 그냥 넘겼던 것을 모르지 않으니 말이다. 이대로 뒷방 늙은이 취급을 받으며 사는 것도 못 할 짓이라 다시 한 번 일을 도모하긴 했지만, 이번에 실패하면 참말로 끝장일 것이니 초조한 것이 당연했다.

그때였다. 밖에서 기척이 일더니 고하는 소리가 있었다.

"대비마마, 엄 상궁이옵니다."

"어서 들라."

서둘러 문이 열렸다.

오라버니가 돌아가셨다는 소식에 대비의 눈에서 눈물이 비어졌지만, 이후의 충격적인 소식에 눈물은 순식간에 그 자취를 감췄다.

"그 천한 계집이 살아 있더라고?"

게다가 그 기생이었다니.

"겸사복장의 심증에 상선의 반응까지 더하면 그런 것 같지만, 안면이 없어 놔서 확신은 못 하겠답니다. 저 또한 그이가 입궐하였을 적마다 번이 아니었던 터라 낯을 모르는 터고, 당사자는 아무리 을러대도 입을 조가비처럼 다물고 아무 말도 하지 않는다 합니다."

"주상이 알아본 기색은 아니라고?"

"내내 가리개를 쓴 것을 보면 아닌 것 같다 합니다. 알았다면 다시 월계관으로 데려다주라 했을 리도 만무하고요."

"계집이 지금껏 주상에게 알리지 않았을 리가. 다른 계집을 착각하는 것이 아닌가?"

"세 해 전, 해주 상단의 화재를 주상이 일으킨 것으로 꾸몄는데, 여전히 그리 잘못 알고 있어 그런 듯하답니다."

"그래?"

"예. 그래서 겸사복장이 그이의 얼굴을 알아볼 수 있는 이를 데려와 달라 하더이다."

분명 호재였다. 즐겨 찾는다는 기생으로도 주상을 게까지 불러냈는데, 하물며 죽은 줄 알았던 처가 아닌가?

하지만 기대감보다 불쾌함이 앞섰다. 천한 것들의 질긴 목숨 줄에 기가 질린 것이다. 목숨만 질긴가, 주상이 자기를 죽였다 믿으면서도 그 근처를 얼쩡거렸다니 역시 밸도 없는 천것이었다. 대비의 눈이 경멸과 혐오를 담아 일그러졌다.

"물론 일을 도모하기 전에 확인이 먼저이지. 마땅한 이가 누가 있누?"

"제가 환궁하면서 곰곰이 생각해 본 바로는, 가례 전에 부부인의 교육을 위해 해주 상단으로 보냈던 훈육 상궁이 어떨까 합니다."

"좋은 생각이구먼. 여러 번 본 그이라면 잘못 알아볼 리 없으니."

대비의 머릿속에 대군을 보며 천진난만하게 웃음을 터뜨리던 얼굴이 떠올랐다. 문득 아주 몹시도 궁금해졌다.

주상이 자신을 죽이려 했다는 사실을 안 이후의 세월 동안 그 얼굴은 어찌 변해 있을까? 원자를 잃고 지아비를 독살하며 지금껏 살아남은 제 얼굴보다 더욱 모질고 독하게 변해 있으려나? 한때는 제 귀를 혹사시켰지만 이제는 들리지 않는 그 웃음소리가 지워진 얼굴을 눈으로 보고 싶은 생각이 들게 했다.

"제가 함께 가야 하는데, 혹여 지켜보는 눈이 있다면 궐로 돌아온 지 얼마 되지 않아 바로 다시 나가는 것이 괴이쩍어 보일까 우려됩니다."

"그렇지. 조심해서 나쁠 건 없다."

"예, 그래서 오늘 밤 술시 무렵에 나가려 합니다."

"신중히 행하라."

"명심하겠습니다, 대비마마."

날이 어두워지고 사신 접대를 위한 연향이 한창 무르익었을 즈음, 분주한 발걸음이 대비전으로 스며들었다. 대전에 심어 두었던 내관이었다.

다행히 엄 상궁 일행과 마주쳤다. 그녀는 예정대로 궐을 나가기 위해 나서던 참으로 길이 엇갈리지 않아 다행이라며 구석으로 걸어가 소곤거렸다. 얼마 가지 않아 엄 상궁은 급히 안으로 들었다.

"뭐라? 주상이 연향 자리를 엉망으로 만들어? 어째서?"

"이유를 알 수 없다 합니다. 청의 사신은 그저 역관 이야기를 하였을 뿐이라는데 말입니다. 게다가 이어 급히 잠행을 나갔다 합니다."

"또 어디로 간 게지?"

"임성천과 연결된 겸사복들이 없어 현재로선 목적지를 알 길이 없습니다."

그 기생이 또다시 없어졌다는 소식에 달려 나간 것인가? 부부인 인 줄 알아보지는 못해도 닮은 기색이 있으니 그리 드나들었을 테지. 대비의 입술이 못마땅하게 오므라들었다.

"예정대로 저는 훈육 상궁과 다녀올까요?"

그렇다면 지금 주상은 제정신이 아닐 터인데.

대비가 잠시 생각하더니, 일렀다.

"내금위의 움직임이 어떠한지 먼저 알아보아라."

지난밤 내금위가 썰물처럼 궁궐을 빠져나간 것을 보면 주상이 임성천 몰래 그들을 움직인 것이다. 그래서 오라버니도 당하신 것이고. 그러니, 오늘도 내금위가 움직였다면 주상이 임성천의 일도 눈치챘을 가능성이 있는 것이니 서둘러 발을 빼야 한다.

얼마 후 알아보고 돌아온 내관이며 나인들이 고하기를, 내금위에 별다른 움직임은 없다 하였다. 다행한 일이지만, 주상이 나갔다지 않는가. 남아 있는 시간이 별로 없을지도 모른다.

얼마 가지 않아, 대비전에서 나온 장옷을 둘러쓴 여인 둘이 궐문을 향해 나아갔다. 궐문을 나선 지 얼마 되지 않아 검은 옷을 입은 두 사내가 그들과 합류하여 주위를 경계하며 멀어졌다. 하지만, 어둠 속에서 담과 지붕 위로 기민하게 따라붙은 눈들을 알아채지는 못하였다.

서둘러 환궁한 흔은 강녕전 앞에서 내금위장과 함께 서 있는 기시를 맞닥뜨렸다. 설희를 임성천에게 데려다주라 했다는 말을 하는 기시는 이미 내금위장과 임성천에 대한 말을 나누었는지 얼굴이 흙빛이 된 채였다. 지난 새벽 흔이 내금위장으로부터 보고를 받을 즈음에는 번이 아닌 관계로 처소로 돌아가 쉬었던 탓에 그에 대한 의심이 여전하였다는 것을 모르고 있었던 것이다. 알았다 하더라도 이미 설희, 아니, 서리를 그에게 넘겨주고 난 뒤이긴 하였지만.

기시를 족쳐 봤자 더 이상 나올 것은 없었다. 임성천의 흔적을 쫓던 내금위에서도 별다른 소득이 없다 했고.

그때 다른 보고가 들어왔다. 낮에 사가에 나갔다 들어온 대비전 상궁이, 이 밤에 다른 상궁과 함께 또다시 궐을 나갔다는 것이다. 임성천이 대비전과 결탁할 가능성이 있다는 흔의 추측에 무게를 실어 주는 내용이었다. 게다가 수문장에게 확인하니, 노모가 위독해 나간다 했다는데, 함께 동행한 이는 내의녀도 아닌 훈육 상궁이라고.

내금위장이 기민하게 사람을 붙여, 이동 위치가 시시각각으로 보고되게 하였다는 말에 흔은 다시 궐을 나섰다. 그들이 임성천을 만나러 가는 것이라면 조금이라도 시간을 아낄 참이었다. 일단 시간이 급박하니, 20여 명과 동행하고 나머지도 채비가 되는 대로 뒤를 따르기로 하였다.

허어, 이런.

내금위가 중간중간 전해 오는 이동 경로를 따라 추적하다 보니 어느 산 아래인데, 흔을 비롯한 내금위들 모두 기가 막혔다. 그곳은 바로 지난밤 흔이 윤인필을 죽였던 용문사가 있는 산이었던 것이다. 지난밤 일로 조사를 위해 절의 주지부터 잡일하는 이까지 모조리 의금부로 잡아들여 텅텅 빈 곳으로 숨어든 것이다. 뛰는 놈 위에 나는 놈 있다더니, 바로 그 짝이었다.

이내 산을 오르기 시작하는 흔의 표정은 비장했다.

놈들은 제 가족들까지 데리고 있을지 모르는데, 그것은 이쪽에 호재일 수도 있고 악재일 수도 있었다. 아녀자와 아이들을 데리고 있다면 내금위를 뚫고 쉽게 도주할 수는 없지만, 그만큼 필사적이 될 테니까. 그 와중에 서리가 다칠 수도 있으니 신중, 또 신중해야 할 것이다.

지난밤과 같은 수를 쓰기에는 위험 부담이 너무 커, 말도 버리고 조용히 산을 올랐다. 중간중간 새소리가 들렸는데, 내금위장 말로는 밤에 우는 새가 아니라 했다. 그렇다면 사람이 내는 소리이니, 그들의 접근이 벌써 보초에게 발각되었을 수도 있다는 말이었다. 그럴수록 흔의 마음은 더욱 조급해졌고 발걸음은 더욱 빨라졌다.

하지만 그리 조용히 다가선 것은 헛수고였다. 흔의 일행이 일주문에 이어 불빛 한 점 없는 금강문 안으로 들어서자, 그들이 마당에 죽 늘어서 이쪽을 바라보고 있었던 것이다.

환한 달빛 아래, 임성천까지 도합 여섯에 달하는 겸사복들은 각자 제 앞에 치마저고리 차림의 여인 한 명씩을 앞세우고 있었다. 하나같이 머리에 자루를 씌운 여인들은 손이 뒤로 묶인 채였고, 뒤에 선 겸사복들이 그들의 목에 번득이는 검을 들이대고 있었다.

나머지 여인들이 누구인지는 모르나, 자루 속으로 서리는 소리를 내지 못하도록 재갈까지 물린 채일 것이다. 흔의 일행이 아무리 수가 많아도 섣부르게 나설 수 없도록 한 그 수가 절묘했다. 임성천이 윤인필보다 머리가 좋거나, 아니면 그 볼모의 가치가 비교할 수 없으리만치 높아졌다는 것을 알아챈 것이겠지.

흔의 이가 으득 하고 맞물렸다.

가마 안에서 손발이 묶이고 머리에 검은 자루가 씌워진 채로 여기저기 옮겨 다니던 서리는 지난밤처럼 어느 광의 기둥에 묶여 앉아 있게 되었다. 점심 즈음부터는 어느 아낙이 가져와 먹여 주는 주먹밥도 받아먹었다. 어찌 될지 모르나, 이들이 자신을 죽이기 전까지는 살아남아야겠다는 생각이 들어서였다.

다시 날이 저물었다. 여전히 얼굴에 씌워진 자루 탓인지 아무리 귀를 기울여 봐도 밖에서는 별다른 소리가 들려오지 않았다. 대체 무엇이 어찌 돼 가는 것인지.

지난밤 겸사복장이 당장 자신을 죽일 줄 알았는데 살려 둔 이유가 궁금했다. 하지만 안전히 전하께 보내 줄 리는 만무했다. 이대로라면 풀려날 길도 요원하고.

이럴 줄 알았다면, 상선에게 전하께 말씀드리지 말라는 말을 괜히 하였다고 자책도 하였다. 물론 그때는 전하를 믿을 수 없어 그런 것이지마는…… 어찌 후회가 그것뿐일까.

후회에 이어 눈물도 비치다가 반드시 살아야겠다는 다짐도 몇 번이나 거듭하던 중, 광문이 다시 열리는 소리가 들려왔다. 아까 저녁이라며 아낙이 다시 주먹밥을 주고 간 터라, 내일 아침에나 들여다볼 줄 알았건만. 혹시…… 이제 나를 죽이려는 것인가?

서리는 겁을 먹고 뒤로 물러났다. 들어온 자들이 든 횃불 빛이 어둑한 자루 안까지 스며들었다.

"이이입니다."

처음 들려온 것은 겸사복장의 목소리였다. 그런데, 그이가 존대를 하는 이라면 누구지? 또 다른 누군가가 있는 건가?

"저것을 벗겨 보거라."

의외로 여인의 목소리였다. 게다가 어디서 들어 본 듯한 그 목소리에 서리는 고개를 갸웃했다. 단아하면서도 범접할 수 없는 위엄이 서려, 전 같으면 부러워도 했을 법한……

"예."

자루가 벗겨지자, 숨 쉬는 것이 한결 편해졌다. 서리는 크게 숨을 들이마시면서 궁금하던 상대에게로 시선을 돌렸다. 침침한 눈이 선명해지면서 시야에 들어온 이는…… 서리의 눈이 크게 뜨였고 저절로 입이 벌어졌다.

"대비마마?"

"그래, 참말 너로구나."

순간적으로 왈칵 반가움이 치솟아 저도 모르게 부름 하였지만, 다음 순간 멈칫하였다. 대비께서 저 겸사복장과 함께 계시다는 뜻은……

"저를…… 구해 주시지 않겠군요."

"잘 아는구나."

일렁이는 횃불 빛 아래서 눈을 내리깔고 저를 내려다보는 시선은 경멸로 가득 차 있었다. 어째서?

"천한 것들은 목숨 줄도 질기다더니, 그 말이 참말인 줄을 내 오늘 확인하는구먼."

급기야 비아냥거림까지. 가례 후에 찾아뵈었을 적에 인자하시던 모습은 간 곳 없으니, 서리의 눈이 절망으로 깊어졌다.

"질기……다니요?"

지난밤에 살아남은 것을 이르는 것은 분명 아니었다. 자신은 죽은 지 오래인 사람이니.

"그때의 화재를 주상께서 명하신 것으로 알고 있다면서?"

서리의 표정이 경악으로 물들었다. 그 말씀은……?

대비마마의 입가에 설핏 미소가 스쳐 갔다. 본인이 주도하였다는 말씀으로 서로 입을 열어 묻고 대답할 필요도 없었다.

"어, 어째서 그러셨습니까?"

"이유? 자네가 너무 밝게 웃었던 탓이라고 하면 되려나?"

그게 사람이 사람을 죽이려 한 이유가 될 수 있는가? 서리는 믿을 수 없었다.

황당한 대답을 한 대비는, 나름 그 대답이 마음에 드는지 좀 더 진한 미소를 지었다.

"그건 결코 내가 웃어 보지 못한 웃음이었거든. 해서 주상께서 죽으라 하셨음에도 살아남아 꾸역꾸역 생을 이어 온 얼굴로도 여전히 그리 웃을 수 있는지 궁금해 와 봤지."

원래 엄 상궁과 함께 오기로 한 이는 훈육 상궁이었지만, 대비는 마지막에 생각을 바꾸었다. 천한 계집이 혹독한 세월 동안 얼굴이 변했다면 나이 든 훈육 상궁의 희미해진 눈으로 확인키 어려울지 모르고, 그리 시간을 끌다가는 급박히 돌아가는 상황에 미리 대처하지 못할까 싶어 자신이 나온 것이다. 게다가 어차피 죽여 없앨 것이지만, 그 낯짝이 어떠한지 자신의 눈으로 반드시 확인하고 싶기도 했고.

"그래서…… 보시니 어떠십니까?"

대비가 고개를 갸웃하였다.

"글쎄. 솔직히 잘 모르겠구먼."

서리가 빙긋 웃었다. 그 미소에 대비의 입가가 굳어 들었다. 한 사람이 웃으면 한 사람은 웃을 수 없는 것이 이치인 것처럼.

"어찌 웃지? 그저 살아 있는 것이 행복이라 여기는 것인가? 개돼지나 다름없이?"

"그렇다면 대비마마께서는 개나 돼지만큼도 행복치 않으신데, 그 미물들보다 낫다고 볼 수 있겠습니까?"

"감히 어느 안전이라고 함부로 입을 놀리는 게냐!"

뒤에 섰던 상궁이 나서며 꾸짖었고 대비의 얼굴도 굳어졌지만, 서리는 멈추지 않았다.

"참으로 딱하십니다. 남의 행복을 시샘하여 깨뜨린다고 해서 그 행복이 자신의 것이 되는 건 아니라는 당연한 이치를 모르시다니요."

"천한 것이 감히 이 나라의 대비를 가르치려 드는 것이냐?"

"소인이 지금 웃는 이유는 살아남은 것이 기뻐서가 아닙니다."

"그럼 무슨 이유 때문이냐?"

"지금껏 간절히 바라 왔던 것이 사실로 드러났기 때문입니다. 전하께서 저를 죽이셨을 리 없다는 믿음 말입니다."

"그렇다면 지금 당장 죽어도 여한이 없겠구나."

선왕께서 기어이 저를 배신하고야 말리라는 의심 때문에 그분을 독살한 자신과는, 정반대되는 생을 사는 계집이었다. 그래서 한시라도 빨리 죽여 없애고 싶었다.

서리가 다시 웃자, 대비가 차갑게 턱을 치켜들었다.

"겸사복장."

"예, 마마."

"미끼로 쓰려면 숨은 붙어 있어야 하겠지만, 저 요망한 입은 필요가 없을 듯하네만."

어차피 죽을 몸이지만, 저대로 죽기는 싫었다. 지금보다 더 처참해지면 조금이나마 주상을 원망하며 죽어 가겠지, 싶었고.

겸사복장은 금세 알아듣고 고개를 조아렸다.

"알겠나이다."

그가 들고 있던 횃불을 서리의 얼굴로 들이댔다. 그것으로 입을

지질 참인가 보다. 시뻘건 불꽃과 후끈한 열기가 얼굴로 다가드는
찰나.

미처 겁이 치밀기도 전에 광의 문이 급히 열리고 누군가가 외쳤
다.

"누군가 산을 오르고 있답니다!"

하얀 달빛과 내금위가 든 여러 횃불들로 인해 겨우 여섯인 놈들
의 그림자가 바닥에 수도 없이 그어졌는데, 그 하나하나가 모두 음
침하고 기괴하게 흔들리고 있었다. 그들이 앞세운 여인들 중 서리
를 찾으려 뚫어져라 살펴보았지만, 어둡지 않다 해도 얼굴을 저리
모두 가린 상황에서야 치마저고리만 보고 누가 누군지 어찌 알 수
있을까.

"임家 성천, 어서 그 검을 내려놓으시오! 그리하면 전하께서 목
숨만은 살려 주실 것이니……."

내금위장이 나서서 경고하자, 복면 쓴 사내 중 하나로부터 목소
리가 흘러나왔다.

"목숨만 살려 주시는 것으로는 부족하오."

겸사복장 임家의 목소리였다. 사내들도 모두 복면을 한 채라 정
확치는 않았지만, 다섯 중 가운데 선 자 같았다. 놈이 수괴라면 그
가 데리고 있는 여인이 서리일까? 그가 수괴인 것은 맞나? 또 다
른 누군가 있는 것은 아닐까?

그 어느 것도 확신할 수는 없다.

드디어 흔이 입을 열었다.

"그럼, 어쩌자고 이런 같잖은 수작을 부리는 것이냐?"

"이 지경에까지 이르는 것은 바라지 않았는데, 참으로 유감입니다, 전하."

"사죄는 되었고 어쩌자는 것인지나 말해라."

"전하께서 부부인을 무사히 넘겨받길 원하시는 만큼이나, 저희도 무사히 이곳을 빠져나가고 싶습니다."

역시 이놈이 그이를 데리고 있었던 것이다! 흔이 쥔 검 끝이 부르르 떨렸다.

가만? 부부인을 무사히 넘겨줄 테니 자신들의 안전을 도모해 달라? 윤家 놈과 같은 일을 도모하기 전에 자신이 도착했다손 쳐도 몸이 날랜 자들이니 훌쩍 도주했으면 그만인데, 모습까지 드러내며 배수의 진을 쳤다고? 그것은 저들이 지켜야 할 이들이 있다는 방증인데? 놈들의 식솔들이 이곳에 있는 것이 확실하군. 윤인필처럼 자신을 이곳으로 유인해 낼 생각이었다면 식솔들을 미리 피신시켰겠지만, 그런 모략을 짜기도 전에 자신이 도착한 것이다. 그렇다면 저 여인들이 누구인지 설명이 된다.

"과인이 너무 일찍 당도한 모양이로군."

"무슨 말씀이십니까?"

"부부인은 한 명인데, 나머지 다섯을 급히 조달하느라 애썼다는 말이다. 네 앞의 여인은 네 처냐? 아니면 누이? 설마 어미는 아니겠지?"

확인키 위해 던져 본 비아냥거림에 침묵하는가 싶더니 다음 순간 임家의 검이 번득였다. 놈 앞에 섰던 여인의 앞자락으로 피가 울컥 솟구치더니, 털썩 하고 쓰러지고 말았다.

양측이 대치한 마당에선 경악스런 침묵이 스쳐 갔고 흔도 놀란 기색을 드러내지 않기 위해 안간힘을 썼다. 섣불리 서리를 죽였을 리 없다. 그이는 마지막의 마지막까지 남겨야 할 인질이지 않나!

당연하다 싶으면서도 등줄기로 오한이 내달렸다.

"식솔이라면 이리 죽이진 못했겠지요. 더 많은 지원군이 몰려올 것을 알고 있습니다. 그러니 시간을 끌지 마십시오."

경고 조로 한 명을 죽인 것이라면 역시나 서리일 리는 없다. 죽은 이는 제 무리 중 누군가의 식솔임이 분명할 터인데 어째서 무리를 하는 게지?

그나저나 서둘러 오느라 어제만큼 많은 수하들을 이끌고 오지 못했다는 것을 눈치챘구나.

"설마 부부인을 죽이랴, 싶으십니까? 궁금하시면 다음에 죽을 이를 전하께서 골라 보시지요."

흔이 그런 호기를 부릴 수 없다는 것을 뻔히 알면서 배짱을 부리는 것이다. 흔의 목적은 그들을 죽이는 것이 아니라 서리를 안전히 되찾는 것이니, 무작정 교전을 벌일 일은 아니다. 응징은 서리를 되찾고 나서도 얼마든지 할 수 있는 것이니.

그래서 물었다.

"어찌해 주랴?"

"말 스무 마리를 준비해 주십시오. 그리고 제물포에 배도 한 척 있어야겠습니다."

무작정 타국으로 떠나겠다는 말이다. 조선에 있다가는 언제고 임금 손에 몰살을 당할 것도, 그만큼 무도한 짓을 저지르고 있음도 똑똑히 알고 있는 것이고.

"제물포에 당도하여 부부인을 내놓는다고 어찌 보장하느냐?"

"먼바다로 나가면 놓아드리겠습니다."

흔이 코웃음을 쳤다.

"중간중간 수틀릴 때마다 한 명씩 죽이기에는 여인의 수가 너무 적다고 생각하지 않느냐? 그러다 부부인이 중간에 죽임을 당한다면 모든 약조가 무산돼 버릴 텐데?"

그 말에 임家는 옆에 쓰러진 이를 내려다보더니, 검을 들어 단번에 그 목을 잘랐다. 그리고 자루째 그 목을 주워 드니 남아 있는 몸뚱이의 목에서 피가 샘솟았다.

"이리하면 저희가 배를 타고 먼바다에 나갈 때까지 누가 죽은 것인지 알 수 없으실 터이니, 끝까지 저희 조건을 들어주시는 수밖에 없겠지요."

잔인무도한 행태에 다들 말을 잃고 섰는데, 그 와중에 더더욱 어이없는 것은 웃음을 터뜨린 자가 있다는 것이다. 바로 흔이었다.

"하하하……."

갑작스런 왕의 웃음에 이쪽이나 저쪽이나 다들 어리둥절한 지경이었다. 웃음을 시작할 때만큼이나 갑작스럽게 그친 흔이 흔쾌히 말하였다.

"번거롭게 제물포까지 갈 것이 뭐 있느냐? 그러지 말고 여기서 모두 죽여라."

"위협이 아닙니다!"

당황하였는지 임家 놈의 말이 빨라졌다.

"과인도 허풍이 아니다. 나더러 고르라고 하였더냐? 그럼 네 왼쪽의 여인을 죽여 보아라."

그 말에 이편이나 저편이나 모두 놀라긴 마찬가지였다.

"이쪽 인원을 감당할 만하다 판단했다면 굳이 이런 짓거리도 하지 않았겠지. 그 여인들을 모두 죽이고 나서는 전면전을 하게 될

476

테고 너희는 모두 죽는다. 그러고 나면 그 스무 마리의 말에 태워야 할 네 식솔들은 과인의 손에 떨어질 것인데, 네가 그에 대한 대비책을 세워 놓지 않았다고? 아무리 검 쓰는 놈이라 해도 그 정도로 어리석을 리 없지. 그러니, 여기에 부부인은 없다."

과연 고개가 끄덕여질 만한 말이었다.

"말씀대로 여기에 부부인이 없을 수도 있습니다. 저희를 자극하여 모두를 죽이게 할 수는 있으나, 그리되면 궁지에 몰린 저희들이 결국 부부인을 죽이게 될지도 모르는 일 아닙니까?"

"아니. 너희가 다 죽고 한 사람이 남는다 해도 그는 제 목숨이 끊어지기 직전까지 부부인을 죽이지 못한다. 부부인이 잘못된다면 저도 당장에 죽임을 당하는데, 그이를 먼저 죽인다? 말이 되지 않지."

맞는 말이었다. 누구든 부부인을 산 채로 잡고 있어야 살아남을 여지가 있는 것이니.

그 말은 반대로 부부인이 잘못되는 순간, 모두 죽이겠다는 주상의 의지를 전하는 것이었다. 이 자리에 있는 이들 대부분이 지난밤 윤인필을 난도질하던 주상의 야차 같은 모습을 보았으니, 설마 하는 의혹 따윈 갖지 않았다.

"못 죽이겠느냐? 내가 죽여 주랴? 진짜 제 처가 여기에 있는 이도 있을 텐데, 자신의 처를 잃은 수하가 여전히 네 명을 따를지 의문이구나."

흔이 검을 뽑아 들고 한 걸음 앞으로 나서자, 임성천의 무리들이 다들 한 걸음 물러섰다. 단 한 사람, 보호할 이 없이 혼자 섰던 임성천만 그대로였다.

악에 받친 목소리가 터져 나왔다.

"이미 한 사람이 죽어 넘어진 것을 보고도 그러십니까?!"

"죽은 이는 너희들의 식솔이 아닐 것이다. 외부에서 잡아 왔거나, 몰래 숨어든 대비전의 상궁이겠지."

말이 끝나자마자 주상이 다시 한 걸음을 내디뎠고 그들은 다시금 한 걸음 물러설 수밖에 없었다. 뜻대로 돌아가지 않는 상황에 말을 잃었는지 이번에는 임성천마저 물러섰다.

"먼저 검을 내리고 무릎을 꿇는 자, 셋. 그 셋의 식솔들은 살려 주겠다."

흔의 말에 여인들 몇이 움찔거리더니, 재갈 물린 잇새로 울먹이는 소리가 들려왔다. 겸사복들마저 눈치를 보기 시작하자, 임家가 급히 다그쳤다.

"현혹되어서는 안 된다!"

"그래? 자, 둘로 줄어들었다. 나머지는 부모 자식 할 것 없이 모두 죽일 것이다."

챙그랑.

흔의 빙글거리는 말이 끝남과 동시에 제일 왼편에 섰던 겸사복이 검을 던지고 꿇어앉았다. 앞에 선 여인의 다리를 끌어안고 울부짖으니, 여인 또한 주저앉아 통곡하였다.

"하나 남았다."

다 되었다 싶은 그 순간, 뒤에서 인기척이 들렸다. 누군가가 다가오는 소리였다.

흔은 치마저고리 차림의 여인이 나서는 것을 보고는 순간, 그 사람인가 하였다. 하지만, 억류되어 있을 것이 뻔한 그이가 이리 나설 수 있을 리가 없다. 그렇다면 누가 배포도 크게…….

"주상."

이 땅에서 자신을 저리 부를 수 있는 사람은 단 한 사람이었다. 대비.

그녀가 놈들의 무리와 흔의 중간쯤에 이르자, 내금위가 든 횃불에 의해 그 얼굴이 더욱 선명하게 드러났다. 몇 해 만인 데다가 가채도 없이 평범하게 쪽을 지은 모습이었지만 씹어 먹어도 시원치 않으리만치 증오스러운 그 얼굴을 알아보지 못할 리 없었다.

"무에 그리 중한 일이 있어 훈육 상궁입네 하면서까지 궐을 빠져나오셨습니까, 그래?"

윤인필이 죽자마자 임성천이 대비와 일을 도모한 것이 틀림없었다. 흔의 얼굴에 경멸이 짙게 드리워졌다.

"그러게 말입니다. 한때 부부인이었던 이를 데리고 있다는 저 무도한 자들의 기별에, 내가 몹시도 마음이 급하여 이리 나오고 말았지 뭡니까."

이건 또 무슨 소린가?

대비의 뻔한 거짓말에 흔의 인중이 사납게 말려 올라갔다.

"무슨 말씀이신지?"

"말씀드린 대로예요. 오늘 새벽녘 대비전 상궁이 편찮은 노모 때문에 궐 밖 사가에 다녀오는데, 누군가 억지로 서신을 전해 주었다지 뭡니까."

언제부터 저와 그리 살갑게 말을 섞었다고 저러는가? 뿐만 아니라 가식적으로 힘을 주는 목소리는 허풍이 분명타 싶어 임家 놈을 쳐다보니, 분한 듯 가슴을 들썩이고 있었다.

"그래서 열어 봤더니, 죽은 부부인이 살아 있으니 그이를 살리려면 이 사람더러 이곳까지 직접 오라고 협박을 하지 뭡니까?!"

"그렇다면 제게 먼저 알리셨어야지요."

"주상에게 알렸다가는 부부인을 영영 죽이겠다고 하니, 아녀자의 좁은 소견에 어떻게든 그 사람을 살리고 싶어서요. 주상께서 죽은 그이를 늘 애석해하는 것을 아는 터라 어떻게든…… 저길 보시오! 저기 죽어 넘어진 이가 내가 부리는 상궁이오. 그만큼 잔인무도한 이들이니, 그들로부터 부부인을 지키고 싶었던 이 사람의 충정을 알아주셔야 합니다."

죽은 것이 대비전 상궁이었구먼. 제 사람이 죽어 겁을 먹은 데다가, 겸사복들마저 와해될 분위기이니 영악한 대비가 먼저 발을 빼려는 것이 분명했다.

씁쓸해진 흔이 무어라 반응을 보이기도 전에, 임家가 움직였다.

대비는 흔이 믿어 주지 않으면 다시 저쪽에 가 붙을 생각으로 중간쯤에 서 있었을지 모르나, 그 입에서 내뱉은 말로 인해 이미 놈들의 적이 되었다는 것까지는 알지 못한 모양이었다. 달려든 임家가 팔로 대비의 목을 감으며 검을 들이댔으니 말이다.

횃불 빛이 어린 대비의 얼굴이 새하얗게 질렸지만, 흔은 그 얼굴을, 필사적으로 자신을 향해 내미는 손처럼 그저 바라만 보았다.

"주상, 살려 주시오! 이놈, 이게 무슨……."

대차게 들이대는 검날에 대비의 비명이 사그라짐과 동시에 임家가 외쳤다.

"이로써 인질이 둘이 되었소! 그러니, 어서 말과 배를 준비해 주십시오!"

"글쎄."

흔이 고개를 갸웃하였다.

"과인의 눈에는 그저 훈육 상궁으로 보이는데, 그이가 인질로서 가치가 있을지 모르겠구먼."

흔이 다시 한 걸음을 내딛자, 새소리가 들렸다. 여전히 서 있던 겸사복 중 하나가 손을 입으로 가져가 내는 소리였다. 정확히 세 번.

신호였다. 이번에는 서리와 함께 있는 이들에게 보내는 신호일 공산이 컸다. 흔의 걸음이 본능적으로 빨라짐과 동시에 놈들이 각기 다른 방향으로 흩어졌다.

어느 방향이 서리에게 가는 것인지 알 수 없지만 그 어느 한 방향도 흘려 버릴 수 없었다. 어둠과 달빛. 그리고 서로 자신의 귀한 이를 살리기 위해 서로를 죽여야 하는 상황에까지 이르렀는데 더 이상 재고 말고 할 것이 무엇인가.

"흩어져서 놈들을 쫓아라!"

큰 소리로 외친 흔이 임家가 향한 방향으로 달려가자, 이어 내금위도 갈라져 놈들을 쫓기 시작했다.

그 기별에 겸사복장의 표정이 급박해지는가 싶더니, 서리의 발만 풀어 주고 입에는 재갈을 물리더니 광에서 끌고 나갔다. 나가서 주위를 살피니, 지난밤처럼 절간인 듯했다. 같은 곳이라고는 생각지 못하고 이끄는 대로 급히 건물을 돌아가니, 이미 그 뒤편에는 나이 든 노인 대여섯과 크고 작은 아이들이 한데 뭉쳐 있었다.

사내들과 여인들은 남고 노인들이 단도를 겨누며 횃불도 없이 서리를 몰고 산으로 올라갔다. 아이들도 뒤를 따르는데 그 움직임이 사뭇 급박했다.

"어서 가시오!"

저들은 두 손으로 나뭇가지와 풀덤불을 쥐어 가며 오르고 있었지만, 손이 뒤로 묶인 서리는 영 쉽지 않아 가끔 휘청이기도 했다. 하지만 그럴 때마다 뒤에 선 노인이 들고 있던 단도로 등을 쿡쿡 찌르며 올러대니, 갈 수도 없고 아니 갈 수도 없는 노릇이었다. 가슴 속에서는 심장이 쿵쿵거리고 얼굴에서는 땀이 쏟아져 내렸다.

계집아이 하나가 넘어져 우는 소리를 내자, 무릎을 짚고 오르던 할멈이 그 입을 틀어막으며 힘겹게 안아 들었다. 이다지도 화급하게 도망치는 연유가 무엇이지? 누가 자신을 찾으러 온 것일까? 김 상선에게 그리 일러 보낸 데다 겸사복장이나 대비도 놀라는 것으로 보아 아직 전하께 알린 것은 아닌 듯하고. 그렇다면 혹시 아버지나 오라비들일까? 아니면 자신과 상관없는 또 다른 적일 수도 있고.

하여간, 이들이 두려워 피하고자 하는 존재라면 자신에게 도움까지는 못 되어도 도망칠 기회는 만들어 줄 수 있을 터. 뒤에 남은 사내들이 뒤따르기 전에 어떻게든 이들에게서 도망쳐야겠는데.

산을 오를수록 일행 간의 간격이 점점 벌어지기 시작했다. 재빠르게 산을 타는 사내애들은 앞섰고 허리가 구부정하며 앓는 소리는 내던 늙은 여인은 점점 뒤처진 것이다. 그 중간 즈음에 섰던 서리는 제 등 뒤에서 단도를 겨누고 있던 노인이 아이를 안은 할멈을 돌아보는 순간을 틈타 냅다 옆쪽으로 달리기 시작했다.

"어딜 도망치려고!"

노인이 처음 몇 걸음을 빠르게 쫓아오며 단도를 위협적으로 휘둘렀지만, 멈춰서는 안 됐다.

"게 섰지 못할까!"

숨죽인 외침에 이어 덤불 헤치는 소리가 여기저기서 들리는 것을 보면 제 뒤를 쫓는 움직임에 몇이 가세된 듯했지만, 서리는 죽을힘을 다해 달렸다. 낮은 나뭇가지에 이마가 긁히고, 가시덤불에 도포 자락이 찢겼지만 멈출 수 없었다. 무슨 일이 있어도 살아야 한다는 생각에서였다. 벽이를 위해서도, 전하를 위해서도 반드시!

저 아래서 횃불 여러 개가 일렁이더니, 사내들의 외침이 들려왔다.

"잡아라!"

자신이 도망친 것이 알려졌는지 이제 사내들까지 가세한 모양이었다. 다시 광으로 붙들려 들어가면 다시는 이런 기회가 오지 않을 것이다. 대비의 눈빛으로 보아 제 입을 지진 뒤 목을 칠 기세였으니까.

서리는 거듭 다리에 힘을 주어 시커먼 어둠 속으로 내디뎠다. 산에 딱히 길이 어디 있을까. 나무가 있으면 돌아가고, 발이 디뎌지면 무작정 앞으로 내달렸다. 그렇게 얼마를 갔을까.

조금 트인 곳으로 들어섰고 짚신 바닥에서 느껴지는 것이 흙이 아니라 단단한 돌 같다는 생각이 들자마자, 걸음을 멈추었다. 저만치 아래에 달빛을 받아 무수히 반짝이는 물이 자리한 낭떠러지가 바로 코앞이었던 것이다. 한 걸음만 더 내디뎠다면 그대로 떨어져 내렸을 것이다.

하지만 안도할 계제가 아니었다. 뒤를 쫓는 급박한 발걸음 소리와 횃불들이 벌써 지척이었으니까.

어찌해야 하지?

낭떠러지가 높다 해도 물이 깊다면 뛰어내린다 해도 죽지는 않을 것이다. 헤엄은 칠 줄 모르지만, 이대로 잡혀서 죽임을 당하는 것보다는 낫지.

해서 낭떠러지 아래를 내려다봤는데, 어둠 속이라 얼마나 높은지 가늠되지 않았다. 반짝이는 물은 까마득한 것도 같고 전에 대군 대감과 놀러 갔던 곳 정도인 것도 같았다. 아아, 팔이라도 자유롭다면 허우적거려라도 볼 텐데 손까지 뒤로 묶인 참이니…….

서리가 그렇게 우왕좌왕하는 사이, 뒤를 쫓던 이들이 드디어 그녀를 발견했다.

"꼼짝 마라!"

역시나 사내들이었다. 여러 명이 검을 내밀며 위협하는 기운에, 서리가 긴장하여 낭떠러지 쪽으로 바짝 다가섰다.

"사내입니다!"

아직 무명 도포 차림이니 어둠 속에서 사내로 본 모양이었다. 뒤쪽에서 우두머리인 듯한 이가 명령했다.

"우리는 다른 방향으로 가 볼 것이니, 저항하면 가차 없이 죽여라."

자신을 알아보지 못하는 것으로 보아, 겸사복장과 반대 패인 모양인데, 서슴없이 죽이라니! 그렇다면 저들이 겸사복장에게서 저를 구해 주리라는 바람은 헛된 것이다. 결국 뛰어내려야 하는 모양이다. 한탄에 울음이 터져 나올 것 같았지만, 이를 악물고 물을 향해 돌아섰다.

숨을 크게 들이마시고 이제 뛰어들려는 찰나, 뒤쪽에서 홀연히 들려온 목소리가 있었다.

"석동……이냐?"

죽여라, 쫓아라 하는 험한 말들과는 달리 간절함을 담은 부름이었다. 검은 물에 반짝이던 달빛들이 와락 제 눈으로 뛰어든 듯 서리의 눈이 와들 떨렸다. 떨림은 가슴으로 그리고 온몸으로 퍼져 나갔다. 아아……!

목소리의 주인이 몇 걸음 나서는 소리에 이어 위험하다며 만류하는 소리가 들렸지만, 같은 목소리로 물러서라 하는 명은 더욱 지엄했다.

"석동아……!"

그리고 다시 저를 부르는 목소리는 제 가슴만큼이나 떨리고 있었다.

주춤주춤 몸을 돌렸다. 혹시나 아닐까 봐. 죽음 앞에 선 자신의 염원이 불러낸 부름일까 봐.

그런데 아닌 것 같았다. 달빛과 횃불이 일렁이는 가운데, 점차 저를 향해 다가서는 이가 분명히 있었다. 손에 들었던 검도 던져 버리고 한 걸음 한 걸음 다가오는 이가. 횃불 빛을 등진 탓에 얼굴엔 음영이 졌으나…….

아아…….

입을 열어 답을 해야 할 성싶은데, 차마 입이 떨어지지 않았다. 믿어지지 않아서…… 저를 구하러 오신 것이 믿어지지 않아서. 조금 전까지만 해도 꼼짝없이 죽는가 싶었는데, 이렇게 살아나는 것인가 싶어서……!

간신히 입을 열었는데, 나오는 것이라곤 알아들을 수 없는 끅끅거림이었고 가슴은 한참이나 운 뒤에 딸꾹질을 하듯 들썩였다. 애가 타 어찌할 바를 모르는데, 먼저 다가온 손이 늘어져 있던 그녀의 팔을 잡았다.

단단히 쥐자마자, 홱 당겨 들어서는 횃불 빛이 비치는 쪽으로 그녀의 얼굴을 돌려 두 손으로 가만가만 더듬는다. 아아, 전하의 얼굴이 코앞에 다가와 있었다!

참인지 더 자세히 보고픈데, 눈물이 앞을 가리니 급히 눈을 깜박였다. 간신히 눈물을 떨구고 나면 금세 다시 차오르니 분간할 길이 없다 싶은데, 손가락이 올라와 눈가를 훑어 주었다.

선명해진 눈에 그제야 전하의 눈이 들어왔다. 맞구나. 다시 살아서 대군 대감을 뵙는 게로구나!

다음 순간, 그대로 끌려가 안겼다. 두 팔이, 가슴이, 그리고 젖은 뺨이 그녀를 감쌌고, 나머지 빈 곳은 애간장이 끊어질 듯한 울부짖음이 둘러쌌다.

"너로구나……! 참말로 너였어……!"

아아…… 그리웠더랬다. 설희로는 안기면 안길수록 서글프기만 하더니 서리로, 그리고 석동이로는 이전과 꼭 같이 애틋한 지아비의 품이었다.

이쪽으로 누군가 도망쳤다는 말에 부지런히 쫓아왔던 흔이 발견한 이는 인질도 식솔도 없이 낭떠러지에 몰린 사내였다. 검을 들이대는 내금위들의 으름장에 더 이상 뒷걸음질 칠 곳이 없자, 낭떠러지 아래를 몇 번이나 내려다보는 것으로 보아 뛰어내릴 모양이었다. 그래도 하는 수 없지. 선택은 제 몫이고 서리를 데리고 있지 않다면 볼일은 없다.

내금위가 처리하게 두고 서둘러 다른 방향으로 가 봐야겠다 싶어 급히 자리를 뜨려던 그는 두어 걸음도 떼지 못하고 우뚝 멈춰 섰다.

그가 돌아서던 순간, 갓도 없이 상투 머리에 도포 차림의 사내도 낭떠러지를 향해 돌아섰는데— 숨을 크게 들이마시느라 고개를 치켜든 그 옆얼굴이 제대로 눈에 들어온 탓이었다. 찰나의 일별이 었지만, 알아보지 못할 리 없었다. 아아……. 숨이 멎는 듯했다.

내금위들을 헤치고 앞으로 나서며 부르짖었다.

"석동아……!"

혹시 그이가 아니더라도 부르는 그 목소리를 듣는 누구나 한 번쯤 되돌아보게 만드는 간절한 부름이었다.

제 눈을 믿고 싶은데, 이윽고 그 돌아보는 얼굴이 어둠에 잠겨 분간이 되지 않았다. 그는 걸음을 떼며 생각했다. 알아들었으니 돌아보았겠지? 저를 부르는 소리이니 돌아보았겠지?!

그리고 한껏 부릅뜬 눈으로 어둠 너머를 간절히 더듬으며 맹세했다. 이번에도 아니라면…… 이제 더는 견디지 못할 것이니 차라리 저 낭떠러지로 떨어져 죽어 버릴 것이라고.

횃불 빛에 두 번, 세 번 얼비치는 것이 맞는 것만 같았다. 눈앞이 흐려져 더는 보이지 않아, 다리를 움직였다. 그렇게 허위단심 달려갔는데, 가까이서 얼굴을 들여다봐도 어둠 때문인지 눈물 때문인지 알아볼 수 없었다. 그래서 무작정 끌어안았다. 작은 어깨며 제 가슴에 부딪히는 흐느낌. 모든 것이 석동이 같았다!

아아, 또 네가 아니라면 내가 더는 살지 못할 것이다! 당장 죽고 말 것이야!

"너로구나……! 참말로 너였어……!"

품에 안으니 다시 확인하고 싶고, 그래서 몸을 떼어 얼굴을 들여다보면 또 잃어버릴까 겁이 나 실성한 이처럼 허겁지겁 다시 품어 안기를 거듭하였다.

"어디 갔었느냐! 대체 어디를, 얼마나 헤매고 다녔던 것이냐! 너

혼자 어느 험한 곳에서, 나도 모르는 곳에서 얼마나 섧게 울음 울며…… 얼마나……!"

제 귓가에 쏟아지는 애통한 울부짖음에, 서리는 마냥 고개를 저었다. 지나간 세월이 아니 아팠다 하는 것은 아니지만, 이미 지나간 일로 전하께서 슬퍼하시는 것은 차마 못 볼 것이라. 그래서 고개를 저었다. 아니 그러하였노라고, 하나도 그러지 않았노라고.

"거짓말 마라……!"

참말 아니라고 고개를 더욱 세차게 저으니, 더는 못 젓게 하시려는 듯 그 뒤통수를 잡아 품에 꼭 품으신다. 전하의 가슴에 댄 제 귀에 세차게 뛰는 고동 소리가 들려왔다. 나도 너만큼 아팠다고, 너무 아파서…… 죽을 것 같았다 외치고 있었다.

그러니, 그런 말씀 마시라고 서리도 풀려난 팔을 돌려 전하의 허리를 꼭 안아 드렸다. 등을 토닥여 드렸다.

그동안의 세월을 울음 울자면 사흘 밤낮을 울어도 모자랄 터. 지켜보는 눈들도 있어 서리가 조금 떨어져 서려니 그 팔을 와락 잡으신다. 아차, 뒤쪽이 낭떠러지였지.

전하께서 더욱 당겨 안으며 멀찌감치 물러서셨다.

"전하."

그때 달려온 이가 고하였다.

"무도한 무리를 대부분 사로잡았습니다. 말씀대로 식솔들을 먼저 사로잡았더니, 놈들이 투항해 왔습니다. 다만 수괴 임성천은 끝까지 저항하다 검을 맞았나이다."

흔의 눈이 날카로워졌다.

"죽었느냐?"

"위중합니다."

"무슨 수를 써서든 살려 내라. 놈이 필요하니."

옥음이 조금 전 제게 향하던 때와 천지 차이로 살벌했다.

이후, 절까지 내려오는 길은 망극해서 뭐라 말을 할 수가 없었다. 도망치는 와중 신을 잃어 흙투성이가 된 제 버선을 보시고는 전하께서 극구 그녀를 업고 내려가겠다고 하신 것이다. 올라간 길이니 내려오지 못할 리 없다고 서리가 아무리 마다해도 명이라고까지 하시며 끝까지 고집을 부리시니, 하는 수 없었다.

하도 놀란 일을 겪은 뒤라 다리가 조금 후들거리긴 하였다. 혹여 그것을 눈치채신 겐가? 원래 눈치라곤 없는 분이신데.

"아니 무거우십니까?"

이윽고 산을 내려오는데 횃불 빛이 주변을 대낮같이 드리웠다. 그 속에서 군사들에게 제 얼굴이 보일까 싶어, 전하의 목덜미에 얼굴을 푹 파묻은 채로 그리 소곤대니, '그래' 하신다.

"참말요?"

"그렇다는데도."

"전 걸어가도 괜찮습니다."

"내가 아니 괜찮다."

전하께서 말씀하실 때마다 전해지는 생생한 목 울림이 어찌나 기쁜지, 지난 세월 동안 가장 괴롭던 순간만큼이나 가슴이 찌릿거렸다. 기쁜데 어찌 가슴이 아플 수 있나. 간질거릴 때까지 웃을 터다. 그래서 부러 농을 하였다.

"이제 힘들게 제 묘에 오르지 않아도 된단 생각에 기운이 나시는 게지요?"

"……그래."

목이 멘 목소리에 이어 제 엉덩이를 받친 손에 힘이 들어가더니 그녀를 더 높이 추썩였다. 그녀의 키가 더 높아져, 이제는 전하의 귀 언저리에 제 뺨을 비빌 수도 있게 되었다.

"울지 마십시오. 사내는 일생에 세 번 운다지 않습니까. 태어났을 때랑 부모님께서 돌아가셨을 때. 그리고 나라가……."

"나는 태어날 때 아니 울었다."

"그러니, 지금은 우셔도 된다는 겝니까? 그 말씀은 아니었는데요."

그 세 경우에만 운다는 것이지, 딱 세 번만 운다는 뜻이 아닌 것을 아실 텐데.

"하여간."

"전하께서 나실 적을 제가 확인할 길이 없다 싶으니 우기시는 게지요? 태어날 적에 울지 않는 갓난이가 어디 있답니까?"

"나는 그러했다."

아시면서도 부러 억지를 쓰시는데, 그 목소리에는 이제 목멘 기운이 사라지고 없었다. 그러면 되었다.

씩 웃으며 전하의 목덜미에 얼굴을 묻었다. 좋았다. 전하께서는 힘드실 테지만, 저는 이 길이 길었으면 좋겠다. 이대로 전하의 등에 얼굴을 묻고 천리만리 갈 수 있게.

절에 도착할 즈음, 날 선 여인의 목소리가 건물 뒤편에까지 들려왔다.

"내가 대비란 말이다!"

순간 서리가 전신을 후드득 떨며 목을 움츠리자, 전하께서 그대로 멈춰 서셨다.

"어찌 그러누?"

서리가 대답을 하지 못하고 얼굴을 전하의 등에 파묻자, 그 등이 뻣뻣하게 굳었다.

"대비를 만난 게야? 무슨 말을 하더냐?"

입이 떨어지지 않아 그대로 옹송그리고 있었지만, 전하께서는 답을 들을 때까지 움직이지 않을 기세셨다. 간신히 입을 달싹였다.

"저를 죽이라 시킨 것이…… 대비마마셨다 합니다. 그런 줄도 모르고…… 저, 저는……."

차마 뒤의 말씀은 덧붙이지 못하였다. 전하께서 그러신 줄로만 알고 그 오랜 세월을 허송하였어도…… 설희일 적에 전하께 드린 말씀이 있어서, 그것만으로도 전하께서는 남은 평생 가슴을 치며 안타까워하실 것이 자명하여…….

서리가 제멋대로 울먹이는 입을 두 손으로 틀어막으며 다시 너른 등에 얼굴을 파묻었다. 더 이상 전하께서 말씀이 없으셨다. 그런 채로 다시 걸음을 이어 가실 뿐.

모퉁이를 돌아가니, 절 마당에 환히 밝혀진 횃불들 가운데에 잡혀 온 이들이 꿇어앉아 있었다. 배신한 겸사복들과 그 식솔들 사이로 눈에 띄는 복색인 비단 치마저고리 차림의 여인이 반색하며 일어나 그를 맞았다.

"주상! 어서 오시오! 주상께서 아까 나를 살리려 훈육 상궁이라 하였다고 이놈들까지 나를 죄인 취급하잖소! 그러니 주상이 내가 누군지 어서 말을 해 주……."

그제야 흔의 입이 열리며 그 말을 막았다.

"말을 삼가라. 지엄한 궐의 법도를 어기고 한밤중에 몰래 궐을 빠져나온 상궁 따위가 감히 어느 안전이라고 떠드느냐."

"주상! 그 무슨 무도한 언사인 게요!"

"너야말로 실성을 한 게로구나."

그는 이어 내금위장을 불렀다.

"예, 전하."

"궁으로 끌고 가 엄히 문책해야 하나, 저 발칙한 말본새가 궁의 기강을 흐트러뜨릴까 저어된다. 그러니, 우선 이 절의 방 하나에 가두고 엄중히 경계하라. 처분은 차후에 내리겠다."

"예, 전하."

"주상, 이럴 순 없소이다! 이럴……. 하, 그 천한 계집을 끝내 찾으셨소이까?"

명을 내린 흔이 금강문을 향해 몸을 돌리는데, 등에 업힌 이를 알아본 모양이었다. 그 말을 담은 입에서 먼저 천박함이 뚝뚝 떨어지는 것을 당사자만 모르는 듯했다.

"애초에 그 계집이 살아 있었다면 주상이 여직 보위를 지키고 있었을 것 같소? 지금껏 그 자리에 있는 것이 누구 덕인 줄 알고 나를 이리 홀대하는 게요!"

그 사나운 외침에 등 뒤에 업힌 이가 흠칫 떨었다. 흔이 내금위장에게 일갈했다.

"저 요망한 입에 먼저 재갈부터 물려라."

그리고 걸음을 이어 가니, 이후 더 발악하던 대비의 목소리가 어느 순간 웅얼거리는 소리로 잦아들었다. 흔은 벌써 병사들이 일주문 앞에 끌어다 놓은 말에 서리를 올려 앉히고는 그 뒤에 올라탔다.

"어디로 가십니까?"

산에서 내려와 월계관으로 가시나 하였는데 방향이 다른지라 여쭈었다. 말을 마구 내달리게 하는 것은 아니시지만, 고삐를 움직이는 손에 조급함이 묻어나고 있었다.

"처가로 간다."

저를 게로 데려다주시려나? 곤하실 터인데.

"월계관이 더 가까운데, 게에 데려다주시고 환궁하소서."

답이 없으셨다. 말 등 위에서 고개를 비틀어 전하를 돌아다보니, 용안이 딱딱하게 굳어 있었다.

"전하……?"

어찌 노하셨을꼬?

"이 난리들을 겪고도 너는 나와 떨어지고프냐?"

"그런 건 아니지만, 한낱 서인인 제가 전하와 함께 있고 싶다한들 그것이 어찌 이뤄질 수……."

"졸라 보기라도 해야지! 말이라도 해 봤어야지! 아무리 내가 원망스러워도, 아무리 내가 너를 죽이라 했다 소릴 들었어도……!"

등 뒤에 맞닿은 가슴이 푸르르 떨렸다. 언뜻언뜻 삼켜지는 숨들은 자제하려는 방증이지만, 그보다 더욱 거세게 북받치는 것들도 있었다.

"내가 오해받은 것이 억울해서가 아니다. 그 때문에 네가 어떤 고초를 겪었는지 나로서는 짐작도 되질 않으니……."

"괜찮습니다. 참말이어요."

서리가 재차 말씀드렸지만, 돌아온 대답은 야멸찼다.

"되었다. 오씨들의 거짓부렁이라면 이제 신물이 나나니. 다 같이 똘똘 뭉쳐서는……!"

몇 해 동안 묵은 오해를 한꺼번에 감당하기 버거우신지, 말씀이 자꾸 이리 뛰고 저리 뛰고 한다. 뭐, 오씨들이 거짓부렁과 거리가 멀다는 것은 아니지만.

"그래도 그 '오씨'가 '국수씨'보다는 낫지 않습니까? 이렇게 살아 있으니 말입니다."

긴장을 풀자고 드린 그 말씀에도 묵묵히 저를 안은 팔에 더욱 힘만 주실 뿐. 뒤통수에 와 닿는 입술이며 턱이 수도 없이 떨림을 거듭하였다.

해주 상단에 도착하여서도 그대로 대문을 들어서셨다. 멀리서 본 종복이 달려가 아뢰었는지, 그들이 사랑채에 이르기도 전에 아버지며 오라버니, 그리고 식솔들이 모두 달려 나왔다. 먼저 내리신 전하께서 저를 안아 내려 주시자마자, 아버지와 오라버니들이 붙들고 눈물을 쏟아 내었다.

"무사한 것이냐?"

"예, 예!"

"되었다, 되었어!"

"대체 무슨 일이 있었던 것이냐?"

"어떤 놈들인지 내가 단단히 요절을 내 줄 것이야!"

"자초지종은 들어가 말씀드릴게요."

"그래, 그래! 다행이다!"

살아 있으니 어찌나 좋은지, 울며 웃으며 안부를 나누었다. 아버지께서 안으로 이끌기에 전하께서 먼저 가시는 것을 뵈올 양으로 돌아보려는데, 뒤에서 먼저 다가온 단단한 손이 서리의 팔을 잡고는 단호히 잡아당긴다. 붙들고 있던 아버지의 팔은 자연히 어정쩡하니 공중에 떠 있는 모양새가 되고 말았다.

"이 사람을 데려다주러 온 것이 아니오."

아버지를 향해 그리 말씀하시니, 다들 전하의 용안을 보며 더욱 어리둥절해했다. 설마…….

"이 길로 궁으로 데려갈 참이오. 궁 밖에는 아직 위험이 남아 있을지 모르고, 또 진즉에 그랬어야 할 일이니."

"그래도 입궐에는 절차와 차례가 있는 법이라고 알고 있습니다. 부부인으로서도 들어가지 못했던 곳을 폐서인 된 처지로……."

"그건 이제 과인이 알아서 할 일이고."

아버지의 말을 야멸차게 자르며 주위를 휘 둘러보셨다.

"원자도 데려가려 왔소이다."

원자? 벽이……?

다들 경악하였다. 자신이 살아 있다는 것이 알려졌으니, 언제고 벽이에 대해 아실 일이었지만, 적통에 장자라는 그 청천벽력 같은 호칭이라니.

제가 조강지처이니 틀린 말씀은 아니었지만, 그것은 자신들 쪽에서 우길 때나 써먹을 수 있는 말이지, 아버지 말씀처럼 부부인도 아닌 폐서인 된 처지인데 감히…….

"그러셔야지요."

배포 큰 서리도 가슴이 떨리고 오금이 저리는데, 먼저 나선 것은 둘째 오라버니였다. 그 어투는 나무라는 양이었지만. 어찌 이리 늦으셨냐고. 이제나저제나 기다렸다고.

언젠가 둘째 오라버니가 후회하는 말을 한 적이 있다. 세 해 전에는 중전이 못 될까 싶어 노심초사하였는데, 이후 벽이고 서리고 다들 안타까이 살아가는 것을 보면서 중전이 아니라 하다못해 제일 낮은 후궁 첩지라도 주십사 할 걸 그랬다고. 그랬다면 주상께서 저를 죽이실 이유가 없었을 것이니 말이다.

둘째 오라버니가 눈짓을 하니, 셋째 오라버니가 성큼 안채로 향했다. 안절부절못하며 서 있던 셋째 오라버니댁이 그 뒤를 따르더니, 자고 있던 아이를 포대기로 감싸서 나왔다. 서리가 울음이 터지려는 제 입을 틀어막았다.

아까와는 다른 의미의 눈물로 얼굴이 젖은 오라버니댁이 아이를 쉽사리 내어놓지 못하니, 셋째 오라버니가 간신히 뺏어서는 다가왔다. 아이를 안으려면 입을 가린 손을 떼어야 하는데 걱정이었다. 너무 크게 울음 울면 전하께서 비통해하실 것인데…… 하지만, 너무도 감개무량하고 너무 가슴이 벅차서…….

벽이를 처음으로 안아 보는 것이다. 해산한 날, 제 손으로 이불을 덮어 놓았던 그날, 큰오라버니가 품에 안고 그 방을 나간 이후로 처음이었다.

낳자마자 본 얼굴에 대군 대감의 얼굴이 보여서 어찌나 정이 가던지……. 하지만 그렇게 품어 키우다가 제가 살아 있다는 것이 발각되기라도 하면 아이마저 잘못될 성싶어 더럭 겁이 났다. 그래서 오라버니가 들어오는 소리에 맞춰 이불을 덮었다.

차마 제 손으로는 아이를 떼어놓지 못할 것 같아서였다. 언제고 제가 아이에게 위해를 끼칠 사람이라는 것을 주변 사람들이 인지한다면 스스로를 이기지 못하고 아이에게 다가가는 것을 막아 줄 것 같아 그리했고.

이후로도 한사코 외면했다. 젖을 물리기는커녕 아이의 얼굴을 보는 것조차 마다하니, 근심된 가족들이 의원까지 불러왔지만 내내 마음을 강경히 하였다.

어떻게든 살리고 싶어서…… 너무도 어여뻐서…… 제 눈에 담고 키우다가는 끝내 잃어버리고 말까 봐…….

그런 아이가 커서 이제 말을 곧잘 하는 것이 기특하여 지난가을 어느 날 딱 한 번 말을 걸었다. 그 뒤로 자신을 종종 찾는다 하여서 아차 싶어 일절 그 앞에 나타나지 않는데……. 그런 아이를 비로소 품에 안는 순간이니, 그 마음이 오죽 감개무량할까.

아직 잠결이라 조심히 넘겨받는다 했는데 작은 칭얼거림과 함께 아이가 반쯤 눈을 떴다. 그 눈이 몇 번 깜박이더니, 중얼거렸다.

"서또…… 아재?"

딱 한 번 가르쳐 준 이름을 기억했구나.

뒤에 섰던 전하께 탄식이 흘러나왔지만 서리는 듣지 못했다. 눈물 젖은 얼굴로 거듭 고개를 끄덕이느라, 스스럼없이 제 목을 감아 오는 작고 가는 팔의 감촉에 그만 포대기에 얼굴을 묻고 긴 울음을 토해 내느라 말이다.

10

벽
이

"언제 봤다고 이러는 게지?! 벽이 이놈, 어미 아비가 예 있는데, 아재를 따라갈 참이냐?"

서리와 벽이가 타고 갈 가마가 준비되는 동안 가족들은 눈물과 회한을 곱씹기보다는 지금 이 순간을 그저 누리자는 쪽으로 바뀌어 갔다. 오씨들 특유의 넉넉한 품성이 발휘되는 순간이었다. 그러다 셋째 오라버니가 벽이의 엉덩이를 툭 치며 말을 걸었는데, 어린 것이 도리질을 치며 서리의 품으로 더욱 파고드니 다들 눈을 빛내며 구경하려 들었다.

"허어, 누가 보면 제 형과 층하를 두어 키운 줄 알겠구나?"

말을 건 셋째 오라버니가 기 막혀 할 만큼 아이는 뒤도 돌아보지 않았다.

"참말 그런 것은 아니고?"

첫째 오라버니셨다.

"왜 이러시오, 형님! 원자마마 앞에서 내 흥을 잡을 참이오? 그 냥 핏줄이 당겨 그런 것 아니오!"

그 와중에 조용히 서 있던 둘째 오라비가 다가서더니, 아이의 귓가에 속삭였다.

"벽아. 서또 아재가 아니라 네 어머니다. 알겠느냐?"

"응? 어머니……?"

반짝 고개를 든 벽이가 둘레둘레 돌아보며 어머니를 찾았다. 둘러섰던 이 중에 셋째 오라버니댁이 얼른 다가서며 손을 내미니, 그 손은 얼른 잡는다. 오라버니댁이 아쉬움을 금할 길 없어 그 작은 손을 거듭 쓰다듬으니, 셋째 오라버니가 슬쩍 훈수를 두었다.

"이리 오라 해 보구려."

다들 호기심에 지켜보았다. 시킨 대로 오라버니댁이 안으려는 듯 두 손을 양 겨드랑이 쪽으로 내미니, 아이가 질색을 하며 뿌리치고는 홱 몸을 돌려서 다시 서리의 목을 휘감았다. 지켜보고 있던 이들은 와자지껄 웃음을 터뜨리면서도 코끝이 찡해져 다들 고개를 돌리고 말았다. 참말 핏줄이라는 게 있는가 보다. 본체만체하면 어쩌나 하였는데.

서리가 거둬들이던 오라버니댁의 손을 대신 부여잡았다. 뭐라 감사를 표하려 하는데, 어찌나 눈물이 치미는지 쉽사리 말을 꺼내지 못하니, 이심전심이라고 오라버니댁도 눈물을 쏟으며 그 손을 토닥였다.

"잘되었습니다, 참말 잘되었어요!"

서리도 고개만 끄덕였다. 이대로 궁에 들어가면 어찌 되는지 몰라도 지금 당장은 더는 바랄 것이 없다. 이제 더 이상은 떨어져서는 살지 못할 테니까…….

"그동안 내가 참으로 무능했소이다."

좀 떨어진 곳에서 장인에게 나름 사죄를 전하던 흔은, 시야에서
떼고 싶지 않은 이들 쪽에서 와자지껄한 웃음이 터지니 궁금하면
서도 더욱 죄스런 기분이었다. 저 때문에 애가 타고 아파했을 이들
에게 면목이 없어서였다.

"먼저 부부인으로 복권하고 차후로……."

차마 중전으로 올린다는 이야기는 꺼내지 못하였다. 지난 과오
가 부끄러워서, 이번에는 말을 앞세우지 못한 것이다. 분명한 행동
으로 보일 참이었다.

"이번에는 반드시 제대로 하겠소."

노부의 주름진 눈가에 맺힌 눈물을 보며 흔은 스스로 다짐에 다
짐을 거듭했다.

"지난번처럼 신료들 반대가 있을 터인데 어찌하시려고……."

"내가 다 해결할 것이오. 말했다시피 아직까지 위험이 남아 있
을지 모르는데, 그나마 좀 더 안전한 궁으로 가야지. 그게 아니라
도…… 이제는 내가 저들을 한시도 눈 밖에 두고는 못 살 것이라
이리 급히 데려가는 것이니, 다소 서운하더라도 장인이 이해해
주시오. 내 그동안 장인에게 입은 은혜는 결코 잊지 않을 것이
오."

그리운 이들에게로 고개를 돌리기 전에 마지막으로 한 가지 물
을 것이 있었다.

"그날 저 사람이 여기 왔었소? 내가…… 양자 이야기를 하러 왔던 날?"

목이 메어 끄트머리가 속삭임처럼 잦아들었지만, 오양우는 무슨 말인지 제대로 알아들었다. 그리고 침통히 고개를 끄덕였다.

"찰나 간에 엇갈렸나이다."

그랬구먼. 그랬어…….

"저 사람도 아오?"

"말하지 않았습니다."

흔은 고개를 끄덕였다. 잘하였다는 뜻이었다.

어린것이 그리 애통하게 울음 운 것을 알지 못한다니 다행이었다. 모두 아비가 어리석은 탓이었다. 자식을 코앞에서도 알아보지 못한 어리석은 아비 탓. 그뿐인가. 안해를 곁에 두고도 까맣게 모르지 않나. 이래저래 못난 인사였다.

"잠들었느냐?"

궁으로 가는 길. 잠시간이라도 보이지 않음이 안타까워 가마의 창을 열고 가는 참이라. 가마 바로 옆에서 말을 타고 가던 흔이 물었다.

"예. 늦은 시각이니까요."

가마 안에 앉은 서리의 가슴에 꼭 붙어 있던 아이의 머리가 하늘의 달처럼 천천히 뒤로 기울더니 이내 쌔근거리는 소리가 들려왔다. 그 작은 몸을 꼭 끌어안고 가슴을 토닥이는 것도 처음이라.

"너도 곤할 것이니, 어서 가서 쉬자."

그 말씀에 차마 고개를 끄덕이지 못하고 머뭇거리던 서리가 여쭈었다.

"참말…… 괜찮으시겠습니까?"

세상 물정 모르는 이처럼 가자는 대로 끌려가면서도 저어되는 바가 있는 것이다.

"지금까지가 아니 괜찮았던 것이다. 이제 필시 괜찮아질 것이야. 안 되면 그리 만들면 되는 게고."

"저나 아이가 조금치라도 폐가 되는 것을 바라지 않……."

"또 그런 말을 하면 내 지난 과오를 호되게 꾸짖는 것으로 듣겠다."

차디찬 그 말씀은 자신이 아니라 전하 스스로를 질책하는 말씀이니, 서리도 거기서 입을 다물었다.

"잠시 눈이라도 붙여라. 깨날 적엔…… 원래 네 자리일 것이니."

품 안의 아이를 다독이며 눈으로는 말 등에 올라앉으신 전하의 옆얼굴을 훑기 여념이 없는데 어찌 눈을 붙인단 말씀입니까.

전 같으면 그렇게 다다다 올리고도 남았을 말씀을, 눈물이 어찌나 쏟아지는지 하나도 옮기지 못하였다.

가마는 궁궐 내전 깊숙한 곳까지 들어가 한 전각 앞에 멈추었다. 가마 창밖으로 멀리서부터 용마루가 없는 것이 보이더니 기어이 게에 가 멈추어 선 것이다. 용이 용을 누를 수 없음이니, 왕과 중전이 머무는 침전에는 용마루가 없다 했다.

가슴이 쿵덕쿵덕 뛰어, 가마 문이 열리고 나서도 서리는 꼼짝하지 못했다.

"내리시지요."

밖에서 치맛자락을 보인 누군가 권하였지만 환히 불이 밝혀진 바깥으로 나서지 못하고 더더욱 어두운 가마 안에서 아이를 안고 몸을 웅크렸다.

상궁더러 편하게 모시라 하고 기다리던 흔이 가마 안을 들여다 보았다. 서리가 겁에 질려 고개를 저어 보였다.

"어찌 그러는 게야?"

놀라 물으니 바싹 마른 입술을 간신히 달싹인다.

"못 내립니다……!"

"왜, 무슨 일이 있는 게야?"

"여, 여기는 싫습니다! 다른 곳으로 가고 싶습니다!"

"그게 무슨 말이냐? 이곳이 원래 네가 있어야 할 자리였다니 까."

"저는 전하의 곁이면 족합니다! 이런 과하고 무서운 곳 말고요!"

그제야 서리의 두려움을 알아들은 흔이 매서운 얼굴을 했다.

"나는 다른 곳은 가 본 적도 없으니, 내 곁에 있으려면 당장 내 려라!"

단호히 말은 하지만, 따지고 보면 제 탓이었다. 저런 이가 아니 었는데. 어리석고 못난 지아비 때문에 저토록 두려워하고 머뭇거 리게 된 것이다. 그러니 이번이 마지막 기회다 생각하고 참말로 잘 해야 할 터였다.

처가로 가기 전에 미리 궐에 기별을 넣어 중궁전을 준비시키라 하였다. 혹시 모르니 주위를 경계하는 내금위의 수도 두 배로 늘리 라 하였고. 서리를 억지로 끌고 들어가 보니, 짧은 시간이었지만 대강 살 만하게는 만들어 놓은 듯하였다.

정 부족하다 싶으면 자신이 거하던 강녕전으로 가도 되었지만,

서리가 첫날부터 중궁전에 머물렀으면 했다. 말이 첫날부터지, 지금도 한참이나 늦었지 않나.

안으로 들어가 보료에 앉은 지 얼마 되지 않아 목욕물과 갈아입을 옷이 준비되었다는 기별이 들어왔다. 제조상궁의 지휘 아래 시중들 상궁과 나인들이 신속하게 배정되기도 하였고 흔을 모시던 지밀상궁과 나인들까지 와서 일이 배로 수월히 처리된 것이다.

상궁이 다가가 아이를 받아 안으려 하니, 가뜩이나 어정쩡하니 앉아 있던 서리가 선뜻 내어주지 못하였다.

"편히 눕혀 드리려 하옵니다."

그래도 저어하는 기색이었다. 아이를 혼자 두기 싫은 것이다. 먼지와 땀으로 범벅이 되었으니 어서 씻고 쉬었으면 했다. 산에서 나뭇가지에 긁혀 얼굴이며 팔 여기저기에 생긴 생채기도 돌보았음 했고.

그래서 흔이 나섰다.

"내가 있을 것이니, 씻고 오너라."

그제야 아이를 편히 눕히고 간신히 상궁을 따라나선다. 문이 닫힐 때까지 두어 번 돌아보는 시선까지 모두 받아 주고 나서야 흔의 시선이 제 앞에 누운 아이에게 떨어졌다.

제 둘째아버지를 닮았는가 하였더니 서리를 닮은 것이었다. 눈매며 휘어 올라간 입꼬리가 꼭 서리더니 자는 모습도 닮았다. 자꾸만 눈에 밟히던 이유가 있는 것이다.

손을 내밀어 그 이마를 쓸어 보았다. 어찌나 기특한지. 웃음이 났다. 정신 빠진 얼간이처럼 킬킬대고도 싶었다.

세운 무릎 위에 괸 팔에 얼굴을 기댄 채 내려다보고 있노라니,

저만치 섰던 최 상선이 끓어 엎드리며 망극해했다.

"전하, 어찌 용루를 보이시옵니까!"

내가 그랬는가? 그래도 수치스럽지 않았다. 자랑하고 싶었다. 세상천지에 대고 큰 소리로 외치고 싶었다.

"이 아이가 누군지 아느냐?"

"모르겠사옵니다."

"원자다."

문가에 앉아 있던 지밀상궁에게서 날카롭게 숨을 들이마시는 소리가 들려왔다. 무슨 일이 있더라도 있는 듯 없는 듯 행동해야 하는 이들인데 얼마나 놀랐으면 그랬을까.

그럴 만도 하지. 지금껏 중전조차 들이지 않아 온 나라와 신료들의 걱정을 사 놓고 별안간 데려온 아이더러 떡하니 원자라니 말이다.

다시 웃음이 나기 전에 일렀다.

"동온돌로 도승지를 들라 이르라."

상투 머리에 도포 차림으로 나간 석동이가 쪽머리에 분홍 저고리, 남빛 치마 차림의 서리로 돌아왔다.

머무는 처소뿐만 아니라 쓰고 입는 모든 것을 중전에 준하는 것으로 준비하라 이르긴 했지만, 아직도 부족하게만 여겨졌다. 그래서 아랫목에 위시한 지밀상궁과 나인들에게도 다시 한 번 일렀다.

"장차 귀히 될 이이니, 정성을 다해 모셔야 할 것이다."

"예, 전하."

잠시 저도 씻고 평복 차림으로 다시 드니, 서리가 하염없이 아이를 들여다보고 있었다. 아까 자신처럼 말이다. 내의녀가 생채기를 살폈는지 얼굴에는 고약을 바른 뒤다.

"요기 좀 해야 되지 않누?"

고개를 살짝 젓는 것은, 저희 말고 수두룩한 궁인들이 불편하다는 뜻일 터. 흔이 휘휘 손을 저었다.

"다들 물러가라."

곧 저희 셋만 남으니 서리가 거의 엎드리다시피 해서는 코앞에가 아이를 들여다본다. 그것이 흐뭇해 쳐다보니, 시선도 들지 않고 중얼거린다.

"참말 꿈만 같습니다."

"내가 많이 미안하다."

"아유, '나도 그렇다' 하십시오."

그제야 쳐다봐 주는데, 흘기는 시선이다. 기죽은 꼴은 보기 싫은 모양이다.

"그래, 나도 그렇다."

서리가 그제야 생긋 웃으니, 그 또한 절로 입가가 늘어졌다.

"전하께서도 쉬셔야지요."

"조강지처도 알아보지 못한 위인이 피곤한 줄은 어찌 알겠누."

"그것은 처음이 아니라 그다지 실망스럽지 않았습니다."

이제 여유를 찾았는지 너그러이 굴기도 하고.

"한눈판 것을 저어치 않는다는 뜻이냐?"

"그 말씀은 아니고요."

슬쩍 묻어가려 하였더니 통하지 않는다. 설희도 어차피 저이긴하지만, 그래도 제 입장에서는 설희가 서리는 아니었던 셈이니 잘

한 것은 아니다. 용서를 구해야 할 일이라는 말이다.

"네가 제대로 속이기도 하였다. 난 그래도 거듭 의심은 하였는데."

"제가 서방님 속이는 데에는 일가견이 있긴 하지요."

"그렇게 네가 늘 내 머리 꼭대기에 앉아 있는데 어찌 이기누?"

"그것을 핑계라고 대시는 것입니까?"

"흠. 그럼 뭐라고 하느냐? 네가 너무 그립고 보고파서 뵈는 것이 없었다, 그래서 한눈을 팔았다 말하랴?"

뵈는 것이 없는 수준이 아니라, 딱 죽고 싶은 심정이었다. 뭐라 말해도 욕먹긴 마찬가지이니, 억지나 부리는 것이지. 게다가 설희 그이에게 못할 짓도 많이 하였지 않나.

"설희에게 전해 주련? 못되게 군 것에 대해 곧 찾아가 무릎 꿇고 사죄하겠노라고……."

"그런 일이 있으셨습니까? 전 몰랐네요."

이제 서리가 대충 넘어가려 건성으로 군다. 하지만, 흔은 그럴 수 없었다.

"힘없이 나약한 그이에게 얼마나 모질게 굴었는지…… 내 아픈 것만 들여다보느라고 수없이……."

서리가 고개를 저었다.

"그리 따지면 전하를 믿지 못하고 원망하며 세월을 보낸 저는 어쩌라고요. 그러니, 그런 말씀 다시는 마십시오."

"싫다. 할 거다."

"흐응. 차라리 어찌 전하를 믿지 못했느냐고 진즉 찾아오지 않은 제 탓이라고 하시지요."

"……그 정도로 낯이 두껍진 않다. 따지고 보면 네 탓이 아니라 내 탓이니."

"소첩이 석동이 짓만 아니 하였어도 오해를 하지는 않았을 것입니다."

서리는 개구멍을 기어 들어갔던 날 밤의 일을 말씀드렸다. 운검의 말을 엿들었던 일까지도.

전하께서는 그런 놈을 진즉에 죽여 없애지 못하고 여태껏 지척에 두어 이 밤과 같은 사달을 만드신 스스로를 다시 책하셨다.

"하여간, 앞으로는 어떤 개구멍도 들어가지 않을 것입니다."

"아니지. 오해는 하지 않았겠지만, 화재를 피할 수는 없었을 것 아니냐."

"아, 그 생각은 하지 못했네요. 결과적으로는 그 모든 것이 오늘 함께 있기 위한 고난이었던 것일까요?"

"그 어떤 고난도 오해도 없어야 했다. 내가 그렇게 만들었어야 했는데……."

또 자책하신다. 좋게 생각하자는 말씀이 거듭 그리로 흐르니 한숨이 났다.

"죽은 것도 서러운데, 폐서인까지 하시더이다."

그래서 차라리 제가 따지고 들면 핑계라도 대실까 하여 꺼낸 질문이었다.

"그건…… 장인에게 듣지 못했느냐?"

"무슨 얘기를요?"

전하의 시선이 벽이에게 떨구어졌다. 그에 담긴 애틋함이라니, 말씀을 듣기 전인데도 기분이 이상했다.

폐서인에 얽힌 이야기를 전해 듣는데 다시 눈물이 터졌다. 눈물을 닦다 닦다 지친 서리가 벌떡 몸을 일으켜서는 전하께 덥석 안겨 들었다. 아까의 벽이처럼 말이다.

"진즉에 제삿밥 얘길 들었으면 제가 먼저 오해를 풀었을지도 모르겠습니다."

"무슨. 소박 놓는 것도 모자라 죽으라 해 놓고는 그 무슨 수작이냐며 코웃음이나 쳤겠지."

기녀 설희로 드렸던 말씀을 하시며 양반다리 위로 당겨 마주 안으시니, 서리가 울던 얼굴로 키득거렸다.

"그러고 보니, 네 서방 놈을 내가 끌어다 죽여 주겠노라 하였는데 이제야 그놈이 누구인지 알았구나. 지금이라도 그래 주랴?"

이 말씀이 또 어디로 튈지. 또 자책하고 그러실까 조심스러웠다.

"어…… 지금 제게는 서방님이 아니 계시는데요."

틀린 말씀은 아니다. 폐서인 오씨한테 서방이 어디 있겠는가.

"내일 아침에 부부인으로 복권될 것이다."

"그래도 아니 계실 텐데요. 대감께서 아니 계시니……."

"네 자리를 돌려준다 하지 않았누."

제 신분이 더 올라간다는 말씀이시다.

부부인에서 '더'라면…….

세 해 전 신료들과 유생들의 반대를 떠올린 서리가 순간 몸서리를 치자, 그 몸에 두르고 있던 흔의 팔에 힘이 들어갔다.

"이번에는 다를 것이다. 내가 반드시 그리 만들 것이니, 넌 그저 벽이와 함께 웃음 짓기만 하면 된다."

그 다짐과도 같은 말씀에 서리는 말없이 얼굴을 그 어깨에 묻었다. 팔도 둘러 꼭 끌어안는데, 제 손길에 순간적으로 어깨를 움찔하신다. 무슨?

이상해서 손 아래를 더듬적거리니, 슬쩍 몸을 빼시려 한다. 한데 이미 서리의 눈이 화등잔만 해지고 난 뒤다.

"웬 천입니까? 어딜 다치신 것입니까?!"

"별거 아니다."

"거짓부렁 마십시오!"

허겁지겁 달려들어 전하의 옷고름을 풀어 헤치고 어깨에 대강 얹어 놓은 천을 들어 본 서리의 숨이 넘어갈 듯했다.

"대체 어쩌다 이러셨습니까?!"

"칼 놀이를 하였다."

계면쩍은 표정으로 둘러대시니, 서리가 쥐어박는 소리를 하였다.

"칼이요? 세 살배기십니까, 놀이를 하다 다치시게?! 두 번 다시 이리 마십시오!"

"그래, 그럴 일도 없을 듯하다."

"그런데, 이러시고도 저를 업고 내려오셨다는 말씀입니까?!"

"너를 다시 찾은 뒤로는 아픈 줄도 몰랐다."

서리가 눈물이 글썽했다.

"편치 않으셔서 어째요."

"이리 와 봐라. 너를 다시 품에 안으면 덜 아플 듯하니."

서리가 다시 눈을 흘기면서도 조심조심 안겨 들었다.

제 품에서 서리가 까무룩 잠이 들고 얼마 지나지 않아 밖에서 기척이 있었다. 도승지가 들었다는 전갈이었다. 서리를 아이 옆에 조심스레 눕히니, 평안히 잠든 두 얼굴에 눈가가 시큰해졌다. 서리 한 사람뿐이어도 감지덕지할 지경인데······.

어여쁜 두 얼굴을 거듭 쓸어 주고는 조용히 동온돌로 건너갔다. 입구에 기시 놈이 서 있는데 얼마나 울었는지 퉁퉁 부은 눈으로 고한다.

"전하, 우선 상처를 살피게 해 주시옵소서. 무리하시어 상처가 벌어졌을 수도 있으니……."

멈춰 선 흔의 시선이 매섭게 그를 훑었다.

"구박덩이로 살더니 제법 눈치가 늘었나 보구나. 부부인 앞에서 그 이야기를 고했으면 그때야말로 네 목을 쳤을 것인데. 하지만, 도승지가 우선이다."

저를 구하러 갔다가 이리 다쳤다 소리를 들으면 가뜩이나 자리를 어려워하던 이가 더욱 난처했을 터다. 숨기려던 상처는 씻은 뒤에 서둘러 곁으로 돌아가고 싶어 대충 천만 얹고 들어갔던 탓에 들켜 버렸지만, 그 자초지종까지 알아서는 아니 될 것이다.

"그러면 중궁전으로 돌아가시기 전에 어의를 들라 하겠습니다."

"흥."

고개를 조아리는 놈을 지나쳐 쌩하니 안으로 들었다.

서안에 가 앉자, 허리를 굽히고 도승지가 거하게 두 손을 들어 올렸다. 절을 받는 시간도 아까워 대충 손을 내저었다.

"절은 되었고, 서둘러 받아 적으라."

폐서인 된 오씨를 부부인으로 복권한다는 교지에 이어, 그이가 살아 있는 데다가 더욱이 원자인 이벽을 생산하여 왕실의 후계를 세웠으니 응당 세 해 전의 의중대로 중전으로 봉한다는 교지였다.

이제 밝은 낮에 대전에서 읽혀 그대로 행해질 터인데, 도승지는 진땀이 다 났다.

날이 밝아 신료들이 입궐한 조정은 당연히 발칵 뒤집혔다. 오씨야 폐서인하실 적에 아무 과실도 언급하지 않으셨으니 다시 복권하신다 해도 반대할 말이 없지만, 중전 책봉이라니.

　게다가 내전에 부부인뿐만 아니라 그 소생까지 들어 있다는 소식이 밤새 쫙 퍼졌다. 전하께서 원자라 칭하셨다 하니, 얼마 지나지 않아 세자 책봉도 하겠다는 의지로 보여 더더욱 당혹스러웠다.

　지난밤 연향 자리를 엉망으로 파하고 나가신 것에 대해서는 승지를 사신관으로 보내시어 사과의 뜻을 전하셨다고는 하지만, 이게 별안간 무슨 일인지.

　게다가 교지만 보내시고 주상께서는 오전 조회에 나오지 않으셨다. 대궐의 웃어른이신 대비께 조언을 구하려 해도 옥체가 미령하시다며 알현을 거부하시니 그것 또한 답답한 노릇이었다. 자신이든, 아니면 제가 속한 당파의 누군가가 왕의 장인이 되어 다음 보위를 기약하고자 하던 신료들 다수는 닭 쫓던 개 지붕 쳐다보는 격이 되지 않으려 치열히 머리를 굴렸다.

　당연히 교지는 대전을 나가지 못하였고 흔이 벽이와 아비와 자식으로서 첫 상봉을 하는 순간에 중전 책봉을 반대하는 첫 상소가 쓰이기 시작했다.

　중전이 서온돌에서 기침하여 소세를 마쳤다는 말에 흔이 건너가니, 문이 열리자마자 벽이의 또랑또랑한 눈매가 돌아본다. 저도 모르게 걸음을 멈추고 그 눈을 바라보았다.

"아버님이시다."

그 뒤에 앉아 댕기를 매어 주던 서리가 벽이의 귓가에 속삭이니, 지밀상궁이 작은 소리로 끼어들었다.

"아바마마라 하시면 되옵니다."

지적하는 것도 알은척하는 것도 아닌 당연한 말인데, 서리는 그래도 되는지 또 주눅 든 얼굴이 되니, 흔의 가슴이 시렸다. 한동안 조정에서 일어나는 일들이 교태전 안으로 새어 들지 않도록 입단속을 시켜 두길 잘하였다. 지밀상궁이 눈치가 있으니 알아서 잘할 것이다.

아이가 불쑥 일어났다. 지난번처럼 허리를 숙여 인사를 하려는가 싶은데, 제 어미를 한 번 쳐다본 아이가 다시 흔을 쳐다본다.

흔도 자식은 처음이라 어찌해야 할지. 그저 어정쩡한 미소를 띠고 섰으니, 아이가 다시 어미를 보며 물었다.

"기특히 있지 않아도 참말 아니 가실 것이지요?"

"그렇대도."

무슨 말인가 하니, 서리의 눈시울이 붉어졌다.

"작년에 제가 한 번 보았을 적에 기특히 있으면 또 오마, 하였더니 억지로 애어른 노릇을 하였는가 봅니다. 그런 뜻이 아니었는데……. 그저 몸 건강히 있으라는 말이었는데……."

아이가 다시 흔을 쳐다보며 고민하는 얼굴이었다.

"이리, 아비에게 와 보련?"

흔이 두 손을 내밀고 안타까운 눈으로 청한 뒤에야, 아이가 움직였다. 한두 걸음 걷는가 싶더니, 이내 짧은 다리로 다다다 달려와 안겼다. 저를 믿고 온몸을 던져 오니, 흔 또한 가슴이 벅차고 눈가가 시큰해져 꼭 품어 안았다.

"성님처럼 이리 해 보고 싶었습니다."

그의 귓가에 대고 작게 속삭이는 말에 가슴도 미어졌다. 못 하게 한 것은 아니겠지만, 어린것이 나름 기특하다 소리를 들으려 애쓴 모양이었다. 흙장난이나 치며 노는 형이 부러우면서도 그리하면 기특하다 소리를 듣지 못하는 것을 알았는가. 또래치고 의젓하다 하였더니…….

흔도 그 작은 귓가에 속삭여 주었다.

"얼마든지 이래도 된다."

아비 때문에 괜한 어미와 네가 고생이 많았구나. 참말 미안타.

서온돌에서 늦은 조수라를 마치고 정사를 보러 나갔다. 임금을 향하는 시선이 제대로 박힌 신료가 없었다.

"과인이 오늘은 아주 흐뭇하오. 신료들과 만백성들의 염원인 후계를 세우게 되었으니 말이오. 아니 그렇소?"

중전보다 원자를 앞에 세우는 것이 신료들의 기세를 꺾기에 유리할 터. 서리에게는 미안하지만, 원자를 세자로 세우기 위해 하는 수 없이 그 모후의 위치 또한 바로 서야 한다는 취지로 나갈 생각이었다.

"전하, 아뢰옵기 망극하오나, 부부인은 오랜 세월 궐 밖에서 지낸 터로 그 후사 또한 적통으로 받아들이기에는 심히 무리가 있지 않은가 사료되오니……."

대비의 사람이었지만, 능력은 있어 우의정에 그대로 둔 인물이
었다.

"아, 그런가? 신분이야 원자를 낳은 이후이니 이제 중요치 않은
가 했더니 그런 문제가 있었구려?"

"예, 전하. 말씀대로 그때 바로 궐에 들어와 원자를 생산하셨다
면 홍복이오나, 바깥세상이 워낙 흉흉한 터로……."

"그 바깥세상을 다스린 이가 과인이니, 순전히 과인 잘못이로구
먼?"

임금이 귀가 얄팍한 듯 반문한 것이 함정이었다는 것을 뒤늦게
야 깨달은 우의정의 얼굴이 볼만했다.

"예……? 그, 그런 것이 아니오라……."

"궐 밖에서 아무리 잘 지낸다 해도 궐 안에서와 같지 않다는 말
인 게요?"

"그렇지요!"

"정 저어하시면 부부인은 빈으로 봉하시고 그 소생은 군으로 봉
하시어……."

너도 나도 끼어들 여지가 보이니, 흔이 이쯤에서 정리해야겠다
싶었다.

"이 나라의 대비께서 철통처럼 보호하셨다 해도 말이오?"

그 말에는 다들 놀라지 않고 못 배기겠나 보다.

"세 해 전 부부인을 시해하려는 시도가 있었소. 이미 당시에 회
임하였던 부부인의 안전을 위해 대비께서 사가에서 비밀리에 부부
인과 원자를 보호해 오셨고, 지난밤 비로소 위험이 걷힌 터라 과인
이 입궐시킨 것이오."

신료들의 반대를 무릅쓰고 교지를 억지로 행할 수도 있지만, 그

러면 서리가 저어할 것이라. 그래서 생각해 낸 묘안이었다.

이제 신료들은 꿀 먹은 벙어리가 되었다. 그런 그들을 하나하나 훑어보며 흔이 짐짓 근심스레 물었다.

"대비께서 주제넘은 일을 하신 것이오?"

"그, 그것이 아니오라……."

"물론 이전처럼 부부인만 있다면 여러 절차를 거쳐야 마땅하나, 그대들이 바로 엊그제까지 안달복달하던 것이 이 나라의 대통을 이어 갈 원자 아니었소? 그래서 하루라도 빨리 궁으로 데려온 것인데, 우선 그 모후의 지위가 세워져야 함이 마땅하지 않소? 더욱이 청의 칙사가 온 김에 원자를 선보인다면 세자의 고명을 받는 것 또한 좀 수월할까 싶어 그리하였는데, 과인이 너무 서두른 게요? 차후에 누가 고명을 받아 올 자신이 있다면 교지를 거둘 의향도 있소."

나설 자가 있을 리 없었다. 임금의 고명을 받는 것도 몇 해나 걸렸던 터인데 세자라면 더 말할 것도 없으니 말이다.

"그, 그것이 너무도 갑작스러운 일이라……."

"전하께서 근심하시다시피 청의 고명도 문제이옵니다. 지난번에도 중전으로 삼기에는 부부인의 신분이 미천하여 고명을 받지 못할 것이라 주저하였는데……."

"그 고명은 걱정 마시오."

흔은 애초에 고명 이야기를 꺼낸 것이 대체 누구였느냐는 황망한 얼굴들을 무시했다.

"대비께도 들은 바가 없어 놔서……."

"과인이 거짓을 말했다는 게요?"

"그것이 아니오라……."

"아니기는! 대비께서 옥체 미령하시다 하니, 쾌차하시는 대로 대전에 나오시어 자초지종을 설명하시면 되겠소?!"

그게 사실이라면 빼도 박도 못하는 일이 되니, 대부분의 신료들은 물러섰다.

하지만 세 해 전에 대비와 더불어 양반가의 여식으로 하여금 중전 책봉을 논의하였던 몇몇 신료는 주상의 말을 믿지 못하였다. 그래서 그 마지막 말에 덥석 달려들었다.

"그렇게 하시지요, 전하."

"그러시오. 그때까지 교지는 잠시 보류하도록 하지."

흔이 가늘어진 눈으로 그들을 훑어보았다.

낮 경연도 작파한 흔이 한낮에 대궐을 나섰다. 목적지는 용문사였다. 날이 더워지고 있었지만 말을 재촉하는 흔은 더운 줄도 몰랐다.

내금위가 철통같이 경계를 서는 절간에 들어서니, 대비가 있다는 방문은 밖에서 잠긴 채였다. 묘한 쾌감을 느끼며 지켜보자니, 철커덕하며 문이 열리는 소리에 돌아보는 대비의 얼굴이 하룻밤 새에 못쓰게 되어 있었다. 이마는 땀에 젖어 있는데 입술은 바싹 타 있는 채였다. 그의 명에 의해 끼니는커녕 물 한 모금 들이지 않았으니 당연했다.

"이게 대체 무슨 짓이오, 주상!"

내금위를 멀리 물리고 안으로 들어서니, 대비의 표독스러움이 자못 장하였다. 서리를 죽이라 시킬 적에도 이런 얼굴이었으려니 생각하니, 당장이라도 그 면상을 찢어발기고 싶은 심정이었다.

그러나 태연을 가장했다.

"환궁케 해 드리겠습니다."

이대로 죽나 싶어 더한 패악을 떨 참이던 대비가 뜻밖의 말에 멈칫하였다.

"환궁하셔서 제가 바라는 일을 하신 뒤에는 대행대왕의 명복을 빌기 위해 자청해 정업원으로 들어가실 테지만, 절간에서 이대로 굶어 죽는 것보다야 낫겠지요."

"그…… 무슨 소리요?"

"부부인을 중전으로 봉할 참인데, 신료들 말이 몇 해나 궐 밖에 있어 원자가 적통임을 받아들일 수 없다 하더이다."

"원자……라니, 당치 않소!"

흔은, 아랑곳 않고 말을 이었다.

"그러니, 대비께서 불이 나던 날 부부인을 빼돌려 지금껏 보호해 주셨다 밝히고, 신료들의 뜻을 돌려 주셔야겠습니다."

충격 어린 대비의 말 따위 들리지 않는다는 듯이.

"허어, 내가 그럴 성싶소?"

"그러지 않으면 지난밤 말씀드렸듯이 한밤중에 궐을 몰래 빠져 나온 훈육 상궁으로 여기서 돌아가시는 수밖에요."

"주상……!"

대비는 목에 핏발이 설 지경이었지만, 흔은 여전히 제 할 말만 하였다.

"이전부터 태기가 있던 부부인이 곧 원자를 낳았고, 그 원자까지 지성으로 돌보아 주셔서 감읍합니다."

"뭣이라……."

"이제 세 살인데 제 모후를 쏙 빼닮았습니다."

벌써 중전이 되기라도 한 양 모후라 칭하니, 대비의 눈이 더 이상 커질 수 없으리만치 커졌다.

그것을 지켜보는 흔이 비죽 웃었다.

"정 싫으면 마다하셔도 됩니다. 미욱하지만 제가 다른 수를 찾아보지요."

잠시 그를 노려보던 대비가 눈가를 가늘게 접었다.

"좋은 게 좋은 것이니, 주상의 뜻을 받아들이겠소."

수긍하는 체라는 것이 빤히 보였다.

"궁에 돌아가서 보자, 뭐 이런 뜻이십니까? 대비전에만 들어가면 지난 몇 해처럼 제가 그냥 고이 모실 수밖에 없을 것이다?"

흔이 말끝을 은근하게 줄이자, 대비의 눈가가 다시 치켜 올라갔다.

"대비마마의 행보가 제 성에 차지 않는 경우 생각해 둔 바도 있습니다. 전 겸사복장 임성천으로 하여금 대비께서 세 해 전에 부부인을 죽이라 하신 것을 증언케 할 것입니다."

임성천이 살아 있다는 말인가? 제 목숨을 걸듯이 덤비더니만!

"주상 곁에서 세 해나 머물던 이의 말은 내게 음해일 뿐이오."

"하지만 그 진술이 하도 자세하여 솔깃하지 않을 수 없더이다. 뭐, 옥에 갇혀 있다가 쥐도 새도 모르게 죽을 수도 있지만 말입니다."

대비는 자신이 생각하던 수를 넘겨짚는 주상의 반응에 놀란 척을 감췄다.

"그렇다면 이건 어떻습니까? 선왕 전하께서 승하하실 적에 곁을 지켰던 내의녀가 유서를 남기고 목을 매는 것입니다. 대비께서 시키는 대로 선왕 전하의 탕약에 독약을 탔다는 죄책감을 떨치지 못하여 말입니다."

그건 주상의 방식이 아니다. 그런 비열한 수는 마지막 궁지에 몰린 이나 하는 수 없이 쓰는 것인데.

"그 말을 누가 믿을 것 같소? 증좌가 어디 있다고!"

"혜빈 이야기는 누가 믿어 그리 서둘러 처결하셨습니까? 제대로 처결을 하지 못해 형님께 늘 죄를 짓는 기분이었으니 이렇게라도 처결을 하고 싶은 것이 바람입니다. 한데 대비께서는 이렇게 버티다 사약을 받고 돌아가신다면 그 억울함을 어디에 토로한답니까? 설마 염라대왕에게요?"

권력 쥔 자가 그렇다 하면 죄가 없는 자도 죄인이 된다는 것은 대비 자신이 가르쳐 준 것이나 다름없었다.

"사약이라니? 내가 주상을 보위에 올렸는데, 주상이 감히 내게 사약을 내린단 말이오?"

흔의 얼굴에 지겨운 기색이 서렸다. 그놈의 보위에 올렸다는 유세라니.

"그리 추한 과정을 거쳐 오른 보위에 감읍할 생각은 없습니다. 배은망덕하다 여겨지시거든 도로 가져가시던가요."

그 대가로 치러야 했던 지난 세월이 너무 혹독한 탓이다.

흔이 턱을 치켜들었다.

"선왕 전하 독살의 책임을 지고 사약을 받으시겠습니까, 아니면 부부인을 죽이려 했던 죄를 조금이나마 씻고 정업원에 들어가 천수를 누리시겠습니까?"

무릎 위에 놓였던 대비의 주먹이 부들거리며 떨렸지만, 더 이상 버틸 재간이 있을 리 없었다.

그날 오후가 기울기 전에 가마 하나가 용문사에서 떠났고 얼마

가지 않아, 몇 해나 비어 있던 교태전은 드디어 제 주인을 맞았다.

달빛 아래 나란히 서서 길을 가는 두 선비가 있었다. 훤칠하니 키가 큰 양반과 좀 작아 그 어깨쯤 미치지만, 마찬가지로 큰 갓과 비단 도포를 차려입어 의젓한 이였다.

한데 그리 춥지도 않은 계절이라 온기를 나눌 일도 없는데 서로 가까이 붙어 서서 길을 간다. 한참 뒤에서, 그리고 옆의 초가의 지붕 위에서 소리도 없이 그들을 위시하는 다수의 겸사복들에게도 들리지 않을 만큼 소곤거리며 말이다.

"하루 종일 시달려서 피곤하지 않으냐?"

"괜찮습니다. 청에 다녀오던 때에 비하면 이 정도야 뭘요. 그리고 어디 제가 투정 부릴 일입니까?"

게다가 어둠을 틈타, 서로 겹쳐진 소매 속의 두 손을 꼭 부여쥔 채였다.

"지아비에게 투정 좀 부리면 어때서?"

키 작은 이가 올려다보며 웃음 지으니, 내려다보는 이 또한 수려한 입매를 한껏 늘였다.

오늘 대궐서 중궁전 책례가 있었다. 웅장한 아악이 울려 퍼지고 예복을 갖춘 신료들이 좌우로 도열해 있는 가운데 붉은 대례복과 검은색 구장복을 입고 나란히 걸은 두 사람이 바로 이들이었다.

"투정까지 부리기에는 아직도 얼떨떨하여서……."

"너무 급히 치르느라 소홀한 점이 많았다. 서운하였지?"

그 '급히'에 전혀 책임이 없으신 양 말씀하시니 기가 딱 하니 막혔다. 전하께서 수시로 서두르라 닦달하시니, 책봉 의식을 준비하는 도감에서 연신 쩔쩔맨다는 소문이 들리는 바람에 자신이 내내 민망하였구먼. 달포를 준비해도 못다 할 일을 사흘 만에 해내라 하셨다니, 급하기도 하시지.

아니라 하였다가는 '이미 세 해나 늦어졌으니 사흘도 길다'는 말씀을 또 하실 테니, 그저 애매하게 웃고 말았다.

"대비께서 그리 애써 주셨다니 놀랐습니다."

"대단하신 대비께도 목숨은 하나뿐이니 어쩌겠느냐."

흔이, 궐로 돌아온 대비가 중궁 근처에 얼씬도 하지 못하도록 단속한 터라 중전 책봉 교지가 받들어지도록 힘쓴 것 또한 서리는 오늘에야 들어 안 것이었다.

책례가 끝나자마자 정업원으로 떠나라는 것도 흔이 미리부터 통보해 둔 바였다. 책례 후 중전이 내명부의 윗전에게 인사를 고하는 것이 법도라지만, 저를 죽이려 한 대비에게 고개를 조아리게 내버려 둘 순 없었다. 목숨을 살려 둔 것도 어디인데, 감히 상석에 앉아 제 사람의 절을 받는단 말인가. 오늘 당장 쫓다시피 보내 버렸다.

"그래도 신료들이 뜻을 꺾지 않으면 어찌하려 하셨습니까? 폭군처럼 밀어붙이려 하셨나이까?"

"큼. 내 집안사를 일일이 대외에 고해야 하는 것도 부아가 나는데, 폭군 소리까지 들을 건 뭐냐? 그랬다간 필시 네게도 흠을 잡으려 들 텐데."

큼큼거리시는 어조로 보아 분명 다른 방도가 있던 듯하니, 참지 못하고 잡은 손을 흔들어 재촉하였다.

"어쩌실 요량이셨습니까?"

"네가 썩 내켜 할 만한 소리는 아닌데, 그래도 듣고프냐?"

"제가 중전이 되는 것에 도움이 되었는데, 정작 제가 내쳐 할 만한 말씀은 아니라고요?"

"흠. 내가 기방에 드나든다는 소문이 궐 밖에 퍼졌다."

"저런……. 갑자기 그런 소문이 어쩌다가 났을까요? 행수 기녀가 제대로 단속을 했을 터인데, 어쩌나……."

"내가 기시에게 시킨 일이다."

"예에……?"

저도 모르게 큰 소리를 낸 서리가 주변을 살피며 목을 움츠리자, 흔이 고개를 더욱 기울여 은밀히 속삭였다.

"그 행수 기녀가 너를 위한 일이라면 사약이라도 마실 기세라 하더니, 소문이 순식간이 퍼졌다더구나. 필요 없는 노릇이 되긴 하였지만."

그래도 짐작이 가지 않는 서리가 고개를 갸웃거리며 올려다보니, 흔이 씩 웃었다.

"신료들이 너를 반대하는 가장 큰 이유는 원자 때문이었다. 궐밖에서 낳은 원자의 정통성이 의심된다는 게지. 그래서 내가 그 방자한 것들에게 그럴 생각이었다. 월계관의 기녀 설희가 용종을 잉태하였음은 확실하다고. 그러니 당장 궁으로 들여, 생산하는 대로 세자로 봉하겠다고."

서리가 입을 딱 벌리고 올려다보니, 전하께서 손으로 그 턱을 스윽 밀어 올리셨다.

어쩐지 기분이 떨떠름하다.

"그 '방자한 것' 들이, '그러십시오' 하면 어쩌실 생각이셨습니까?"

"뭘 어째? 부부인은 다시 잠저로 내보내고 설희를 들어앉히면 될 일이지."

저도 어깃장을 놓아 여쭈었지만, 전하의 대답도 점점 산으로 가고 있었다.

"거기까지는 설희가 전하의 장단에 맞춰 드린다 해도 용종은 어쩝니까? 날이 가도 배가 불러 오지 않으면요?"

"밤마다 하늘의 별을 모두 따는 한이 있더라도 게까지 가진 말아야지. 뭐, 가더라도 핑계를 대든가. 내가 이미 태몽까지 꾸어서 딱 그런 줄 알았는데 아니었나 보다고 참으로 서운타 하여야지. 임금인 내가 태몽을 꾸어 확실한 줄 알았다 하는데 누가 뭐랄 것이야."

"태몽이라고요?"

"이상한 꿈을 꾸긴 꾸었거든. 전에 장인에게서 벽이의 태몽 이야기를 들었는데, 눈이 푸른 불꽃인 짐승을 보고 낳았다면서?"

"예, 맞습니다."

"그 이야기를 들어서 그랬는지, 며칠 전에 눈에서 푸른 불이 뚝뚝 떨어지는 짐승이 잠저의 안채로 달려 들어가는 꿈을 꾸었지 뭐냐. 내가 하도 눈치가 없으니 벽이가 내 자식임을 알아보라는 모양인지 말이야."

"그러셨습니까? 참으로 신기합니다."

"그렇다마다. 온몸이 시뻘건 불덩이처럼 타오르는 짐승이 집채만 한 것이 아직도 생시 같다."

그 말에 서리가 우뚝 멈춰 섰다.

"응? 왜 그러느냐?"

"제 꿈에 나온 짐승도…… 몸뚱이가 붉은 불꽃 같았습니다. 아비에게는 그저 푸른 불꽃 이야기만 전하였는데요……."

흔도 놀랐다. 자신도 눈 이야기만 들었고 몸뚱이는 그저 제 꿈에

서나 그런 줄 알았는데. 그렇다면 참말 태몽일 수도 있다는 말인데?

달빛 아래 마주친 두 사람의 시선이 동시에 서리의 배로 향하였다. 다시 올라온 흔의 묻는 듯한 시선에 얼떨떨한 서리가 고개를 젓지도 끄덕이지도 못하였다.

"잘 모르겠습니다. 몸엣것이…… 저기……."

몸엣것을 거르지 않아서 확신이 없었던 것이다.

"괜찮다. 조급하게 생각할 것 없으니…… 그저…… 음……."

"예, 예……."

흔도 말을 더듬고 서리도 더듬었다. 그러고 주춤주춤 몇 걸음을 이어 가다 이번에는 흔이 멈추었다.

"그…… 벽이 때 지켜봐 주지 못했으니, 이번에는 언제든 다시 회임하게 되면 그때는 내가 반드시 잘……."

목이 메어 끝내지 못한 말씀을 서리가 제대로 알아듣고 고개를 끄덕였다. 소매 속에서 제 손을 고쳐 잡는 손이 마냥 듬직했다.

"병부 시랑, 손님이 왔소이다."

역관의 말에 문가를 돌아본 병부 시랑 탁천은 들어서는 두 선비 중 키 큰 이가 조선의 임금임을 대번에 알아보았다. 무슨 일인지 연향을 난장판으로 만들며 뛰쳐나가기에 발작하는 병이라도 있나 하였는데, 지금은 또 멀끔한 생김새다?

혹여 공물이 너무 과하다며 줄여 달라는 째째한 이야기를 하러 이 밤에 기별도 없이 사신관까지 찾아온 것인가 하는 생각이 드는 찰나.

키 작은 선비가 갓을 내려썼던 고개를 들어 얼굴을 보였다. 설핏 미소 짓는 그 얼굴을 이내 알아본 탁천이 크게 기뻐하며 소리쳤다.

"방 공(公)이 아니시오!"

어째 궁에서 바로 소식이 없어 고대하던 소식을 듣지 못하고 귀국길에 오를까 봐 근심하던 차였으니, 그 반가움을 말로 다 할 수가 없었다.

자세한 이야기를 들은 탁천은 새삼 방 공을 다시 바라보았다. 여인이라니. 게다가 중전이 되었다고?!

높은 신분의 여인을 이리 바라보는 것은 실례가 될 수 있지만 하도 신기하여 자꾸만 보게 되었다. 그저 곱상하게 생긴 사내라고만 생각했고 또 제 부인의 은인이니 그저 감읍하는 마음으로 보기만 하였지, 꿈에도 여인이라고는 생각지 못한 것이다.

게다가 부인도 저에게 오기까지 많은 일을 겪었다지만, 방 공도 만만치 않은 세월을 보낸 모양이었다. 그래서 진심으로 하례하였다.

"감축드립니다, 중전마마."

그의 인사에 수줍게 얼굴을 붉히는 모습을 보니 그를 어찌 사내로 생각했는가 싶기도 했다.

이후 방 공이 잠시 자리를 비키고 이전에 청에 왔던 역관 오가(吳家) 연항이 들어와 조선 임금의 말을 통역했다.

"지난번 과인이 고명을 받는 것에 힘써 준 것에 대해서는 감사하오. 병부 시랑의 부인이 입었다 여긴 은혜는 그것으로 충분히 갚고도 남았다고 생각하는 바이오. 그렇다면 이제 내가 은혜를 좀 입어도 되겠소?"

의아했던 탁천은 이후 이어지는 이야기에 조선 임금을 다시 보게 되었다. 중전과 세자의 고명을 부탁하는데, 임금의 지위를 앞세우지 않고 정중하게 청하는 태도를 보였기 때문이다.

게다가 그런 모습을 중전이 보면 마음 저어할까 봐 처남으로 하여금 통역을 시킨다는 것이다. 남의 나라 사신에게 아쉬운 소리를 하는 것이 수치스러웠다면 처남을 불렀을 리도 없을 터고.

그래서 흔쾌히 고개를 끄덕이며 약조를 하였다. 돌아가면 정이품 병부 상서로 승차를 할 예정이기도 하고 또한 임금으로서 고명을 받는 것보다 중전이나 세자의 경우는 더욱 수월할 것이라 장담도 하였더니, 상대는 무척이나 감읍하였다.

사신관에서 나와 오라버니와도 헤어져 궁으로 돌아오는 길에 서리가 궁금해 여쭈었다.

"저를 내보내시고 무슨 말씀을 나누셨습니까?"

"별말 않았다. 그저 사내들끼리 하는, 뭐 그런 소리지."

어째 뭔가를 감추는 듯하였다.

오라버니를 부르셨다는 것은 통역을 위한 것이었을 텐데. 청국과의 통역쯤이야 저 역시 할 수 있다는 것을 알면서도 굳이 오라버니를 부르셨다는 건 제게 뭔가 감출 것이 있으신 듯한데? 게다가 헤어지기 전에 오라버니 말씀도 이상하였다.

"오라버니가 그러더이다. 친정 아비의 뜻을 전하께 다시 한 번 전하고 확실한 다짐을 받으라고요."

전하께서는 대번에 언짢은 기색이 되셨다.

"어째 그리 고집이 센지. 혹시 너도 부원군 고집을 닮았느냐?"

전하의 장인이 된 아버지는 이제 해주 부원군에 봉해진 터였다. 전하께서 한동안 걸음만 옮기시니, 서리도 그저 그 곁을 따랐다.

"어찌 내용을 묻지 않느냐?"

"저를 더 이상 귀머거리로 만들지 않으실 양이면 말씀해 주시겠지 하고 있었습니다만."

며칠간 보호한다는 명목 아래 대비의 일이며 친정의 일까지 전혀 모르게 하신 일을 반쯤 꼬집는 말이었다.

"흐응. 나와 같은 무품이 되었다고 좀 점잖아졌구나?"

"점잖은 것이 싫으시면 후궁처럼 베갯머리송사를 할 수도 있습니다. 아시다시피 소첩이 전실 출신인지라."

말투는 한층 점잖으면서도 전실을 논하니, 흔이 피식 웃음을 지었다.

"처가를 양반으로 올려 준다 하였다. 벽이가 세자도 되고 나중에 보위에도 오를 터인데, 그때마다 네 신분을 걸고넘어지는 놈들이 나올 성싶어서."

"아, 그것을 마다하였다는 것입니까?"

"그래. 말이 나오자마자 이것저것 핑계를 대는데 부아가 났다. 내 치세에 누를 끼친다느니, 외척이 득세하면 나라가 망한다느니. 재물이나 밝히면서 살겠다고도 하더구나."

"흠, 틀린 말은 아니네요."

"서운하지 않으냐?"

"저 서운할까 봐 권하신 것입니까?"

"그저 뭐라도 해 주고 싶었다."

서리가 다시 주섬주섬 소매를 더듬으니, 뒷짐 지고 있던 흔이 손을 내밀어 맞잡았다.

"뭐라도가 아니라 해 줄 수 있는 건 모두 다 해 주고 싶었지. 왕후 아니라 그보다 더 대단한 것도 있다면……."

"압니다."

서리가 올려다보고 생긋 웃자 그 얼굴에 홀린 흔이 걸음을 멈추었다. 잡은 손을 당겨 끌어안고는 서리가 쓴 갓을 뒤로 밀어 넘겨 얼굴이 달빛에 드러나게 했다.

두 손으로 그 얼굴을 감싸 쥐고는 제 얼굴을 내리니, 서리가 짓궂게 속삭였다.

"누가 보면 점잖은 선비가 남색 하는 줄 알겠습니다."

"누가 본다고."

"우선 겸사복들이 봅니다."

궁에서부터 이러고 나온 터라 그녀가 여인이고 심지어 중전인 줄은 모를 성싶어서였다.

"저들은 진즉부터 내가 그런 줄 의심하였을 것이다."

"어찌요?"

"사지 육신 멀쩡한 사내가 몇 해나 여인 없이 독수공방하는데, 남색이나 고자로 보는 것이 당연하지 않느냐?"

"아하~"

한층 더 내려온 모양 좋은 입매가 맞대어지기 직전에 흔이 마저 중얼거렸다.

"어찌어찌 중전을 들이더니 동뢰도 치르기 전에 그 버릇을 못 버리고 또 이 모양이라 손가락질하겠지."

키득거리는 서리의 입에, 역시나 크게 웃음을 머금은 입술이 겹쳐졌다.

11

동
온
돌

그날 밤 주상께서 보위에 오르신 후 처음으로 동온돌에 기수가 배설되었다. 내전에서 주상과 중전이 합방할 때 쓰는 그곳이 새 주상을 맞은 지 세 해 만에 그 쓸모가 생긴 것이다.

평복인 옥색 두루마기 차림으로 기수 위에 앉아 있던 흔은 쪽 진 머리에 분홍 저고리, 남빛 치마를 입고 들어오는 서리를 바라보자니 마음이 벅차올랐다. 진즉부터 서리가 중전에 준하는 수발을 받아 오긴 하였지만, 실제 중전의 첩지를 내린 것과는 다른 것이지 않나. 이제 다시 제 지어미가 된 것이다!

게다가 지어미이기 이전에 타국의 기녀에게도 측은지심을 보일 만큼 도량이 넓고 대군 시절의 자신이 감추려던 백성들에 대한 마음까지도 꿰뚫어 볼 만큼 영리하니, 이 나라의 국모 자리에 손색이 없을 이였다. 대체 그놈의 신분이란 것이 무엇이관데 이리도 멀리 돌아왔는지.

생각에 그리 회한이 섞여 든 것을 눈치챘는지 서리가 곁에 와 앉으며 제 손을 붙든다. 그러고는 눈을 크게 치며 우스꽝스럽게 쳐다보더니 귓가에 입을 가져온다.

"참말 저 문들 뒤에 상궁들이 앉아 있습니까?"

이부자리와 머리맡의 일월오봉도 병풍 외엔 가구도 없는 썰렁한 방을 둘러싼 수많은 미닫이문들을 휘둘러보며 속삭이는 그 기운에, 귀며 등줄기가 부르르 떨리더니 온몸에 소름이 돋았다. 좋아서 환장할 것 같았다. 당장 끌어안고 뒹굴고 싶었지만 저를 위로하려 부러 딴소리를 하는 것이니, 잠시 장단을 맞춰 줄 일이다.

그도 고개를 기울여 모양도 어여쁜 귓가에 속삭였다.

"그런가 보더라."

다시 서리가 입을 가져왔다.

"이러고 어찌 잠을 잔답니까?"

눈은 여전히 문에 두고 입만 가져오니, 흔의 입에 대고 속삭이는 양이다. 입술이 스치고 귀를 스치고. 속삭임에 웃음까지 속닥속닥 주거니 받거니 하였다.

"잠만 자러 온 게야?"

은근히 놀리니, 얼굴이 새빨개진다.

"그러니까 더욱 문제이지요."

"너도 그때, 병풍 뒤에 앉아 있었다 하지 않았느냐?"

월계관에서 처음 거문고 연주를 하던 날을 이르는 것이었다. 그날 춘월의 얼굴을 보고 어찌나 실망하였던지.

손을 뒤집어, 여전히 제 손등에 닿아 있던 정겨운 손을 꼭 붙들었다. 또 어디다 잃어버릴까 봐 겁이 났다. 낮에도 곤룡포의 소매에 넣어 다니고 싶은 이였다.

"아이, 그 말씀은 또 어찌 하십니까? 그거랑 이거랑 다르지요."

"내가 호색한이라 그이를 품었으면 너도 저 상궁들 꼴이 날 뻔했지 않으냐?"

엥? 미처 그 생각까지는 하지 못하였는지, 단청 문양의 천장을 훑어보던 서리의 시선이 그에게로 뚝 떨어졌다. 이어 얼굴 표정이 우스꽝스러워지는 것은 아까처럼 부러 그런 것이 아니라 그의 말을 상상해 보느라 그런 것일 터다. 그러더니 아예 귀에 입을 붙이고 속삭인다.

"그…… 질투는 칠거지악에 해당되지요?"

천하의 방석동이 누가 들을까 봐 겁이 나는 모양이다.

"칠거지악이고 뭐고 외소박이나 놓지 말라 하였던 말을 잊었느냐?"

아 참, 하며 서리가 씩 웃자, 흔의 입술이 다가가 그 입가에 입을 맞추었다. 서리도 고개를 들어 화답하려는 순간, 밖에서 들려오는 소리가 있었다.

"잠시 들어가겠습니다."

순식간에 어깨를 움츠린 서리가 화들짝 떨어지며 잡혔던 손까지 비틀어 빼내니, 흔이 눈살을 찌푸리며 문께를 노려보았다.

들어온 상궁이 수건이며 요강 등 밤을 지낼 물건이 제대로 갖춰졌는지 다시 점검을 하더니, 다섯 대나 밝혀져 있던 불을 모두 끄고 나갔다. 이제 깜깜해진 방 안에 두 사람만 남겨진 것이다. 주위의 방들에 상궁이 여덟 명이나 앉아 있는 것에 서리가 신경 쓰는 것을 모르지는 않으나, 살아 있음을 알게 된 이후 처음으로 함께 잠자리를 하는 터이니 흔은 잔뜩 들떠 있었다.

한데. 더듬더듬 서리를 더듬어 안아 들이는데, 온몸이 나무토막처럼 굳어 있다. 마주 안아 오기는커녕 숨조차 쉬지 못하는 것 같았다.

"괜찮다."

거듭 그리 말해 주어도 답이 없었고, 등을 토닥이고 머리의 비녀를 빼 주고 뒤통수를 쓸어내리는데도 움츠린 어깨에서 힘이 빠지지 않았다. 간택을 통해 들어온 중전으로 처음부터 이리 합궁하였다면 그러려니 하였겠지만, 잠저에서부터 은밀히 두 사람만 지낸 경험이 있는 터라 도통 적응이 되지 않는 모양이었다.

그래도 몸이 좀 달궈지면 낫겠지 싶어 저고리와 치마를 벗겨 내고 이불 위에 눕히는데, 놀랐는지 '어엇' 하다가 손으로 제 입을 틀어막는다. 그 위로 반쯤 몸을 기울이고 있던 흔의 눈썹이 치켜 올라갔다.

"왜 입을 막는 게야?"

대꾸가 없었다. 손가락 새로 쌔근거리며 숨소리가 들리고 가슴이 있는 대로 콩닥거리니 잠들었을 리는 없는데 말이다. 그제야 이상하다 싶었다.

"설마. 말을 하지 말라더냐?"

조금 눈에 익은 어둠 속에서 서리가 고개를 끄덕였다. 허어.

"또 무엇을 말라더냐?"

답을 할 듯 숨을 들이켜더니, 그를 고하려면 말을 하지 말라는 것을 어기게 되는 터라 답답한 기색이었다.

이윽고 흔이 밖을 향해 외쳤다.

"여봐라!"

"예, 전하."

지밀상궁이었다.

"중전에게 하지 마시라 이른 것이 무엇무엇이더냐?"

그제야 놀란 서리가 그의 소매를 잡아 말리다가 다시 화들짝 놀라 손을 뗀다. 이것 봐라?

흔의 눈이 가늘어졌다. 그리고 마찬가지로 조용한 밖을 향해 다시 다그쳤다.

"어찌 말이 없어? 침묵하고 임금의 몸에 손을 대서는 아니 되는 것 말고도 더 있더냐?"

노성이 우물 정 자 모양의 방을 쩌렁거리며 울리니 그제야 밖에서 답이 들려왔다.

"눈을 뜨고 전하의 옥체를 보아서는 아니 되며, 몸을 떨거나 흔들어서도 아니 되고⋯⋯."

흔의 입가가 점점 비틀어졌다. 그 기색을 눈치챈 서리가 마구 고개를 내저었지만, 흔은 아랑곳 않았다.

"그러다 횟수까지 정해 주겠구나."

"전하의 옥체를 보전키 위해 과도할 시에는 제지하기도 하옵─"

그 말이 끝나기도 전에 몸을 홱 일으켜 앉은 흔이 사납게 외쳤다.

"들어와 불을 밝혀라!"

드르륵 문이 열리며 누군가 들어오는 기척에 속저고리 차림인 서리가 움찔 놀라 앞섶을 쥐니, 흔이 아래 깔려 있던 이불을 잡아 빼어 그녀를 감쌌다. 그리고 황촉 하나가 밝혀져 사위를 가늠할 수 있게 되자마자 이불째 안아 들고 일어섰고.

숨이 넘어갈 만큼 놀란 것은 서리나, 상궁이나, 혹은 흔이 그대로 미닫이문을 나서자 밖에 있던 상선이며 상궁 및 나인들이나 매한가지였으나 흔은 멈추지 않았다.

"서온돌로 갈 것이다."

지난 며칠간 서리가 지낸 곳으로 가구나 친숙한 물건들도 있어 훨씬 나을 것 같아서였다.

"전하, 그것은 불가하옵니다. 중전마마와의 합방은 여기 동온돌에서만—"

"시끄럽고 앞장서거라."

그대로 대청을 나가 회랑을 건너니, 번을 서다 졸고 있던 나인들이 화들짝 놀라 문을 열어젖혔다. 흔이 그 안으로 성큼 들어서며 명했다.

"이곳에서 잘 것이니 당장 기수 배설하여라."

추상같은 명에 당장 날라져 온 기수가 배설되고 다들 물러갔다. 그 위에 이불로 감싼 서리를 내려놓는데, 그제야 그 떨림이 조금 가라앉은 것을 알겠다.

"이제 말해도 된다."

이불 속에 파묻혀 있던 이를 꺼내니 그제야 그 입이 열리는데.

"그냥 거기서 자도 되었습니다."

마음에 들지 않는 말이다. 원체도 투정 부리고 억지 쓰는 이는 아니었지만, 지난 세 해 동안 가슴으로만 켜켜이 모아 두었다면 이럴 때 한 번 그래 볼 법도 한데.

"그래, 다들 물러가라 하고 게서 자도 되었겠지. 하지만, 내키지 않는데 별 시답지 않은 법도를 지켜 가며 그럴 필요는 없다. 그게 뭐냐, 나무토막같이 뻣뻣이 굳어서는. 설희가 아니라 춘월이인 줄 알았다."

서리가 킥 하고 웃으니 흔도 웃음이 났다. 자리에 눕히고 그 곁에 누워 머리를 팔로 받치며 물었다.

"또 무엇을 하지 말라 했는지 일러 봐라."

봐도 봐도 어여쁜 눈이 황촉 불 아래서 반짝이며 생각을 더듬었다. 그리고 소곤거린다.

"전하의 용체 위에 올라가서는 아니 된다 하더이다."

"흐음, 올라가서 뭐 하는데?"

"그러게요?"

"해 보자."

"무엇을요?"

"하지 말라던 짓을 다 했으니, 그것도 해 봐야지."

"어, 어······."

"너만 재미난 것이라 못 하게 시킨 것 아니냐?"

"예에?"

우리 서리가 말문이 막힐 때가 다 있구나 싶으니, 더 신이 났다. 그래서 서리를 덥석 끌어안고는 몸을 돌려 바로 누웠다.

"재미를 보고 나면 둘째는 확실하겠지?"

농조였는데, 서리가 순간적으로 뻣뻣이 굳는다. 어쩐 일인가 싶어 얼굴을 들여다보려는데 한사코 외면한다.

"어찌 그러는 게야? 응?"

"저는····· 어미 될 자격이 없는 사람입니다."

말에 벌써부터 울음이 섞여 드니, 흔의 심장이 덜컹 떨어졌다. 이 여린 사람이 지난 세월 동안 혼자서 가슴앓이한 것이 생각할수록 안타까운데, 아직도 자신이 모르는 것이 있다니 참을 수 없었다.

"무슨 일이냐? 어서 말해 다오!"

이윽고 더듬더듬 말문이 열렸다. 그 내막을 들으면 들을수록 흔의 가슴이 무너졌다.

"네가 아니라, 내가 아비 될 자격이 없는 게로구나. 이리 못난 자가 있는가."

그가 답답한 제 가슴을 주먹으로 힘껏 치자, 서리가 얼른 그 주먹을 감싸 쥐어 말렸다.

"상처 덧나십니다!"

눈이 시뻘게진 흔이 서리를 꼭 감싸 안았다.

"그럼 너도 그리 저어 마라. 벽이를 살리려 그런 것이니."

"그래도…… 나중에 생각해 보니 제가 너무도 무모한 짓을 저질렀더이다. 오라버니가 늦게 들어오실까 봐 어찌나 무섭던지, 그럼에도 끝까지 버틴 제가 너무 독한 어미다 싶어서……."

"쉬이. 아무 일도 없었으니 되었지 않누. 지금 우리 세 식구가 무사히 한 지붕 아래 있으니 다 괜찮다. 그게 모두 네 덕이다. 잘못된 것은 모두 내 탓이고, 잘된 것은 모두모두 네 덕이다. 그리 생각하면 된다."

흔이 서리의 얼굴에 쉼 없이 흘러내리는 눈물을 연신 쓸어내렸다. 힘든 기억까지 이렇게 지워 줄 수 있다면 좀 좋을까.

"울지 마라."

"전하도 울지 마십시오."

"난 네가 그치면 그칠 것이야."

"저도…… 전하께서 먼저 그치셔야……."

울면서도 저를 놀려 먹는 서리를 꼭 품어 안았다. 아기처럼 등을 다독이니, 점차 눈물이 잦아들었다.

지나간 세월이야 어쩔 수 없지만, 마냥 눈물짓기엔 지금 함께 있는 시간이 참으로 귀중하지 않은가. 서로 마주 보며 웃음만 짓기에도 지난 세월을 메꾸기에 벅찰 터였다.

　그런 생각을 하던 흔이 문득 물었다.

　"그나저나 세자는 잘 있겠지?"

　동온돌로 들기 전에 원자를 세자로 책봉하는 교지를 내리고는 벌써부터 세자라 부르는 것이다. 세자, 세자 하는 어투에 흐뭇함이 묻어났다.

　서리가 코를 훌쩍이며 중얼거렸다.

　"김 상선을 그 곁에 두시어 놀랐습니다. 궐 밖으로 내치실 줄 알고 걱정하였는데요."

　서리가 이제 마른 얼굴을 그의 목 언저리에 비비자, 그도 더욱 가까이 품어 안으며 중얼거렸다.

　"그놈이 내게 한 짓은 마음에 들지 않지만, 세자에게는 그리해 주었으면 해서."

　"이다음에 세자빈에게 서운하게 하면요?"

　"그땐 세자가 알아서 하겠지. 놈의 엉덩이를 걷어차 궐 밖으로 내치든가 어쩌든가."

　서리가 킥킥대고 웃었다.

　"음. 많이 서운했느냐?"

　김 상선이 전하를 위한답시고 중전에게 서운하게 했던 일을 말씀하시는 것이다.

　서리가 슬쩍 고개를 들었다.

　"아니요. 그이가 전하를 위하듯, 제게도 전하가 먼저입니다."

　빈말이 아니라는 듯 눈을 맞추고 그리 속삭이니, 흔이 애달픈 미소를 지으며 그 얼굴을 쓰다듬었다.

"앞으로는 그리 마라. 내게는 네가 먼저이니."

"제가 먼저 말씀드렸으니 전하가 먼저입니다."

"이건 쉬이 넘길 일이 아니니, 확답을 받아야겠다. 어서 대답해라."

나름 엄히 명했다고 생각했는데, 어째 얼른 대답이 나오지 않는다. 하라는 대답은 않고 몸을 일으켜서는 반쯤 풀린 저고리 고름을 다시 가다듬는데, 그 내리뜬 눈매가 불손하기까지 하다. 흔의 눈썹이 치켜 올라갔다.

"어허, 석동이 네 이놈! 어명을 거역할 셈이냐?"

"어허, 소첩도 이제 무품(無品)인데, 어찌 명을 강제하십니까? 단둘이 있을 때에야 너, 너 하시는 것은 그냥 넘어가 드리겠지만, 그런 명까지 받들 수는 없습니다."

"너, 너 많이 컸구나!"

"불이나 끄십시오. 잘랍니다."

그러고 휭하니 돌아누우니, 망연자실하여 그 모습을 바라보던 흔이 코웃음을 쳤다.

"그래, 불 끄고 보자."

이윽고 지밀에 불이 꺼지니, 상궁이며 나인들이 편한 숨을 내쉬었다. 임금께서 보위에 오르시고 몇 해 만에 처음이었다.

終

Scarlet
스칼렛

www.b-books.co.kr